# 一方水土

默予 ◎ 著

远方出版社

图书在版编目(CIP)数据

一方水土 / 默予著. -- 呼和浩特：远方出版社，2017.8

ISBN 978-7-5555-0947-9

Ⅰ.①一… Ⅱ.①默… Ⅲ.①长篇小说-中国-当代 Ⅳ.①I247.5

中国版本图书馆 CIP 数据核字(2017)第 198215 号

# 一方水土
## YI FANG SHUI TU

| 作　　者 | 默　予 |
| --- | --- |
| 责任编辑 | 董美鲜 |
| 责任校对 | 心　妍 |
| 封面设计 | 杜　鹃 |
| 版式设计 | 杜叔辉 |
| 出版发行 | 远方出版社 |
| 社　　址 | 呼和浩特市乌兰察布东路 666 号　邮编 010010 |
| 电　　话 | (0471)2236471 总编室　2236460 发行部 |
| 经　　销 | 新华书店 |
| 印　　刷 | 内蒙古爱信达教育印务有限责任公司 |
| 开　　本 | 170mm×240mm　1/16 |
| 字　　数 | 480 千 |
| 印　　张 | 28.5 |
| 版　　次 | 2017 年 8 月第 1 版 |
| 印　　次 | 2017 年 9 月第 1 次印刷 |
| 印　　数 | 1—3 000 册 |
| 标准书号 | ISBN 978-7-5555-0947-9 |
| 定　　价 | 65.00 元 |

如发现印装质量问题,请与出版社联系调换

# 序

■ 李 悦

  贺毅是内蒙古自治区巴彦淖尔市的作家,笔名默予。他初中毕业后在农村当过小学教师,做过木匠,还当过会计,间或到城里做点买卖。他最想从事的还是文学创作,因此他读过文学函授大学,在《巴彦淖尔报》《花雨》《河套文学》等报刊上发表了许多中短篇小说,其中中篇小说《葫芦湾的传说》获得了内蒙古自治区成立四十周年征文二等奖。他的写作生涯也曾中断过十来年,那是他为了生计之故。经过一段艰辛的日子,他熬过来了,又从事他离不开的文学创作。文学是他的宿命,其实我们每个人的人生都不过是一种宿命罢了。如今贺毅已经年近花甲,还在写他的长篇小说《一方水土》,希望我能写个序言。2015年山东画报出版社出版了他的中短篇小说集《幸福指数》,我在《北方新报》上写了一篇评论《一个农民的〈幸福指数〉》,称赞他"从内容到叙述方式都恰到好处"。能够看出来他有着扎实的文学功底,例如他的语言已经具备了他个人的特色,这一点很重要,这是从事文学的基础修养。

  这一次贺毅写的《一方水土》,虽是头次写长篇,但在语言上显示出成熟老道,可见以往他的写作都是在修炼语言。读着这部长篇,能够时刻感觉到贺毅的语言特色是能够把民间语言和文学经典名著的语言结合起来,在雅与俗之间找到和谐与圆融,从而让更多的读者都能接受的。例如书中写道:"在这片土地上,除了野滩上东一丛西一簇的芨芨草,壕沟里长着一丛丛的红柳,就是秋水的低洼之处圪巴圪巴极耐盐碱侵蚀的盐蒿子,几乎别无其他植物。盐碱上经雨后结成的硬疙疸就像锅巴,脚踩上去'嘎巴嘎巴'地响,像不堪踩躏发出的阵阵呻吟。"民间的"一圪巴一圪巴"和"嘎巴嘎巴"也就这样和"踩躏""呻吟"有机地构筑在一起,书中类似的语言比比皆是。

这篇长篇小说的结构平稳、严整。初次写长篇,作者能把他的故事布局得这样好,实属不易。人随事走,随着故事的进展,塑造了宋安然、崔六子、魏生荣、魏生金、高美香、魏继业、张泉、杨奶奶等人物,性格各异,活灵活现。

这是一部反映当前农村改革的力作。小说真实地反映了巴彦淖尔市河套地区农村的现状:广大农民在生产实践中寻求合作种田,在基层选举当中追求民主与法制。他们在党的十八大精神的指引下,坚定走深化改革之路,期待着发展大农业,加快建设小康社会的步伐。贺毅很真实地反映了内蒙古农村的现实生活,更为可贵的是他并没有把小说的任务局限在反映现实生活上面。他还努力在书中挖掘人性,并且进而思考人存在的真相。这本小说表明了农村题材的乡土写作新的可能性和新的意义。因此我以为贺毅还有深厚的文学潜力,今后他还能创造出更多更好的作品。

写作的过程往往是一个提高的过程,多看别人怎么写,多思考自己该怎么写,多进行写作实践,功夫不负有心人,逐步会提高文学品质和写作技巧。这也颇像人生的过程,逐步从幼稚走向成熟。

以上这些,权当序吧。

上　部

上 部

# 第 一 章

崔六子打过来电话的时候,宋安然正在许二赖的"三味真店"打麻将。

农村人素以群居为乐,当然此群居非彼群居,与原始性毫不沾边儿。无非是喜欢凑在一堆打打麻将、下下棋、喝个小酒而已。尤其是在闲暇时候,尤其是四十岁开外属于不老不少尴尬年龄段的男人们。

当然,也有女人。没有女人的场面是寡淡的、乏味的,就像清水煮白菜;有了女人的场面,味道就会奇妙地大变,会数倍地丰富、充盈,就如香油调凉菜,弥漫开一阵阵诱人的香味。

许二赖的"三味真店"不是专门以营利为目的开的麻将馆,人们打麻将也不是纯粹把精力投入到里面,以此作为专业,多半是图一乐。在家里,每天出来进去,面对同一张除了华发像狡猾的间谍一样不怀好意地于不声不响中混杂于黑发间野蛮渗透实行颜色革命,皱纹如阴险的红蜘蛛一般厚颜无耻地于不知不觉间蛰伏在颜面上织网布局蚕食蔓延,却再搞不出一点儿新意的秋南瓜脸,产生审美疲劳似乎就成了顺理成章的事。

还有电视,也烦。不知道是人们的审美水平在日新月异地提高着,还是瓜地里挑瓜挑得眼花了,反正剧情似乎越来越雷同,看了前面的,后面的结果也猜个八九不离十,没有悬念。看得多了,就觉得破绽百出,像麻子脸上的坑,一摸捞一把。好像如此水平的电视剧,人人都能编,连张八斤也能编出来。就连喜欢看新闻的人也多看中央台,很少眷顾地方台。地方台的新闻不在好多人关心的范畴内,是因为地方台新闻的好多内容不是冠冕堂皇的人云亦云,就是隔靴搔痒的无病呻吟,要不就是欲盖弥彰的粉饰太平,很难踏踏实实出新意,这样就不能不让人心生许多怨怼。有关老百姓生计问题的内容不可谓不多,也不能说不好,但就是因为好得过头了,突兀了,人们才不愿意看了,让人怀疑涂了相当厚的脂粉,从屏幕上直透出一股脂粉气,熏得人恶心得直想干呕。因为地方新闻上说的往往与现实生活中的许多是脱节的,上边的政策挺好,到了下面就走了样了,说的一套,做的又是另一套。中央的好政策一到地方往往遇到了梗阻,到了基层更是被截流。就是这股细若游丝般没被截流的部分,也常常被污染了,或者被置换成领导们的所需,不但难以惠及广大民众,往往还蚕食民众的利益。如此程度的走样,自然就让人反感,一反感,就不愿意看了。因为不但看着反感,有时还像故意嘲弄民众似的,夸夸其谈,自鸣得意,把民众皆当作白痴,如此更加引起许多人愤慨。与其看得堵心,看它干甚?不如一群人凑一堆编一些笑料出来,生动、有趣,又能开心又能解乏,何乐而不为?人们在闲谝啦的时候,是可以互动的,人人都可以参与的,甚至可以肆意妄为。手不规矩的人说到兴起时,可能会冷不丁瞅个空子,乘机将那咸猪手偷偷地伸到某个女人的敏感部位摸一下,揣一下,过一下手瘾。当然不是随便,许是开惯玩笑了的。尤其是在这些娱乐活动的同时,会加入许多荤的素的"调料",来煽动人们脸上的笑肌,有的人还会因此而笑得岔了气。这些都是在家里头面对老婆或男人或电视机时很难求的乐趣。因此,农村人一有空,就喜欢"群居"。"赵匡胤耍毛球——消散龙心"。

这次宋安然打麻将的初衷倒不是为了消散"龙"心,而是为了消烦解闷。烦闷是因为天在下雨,而且已下了不止一天。

今年开春的天气特别反常,暖春暖和的进程之快之烈之突如其来大大出乎人意料。年关还是大雪纷飞,寒风凛冽不可一世,可正月一过,天气一下子就暖了。像是一头暴虐的猛兽,转瞬间便被驯化成了一只温驯的小绵羊。

这样突如其来的暖春不但使气温急遽升高,还使天空无端地过早下起了小雨,偶尔夹几粒隐晦的小小雪晶,透着不明不白的暧昧。春天本不是下雨的季节,尤其像这样连下三天,这在寻常年景春寒料峭、干旱无雨、沙尘暴不断肆虐的河套地区是相当难得的事,这就难怪出人意料。那似雨似雪又似雾的一片朦胧飘忽不定,下得不动声色,看上去绵软无力悄无声息,实则令人难以捉摸暗藏杀机。似乎处处都透着一丝丝诡异,如实行偷袭的日本鬼子端着三八大盖鬼鬼祟祟猫着腰进村,总让人感觉在那朦胧的背后,潜藏着无数个鬼魅,正在交头接耳,酝酿实施了一个巨大的阴谋诡计。

书上有诗云,"秋雨绵绵无绝期",这句诗的意境就是隐喻人的沮丧和无奈的情绪的,怪怨恼人的秋雨裹着湿漉漉的越来越冷的秋凉缠着人久久不肯离去。不过,宋安然至今还没读到哪本书上写过"春雨绵绵无绝期"的。尽管春雨喜人,但如果一"无绝期",就透出一种无奈,破坏了语境,读起来令人平添一份怅然甚或悲凉。宋安然虽然不太懂得写诗,却会欣赏诗。看得多了,自然就会欣赏了。道观的蛤蟆熬成仙,寺庙的乌龟修成佛,灵山的蜘蛛炼成精,此等都不足为怪。描写春雨的句子宋安然倒是读过不少,读后皆是让人心情为之一悦的,如"好雨知时节,当春乃发生",如"天街小雨润如酥,草色遥看近却无"等,不胜枚举。这些其实都印证了春雨的稀缺和人们渴盼春雨的急切心情。由此看来,绵绵春雨在人们眼里未必不是一件难得的好事情,本应兴高采烈才对。但恰恰相反,河套地区不缺水,有黄河水得天独厚的灌溉优势,春雨就显得自作多情了。而对于宋安然来说,这场绵绵的春雨非但没能给他带来好心情,反倒叫他沮丧到了极点。春雨你怎么可以这样随随便便地下个没完没了呢,看来真要无绝期了。要是往常闲着没事,你尽管无你的绝期去吧,不碍谁的事,谁懒得管你呢。

也许在别人看来,宋安然这样有些小题大做,不就是连着下几天雨夹雪嘛,尽管有些反常,也没什么值得大惊小怪的,自然现象而已。可在宋安然看来就有些蹊跷了。从这点足可见境由心生。

宋安然烦恼的原因是,这场春雨给他的生意平添了很大的麻烦。

宋安然开着一家油坊,本来过完春节这段时期属于淡季,应该没什么事的。可这几天正好是粮油店的存油到了卖完的空档,已有两家打来电话催着要油了。虽说这雨下得不算太大,但要命的是这个季节情况特殊,正值春潮,不下雨道路尚且翻浆翻得难以行车,一下雨,无异于助纣为虐,火上浇油了,道路越发泥泞得一塌糊涂。这一折腾一耽搁,等路干了就得好几天。就是在宋安然那天晚上刚装好油车,准备第二天去送的节骨眼儿上,一不留神,深夜就开始下起了绵绵细雨,而且一下开来竟连着下了三天,你说这事不蹊跷吗?好像老天爷早就在偷窥他在装油车,就等此刻给他制造点儿麻烦似的。

更让人焦心的是这雨不知道还要盘桓几日,难道要把这里当姥娘舅舅家,住舒服了赖着不走了吗?

真正令宋安然焦虑不安的是如果不能及时把油送到,怕别的油坊乘虚而入。近几年油坊如雨后春笋般地开张,竞争越来越激烈了,宋安然哪敢有丝毫的疏忽懈怠。买卖人都他妈的鬼精鬼精的,一不留神,就可能被别人抽了炉条。

但不管咋说,天依然阴沉着,雨依然飘忽着,路依然泥泞着,宋安然只能束手无策干着急。

不但油不能及时送出去，偏偏榨油机也不失时机地罢工了，仿佛同天气遥相呼应给他添堵；老婆也毫不知趣地肚疼，见缝插针似的给他添乱。所以，这么些堵心事攒着堆逼他，宋安然能不心烦意乱吗？都是这破路！全怪鬼六子这个"圪泡"，他妈的真不是个正经玩意儿。

这不能怪宋安然恼怒于这条破路，又由这条破路迁怒到崔六子身上。如果油路通到村里，就不存在这样的问题了，想甚时候送就甚时候送，晚上送也不碍事，下雨还算个事吗？除非下刀子。一条破路在多大程度上阻碍了葫芦湾的发展，是没法估算的，看得见，摸不着。原来到处都没修油路的时候，葫芦湾的人也浑然不觉。现在其他地方都修了油路，唯独撇下葫芦湾没修，两厢对比，就特别显眼了。这条破路就如同一把污秽不堪的钝刀，那么抢眼地硬生生戳在葫芦湾人的心上。

宋安然之所以把油路没修通的罪责归咎到崔六子头上，是因为崔六子在开发葫芦湾的时候，合同上写得清清楚楚，三年之内修通油路。如今都过去五年了，非但油路没给修好，就连垫一层砂子也是百般敷衍，应付差事，没有一回给认认真真地垫好，翻浆路依然是翻浆路，害得村里人有意无意地向他侧目，眼神意味深长，无疑把他当成了崔六子的奸细。有几次宋安然想给人们解释一下的，他宋安然何尝不想走展油滑水的油路啊，但最终还是作罢。现实往往就是这样，有些事情越描越黑，有些真相不说自现。

这样想来想去，那烦闷就一层层叠加，越发地厚重无比，厚重得似乎手脚并用都无法拽扯开来，如同天地间漫无边际遮天蔽日的浓云，令人窒息。宋安然产生了一种想找个人打一架的冲动，却苦于找不到打架的对象。屋里只有他和老婆魏灵芝，别无他人。老婆正在死秧倒气地吃饭，像在受刑般地嚼泥。宋安然想，总不能因为天气的缘故，无端地把老婆捉住打一顿解气哇。老婆不挨打还兀自难受着，再挨打不是雪上加霜吗？叫他于心何忍？

宋安然也只是这样无聊地信马由缰地想一想罢了。说实在话，虽然他和魏灵芝结婚近三十年了，可以毫不夸张地说，魏灵芝几乎没有一天真正入过他的眼，但他却一次也没打过魏灵芝，那种鄙陋行为是没文化没教养的人所为，于宋安然是不屑的。宋安然有时实在气不过，也只是在意念里把虚无中的魏灵芝狠狠地"揍"一顿，自欺欺人似的抚慰一下快要让日积月累的岁月丝丝缕缕风干了的伤痕累累的感情。

宋安然再次抬头看一眼窗外的雨，越发地寡淡无趣。淅淅沥沥的小雨依

然有一阵没一阵地与大地无休止地忘情地缠绵悱恻,旁若无人,仿佛分别太久依依不舍的一对老情人。

看来真的无绝期了。

门外的大路上,隐约传来一阵唱念声,由远及近,又由近而远。那腔调亦歌亦咏,亦庄亦谑,或扬或抑,忽高忽低,拿腔捏调,怪诞有趣。歌词有些没头没脑,天上一句,地下一句。但尽管听着荒诞不经,不着边际,倒有些类似于某种偈语,细细琢磨,耐人品味。

该冷不冷人生病,该热不热地生虫
地里生虫虫吃人,孙子当爷爷当孙
人不像人噄鬼话,鬼披人皮识不清
官人妻妾似鸡群,光棍无妻怨祖坟
富人坟上冒青烟,人不寻钱钱找人
穷人越穷越受穷,穷根扎下怪谁人
人翻跟头猴牵绳,龙遭虾戏狗欺熊
秀才落难遭戏弄,流氓倒坐县衙门
天开窟窿补不赢,地塌圪卜填不平
识破天机往此生,不往此生往来生
……

宋安然知道又是张八斤在大路上胡嚼。张八斤自从疯病缓解了以后,鬼知道成天从哪些犄角旮旯搜寻些唱词,神神道道地瞎吼。

听着张八斤渐行渐远的歌声,看着窗外的绵绵细雨,宋安然触景生情。忽地,李清照那首著名的词作《声声慢》,一下子从记忆深处那样突兀地跳了出来,像一个个小丑在扮着鬼脸嘲弄他:

寻寻觅觅,冷冷清清,凄凄惨惨戚戚。乍暖还寒时候,最难将息。三杯两盏淡酒,怎敌他、晚来风急。雁过也,正伤心,却是旧时相识。

满地黄花堆积,憔悴损,如今有谁堪摘?守着窗儿,独自怎生得黑!梧桐更兼细雨,到黄昏、点点滴滴。这次第,怎一个愁字了得!

不知是不是条件反射,宋安然想到"酒",一时竟觉得有些头重脚轻,昨晚的酒劲儿复又涌了上来,和着这恼人的细雨一齐将他戏弄。

宋安然之所以把这首词记得如此清晰,楔子般牢牢地楔进记忆深处,是因为第一次读到这首词的时候,还为此大哭了一场。那次是在春末夏初之交,母亲刚去世没多久,他还没有完全从母亲离世的悲伤中挣扎出来。也是这样一个落寞的蒙蒙细雨天,自己也是怀了一种无比失意无比苦闷的心情,孤寂地边自斟自饮着劣质烧酒,边拈着几页书漫无目的百无聊赖地闲翻,就在如此不经意间读到了这首词。那时芹芹考上大学才半年多时间,他和魏灵芝刚刚结婚几个月。读到这首词的时候,宋安然难受得五内俱焚,这首词好像是专为他量身定做的。即便不是为他而做,起码是把他的心境刻画得淋漓尽致的了。是命运捉弄了他,还是老天爷故意在折磨他、考验他?他参不透。他的遭遇,何止是一个"愁"字了得啊。

于是,他就放肆地痛快淋漓地大哭了一场,哭得泪雨滂沱,哭得昏天黑地,哭得不管不顾,哭得肝肠寸断……

我的旧时相识可曾安好?

所以,宋安然只要一想起这首词,自然就会想起芹芹,想起和芹芹在一起的那些快乐的时光。

不过,如今再想起这首词,宋安然已经淡然了许多,芹芹已经逐渐朦胧至模糊的面容,也只是在他的意识里流星一般一划而过。光阴荏苒,世事变迁,岁月早已打磨得他棱角全无,成了河里的一块儿普普通通的光滑的鹅卵石。

在心里默念过这首词以后,宋安然已经释然了许多。想一想这是何苦呢,天气已然这样了,自己犹自生闷气,这不是自寻烦恼吗?就因为个天气又揪扯出以前的不快,把心情擦桌布般揉搓得一团糟,有些不合算,有本事你把老天爷揪下来揍一顿试试。

宋安然无奈地笑了一声。只是在肚里,并没笑出声来。

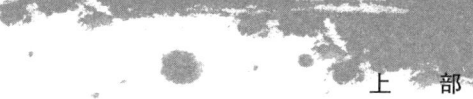

上　部

# 第 二 章

　　魏灵芝吃过饭，收拾了饭桌，又要起身去侍弄猪羊。宋安然有些不忍，说："我去喂哇，你昨晚还胃疼呢，现在好点儿没？"询问的目光关注着魏灵芝，口气里是真的关切。

　　宋安然的心里虽然不太有魏灵芝，但作为近三十年的"伴"，他还是把魏灵芝放在心上的。毕竟相伴了近三十年，不放在心上有点儿说不过去。不但冲这相伴，魏灵芝还为他生了这么一对聪明伶俐的优秀儿女，并且用优质充盈的奶水把他们养大，使其健康茁壮地长大成人。宋安然心里清楚，他们夫妻这么多年寡汤淡水走过来，除了儿女这根纽带把他们紧紧连接在一起，其实他们之间本来就没有多少感情色彩，与木头相差无几。他对魏灵芝的关切，实际上是儿女这根纽带，被爱屋及乌地经年累月绑架驯化成的一种肌肉记忆式的本能而已。

　　魏灵芝说："好多了。"遂又拿起暖水袋子，换了热水捂在肚上。她看宋安然张罗着喂牲口，就又拉了个枕头侧身躺倒在床上。

　　宋安然熟练地拾掇了锅灶，按部就班地准备猪羊的吃食。

　　宋安然在锅灶上不含糊，是被老婆逼出来的。宋安然锅灶上的手艺被老婆逼出来，不是因为宋安然怕老婆，或是宋安然心疼老婆，实在是出于无奈。也不是老婆不给做饭或不喜欢收拾锅灶。是老婆的茶饭手艺粗陋，有好食材也做不出香饭。说得夸张一些，刚结婚的时候，老婆做出的饭菜粗粝如猪泔狗食，实在令人难以下咽。后来还是在宋安然的调教下，老婆的茶饭手艺才渐次有了长进。因此，宋安然想吃可口的饭菜，就得自己动手。久而久之，宋安然就练就了一手好厨艺，能做出一手令一般男人难以一争高下的好茶饭。

　　尽管那时宋安然家的生活还比较窘困，但宋安然是个不愿意对生活应付差事的人。他喜欢琢磨，更喜欢搜寻觅巪为晦暗的生活翻找出一些亮色。因此，他会想方设法把有限的普通食材，尽可能烹饪出丰富的味道，以便让孩子们能于困顿拮据的经济状况中品味出生活的乐趣。

宋安然不但能用普通食材烹饪出丰富的味道,从而把贫乏的近乎枯燥乏味的生活,点卤出五彩斑斓的色彩,他还从中悟出了一个道理:烹饪时,不一定非得需要名贵的食材,才能烹调出好的美味;生活中,也不一定非得具备多么丰富的物质条件,才能创造出快乐和幸福。

如此一说,宋安然的茶饭手艺也不完全是被老婆逼出来的,认真说是被生活逼出来的。

穿过南房的过道,就进了偌大的草圐圙,猪圈羊圈都在草圐圙靠近海子的那边。通往猪羊圈的路面一下雨很泥泞,宋安然穿着雨靴的脚踩上去滑腻腻的感觉。天上的云混沌一团,没有界限也不分层次,只看见灰漫漫无边无际,没有起点也望不到终结。空气浓稠得如皮胶一样的黏滞,贴着海子面匍匐着一层凝重的愁云惨雾。这段路拢共也没有二十米长,却一直没有铺砖。宋安然寻思,过两天再忙,也得把这点儿营生给解决了。

通往猪羊圈的路没有铺砖,一是宋安然确实忙,除非像这样的下雨天才能得空闲。等下雨天得空闲了,又懒得动弹。但这还是其次,主要是宋安然不想铺。

宋安然不想铺那段泥泞路,是为了逼着老婆不要喂猪喂羊了,赚不了几个怂钱,人还跟着受些忙乱。受忙乱当然指的不是老婆,是自己,就如当下。尽管老婆捉猪娃子买羊的时候,他曾赌气说,要喂你就自己弄去,不要动不动就烦我。老婆也曾很刚强地说,不用你,我就是累死也不用你。但真正喂起来,像铡草之类需要俩人配合的活儿,或是加工饲料之类的重体力活儿,能离开他吗?

宋安然刚把猪羊统统处理掉还没两个月,老婆就再次背着他逮回了猪娃子。

老婆魏灵芝是个很轴的人。

宋安然当然明白,赌气终究不能当饭吃。因此,他不愿意跟老婆一般见识,因为他毕竟不是如老婆一样的轴人,他"轴"不过老婆。

老婆不但不听他的,还对他振振有词,不喂猪不喂羊,你到哪去吃肉?口气中带着明显的轻蔑,好像宋安然是白痴,竟连这么简单的道理都悟不开。

宋安然就嘲笑老婆,说:"你个死脑筋,看把你劳心劳肺的,正愁的不愁,你愁阴山上没有石头。国家主席喂猪吗,难道国家主席不吃猪肉?国家主席浪

稻子吗,难道国家主席不吃白米饭?国家主席一定也吃馒头啊,面条啊,国家主席还要自己种麦子不成?国家主席要想吃鱼鳖虾蟹,难道也得弄个海子办养殖场?"

习惯了滔滔不绝的宋安然,一讲开道理就不容易刹车,往往还喜欢旁征博引。

没想到老婆却反唇相讥:"你——是国家主席吗?你有——国家主席钱多吗?"老婆不但这样放肆地回击他,还颇为阴险得意地斜着抿嘴偷笑了一下,大概是为自己的机敏。

魏灵芝说话慢条斯理,那样子有些滑稽。魏灵芝因为得病的缘故,语言表达能力受到很大程度的摧残,所以说话的频率就受到阻碍,不得不慢条斯理。魏灵芝不但说话慢条斯理,一字一顿,还常常咬牙切齿,眼睛恶狠狠地盯着你,一副苦大仇深时刻准备复仇的模样。其实魏灵芝何尝不想把话说得连贯流畅啊,但是尽管嘴抽抽着,还是流畅不了,只能一字一顿,咬牙切齿。

本来宋安然是想拿滔滔不绝的气势一下子把老婆拿倒的,未曾想老婆赶捷径,这样直切要害的责问反倒噎得宋安然张口结舌,哑口无言了。宋安然不能提国家主席了,提国家主席级别太高,离得太远,可望而不可即,反倒制不住老婆了。宋安然需要另辟蹊径,不能让老婆反制。好歹宋安然也是面子上的人,怎么能轻易让老婆占了上风?不过宋安然还是在心里暗暗称奇,别看老婆平时犯迷糊,关键时刻倒真能赶上趟,一语中的,出奇制胜。

宋安然只能以退为进:"我没有国家主席钱多,也不是供不起你吃个烂逼肉哇?你说你能吃多少,你就是一天吃半个羊骨碌,撑死你,一年才吃一百八十三个羊骨碌,还得赶上闰年。我再没钱,也不至于连这么几个羊骨碌也供不起你哇?"

宋安然的口气听起来很牛逼,说一年吃一百八十三个羊骨碌的时候,轻松得像随脚踹倒一颗大白菜。

其实宋安然也不是真跟老婆较劲儿,不过是为生活添一些点缀而已。宋安然历来是个不甘寂寞的人。生活已然是这样了,他再不给自己找些乐子,他的人生将是多么的寡淡乏味,多么的刻板无趣啊。

宋安然之所以说话能如此牛逼,是因为宋安然如今的日子已经过得颇有秩序,甚至可以说从容不迫了,不似十多年前那般寒酸窘迫,混乱不堪。宋安然知道,他如今能把日子过得如此秩序井然,从容不迫,多亏了开这个油坊,多亏了经营油坊给他带来的好收益。看来钱还真他妈是个好东西,如果没有钱,他怎么能把日子捋顺?怎么能守着这样一个茶老婆竟然能把日子过得这般顺顺当当,这般精精致致?刚娶魏灵芝的时候,宋安然万念俱灰,哪里敢想某一天他还能把日子过得如此顺当、如此精致啊。

宋安然立志想把日子过得精精致致、顺顺当当,还是在他辍学的时候。如果他们家在那之前就能把日子过得精精致致、顺顺当当,他也不会辍学,也不会娶魏灵芝这样一头蠢驴一般的女人做老婆,他的未来就一定可以辉煌到无可比拟,他的前路会展油滑水地铺就一片光明,不会像当初辍学后那般黯淡无光。因为父亲的冲动与不严谨,父亲竟把日子过得不像日子,倒像是屠宰场屠戮后留下的一片狼藉,污秽遍地,混乱不堪。而且父亲混乱不堪的日子直接殃及连累了宋安然,导致宋安然的辍学,并且引起连锁反应,牵连导致了以后诸多不堪回首的糟心事。其实宋安然心里也明白,父亲原本也是想把日子过得精精致致、顺顺当当的。不然父亲也不会忍着别离之痛抛却双亲,远离故土,带着母亲与他和妹妹红红,几千里之外奔波求生活。只可惜天不遂人愿,可能父亲的命运就该遭此劫。

有了父亲做参照,宋安然在做事的时候,就比父亲多了一些理性,多了一些严谨。因此他认为一个人要是太感情用事,就容易让人忽悠,容易给人家当枪使。父亲不就是因为感情用事,才受了张八斤们的蛊惑,被压断了腰的吗?

尽管如此,宋安然在婚后的十来年里,依然没能把日子捋顺,直至在妻哥魏生荣的帮助下开了油坊。

老婆魏灵芝不说话了。老婆不说话不能说明老婆服气了;或者说嘴上争辩不过,看着像服气了,心里未必真的服气了;或者尽管心里不得不服气,行动上还是转不过这个弯儿来的。老婆平时话就不多,像个没嘴的葫芦,闷着,皆因语言表达艰难的缘故。魏灵芝尽管逻辑思维比较简单,但还是比较识趣,知道自己语言表达能力的不足,就知道控制说话的量,扬长避短。

于是,魏灵芝又不管不顾地背着宋安然逮回来两只猪娃子,又从小姑子红红家拉回几只羊。没嘴的葫芦一闷就很倔。大概是话说不出来都转换了,憋成倔劲儿了,像等量代换一样。

宋安然就骂老婆:"真是一头犟驴,一根筋。不让你喂猪喂羊是想让你歇一歇的,你却不知好歹,好像不让你喂猪喂羊是害你似的。狗咬吕洞宾,不识好人心。"宋安然的本意不但是想减轻老婆的负担,更是想腾出自己的工夫,能够心无旁骛地经营自己的油坊。可惜老婆不理解他。宋安然也只是说说而已,倔人不能跟她太认真。何况也不算什么大事,宋安然只能由着老婆去折腾。老婆也不分辩,反正有空就埋头伺弄她的猪羊,像侍奉父母一样得体周到。

宋安然知道老婆不是怕没肉吃,老婆其实是个闲不住的人,闲下来就难受。老婆虽然脑子不大灵光,但能干活儿却是出了名的,很能茶受,出笨力往死里做,好像她是永动机,她的体内蕴藏着无比巨大的能量。只不过这些能量常常因为不懂技巧而被大打折扣,付出与收获往往不成正比,事倍功半。宋安然有时也琢磨,或许人的脑子和力气是可以相互转换的,脑子不太好的人力气就大;力气不大的人,脑子就好使。应了那句话,上帝给你关了一扇门,同时就会为你打开一扇窗。但人的力气终归是有限度的,过量地提前支取,就会早早地告罄。也许是老婆年轻时发力太多太猛,身体出现透支,上岁数了毛病就开始显露出来,整天不是这儿疼,就是那儿痒。

魏灵芝其实是个很皮实的人,不是难受得厉害,不会带在表面来。

宋安然经营完猪羊,看老婆又拉了被子睡倒了,知道老婆依然胃不舒服,就倒了一杯水,抠了两颗"一二三四胃必治",喊老婆起来喝下去。宋安然寻思,再不能拖了,等忙过这两天,无论如何也得带她去市里认认真真查一查。万一真有大病,耽搁了治疗,首先两个孩子名下他就没法交代呀。

魏灵芝原本就有病的,羊羔疯,现在已经治疗得不怎么犯病了。老婆年轻的时候经常会犯病,每年都有好几次,杂乱无章,不定期,很随意,当然也不会选择跟前是否有人。犯病的时候很吓人,大夫说是脑子里的电路发生了紊乱,身体也跟着紊乱,浑身抽搐,直至口吐白沫旋转倒地,如同死人一般。如跟前恰好有人,就被及时救治过来;有时周围没人,自己也能缓过来。缓过来就恢复了常态,不像是犯病,倒像是在例行公事。

而每次魏灵芝犯病,最难以承受的却是宋安然。魏家的人好像对此习以为常,可宋安然做不到,因为她成了他的老婆。宋安然不管是魏灵芝犯病还是不犯病的时候,手上始终像绑了一颗不定时炸弹,让人眼睁睁地盯着,吓你,不知道什么时候就会突然爆炸,叫你的神经始终处于高度紧张状态。每次魏灵芝犯病醒过来了,宋安然却几近虚脱。宋安然不是没听说过,有的癫痫病人抽过去再没醒来的病例;还听说过犯病栽倒以后,杵进水坑卜里被淹死的病例。

宋安然曾经听过一个笑话,说一个死刑犯被执行时,打了三枪都遇到了臭子儿。死刑犯眼睛都吓绿了,就央求行刑者:"爷爷!求求你快掐死我吧,你这样戏弄人,让人的心脏怎么承受得了啊!"

听到这个笑话以后,宋安然苦笑了。笑话中的那个死刑犯比他幸运多了,他再怎么难以承受也只消片刻就解决了,不可能因此而改判。而他这样相当于被判了长期死缓,不知道在什么时候才被执行,只让你每天在战战兢兢中遭受无尽的折磨。

儿子未满两岁的时候,宋安然实在难以承受这样的压力了,再这样下去,不等魏灵芝怎么着,可能自己先崩溃了。于是,在老丈人魏万喜及魏家人的帮助下,领着魏灵芝到山西侯马的一个专门治疗癫痫病的专科医院,给魏灵芝治疗了近一个月,回来以后,又经叔丈人魏万仁的调理,病情得到了很大程度的缓解。虽然没有完全根治,但犯病的时候已没有原来那么夸张,犯病的次数也大大减少,一年一两次或者一年仅摊半次。

魏灵芝的病通过侯马的治疗,虽然好了很多,但在平时不犯的时候,偶尔也会短路一下,会冷不丁做出一些古怪的举动或冒出一两句没头没脑的话来。譬如那年刚买回电视机不久,一家人正在看着电视,老婆突然就冒出了一句:"真是屁眼大的把心都屙出去了。"说话的神态有些故作神秘,明明想引起人欣赏,反倒装出一副漫不经心的样子。

"你在说谁?"宋安然有些莫名其妙,他以为老婆又为什么事在怪怨他。

老婆却有些不屑一顾地说:"不说你,我说那个'因不慎'。"

"说谁?"宋安然一时竟没反应过来。

"我说'因不慎',咋老是他丢东西。"说完还轻蔑地剜了他一眼,意即他脑残,连这么明白的话都听不懂,还要反复问。

宋安然这时才恍然大悟,原来她是把精力集中在了"寻物启事"上。她连自己家的事都管理不好,倒在操心人家"因不慎"家的事。

宋安然苦笑了一下,也不给她做解释。给她解释顶如对驴弹琴,所以就懒得给她解释。宋安然原来是不把魏灵芝当人看的,权当她是一头毛驴,能死受。也不是完全把她当成一头毛驴,尽管看不起,在人面前还是要装装样子的,毕竟是他明媒正娶过来的老婆,只能在心里把她当作毛驴看待。这样宋安然感情上就产生了一些别扭。

宋安然做人有自己的行为准则,就是无论身处怎样的境遇,都要坦坦荡荡活人,不会做一个蝇营狗苟、两面三刀、阳奉阴违的小人。这一点除了从小母

亲对他日积月累的影响,还有他在书中汲取的营养。

可是在宋安然娶了魏灵芝做老婆之后,在对待魏灵芝的态度上,就有些走样了。因为在人面前,他不能表露出对待魏灵芝的厌恶,怕人骂他忘恩负义过河拆桥,时时做出一副道貌岸然的样子;心底里却藏着阴险,对魏灵芝充满了憎恶和鄙夷,表里不一。这样的做法历来是让宋安然很不耻的。但就是这样不耻的事,如今他却不得不做。宋安然在心里是一向鄙视口蜜腹剑的阴险之人的,说的一套做的一套,当面一套背后一套,所以很在乎自己在人面前的形象。心里边对表里不一的人充满了憎恶,但在现实生活中自己在对待魏灵芝的态度上,又成了那样的一个阴险之人;心里边对魏灵芝是厌恶的,但在人面前又不能显露出来这种厌恶。这样的角色转换很频繁,就会让人十分别扭,如同汽车不停地快速换挡,前进、倒退、前进、倒退,不厌其烦。感情上一别扭,就会让人很累。宋安然甚至觉得长此以往,他会不会得了人格分裂症。

宋安然尽管竭力掩饰,但日久天长,哪能做得天衣无缝。宋安然后来也慢慢体察到,其实他经常掩盖得破绽百出,别人也心知肚明,只是不说破,留给他自欺欺人罢了。谁家的锅底能像老婆的屁股一样洁白无瑕啊,自己的破日子还一地鸡毛呢,谁还顾得上成天关心别人家屋瓦上有霜无霜啊。这种事情在农村司空见惯了,不把老婆当人看的岂止他宋安然一个,所以没人会把这种事当作异常,多数时候是他自己在跟自己较劲,自己找自己的别扭。

人的心理就是这样怪,如果把你的某一项逾矩之举突出于众人之外,就被放大了,就会十分显眼,就会吸引众多的目光,正所谓只见树木不见森林;如果你的这一逾矩之举被隐没在众多类似的逾矩之举之中,就见怪不怪了,不会被看作是逾矩之举了。就像战争中杀人一样,打着正义的幌子,就可以草菅人命,实在让人难以分辨哪是正义哪是非正义;也许此时认为是正义,彼时便变成了非正义;也许在一些人眼里是正义,可在另一些人眼里却成了非正义,常常雾里看花,难以甄别界定。

不同的是宋安然对自己的行为一直要求比较严格,才让他产生这样患得患失的情绪。宋安然有时候也会觉得这种担心纯属多余,杞人忧天。宋安然也只是在良心发现的时候别扭那么一下,也不是无时无刻地别扭着,一直这样别扭下去。真要是成天别扭,还不把人别扭死呀,那才真是自己给自己找别扭呢。

及至后来儿子开始懂事了,宋安然才觉得要是再不把老婆当人看,孩子们也会渐渐不把他当人看了;真有一天孩子们都不把他当人看了,村里人也未必一直把他当人看了。张泉他大张八斤不是明证吗?要是里里外外的人都不把他当人看了,他还有勇气活下去吗?

这样想过之后,宋安然才逐渐在心里恢复了老婆作为人的地位。

老婆喝过药,又侧过身子躺倒了。

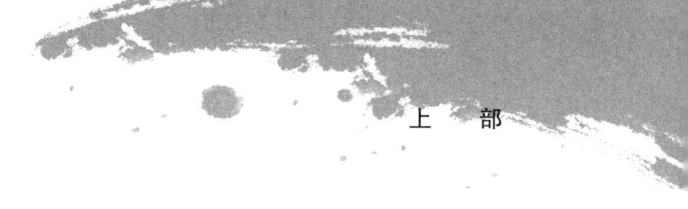

上　部

# 第 三 章

魏灵芝真是个没心没肺的人。躺下没一会儿,就"呼噜呼噜"地打起了鼾声。魏灵芝一打鼾,宋安然就放心了。魏灵芝能在这么短的时间内鼾声如雷,说明已经不那么难受了。魏灵芝的鼾声一响,宋安然也被传染了似的,眼皮有些涩,想睡。这种连阴天很容易败坏人的情绪,令人百无聊赖,昏昏欲睡。

正躺下,又睡不着,宋安然就随手抽一本书来翻。宋安然喜欢看书,所以书扔的到处都是,床上、沙发上,很随意。宋安然看的书内容比较庞杂,天文地理、诸子百家、诗词歌赋、生活百科,只要是书他都不放过,很贪婪,以致贪婪成一癖,就像跟书有仇似的,常常恨不得生吞活剥,把书嚼碎咽进肚里当饭吃,在农村属于难得的书痴。因为村里的"农村书屋"设在他的油坊,他看书就很方便。倒不是因为"农村书屋"设在他的油坊,他就喜欢上了看书;而是他原本就一直喜欢看书,村里才把"农村书屋"设在他的油坊。

曾有人就"农村书屋"设在宋安然的油坊,还向村里提出过质疑:"农村书屋"本是为全村人看书而设,应该设在行政村的中心。而宋安然所在的八社缩在个尿尿圪崂里,地处偏僻,路又不好走,凭甚设在他的油坊?

老支书给了如下解释:设在行政村的中心就是标准吗?莫斯科也没设在俄罗斯的中心,也没耽误俄罗斯人办事哇?照你说中国的首都也必须设在西安不成?"农村书屋"设在宋安然的油坊出于三点考虑:其一,宋安然喜欢看书,这在村里是出了名的。喜欢看书的人就爱书,爱书的人就能保护好书。你们也宣称自己喜欢看书,就连这么点儿常识也不懂吗?你们要真喜欢看书,怎么会在乎多走几步路呢?你们争"农村书屋"究竟什么用意?假如真把"农村书屋"设在你家,恐怕连一年也用不了,就连个烂纸片子也找不到了,不是擦了你老婆的腚沟子,就是点了你家的煤炉子。其次,宋安然的油坊经常不离人,借书就不会耽误事。其他人家谁敢保证家里时时都有人,不会误了别人的事?其三,村里哪家人家不去宋安然家打油?打油的时候捎带就借了书,偏僻的问题还算个问题吗？话说回来，那是一疙瘩麻烦事，你们以为那是一根老虎屌啊，还值得你们呼天抢地，这样上心。如果谁家不嫌麻烦，不嫌占地方，能符合这三个条件，书屋就建在他家。

人们照着地图一查，莫斯科不但不在俄罗斯的中心，离中心还差着十万八千里呢；而中国的中心无论从哪个方位衡量，确实就在西安而非北京。

看来老支书是个明白人，也是喜欢看书的，起码是喜欢经常研究地图的，不然怎么会知道莫斯科不在俄罗斯的中心，也不一定知道中国的中心在西安而非北京。不然也不会支书一当就是二十年，因为胸中装着天下。

那些人一听老支书这话，讨个没趣，遂没有人再提出异议。你作为中国人，连中国的中心在哪里都搞不清楚，也配争取"农村书屋"？说明你的动机本来就值得商榷。

宋安然拿着的是一本《唐诗三百首》，其中的好多首其实他在少年时就曾背得滚瓜烂熟了，只是有些年没温习，有好多忘掉了。现在重温这些诗，就勾起了许多对青少年时期的趣事的回味。

宋安然从小很喜欢学习，因此对书就有不同于一般人的迷恋。念书时因为成绩突出，就成了村里大人教育孩子们的榜样，如同用"狼来啦"起到吓唬孩子的功效一样，用宋安然的好学激励自己家的孩子。谁家的孩子要是不好好学习或学习成绩不好，大人就会说，看看人家安然，又聪明，又上进，看看人家那学习，"啧啧"，那是一种由衷的赞叹。在责备自己孩子的同时，表现出对宋安然学习成绩的羡慕和学习态度的首肯。尤其是魏生金他妈，最喜欢把魏生金和宋安然扯在一块儿做对比。魏生金不管是学习还是哪方面的事，只要让他妈有些不如意，就说，看看人家安然。

听妈说这样的话，魏生金倒也不恼，也不嫉妒。他知道自己就是不如人家宋安然嘛。不但是因为他从心里边服气宋安然，更因为他们是从小一块儿玩尿泥长大的铁哥们儿。铁哥们儿之间还能分谁高谁低吗？要是分谁高谁低，就不是铁哥们儿了。

宋安然跟魏灵芝结婚以后，成了魏生金的姐夫，魏生金就越发没深没浅地与宋安然开玩笑。魏生金跟宋安然同岁，但生日比宋安然大。宋安然和魏灵芝没结婚之前，他们就是非常要好的朋友。念书时，魏生金和宋安然是同桌。因为魏生金学习成绩不好，就成了宋安然的帮扶对象。

初中毕业前夕，魏生金曾经同许二赖几个人商量着要结拜为磕头弟兄来

着,只是由于宋安然的反对,最终才没结成。

宋安然小时候就让人觉得有些另类。许多事情不但不会轻易从流,多数时候是众人跟着他的感觉在走,好像生来他就是领导。

宋安然不想结拜,不是因为宋安然与他们有什么嫌隙。他是觉得现在都什么时代了,谁还搞什么结拜,有点儿太江湖,总叫人感觉在搞派性。连国家的外交政策都坚持不结盟呢,我们结拜不是逆时代潮流而动吗?古人说,四海之内皆兄弟也,现在国家开始搞改革开放了,我们反倒搞开了小团体,成什么体统?我们一搞小团体,就有了排斥别人的嫌疑,这是封建思想的玩意儿,故步自封;另一种考虑是结拜只是一种形式,朋友和朋友之间要好是一种自然的臭味相投,不在结拜不结拜,何必要弄个形式捆住自己,画地为牢呢。蒋介石和张学良倒是拜把子,结果怎样?张学良还不是叫蒋介石软禁,一辈子都不得自由;魏生金他大和崔世雄他大原来也结拜过的,如今还不照样成了仇人。

魏生金他大和崔世雄他大成了仇人倒是众人皆知,而关于张学良被蒋介石软禁的事,他们还是第一次从宋安然的嘴里听说。

当然,宋安然还有潜台词没说,说出来怕伤了众人的面子:万一以后谁跟谁产生些嫌隙,就不好相处了。继续交往,肯定别扭;不交往吧,面子上过不去,毕竟曾经结拜过,一头磕在地上,谁一冷淡,倒显得小肚鸡肠了。面子上需要照顾,可心里却存了龃龉,那样的相处该是怎样不尴不尬的一种情形啊,不是自己给自己凭空找罪受吗?世事难料啊,就像张学良和蒋介石,那俩人原来多铁,后来张学良却从座上宾一下子跌落成阶下囚;就像魏生金他大和崔世雄他大,原来好的跟一个人似的,结仇以后恨不得谁捅谁一刀子。真要到了那一步,不是授人以柄自造笑料吗?

宋安然一分析,大家也觉得有道理,于是结拜就没结成。尽管没结拜成,魏生金原来一直以老大自居,降住宋安然叫他哥。因为魏生金比宋安然大几个月,个子又比宋安然高,体魄也比宋安然壮实,魏生金就认为宋安然叫他哥是理所当然的事。可宋安然不叫。一叫,又江湖了。如今宋安然娶了魏灵芝做老婆,反倒成了魏生金的姐夫,可见宋安然似有先见之明的。魏生金当大哥没当成,反倒成了宋安然的小舅子,心里总觉有些错位;一错位,心理就失落了,想来想去没法平衡,就更加放肆地编排宋安然的玩笑,以期博取一些心理安慰。

说,冬天的某天,魏生金去找宋安然,魏灵芝告诉他说宋安然上茅房了。

魏生金等了半天没等回来。魏生金说不会发生什么意外哇，上个茅房要这么长时间，莫不是连毡带蛋肠肠肚肚一笼统屙出去了？正准备去茅房营救，没曾想宋安然居然喊着让拿锯子来。魏生金有些纳闷，上个茅房要什么锯子？过去一看，不得了了，原来宋安然只顾看书，忘了是在茅房里解手，屁股让屎橛子冻在茅坑里站不起来了。

众人听了魏生金的笑话儿也只是哈哈一笑，没人会当真的。不过这笑话儿没有贬低宋安然的意思，却凸显了宋安然对读书的执着与痴迷。宋安然上茅房手不离书，似乎书香能屏蔽屎臭；吃饭时，手上扒拉着饭，眼睛却不离桌面上的书，好像饭菜的滋味全在书里；去地里劳作，一边走一边看书，因为过于投入，被坷垃绊个大马趴，或者走偏跟树亲吻是经常发生的事。摔倒了，爬起来拍拍土继续边走边看，像什么事都没发生过一样；让树碰疼了，也不恼不恼，揉揉脑门龇牙一笑，倒像碰疼了树，心存歉意。可能他的思绪依然沉浸在书中，没有拔出来。这些都是人们有目共睹的事实。

宋安然上小学时就喜欢写诗，学校的黑板报上经常会登他的"诗"。如"革命群众力量大，牛鬼蛇神都不怕"，再如"王张江姚四人帮，狗胆包天想篡党"，现在想想有趣又可笑，那时的孩子多么单纯啊。只是不明白当时写那些所谓的"诗"的时候是怎么想的，现在回过头来仔细一推敲，就推敲出了纰漏，究竟是革命群众不怕牛鬼蛇神，还是牛鬼蛇神不怕革命群众呢，好像有些隐晦，逻辑不够严谨。推敲倒不是非要吹毛求疵挑出当年写诗的瑕疵，而是回想起来，觉得有趣。狗屁，那也叫诗吗？其实就是顺口溜。在他小的时候还没有电视机，人们在闲暇时间就编顺口溜娱乐，比如"一队馍馍二队糕，三队的焖饭拿油炒，四队麦子一拃高，五队的泥头赛马勺，六队都是'灰圪泡'，七队的灰菜旗杆扳不倒，八队的媳妇儿要不恼"诸如此类。

这其中除了另外几个队是泛指，随心所欲地瞎胡编排以外，七队的"灰菜旗杆"是特指，就是崔家父子，当时算是村里的一霸。

宋安然说是写诗，其实就是模仿大人们的顺口溜也编一些顺口溜罢了。不过顺口溜也不是谁想编就能编出来的。宋安然会编，别人也编，但编和编不一样。把宋安然编出来的同别人编出来的比较，立马就分出了优劣，许多人编的都不如宋安然编的圆溜，既押韵，又上口，且很风趣，尽管那时的宋安然还不懂得"平平仄仄平平仄"为何物。

宋安然除了会编顺口溜，书中的故事、典故也要比其他人知道得多。因为宋安然从小就是个"书虫",且宋安然的记性又好,肚子里积存的知识多是情理之中的事。知识一多,宋安然就免不了时不时地拎出来给别人卖弄一下,如数家珍。多数时候也不是刻意为之,而是自然流露。宋安然可能在潜意识里觉得,如果知识在脑袋里面装得太多,一直不释放空间,越存越多,就那样憋着,或许就会把人的脑袋憋破;不把脑袋憋破,也得把人憋得死机;即使不会憋得死机,也可能会把人憋疯,像魏灵芝,程序紊乱。

这样,宋安然就忍不住时不时地、下意识地把脑袋里装的东西提溜出来给人们卖弄一下,以缓解脑袋被知识"膨胀"的压力,并不断提纯更新,如流水不腐。当然,有的人听懂听不懂也会恭维两句,久而久之,宋安然就养成了一种习惯,并不觉得他这样做是一种卖弄。可是,也有人不这样想,就认为他是在卖弄。你老觉得你懂得多,还时不时地要挑剔别人话中的毛病,让别人下不来台,你这不是臭显摆是什么?相比之下不就是嘲讽别人懂得少了嘛,于无形之中不显山不露水地就贬低了别人,抬高了你自己,别人当然不高兴了。

这些人当中的代表就是张泉。

后来张泉悲壮地义无反顾地死了,宋安然也曾反思,他那时候哪里懂得含蓄,懂得内敛啊。

张泉家在村子中央,也开个小卖店。他的小卖店开得要比许二赖家的"三味真店"早好几年。闲暇的时候或是阴天雨湿,人们也会聚在他家的小卖店里打塌嘴。张泉的小卖店是他妈开的,后来他妈瘫了,就由张泉经营。张泉她妈瘫了以后,按道理本来应该让张泉老婆刘甜妹接手经营的,刘甜妹比张泉有文化,又比张泉会精打细算。但张泉他妈害怕刘甜妹卷包了家产偷跑了,家里的财产让张泉看得死死的,小卖店的大权就始终攥在张泉手里,没有"旁落"他人之手。

张泉的性情有点儿古怪,白马黑毯,变样儿骨头。

张泉颇为古怪的性情主要源于张泉长得一副猪相,一如宋安然套用苏东坡调侃苏小妹的话来调侃他,"未出庭前三五步,长嘴已啃南墙土,不见门前邻居家,至今饱受风寒苦。"暗喻张泉的猪嘴将门前邻居家的墙都拱开了窟窿,由此可见张泉的长相有多猪。

张泉因为长得猪相,常常受人奚落。人常说,男得猴相,女得猪相,男猴女猪都是福相。而张泉恰恰长反了,长成了一副不该长的猪相,这样就把福气冲走了,以至于他们家这么多年尽管开着个小卖店,生活依然捉襟见肘。

也有人说不是张泉长反了,是他妈把他生反了,或者是他大把他造反了。本来应该造成个女儿身,却把他造成个男孩儿,裤裆里被他大他妈合谋给富余插了根不该插的橛子。

受人奚落一次两次不会在意,奚落的次数多了,搁谁谁能不生气?张泉就因此而经常生气。一生气,嘴就更长了,越发地与猪无异。要命的是张泉越生气,别人才越开心,越发夸张泉有模仿才能,张泉就想跟人干仗。张泉一说跟人干仗,别人又笑话他不识耍,跟你开个玩笑,你倒抱住个驴毯当成针(真)了。你要是老这样,谁还敢跟你耍?没人跟你耍,就把你晾在"二"上了。

这样倒让张泉左右为难了。因为把人晾在"二"上是对人很严厉的惩罚,是对你人格的侮辱,把你当电线杆一样孤立,没人尿你,视你为无物或者干脆视你为狗屎。

张泉细想想,也不是没有道理。张泉生来就是个窝囊人,除了嘴上,其实没有真正敢跟人叫板的勇气。连他妈都经常骂他"窝囊废",可见张泉的窝囊是真的了,不是别人强加于他的。久而久之,张泉虽然心里也愤愤不平,但也默认了别人的奚落,习惯了逆来顺受,权当给人们解闷儿。

张泉有个外号叫"地拧眉"。有一次下大雨,人们都撒开腿往家跑,或者是到能遮雨的地方避雨。宋安然看见一个人在大雨地里平展展地趴在地上,以为发生了什么不测,就赶紧冒雨跑到跟前去看。一看是张泉,问他哪里的零件儿摔坏了?

张泉说哪也没摔坏,所有零件儿都完好无损。

又问,没摔坏不去躲雨,趴在地上干甚,研究雨水怎样亲地皮吗?

没想到张泉的回答差点儿把宋安然笑死。

他妈的,这圪泡地皮,老子爬起摔倒,爬起摔倒。老子就这样趴着,看它有多大能耐再把爷摔倒。

宋安然一下子也笑得摔翻了,摔得远比张泉还彻底。

大笑过后,宋安然赶紧爬起,准备去躲雨。不曾想"吧唧",一下子又摔了个屁股蹾。当他揉着摔疼的屁股,看着自己一身泥水的狼狈相兀自懊恼的时候,却看到张泉依然四平八稳地趴在雨地里"嗤嗤"地嘲笑他。

看到张泉似是洋洋得意的样子,宋安然正要骂张泉幸灾乐祸,却幡然醒悟,张泉的举动看似愚蠢可笑,有破罐子破摔的嫌疑,其实是多么睿智而绝妙啊。你想想,在雨中,慌慌如惊弓之鸟,急急似丧家之犬的人们,尽管跟跄趔趄

地疲于奔命,却依然无法掩饰被淋成落汤鸡的窘态,甚至无法逃脱被摔得鼻青脸肿的惨状,那样子多么滑稽可笑啊。你敢说那样的举动比此刻张泉的行为更有效一些,还是更智慧一些?

在人们本能的习惯性的张皇失措中,张泉却能利用逆向思维,悟出以逸待劳的"绝招"。

还有一次,一个人发现前面的张泉像是在死劲儿摔打着什么。上前一看,原来张泉在砸一块土坷垃。就问咋啦,你摔打它干甚?

张泉回答:"你说我走得好好的,又没招它惹它,为甚它要绊我一个大跟头?"又补充说,"更恼人的是,不但绊了我个大跟头,我踢它一脚它还不服气,反倒把我的脚指头掰得生疼,你说他妈气人不气人!"说完继续砸。经过反复数次摔砸,直至将土坷垃砸得粉碎,还气咻咻地上去跺了两脚。

那人看他跟个土坷垃还较个什么劲儿,好像有杀父之仇似的,半天恨意难消,就觉得好笑,"你跟个土坷垃拧的个甚眉呀。"

人们想起张泉曾不止一次找地皮的碴儿。于是,张泉就此得了一个"地拧眉"的雅号。

倒是宋安然替张泉说了一句公道话:"张泉不敢跟人拧眉,还不能跟地皮拧眉呀。再不跟地皮出一出气,还不得把张泉活活憋死呀。"

受人们奚落的次数多了,张泉心里也犯疑惑。他大他妈都不是猪相,怎么偏偏把他生成猪相?是不是他大造他的时候没做好事,要么酗酒,要么打架生气了,把他造成猪相,一副对任何人都恼的样子;或是他妈在怀他的时候做了什么见不得人的丑事,老天爷就让她怀个猪娃子,以示惩戒。

张泉由此又对父母产生了一些怨艾。

不过也有人站出来替张泉他大他妈"鸣不平",这能怪你大你妈吗?造人不是像捏个泥娃娃,捏得不好打烂重捏,那由人吗?总不能造到半路地,刨出来看一看造的效果,周正不周正,再放回去重新回炉吧?造人都是一次性的,哪有返工的。即使造成残次品,你也只能自认倒霉。你大你妈把你造成这样,已经很够意思了,即使不太周正,也顶多归于二级残废,不算过于不像话,起码没让你缺胳膊少腿,兔唇豁嘴。所以,从这个角度考虑,你就不能怪你妈没把你怀好,或者你大没把你造周正,哪个父母不想把自己的娃娃造成电影明星啊。

张泉细想想,也不是没道理。父母把他造成这样,心里不知道有多懊悔呢,但木已成舟,人已定型,懊悔又有何益?所幸胳膊腿都全,还不算太出格儿。如今看到人们把他当作玩物,父母心里一定也不会好受。不但不会好受,还会很内疚,很自责,都是他们把关不严,随意性太大,粗制滥造,才把他造成猪相。他要是再怪父母,不是给他们的伤口撒盐吗?这样一想,张泉对父母的怨艾也就渐渐释然了。

尽管如此替父母开脱,张泉还是不能完全释怀。不是对父母,而是对旁人。人们把他的猪相当成一包永远不会过期的调料,时不时地拎出来撒一下,给乏味的生活添一些调剂,这样就经常给张泉心里添堵。这事张泉不能怪父母,又不能因此而成天跟人干仗,胸中的闷气发泄不出去,屡屡受逼,倒逼出张泉另一种发泄的方法来,就是跟人抬杠,反唇相讥,算是以血还血,以牙还牙。

电视上放了《西游记》以后,人们发现张泉的猪相比猪八戒还神似,简直不用化妆。有人就怂恿张泉去找剧组,自告奋勇去演猪八戒。其实不是真给他建议,或者说嘴上听着像是给他提建议,实际却是拿他的长相又开辟新的话题寻开心呢。还有人假意关心张泉,添油加醋,要去你就得先去深造,当然深造不是重造,重造就没有意义了。万一再造成别的什么妖怪,猪不像猪猴不像猴,就得不偿失了。首先演不成主角了,顶多能演个末流妖怪。深造就是再去念书,像你这样原本学习就差,念过两个一年级和两个三年级,连小学都没能毕业,号称"老蹲点儿"的人,剧组未必要你。何况你要去就得比马德华强才行,演技比马德华强,文化也一定要比马德华高,才能把马德华顶下去。

要不先让宋安然给你补补文化,宋安然的文化水平是出了名的。

张泉这次跟别人抬杠,没跟宋安然抬杠。因为宋安然没加入此番评论,张泉就没有了与他抬杠的由头。不过说实话,张泉心里也怵宋安然嘴上的功夫,没有十分的胜算,一般情况下不敢轻易招惹宋安然。

张泉没跟宋安然抬杠不能说明张泉可以无视宋安然的不语。张泉嘴上没说,心里还是对宋安然产生了很大的不满的。宋安然比他小两岁,小时候身体又孱弱,更因为新来户的身份,没少受他们欺负,他这次能不哼不哈饶了他?张泉平时就嫉妒宋安然,这次更加认定是宋安然在背后策划了对他的围攻,是宋安然故意拿他的长处比他的短处,他自己却躲在后面,狗鸡巴戴凉帽——假充老善人。要不他们怎么说,要他跟着宋安然补课呢,分明他是大鬼头嘛。宋安然这家伙他妈的太不地道了,暗算人。张泉嘴上没说什么,心里却给宋安然又多划了一道道。

有一天电视里在演一部香港的或是台湾的什么言情电视剧,里面一个主人公念了一句道白:"关关雎鸠,在河之洲。"众人也听不懂那是什么意思,只注意故事情节,对这些比较深奥又生涩难懂的道白人们通常不去深究,忽略而过。

宋安然却对这些特别感兴趣,他接住电视里念了一句:"窈窕淑女,君子好逑。"

宋安然接这一句的时候,虽然声音不大,但是用普通话接的,而且念得抑扬顿挫,进了张泉的耳朵里,卖弄的意味尤为明显,因此显得特别刺耳,甚至让他牙碜。这边宋安然话音刚落,那边张泉就接住说风凉话:"好毬赖毬还分长在谁身上。君子长得好毬,那小人长得甚毬?难道是驴毬不成?你成天嘴上张口闭口不离君子,看看你的毬到底有甚取贵处?"几个人一下子笑得收拾不住了。张泉真会钻空子,别人谁也没在意,他怎么会这么及时地抓住这样刁钻古怪的话题给宋安然下蛆呢?

张泉以为这次攫住了宋安然的毬根子,宋安然断没有反驳之力。

宋安然知道张泉的德行,知道他未必懂什么"君子好逑",也不去计较。倒是一旁的许二赖看不惯,说:"我看你就长一根驴毬!"然后一把拉起宋安然就走。撂下张泉干张嘴说不出话来。

宋安然也只好顺水推舟。宋安然倒不是在意张泉折了他的面子,张泉本来就是个可怜人,何必跟他斤斤计较,睚眦必报呢。对待这样的可怜人,该让就让一让,也叫人家心里不时得到一些平衡。不过他嘴上没说,还是跟许二赖一起走了。他怕再不走,不定张泉又沁出什么驴粪来呢,让他失了更大的面子。

宋安然有几次也曾试着写一写诗的,无奈一写就是顺口溜,与书上的诗一比较,简直就是四不像,非驴非马,不伦不类,最终还是放弃了。宋安然原以为写诗不算什么难事,尤其像他这样"满腹经纶"的"书虫",应该是信手拈来。结果一写才知道,原来并不是那么回事。宋安然想,或许自己原本就没有写诗的天赋;或许本来是有写诗的细胞的,只是被生活的压力给活生生地吞噬掉了,就像患了癌症的病人,健康细胞被癌细胞吞噬掉一样。这让他想起最近网络上流行的一句话,理想很丰满,现实很骨感。是啊,这话说得多好啊,有几个人能真正实现自己的理想啊,好多人美好的理想,还不是被残酷无情的现实一次次击打成一个个零零碎碎的无声的闷屁飘零得踪迹难觅了吗?

宋安然没看几首诗,就看不下去了,越看越烦。那些文字好像都在嘲弄他似的,开始扎眼了。外面淅淅沥沥的小雨不容他心无旁骛地看下去。他抬头看看外面,老天依然看不出放晴的意思。他索性扔了书,决定到许二赖的"三味真店"去散散心。每逢阴天雨湿,许二赖的"三味真店"就攒满了人,不是喝酒就是打麻将。心里不痛快的时候,过去打一打塌嘴,海吹神侃一会儿,或者灌几杯"闷倒驴"下肚,塌天喊地地疯吼一气,不良情绪就被一点点排解出去了。

　　一出大门,宋安然就瞥见许二赖的"三味真店"里,闪电刺破暮云般的那一抹亮丽。高美香那一袭粉红的衣裳,像一只翩翩飞舞的彩蝶,一下子那样迫不及待地扇忽进他的眼窝里来了。

上 部

# 第 四 章

宋安然进到"三味真店"的时候,里边的沙发上已经有几个人开始喝上了。魏生金朝他喊:"过来喝两盅?"

宋安然连忙摆摆手,说:"你们喝,你们喝。我今天是喝不动了,昨天超量了,现在还没消散完呢。"

屋子里烟雾缭绕,一股劣质的烟味儿夹杂着说不出来的什么异味儿扑鼻而来,毫不留情地立刻钻进他的鼻孔。宋安然鼻子一痒,打了个喷嚏。

门口左首的麻将桌上,几个人在稀里哗啦地搓牌。看见宋安然进来,许二赖赶紧站起身让座。宋安然按了一下许二赖的肩,说:"你玩儿,你玩儿,我只是过来坐坐。"

许二赖还是站起来了,说:"还是你玩儿。我只不过是凑不齐人数来,给他们配个手。"

宋安然也不再推辞,坐了下来。其实他自己心里明白,他推辞也是虚晃一枪的,他一进来就巴不得有人给他腾地方呢。许二赖一给他腾地方,他正好跟高美香成了对家。

许二赖起身要离开,坐在许二赖下家的罗毛蛋却对许二赖不满了:"码铜呀。输了钱,账也不算就要走?"

许二赖眨巴着狡黠的小眼说:"算什么账呀,你们不是说让我配手嘛,配手还输钱?"

"嗨,看这家伙说得多自在,'配手还输钱'。"罗毛蛋摇头晃脑学着许二赖说话的样子讥笑他,"把你裹的,不赌输赢,跟你白磨爪爪不成?"罗毛蛋依然不依不饶。

许二赖掏出五块钱,准备放到桌子上,说:"看你个怂样儿,跟你开个玩笑,你倒攥住个棒槌当成针(真)了,我是那种人吗?算,看我输了几毛钱?五块钱管够了哇?"

"谁当真了？试一试你骨头软硬。"罗毛蛋和许二赖就是一对打不散的冤家，在一块儿老掐。

宋安然一摆手，将许二赖的钱挡回去，说："行了，行了，我接手我算账。"

对家高美香抬起头会意地看了他一眼，莞尔一笑。

宋安然平时不怎么打麻将，只是在闲极无聊或心血来潮的时候耍一耍。而闲极无聊和心血来潮的时候能有几次？无非像这样的阴雨天，或者是烦闷的时候。所以尽管他已经有十几年打麻将的历史，牌技却始终没什么长进，还是半生不熟，充其量只能算三流。

刚学打麻将的时候，就是在许二赖的小卖店里。开始的几场打一场赢一场，打一场赢一场，有时几块钱，多的时候也就十几块钱，这让宋安然稍稍有些喜不自胜。虽然赢钱不多，但却让他第一次体验了打麻将的乐趣，怪不得这么多人输了钱也乐此不疲呢。

刚开始赢钱，宋安然还有些不习惯要，觉得这些人成天搅在一块儿，稀里哈拉，低头不见抬头见，吃吃喝喝都不分你我，咋好意思收人家的钱呢。老觉得这样轻而易举地把人家的钱装进自己兜里太不仗义，像贼，或者是骗子。

别人就说，拿着吧，赌博场上就这样，认钱不认人，父子老子也一样。

宋安然以前连麻将桌的边儿都不沾，所以对打麻将的规矩几乎无概念。

别人又给他解释，先赢的是纸，后赢的才是钱。

宋安然不明白，甚意思？

别人就给他进一步详细剖析，刚学手时往往能赢钱，是因为你不会耍，瞎打乱碰，让人摸不着你的规律，所以你赢了，有点儿像毛主席上井冈山打游击，神出鬼没，胡吃乱碰；后来慢慢有了规律，换句话说这时你已经形成了一套自己的牌路了，就跑不了了，就得输了。

宋安然一听更是如坠五里云中，这是违反逻辑的呀。形成牌路不是说明牌技提高了嘛，怎么反而会输钱了呢。照这样说，不是牌技越高越输钱吗？

别人就笑他迂腐，书呆子气。也不完全是，这个时候是半生不熟。为什么？在人家揣摸住你的牌路的时候，你却没摸住人家的牌路。不但没摸住人家的牌路，而且在人家摸住你的牌路的时候，你还浑然不觉，有眼的打没眼的，瞎子一样让人家玩儿你，死输。

宋安然此时才有些明白了，咦，知己知彼，百战不殆，原来这里还藏着这么多道道，暗合着《孙子兵法》。

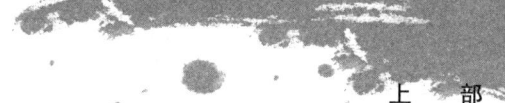

　　果不其然,在赢了几场之后,宋安然有些得意忘形了,就要了一次大和。这一场宋安然却没有前几次那么幸运了,输得很惨,一下子输了百十块钱,几乎从头至尾没怎么成和。

　　第一次输了百十块钱,连前带后拢共相抵,他还倒贴了几十块,这让刚学会打麻将的宋安然心疼不已。怪不得人说先赢的是纸,后赢的才是钱呢。

　　宋安然平时喝酒花钱,或打平伙或捉大头,眼都不眨,痛快得很。可输了钱就觉得心疼了,而且不是一般的疼,有点儿揪心揪肺的疼。打平伙、捉大头花钱不白花,图个豪爽痛快。酒肉穿肠过,情谊心中留。可输钱不一样,人常说,喝酒越喝越厚,耍钱越耍越薄。耍钱不但输钱,还输掉了人情,更输掉了人性。他曾不止一次地见过,因为块二八毛钱的蝇头赌账,双方恶语相向,甚至升级到拳脚相加,直至打得红黑烂青不可开交,也不肯罢手。因此,宋安然不单单是因为输钱而心疼,更因为打麻将这个过程,打麻将可是个赌博行为啊。

　　心疼了以后,宋安然决定就此打住,趁着还没成瘾,断了打麻将的念头。又觉得一下子倒贴了几十块钱有些于心不甘,还想先把输了的捞回来再收手,又怕三耍两耍,耍得刹不住车,就上瘾了。一上瘾,就推翻了自己的诺言。他在母亲在世的时候,曾经给母亲许过诺的。

　　母亲对"赌"字有着刻骨铭心的仇恨。母亲对"赌"的仇恨很大程度上源于父亲。父亲因为一个"赌"字被砸断了腰,最终因此而送了命。尽管此"赌"非彼"赌",两者有着天壤之别。但母亲不会顾及是何"赌",逢赌必反。因此,母亲对"赌"是深恶痛绝的。母亲曾一再叮嘱他,做人要踏踏实实,不要投机取巧,远离"赌"字,赌气能赌到拔刀相见,赌运能赌到妻离子散,赌钱能赌到倾家荡产。

　　宋安然知道,即使闹着玩儿,他也已经是违背了对母亲的承诺。母亲若在世,知道他学会赌博,该是怎样的痛心疾首啊。你以为母亲不在了,你就可以为所欲为了?头顶三尺有神明,你不想想,连母亲这样你放在心灵深处最神圣位置上的亡灵都能哄,何况活人呢。一旦哄上瘾,就收拾不住了。小窟窿不补,到大尺五,你不是不明白这个道理。哄了一次就会有下一次,慢慢越哄越大,你就成了无信无义之徒了。那样的结果是宋安然无论如何都不敢想象的。

　　可是,过了没几天,宋安然终究没能完全抵挡住诱惑。他给自己搜肠刮肚地找理由:魏生荣不是曾经提醒过你嘛,做买卖天时、地利、人和,三者缺一不可。这打麻将其实也是积攒人气的一个途径。自己只要严格把握住一个原则,只为跟人沟通感情,不为输赢所动,不要深入,"跳出三界外,不在五行中",能够站在制高点,也未必能耍到无法自拔的地步。

后来宋安然总结自己当时那种欲割不舍、欲罢不能的心态,正是标准的赌徒心理。

宋安然原来不明白,这小小的方块儿何以有如此大的魔力,以至于它也被人们冠之以"长城",竟如此庸俗化地与万里长城做比。它凭什么叫长城?万里长城是中华民族灵魂的象征,是亿万国人的骄傲,是何等的雄伟壮观啊,小小的麻将算什么鸡巴玩意儿,它有什么资格敢跟万里长城相提并论?

现在,他终于明白了。要是说万里长城是上帝,那么麻将就是魔鬼。麻将虽小,虽然看着不起眼,没有万里长城那般雄伟壮丽,气势磅礴,却比万里长城的魔力还要大。万里长城的象征意义是融入人的灵魂里的,麻将却是蚀入人的骨髓里的;万里长城是让人景仰,让人向往,却没有桌上的这摞"长城"让人如此迷恋,如此倾心。有些近乎吸毒,而且深入人心的程度远比吸毒要普遍得多。被它俘虏的人不分贵贱,不分老少,不分男女,不分阶级,不分层次,通吃。为甚?它容易让人接近,让人满足,容易填补人无聊的空白,它会在不知不觉中把人拉下水,甚至像空气一样在中国人的生活中无孔不入。如果把它们用音乐做比,那么万里长城就是阳春白雪,桌上的"长城"就是下里巴人。阳春白雪虽然高贵,却会让普通人产生高不可攀之嫌;下里巴人虽然卑微,却能在大众中深入人心。连顺口溜都这样说:十亿人民九亿"麻",一亿不"麻"是傻瓜。这话虽有夸张之嫌,但足可见麻将深入人心的程度之深之顽固。

宋安然由此及彼,触类旁通,倒叫他通过研究麻将,弄明白了一个做人的道理:在村里做人就不能做成阳春白雪。做成了阳春白雪,就没人能懂你,正所谓曲高和寡。你要是一味地追求高雅,渐渐就会跟人拉开距离,你就会失去人气,就把自己孤立起来,你甚至还会遭人妒忌,甚至结怨。那时,你的生意能好吗?古人的话能流传至今,都是砂里澄金留下来的精品,你若不听,迟早是要吃亏的,迟早会被人们舌头上的"风"摧枯拉朽的。所以,在村子里做人,你最好做成下里巴人,至少表面上跟人们同步,才能和人们水乳交融,才能积攒人气,才能让买卖逐渐通达。

宋安然不知道是谁发明了这破玩意儿,竟能让这些冷冰冰的没有生命的死方块儿,操纵具有主宰世界的具备高级智商的活人类,令他们迷恋得神魂颠倒,有的人因此误入歧途,甚至还有人被它搞得家破人亡,更有甚者铤而走险,

直至锒铛入狱,乃至丢掉性命。恐怕连发明它的人当初也不曾想到它会有如此大的魔力吧?如果那人的在天之灵有知,不知会做何感想,会为此感到悲哀呢,还是躲在某个角落里窃笑呢?他会不会反省,他其实就是个彻头彻尾的无穷大的教唆犯。

后来他想通了,造成如此严重的后果要是怪麻将,就是大大地冤枉了麻将。你想,麻将是没有生命的,麻将知道什么呀?其实是钱在后面捣的鬼,麻将只不过就是个工具。人们玩麻将是用来赌钱的,如果不赌钱,玩起来就味同嚼蜡。玩的赌注越大,兴头就越大。尽管国家一直在不断地狠狠打击赌博行为,人们对麻将依然钟爱有加,趋之若鹜,其实说白了钟爱的还是钞票。

也不能怪钱,钱也是没有生命的,怪钱也是冤枉了钱的。赌钱是因为人心的贪得无厌,说到底是人心没底子呀。钱也不过是个傀儡,是被人抓了垫背子的,正所谓欲壑难填啊!

归根结底,人是欲望的奴隶,欲望与麻将沆瀣一气,人就常常会被耍得不辨东西南北,团团转。

弄明白了这些道理以后,宋安然就不会为打不打麻将而纠结了。再打麻将的时候,就抱了一种消遣的心态,从容淡定了许多,再不会让麻将牵着鼻子走了。

两圈儿快完了,宋安然没摸过一把顺牌。宋安然心想,这牌也是势利眼,看人下菜碟子呢。人不走运干甚也不顺,跳墙跌进个钵子,屙屎碰上个橛子,滚滚水糊粑,喝凉水塞牙,放屁也能砸破脚后跟。直到第七把,牌才缓过劲儿来。

这手牌起手的时候并不好看,一手杂牌。摸着摸着,就好看了,就像女大十八变。几转子下来,竟成了一条龙的底子,好像是为了平衡对前几把臭牌的一种补偿。看来干甚事也有个过程,不能心急,心急吃不了热豆腐,因为你不能预知未来会藏着怎样的机缘巧合。

这样的转变让宋安然颇感意外。他的牌本来打得不咋地,能摸这么一把顺牌更是难得。牌一顺,心情也随之好起来,像一阵徐徐的清风吹散阴霾。宋安然开始将情绪渐渐地投入到牌里面去了。

宋安然觉得有些燥热咽干,额头上感觉有细密的汗要渗出来。许二赖真大方,眼看春暖花开了,还把个暖气烧得无限热。宋安然想给建议一下,让撤一撤火,想了想还是罢了。满屋子的人,他这样喧宾夺主,又不知道让别人说个什么呢,多此一举。宋安然就喊许二赖老婆给他倒杯茶来。许二赖老婆秃眉毛、平颧骨、扁鼻头、冬抿嘴、凹下巴,像是父母从垃圾堆里随手捡拾了一些部件,又随心所欲拼接的小丑玩具娃娃,由此而组装的面部结构过于平铺直叙,显得滑稽可笑。不过,许二赖老婆尽管长相平淡,但人很热情,只要有人喊,她就会屁颠儿屁颠儿赶紧给人倒茶。她虽然又矮又胖,黑不溜秋,像个地钉子,干活儿却很麻利,像个旋转的陀螺,身上似乎比别人多安了几盘灵敏度极高的轴承,身体的臃肿与动作的灵敏不成正比。茶当然不是什么好茶,放一把砖茶沫子,供一屋子的人喝,直喝到看不出有茶的颜色,寡淡得连白开水都不如,方才添茶叶。就因为许二赖老婆添茶叶不够勤,不知道被许二赖骂过多少回。平心而论,这也不能怪许二赖老婆小气,本来人家就没这个义务,人家又不是正儿八经开麻将馆。不住地换新茶,那一年得喝掉多少茶叶呀,闹不好得用车拉。除了麻将桌子,还有烧酒摊子,许二赖两口子都是马大哈,成天小二一样地被人吆来喝去,鼻子里灌满劣质烟味儿、汗酸味儿、臭屁味儿,临散场还丢一地烟头、瓜子儿皮,甚至口水疙疤,不但不烦,还傻乐。你想,有几个人能做到如此无怨无悔啊。并且还无偿提供了一张麻将桌子供人们消磨时间,不收一分钱的牌桌钱,你还好意思挑肥拣瘦吗?

一次,刚跨出门槛,任翠翠就迫不及待地醋悻悻地奚落许二赖两口子:"看那两口子贱兮兮的样儿,没见过爷似的,看见谁都像爷一样伺候。"

好像她发现了什么重大秘密。

宋安然听了这话很不舒服,话虽不多但太占地方,就反唇相讥,直截了当地回应任翠翠,替许二赖鸣不平:"我看你比他们更犯贱。你是吃不上驴毬就骂驴毬腥气,心里头恨不得把驴毬揣进怀里,晚上搂进被窝里,塞进腿板里。是不是眼红人家开小卖店挣了钱就泛酸啦?人家把你当奶奶一样伺候着,你还要反过来说人家的坏话。难道把你当孙子一样鄙低着,当死腌毬一样摔打上你才舒服吗?"

一句话噎得任翠翠半天说不上一句话来。

宋安然随即又说:"不过,说实话,你倒是真能配得上一个很好听的日本名字。"说完,故作颇为歉意地神秘一笑。

任翠翠不明就里,她清楚宋安然不知道又憋着什么坏屁呢。但任翠翠是个长耳朵,对任何事物都永远充满好奇。如果今天不知道内容,肯定一晚上睡不安生,就忍着不快问:"什么名字?"

上　部

"逼兜油子(挨耳光货)。"
气得任翠翠破口大骂:"你他妈真是个混账王八蛋!"
宋安然却捂着嘴在得意地偷笑。

# 第 五 章

宋安然没想到连着抓了几张牌,没有一张废牌,活灵活现的一条龙,好像杠里专门给他预备好似的。如今就差画龙点睛的一张——八筒了。

有一点美中不足的是缺将,如果有将,或摸回八筒,就停口了。这将宋安然的心一下子从脚底忽悠上了房梁,兴奋且惴惴不安。

宋安然看了看其他三家,都看不出有停口的征兆。尤其是高美香,显得气定神闲。

此刻气定神闲的高美香,怎么也不会想到,一场无妄之灾像隐身的魔鬼,正在鬼鬼祟祟狰狞着面目向她靠拢。仅仅几天后,就准确无误地将魔爪毫不留情地恶狠狠地劈向她们那个和谐之家。

看着高美香的神态,宋安然忽然有些心猿意马起来。有一只大概是刚刚从冬眠中复活的或者是坚强地硬挺着没有冬眠的蜜蜂在高美香的头顶盘旋。不过,盘旋了两圈,就向高美香身后的墙壁飞去,最终落在了墙壁上挂着的一副长条镜框上。高美香身后的墙壁上依然挂着十几年前的那几副字幅。

宋安然想,应该给许二赖把这几副字幅换成新的内容了,或者建议许二赖干脆把这面墙壁做成广告墙。如今都提倡与时俱进呢,许二赖还把这几副字幅当宝贝似的挂到现在,显然有些不合时宜了。

许二赖的"三味真店"不是麻将馆也不是小酒馆,其实就是个小卖店,只是规模比较大一些而已。店里很宽敞,店门东边的窗户下是一圈沙发,几乎每天都有喝酒的人,或多或少,冬天多半喝"猫儿尿"(白酒),夏天多半喝"马尿"(啤酒)。店门西边的窗户下摆着麻将桌。两摊子几乎占了小卖店的一半地方,功能与麻将馆、酒馆已相差无几。消闲的时候,除了打麻将的人,还围着一圈看场的人。西面墙壁的货架旁边,一个长方镜框写着"三味真店铭",铭牌的周围挂着一横两竖三个一拃多宽的长条镜框,上面的镜框写着"闲人请进,茶水支应",左右的镜框分别写着"家事国事敞开说,不要信口抖没的","买卖公道换人心,八两只能兑半斤"。这三副隶书写就的条幅似一副对联挂在"店铭"的周围,显得有些怪怪的,倒是与许二赖老婆的形象相匹配。偌大的半面墙壁上除了挂着这几个像中堂一样的镜框,就是两幅卖农药的广告,显得很不协调,不伦不类。也正因为它的另类,就显得很醒目,像走进古董店。第一次看到它的人都会忍俊不禁,笑出声来。笑过之余,你也不得不品味它的内容所含的深意。

这几副条幅和店铭都是宋安然写的,算一算也有些年头了。不过不是一时写就的。上边的横幅是许二赖开了小卖店,那年过年,宋安然写完对联的时候写的。那时许二赖的小卖店还没翻盖,规模很小。当时宋安然写完对联,还剩了几条子红纸,宋安然就写了一些"出门见喜""米面堆山""细水长流"之类。写完,还剩两条子。再写,思谋不下贴处。扔掉,又觉有些可惜。嘴里念叨着"鸡肋,鸡肋,食之无肉,弃之有味"。一抬头,看见地方了,对门许二赖家还没贴对联,就随手写了"闲人请进,茶水支应"几个字,悄悄地贴在了许二赖家的外墙上。

贴完了对联,宋安然一个人悠闲地坐在油坊喝茶,眼睛睃了外面一眼,怀了一种小孩子观看恶作剧的心情,想看看许二赖的反应。没一会儿,许二赖也和儿子出来贴对联。那时候,村里人们多数已经不写对联了,而是上街买印制好的现成的对联。因为多数人自己不会写,还得求人,还得赔笑脸,还得买红纸、墨汁。不如买现成的省事,也多花不了几块钱,又不是成天过大年。

许二赖不买。许二赖依旧买回红纸让宋安然给他写。倒不是许二赖图省钱,是许二赖认为买印制好的对联,虽然字印得周正,但模子里拓出来的东西终究显得呆板,没有灵气,没有独特性,不如宋安然写的字好看、耐看、洒脱、飘逸、不拘一格、龙飞凤舞。那字像活的,看着看着就像注入了生命,要飞起来似的。买的对联内容也千篇一律,无非是发财啦,富贵了,俗。不但俗,且没有针对性。宋安然写出的对联不一样,宋安然写对联几乎都是自己编,不但有针对性,往往还突发奇想,妙趣横生。就像这副"闲人请进,茶水支应",能让人联想到笑容可掬的小二站在门口,躬着身,作着揖,打着手势,恭敬地迎门待客,并且口中念念有词,喊着悠长的"礼调":"来客了,您里边儿请。楼上,迎客,茶水伺候——"别看许二赖文化不高,但会看,会品味。当然,这里边包含了他对宋安然的崇拜。一崇拜宋安然,就连他的字一起崇拜了,连他的文采也一起崇拜了。不过,话说回来,也许正是宋安然的字和文采,才让许二赖对他崇拜得五体投地。

宋安然喜欢写毛笔字应该是得了父亲的真传。宋安然从小就喜欢舞文弄墨,跟着父亲涂鸦。父亲在宋安然涂鸦的时候,从来不会吝啬纸墨,即使在生活困顿的时候。

宋安然的父亲宋丑子喜欢插科打诨,幽默诙谐,很会讨巧卖乖。这一点宋安然承认自己没有完全继承父亲的衣钵,顶多得其三五成或者仅是皮毛。宋安然自认为他没有父亲的脑子反应灵敏。他们刚来此地的那年,生活还很艰难,过年的奢侈品是全家一只野兔,是父亲偷偷下了套子套住的。父亲于是写了一副对联,借以自嘲。上联:天明长一岁——不得不长;下联:苏修快倒霉——与咱无妨;横批则是:过大年吃猪肉——好香。

可能是父亲慨叹光阴似箭,日月如梭,年纪轻轻就体味了许多人生的无奈,连过大年吃一顿猪肉都成了一种奢望;又可能在慨叹岁月无情的同时,实在是太向往吃一顿猪肉了,能满足吃一顿猪肉的愿望,远比苏修倒霉要现实得多,所以只能借写对联画饼充饥,聊以自慰。

却不曾想父亲的这副对联第二天便梦想成真——魏叔,宋安然后来的老丈人魏万喜就给他们家送过来二斤猪肉。为此,父亲感激地连纸带墨包了好几年魏叔家的对联,直到父亲躺倒在病床上,再也拿不起笔。

也正是这副对联,成了父亲日后的笑柄。父亲出事以后,张八斤曾幸灾乐祸地说,还曾经痴心妄想,盼着人家"苏修快倒霉"呢,没等苏修倒霉,他自己倒先倒霉了……

宋安然看到许二赖盯着那副字幅看,他不知道许二赖看了以后会做何反应,是自嘲地一笑,还是恼怒地冲他骂一句什么。让他没想到的是,许二赖看了一会儿,像是在思索着什么。忽然,他回头朝他看了一眼,龇牙笑了笑,就回了家。没一会儿,许二赖竟拿着半张红纸向他的油坊走过来。他不明白许二赖要干甚。

许二赖一进门就说:"把你的看家本领拿出来,照着那副字,笔墨重一些,好好给我写一副,我好挂在墙上。"

宋安然看许二赖一脸认真,有些蒙圈。他本来是和许二赖开个玩笑,调侃一下许二赖的热情拉乎。可许二赖叫他照着再写一副,而且还要他拿出看家本领。甚意思?

许二赖反被他看蒙了,"咋,不想给写?还是又要'润笔费'?"所谓的"润笔费"其实就是请喝烧酒,无非是开开玩笑。从学会喝酒的时候,他们几个人就常在一块儿,喝烧酒不分你我,吃豆豆一递一颗,今天扎踩你一顿,明天糟蹋他一回,不分彼此,谁在乎过一顿烧酒呢。

"你,你要干甚?我只是跟你开个玩笑,再写一条子甚意思?"

"做广告呀。"许二赖起先愣了一下,继而醒悟过来了,他知道宋安然可能误会他了。醒悟过来的许二赖憨憨地笑着。憨憨地笑过,又显得眉飞色舞,小眼睛狡黠地眨巴几下,说:"我把它贴在小卖店里,告诉人们尽管来,我是不会嫌麻烦的。你不是常说人得有文化品位嘛,我文化不高,把它挂在我的店里,不正好沾一沾你的文化气嘛。"

许二赖如此一说,宋安然才恍然大悟。看许二赖平时大大咧咧不着调,关键时刻脑筋急转弯真快。

宋安然当然乐意给写了。

宋安然当即挥毫泼墨,笔走龙蛇,认认真真地给许二赖写了这副字。第二天,许二赖就郑重其事地上街裱上框挂在了小卖店的墙上。

宋安然压根儿就不曾想到,他的一个恶作剧,竟收到了这样的效果。之后,许二赖的小卖店竟由此渐渐红火起来。许二赖为了不让人们闲磨牙,还特意买了一副麻将让人们消磨时间。

许二赖的小卖店日渐红火,挤兑得张泉家的小卖店江河日下般地冷清下来。没一年,竟然关门歇业了。宋安然知道许二赖的小卖店能开得如此红火,主要还是靠许二赖两口子的人缘好,但许二赖却把小卖店日渐红火的功劳归结到那副字的上面。许二赖逢人便说这副字的神奇,说就是这副字,打开了他的心门,同时更加把宋安然奉若神明。

崔六子的第一通电话打过来的时候,宋安然刚码起那手烂牌。宋安然本来心里烦,一时半刻还没调整过来,不想接的。但又怕耽误了什么事,就掏出手机看,原来是鬼六子的,想接听,却又挂了。鬼六子的电话再当紧,碍他宋安然什么事,加之下家也在催,就挂了。

下家坐的是急性子罗毛蛋。罗毛蛋牌打得鸡屎一样的烂臭,却老爱催人,似乎他的牌技有多利索的样子,别人永远也跟不上他的节拍。

其实罗毛蛋生性就是这副德行,永远一副火上房的猴急样儿,要不人们咋叫他"夹脑风"呢。不过,这不能怨罗毛蛋,要怨应该怨他妈。罗毛蛋他妈生罗毛蛋的时候,还不满十六岁,属于青皮枣的年龄,充其量也就是勉强有些泛红。

加之那个年代正值三年自然灾害刚过,整个社会的经济还没完全恢复元气,人就更是营养不良。尤其是年轻人正处于发育阶段,营养不良就容易造成发育滞后,生理跟不上心理的变化,生理晚熟就是情理之中的事。可怜罗毛蛋他妈本来青涩口紧,又遇罗毛蛋头大,不好生。他妈那下口可能因为营养不良,导致弹性不足,就像生胶皮一样,紧紧地勒着罗毛蛋那颗大头,生生地把罗毛蛋给勒坏了,勒成个"夹脑风"。至今罗毛蛋还是长头,像个秋后成熟的老冬瓜。那老冬瓜的上部还依稀可辨一道凹印,似乎是勒痕,据说就是出生的时候,他妈给勒的。

宋安然看看牌有了转机,显得兴奋起来,刚才的烦恼已经一扫而空。手里一张白板已经存了两转子了,他觉得已经无望,就先打了白板才去摸牌。河里已经落进去两张白板,打白板不会漏底。伸手一摸,他就朝自己头上盖了一把,骂道:"你个记吃不记打的猪头。"

真是顺牌,打甚来甚。刚把一个白板打出去,偏偏又是个白板,第四个白板。本来缺将,随手又把将给打出去了。要是不打白板,已经停口了,就等自摸嵌八筒吧。宋安然后悔得叫苦不迭。但后悔也不能跳进"河"里去捞了,牌一落进"河"里,就被淹死了。人要是跳进去,就更得被淹死。不是说生命被淹死,是牌风被淹死。不要以为牌风被淹死是小事,牌风若是多被淹死几次,就没人跟你耍牌了,你就会被彻底晾起,慢慢就成了边缘人。一旦成了边缘人是很可怕的事,干甚都没人尿你。人们会认为你这个人的品行有问题,不可信,将你归类于无赖之流。不但耍牌不尿你,平时办事也没人愿意跟你打交道。这一点,张八斤肯定深有体会。因此,很注重名声的人是不会"跳"进河里捞牌的。这一细节看似无足轻重,却能折射出一个人的品行。

宋安然拿着最后一张白板似乎有点儿烫手。可见人不能得意,人一得意,往往容易忘形,一忘形就容易出岔子。不过转念一想,不会有太大的影响吧?只是一张牌而已。再说也未必是坏事,要是再能摸回筒子,说不定还能褪成清一色呢。

崔六子第二次电话打过来的时候,宋安然正好摸回了将。在他准备摸牌的当口,电话铃声不失时机地像催命似的响个不停。他一手伸出去摸牌,一手又准备接电话。摸起来刚要打,赶紧刹住车,好家伙,又是筒子!一看,这不是摸回将了吗?真是顺牌,果然想甚来甚。他倒吸一口凉气,好悬,差点儿又打脱手!眼看其他三家的情形都要停口了,再打脱手去毯上成和去,要不咋说一心不能二用呢。他瞅一眼来电显示,又是鬼六子的,"噌"一下又把电话挂断了,同时恨得咬牙切齿。人在全神贯注的时候遭人打搅,是很令人窝火的。

上家随口问道:"谁的电话?"

"还能有谁?鬼六子呗。"

"鬼六子?那个圪泡还没消失呀?"几个人不约而同地将目光投向他,好像他和鬼六子在共同制造并实施着什么阴谋。

宋安然对他们的问话有些不屑,说:"他怎么能消失呢?他一消失,你们跟谁要钱去?哭黄天也没泪了。"

没注意什么时候,似乎是倏忽之间,阳光就透过窗户照在脸上,有些突兀。太阳终于露出了久违的笑靥,人的心情也随之愉悦起来。此时阳光照在脸上的感觉真是妙不可言,像情人温柔的手款款地抚摸着你的面颊。宋安然情不自禁地向着外面的阳光贪婪地欣赏了一眼。细想想,仅仅三天,就让人觉得如隔三秋。

崔六子第三次打电话过来的时候,宋安然已经狠劲地摸上了,而且如他所愿,褪成了清一色,清一色一条龙嵌八筒,可以说这是可遇不可求的"天和"!能遇到这种和,并且成了和,往往预示着你的好运就要开始了。可见世事难料,正应了那句话,有心栽花花不开,无心插柳柳成荫。宋安然开始亢奋起来,死和,死和。死和不是说胎死腹中成不了和了,而是铁定他的和了。河里落进一张八筒,不信其他三张他们都能捏完?再说他的杠里已经码了这么多筒子,看打牌的情势只他一家要筒子,不可能撅住,他们即使摸上八筒,应该也留不住。因此,宋安然心里充满了期待。

尽管如此,他心里还是有些不踏实,要是有人捏了暗嵌儿(三张八筒)呢?真要是有人捏了暗嵌儿,他就被釜底抽薪了。还有一种结果就是,有人猜透他的牌,即使不成和,也不给他打八筒,就为坏他的风水。场上除了他,都是老"麻油子",他能那么轻易地瞒天过海吗?到如今,他的牌相已经很明显了,一把牌他只打过两个或三个筒子,而条子和万贯打得那三家揪心地疼,不知道是真是假,直呼手下留情。尤其是对家高美香,恐怕早就摸清他的牌路了。

宋安然撩起眼皮看了一眼高美香,高美香也似不经意地看了他一眼,俩人的目光不期而遇。也就那么轻轻地碰了一下,高美香似乎意识到了什么,在收回目光的同时,递给他一个轻轻的不易察觉的微笑。就是这个不易察觉的似有似无的微笑,让他读出了高美香的内心,高美香的微笑里隐藏着一丝狡黠,甚至挑衅。他的心一下子降下温来。窗外接近正午的阳光照射进来,正好照在高美香的那张娃娃脸上,高美香的脸上仿佛涂了一层淡淡的朦胧的油彩,高美香的额头就呈现出圣女般的光洁,既端庄又妩媚。

高美香虽然已经四十多岁了,但那张小巧玲珑如天使般的娃娃脸,似乎永远都不会老去。高美香不喜欢浓妆艳抹,却恰到好处地展现出一副"清水出芙蓉,天然去雕饰"的自然之美。这种自然之美中,折射出的是一种天然的纯朴、率性和对所有事情的满不在乎。

"你是我的情人,像玫瑰花一样的女人……"曼妙的电话铃声不慌不忙按部就班地响着,响得旁若无人。这是宋安然十分喜欢的铃声,好几年他都没有换过。但此刻宋安然却不去理会,任凭它不厌其烦地响着,心里却在火烧火燎地骂道,这个怂人,也不看眼色,好久没摸过这么顺的一把牌了,就不能让他痛痛快快地过一回牌瘾。有甚要紧事,非要几次三番地打扰他,叫他分心,差点儿误了和。这次他不看也知道,一定还是鬼六子的。他的眼睛牢铃一样地盯着桌上的麻将,生怕误过,心里恨恨地骂道,情人你大个头呢,情人在牌桌上呢。不知道是骂鬼六子,还是骂电话中的彩铃。

就在电话铃声还在自顾聒噪的时候,对家高美香已经摸起一张牌,然后故意缓慢地把牌高高地举过头顶,眼看着就要把牌往桌子上拍了。宋安然眼瞅着高美香的手煞有介事地在空中划了一圈,似乎是揪着他的心在悠闲地提溜着把玩。他盼着高美香又是在故弄玄虚吓唬人,高美香是常耍这种小把戏的。高美香果真没有拍下去,而又把牌码进了杠里。

就在宋安然刚松了一口气时,却听高美香轻声说:"和了。"随即款款儿地将牌推倒,表现得气定神闲。这下宋安然算是彻底傻眼了,但他依然有些不甘心。他把头探过去一看,鼻子都要气歪了,原来高美香成了一个放屁和!

宋安然喟然长叹一声:"逮的个雀儿又没毛了。"他又悻悻地说高美香:"我以为是个多大的和,原来是个放屁和。你一个烂蛋放屁和不能不要成,害了我这么一把好和。"他恨恨地故作嗔怒地瞪着高美香,似乎恨不得扑上去咬高美香一口解气。高美香却忍俊不禁,朝他坏坏地笑了。

高美香不但朝着他坏笑,还故意拿话激他:"早就知道你成甚大和了。"

众人想看看宋安然成什么好和,那么神秘。宋安然说等等,我摸一下看看,成不了和也过过手瘾。

宋安然心有不甘地摸起轮到他的那张牌,装模作样地双手抱住,使出全身的力气狠劲一摸,一下子抱住头,万分遗憾地苦笑了,八筒。"这个怂牌,早来一把正好赶上。真是应了那句话,徒肉没吃上,挨刀将赶上。"罗毛蛋替他把牌扳倒,众人一看,都笑死了。尤其是罗毛蛋,笑得泪眼婆婆死去活来,捧着个冬瓜似的大头差点儿背过气去。高美香捂着嘴巴"咕咕咕咕"地笑个不止,笑得有些矜持而不同凡响。高美香的这个笑姿很独特,她把几根葱白样的手指成兰花状地翘着,大拇指轻托着下腮,半掩红唇半掩鼻,犹抱琵琶半遮面,有些拿捏,有些狐媚,好像她是杨贵妃。正是这样的拿捏与狐媚,配上她那张娃娃脸,藏着一种意味深长的挑逗,又不太夸张,不太显山露水,本来是故意做出的样子,却显得自然贴切,不留痕迹,分寸拿捏得恰到好处,才显出与众不同。这种神态很容易让人想入非非,似乎其间飘忽着太多的朦朦胧胧、若隐若现的神秘。

上家幸灾乐祸地说:"你就没那吃毯的命。"

宋安然接口说:"你有那命,就让给你哇。"手机铃声又颇烦地响起,有点儿不依不饶的意味,"催,催,催你大个头。你老婆让人挂上跑了?"宋安然再次掏出手机准备接听。

"嗳?你怨谁了?你点儿败怨你手臭,你怎么能怨别人呢?"罗毛蛋急赤白脸,以为宋安然在怪他老催,影响了成和。

宋安然对罗毛蛋笑笑,说:"没怨你,鬼六子。"他指了指手机,"你不要甚屎盆子也往自己头上揽。再说,你妈在后头站着呢,又没让人挂上跑了。我敢怨你吗?怨你还不得让你妈把我撕巴得吃了。"他指一指罗毛蛋身后门神一样站着的任翠翠。

任翠翠瞪起牛蛋一样的大眼狠狠地剜他一眼,"你个坏怂,狗嘴里吐不出象牙来。你等着,早晚得叫你血债血偿。"

宋安然讪笑着对任翠翠说:"行,哪天我皮痒的时候等着你给我挠痒痒。"又站起身对周围看场的人说:"谁替我一把?我接个电话。"说完,边接电话边走出了"三味真店"。

# 第 六 章

"打电话干甚?催命似的。多顺的一把大和,愣让你小子一个电话冲得毬影儿也没了。快说,是不是又闹回钱来了?"宋安然还在惋惜那把好牌。

"怎么一说话就是钱呀钱的,是不是得了'钱痨'啦?"崔六子没直接回答他的话,却在电话那头揶揄他。

"你怕我得'钱痨'?笑话儿。我看你早就捞成'钱痨'了。说哇,甚事?没事就不要再打搅我了,我回摊子上去了。"宋安然说完就要挂电话。

"别,别,狼撵上你了这么急?"又问,"多大的输赢能让你这样放不下?"

"不是输赢,是牌。好长时间没遇上这么顺的一把牌了,真可惜。你冲的不是一把牌,你冲的是牌运。"宋安然的语气中带着明显的不耐烦。

"不要惦记着再回去耍了,你在许二赖家哇?我一会儿开车去接你。"

"有甚事电话上不能说,非要见面说?"

"不是一两句话能说清的事,还是见了面再说哇。"

"甚事这么着急?"宋安然故意咋咋呼呼地戏弄崔六子,"哎呀,知道啦,是不是你老婆让人强奸了?赶紧报警呀,找我管屁用。"

"哎呀,你不要乱坟湾割韭菜——鬼嚼毬毛了。有急事,没有急事我能一连给你打几个电话?你等着,我一会儿就过去了。"没等宋安然再应话,崔六子已经挂断了电话。

崔六子的话听上去确实很着急,但电话上又不肯说,说明这事一定很隐秘。他不能立刻去,他得好好想一想,崔六子是不是又要下个什么套子把他绕挽进去。崔六子这家伙太鬼了。所以,对于鬼六子这种人时刻都得提防着,一不小心,他就可能给你挖坑,让你栽个红黑烂青。

宋安然就给崔六子又回拨电话:"哎,你先不要过来了,来了也是白来,我家中午来人呀,我得接待。"

"来谁呀,非得你接待?让你老婆接待不行?要不让你的秘书接待。我已

经往过赶了。"崔六子口中的秘书指的是高美香。

宋安然未置可否,但在心里冷笑了一声,顿了一下又说:"你还是别过来了,刚下过雨,南圪卜肯定过不来了,你不怕把你的车陷进去吗?"他故意提南圪卜路的事,也带了旁敲侧击的意味。

"我绕水桐树过去,也用不了多大一会儿。"崔六子好像没听出宋安然话中的含义,不咸不淡地应答着。

"水桐树这条路也未必好走。再说这是白天,你敢来吗?"宋安然故意拿话激他。

"你这话说的没一点儿道理。我又不是'墓虎'(河套迷信中的僵尸),白天连门也不敢出了。葫芦湾也不是龙潭虎穴,我怕甚?还怕葫芦湾有豺狼虎豹,把我撕巴得吃了不成?"崔六子一定听出了宋安然话里的挑衅意味。

"那倒不至于。只是你不怕半路地杀出个程咬金来找你麻烦?"

"钱我也给他们分了,他们还想咋?要是谁还想咬毬,不用他动手,我自己割下来,亲自给他喂到嘴里头。好了,不跟你犟嘴了,我过去了。"

宋安然冷笑了一声,哼,你不怕?你是瘦毛驴屙硬粪——专耍硬撑呢。

"行,你来也行,正好来的是两个'酒坛子',我还愁没人陪呢,你来还能替我挡一挡子弹。"宋安然听崔六子态度很坚决,就反守为攻,顺水推舟。

电话那头的崔六子不说话了,大约停顿了十来秒钟才说:"真的有人来吗?来谁呀?下雨天他们来干甚?你不是在忽悠我哇?"

"你能来人家就不能来?又不是下刀子?再说我忽悠你有甚油水,你又不给我发奖金?你也不用问谁,来了就知道了,你也熟悉。"

宋安然觉得好笑,这个当地有名的大忽悠,甚时候都怀着一种阴暗心理揣度别人。不但他忽悠人,原来他也时刻提防着别人忽悠他。

"中午不行晚上呢?晚上总不该又陪谁哇?"

宋安然故意沉吟了一下,说:"行,晚上,就在晚上。不要怪我没让到你啊。"

电话那头,崔六子似乎长出了一口气,说:"那我傍晚早点儿过来接你,一言为定。"

"一言为定。"

宋安然挂了电话,也没兴趣再去打麻将了。宋安然憋破脑袋也想不出崔六子这么急着找他有甚事。前几天因为包地款的事,他刚帮他擦完屁股。好歹每户人家给付了一部分,算是暂时安抚住了。

崔六子虽然与宋安然社挨社住着,只隔着两三里地,但宋安然以前对崔六子并不是十分了解。崔六子比宋安然小三四岁,他们不是一茬茬人。崔六子开始上小学的时候,宋安然小学快毕业了。还没等崔六子上中学的时候,宋安然已经辍学了,每日起早贪黑在责任田里忙碌。所以,他们的生活几乎没有多少交集。宋安然只是听人们风传崔六子和崔世雄不是亲父子,他是当时的一个工作队队长的种,工作队队长是县里一个什么单位的干部。这位队长在极不负责地下了种以后的不久,就被抽调回了县里,就像蜻蜓点水似的,成为崔六子他妈生活里的过眼烟云。

当时人们只是猜测,并不能确定。人们真正认定确有其事已是崔六子两三岁时。忽然有一天,有谁说崔六子跟他的几个哥哥长相不太一样,就连性格也大相径庭,一句话就把那层窗户纸给戳破了。人们自然又想到了那位工作队长,农村人在这方面有着极强的漫无边际的联想能力。他们再仔细审视,便审视出了端倪,这长相不是很像某某队长吗?看那精致紧凑的小五官,看那道好看的英雄眉,活脱脱就是一个小"队长"。尤其是那道漂亮的英雄眉,与他几个哥哥娄阿鼠一样的八字眉截然有别。

人们的猜测并非空穴来风,除了崔六子的长相和性格与哥哥们有明显的差异,还因为他妈是个颇有些姿色且风骚十足的女人。据说在传出崔六子他妈与某某队长有染的时候,还被他大崔克穷狠狠地揍过,后来实在没抓到现行,才不了了之。

崔六子高中毕业以后,就走上了社会,闯荡世界,宋安然就更不了解有关崔六子的事了。后来听说崔六子参与了诈骗某某乡两辆汽车的事,掘得了第一桶金,也不知道是真是假。

崔六子来接宋安然的时候,天已经昏黄了,崔六子的车已经打开了车灯。由于一路雨水的湿滑,白色的汉兰达让泥糊得快辨不出颜色了。看着崔六子的狼狈相,宋安然想笑,但还是把笑憋在了肚子里。崔六子看上去有几分憔悴,像是几天没睡觉的样子。他同魏灵芝打了个招呼,就对宋安然说:"请吧,我的宋大人。"

宋安然做出一副微醺的样子,嬉皮笑脸地对崔六子说:"忙甚了?回来喝口茶再走也不迟哇,我还没醒酒呢。"

崔六子没进屋,说:"还是别喝了,到地方有好茶喝。"

宋安然抓住崔六子的话把子,说:"这么说我的茶就一定是赖茶了?"说完

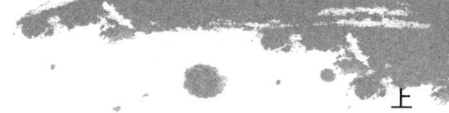

这话,宋安然倒把自己吓了一跳,这话听上去怎么有点儿无赖呀。

崔六子赶紧纠正,说:"哑,哑,是我说错话了,我赔罪,我赔罪。"一边说着,一边拉宋安然上车。宋安然就顺水推舟,上了崔六子的车。

看崔六子现在对宋安然毕恭毕敬,当初来葫芦湾投资的时候可不是这样,他哪里把宋安然放在眼里呀。

宋安然知道,在葫芦湾的许多人眼里,崔六子就是个流氓、无赖、大骗子,他是靠坑蒙拐骗才发展到如今的地步。可在宋安然看来,崔六子根本不像他们说得那么简单。崔六子在十来年之内,从白手起家发展到几百万资产,单靠坑蒙拐骗能办到吗?崔六子是耍过一些不光彩的手段,但不是单单靠坑蒙拐骗就能做到的,换作你坑一个骗一个试试?想坑未必会有人相信,想骗未必会有人上你的当。

自从崔六子养奶牛发展起来以后,宋安然曾经很认真地对崔六子做过一番研究。他从崔六子的发展轨迹中,发现了崔六子有很多他所不具备的禀赋,比如崔六子有一般人没有的胆量,他在手中没有一粒米的情况下,敢报养三十头牛,敢建奶站;比如崔六子的急公好义,曾经在关键时刻倾囊为仲得利家雪中送炭,如今才能得到仲得利的帮助;尤其是崔六子在利用人际关系方面的能力,可以说左右逢源,如鱼得水,如果不具备一定的高情商,是很难做到如此收放自如的;还有崔六子屈伸自如的态度,该软则软,该硬则硬,变化堪比变色龙,怎一个"鬼"字了得。毫不夸张地说,在许多人眼里很难办的事,到了崔六子手里,就不是什么难事了,崔六子能做到举重若轻的地步。甚至有关部门的领导,都被崔六子玩弄于股掌之间。人们往往以偏概全,只看到崔六子不地道的一面,却忽视了崔六子其实有好多独特的东西,只是他的一些长处被他做过的那些不体面的甚至很下作的事情掩盖掉罢了。

所以,尽管宋安然对崔六子的许多行为也感到厌恶,但他还是从崔六子的经历中,受到了启发。在这一点上,宋安然有着明确的认识,即使再遭人唾弃的所谓"坏人",也会有一定的长处,不然就很难在这个世上立足,甚至生存;即使再优秀的所谓"好人",也会有一定的弱点和不足,不然就成了圣贤。从古到今能有几个圣贤?《老子》说过:有无相生,难易相成。许多事情是相对的,只是看待它的角度不同罢了,不能片面地看问题。人只有不断地学习别人的长处,再对照别人的不足来找出自己的短处并加以改正和摒弃,才能不断地成长。不能怪那些人不会辩证地客观地看待崔六子,因为他们没读过《老子》,他们就不懂其中的精妙。

# 第 七 章

宋安然第一次对崔六子有了比较深刻的印象,是在一九九九年春天的全村"农村产业结构调整主题会暨奶牛养殖动员大会"上。

红柳地村第二轮土地承包经营工作完成后的第一次全体村民大会,在村小学的一间教室召开。会议由乡畜牧站王站长传达上级会议精神,主题是"转变政府职能,改变工作作风,调整农村产业结构"。王站长是乡里的包村干部。

有人看见崔六子坐在墙圪垯的凳子上,就同他打招呼:"嗨,六子,你也准备养牛吗?你要养不得养个几十头哇?"口气里充满十足的嘲讽。

又有人问:"你咋也想起要当二级流氓?""二级流氓"是对奶农们的谑称。

崔六子能听出那些人话里的讥讽意味,也不去理会。

宋安然虽然对崔六子不太了解,但他对崔六子这几年的事还是有所耳闻的。他听说崔六子这些年在外面买卖做得风生水起,很有些成就了。忽然,去年又听说回来种地了。人们在谈论崔六子的时候,都把它当作一件趣事来消遣。宋安然想,买卖做塌了,回来休养生息也是情理之中的事。久走冰滩,哪有不摔跤的。宋安然虽然对崔六子的遭遇谈不上同情不同情,但对人们这种做法很是鄙夷,这是标准的小人心态。别人挣了钱就眼红,别人遭了难就落井下石。宋安然当然不会去打听崔六子的买卖为甚塌了,宋安然不是个长嘴人。不过,这倒给宋安然敲响了警钟,干甚事情也得有个度,不能盲目扩张,更不能瞎折腾。他的油坊这三年来,虽然起步比较艰难,但毕竟开始走上正轨了,更得小心谨慎、如履薄冰、稳扎稳打、步步为营,以免步崔六子的后尘。咱可是小本经营,挣起赔不起呀。

宋安然来开会是想好好做一下调查,准备养奶牛的人家有多少,全村的养殖规模有多大,由此推测周边的养殖规模,好为油坊下一步的扩大再生产早做准备,制定详细周密的计划。

王站长是个兽医,大学毕业,不知道怎么三混两混,没几年竟把几个老兽医挤下去,混成了畜牧站站长。王站长个子不高,人很斯文,眉清目秀,架一副很窄的近视眼镜,梳着当下年轻人少有的旧式分头,说话慢条斯理,虽然还不到三十岁,却一副老成持重的样子。王站长讲话的时候常常喜欢双手拢着捧住肚子,像个中央首长在视察谁,尽管还没有发福成将军肚,也要做出那么一种姿势,像足月的孕妇的样子,好像时刻害怕干瘪的肚子无法承重会掉落似的。

王站长自进了畜牧站,常下来给牲畜治病,打防疫针,劁猪骟蛋,给牛、马、驴接生。王站长干这些活儿的时候也很利索、很粗野,技术很好,不过就是收费不菲;可王站长一讲起话来就变得温文尔雅,一副文人的做派,和劁猪骟蛋的王站长判若两人。

今天的情形有点儿特别,会议正式开始之前,王站长为了能让群众更好地领会会议精神,契合会议的主题氛围,一改以前的刻板形象,竟然屈尊俯就,主动坐到火炉子边,一边烤火,一边与人们拉呱起来。

有人问王站长:"今天不是说奶牛嘛,咋又说甚转变职能?这跟我们有甚关系?"显然,大家认为这些都是务虚,不感兴趣。

这一点王站长不是不清楚,这正是农村改革的难点所在。农民普遍不关心国家的大政方针,看不到改革的宏大目标,才导致农村改革举步维艰。

王站长听到有人这样问,觉得正好利用开会前的这个机会,因势利导,与村民们交流交流,先来个抛砖引玉。"咋能没有关系呢?群众是我们的服务对象,我们需要你们的配合呀。就像锄地,要是没有地,你举着锄头锄甚?"王站长常常喜欢举一些既浅显又形象的例子来阐释自己的观点。

却不料有人并不买他的账:"我们种地,你们服务?这不是驴逼扯在马胯上了——生拉硬拽吗?我们就是忙死,能指望谁来替我们锄一垄地呀。"

又有人像绕口令似的接话:"说得天花乱坠,民总是民,官总是官。官总是来管民,民总是被官管,两碗豆腐,豆腐两碗,一毬样。"

王站长也不生气,耐心地给大家解释:"这咋能一样呢?我们仔细分析一下就会发现,这关系到一个地位主次的问题。在管理程式中,管理人员占主导地位,被管理的人是从属地位。就像放羊,管理人员就是羊倌儿,被管理的人就是羊。而服务程式就反过来了,服务人员就像……"

说到这里王站长稍微停顿了一下,好像一时找不出合适的例子做比。不过也没停顿太久,稍事思索,马上又找到了例子:"服务人员就像洗脚妹,是被动地位,而接受服务的人员就是顾客,顾客占主导地位嘛。顾客提出甚要求,服务人员就得想方设法满足,顾客是上帝嘛。"王站长说完甚至还有些自鸣得意,他觉得自己举的这个例子既贴切,又通俗易懂,又新奇有趣,带有调侃的味道,能吊起人们的胃口,这样容易拉近与村民之间的距离。

没想到有人专挑站长的毛病,说:"我们是羊吗?那敢情你们就是狼了?"

也有人起哄:"除了当洗脚妹,是不是还提供三陪服务?"

有的人更是把话题往岔路上引,"站长是不是经常去洗脚?干过洗脚妹没有,味道咋样?"

人群中传出一阵放肆的大笑。

王站长忽然觉得自己怎么不知不觉变成了一只被人围观的耍猴啊。不过既然自投罗网,即使心里有些不爽也只能硬着头皮忍耐一时。不然就破坏了自己的亲民形象,还不如刚才不坐进来呢。

教室中间生着一个大火炉子,一群人围着火炉子一边散漫地嗑着瓜子嚼着炒豆打着饱嗝放着响屁,一边放肆地聊着粗话喷着脏话囔着鬼话侃着风凉话。

王站长微微皱了一下眉头,他似乎嗅到炉膛周围散发着一股青草的味道,还有儿马的臊气夹杂着公牛的腥膻,成天跟牲口打交道的王站长对这些味道颇为敏感。这些混杂的味道与会场将要形成的气氛格格不入。但王站长对此却束手无策,因为他不能像删除电脑记录一样将它们删除。

王站长有些哭笑不得,本来他是想放低姿态,开个村民感兴趣的玩笑接一接地气,却不料反受了如此奚落。"我刚才给大家举的例子有点儿不太恰当,现在我给大家举一个更贴切的例子:譬如原来我们是坐在办公室等着,"王站长举例不说比如,而说譬如,譬如比比如听上去有一种文绉绉的感觉,"等着下面打电话,报告哪里发生疫情。往往发现疫情了,已经开始蔓延了,控制起来就不那么容易了。转变政府职能以后,我们就要主动地走下去,积极地发现可能出现疫情的苗头,争取把疫情消灭在萌芽状态之中。我们是人民的公仆嘛。"噢,原来是这样啊,人们终于明白了。他们实在佩服王站长,三句话不离本行,举个例子也不是放羊就是疫情,要不就是洗脚妹。

其实人们原来也不是猪心实窟子,是听懂故意装不懂,借题发挥起哄呢。虽然人们心里都明白,但新的问题随之又产生了,人们就七嘴八舌提出质疑:"可能吗?说句话就变成公仆了,那么容易?"

"是啊,历朝历代多少年,父母官父母官,你看看哪个人不是削尖了脑袋往官场里钻呢。当了官儿就升级了,升成父母了嘛。"

"你知道为甚?当官儿能捞油水,当官儿能耍牛逼。当官儿能白坐公家的好车,当官儿还能白吃公家的肥羊肉片子,满嘴叉窝流油。"

"还能白喝公家的好白酒,放肆地发酒疯,随便揣女人。当官儿能占的便宜太多啦。"

"日哄人了。要真是都成了公仆了,谁还会杵了鼻子碰了牙,花大价钱也要抢那个恶水罐(冠)子呢?"

"看咱们村主任、书记,不都是'骑着摩托驮着羊,村村都有外母娘'吗?"

村主任一听把火烧到自己身上了,脸上就现出尴尬来。不但尴尬,还有些愠色,很难看。但是会议还没正式开始,他也不好制止。

王站长知道现在的人已不似从前,哪还把领导放在眼里。等人们把憋的气泄了一阵后,王站长才给大家耐心地解释:"转变职能,改变作风非一朝一夕之事,得一步一步来,正所谓心急吃不了热包子。"

话音刚落,七社的崔世亮就嚷了一句:"我知道就是嘴上的一股劲儿,日哄人呢。"

"话可不能这么说,我们党的宗旨就是全心全意为人民服务,你们怎么能这样曲解呢?连我们党你也不相信,你还能相信谁?"

崔世亮冷冷地看着王站长,说:"你能代表共产党吗?要是共产党都像你这样,我看未必是什么好事。"崔世亮因为王站长曾经给他家看死过一头毛驴,跟王站长结了怨,还曾一度闹到法庭上,最终败了诉。因此,崔世亮总会利用一切机会跟王站长找碴儿。这事在村子里早已不是新闻。

王站长争辩似的嗫嚅道:"话可不能这么说,正因为有这样那样的问题,我们才要改革呢,我们才要改变自身的工作作风呢。"

王站长的话音刚落,就有人跟着起开了哄,王站长的声音立刻被淹没在一片调侃声中。"哼,说的比唱的好听,咋能让人相信呢。"

"你要是能给取消了'三提五统'我们就信你了。"

"取消了割头税也行。"

还有人出来反驳:"割头税能有几块怂钱?真免了也不顶毬用。"

众人一看说话的是罗毛蛋,有人就讥笑他:"人心不足蛇吞象,你还想干甚?莫非还想让政府再给你娶个妈不成?"

罗毛蛋老婆任翠翠因为长得粗笨,生了孩子以后更像个老母猪,年轻人就喊她老任。时间长了罗毛蛋也跟着"老任老任"地叫。众人听着就有些别扭,别人喊老任是讥讽任翠翠年纪轻轻倒好像几十岁的老太婆一样,老态龙钟。可是罗毛蛋一喊老任,倒好像叫成了"老人"。于是人们就打趣他,罗毛蛋叫任翠翠"老人"真是适得其所,任翠翠管教罗毛蛋,不就像老人管教儿子吗?人们不管罗毛蛋愿意不愿意,就由此引申出来,硬是又给罗毛蛋添了一个"妈"。罗毛蛋是个很识耍的人,反正人们是开玩笑,没甚恶意,所以也不恼怒。有时还会反唇相讥:"你们没听人说,'老婆当成娘,一年比一年强;老婆当成嫂,一年比一年好;老婆当成崽,一年比一年穷;老婆当成鬼,一年比一年灰'吗?你们不抬举老婆,就等着倒血霉哇。"罗毛蛋这样大大方方地一认,反倒弄得众人没意思了。

先前提出取消割头税的人,这会儿倒认真起来。他显得愤愤不平,"其实不是说几块钱的事,是说这个道理不对。我们自己割头,又没请他们来割,凭甚要收我们割头税?"

有人就讪笑他,说:"公家的事由不得咱们,你那么较真儿干甚?给自个儿寻气了。听说古时候杀人还要割头税了,你说那是甚道理,把人杀死了还跟人家要割头税?"忽然想起什么似的转头问王站长,"哎?站长,现在枪崩人还要不要割头税了?"

王站长笑了笑没回答。哎呀,这个问题有点儿刁钻,真不好回答。他只听人说过枪崩人是要子弹钱的,要不要割头税,还真不知道。他从来就没思考研究过此类问题,因为他从来没有亲戚朋友或同学同事或认识的什么人被枪崩过,因此也就没必要去操这门子心。他想,应该不会的。现在死刑犯只用枪崩,又不割头,要的什么割头税,或许子弹钱就抵成了割头税。但不肯定,不能肯定的事,就不能轻易表态,一旦出错,又要给人留笑柄了,就像刚才举洗脚妹的例子。缄默不语,不惹是非。所以他只能以笑笑作答,留出余地让你自个儿去猜。

众人听了那人的话笑成一团,说:"自个儿的事还扯毯不清,还关心枪崩人要不要割头税。是不是防备哪一天你也挨了枪子儿不成?现在又不是'文化大革命',想逮住谁随便安个罪名,说斗就斗,说崩就崩。春打六九头,刮毯不刮毯。"

有人更是被点起无名之火,说:"真要是割了头,你要上割头税也没甚说的。可是我去年养了十只羊,只杀了两只,硬是给我上了十只的割头税。其他八只羊的头都还好好地长在脖腔骨上,也上了割头税,这是什么道理?"

"你那羊不是迟早也要被割头的嘛,迟进城早进城,迟早进城,一次性上了不是为省事嘛。难道你的羊还能长生不老,万寿无疆吗?"

"问题是今年上过明年还要上,一只羊能被割两次头吗?"

"明年不是还没到嘛,你操的哪门子闲心。说不定明年发生世界大战,人都死毬掉了,还能顾得来羊。"

"那我的羊要是自己病死,不用割头,该咋算?"

"你养羊又不是养祖宗,就为让它自生自灭吗?"

众人又是一阵肆无忌惮的大笑。

村会计刘清水也围着火炉子坐着,他眼看人们越来越放肆了,王站长脸上现出不自然的表情,赶紧打圆场:"这个大家理解错了。本来这就不叫割头税,叫牧业税。我们仔细分析一下,养牧吃不吃草? 草是不是地里头长出来的? 土地是国家的,占不占国家的资源? 这是从资源补偿上说的。"刘清水说话通常很注重语言逻辑上的严谨性。

有人又提出反驳:"土地不是集体的嘛,咋到了你嘴里头又成了国家的了? 你狗日的还是优秀党员呢,咋也这么点儿觉悟,跟着他们糊弄我们?"

刘清水一愣。他被人这样一顿抢白,有些尴尬。但刘清水马上又找到了证明:"古语云:普天之下莫非王土,率土之滨莫非王臣。知道这是甚意思不? 就是说连我们都是国家的人,何况是我们的土地。你敢说你是外国人吗?"

有人假意附和:"就是,你是外国人吗? 你要是外国人,连在这儿开会的资格也没有,还敢谈什么土地归谁。"

有人不服气,说:"你这是强词夺理。豆腐坊粉坊,各管一行。"

宋安然想驳斥一下刘清水,但没有。一来刘清水岁数比他大十多岁,二来他还算是个比较好的村领导,是村领导中的温和派。他为上级开脱也是他的职责所在,吃谁的饭,顾谁的家嘛。情有可原。

刘清水不敢再纠缠这个问题,就赶紧岔开话题:"不说这个了,不说这个了,我们从另一个角度来分析。"刘清水可能出于职业的严谨,常常很喜欢"分析","全国这么大的畜牧业产业,需不需要管理? 管理需不需要费用? 这是从费用支出上说的……"

又有人打断他的话:"照你这样说,养羊上牧业税倒也勉强算一说。"刘清水一听这话,有些面露得意,看来他的话说到点子上了。没想到接下来的话,又使他不知道该如何应对。"可是你见过谁家放过猪?我们养猪连圈都不出,占国家毬资源呀?给猪看病花超贵的药钱,打防疫针交超高的防疫费,我们要谁管呀?猪病死了我们就赔得毛净血干了,谁操心过我们的猪死猪活呀?"显然这话不但是针对刘清水的,也是旁敲侧击说给王站长听的。

"别跟他们抬杠了,他们又不制定政策,跟他们说顶毬用呢,白费唾沫。养儿防老,种地纳粮,天经地义。甚是道理?国家的政策就是硬道理,要不然订那政策有屁用。国家叫你走东,你敢走西?国家要是明天宣布恢复人活到六十岁就活埋的制度,你敢活到六十一岁?小胳膊还思谋着想要拧过大腿?你盖上八床被子梦去哇。"说这话的人不知是在为国家开脱,还是在说风凉话。

村主任终于听不下去了,赶紧站起来截住话头:"哎,哎,行了行了,气也出了,屁也放了,屙也屙了,沁也沁了,够了哇?过滤一下。这里是在开会,不是积肥,满嘴臭烘烘的。别扯远了。我看人来得也差不多了,我们现在正式开会,请王站长给大家传达上级会议精神。"

村主任站起来的时候,扶了扶腰,似乎显得有些吃力。有人连这个细节也不放过,乘机奚落村主任:"村主任,你老人家还是坐下来主持会议哇。你站着说话不腰疼吗?这两天再睡玻璃炕没?"

人们又是一阵哄堂大笑,笑得王站长有些莫名其妙。"玻璃炕?甚玻璃炕?"他边往讲台上走边诧异地看着村主任,看得村主任尴尬得不知道该说甚。

村主任的腰还没好利索。去年冬天,乡长为表示深入基层,同基层群众打成一片,请村主任们在自家喝酒,一直喝到傍晚。结果在乡长的炕上躺了好几个醉鬼,连乡长也没例外。一直睡到新闻联播快演完了,几个人才醒来。村主任醉醺醺地非要回家。乡长夫人拦不住,只能任由他骑着自行车仄仄歪歪地上了路。

外面的小风一吹,村主任的脑袋又晕乎起来。村主任骑着自行车在黑暗中的路上扭秧歌……

不知过了多长时间,村主任有些醒悟了。醒悟了的村主任一看,寻思了一会儿,心想,日怪了,明明记着出了乡长家的门,蹁腿跨上了自行车,咋依旧睡在乡长家里?莫非是在做梦?可手托在炕上却冰冷如铁。一看,吓了一跳,呀,乡长家的炕咋变成了玻璃炕?这么大的玻璃炕?有钱人就是他妈的牛逼,竟连炕上都铺满了玻璃!

村主任脑袋发蒙,脑筋上了锈般地转动不起来了。村主任使劲摇了摇头,让大脑里的零件各就各位,定定地思谋了好大一会儿,再仔细一瞅,竟把自己逗笑了。夜色朦胧中他才发现,原来自己不知道甚时候一头栽进了大渠里,睡在了冰滩上……

这一摔不要紧,村主任被风寒湿侵,落下了腰疼的毛病。

村主任知道王站长大概没听说过玻璃炕的故事,也不好给王站长做解释,就用一句"他们开玩笑呢",搪塞了过去。但又不甘心被众人奚落,就冲着人群喊了一句颇有文化味儿的话:"你们就是一群被驴踢傻的被门夹荼的被蛆蜾空的被灌了憨老婆尿的没脑子的蠢猪,不可理喻!"这是村主任经常挂在嘴上的十分得意的口头禅。

众人也不去理会,更加放肆地大笑不止。

终于回到正题上了,人们在王站长开讲正题之前,故意跟王站长逗混,把它当作开场白,算是点缀,就像耍猴之前先来一通锣鼓,以招人驻足引颈。

# 第 八 章

王站长从转变政府职能讲起。说,根据上级指示精神,以后政府的职能,要从原来的领导型,逐渐转变为服务型,要从被动地等待问题,转变为主动地发现问题。这样,政府的工作人员就要转变思想观念,改变工作作风,由原来的管理改变为服务,当好人民的公仆云云。

又是公仆!

宋安然来参加会议,同大多数人一样,不是来听王站长讲甚"转变政府职能"的大话、空话、套话、屁话的,这些话宋安然听得耳朵里早就起了茧子了。领导们光喊"公仆"就喊了多少年了,你看看哪个是公仆?哪个愿意做公仆?不但不会做公仆,而且越来越升级,从父母官升级为老爷官,一个个颐指气使,日甚一日的专横跋扈。就连小小的村主任都牛逼哄哄,一个个像地主老财似的,还整天谈什么"公仆意识",脚板子上吊——哄鬼哇。

尽管王站长讲得条理清晰,人们却听得心不在焉。"转变工作作风是你们当官儿的事,与我们有毬相干?你要讲这些应该给县领导讲,或者去给市里的大领导讲,给我们讲也是白费口舌。"

有人冷笑,说:"给领导讲?你以为领导傻逼呀。领导不懂这些能当领导吗?"

王站长刚讲了个开头,就让人给了个下马威,脸上有些挂不住,一下子红了。但他稳了稳神,依然不失斯文地按照自己的思路继续讲下去。

无奈下面的人根本没有耐心听他讲什么"转变工作作风"的大道理,叽叽喳喳的议论声浪几乎把王站长的声音整个淹没了。

其间,村主任压了两次场子也无济于事,就给王站长使眼色,王站长及时转换了话题。

"吭,吭,"王站长颇为尴尬地清了清嗓子,显得很郑重其事,"下面我讲一下关于奶牛养殖的事。春节前我们已经让社长回去开了动员会,就是充分利用我们当地的资源优势,调整产业结构,打破单靠种植业的单一结构为种养结合,鼓励大家大力发展养殖业,尤其是奶牛养殖,以带动加工、流通等多元结构的全面发展。关于养奶牛的重要性和给大家带来的预期收益就不用我多讲了哇?"本来王站长原来连奶牛方面的话题都准备了一大堆呢,结果刚才被大家一顿奚落,此刻也兴味索然了。"因为县畜牧局近期就要到外地组织采购奶牛,所以我们今天来还有一个重要事项就是抓一下落实。如果有准备好款项的村民,就可以将购牛款交到信贷员那里,就能赶上第一批奶牛。我再强调一下,这是全县的统一安排,因为购牛的人很多,需要排队。如果不及时交款,恐怕就要排在后面了,具体多长时间我也不好说。所以我建议大家要准备购牛就尽快办理,以免耽误了大家。"

讲台上的王站长很是郁闷。"宝山饿河头,离城十里尽灰猴",这话说得一点儿不假。他原来还不大明白这句俗语的真正含义。后来同这一带的人打交道多了,慢慢就理解了。原来离城比较近的人,掌握的信息量较大,懂的政策也较多,你若给他讲政策,他甚至比你讲的还头头是道。你讲一句,他们早就准备了三句五句在等着你呢。不过,他们不是真正跟你讲道理,他们最拿手的是歪理邪说,耍戏你。他们跟你讨论,往往在悄悄地给你挖坑,等着你往里跳。这些年国家政策放开了,把他们一个个都放活了,宠坏了,农民手里有了更多的自主权,农民的自负就与日俱增,哪里还把领导放在眼里。但他们真正对国家政策的理解却往往是一知半解,明明是好政策,他就是听不进去,常常把国家的好政策当作驴肝肺。

一想到这些,王站长就很是气馁。不能怪王站长生气,王站长是真的窝火啊!本来王站长今天是怀着满腔热忱下来的,却不料出师不利,还没等他整体铺陈开来,就像个小丑一样,被一群没有文化的土包子玩弄于摇唇鼓舌之间,他能不郁闷吗?

此刻王站长终于明白过来了,道理是讲给懂道理的人听的。这些人跟你根本不在一个层面上,他们怎么能听得懂你的高谈阔论?对于这样的人,再讲大道理也是对牛弹琴,没人能听进去。

"第一批是北京黑白花还是澳洲牛?"人们经过了一冬天的酝酿,对基本情况已有了一定的了解。

"第一批是北京黑白花,澳洲牛正在联系,可能是下一批。"

"再说说价格和贷款的事吧,我们社那醉鬼鸡巴社长没说清楚。"

"行。我们第一批要购的牛都是受孕牛,回来就能产犊挤奶,立马就能见效。北京黑白花每头一万二到一万三,澳洲牛每头一万八到两万之间。育成牛是七千到八千。每头牛回来耳记上都打有标价。无论哪种牛,都是按自筹百分之二十五,贷款百分之七十五的比例来筹款的。这就要根据你自己的经济实力和养殖能力来决定了,养几头都行。"王站长是文人,他不说买牛而说购牛,也不说准备钱而说筹款。完了又补充道:"当然想要育成牛的人可以先报名,我们回去做一下安排,看看能不能联系下一批。顺便提醒一下大家,你如果一点儿养牛的经验也没有,就考虑一下先购育成牛。育成牛毕竟容易养一些。等到产犊的时候,你也积累了经验了。"

底下的人们开始议论。

"还是买黑白花划算,买一头澳洲牛的钱可以买一头半黑白花。"

"你孬算了。要是一头澳洲牛挤奶顶如一头半黑白花呢?草料不就省了一半了吗?"

"那要是挤不出奶呢?"

"你这不是抬杠嘛,挤不出奶还能叫奶牛?"

"那是抬杠吗?生不出娃娃的女人还一堆一堆的,你能说那不是女人?牛就没有'二尾子'?谁能保证是奶牛就肯定能产奶?说不定花了大价钱买个澳洲牛还挤不过黑白花呢。"又转头问王站长,"给保不保证产奶量?"

王站长摇了摇头,说:"这个不敢给保证。"

那人就觉得自己说的很在理了,说:"看看,我说甚来着,不敢给保证哇?"

有人就打趣他:"你当然不用愁了,把你老婆的奶挤上兑进去,照样当牛奶卖,反正都是奶。你就把你老婆好好伺候上,你老婆的奶量足顶一头奶牛挤得多。"

因为那人的老婆是村里有名的水桶奶。

那人也是个顽皮货,他冲和他开玩笑的人说:"我老婆的奶多金贵呀,牛奶能比上?兑进去让众人吃不是糟蹋了吗?又不给高价。"又突然醒悟了似的,"哎?你是不是馋我老婆的奶啦?做你的黄粱美梦去吧,毬门儿也没有。我老婆的奶连我都吃不上呢,还能轮到你?除非你把我老婆按到你的床上。"

众人就一片大笑不止,有人笑得前仰后合,有人还笑得岔了气。

王站长没笑。王站长不是不想笑,是努力控制着没笑,硬绷着。他毕竟是领导,他得保持领导的尊严和矜持。他说:"购牛的时候专门派专家跟着,一般

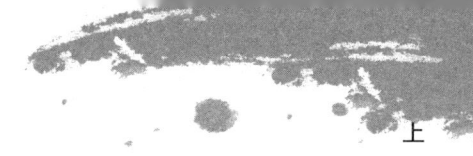

都是好牛。"

又有人起哄:"一般是好牛,那么二般呢,二般是不是都是赖牛?"

众人又笑。

王站长这次笑了,不过笑得有些苦涩无奈,还长出了一口气,说:"真是秀才遇上兵,有理说不清。"

"看来王站长也是个糊涂蛋,问他不如问墙头。"有人在底下悄悄瞅站长。

笑过一阵后,有人又想起更加严重的问题,就问王站长:"要是死了怎么办?能不能保证不死?"

听到这样的问话,王站长又觉得有些可笑。连牛毛还没见到一根,就准备牛的后事呢。不过话说回来,也不是没有这种可能,有一句广告词就是这样写的:"一切皆有可能。"因此他千万不能把话说满,话说出去是要负责任的。

"肚膛底下走风的东西,天日能的人也不敢给你下保证呀,三岁的娃娃还不敢跟八十岁的老汉打赌呢。"

"那还能买吗?万一要死了怎么办?这么大价钱的东西,真要死了不是鸡飞蛋打了吗?"他的话又像说给王站长听,又像说给众人听,更像说给自己听。好像有一头奶牛已经死在自己的面前了。

有人就说风凉话:"那你就只能听天由命了。该死的娃娃毯朝天,不该死的娃娃活了一天又一天。"

有人就打退堂鼓:"还是先看一看再说哇,千万不要喝了抢坡水。我还听说有人给黄牛焗了油,焗成奶牛的颜色,当成奶牛卖呢。"

王站长一听这话真有些生气了,说了这么半天,就没听到一句比较正面的积极回应,几乎是一面倒的消极情绪。他有些抱怨似的回应:"刚才不是已经说了嘛,畜牧局会派专家跟着。焗过油的牛,一般人识别不了,但专家一眼就能识破,这一点你们尽可放心。"

"那要是专家吃了贿赂呢?也不是没这种可能呀,现在上街屙一泡屎尿一道尿还得吃'贿赂'呢,不然你就得憋着,憋破尿脐你也得憋着。"

王站长没有回答。对待这样故意钻牛角尖生抬杠的问题,王站长已懒得回答。这话让王站长失望极了,他在心里长长地叹了一口气,农民啊农民,真是农民,食古不化,不可理喻。

又有人开始给算账了,一年下来,往好了想,就算不出一点儿闪失,能保证养的是高产奶牛,一头挣个三四千,两头挣个大几千,地里得耽误多少工夫?

庄稼能不受损失吗？前头收了，后头丢了，白顶白，人还忙乱个死，不划算。要养就多养些，反正两个也是吆，五个也是撵，从花费的时间来说，多养要合算一些。

可是多养本钱也需要好多，去哪准备这么多钱呀。还得盖圈舍，还得买草料……

哎呀，越盘算越打击人的信心。

就在人们的信心被左一泡右一泡悲观的尿快要浇灭的时候，有一个人从人群中站了起来。

"站长，我刚才听你说是不限数量?"众人一看是七社的崔六子，几乎都笑了，夹杂着男人脑油味儿、臭屁味儿和浓烈的旱烟味儿的空气中，弥漫着嘲讽的味道。崔六子问这话甚意思，莫非他真想养牛？

"原则上是这样的。你准备养几头?"王站长终于松了口气，总算有人站出来，给大伙儿带个好头了。

"要是不限数量的话，先给我报上三十头哇。"

"啊？三十头?！"王站长的眼睛一下子瞪得像牛蛋一样大，嘴巴半张着，半天没合拢。

听到有人打算养三十头，一直没说过话的刘胖子同样振作起精神。刘胖子是打算在红柳地村建奶站的老板，红柳地养牛的数量多少，直接关系到他奶站的前途与命运。

不光刘胖子，在场人的目光几乎齐聚到崔六子身上，有人惊呼："三十头？你开玩笑吧？"

王站长也用将信将疑的目光打量着崔六子。三十头不是个小数目，在他摸底过的几个村里，最多的也就是七八头，他至今还没掌握有准备养十头以上的信息。今天突然冒出个三十头，能不让他意外吗？三十头从自筹资金到贷款，作为一个靠刨闹土地过日子的农民来说，是一笔不菲的款项，得需要一定的胆魄。要是原来没有一点儿养殖基础和经验，是需要慎之又慎的。

王站长的第一反应是，可能吗？这个村子真的藏龙卧虎吗？王站长负责全乡的奶牛落实工作，王站长在其他村不是没遇到过谎报数量忽悠他的情况，到头来却是狗咬尿脬——空欢喜一场。

所以，王站长还是小心翼翼地问崔六子："你的自筹资金准备好了吗？"

"我不准备养黑白花，我要养就养澳洲牛。我听说澳洲牛多的能产百十斤

奶子呢。"

崔六子的二哥崔世贵迟迟疑疑地提醒崔六子："六子，你可想好了，牛可是腾草垛货，一年光草料就得吃多少你算过没有，你上哪弄那么多草料？再说了，三十头牛自个儿准备的钱也得十几万，你去哪弄那么多钱？还有贷款，三十头牛得贷四五十万，到时候万一有点儿甚闪失，你拿甚还？"

"二哥，你不用担心。蛇跑兔蹿，各有各的盘算；胳崴犊擦，各是各的做法。我既然想养，就有我的考虑。"

一听崔六子这样说，众人又笑开了。有谁说了一句："世贵，人家六子既然有吃刀子嘴，就有巴刀子屁股，你操哪门子心呀？咸吃萝卜淡操心，瘦逼刮得毯也疼。"人群中又发出一阵哄笑。

人们嘲笑崔六子是有来由的。崔六子自从高中毕业以后，几乎没在地里干过活儿，一直在外面做买卖，村里人也不知道他在做甚买卖，一会儿说在倒腾二手车，一会儿又说是贩古董。反正听说是挣了大钱了，回家时穿得干沿刮净，西装革履，皮鞋擦得锃亮，头发抿得倍儿光。人们把摩托当成稀罕物件儿的时候，人家回来屁股底下就夹着摩托。后来农村摩托车比较普遍的时候，人家早就换成了小轿车，牛逼哄哄的，让整个村子里的人羡慕不已。不过在一年前回来的时候，却是灰头土脸，耷拉着脑袋回来的。回来甚也不说，只说是要安分守己踏踏实实地种地，不想在外面跑了。后来从他老婆的嘴里人们才知道，他叫人骗了个一贫如洗，毛净血干。不得已，才回来种地。人们有些不相信，鬼六子还能叫人给骗了？真是逮了一辈子鹰，到头来叫鹰叼瞎了眼睛。

不信归不信，但这是不争的事实，崔六子以前是牛逼哄哄的，如今却老老实实地在家种地。

崔六子突然说要养三十头牛，谁能相信？不知道他究竟打的是什么算盘。

王站长当然不明底里，说："你养的数量这么大，贷款也得四五十万，可能贷款审批程序要复杂一些，所以现在你抓紧把自筹款准备好。我们把你的情况向乡里和信用社汇报一下，研究了再说。"

王站长因为对崔六子的情况不太了解，心里没底。王站长当然不怕多养，越多越好，多多益善。但还贷能力王站长却不能不认真掂量，得考虑抵押物价值。何况奶牛数量确定了以后，就得安排计划，万一有变动，还得临时改计划，麻烦得很。可是，此刻王站长又不敢提出太多的质疑，因为崔六子第一个报名，那样不但挫伤了崔六子的积极性，同时也打击了大家的信心。所以王站长只能这样含糊其辞地回答。

听王站长这样说,崔六子却抓住不放。他显出一脸失望地一撇嘴,对着王站长轻蔑地挤出一丝冷笑,说:"唉,这一研究又是狼吃鬼——没影儿了。其实我早就知道你们这些人,就是会耍个嘴皮子。什么转型服务,什么人民公仆,全是日哄人的。"崔六子原来就怕王站长怀疑他空手套白狼,从中作梗,所以故意拿话激他。

王站长刚才正提起一些兴致,现在却被崔六子这样一顿抢白,不免有些尴尬,说:"你看你,话不能这么说。我们不是不支持你,实在说你是第一个大户,我的意思是上级鼓励养殖大户,有一定的优惠政策。我回去把你的情况汇报一下,争取早一点儿给你答复,你看好不好?"

崔六子不卑不亢地看着王站长,说:"我希望站长能尽快给我答复,因为我准备这么多钱也不是个小数目啊。"

"好,你先准备自筹资金,我尽快给你落实,争取下一批给你落实到位。"

崔六子没再说什么。

崔六子准备养三十头牛的消息,无疑是个爆炸性新闻,没几天就在整个红柳地村不胫而走。知道崔六子的人有的感到吃惊,有的表示怀疑。人们对崔六子的关注度之所以这么高,是因为崔六子的经历的戏剧性变化。从一个白手起家的小老板,到一贫如洗的灰溜溜的丧家犬,如今又想以养奶牛的项目东山再起。能那么容易吗?其间的奥妙实在让人捉摸不透啊。

崔六子准备养牛的决定,对于宋安然来说,绝对是个利好的事情。不知道是不是受崔六子的影响,反正自打崔六子开了头,全村陆续报名养一百多头牛。不过,连宋安然也对崔六子持怀疑态度,要是崔六子的养牛计划实现不了,会不会影响到整个红柳地村的养牛积极性呢?几十万块钱不是个小头绪,说搞就搞到手了?当初他开油坊的时候,几万块钱的头绪都差点儿把他吓住,如今元气大伤的崔六子真的有那么大的能量吗?

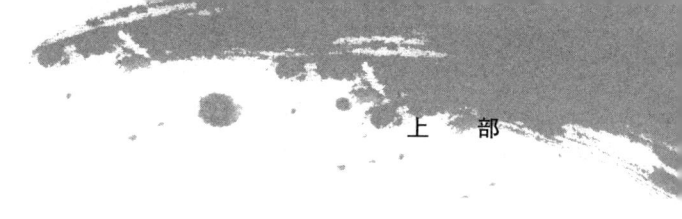

上 部

# 第 九 章

当初宋安然开油坊,还是魏生荣撺掇的,连开张的资金都是魏生荣给他解决的。

从通渭老家回来,宋安然决定把房子好好修缮一下。说实话,房子虽然不能算作危房,但也是二十多年的土坷垃房,又矮又旧,早就到了需要翻新的程度,重新装修实在没有太大的必要。可要盖新房宋安然有些力不从心,就这样凑合住着,又有些不甘心。房子里原来很晦暗,一如宋安然原来的心情。因为原来宋安然内心一如既往的晦暗,也没太明显地感觉到房间的晦暗。这次从通渭老家回来,宋安然的心里就像久待在密闭的房间里,忽然间打开了房门,无边的灿烂的阳光急不可耐地铺天盖地蜂拥进来,倏忽之间天就亮了,一扫多年的阴霾。这种感觉让他的呼吸也似乎变得无比顺畅起来,就像他的嘴在这么多年里一直被人捂着,忽然解放了,可以自由呼吸了。

以前那种对生活半推半就的状态,并非宋安然不想改变。宋安然当然知道,对待生活不应该应付差事。可是这些年遭遇的种种不幸,不断蹂躏着他的情感,尤其在娶了魏灵芝之后,宋安然像是被丢进一个永远无法挣脱的陷阱里。因此,宋安然时时处于一种又想改变却又对前途渺茫而产生恐惧的进退维谷的纠结状态中不能自拔。

这次回来,宋安然一进门就觉出了屋子里的晦暗,好像房子不是原来的房子了,于是就寻思着把房子好好装修一番。他不想让高美香看到他以前有过的颓废的痕迹,无论是房子还是心理。宋安然想把装修房子作为改变自己的开始,他要让自己每天醒来的第一眼,映入眼帘的是这个世界的美好,让阴霾在这个家里、在他的心里无处遁形。

宋安然到魏生荣的店里买装饰材料,并且同魏生荣谈了他这次通渭之行的变化。他对魏生荣说,他得找个什么事情来做,再不能像以前那样得过且过了。再过两年宋风凡就要上初中了,等宋风凡初中毕业的时候,宋菲凡也要上初中了,前后脚赶着,越来越紧,往后就没有一点儿松懈的时候了。再不赶紧刨闹些钱,往后该怎么应付呢。

魏生荣很为宋安然的变化而高兴。魏生荣曾经几次劝过宋安然,不能单靠种那几亩薄田过日子,得想着做个什么事情。可是宋安然一直振作不起来。如今宋安然能有这样的改变,魏生荣怎么能不高兴呢?这一趟通渭之行没有白走。但魏生荣不赞成他装修房子,魏生荣劝他找个项目先挣钱,等挣了钱别说是盖平房,就是起楼也不在话下。

魏生荣又问:"瞅准甚项目啦?"

"哪里能那么好瞅,就是刚有这样的念头。"宋安然说。

魏生荣略一沉思,说:"你不妨开个油坊。这几年养殖业发展很快,油渣卖得很火。"

宋安然思忖了一下,说:"开油坊?你觉得我能开吗?"

尽管宋安然也想着改变自己,但他还是觉得这个项目太大了,于他来说不合适。宋安然如今就像被蒙了半天的眼睛,一下子取下来眼罩,还不能立马适应刺目的阳光。宋安然对自己的能力依然缺乏自信。所以,宋安然的口气中还不能脱尽一如既往的沮丧。

魏生荣奇怪地看他一眼,说:"你咋就不能开?还没开咋就知道不能开?"魏生荣对他说话的口气常常很专断。

"你看我现在要甚没甚,拿甚开?"除了对自己能力的不自信,单就一个资金问题就让宋安然不敢轻易尝试。不单是资金问题,摆弄机器,收油葵,找市场……加之魏灵芝又没文化,又帮不上他甚忙,宋安然想一想就头大。

"唉,安然,你这人甚也好,唯有这一点让哥看不上,不管干甚事都优柔寡断。当断不断,必受其乱。人常说,胆识胆识,甚是胆识?胆识就是做事不但要有见识,更要有胆量。你有见识没?有。你经常看书,有知识;你经常给别人出谋划策,能看开事,有谋算。可是为甚轮到你自己就没干成个甚事?就是因为你没胆量。一个人要是没胆量,不敢做不敢尝试,你就是有再大的能耐,也是白搭,纸上谈兵。"

这一点宋安然不得不承认,可他实在是被伤怕了,他不知道自己多舛的命运里还会隐伏着多少艰难险阻。因此,宋安然依然犹豫不决,像探头探脑的蜗牛,说:"我没有一点儿思想准备,脑袋里面一点儿概念也没有,我都不知道该从哪下手。"

"你知道不知道,好多人穷一辈子,总在怨这怨那,怨自己家庭条件差,怨自己生不逢时,等等等等,其实都是给自己找借口。现在的社会多好,只要你想做,干甚都没人限制你。你再没有甚,还有两只手哇,还有一把子力气哇,别人能干成,为甚你就干不成?说到底还是缺胆子。只要你想干,自然就会想办法干好。"魏生荣对宋安然说话一向口无遮拦,但宋安然不会计较。宋安然知道魏生荣用这样的口气同他说话,是要激发他的底气的。

魏生荣看宋安然不表态,以为宋安然心里有所触动,就继续开导他:"如今人们的生活水平提高了,越来越重视健康。人们了解了荤油对人体的危害,好多人开始转向吃植物油,所以植物油市场已经开始火起来了,而且会越来越火,这是大趋势;再就是油渣,这两年国家大力提倡搞养殖业,养牛养羊的人越来越多,而且开始改变原来那种粗放式的养殖,变成精细化规模化养殖了,这样就需要大量的油渣。所以,油渣的价钱一个劲儿在涨,就这样还供不应求。这年头就是撑死胆大的饿死胆小的,国家花这么大力气支持发展经济,你要再不搭上这条船,就误过了。前几年我要是听了你大嫂的话,能有今天?"

魏生荣说得一点儿不错。几年前魏生荣要上街开铺子的时候,家里人是反对过的。可看看现在,仅仅两年时间,魏生荣不但在城里站稳了脚跟,还发展成两个店铺。大嫂的强势曾经把家里闹得鸡飞狗跳。魏生荣在街上开了铺子,她反倒消停了,并没有撵到街上来闹。从这个角度看,正是大嫂强势造成的反弹力,把魏生荣"弹"出了家门,反倒让魏生荣跳出了这个拘囿他的葫芦湾,得以在县城里大展拳脚。真是塞翁失马焉知非福啊。

宋安然想了想,眼前的现实还是没法让他乐观,说:"你看我现在每年紧供紧,一下子哪能拿出那么多钱来。我是蛇想站,可腰背没力呀。我看还是找一个本钱小一点儿的项目,慢慢来,比较稳妥。"

宋安然这话让魏生荣很失望,说:"唉,说了半天你还是那样。没钱你不能借钱?不能贷款?你刚才还说紧供紧,等你自己存下资本你也老了,还做的个甚买卖?电视上成天说借鸡生蛋,借鸡生蛋,你咋就一点儿也没听进去?"

宋安然想到了魏灵芝,说:"退一步说,即使打闹上钱开了油坊,我一个人单个儿跳舞,能跳出个甚花样儿来?灵芝除了地里头干活儿,又帮不上甚忙。"一想到魏灵芝,宋安然就泄气了。

宋安然一提魏灵芝,魏生荣的脸上就有些挂不住了。虽然他们是堂兄妹,他却很喜欢这个妹妹。他们弟兄四个,没有姊妹,他就把这个堂妹当成自己的亲妹妹一样看待。魏灵芝从小又乖巧又聪明伶俐,整天叽叽喳喳撺着他们玩儿,欢快得像一只小鸟,十分讨人喜欢。尤其是魏灵芝的一场大病过后,魏生荣在怜爱之外更增添了一份痛惜。

"咳,安然,不是哥说你,你要老是这样瞻前顾后,一辈子也干不成个事——就是有资本你也干不成。一说干个甚事,不想好的方面,光想如何如何困难。本来能成的事,怎么一到你的嘴里头就那么多困难?你就不能反过来想一想,甚事要是那么容易,早就都让人干了,未必能轮到你。正因为好多人和你一样,好多人才没干成事。"又说,"你说,一个男人靠老婆能干成个甚事?我要靠你大嫂,这辈子咋能出了葫芦湾?我现在开了两个铺子,不雇人咋能忙过来?"

魏生荣的话在某种程度上刺痛了宋安然,魏灵芝是他一生的心病。不过他也无法反驳,因为魏生荣说的都是实情,魏生荣现在开着两个铺子,都是雇人卖货,他只管跑材料进货,他的情人兼合作伙伴柳叶梅负责跑市场。而且没见魏生荣有多忙过。魏生荣不但没能指望上老婆帮忙,还常常受老婆掣肘。从这一点,魏生荣就比他要强得多。

宋安然挠了挠头,有些难为情地说:"行,我听你的。我回去就打闹钱去。"

魏生荣一听反倒笑了,说:"你也不要回去打闹钱了,我这儿有,等你打闹上钱早就误了四月八了。走,咱们到隔壁去打听打听,看看需要多少钱。"

宋安然竟一下子有些发蒙。本来宋安然的话是被魏生荣逼出来的一句无奈话,未曾想结果却是这样,魏生荣早就给他预备好了,可见魏生荣劝他开油坊是经过深思熟虑的。其实起先宋安然也寻思过,除了魏生荣,他到哪去借钱呢。他的这些亲戚都比他强不了多少,他咋和他们张口呢。魏生荣尽管开着两个铺子,但是也正在发展阶段,哪有那么多富裕钱给你预备着呢。更何况他现在刚刚后院起火,一个老婆和一个情人正闹得不可开交,心里一定滚油浇心呢,他咋好意思同他张口借钱呢。

事情发展到这一步,宋安然算是被逼上梁山,没法再打退堂鼓了。他知道魏生荣是真想帮他,才故意拿话激他的,如果他再打退堂鼓,就真正要叫魏生荣小看了。

魏生荣领着宋安然去了隔壁。隔壁是一家粮油店,魏生荣经常过去拉拉话。因此,对粮油市场比较了解。正因为他对粮油市场有一定的了解,才撺掇宋安然开个油坊。

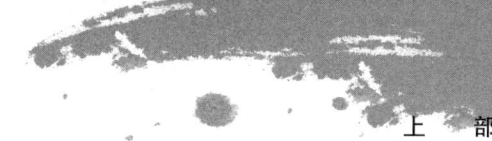

俩人跟粮油店老板咨询了半天,最后打听清楚连盖房带买机器等一应置办,加上启动时收购油葵,大概需要六七万块钱。

回到魏生荣的店里面,魏生荣说:"这样吧,我给你解决六万块钱,如果不够呢,你再想想办法。接下来你就去打听买机器,筹备盖油坊,这些我就不替你操心了。"

宋安然虽然心里有了底,却有些过意不去,说:"你看你现在家里还一摊子事呢,我这……"

"这些都不用你操心,只管做你该做的事。我的朋友多,做生意要是调不过来,就找他们周转周转。车到山前必有路,只要能把摊子立起来,有什么问题都能想办法解决的。"

"那是自然。"宋安然不免有些自惭形秽,人跟人不能比,一比就比出了差距。他不得不佩服魏生荣。魏生荣遇事的临危不乱、镇定自若,就是做大事人的气度,这是他宋安然不具备的,起码是现在还不具备。

说干就干,趁热打铁。一个多月后,宋安然在魏生荣的督促与帮助下,油坊顺利地开张了。

不过,宋安然的担心并非是多余的。由于宋安然不懂机械,在经营油坊的过程中,自然遇到种种困难。原来操作榨油机是个技术含量很高的活儿。不但是榨油机,要榨出好油,与砌炒炉的关系又十分密切。偏偏技术好的榨油师傅又很难雇用,宋安然雇佣的榨油师傅是个半瓶醋。好在榨油师傅是个既有耐心又喜欢钻研的人,两个人配合得还算愉快。直到半年以后,榨油机才被渐渐驯服了。

三弄两弄,宋安然不止被弄得手忙脚乱,顾头顾不了腚,一年下来,竟弄得身心俱疲,有些不知所措了。

年关将近,宋安然搂了一下账,半年过去了,这么大的投资竟然连一万块钱的盈利都没有。地里因为被油坊给耽误了,还比往年减收了呢。多亏启动资金是魏生荣借给他的,没有利息,如果是高利贷,这点儿盈利恐怕一还利息就剩不了几个钱了,顶如白忙活。

宋安然看着镜子里的自己,蓬头垢面,胡子拉碴,内心备受打击。原来他听了魏生荣的话,一冲动,就把油坊建起来了。没想到这个看上去很粗笨的活儿,竟然藏着这么高的技术含量。如今,宋安然有点儿骑虎难下了,他对自己的能力又一次产生了怀疑,难道自己原本就不是这块料?

就在宋安然一筹莫展的时候,魏生金和高美香给他送来一万块钱,这让宋安然颇受鼓舞。同时,宋安然又有些不好意思,魏生金刚刚成家还没一年,需要钱的地方很多。

"你看,你们也不富裕,我现在还不缺钱。等我缺钱的时候,自然会跟你们张口的。"

魏生金一梗脖子,说:"你不要嘴硬了,你的底细我还不知道吗?油坊今年刚开,老抛锚,能收入几个钱?拿着,不要打肿脸充胖子,跟我装。"又说,"你也不要丧气,大哥说得对,干甚都有个过程,一口吃不成个胖子。'失败是成功他妈'嘛,何况你这还不能算失败。头一年就顶如交学费摸索经验哇。"

宋安然只好收起,说:"好,既然话说到这个份儿上,我收着。不过,你们看这样行不行?如果你们看好油坊以后的发展呢,这一万块钱就算入股;如果不看好呢,就算我借的,等缓开来连本带息一起还。"宋安然知道在魏生金和高美香面前不能再装了,再装还有什么意思。

魏生金是个心直口快的人,说话从来都不会拐弯抹角,他憨憨地对宋安然一笑,说:"我当然看好油坊的发展前景了,大哥瞅准的生意肯定不会错。但我不能让你算股。油坊毕竟是你千辛万苦建起来的,我又没出过甚力气,咋能得现成,吃便宜。利息我也不要,你甚时候宽裕了甚时候给我就是了。我就是希望你的油坊能红红火火,不图沾你油坊的光。说实话,我都不知道该咋感谢你呢。"

宋安然一听这话,知道说的是媳妇儿的事,就说:"你这话说的就见外了,这是你们俩命好,天配姻缘,感谢我甚呢。"

"咋不应该感谢?要不是你,我能娶上这么好的老婆?到明年我就有儿子啦。"魏生金说完,还摸了一下高美香的肚皮,高美香的肚子微微隆起,已经显怀啦。

高美香一把打掉魏生金的手,羞赧地扭过头去,说:"真不害臊。"

魏生金却不以为然,继续跟高美香打趣,说:"这有甚?你不是还跟我争,说咱儿子出生以后,不能叫他姑父,得叫舅舅。他当舅舅的听到不高兴啊。"

魏生金的一句话说得高美香更羞了。

宋安然看着他们幸福的样子,心里说不出的感慨。宋安然想跟他们开个玩笑,但觉得没法开,他的身份很尴尬。若按魏生金来说,他跟他们开玩笑是天经地义的事,"姐夫小舅子,不要害痘子"嘛。可是高美香已经认了他做哥哥,怎么能跟妹妹随随便便开玩笑呢。宋安然又有些为了一个认亲而懊悔。可是既然已经认了,就不能随便改口了。之所以一直没能改口,是因为高美香从心里把他当亲哥哥来倚重的,他是高美香在这里唯一的依靠。如果一改口,高美香就从心理上失去了依靠,又成了异乡孤人。因此,宋安然就没法提改口的事。

其实宋安然从心里是想跟高美香开玩笑的,一开玩笑就放松了,不开玩笑,老是觉得他们之间的关系太正经,让人的神经紧绷着。

既然尴尬的局面无法改变,宋安然只能这样继续被尴尬着。他一本正经地祝福他们:"高兴,高兴,我当然高兴啦,我提前恭喜你们。"宋安然不知道自己该给他们称呼哥呢,还是姐夫。

高美香又羞涩地一笑,说:"不知道是男是女呢。"高美香的脸上洋溢着掩饰不住的幸福与满足。仅仅大半年,高美香已经变了一个人,完全没有了刚来时候的那种青涩的弱不禁风的样子,变得丰姿绰约,大方而自信。宋安然不由得感叹,环境对人的改变真是不可思议,才半年多工夫,高美香就变得如此楚楚动人了。

看着魏生金一家的幸福和谐,宋安然总觉得有些怅然若失,好像别人抢了他什么东西。宋安然无法准确地描述自己这种心境,总觉得命运在一次次捉弄他,让他遭受各种各样的不堪。

# 第 十 章

想起那次回老家的过程，宋安然依然有一种恍若隔世的感觉。回老家之前，宋安然无论如何也不会想到，他的这趟老家之行，会经历那么不寻常的跌宕起伏，像小说里编的故事一样曲折离奇。

宋安然是遵从母命回老家的，那年宋安然三十岁。当然，母亲那时已经离世十来年了，所谓遵从母命，实际上是遵从母亲的遗训。

那年临近年关的时候，宋安然接连两次梦见母亲，梦境中的内容几乎相同：母亲拉着板车，吃力地跋涉在崎岖的山路上。母亲赤着脚，走路跟跟跄跄，一瘸一拐。母亲的身上衣衫褴褛，露出瘦骨嶙峋的身体。母亲蓬头垢面，头发胡乱地披散着。母亲的眼神看不清楚，似乎空洞无物，黯淡无光。母亲走得很慢很慢，肩上的拉绳似乎勒进母亲孱弱不堪的身体里。母亲拉的板车上，躺着父亲，父亲面无表情，一脸的麻木与无所谓。宋安然想喊母亲，却喊不出声。想帮母亲推车，却怎么也迈不开腿……

从梦中惊醒的宋安然早已泪水涟涟。他觉得十分怪异，相隔三四天，几乎同样的梦境再次出现在他的梦里。醒来以后，他努力想留住母亲的形象，母亲的形象却渐渐地淡去，模糊成一团影子，只有那条山间小路却异常清晰地留在脑海里。老家的山路他早已淡忘，淡忘得几无印象，如今他的脑海里怎么会那么清晰地留下山路的印象呢？这梦境单单靠日有所思夜有所梦就能解释的了吗？这是不是一种暗示？是冥冥中真的存在一股神秘的力量在昭示着什么？

宋安然想起母亲临终前的话。母亲要他在经济宽裕的时候，把她和父亲一起送回通渭老家，他们希望叶落归根，这也是父亲在离开这个世界以前，几次跟母亲念叨过的。

其实自从和魏灵芝结婚以后，始终有一个解不开的疙瘩纠缠在宋安然的心里，难道原来不离开老家，我们就不会过得幸福吗？我们远离故土来到这里，又得到了什么？一次次厄运的从天而降，一场场挥之不去的噩梦的缠绕，

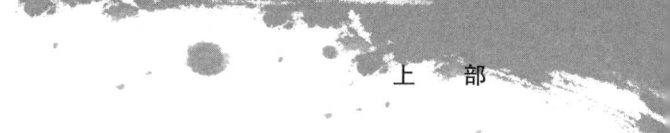

这一定不是父亲当初背井离乡的初衷。

宋安然想,尽管现在生活还算不上太宽裕,但过了春节以后,无论如何也得回一趟老家,把父亲和母亲送回去,了却他们叶落归根的心愿。算一算,母亲已经离开他们十年了。宋安然的心里同时还有另一番打算,他想看一看老家到底有多么不堪忍受,能让父母不惜抛家舍业,冒险来河套求生;如果有可能的话,他想搬回老家定居,这里让他伤感的东西实在是太多了!"外来户"三个字像"刺面"一样成为刻在他意识里永远无法剔除的标签,让他的灵魂始终像幽灵一样盘旋在葫芦海子上无法落地;颓丧的情绪像蛇一样紧紧地缠绕着他,时时令他窒息。

清明节的当天,宋安然请了几个人,从父母的坟茔里请出了父母的遗骸。河套地区的风俗,一年三百六十五天,除了家里有新故的亡人或是清明节这天,其他日子是不能归坟并墓、动迁坟茔的。

清明节的第二天,宋安然早早地踏上回故乡的旅程。经过几天的跋涉,宋安然终于回到了魂牵梦绕的通渭老家。在越接近大伯家的时候,宋安然的心情越激动。他已经酝酿好了情绪,并且准备好了足够的眼泪,意图在见到大伯的那一刻,让泪水如大河决堤般地倾泻而下。那是蓄积了十来年的泪水,自从母亲去世以后,他几乎再没怎么流过眼泪——贮满阴霾的情绪似乎把他的泪囊也冰冻麻木了。

可是,就在宋安然踏进大伯家门的那一刻,那时刻准备奔涌而出的泪水却像一下子断了流,顷刻间干涸了,这令他的内心十分难受,一种无可名状的难受,一种内心汹涌着炽烈的火焰,却被千年的寒冰覆盖、包裹,顷刻间熄灭一样的难受。他的内心已经没有了一路上的那种急切与期待。说实话,他在进门的时候是有一些怯生生的,他十分期待大伯能将自己一下子揽入他的怀中,驱赶陌生,大伯说着"可怜的孩子"或者"终于回家了"之类的安慰话,眼里流出激动的泪水。那泪水就像引子,能导引着他的情绪一下子找到突破口。

可是他期待中的情景并没有如期而至。当他万分激动地喊出"大伯",并告诉大伯他是他们的亲侄儿宋安然的时候,大伯不但没有他期盼中的那种激情澎湃、热泪盈眶,那种木然迟钝甚至无动于衷的表情和伯母漠然的充满戒备的眼神,共同凝固成一股凉意向他袭来。大伯只是木木地问了一句"来了",再没有第二句话,好像对待一个冒牌的骗子。几个孩子用羞涩好奇的眼神看着他,像在看一个天外来客。他知道这几个孩子大概是他的侄子和侄女,但他却意外地没觉出一丝的亲近感。这一切和他期待中的情景形成强烈的反差,让他感到一种强烈的失望和心理落差。这种失望和心理落差一下子令宋安然茫然无措,像被突如其来的一阵冰雹打得晕头转向的孩子辨不清东南西北。宋安然甚至一度产生了是否走错门的疑惑。他不知道这是怎么了?在他时隔二十四年以后第一次回老家,他们为什么会如此排斥他?

宋安然想,伯父和伯母即使做个样子,也不应该是这样的呀?面对自己的亲侄子形同陌路,他们的内心真的成了一眼彻底干枯的枯井了吗?宋安然无从知晓。是什么把亲情如此残忍地割裂开来?

宋安然这时才明白,父母的过早离世,已经让他和大伯之间出现了断代,岁月已经在他们之间不可避免地砌起了一堵厚厚的无法逾越的高墙。

宋安然一时竟产生了一种欲哭无泪的感觉,一种空前绝后的无助像一只冰冷的爪子紧紧攥着他的心,像是要执拗地一点一点攥离他的心房。家乡的一切让他感到酸楚、心痛,但又无法言说。

宋安然回到老家的时候,已是傍晚时分。从乡里到村子不通班车,十几公里的路程宋安然边走边打听,足足走了五六个小时。他在大伯家没待多长时间,放下给大伯从河套带来的特产,就去了二伯家。二伯家离大伯家很近,不过百十米。让宋安然心灰意冷的是二伯家的态度不比大伯家热情多少。

晚饭就在二伯家吃,家常便饭。二伯拿出了一瓶老家的散装酒,宋安然推说自己不怎么喝酒,只陪着大伯二伯喝了一点儿。宋安然觉得那酒苦涩难咽,不是酒苦,是心苦。大伯和二伯没有对他嘘寒问暖,甚至没有主动问及父亲和母亲的死因。他们好像刻意回避着这方面的话题,好像精心守护着一个珍贵的即将破碎的文物,害怕轻轻地吹一口气,就会分崩离析,永远不能复原。本来宋安然是积攒了满满一肚子的委屈要向大伯二伯倾诉的,现在看大伯二伯的态度,宋安然哪里有心情再说这些。倒是当宋安然问及堂兄堂姊们的情况的时候,两家老人大倒苦水。

大伯二伯似乎有些争先恐后地向他大倒其苦,说堂兄堂嫂们都出去打工了,一年中只在过年的时候才能回来一趟。钱如何如何难赚,家如何如何难养。大伯甚至还问他,假如到河套求生活,好不好落脚?到河套打工,好不好找活?好不好赚钱?

这倒是宋安然始料未及的,他不知道该如何回答大伯。到河套落脚,不可能分到土地,也就失去了根本;而因为那时河套人还羞于打工,宋安然压根就没想过出去打工,因此对此没有研究过,自然不知道有关打工的情况。他只能对大伯实话实说。

大伯眼中闪现出的一丝亮光转瞬即逝,浑浊的目光更加黯淡下去。宋安然在深感歉意的同时,也涌动起一股怜悯。

听了大伯二伯的话,宋安然终于明白了,大伯二伯其实早就有心理准备的,他们的冷淡是故意的,因为他们对他回家乡的态度是抗拒的。准备回老家的时候,宋安然曾给大伯写过信的,委婉地表达了他想回老家定居的愿望。现在他已经能猜到大伯二伯为什么会是这种态度了。倘若他回来,爷爷奶奶的老房子务必得给他分一份儿供他落脚,而爷爷奶奶的老房子现在正住着大伯二伯的儿子们,这就意味着他即使回来,也根本没有栖身之所。不光是老房子,他不知道爷爷奶奶还留了什么遗产。其实宋安然对这些都不会在意,可是你以为大伯二伯也不在意吗?你想,连他们的儿子们都外出打工了,你再回来又有什么意义呢?不但帮不上什么忙,可能还要拖累他们……

第一晚他在大伯家休息,几乎一夜未眠。

朦胧中,六岁以前的一些依稀的记忆,星星点点滑过脑际。宋安然似乎记得因为他们准备搬离老家,父亲和大伯二伯吵得不可开交,他们好像怪怨父亲极端不负责任,把两位老人丢弃给他们一走了之。难道大伯和二伯是因为父亲那时的执拗如今迁怒于他吗?难道会因为他们没有给爷爷奶奶养老送终而至今耿耿于怀吗?难道人一穷,情感也因为失去了营养而变得苍白如纸了吗?

一股无尽的悲伤一阵阵袭上宋安然的心头。他不知道事情咋会这样,父亲母亲魂牵梦萦的故乡没有张开双臂拥抱他们和他们的儿子宋安然,而是以这样一种近乎残酷的方式接待他们。他不明白这是谁的悲哀,不明白如何造成这样的悲哀,单单是岁月吗?

宋安然对老家彻底绝望了,他此刻已经明白无误地意识到,老家已无他的立锥之地,更别说有他的安身立命之处了,他心目中的故乡早已经成为他乡,他对于老家来说,只是个匆匆的过客。

第二天,他草草地安葬了父母。父母遗骸的安葬仪式极其简单,就他和两位伯父、两位伯母五个人,另外几个侄儿、侄女在看热闹。没有骨灰盒,装殓遗骸的骨灰盒用两个瓷罐子代替,这两个瓷罐子和祭奠所用的香烛纸火还是他从好几十里的通渭县城带回来的,幸亏他做好了这方面的准备。这一切,都让宋安然感到彻心彻肺的悲凉。岁月就像一把无情的剪刀,终于把他与老家最后一缕联系,就这样无情地彻底地剪断了,就在父母的遗骸被埋入土中的那一刻!

掩埋了父母的遗骸,他先给爷爷奶奶烧了纸钱,然后给父母烧纸钱。在给父母烧纸钱的时候,宋安然再也无法控制自己的感情,他把自己的身体放在父母刚刚垒起的小小的坟茔上,哭了个稀里哗啦,哭得昏天黑地,哭得痛彻心扉,哭得肝肠寸断……那一刻,他已无从体验,他的哭声中包含了怎样的情绪,是委屈、悲伤、愤懑……大伯他们一定不会知道,那是压抑了几十年情绪的沉淀积累,几十年情绪的大爆发,几十年情绪的大宣泄,如大河决堤,如大江奔涌……

发泄完以后,宋安然得到了一种异乎寻常的平静。大伯他们的态度和老家的荒凉让他望而却步,他的幻想彻底破灭了,他已打消了回老家安家的念头。

宋安然在老家仅仅待了两个晚上,在掩埋了父母遗骸的第二天,就匆匆地踏上了归途。

第二天晚上,他在二伯家休息,这一晚宋安然却睡得很踏实。也许是头天晚上一夜未眠的缘故,也许是安葬了父母的遗骸,他利用一个下午的时间,已经粗略地整理了一下心情,该带的带走,该丢的丢下,一身轻松的缘故。反正第三天一觉醒来,宋安然觉得神清气爽,好像卸下背负了几十年的千斤重担,浑身从未有过的轻松。他知道除了河套的那个家,他已经无处逃遁。他同时也知道,人一旦到了无路可逃的时候,其实也就有了路,因为你已不再犹豫,不再彷徨,不再三心二意。这大概也算置之死地而后生吧。

离开老家的时候,他才告诉伯父伯母们,他在河套的家很幸福。希望他们在方便的时候,能去河套看一看。

宋安然从伯父伯母们的眼神中可以看出,伯父伯母们终于放下了心。不但对于他回家这事放了心,还流露出一种羡慕之色。因为他们从宋安然在这里待的这有限的两天时间里,已经感觉出来宋安然做事的成熟与稳重。

宋安然对伯父伯母们说的话不是虚妄之言,他真正感到的踏踏实实的幸福其实就在昨天下午。昨天下午他在整理心情的时候,才意识到他其实是幸福的。岳父魏万喜一家一直待他如亲生儿子,就连叔丈人魏万仁也把他和魏灵芝当作他们的亲生儿女看待。而他一直沉浸在一种孤独无助感当中,其实是一直跳不出少年时期家庭悲剧造成的阴影,一直没卸掉"新来户"这个家庭烙印背在他身上的沉重的历史包袱。他把自己紧紧地包裹在其中不能自拔,放大了所有的负面情绪,看不到阴霾背后高天之上明媚的阳光,一叶障目。当

上 部

他把这一切都想通的时候,才感悟到,幸福不但产生于对比,更主要的是取决于你内心的感受,你要是放大了忧伤、不快,就自然屏蔽了幸福,你就会觉得很累,你就成了一只蜗牛;你要是一心想着快乐,看见路边的花花草草,也会为他们赞美,同他们分享那一份幸福、自在,忧伤、不快自然就被屏蔽掉了。

回来的路上宋安然一身轻松,只提一个人造革提包,装几件洗漱用品。来的时候他可是负重而行啊,除了父母的遗骸,还有给大伯二伯精心挑选的礼物。到了通渭县城,宋安然又给孩子们买了些饼干之类的吃食,又买了两个装殓父母遗骸的瓷罐和香烛纸火。这样,大包小包加起来也有五六十斤之多。

离开的时候,二伯要用驴车送他的,被他谢绝了。他对二伯说,来的时候大包小包像个驴驮,他也没觉得累。回的时候单身一人,他一边观景一边就到了乡里。反正到了通渭还得住一晚上。二伯就没再执意送他。

宋安然害怕二伯来送他,他害怕一路的尴尬,那种尴尬一定让人很遭罪。但大伯和二伯依然步行送了他一里多路,并且一路热情地与他攀谈,嘱咐他有空就回来看看。

大伯和二伯的态度与昨天判若两人,这让宋安然颇感诧异,大伯和二伯的态度怎么会突然起了一百八十度的大转弯,仅仅是放心他不会回来争财产吗?

转过山头,就望不到大伯二伯的房子了。宋安然爬上一座小山包,又看到了大伯的房子,可惜的是看不到父母的坟茔。但宋安然却一眼看到大伯和二伯模糊的身影依然站在同他分别的路边向着他离开的方向张望,宋安然忽然醒悟了,父亲和母亲为何执意要回老家,因为他们的根在这里,他们的魂要安放在这里,这里与他们骨肉相连。

宋安然膝盖一软跪在地上,也许是自己误解了大伯二伯。大伯二伯的生活太清苦了,和自己的境遇比起来,大伯二伯更是可怜人。大伯二伯或许是不想让他回来同他们一样过这种清苦的日子,但直接告诉他又怕产生什么误解,才不得已用这么一种方式彻底断绝了他回老家定居的念头。血浓于水,血脉相连,大伯二伯怎么可能那么绝情呢?他为误解了大伯二伯感到深深的羞愧,他也许是以小人之心度君子之腹了。即使大伯二伯不是如他想的这样,他也把他们想成这样,他不想把他们想象成薄情寡义的人,因为他们是与他骨血相连的亲人!

宋安然觉得喉头发哽,泪水一下子模糊了他的视线。别了,我魂牵梦绕的故乡,别了,我敬爱的父亲母亲……

# 第十一章

　　回到通渭县城,宋安然又找到来时下榻的小旅馆。这家旅馆在汽车站附近,是一个小小的院落,只有五六间客房。旅馆虽然不大,但很整洁。不但整洁,价格也便宜,住一晚五块钱。

　　天色尚早,去定西的班车应该还有。宋安然本来应该立刻去汽车站买票上车的,说不定今天晚上还能赶上回河套的火车。但是宋安然没有,宋安然不想就这样急匆匆地离开。自从他六岁一晃而过通渭,去往内蒙古的河套定居,这是时隔二十四年以后又一回走进通渭县城,或许也是最后一回。即使这次老家之行让他伤感,即使他已经及时地转换了角色,重新把河套定位为老家,但他依然不想匆匆地离去,毕竟他出生在这个地方,他想再多看几眼"曾经"的家乡。

　　一想到父母,宋安然的心里又蒙上一层淡淡的忧伤。他赶紧找到来时住过的旅馆,他想信马由缰地在街上走一走,转一转,让自己的心情彻底放松下来。

　　就是这一住,使宋安然今后的生活发生了戏剧性的变化。这一个看似偶然的事件,甚至在很大程度上改变了宋安然今后的人生走向。

　　登记住宿后,宋安然就想去街上看看。可是还没等他跨出旅馆的大门,就被老板娘叫住了,老板娘说她有点儿急事,正愁没人能替她照应一下。她给宋安然匆匆交代了一下如何登记住宿,就不由分说地将他让进登记室,然后匆匆地离去了。

　　这突如其来的一个插曲,让宋安然有些丈二和尚摸不着头脑。老板娘这是怎么回事,什么事能这么急,竟让她如此放心,把这么一大摊子交给一个素昧平生的旅客呢?不光是住宿,登记室还卖一些小杂货,卷烟、瓜子、面包之类。

　　宋安然虽然疑惑,但也没太往深了想。想也想不出个头绪,也就不想了,

不就是替她看一会儿嘛，说不定眨眼的工夫，老板娘就回来了。

老板娘是个很热情的人，看上去还不到四十岁。来的时候天色已晚，宋安然因为不熟悉回村的路，不敢贸然回乡里，就住到了她的店里。住下以后，宋安然同老板娘攀谈了一会儿，以便问清明日的路径。老板娘热情地告诉他乡里的方向，并告诉他如何坐车。老板娘很健谈，同他拉了很多家常，好奇地问了他好多关于河套的情况，譬如风土人情、经济发展等。

令宋安然感到奇怪的是，老板娘一走竟好半天没有回来。其间也有来登记的客人，宋安然按照老板娘的嘱咐，给客人登记了房间。偶尔也有路过买包烟的客人，宋安然也按着标注的价格卖给客人，然后把卖货的钱放进抽屉里。宋安然每一项都做得很认真，既然受人之托，就得忠人之事。宋安然一时觉得有些好笑，他这趟门出的，还体验了一回旅馆老板的生活。

期间，有一个带着小女孩儿的女子，在门口一晃而过，倏忽不见了。似乎有什么事，很焦灼的样子。就在那女子闪过的一瞬间，宋安然忽然觉得这女子好面熟，似曾相识。也只是一愣怔，宋安然就想起来了，这女子很像芹芹，娃娃脸，一副似乎永远也长不大的娃娃脸。

宋安然已经好久没有想起过芹芹了，芹芹的影子在他的心里正在慢慢地淡去，芹芹这一生注定与他无缘。可是在这个上千公里之外的偏远的县城里，一个女子的偶然出现，却无意间打破了他内心的平静。此时宋安然才意识到，他要彻底把芹芹从记忆中抹去，是多么艰难的一件事啊。不只是艰难，简直是无法做到的。原来他想随着岁月的流逝，芹芹会渐渐淡出他的生活，其实那不过是自欺欺人罢了，他只是小心翼翼地把那一段感情像窖酒一样，用岁月的泥巴尘封在精致的酒坛里，放在他心灵的最深处，让它自然地发酵，慢慢地发酵，发酵成世上无可比拟的甘醇的美酒。

时间已经过去将近一个小时。就在宋安然等得有些心焦的时候，老板娘才急匆匆地回来了。老板娘歉意地对他笑了笑，并且说了些感谢的话，顺便塞给他一包烟。宋安然哪里肯收，嘴上说着"举手之劳，不必言谢"，又说，"我不抽烟，还是你放着卖吧"。随后就给老板娘一一做了交代，她走以后又住进了几位客人，卖了几盒烟……却见老板娘好像心不在焉，并不太关心这些。

宋安然走出登记室，没有了再去逛街的心情，他老觉得今天的事情怎么藏着一丝古怪。回到住的房间，宋安然一下子觉得心里空落落的，好像丢了什么东西。具体又想不出丢了什么，再仔细捋了一回，确实没丢什么东西，但是意识里就有一种丢东西的感觉。于是,就产生了一种莫名的烦躁,因为芹芹的影子老在他面前若隐若现地晃动,挥之不去。一烦躁,就不知道想干什么,想一想又无事可干。

在宋安然莫名烦躁的时候,老板娘又出现在他的门口,并且告诉他有事相求。随即,老板娘领着他进了她的住房,并且走进了内室。宋安然很纳闷,老板娘这是要干什么?显得这么神神秘秘。

进了房间,宋安然一看,这不是刚才那个领着小女孩儿的年轻女子吗?老板娘这是什么意思?宋安然立刻警觉起来,他在书中看到过,有开黑店的旅馆,利用女色诱骗客人,那叫"仙人跳"。

这时,宋安然才仔细打量这个女子,这女子也就二十四五岁,看上去眉清目秀,虽然穿着朴素,却掩盖不住衣服下的天生丽质。尤其是那一双会说话的丹凤眼,可以说惊鸿一瞥,眉目传情。这张娃娃脸看上去与芹芹何其相似,圆圆的脸庞,翘翘的鼻头,兜兜的下巴,微微上翘的嘴角……只是在右眼的眼梢处,比芹芹多长了一颗痣子。就是这颗痣子,显出了几分调皮。

年轻女子撩起眼皮看了他一眼,就赶紧低着头,不敢再看。

老板娘把宋安然让坐在椅子上,略微平静了一下情绪,对宋安然说:"兄弟,我知道这样说,你一定感到很突然。这是我的侄女,我也不瞒你,实话实说,她是从家里逃出来的。我看你是个好人,是个诚实的人,是个靠得住的人,我想让你把她带走,带到河套地区,给她找个好人家,我们全家都感激不尽。"

什么?让我带着她到河套去?宋安然感到一阵愕然。这咋可能?这太意外了,太不可思议了,萍水相逢,她又不知道他的底细,她凭什么相信他?就凭他来的时候说的那一套关于河套地区的话?她怎么可以肯定他的那一番话不是天马行空随意瞎扯的?老板娘的话里会不会藏着什么圈套?

一个个疑问急遽地从宋安然的大脑里掠过,弄得宋安然有些反应迟钝了,一时竟不知道该怎么回答。

老板娘大概看出了宋安然的疑虑,又急切地说:"兄弟,我知道你一时半会儿不会明白这是怎么一回事。我简单地给你说一说,你就能明白了。我的侄女婿是个吸毒者,是个畜生,你看看我侄女让他打的,你让这位兄弟看看。"老板娘说着就去撩那女子的衣服,那女子抗拒着不让老板娘撩。是啊,一个年轻女子咋能将自己的身体轻易示人呢?何况是一个素不相识的男人。老板娘一下子急哭了,说:"我的祖奶奶,你就让看一下嘛。"她又将起那女子的胳膊,胳

膊上呈现出青一道紫一道的伤痕。好像还怕他不相信，又补充说："你是不知道那份苦楚……真叫人看着……心疼呢……"

宋安然只看了一眼就不忍再看，他赶紧示意老板娘，表示他已经相信了她的话，女子压抑的哭声已经说明了一切。女子一哭，小女孩也哭开了。他们一家三口一哭，弄得宋安然鼻子也酸酸的。

几分钟以后，老板娘擦了擦眼泪，平静下来，说："兄弟，要不是事情紧急，我也不会这样冒昧地请求你。我侄女藏在我这里已经有五六天了，这样藏下去不是长久之计，总有一天会被那个畜生发现的，多躲藏一天就多一分危险。说实话，这几天我们娘几个度日如年，时时刻刻害怕那个畜生找到这里。你那天走的时候，我其实就想跟你说的，想让你返回来的时候带她走，可是又怕你误会，又怕你嫌累赘，所以就没敢张口。你说你大概一个礼拜才能返回来，我们娘几个每天盼星星盼月亮一样地盼着你。不想你今天就返回来了。感谢天主，感谢天主，这是天主给我侄女送来了救命恩人哪。"老板娘双手合十，并且在胸前划着十字，显得异常激动。"我说出实情你不要多心。你一定也疑惑，我为什么会把这一摊子事交给你看管呢？我其实是想看一看你到底能不能靠得住。现在我放心了，你是一个值得信赖的人，因为你是一个诚实的人。所以，我把侄女托付给你很踏实。"

宋安然当然记得，他上次离开旅馆回老家的时候，老板娘曾经很热情地邀他，回来的时候一定还来她的旅馆住宿，她会为他打折。所以他今天一到县城，就毫不犹豫地到了这里。他不是图老板娘给他打折，他是感觉到这里住着踏实。

如今宋安然终于明白了，原来其间藏着这么一段辛酸的故事，一种同病相怜的情愫油然而生。宋安然细细琢磨了一番，她们说的应该不会有诈，她们也没必要凭空编出这么一个悲情故事来诈他，她们能诈他什么，他根本就没有什么油水可诈。

宋安然迟疑了一下，对老板娘说："听了你的讲述，我很同情。可是我不能立刻答复你，我得好好想一想。虽然我很同情你们，但是我一带她走，不是成了拐卖人口了吗？"

那女子听宋安然这样一说，"扑通"一下就跪在了宋安然面前，说："叔叔，求求你……救救我吧，救救……救救我和孩子吧。你要是不带我走，我就只有死路一条了……呜呜……"不待说完，早就泣不成声了。

宋安然慌不迭地赶紧扶起那女子,说:"不要这样,请不要这样。既然你这样说,我不能见死不救。"又转头对老板娘说,"不过,我得想好一个合适的人选才能把她带去。既然要带她走,就得为她负责。听你刚才讲,她遭受过不少的打击,如果我把她带到河套,再安排不妥当,我的良心会一辈子不安的。"

老板娘双手搓着,泪水涟涟,依然显得很激动。她对侄女说:"姑说什么来着?姑不会看错人,姑那天跟这位兄弟谈过之后,就知道他是个好人,是个能靠得住的人。姑见的人多了,不会看错人的。"又对宋安然说,"一时瞅不下,你就带回去慢慢瞅,让她回去先给你干活儿,我这侄女干活儿可利索着呢。你要是不嫌弃的话,就当我们高攀了,你把她认了侄女吧。"老板娘的话已经在恳求了。

宋安然一下子笑了,说:"要认就认个妹子也行,也算我又添了一门老家的亲戚。看样子我比她也大不了几岁,我敢认这么大个侄女吗?那可要折损我了。"

宋安然这样一说,老板娘和那女子才破涕为笑了,气氛一下子放松下来。

直到此时,宋安然还不知道这个女子叫什么名字。

上 部

# 第十二章

刚出大门,宋安然就喊崔六子停车。

崔六子眉头微微一皱,问:"又想起甚事了?"

宋安然也不说话,下了车径自走进了许二赖的小卖店。崔六子坐在车里嘟囔了一声:"真是懒驴上磨屎尿多。"

宋安然从小卖店出来的时候,手里拿了两包烟。

崔六子说:"我装着烟呢,你还买什么烟。"

宋安然向崔六子挤一下眼,说:"你装的是你的,我要抽再向你伸手要吗?"

崔六子看着宋安然手里的烟,只说了一句"烟酒不分家嘛",就没再说什么。他知道再说什么都是多余,他们都是很要面子的人。

许二赖翻盖了小卖店以后,小卖店宽敞了许多。小卖店的空间一大,就显得空落落的,像个俱乐部。

许二赖原来的小卖店,可以用"寒酸"两个字形容。之所以说"寒酸",不但是指规模,也指店面。哪里像个店面呀,又矮又小,只是从靠近大路的南墙上拆开个口子,安了一个架耳子门,又把原来的两间南房中间打通,一间卖货,一间供人们娱乐。

还没一年工夫,小卖店的生意竟渐渐兴旺起来。许二赖尝到了开小卖店的甜头,于是,扩大小卖店的规模就成了顺理成章的事。

许二赖老婆有些不愿意。生活刚刚缓过来一些,你又要折腾?

许二赖就问老婆:"你那银手镯靠甚买的,你是不是忘了?"

老婆想了想,不好意思地说:"是开小卖店买的。"

许二赖就进一步启发老婆:"你不是爱金耳环吗,不想买吗?"

老婆就更加不好意思地羞羞答答地回答:"想。"

许二赖就很开心地笑了,笑得小眼睛都眯成了一条缝了,说:"你看,你看,这不问题就解决了嘛。"

79

许二赖老婆就不管许二赖了,就由他想咋折腾咋折腾。

许二赖初中毕业后,跟着师傅学了半年多兽医,学了个半瓶醋。由于许二赖那时年轻,不太喜欢兽医这行当,认为整天跟牲口打交道,人也慢慢变得牲口了,以后咋娶老婆呢。

结婚以后,看到原来的一帮师兄弟们一个个都发得流了油,就有些眼馋。终于在开小卖店那年,许二赖在师兄弟们的撺掇下,又跟着师傅学了一年,拿到了兽医资格证。小卖店扩大以后,他连带经营兽药、农药等,商品越来越丰富。

小卖店翻盖成了大卖店,店面也整饰得齐齐楚楚很像一回事了,可是还差一块儿招牌。就像一个漂亮的大闺女,尽管天生丽质,但也得好好修饰打扮,才能显出妖娆风韵呀。许二赖自然又找到了宋安然。

为了许二赖的店名,宋安然颇费了一番脑筋。原来他想给起个乡土气息浓一点儿的店名,转念一想,为什么呀?这里的乡土气息还不够浓吗?每年春天一刮黄风,满眼满嘴都是土,一年四季,身上的每个毛孔眼都被土腻得不通气息了,还用添乡土气息吗?为什么就不能用一个高雅一点儿的名字,因为是农村就不该高雅吗?

宋安然想起自己盖油坊时,有人讪笑许二赖时说过的话。于是,宋安然就给起了个"三味真店"的名字。何为"三味"?真、善、美也。当时社会上正在大力宣传真、善、美,宋安然就觉得借用"三味"来表现真、善、美,既契合神话传说中菩提老祖的"三味真言",又借太上老君的"三味真火",皆突出一个"真"字,借以说明许二赖的经营货真价实,童叟无欺,含蓄而又不同凡响,同时又借用鲁迅笔下的"三味书屋",沾些文化气息。

写完店名招牌,宋安然认为还得写一副"店铭",不然人们光看着这个招牌,也难解其意,显得有些高深莫测,有故弄玄虚之嫌。

这"店铭"却不是一挥而就的。为此,宋安然足足琢磨了两天。最终,他模仿刘禹锡的"陋室铭",才琢磨出这么个"三味真店铭":

村有真店,傍水相依;店虽不大,品全类齐。何为三味?惟真、善、美;方便往来客,支应有茶水;服务众乡邻,童叟皆无欺。可交流国事,纵论天下;可通融信息,谈天说地。借菩提真言老君真火之名,假鲁迅三味书屋文化之气。无假货之忧,无克扣之虞。此实诚,谁不赞吾?

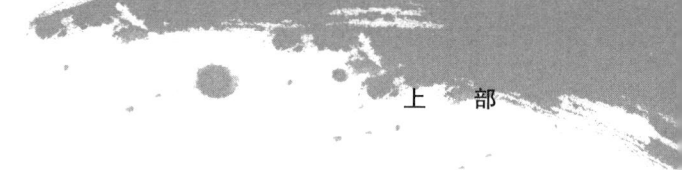

又字斟句酌推敲了三五遍,还是不甚满意。无奈自己才疏学浅,腹中那点儿货色,早已滗尽榨干,再无油水可榨。遂悻悻作罢,权当滥竽充数。

看了"三味真店铭"的许二赖,差点儿手舞足蹈起来。

许二赖又要宋安然再写几个条幅,说那么大的一堵墙上,挂了这个"店铭",那幅"茶水支应"的字幅该挂在哪?有些单调,再布置些其他的东西,又不好搭配。宋安然嘴上说着你得寸进尺啊,心里边还是想给写的。略一思忖,就用隶书写了两幅,一幅是"家事国事敞开说,不要信口抖没的",一幅是"买卖公道换人心,八两只能兑半斤"。又将"闲人请进,茶水支应"用隶书改写成横幅作为横批,配成一副对联,倒也自然贴切,相映成趣。

这两幅字其实也是有来历的。许二赖的小卖店把张泉的小卖店顶塌以后,张泉心里边当然不痛快,张泉本来就是个很爱计较的人。可张泉不痛快也没办法,就连他自己也知道其中的缘由。人都说张泉是管管里头睡觉——细人人,开小卖店开到雁过拔毛的地步,所以他的小卖店关门大吉是迟早的事。

尽管张泉自己心里也明白小卖店倒塌的原因,但感情上还是难以接受的。感情上接受不了,心里就窝了一肚子火。想闹个事,又觉得没有十足的理由。又不是许二赖封了你的门,砸了你的货,强行关闭了你的小卖店。想报复一下许二赖,自己胆子又小,不敢轻易造次。这样一来,张泉在这件事上就很纠结。

当知道宋安然给许二赖写了一幅"闲人请进,茶水支应"的字,又听许二赖张扬地说他的小卖店借了这幅字的东风,张泉就认定宋安然和许二赖合起伙来欺负他,暗喻他小气,指他的店里不支应茶水,终将他的小卖店顶得倒闭。张泉遂将怨气迁怒到宋安然身上。想对宋安然做个什么,一没胆量,二没由头。看到宋安然和许二赖两家走得那么近,快过成一家人了,就把这些统统告诉了瘫在炕上的老妈,张泉的老妈如此这般给张泉吩咐了一番。张泉听了瘫妈的话后,一阵窃喜,就编造谣言,散布宋安然和许二赖老婆不清不白,也算是一箭双雕,连宋安然和许二赖一齐报复了。她知道在乡下,人们很喜欢听到这类话题,也数这类话题像风一样传得快,像狗屎一样顽固,一粘在身上就不容易洗下去。还往往因为投鼠忌器,怕扩大影响,不好追查信息的来源,既简便又恶毒。

话传到宋安然的耳朵里,宋安然猜出是张泉背后使的坏,也不和张泉计较。他知道凭张泉那点儿脑量未必能想出这样的损招,但张泉那个瘫妈可是个既刁钻又刻薄的老巫婆啊。张泉又是个什么人,就是一摊臭狗屎。你总不能无意间踩了狗屎,再回头上去踩两脚吧,徒不解气,反倒惹一身狗屎臭。权当张泉放了个狗臭屁,一风吹得无影无踪,遂一笑了之。

有人不这样认为。许二赖就不分青红皂白地把老婆捉住打了一顿,这事就被挑明了。

许二赖因为这事打老婆,宋安然在油坊听得一清二楚。宋安然觉得有些可笑。这个许二赖也真是,太莽撞,听风就是雨。经他这一闹,本来没事也闹成了有事,自己给自己头上抹泥呢。你以为你老婆是九天仙女呀,是一朵含苞待放的牡丹花呀,你老婆未必比魏灵芝强一黑豆。你就是白送给让人干,也未必有人愿意干,即使把你老婆打扮得再精致一些,再靓丽一些。不是怕浪费子弹,而是怕你老婆的邋遢污染了枪管。除非是没尝过女人滋味的光棍汉。

可静下心来一想,宋安然又觉得这事不简单,得跟许二赖沟通好。不沟通好,事情就挽成了疙瘩。疙瘩要是不及时解开,就会越搐越紧,紧到费尽九牛二虎之力也无法解开。再说若不及时制止许二赖,任由他这样胡闹下去,几天就会闹得满城风雨,真到那个时候,就百口莫辩了。

在许二赖打完老婆的当天,宋安然就过去找许二赖,直奔主题:

"他们说我和你老婆如何如何,你信吗?"

"我倒是不信,可是传得有鼻子有眼的呀。"

"你一说这样的话,不还是信了嘛。"

许二赖挠了挠头,想了想,说:"要是你不来跟我说,我就信了。你一来跟我说,我倒不信了。"

"这不就对了嘛,人正不怕影子斜。谁人人前不说人,谁人背后无人说。你想想,你就没说过别人吗?"

许二赖又挠了挠头,还就是这么个理。但心里总归是有些别扭的,平白无故让人不分青红皂白地给扣了一顶绿帽子,这口气无论如何难以下咽。就要宋安然和他一块儿追究到底是谁嘣的毛驴屁,当面质对。宋安然明知道是张泉,也不对许二赖挑破。于是又对许二赖说了一番话,说得许二赖频频点头:

"算了吧,清者自清,浊者自浊,天下本无事,庸人自扰之。嘴长在别人的脖腔骨上,你能捂住别人不让说?国家还提倡言论自由呢。退一步说,即使你追查出来,又能咋样?你还能逮住把他撕得吃了不成?追究的过程中还不知道要得罪多少人呢,最后必定闹得乌烟瘴气,满城风雨。到那个时候,你就是浑身长满嘴,也未必能说得清。字是黑狗,越描越丑。"又说,"难道还有人非要给自己搜寻出一顶绿帽子戴一戴不成?"说完意味深长地看了许二赖一眼。

这番话又让许二赖玩味了好半天。

后来有关宋安然和许二赖老婆的传言,渐渐地偃旗息鼓,气如游丝般消失得无影无踪了。

现在许二赖又让他写字幅,倒叫他想起了那件事。于是他写了一副"家事国事敞开说,不要信口抖没的",借以告诫那些胡乱嚼舌根的人,把住自己的门,不要动不动胡沁。

写完这副,宋安然还觉得意犹未尽,总感觉还缺少点儿什么,想了想,又写了那副"买卖公道换人心,八两只能兑半斤"的条幅,一方面告诉人们许二赖做买卖公道实在,另一方面告诫许二赖两口子,买卖好坏得把握住自己,不要让自己的心失了分量,蒙了猪油。

写好这幅字的时候,宋安然问许二赖:"听说过这句话没有?'将欲取之,必固与之'?"

许二赖眨巴着茫然的小眼睛,摇了摇头,说:"没听说过。"

宋安然随即给许二赖讲了一个故事:说有一户人家,也像他们一样开了一个小卖店。有一次儿子放假回来,看到父亲的小卖店杂乱无章,就对父亲说:"你这样开小卖店怎么能赚钱?有人赊账你也不记账,单凭脑记;东西摆放也没个条理,瞎狼领儿子,有了就算;有时候买东西的人缺三毛五毛你就免了。一次两次可以,天长日久你挣什么?"

父亲笑呵呵地对儿子说:"我没念过几天书,不知道咋经营。你不是念的财会学校嘛,你看该咋办为好?"

儿子二话没说,整整忙活了一天,把小卖店的商品重新分类码齐,又建了几本账册,教给父亲如何记账。

父亲看儿子做事有条不紊,讲得头头是道,很是高兴,就夸儿子的书没白念,他给儿子花学费没白花。

儿子听了父亲的夸赞,很是得意。没想到父亲话锋一转,对儿子说:"我这里也有一笔账,你给算一算:我从口里单身一人来到口外,两手空空,除了一身衣裳,别无他物,只凭一双手给人干活儿挣饭吃。如今我不但生活过得有滋有味,还赚下一大家子人,还开了小卖店,还供了一个念大学的儿子,你说这笔账该咋算?这些一共值多少钱?这些又靠甚来挣?"

儿子听了父亲的话,羞愧地低下了头。这笔账他如何能算得清啊!

父亲语重心长地教导他说:"做人要是算计得太精明,就会把自己算进去。就像邻居们来赊账,是因为他当时没钱。甚时候有了,他自然会还;如果老不还,就是真的穷,你能因为一些货款不让他过日子吗?你给他免三毛五毛,他会记你的好。一记你的好,他就会一直在你这儿买东西,你不就薄利多销了嘛。所以买卖不能做得太精。古话说,让人一尺,自宽八分,做人同样不能做得太精。太精,就会少了人味儿。你要是时时想着帮助别人,在你难为的时候,别人也会帮你;你要是算计得太精,老想占便宜,不想帮助人,别人咋会愿意帮你?其实没人是傻子,只是不说,在品。这么些年咱家无论甚时候,只要一有事,不用吆喝,邻居们只要知道,都会争先恐后地来帮忙,你说这笔账又该咋算?"

宋安然的故事讲完以后,许二赖憨憨地一笑,说:"我懂你的意思了。"

有人不明白,看着这幅字较开了真儿:"写错啦,写错啦,半斤明明是五两嘛,你写八两兑半斤不是误导人吗?真要是八两兑半斤,分明是有人要吃亏的呀。"

宋安然笑着给人解释:"这是古时候流传下来的一句谚语:人心换人心,八两兑半斤。古时候的秤十六两为一斤,八两不是半斤是多少?"

那人摇了摇头,他哪里知道这话里还有典故呢。

宋安然又微微一笑,给人们解释说:"十六两为一斤,这里边当然大有来历,这是秦朝确定的衡制。"

当时秦朝统一了六国以后,秦始皇下令全面统一度量衡,并随之下了一道圣谕:"天下公平"。

丞相李斯看着这四个字却不得要领,却也不敢请教皇上。这时,有一个太史对丞相说:"余夜观天象,发现近日南星、北斗和福、禄、寿三星异常明亮,莫不是应在这里?"

太史的一句话点醒了李斯,他端详着"天下公平"四个字,慢慢开悟,这四个字的笔画不正好是十六笔吗?合该应了南星六星,北斗七星再加福、禄、寿三星。于是,李斯上奏朝廷,把衡器定为十六两为一斤,其寓意是买卖必遵循公平原则,你若少给别人一两,则损福一分;亏别人二两,则失禄两分;克扣别人三两,则折寿三分。

秦始皇听了大喜,遂昭告天下,以为衡制。

人们一听才恍然大悟,原来是这样啊。在慨叹做人不能让心失了分量的同时,更加信服宋安然知识的渊博。

有人还禁不住感慨,还是多读书好啊,与其打麻将耗神费力,每天翻来覆去就那么几张烂牌,不腻味吗?哪如多读几本好书啊。

# 第十三章

　　许二赖的小卖店自从翻盖以后，渐渐开成了大卖店，可宋安然的油坊却门可罗雀，这让宋安然感到了莫大的压力。按说许二赖的小卖店和他的油坊经营的不是同一类产品，不但不存在竞争问题，还能形成互补。如今却形成了这样大的反差，宋安然不得不开始思考这其中存在的问题了。

　　宋安然就想，当初他盖油坊的时候，人们还笑话许二赖癞蛤蟆想吃天鹅肉，如今看看，一年多的时间，倒叫许二赖把个小卖店开成了大卖店。

　　葫芦湾是个蜿蜒在葫芦海子边上的带子似的村子，俯瞰像一条半死不活的蜈蚣，扭曲着身子趴伏在葫芦海子和北沙梁的夹道里。宋安然和许二赖两家的房子就坐落在村子的西头，把着村口。宋安然在路南，院前临水；许二赖在路北，背靠沙窝。宋安然和许二赖是隔着村路的对门邻居。

　　宋安然开始建油坊的时候，把个来帮忙的许二赖激动得手舞足蹈，甚至抓耳挠腮，用村民调侃许二赖的话说，像是孙猴子得了菩提老祖的"三味真言"。人们就耍戏许二赖，宋安然的油坊是不是给你盖的，看把你孙子高兴成甚样儿。

　　许二赖就"嘻嘻"地笑，说："他一开油坊，我也能开小卖店了。他的油坊一红火，人就多了。人一多，不需要买东西呀？我就能沾一沾油坊的光了。"

　　宋安然一个人静静地坐在油坊想着心事。对面许二赖小卖店"三味真店"的招牌那样醒目地刺痛了他的眼睛。不光刺痛了他的眼睛，更刺痛了他的心。村里人原来都笑话许二赖跟老婆是一对邋里邋遢的人，如何能把小卖店开下去？现在不但开下来了，而且开得有声有色。不但小卖店开得有声有色，就连许二赖两口子，自从开了小卖店以后，也渐渐收拾得清爽起来；而他呢，他的油坊规模远远胜过许二赖的小卖店，且不说利润的对比，单看红火的场面，他已经输了许二赖一筹。他的门前真可以用"门庭冷落车马稀"来形容了。

　　宋安然想起魏生荣的话。魏生荣曾经提醒过他，说你得打开外面的市场。

打不开外面的市场，光靠换油，终究是小打小闹。与其这样小打小闹，你花这么大价钱开的个什么油坊？拿这些本钱放高利贷，利息也比你油坊的利润高。这话虽有夸张之嫌，却不无道理。

宋安然没说什么，他知道魏生荣也在替他着急呢，毕竟是他撺掇着开的油坊，挣不了钱，他的面子上也不好看。

在魏生荣说出这番话的时候，宋安然能说什么？他何尝不懂这些呀。宋安然心里的压力也山大，只是不愿意说，尤其是对魏生荣。

宋安然心里明白，没有充裕的资金，就没法收购原料；收不来原料，光靠换油换来的那点儿原料，根本就榨不了多少油；没有足够的存油，即使打开市场，能顶屁用？你能占领市场吗？

这一点，宋安然如何向魏生荣说明？如今还欠魏生荣两万块钱没还呢，现在再说没钱，不是给魏生荣哭穷吗？他现在还捉襟见肘，掉不开拳势呢。

宋安然不光缺钱，还缺管理人员。油坊的大小事情魏灵芝自然帮不上一点儿忙，里里外外都得他做。他要是出去跑市场，家里就没人招呼；他要在家里招呼，就没人跑市场。顾此失彼，左右为难。

魏生荣看宋安然的油坊杂乱无章，就皱起了眉头，说："妹夫，你把这些收拾收拾呀，你看你这脏兮兮的，让人咋来打油呀。"

不是魏生荣鸡蛋里面挑骨头，虽然业务室面积挺宽敞，但是仅放了两把破凳子，凳腿子上还蹭着油污。地上有一堆拆卸的零件，占了小半个地面，一个老式的碗柜权作办公桌。

宋安然被魏生荣挑出了毛病，却不愿承认。一方面出于自尊，另一方面觉得这不是主要问题，无所谓，于是他说："一个小作坊，你就是把业务室挂满花儿，又能咋？我这又不是开饭店。"

"虽然不比饭店，但你也得注意形象呀。你说人家来打油，不小心一蹭一身油，心里能自在吗？"

宋安然摇了摇头，未置可否。

魏生荣就笑他，说："你还成天给别人说事呢，轮到你自己咋就看不开了呢？这算不算灯下黑？人常说，买卖做的个红火，红火是什么？红火就是人气。不管做什么买卖，都要靠人气。凡是买卖，没有不跟人打交道的，你没有人气，咋能红火起来？"

魏生荣的这番话不能不引起宋安然的思考。魏生荣在外面打拼了几年，说话一套一套的。也难怪,魏生荣这些年结交的都是些什么人?都是本县商业界的精英,近朱者赤,近墨者黑,耳濡目染,如果不懂这些才怪呢。

魏生荣看宋安然没说话,知道他的话对宋安然起了作用,又继续说:"所以你现在急需改变。做企业靠什么?靠的就是好名声,好名声靠什么?不但靠产品质量,还靠人们的口口相传。你现在的油品质量已经过关了,可油坊整天连个人也没有,你就没好好想想什么原因?别听有些人瞎忽悠,说什么'好酒不怕巷子深',那都是老皇历了。即使是'好酒',你又不是独一份儿?现在竞争多厉害,你又不是不知道?比你钻干的人可大有人在啊。所以,你现在首先要改变油坊的面貌,卫生了干净了,人才喜欢来,才能慢慢积聚人气。"

魏生荣走后,宋安然反复揣摩魏生荣的话,分析出魏生荣的话语中的深层含义。你不能因为魏灵芝帮不上忙,就给自己找理由来逃避。你也不能被动地等着市场慢慢地好起来,你得主动想办法。虽然油坊需要的资金远远不是许二赖的小卖店能比得上的,但既然已经投入了这么多资金,就应该大刀阔斧地往前走,不能如此畏首畏尾。跟魏生荣相比,他确实没有魏生荣看得远。所以魏生荣的话他不能再当作耳旁风了,他确实需要彻底改变了,不能一味地活在过去的阴影里,不能自拔。

宋安然经过几天的琢磨,慢慢琢磨通了。他需要全方位地改变,从形式到思想。

宋安然首先把业务室认认真真地打造了一番。油坊的业务室其实很宽敞。经过重新布置以后,北边的窗台下摆了一张新的办公桌。西墙上挂了两幅地图,一幅是《中华人民共和国地图》,另一幅是《世界地图》。这两幅地图很大,很醒目,很抓人的眼球,颇给人一种"胸怀全中国,放眼全世界"的气概。他又买了一套新沙发,把家里替换下来的沙发、茶几摆在西墙的地图下面,供人们打塌嘴、下象棋。南墙是一排带着玻璃门的书橱,里面摆满了各种书籍。有农村科普知识方面的,也有人物传记等各类励志书籍,还有一些小说、故事、养生书籍等。那时适逢上级要在每个村建立"农村书屋",他就去找老支书,争取过来了。因为"农村书屋"的设立,好大一部分书其实都是上级给提供的,涵盖面比较广,宋安然原来的书籍只占了一部分,就连书橱都是村里给配置的。

这样一拾掇,业务室立马变了样,宋安然自己也觉得比以前顺眼多了。

麻将渐渐风靡起来的时候,尤其是到了冬天,地里没什么事情可干了,人们就热衷上了打麻将。原来,宋安然看着人们苍蝇逐臭般地涌向麻将桌,就会报以轻蔑的一笑。可是,连他自己也没想到,在许二赖的小卖店红火了以后,他也不得不放弃秉持了多少年的操守,开始学着打麻将。

学打麻将并不是说宋安然也是受了麻将的诱惑,把持不住自己,宋安然不是个没有主见的人。宋安然学着打麻将,实话说也是无奈之举。你想想,许二赖两口子都是那种稀里糊涂的人,却能把个小卖店开成大卖店,凭什么?就凭着那种稀里糊涂。为什么?因为人一稀里糊涂,做任何事情就不太喜欢较真儿。有的人把小卖店当成俱乐部,来了为这儿人多,能打塌嘴;有的人为蹭茶;有的人知道许二赖老婆算账有些二五,有时会算错账,能占点儿小便宜;还有的人是为家里能省点儿烧炭……许二赖反正来者不拒,多多益善。这样就能招人,就能积攒人气。人气上去了,买卖自然就红火了,和气生财嘛!人们除了打塌嘴,捎带就买了货物。尤其是吃吃喝喝,农村人嘛,混起账来,肯定少不了开支消费。

宋安然感觉出来他这里冷清,不单单是他的环境不好,人们嫌脏;也不是他的人品不好,叫人们厌恶。而是他的性格与人们有些格格不入。表面看着人们对他很抬举,说他是文化人,但就是一个文化人,让人们对他敬而远之,好像中间隔着一层看不见但能感觉到的东西。你想想,你喜欢看书,整天素面朝天,真正把自己当成文化人,清高无比,就有看不起别人之嫌。而村里喜欢看书的人寥寥无几,即使有几个喜欢看书的人,也并非都像你一样痴迷。爱好不同,自然就产生了距离,正所谓曲高和寡。不但产生了距离,还于无形之中对别人形成了压力。你想想,别人打麻将你不打,别人开玩笑你也不开,正儿八经像个老学究,虽有知识但没情趣。一个人再有知识,如果没有情趣,就会让人觉得很乏味,很没意思,别人自然就对你敬而远之,这样自然就显得你没有亲和力。

终于,宋安然不得不"纡尊降贵",放下身段,开始"混迹"于麻将群中。

尽管如此,因为宋安然在潜意识里对麻将有着很深的排斥,终究还是不能真正地投入,只是应付差事而已。

不但如此,宋安然也如许二赖一样,给人们熬了酽茶,还买了一副精致的象棋,供人们消磨时间。

如此一来,宋安然的油坊也渐渐有了些人气。宋安然就想,看来人是需要不断地改变啊。你不改变,就不能适应时代的变化,也不能适应环境的变化,你就只能让许二赖们把你慢慢地甩到后面,不管你是什么所谓的文化人。魏生荣说的一点儿没错,恐龙为甚会灭绝,还不是因为不能适应环境的变化吗?不能适应环境的变化,就成了僵化;一僵化,最终就会变成僵尸。

宋安然何曾想到,有一天许二赖也给他当了一回老师。可见孔老夫子流传了两千多年的那句话,不愧是至理名言啊:三人行,必有我师。

安排好这些以后,宋安然总算松了一口气。

又是两年快过去了,尽管宋安然的油坊比刚开的时候要好多了,但相比这么大的投资,一年三四万块钱的收益还不能算尽如人意。宋安然意识到,弄个门面呀,排场呀,终归是表面文章,顶多也就是起个辅助作用,买卖好坏是综合因素所致。魏生荣说得对,真正的市场在外面,他得走出去扩大市场,不能守株待兔。村里人及周边的人即使每天喝油,又能喝多少?

恰逢此时,上级开始大力宣传奶牛养殖,宋安然觉得这是个千载难逢的发展机遇,他必须得抓住。眼下的当务之急是资金问题和管理人员问题,这些是真正的硬件。转眼就到了收购油葵的季节,他到哪儿去筹措收购款呢?

看来只有一条路可走了,借高利贷。

宋安然所说的高利贷其实并非真正黑市的高利贷,动辄五分、一毛的利,最低也得三分钱。宋安然准备借的是村里的一些闲散资金,存在银行嫌利息低,放出去利息倒是高,但又怕利大蚀了本。一般就按一分或一分五的利息,放给一些小的流通户,或者像宋安然这样的小型企业。这种借法一般都是在亲戚朋友之间,又有较高信誉还有一定资产可抓拿的人,再找个担保人做担保,这样保险系数更大一些。

宋安然开始为借款奔波,亲戚找亲戚,朋友托朋友。五千也不嫌少,一万也不嫌多。凭宋安然的为人,经过半个月的努力,总算借到手十五万块钱。这十五万块钱若放到三年前,宋安然想都不敢想。

接下来宋安然开始考虑聘用管理人员的问题,踅摸个可靠的管理人员也是当务之急啊。

宋安然在熟悉的人里面过滤了好几遍,滤来滤去,"忽"地拍了一下脑门儿,怎么把她漏掉了?真是大闺女讨吃——死心眼儿。她虽是女流之辈,可是无论从心思的缜密还是做事的干练,男人也未必能比得上她。

他闭着眼睛思谋,不是没想起来,是自己这几年压抑着不敢想,因而一时竟没想起来。

这个人就是高美香。

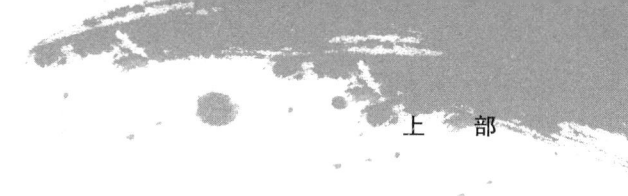

上　部

# 第十四章

村中这段路因为是沙质土壤,即使下再大的雨,也不会泥泞。出了村,就是另外一回事了。

上了车,宋安然再没说话。不是不想说什么,而是觉得一时竟无话可说。宋安然经常在电话里同崔六子开着七荤八素的玩笑,一见面反倒觉得无话可说了,往往得搜肠刮肚找话题。他感觉崔六子好像也有些同感。

当初崔六子准备开发葫芦湾的时候,怎么也不会想到,在贯穿于他的整个项目中,宋安然会是个举足轻重的人物。在崔六子眼里,宋安然就是个书呆子,是个没什么胆识的人。开了这么多年油坊,依然还是个小小的榨油作坊,没见有多大的发展,始终脱离不了小农经济的经营模式。他对宋安然的了解,只是通过业务上的联系,他这些年可没少为宋安然消化油渣。

崔六子找的第一个人是罗毛蛋。尽管罗毛蛋在崔六子的眼里也没什么位置,但他还是不得不找,即使走程序也得找他,因为罗毛蛋是八社的社长。县官不如现管嘛,谁叫罗毛蛋是八社的社长呢。

崔六子就纳了闷儿了,八社的人真是荒唐,选社长怎么能抓阄呢?比罗毛蛋精明的人有多少,闭着眼睛随便扒拉一个都比罗毛蛋强,怎么偏偏就抓住一个"夹脑风"罗毛蛋来当社长,那么多能人就甘心让一个"夹脑风"来领导?真是世道变了,黑白颠倒了,就如小品中说的,这个世界太疯狂了,老爷们儿改剡成小姑娘了,丈母娘上了女婿的床了,耗子给猫当伴娘了。

其实当初罗毛蛋抓住社长的"阄"以后,本来不想干的,那是一疙瘩烫手山药,没人愿意接手。可是,无奈老婆任翠翠的官瘾很大,到手的"官帽"岂能再让出去?罗毛蛋怕老婆是出了名的,只能勉强接手。

当罗毛蛋听崔六子说明来意后,满脸的诧异。他接过崔六子递过来的烟,眼珠子不眨地盯着崔六子,足足盯了有十三秒钟,盯得崔六子也有些发毛了,罗毛蛋这是撞鬼了吧?

"崔老板你开玩笑吧？"

"喊，你看我像开玩笑吗？我吃饱了撑的没毬事干，车牛大马专门跑来逗你玩儿吗？"

罗毛蛋挠了挠头，说："可是我不理解，你看上我们这个尿尿圪崂的甚了？出路没出路，土地是盐碱滩，就连我们社的人也走得七零八落了，你到底看上我们的甚了？"

这不能怪罗毛蛋不理解，崔六子能把这片盐碱滩变成米粮川，还是能把葫芦海子变成聚宝盆？就连他也曾经打算扔了头上这顶破帽子，出外面打工去呢。凡打工回来的人，谈起打工的经历，都是一副眉飞色舞的样子，好像他们不是出去打工的，倒像是出去游览猎奇的，说得罗毛蛋心痒眼馋，恨不得立马拔腿就走。无奈老婆不同意，一来怕罗毛蛋出去被别的男人带坏；二来儿子也出去打工了，家里的活儿主要靠罗毛蛋做，如果罗毛蛋再出去打工，家里的大事小情拿轻掂重，就都落到她和儿媳妇身上了。这些让她想一想就怵，她哪里能受得了那般煎熬呀。因此，死活不让罗毛蛋出去打工。

"你们社的地多呀，我们社那点儿怂地已经没有发展空间了。"

"那你可以向其他社发展呀，起码其他社有油路，好行走呀。"

"油路可以慢慢修嘛，社会在发展，这么一段油路还是个事吗？"

"你说得倒轻巧，你出钱修吗？要真是你修就闹好了，起码你四哥不会'霸道'了。"

崔六子一听罗毛蛋揭他四哥的短，就听不顺耳，忙岔开话题："你这家伙就是个榆木疙瘩，咋听不开个话。你说咱们周围哪个社有你们社的荒地多？没有荒地，我的养殖场建在空中吗？我今天来就是先跟你透个底，你跟村里人叨拉叨拉，摸摸底，探探口风。如果同意呢，我就来你们社投资，如果不愿意，我就及早另做打算。"又说："也不是非得在你们社搞，其他村我也考察过，也瞅下两个地方，就是有点儿远，管理起来不太方便。再说咱们毕竟是邻居，老话说，远亲不如近邻，近邻不如对门。在这儿投资，你们以后就不用出去打工了，有活儿还不是紧着你们先做吗？何况我们家也曾经是葫芦湾的人，我不能让肥水流进外人田呀。"

罗毛蛋听着崔六子说得很近情理，他想了想，问崔六子："那我咋和人们交代？一亩地多少钱？是一年一租，还是一次性买断？"

"说你性急，还真是性急。要是基本上同意，这些细节是以后慢慢商议的

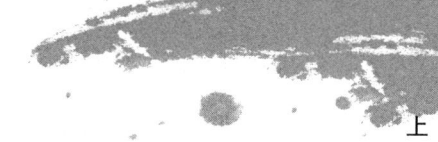

事,不是一次就能解决的。不过有一点是毫无疑问的,如果能做成这件事,对你们绝对是有利的。"

能有这么好的事?罗毛蛋嘴上没说,心里却在犯疑惑。就凭崔六子以前做过的那些烂事,咋能轻易叫人相信呢?

所以罗毛蛋防贼一样地在心里防着崔六子,不敢轻易答应他。不是怕他把葫芦湾的土地偷走了,是怕他给下个什么套子,把葫芦湾的或者什么东西给忽悠去了,尽管他此刻还没弄明白崔六子到底要忽悠什么东西。但他就是偏执地认为崔六子是黄鼠狼给鸡拜年,没安好心。崔六子就连他老家的亲戚都能下得了手,他能对葫芦湾的人大发慈悲?鬼才信呢。

崔六子看罗毛蛋发呆,就对他说:"我这可是为你好呀,为你们社好呀。你是不是不相信我的话?"崔六子似乎看穿了罗毛蛋的心思。

"咋讲?"

"你想,你们一边拿着承包款,一边在我的公司干活儿,这其实就是挣双份儿工资,又守家在地,更不用担心去外面打工,媳妇儿让人挂上跑了。这是几全其美的好事呀。"

罗毛蛋又想了想,说:"那好哇,我先跟人们透透气,看一看人们是甚想法。"直到崔六子走了,罗毛蛋也没解开崔六子的真正意图。

罗毛蛋的疑惑不是完全没道理。葫芦湾是个甚地方?一到春天冰消雪化,道路翻浆,一个月之内,连县里乡里的人毗你也难看到一个,好像他们早就遗忘了这里还有这么个村子,村子里还有这么一群人。

民国初年,有一行四人行走在一片白花花的盐碱滩上。在这片土地上,除了野滩上东一丛西一簇的芨芨草,沟壕里长着一丛丛的红柳,圪梁畔一堆一堆的白茨,就是积水的低洼之处一圪卜一圪卜极耐盐碱侵蚀的盐蒿子,几乎别无其他植物。盐碱土经雨后结成的硬嘎痂就像锅巴,脚踩上去"嘎巴嘎巴"地响,像不堪踩躏发出的阵阵呻吟。

一个壮年汉子的表情渐渐从无望变成绝望,似乎他的心在倏忽之间已经被那浓浓的盐土腌成了咸菜干儿。于是,绝望像蚯蚓一般从脚下的盐碱地里钻出,然后从容不迫地钻透脚底,再顺着脚心通过血管一直钻进他的心里。在心里稍作停留,就向周身弥漫开来,终于将他一点点瓦解,终至崩溃。他甚至可以看到自己已经像腐烂风化的残破布片,被一阵轻风吹拂得支离破碎,转瞬间销蚀在这白茫茫的盐碱地里,无影无踪。

汉子终于支撑不住，腿肚子发软，"扑通"一声跪倒在盐碱地里大放悲声："老天爷是成心要灭我们一家呀！"那一片绝望的没顶之灾就洪水般铺天盖地地向他奔涌而来，顷刻间将他淹没。

这汉子刚喊出一句，气还没换匀，就被人一脚踢在屁股上踢翻在地，耳边就听得一声断喝："起来！你个没骨气的屌玩意儿！"

这一声断喝声若洪钟，一下子将那汉子的意识从恍惚中拽扯回来。他一边"呸呸"地吐着啃了满嘴的盐碱土沫子，一边委屈地抱怨着："我说的有啥错？这有啥活路嘛，这还给不给人活路啊……"

他的父亲——踢他的那位老人——缓缓地环视了一眼苍苍茫茫的野地，颇像一位将军在巡视他的千军万马。然后，转头用犀利的目光盯视着他面前的三个儿子，盯得他们惶恐不安。

"人活一口气，树活一张皮。人要没了骨气，活着和死了有啥两样？我们魏家世世代代都是铮铮铁汉，没出过一个软骨头，要不然也不能千乡百里走上这条逃难的路，也不能从老家坚持到这里。既然一路艰难都能活着来到这儿，为啥就不能好好地活下去？不管啥时候，命都攥在自个儿手里。三十年河东三十年河西，天无绝人之路。"

那个敦敦实实的红脸汉子待老人的情绪平复了一些，对老人说："我们的租地还在前面。"

又往前走了几里地，前面出现一片水面，水面北边有一道沙梁。靠近沙梁一面的水边，迤逦着一排间距不等的柳树、榆树，茂密的树枝手牵着手混杂依偎在一起生长着。沙梁的西头突兀地矗立着一棵矮墩墩的冠如伞盖的大槐树，像一位发福的将军在操练着他的士兵们。水面长约三四里，宽有里许，中间有个细腰，也就宽不过几百米，将水面分割得恰似一个偌大的细腰葫芦。水面生长的蒲草和芦苇密密匝匝，葳蕤茂盛，水边一围茂密的红柳正在肆无忌惮地怒放着细密的桃粉色的碎花，挑逗性地给这片水面围了一圈性感的腰带。芦苇和蒲草空出的宽阔的水面上，一层薄薄的淡淡的雾岚氤氲。有捞鱼鹳和苍鹭在水边闲庭信步，还有些不知名的啥鸟在上下翻飞，偶尔可听到野鸭"嘎嘎"的叫声。有几只不知名的小鸟啁啾着从头顶疾速地掠过，显得惊慌失措，许是轻易没被这么多不速之客打扰的缘故吧。

这可真是个好去处啊。

老人将手里拄着的棍子一戳，说："这就是我们往后安身立命的地方了。"

上 部

于是,从安徽老家逃难过来的这一家子,硬是在这白茫茫的盐碱滩上顽强地扎下了根。

其实他们在安徽老家也是名门望族,要不是因为得罪了地方权贵,受人诬陷吃官司,老太爷又刚正不阿,不愿意违心地屈膝赔罪,何至于背井离乡抛家舍业,跑到这鸟不拉屎的荒蛮之地来呢。

那个红脸汉子是老人的二儿子,是老人头年打发出来为一家子寻退路的,这里的地方衙门有他们的一个故交,虽然没有多大的职权,但是可以靠此落脚。当初这红脸汉子还有些疑惑,至于那么悲观吗?现在看来,父亲是有先见之明的,人无远虑必有近忧啊。

他们落脚的这个地方位于河套平原腹地的黄河故道,就是现在的葫芦湾。

魏继业的爷爷魏万仁曾经不止一次给他的后辈们讲述他们家的这些掌故,以激励他的后辈们永远记住他们的祖先,魏继业的爷爷的曾祖父说过一句话:人活一口气,树活一张皮,魏家世世代代都是铮铮铁汉,没出过一个软骨头!不管甚时候,命都攥在自个儿手里。这是他们这个家族传承的座右铭。

自此几番折腾,魏家元气大伤,再也无法恢复昔日的风光。但虽然家道中落,魏家的好门风却始终不改初衷,魏继业的爷爷的曾祖父又告诫后人:"不管生活是富是贫,做人的精神永远不能垮,做人的精神一垮,人的气就散了;人的气一散,整个家族就会一蹶不振。"

第二年,魏家的大儿子因病早逝——尽管他们是杏林之家,在肆虐的病魔面前也常常无力回天。魏老爷子的二儿子,就是在魏家全家来到的一年以前,先期来此地以揽长工为名探路的红脸汉子——魏万仁的爷爷,顶起了魏家的门户,并且一直把医术传到魏万仁。魏万仁因为发生了"文化大革命"中的那桩伤心事,再没有把手艺传给魏继业的爸爸魏生荣。

魏万仁每每给儿孙们讲起这段掌故,依然唏嘘不已。

可是三十年河东过去了,三十年河西也过去了,改朝换代,百年沧桑,纪年也跨进了二十一世纪,年复一年,辈复一辈,方周二围的村落逐渐都富裕起来,葫芦湾依然是个穷地方。这里地势低洼,土地盐碱化程度严重,因此造成道路翻浆,出行不便,历来被各级政府所轻视,成了个三不管的尿尿圪崂,任其自生自灭。

俗话说,人穷志短,马瘦毛长。因为一个穷字,造成了葫芦湾人的许多窘境,比较典型的一个特点是葫芦湾的光棍儿多。有一次几个人闲聊的时候,就把葫芦湾的光棍儿加以梳理规整,大致分为三类:一类是纯光棍儿,五六十岁了依然是童男子。之所以成为光棍儿,不是家贫,就是人窝囊,或有其他种种原因,如长相,如阴差阳错。但终究守没守住童男子身,则无从考究。

另一类是后光棍儿,指的是离了婚或死了老婆的男人,原先有老婆,离了婚或死了老婆以后还没找下,仍在打光棍儿,估计这辈子已经无望,打到死了。但以前找过老婆,已经不纯。

还有一类是假光棍儿,假光棍儿的内容则更丰富一些,包括老婆离家出走但没离婚,等手头的钱花得差不多的时候,隔三岔五还回来让用一下的,顺便补充些草料。勉为其难算是藕断丝连,名义上有老婆,却如同过着没老婆的日子。这种女人被人称作"飞机(鸡)"。

另一类假光棍儿是老婆明的暗的和别人伙着用,就是打伙计。暗的当然是偷偷摸摸地用一下,像打游击,叼功摸夫,打一枪换一个地方,不敢明目张胆。明的就截然相反,明展大亮,不但不怕人笑话,甚至还有炫耀的意味。男人因为性格懦弱,管不了老婆,老婆没离婚也没跟人跑的前提是老婆疼孩子,怕离了跑了你再找个后老婆,自个儿的孩子受后妈的气,而自个儿带着孩子又嫌累赘,混把子碍事,索性把孩子撇给你,还把你占着,看着;另一个原因是男人不但不敢管,还能受,能撅起屁股刨闹钱,供她花,供她享受。左右逢源,如鱼得水,按老话讲叫拉帮套。现在的拉帮套又不同于旧时候的拉帮套,不但花不上嫖头的钱,还要倒贴,反了,嫖头和泥头的位置颠倒了,嫖头倒像主人一般,泥头反倒好像是在打伙计,泥头给嫖头拉起了帮套。泥头忍不住想发泄一下的时候,反倒要看嫖头的脸色,真正的鸠占鹊巢。为甚?女人为红火,为一时取乐,虽说是露水夫妻,却胜似亲夫,在一起腻腻歪歪,打情骂俏,自己的男人不敢管,外人又管不着,明目张胆,乐得逍遥自在。男人一般比较识趣,知道自己窝囊,老婆红杏出墙之前,就被老婆降成一匹鬼。老婆一出墙,多少总会有些顾忌,或也生些内疚,毕竟不是石头人儿啊。这样,反倒减轻了对自己的压力。所以为了求安生,就视而不见,起码自己的孩子好歹算有个妈,能给孩子些照顾和温暖,家也还算个家,没有彻底分崩离析,至少家的形式还在。家里也时常能看到老婆的影子摇来摆去,晃进晃出。老婆心顺时偶尔也给做几顿饭,负疚时偶尔也给干些活儿。老婆心血来潮或是良心发现的时候,抽空也让男人用个一次半次,虽然勉强,总比闹腾起来一拍屁股走人要好。由此可见,这样的男人还算明智,能找到平衡点。有的人就感叹,这种女人才叫个会享受,会活人,潇洒。尤其是一些自诩为很正经的女人,嘴角带着轻蔑和鄙视,甚至不屑,心里却直泛酸水。这种女人被称为"座机(鸡)"。

总之,葫芦湾的村风就由一个"穷"字而渐渐变得混沌不堪。就像浑水里摸鱼,分不清是泥鳅、王八还是鱼,抑或是一只癞蛤蟆。

正是在葫芦湾这种"穷"的背景下,宋安然一家才得以在葫芦湾——当时的民建八队落了户。那时河套地区大力开展灌排配套工程,需要大量的劳动力。像民建八队这样的"爬床"生产队地多劳力少,分配的土方量往往不能按时完成,老拖全大队的后腿。不得已,就招收了好几户外来人员落户,补充劳动力。

从那时起,就注定了宋安然与这一方水土的不解之缘,也就意味着他这一生的悲欢离合被紧紧地使命般地固化在了这一方水土之上。

# 第十五章

罗毛蛋解不开崔六子的意思,就来找宋安然。罗毛蛋在一没主张的时候,就来找宋安然。罗毛蛋在好多情况下都没主张,所以频繁地找宋安然讨主意。次数多了,本来应该独自主张的事或者能够独自主张的事,也习惯了来找宋安然。不来找宋安然,老觉得心里不踏实,久而久之,成了毛病。

罗毛蛋来找宋安然的时候,宋安然正在同两个临时雇工装一车油葵大料准备送货。宋安然现在的油坊虽然还是个家庭作坊,但已经做得颇有声色。他买了一台筛选机,筛出来的大颗粒的油葵统称为大料,而大料的出油率较低,榨油不合算。宋安然把它们筛选出来卖给剥葵仁的厂家,价格很可观,一般比榨油的利润能提高百分之十五到二十左右;剩下的"小料"榨油,出油率比大料要高很多。这样一分选,就实现了利润最大化,大料、小料各得其所。

罗毛蛋看宋安然亲自跟着工人装车,就揶揄宋安然:"宋厂,你这么大的老板,还亲自装车,省下几个装车费闪了腰可就不合算了。"

宋安然反唇相讥:"嘻嘻,有钱的娃娃会说话,没钱的老汉力气大。省下的顶如挣下的,你收水费时日进斗金,我哪敢跟罗社比呀。"

一句话闹了罗毛蛋个没趣,"嘿嘿"地讪笑两声,说:"不愧是厂长,说话就是有水平。不过你把话反说了,我日进斗金只不过是替人家收水费,过一过手瘾,丫鬟女子带钥匙——当家不主事。你拔一根汗毛比我腿还粗,我哪敢跟你比呀。"

说完,罗毛蛋帮着把车装好,就跟宋安然说起崔六子打算来投资的事。

高美香笑着打趣罗毛蛋:"罗社,你是社长,这事应该你决定呀。"

罗毛蛋憨厚地笑着说:"我决定倒是我决定,但是他得帮我分析呀。毕竟这是大事情,分析不清楚能贸然做决定吗?谁叫这儿是'点子公司'呢。"罗毛蛋也好面子,不想让人看出他事无巨细都要依靠宋安然拿主张。

因为宋安然常帮人们分析拿主意,人们就戏谑地称油坊为"点子公司"。

"那你找'点子公司'不得付咨询费呀?"

罗毛蛋白了高美香一眼,说:"我问你,安然是不是八社的人?"

高美香喜欢逗罗毛蛋玩,说:"是八社的人就应该无偿提供咨询呀?"

"这不是我个人的事,是全社的事,当然也关系到他的利益,还有你的利益。要是好事,大家都能得利;要是挖坑,避免损失我们大家都不受伤害。你说他不应该给出主意吗?"

宋安然当然早就习惯了这种"指导",也不客气,打断罗毛蛋的话说:"这样大面积的集体土地流转是个大事,得好好地盘算盘算,不能草率。我想还是找几个人小范围商议商议,如果觉得可行,就跟崔六子先谈一谈,拟定一个基础方案,再召开村民会,把所有能考虑到的问题都给大家讲清楚了,再由大家决定接受不接受。如果现在贸然让大家讨论,七嘴八舌头也分不出个条理来。兽医多了治死驴。就像葫芦海子,几次都没谈成,其原因你又不是不清楚。"想了想又说,"这样吧,等我送大料回来,晚上咱们再商议。咋样?"

"行,那我晚上再找几个人。"

晚上,罗毛蛋叫了葫芦湾的几个骨干人物。从一开始,就分成两派对立的观点。以宋安然为首的是赞成派,以魏生金为首的是反对派。

屋里的空气焦灼不安,浓重的劣质烟味犹如一波又一波缺氧的浑水,压抑得有些六神无主的人们似乎要窒息了。

魏生金首先一口否定了,他说:"不行不行。我们要是让鬼六子进来,就是引狼入室了。鬼六子这人我们又不是不知道?他是个甚玩意儿?看看他做过的那些事,有哪件事能拿得上台面儿?哪件事不是靠投机取巧,坑蒙拐骗?这次还不知道要个甚花招呢。"

宋安然记得那年刚从监狱把魏生金接出来的时候,已经有些傻呆呆的了,一副茫然无措的神情,看着外部的世界好像到了外星球。宋安然心里酸酸的,这才五年,就把一个人变成这样,要是关个十年二十年,还不得彻底关成个傻子呀。可是现在不一样了,这十多年魏生金每年都有七八个月在工地上,锻炼得也成了葫芦湾的一个人物了,可见环境造就人啊。

"是啊,鬼六子,鬼六子,不鬼咋能叫鬼六子。那些上过鬼六子当的人也不都是白痴,到头来还不是让鬼六子耍了?所以不能不防呀。要是日本鬼子在,我看也未必是鬼六子的对手。"有人附和魏生金。因为近几年中日围绕钓鱼岛问题导致关系急剧恶化,播出的电视剧中,有很大一部分是抗日神剧。所以,人们好多话题自然要拿日本鬼子开涮。

宋安然冷眼旁观他们的谈论。那些持与魏生金不同意见的或摇摆不定或干脆没有主张的人,都把目光投向宋安然,他们想听听宋安然的意见。毕竟鬼六子给七社村民每亩五百块钱的承包费,具有很大的诱惑力和杀伤力啊。不过,想起崔六子一贯的所作所为,人们的心头不禁又掠过一丝凉意。如今看宋安然不说话,他们心里也没底。

几个人说出自己的意见之后,一时陷入了沉默。宋安然看到这种情形,就说:"我看你们咋有点儿谈虎色变呀。我的意见同你们不一样,'一个李向阳就把你们吓成这个样子?'"宋安然模仿电影里的口气,念了一句经典的台词。

李向阳是老电影《平原游击队》里的抗日英雄,《平原游击队》是他们小时候看过的经典电影之一,虽然过去好多年了,里面的故事情节几乎全忘记了,但日本鬼子松井声嘶力竭的狂吠他们还是依稀记得:"抓住李向阳!抓住李向阳!"

许二赖是赞成派的。许多时候,许二赖都是站在宋安然一边的。倒不是宋安然的话不管对错,许二赖都接受,而是宋安然的许多话都让许二赖诚服。所以许二赖接口说:"崔六子算甚?他是李向阳?那是高抬他了,他是松井还差毬不多。我们根本没必要看着他多可怕。"

在场的人都知道宋安然其实并非特指,宋安然平时说事情喜欢比山说水,比鸡骂狗,一为调节气氛,二为形象生动,有说服力。

宋安然就说:"重要的不是崔六子这个人,而是这个事,是不是对我们有利。要是对我们有利,不管谁来投资,我们都欢迎;反之,我们都拒绝。我们应该对事不对人。"

有人就试探着问他:"那你说这是好事还是坏事?"

宋安然笑了,说:"这不明摆着嘛,当然是好事了。崔六子说得没错,如果他最终给的承包方案能让我们满意,我们何乐而不为呢?"他停了一下又说:"其实承包费我想不是问题,有七社的标准在那儿比着,他不能少给。关键是村里的这片荒地,我们该咋打算。你们也常看电视,土地集中在一部分人手里是国家提倡的大政方针,是大趋势,不管多艰难,迟早都要走这一步路。"

有一个村民提出来:"那有甚好打算的?七社的荒地价格也有标准,不是一亩地两千块钱嘛,看崔六子需要多少亩,到时候按我们的耕地面积平均一分不就行了。"

也有人提出新问题:"该咋分?有的人自从二轮土地一承包,就把土地流转出去了,有的人干脆把地一次性卖给其他人,这些人应该不应该参加分配?"

"当然应该参加分配了,即使把地流转出去,荒地原来就没参加过分配,理应有人家的份儿呀。"大家知道,这个村民的三个弟弟都整体外出,话中的含义带有明显的"胳肘弯向里曲"的自私意味。

"流转出去土地的人要是参加分配是理所当然的事。但一次性卖出去的人,我认为他们其实是自动放弃了土地权。我们在这片土地上穷困潦倒坚守了这么多年,他们到城里挣了大钱了,现在却要回来摘胜利果实?门儿也别想。"

有人就笑他这话荒唐:"你说这话可站不住脚啊,这些荒地又没用你守没用你看,又没有人能偷走,怎么能算成你的功劳呢?"

那人不服气地说:"土地是不用守不用看,可是我们哪年不出勤杂工?挖渠、修桥、补路,他们回来铲过一锹土,还是挖过一锹泥?这么多年他们甚至连村子都没回来过一次,有的甚至跟村子里连联系都没有了,他们咋能参与分配呢?"

"你这就是强词夺理了。他们没铲过一锹土,可是接手土地的人一锹土也没少铲呀,又没给你多摊一分一厘。要讲公平就得让接手土地的人参与分配,雀儿顶蛋。"

"那咋能算公平呢?即使是荒地也是我们祖辈留给我们的财产,他们是哪里流过来的一股水,他们是新来户,又没有户口,咋能跟我们平起平坐呢?"

"你这话可是搞起'种族歧视'了啊。"

一听"新来户"三个字,宋安然一下蹙紧了眉头。这个词对他来说太敏感了,要不是这三个字,他这辈子何至于遭受那么多的苦难?

宋安然立刻打断他们的争论:"我倒有个主意,大家不妨听一听。"

大家立刻把目光齐聚到他的身上。

"我们为甚不能换个思路?你们看,崔六子即使把那两百多亩地都占了,也就是补给我们四十来万块钱,平均到我们每一户也就是几千块钱。几千块钱对于我们来说,能顶多大的用?"

有人一听这话,立刻站出来反驳:"你这是饱汉子不知饿汉子饥呀,几千块钱对你来说不算个事,你榨油机一响,黄金万两。我们呢?几千块钱就是我们小半年的收入呀。"

这句话一下子令宋安然很尴尬,他压住不快解释说:"你先不要急,听我把话说完。照七社的方案,荒地的承包费分十年逐步付清,平均到每户,每年也就几百块钱。你们想,即使谁家再缺钱,几百块钱能顶起天吗?还不是都渗了沙眼子啦?再说了,钱一分倒是省事了,以后呢?以后那些地就与我们一毛钱关系也没有了,七社的合同可是签得永久性使用的呀。"

大家一听就笑了,有人讪笑他,说:"吃了葱想蒜,甚事也想干。既然包给崔六子,你还想咋?还有办法让它再给咱长出金子来?"

"能,咋不能?"宋安然十分肯定地说,"就看我们如何看待它。"

"咦?新鲜啊。你不是喝醉了说胡话吧?能长出金子,这么多年你咋装着不说,让我们受了这么多年穷困?"

宋安然笑了笑,做出一种欲擒故纵的样子,说:"你们说,我们村这些年为甚穷?"

大家七嘴八舌,有的说地瘦,盐碱滩;有的说破路,不方便出进;还有的说偏僻,上级不重视……

宋安然等大家议论够了才说:"这些都是我们社穷的因素,但我认为其中最重要的因素是路的问题。如果路通了,好多问题都能迎刃而解了,尤其是我们的心态也会改变,连带着思考问题的方式也会变。因为一条破路,我们受了多少煎熬,遭了多少罪,这种体会不用我多说大家都有吧?"说到这里,宋安然甚至有些激动了,他停顿了一下,稍稍调整了一下情绪才继续说:"如果崔六子能答应给我们把油路修通,还怕我们村的经济不能发展?不比我们分了这钱合算吗?不是顶如我们地里生金子吗?何况因为每年分那几百块钱,如何分,分得公平不公平,可能会惹来好多麻烦。我们不能光顾眼前,不为长远打算呀。"

宋安然这样一说,原来不赞同崔六子来投资的人也开始转了风向。要是真能把油路修通,未尝不是一件好事啊。

魏生金这次没说话。他没表示支持,也没表示反对。如果真能用这片荒芜了多少年一直未被利用过的盐碱滩,换来展油滑水的柏油路,当然是再好不过的事了。目标转移了,他再坚持反对,就不是反对崔六子投资的事了,而是反对修路。因为这段油路至今没修通,与他有直接的关系,或者说有着根本性的关系。这些年因为这条路,他承受了多大的心理压力啊!

宋安然知道魏生金还是情绪上过不去这道坎儿,毕竟他因为崔家坐了整整五年的大牢啊。宋安然知道魏生金不表态，就说明心里也在纠结着。

也有人提出担心，说："二百多亩荒地崔六子未必都能租用。即使都用，四十来万够修这段路吗？"

"这个以后定下了再说。如果不够，到时候我们再想办法不迟。反正我们的大方向应该定在这个目标上是不是？"

至此，几个人对接纳崔六子来投资一事，基本上达成了共识。接下来的事就是和崔六子初步谈。大框框定下来，再召开全社村民会议，在村民会议上反复讨论最终定夺。

# 第十六章

　　出村不远,就是崔六子的养殖基地。基地的大门盖得很气派:门前是一对土豪金的大石狮子,大门两边是大理石的门柱,不锈钢电动大门,门的上方是装饰着霓虹灯的拱形龙门架,镶嵌着用LED灯装饰出来的一溜大字:"新世纪综合开发公司葫芦湾养殖示范基地"。如此规模的建筑在城市里比比皆是,可在土里土气的乡村建筑群里,就显得很有些鹤立鸡群的味道了。

　　路过公司,崔六子却没进大门,径直向东开去。宋安然有些纳闷,说:"哎,你不进去,这是要去哪呀?"

　　崔六子连头也没拧,说道:"这儿不行,人多嘴杂,说不成事。"又扭头看了他一眼说,"还有人。"

　　宋安然不好再说什么了。

　　曾在几个不同的时段里,宋安然看这番气派的感觉是不一样的。

　　刚建起来的时候,宋安然当着崔六子的面,给了四个字的评价:不同凡响。崔六子没回应什么,只是微微地笑了笑,笑得不动声色。但这不动声色的微笑后面,掩盖不住崔六子潜藏在笑肌下面的傲慢与洋洋得意,因为他的眼神是骗不过宋安然的。

　　过后宋安然就有些生闷气。崔六子咋能用这样不咸不淡的态度对待他呢?吝啬得连一句客套话都不愿多说。毕竟在促成他来葫芦湾投资这件事情上,客观上来讲,他是帮过他的忙的呀。他咋能如此傲气十足地对待他呢?

　　宋安然不单是生崔六子的气,更生自己的气。自己咋会脱口说出这么一句不得体的话呢,显得如此浅薄。不就是盖个破圜圙嘛,有什么不同凡响的。自己当时处于一种怎样的心态,才迸出那么几个字?是羡慕,是酸楚,还是赞叹?好像都掺杂一些,又好像都不是。现在想想也说不清楚了,反正当时脱口而出就嘣出那么几个字。如果崔六子当时谦虚地回应一下,也许他也不会在意的。关键是崔六子没有答话的傲慢与洋洋得意,才刺激了他。他觉得自己那句话里透出一种巴结崔六子的意思。想想自己怎么也会变得如此市侩气呢？

后来看得多了，宋安然也习惯了，觉得其实无所谓。崔六子的摊子尽管铺排得颇具规模，但给人一种虚张声势的感觉。崔六子建养殖基地的时候，其他基础还没完善，首先盖了一排办公室和一座漂亮气派的大门，分明是要先声夺人嘛。因为那么大的一个圈圈，只建了一个奶站，圈着三百多头牛，三百多只羊，其他并没有多少实质性的发展。那么大个奶站，好多设备都闲置着。及至第三年，崔六子不但没有如期修通油路，连村民的承包款也开始拖欠了。恰逢那个时段，奶牛养殖又走入了一个相对的低谷，宋安然就有了一些隐忧，不是替崔六子，而是替葫芦湾的村民。会不会真被叔丈人魏万仁说中了，他们集体被崔六子给忽悠了？

再后来，这气派给宋安然最多的感觉就是一种讽刺意味。崔六子的管理哪里有个公司的样子，承包地经营得稀里糊涂，用的管理人员都是他的亲戚，因为都没有多少文化，缺乏管理经验不说，还经常相互扯皮，争权夺利；管理秩序混乱，消极怠工严重，丢底掉帮。现在已经能比较清晰地看出崔六子金玉其表背后隐隐露出的败絮。崔六子因为上级项目扶助资金没能完全顺利到位，只是到位了一部分牧草种植补贴款，葫芦海子度假村项目和油路项目至今都没动工。如果现在有人再对崔六子说"不同凡响"，崔六子该是怎样的表情？是自嘲地一笑，还是沮丧地苦笑，还是掩饰似的开怀大笑？宋安然无从揣度。

连着三天连阴雨，虽然雨量不大，但正值春天返潮的季节，泥土浅层消融的水分因为被下面的冻土层隔着，渗不下去，就往地表泛上来。浅层水一上升，地表的含盐量也随之增大，再加上刚刚下过雨，使得这一段道路越发地泥泞不堪。车子就像扭秧歌似的悠过来荡过去，颠得人心都要从腔子里蹦出来了。

还没走多远，宋安然就觉得胃里翻江倒海，他赶忙让崔六子停了车。崔六子刚停下车，宋安然就拉开车门，连车也没来得及下，就"哇哇"地吐开了。

崔六子连忙探过手来给他拍背，宋安然制止了，说："好了，好了，没那么悬。"吐了一股，又钻回车里，"走吧，好了。"

崔六子看他一眼，颇为关切地说："不要紧吧？你不是'漏沙窟子'嘛，陪谁能把你喝成这样？"

宋安然微闭起眼睛，也没答话。崔六子看看宋安然，以为他十分难受，就没再说甚,又上了路。

宋安然在心里骂自己,真是木匠带枷,自作自受。宋安然哪是接待客人喝高了。为了圆谎,他在估摸着崔六子快要来的时候,拿起酒瓶"咕嘟咕嘟"灌了半瓶。此刻宋安然才有些后悔,何苦呢?虽然这代价不算大,但说谎这事就荒唐可笑。自己本来没做什么亏心事,何苦要说谎呢?你又不欠崔六子什么,直接告诉崔六子,你中午不想去,又有何妨?现在自己逼着自己遭罪,遭了罪还没法说实话,真窝囊。看来说谎这种事不是什么好事情。

宋安然开始闭上眼睛想象崔六子。崔六子经常说谎不累吗?说谎不是难事,嘴一吧嗒就出去了,关键是圆谎是个苦差事呀,撒一个谎需要好几个甚至N多个谎来圆。他真佩服崔六子,这家伙如何能把那么多谎圆得那样合乎逻辑,滴水不漏?崔六子天生就是个"鬼"吗?

四五里土路足足走了有半个小时,有一次还差点儿陷进泥坑里。幸亏一上泥路,崔六子就挂上了四挡。

上了油路,崔六子才长出了一口气,说:"妈的,这也叫路吗?赶个破驴车现在也到了。"

宋安然斜睨了崔六子一眼,并且递给他一支烟,说:"这能怪谁呀?这牢骚你也能发吗?"

"是啊,这路也是我的一块儿心病呀。我知道葫芦湾的人说起这路就会恨我,其实我又何尝不着急呢?今天我急着找你,就是为了修路的事。"

葫芦湾的人最终同意崔六子在葫芦湾搞开发,首要条件就是修通葫芦湾的小油路。而葫芦湾给崔六子的交换条件则是提供葫芦湾二百多亩荒地,用于养殖基地的项目建设,另外还附加葫芦海子的开发权。经过近五年的建设,崔六子养殖基地的基础设施建设已初具规模,可是由于崔六子后备资金的不足,修小油路就成了泡影,葫芦海子度假村项目的开发更是没指望了。

崔六子当初来葫芦湾搞开发的时候,就是以修油路为钓饵,才一步步把葫芦湾的人们钓进他预设的圈套的——这是后来魏生金以及当时持反对意见的人的观点——崔六子压根儿就没想过要给葫芦湾修油路,当时答应只是缓兵之计,为的是跑马占地抢山头,忽悠上级。要想招魂得先立幡杆呀。

以宋安然为首的一部分人还是坚持他们的观点,崔六子原本确实是想修油路的,如果不修油路,他的公司发展也要受到很大的限制和阻碍,他投那么多钱图的个甚?难道就为闹着玩儿吗?何况他要建度假村,不修油路,谁会来

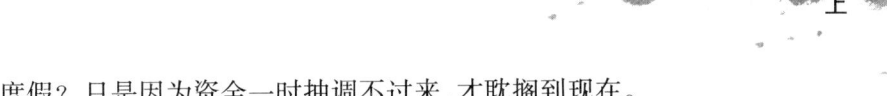

度假？只是因为资金一时抽调不过来，才耽搁到现在。

可是魏生金他们有足够的理由可以让人们相信，崔六子来葫芦湾搞开发，压根儿就不是冲葫芦海子的开发权来的。要开发葫芦海子，需要多少资金呀。这是崔六子虚晃一枪，他真正图谋的就是国家的"规模化养殖业扶持补贴资金"。你知道崔六子在"国家扶持补贴资金"这块儿的利益有多大？你知道他的背后有多大的靠山？为甚七社的荒地承包费分十年付清，而我们社四十多万一次性用于修路，他竟那么痛快就答应了？崔六子实际上一开始玩儿的就是借尸还魂之计，只是如今反腐的形势紧张了，他的靠山可能出现了问题，才把他晾在沙滩上了。看他对土地漫不经心的经营，还看不出来吗？是个庄户人谁会那样糟蹋土地呀。崔六子本来就是醉翁之意不在酒，在乎"扶持款项"也。

一说到这方面，宋安然也不好为崔六子开脱了。有人曾怀疑崔六子是傀儡，真正的老板隐身在后面。还有人猜测，这个项目本身不过是个幌子，实际上是某个领导为了洗黑钱而成立的。不过这些都是人们的猜测，谁也没有实证能够证明。但有一点毋庸置疑，崔六子的背后究竟有多深的背景，谁也说不准，像阴雨天笼罩在葫芦海子上的浓云。除了崔六子，红柳地村可能再没有人知道了。

不管宋安然咋替崔六子辩解，还是有越来越多的人从宋安然的队伍中叛逃到魏生金的队伍。事实胜于雄辩，直至现在，也没见油路有一点儿动工的迹象，这是不争的事实。因此，宋安然的话就显得越来越苍白。这让宋安然感到了很大的压力，渐渐对崔六子产生了很大的怨气。凭甚呀，你屙下的狗屎让我来替你收拾？因此，见了崔六子就一次比一次不给崔六子好脸色。

现在，宋安然突然从崔六子的嘴里听说，这次找他就是为了修路的事，倒让他大感意外。这可能吗？他的养殖场还吊在那儿半死不活，怎么突然想起来要修路？他知道崔六子在许多事情上做起来不同常理，往往里面藏着玄机，要不怎能叫"鬼六子"呢。就像下棋，看似将卒子拱到车轮底下，马上就要被碾成齑粉了，却没想到后面紧跟着一只硕大无朋的马蹄子就要落到华盖顶上了，将你这辆看似华丽结实的华盖顷刻间踏成一堆稀里哗啦的零碎。

宋安然不知道崔六子究竟打的是甚算盘，就顺势探探崔六子的底："嘿嘿，你这不是求子拜关公——进错庙门了吗？我一不是领导，二不是村干部，三又没钱没势，你找我顶屁用？你应该找领导。"

"这不是找领导能管用的事。"顿了一下,又说,"还是回去细说吧。"

俩人又陷入了沉默,一路上俩人都无话。想着因为这条破路,他替鬼六子背了多少黑锅,宋安然心里越发不是个滋味,心想这家伙不知道又琢磨着给自己下个什么套呢。

到底是什么意思?宋安然百思不得其解。

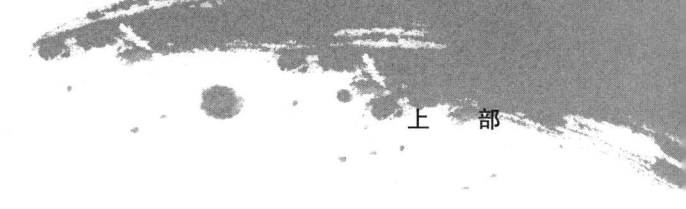

上 部

# 第十七章

其实当初崔六子来葫芦湾搞开发的时候,对葫芦海子开发项目并不感兴趣。之所以把葫芦海子开发项目勉为其难地捆绑纳入一揽子计划,是为了迁就修油路,换句话说是"硬性搭配"。因为修油路的费用太高,大致算了一下,两公里多起码得需要资金近一百二十万元。而荒地最终谈拢的使用价格则是四十三万元,这么大的资金缺口简直就是剃头洗屁股——大差一脊背。

包村的副镇长提出了一个折中的解决办法,缺口部分村民承担一半,剩下的一半通过镇里向县里申请资金援助,争取把这段拖了几年的断头路接通。

葫芦湾的人哪里肯信。镇里说向上级申请资金援助,只是争取,并不能确定是板上钉钉的事。不能确定就是镜中花水中月,望梅止渴,画饼充饥。万一申请不下来咋办?

先不说镇里申请的资金能不能及时报批,就是另外一半也有近四十万元,平均到每一户人家是六七千元,这不是一笔小数目。葫芦湾剩下的人大多是老弱病残,咋能完成土方量?多数还不得出钱雇人来完成?葫芦湾的人又要出钱,又要完成土方工程,咋能承受得了?

两次村民会议之后,就因为这条路的问题,项目又被搁置了下来。

就在事情找不到出路的时候,宋安然提出了一个新办法,就是把葫芦海子的经营权再让给崔六子,以此冲抵修油路的费用。

当罗毛蛋再次把村民召集起来到他家开会时,大家听了宋安然的主意,人群中立刻就炸开了锅。

以前有两三个城里的老板都曾经来葫芦湾考察过,打算承包葫芦海子开发度假村。但因为价格的因素、路的因素和其他种种原因,始终没有谈拢。村里人的预期价位定在了一百万。这次听宋安然提出要以葫芦海子换路,人们不是不同意,但是价格让人们接受不了,这不是猪肉卖了白菜价吗?

有人提出来折中的方法,葫芦海子的经营权给崔六子也行,但土方量他得全部承担。

可是新的问题又产生了。宋安然又给人们算了账,说:"土方量的预算是四十万,加上缺口的近四十万,又是八十万,这还是在乡里能争取回另一半资金的前提下。这样算下来,崔六子一共得承担一百二十万,也就是说,我们的两百亩荒地加上葫芦海子的开发权达到了一百二十万。刨去荒地的四十三万转让费,葫芦海子的承包费就达到了七十七万。要是万一乡里申请不下来,葫芦海子的承包费就涨到了一百一十七万。这是什么天价呀,这可能吗?会打逼兜不会算账?这样我们倒是合算了,可是光考虑自己的利益了,人家崔六子能接受吗?何况人家崔六子是搞养殖业,愿不愿意搞葫芦海子的开发还两说呢。人家要是真不稀罕这个项目,最终还是得吹灯拔蜡。现在还不知道人家的态度,你们倒好,城墙上卖屁股——自己倒先撅得高高儿的。就不怕晾成'肉干儿'呀。"

有人就怂恿宋安然要不把葫芦海子接下来,和崔六子共同来修。

宋安然粲然一笑,说:"把我当甚啦,我是财神爷啊?接手了葫芦海子还需要投钱开发呢,不是接手过来就能给你长出金子来。要是不投钱就能长出金子来,我们全社不就有了聚宝盆了吗?何必守着聚宝盆讨饭吃?"

有人又问:"你们说,假如开发葫芦海子需要多少资金?"

有人就问:"看你是准备搞水产养殖,还是准备开发旅游度假村。"

宋安然反问:"搞水产养殖得多少钱?开发旅游度假村得多少钱?"

问话的人回答不上来,人们谁也回答不上来,就反问宋安然需要多少钱。

宋安然狡黠地笑了笑,说:"我也不知道,所以我也不敢接手。你们谁有本事算出需要多少钱,只要大家同意,白送给你开发,我也没一点儿意见。即使适当地赞助一些,我也愿意拿。说实话,假如开发了葫芦海子,也能带动一方经济,日后我们也能跟着沾点儿小光。"

宋安然当然不敢接手。当初宋安然怂恿魏生荣承包经营葫芦海子,搞水产养殖,是不想让外人插手葫芦海子,毕竟魏家人与葫芦海子有太多的渊源。另一方面,现在都时兴搞观光农业,有水面的地方开始吃香起来。如果自己有条件,就自己开发;如果自己没条件,等时机成熟了,油路修起来,海子自然就值钱了。到时候即使自己不开发,盘出去肯定也能赚一笔。

可是魏生荣对此不感兴趣。俗话说,隔行不取利。魏生荣在建材行业做得顺风顺水、有声有色,何必舍近求远、逐本求末啊。何况这一段破路,如同天堑一般把葫芦湾与外界割裂开来,不知道猴年马月才能修通呢。

魏生荣不感兴趣,宋安然是无论如何也不敢有此非分之想的。别说宋安然的油坊刚刚才开始有了起色,单说资金,他连十万块钱的富裕钱也腾不出来,哪里能抽调那么多资金呢。宋安然还不知道自己的锅大碗小吗?

事情再一次陷入僵局。

宋安然给人们讲了一个故事:"一个人拿着一块肉,半路遇到一条狗扑上来抢他手里的肉。这人一抬手,狗扑了空。于是狗恼羞成怒,又扑上去咬住这人的胳膊不松口。你们想想,这人该用什么方法解围?"

人们知道宋安然又在比山说水、比鸡骂狗,这是宋安然的惯用伎俩。

有人就回答:"当然是把肉扔给狗了,难道肉比胳膊还重要吗?"

宋安然笑了笑说:"我觉得应该也是,要不然这人就是脑子进水了。你们现在说一说,我们村的路和葫芦海子哪个重要?"

又有人回答:"都重要。"

宋安然又笑了笑,说:"看看,说了半天不还是脑子进水了嘛。听过'鱼和熊掌不可兼得'这句话没?又想要里子,又不想丢面子;又想当婊子,又想立贞节牌坊,天下哪去找那么好的事啊。葫芦海子那么重要,这些年给我们带来一分钱的收益没?如果没人开发,葫芦海子放在那里就是死水一潭,一文不值。你们光想着自己的利益,为甚就不能换位思考一下,替崔六子想一想。要是接手葫芦海子,又要投资一大笔钱,这就要冒很大的风险。你不给人家一定的好处,人家崔六子为甚非要冒着风险在咱们这里投资?你当我们这些烂逼荒地是天安门广场啊?像我们这样有两百亩荒地的地方并不是就我们一个村。何况崔六子原本计划有一百多亩凑合也够了。崔六子之所以选中了我们村,起码有一句话是真的,就是为离家近,好照顾。试想,他要是到十几里外去投资,他的这几个弟兄谁能撇下家里的一摊子去帮他?弟兄们不帮他,他全靠外人管理能放心吗?要想谈拢,你得把双方的底牌都摸清,权衡利弊,做到心中有数。知己知彼,才能百战百胜嘛。"

宋安然看看众人都没表示反对,又说:"至于葫芦海子,有人要,才有价,没人要,就是个屁。并不是我们心里想要多少钱就值多少钱。"

有人翻起老账来:"又不是我们定的价,是有人出过一百万的呀。"

宋安然冷笑了一声,说:"那人买了吗?他有那诚心吗?那人要是说一千万,你就认定值一千万吗?你还没看出来,他从头到尾都是在忽悠咱们呢,那人就是个'托'。"

他们还是不明白,因为宋安然以前也从来没给人们说过甚"托",他咋就认定那人是所谓的"托"呢?

宋安然从来没有给人们点破他的想法。因为在开发潮涌来的时候,宋安然也曾怂恿魏生荣回来竞争过葫芦海子的经营权,所以在这件事情上,村里的一些人对他持有一定的成见,认为他撺掇魏生荣来竞争,压根儿就没有诚意,就是想当"搅屎棍"。当时来的几拨人都把定价徘徊在二十万左右,后来突然冒出个人来给出个一百万的价,村里人们就把价定在了一百万上等着。只不过那人一走,就如黄鹤一去,杳无踪影了。由此,葫芦湾的人心就被这一百万搅动得不知天高地厚了,宋安然也就没出来争辩。他一争辩,正好给村里人们留下了幸灾乐祸的口实。

宋安然看大家对此事还存在疑惑,就说:"那人来了一次就痛快地出价一百万,哪有这么大一笔钱这样草率行事的。尽管后来装模作样地又跟我们谈了一次,就要准备签合同了,最终不还是'盼星星盼月亮,也没盼到西天边出太阳'吗?那一定是前面跟我们谈的几个人中的哪一个,因为没搞定而怀恨在心,故意找个人忽悠我们的,让我们自以为葫芦海子就值一百万,永远都开发不了。嘿嘿,没想到你们还真把葫芦海子当成聚宝盆了。"

人们听宋安然这样一说,也恍然大悟,面面相觑,泛不上话来。

宋安然又趁热打铁,说道:"如果崔六子真能把葫芦海子开发出来,给我们带来的收益也许是我们想都不敢想的,我们也可以沾傍住开农家乐,可以依傍葫芦海子做好多好多事情——总之,隐形的利益比我们眼前的利益肯定要可观得多。"

又经过一番激烈的讨论,宋安然才说服了众人,答应把葫芦海子的经营权按照三十七万的基本定价让给崔六子——假如崔六子有意接手葫芦海子的话;另四十万督促镇里向上级申请——既然镇里那么积极地要把崔六子的项目打造成样板项目,他们也一定会竭尽全力为项目争取资金的;而土方工程依然由村民自己承担。

只是人们万万没想到,这个方案正中了崔六子的下怀。正是这个有漏洞的方案,给崔六子拖延修油路留下了口实。

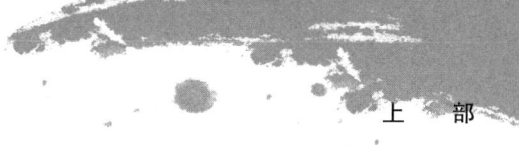

上 部

# 第十八章

葫芦湾到县城,即使绕水桐树村——与他们邻乡的一个行政村——也不到二十公里路,要不是那段泥泞路,用不了半个小时就到了。

进城后,崔六子直接把车停在了"田园风光"的门前。

"田园风光"虽是个不大的饭店,但它的名气在县城却是屈指可数的。一是属于农家菜风格,它以比较实惠但不失精美的饭菜的性价比赢得了客人的青睐。但更吸引客人的是它的文化品位。大厅的墙壁上,交错排列着几幅造型各异的水墨画,淡淡的笔墨勾勒出乡村田园的景致:青黛色的远山朦朦胧胧,影影绰绰,似乎延伸到无边无际的天际,悠远而缥缈,给人以凝重的厚重感和无限的遐想;山下用篱笆扎起的院落附近,有三三两两的农人在耕作;或是一棵大树下,两三个人悠闲地摇着蒲扇在下棋;或是门前一条小河,一个人坐在小桥边垂钓。整体呈现出一种恬淡的、优哉游哉的田园风光,让人似乎看到了陶渊明笔下的"桃花源",耳畔响起"采菊东篱下,悠然见南山"的诗句。

同墙上的几幅水墨画遥相呼应的是屋顶垂吊下来的、楼梯扶手旁攀附着的瓜果造型。疏疏朗朗的枝叶藤蔓间,间杂着红的绿的辣椒,绿的黄的南瓜,黄的红的西红柿,红的紫的葡萄……层次分明,疏密有致。这些装饰虽然是实物中夹杂着塑料造型,却形象逼真,鲜色欲滴,让人难辨真伪。连铺的木地板,都是仿制土地的颜色,让人感觉是走在喧腾腾的土地上。整体布局古朴而典雅。身处这种环境,再紧张的心境也可以得到疏解,人一踏进餐厅里,犹如置身于果蔬园中,令人胃口大开。

一进门,吧台小姐就跟崔六子打招呼:"呀,崔老板来了,请上楼!"声音娇滴滴的,令人心旌摇动。

崔六子也跟吧台小姐打趣:"怎么,几天不见,想我了没?"

吧台小姐也不恼,依然笑吟吟地说:"咱哪里敢高攀崔老板呀。"

没想到崔六子神秘地挤一下眼,故意压低声音逗她,说:"想歪了吧?你以为想甚？我是问你不想我兜里的钱吗？"崔六子的话一下子闹了吧台小姐个大红脸。

宋安然跟着崔六子一边说笑着，一边向里面的楼上走去。崔六子还不失时机地向吧台小姐飞了个媚眼，并且说了一句很有文化的话："真是秀色可餐呀。"

宋安然想，看来崔六子也是这里的常客，并且一定比他光顾得要多。看他跟吧台小姐逗趣的情形，显得比他自如多了。宋安然虽然来这里的次数也不算少，但他不会和她们逗趣，他认为那样是很轻薄的，起码在别人眼里显出了你的轻薄。

俩人上了楼，楼上的布局同样不俗，精巧而别致。

二楼共有八个雅间，雅间的名称分别用古代著名田园诗人的代表作的诗名或诗中的名句来命名。如陶渊明的"归去来兮"，孟浩然的"春晓阁"，王维的"桃源圃"，范大成的"田园风光"等不一而足。进到雅间里面，则挂着相应诗人的画像和代表诗作。整个环境始终让你置身于浓浓的文化氛围中。最令人称道的是每位客人临走的时候，都会得到一张精美的卡片，明信片大小，正面印着古代诗人的画像和代表诗作，背面印着诗人的主要作品名称和对诗人的介绍，只在最下面不显山不露水地印上了饭店的标识和订餐电话号码，这样就给人一种充分敬重诗人的虔诚，绝不会让你产生浸润了商业铜臭的喧宾夺主的别扭。更令人称道的是，每位客人得到的卡片基本上不会重复。

宋安然第一次来这里吃饭，是在饭店开张不久，他一下子就喜欢上了这家饭店。这家饭店何止是在卖饭卖菜呀，分明是在用饭菜来滋养文化，反过来再用文化反哺饭店。所以，饭店的名声传出去以后，这个小县城许多自诩为骚人墨客一流的文人们，便趋之若鹜，常常使得饭店爆满。因为现在的许多人都很注重文化品位的提升，再加上一些人喜欢附庸风雅，没文化也想装成满腹经纶的样子，这样就形成了一支颇为可观的就餐队伍。

除了这些措施，这家饭店还会隔一段时间，逐渐轮流更新雅间的名称，他可以让古代的骚人墨客轮番登场，来滋养客人们的文化素养。中国文化博大精深、浩瀚无垠，你就是毕其一生，也只能窥其凤毛麟角。

宋安然不能不为经营者的匠心独具而折服。

崔六子是知道宋安然的这一点的，所以他把车直接停在了"田园风光"的门前。

他们走进了"爱荷池",这是早上崔六子就预订好了的。如果临时现订,雅间基本上就没你的位置了。

进到"爱荷池",一面墙壁上镶着一副扇面的诗配画。诗是杨万里的《小池》,配画是一位落款为邵孟奇的画家。宋安然对这位邵孟奇很陌生,甚至不知道是位先生还是位女士。其实宋安然不敢妄评,他对好多画家都很陌生。不过,这位邵孟奇先生——权当他是位先生——画的是水墨画,画作看上去比较灵动,线条显得空灵飘逸。

另一面墙上则挂着仿制齐白石的《荷花蜻蜓》。两幅画配在一起倒也相映成趣。尤其是画面上题的范承祚的那首诗:"悄悄碧池水生花,面如敷粉洁无瑕,出自污泥竟不染,里表清白均属它。"形象生动,简洁明快,直抒胸臆,让人凭生一种对荷花品质高洁的敬意。

宋安然不知道崔六子选在这个厅里是刻意还是巧合。倘若是刻意,他是想表白自己的心迹吗?想以此来证明自己并非是人们把他诋毁的那样吗?他知道崔六子曾经倒腾过两年古玩字画,也是栽在古玩字画上,才又回到了村里。因此,崔六子对于古玩字画的鉴赏,根本不是他能比得了的。但也不会这么夸张吧?只是一顿普通的便饭而已,崔六子没必要这么挖空心思地讨好他吧?难道真有什么特别之事?

服务小姐刚倒了两杯茶,崔六子就让宋安然点菜。宋安然说客人来齐了再点哇。

"不等了,点哇,今天就我们两个人。"

宋安然有些狐疑,问道:"就我们两个人?你不是说还有人嘛。"

崔六子狡黠地看了宋安然一眼,说:"怕你不给我这个面子呀。"

宋安然有些不太相信,问道:"就我们俩你摆这谱干甚?这不是高射炮打蚊子——小题大做吗?"

"咋?两个人就不能下馆子啦?这是谁规定的?"

"我是说能有多大的事,就我们两个人还搞得这么郑重其事。"

"你说这话就外行了。真正办事,不需要人多;人多的时候都是扯淡的时候。你甚时候见过当着满桌子客人的面谈事情的?今天的事很重要,所以不能不郑重其事。"

在葫芦湾的开发项目上,宋安然给他帮了不少忙,这一点崔六子是心知肚明的,崔六子因此渐渐改变了对宋安然的态度。不过说实话,尽管两个人平时像多年的老朋友一样,在人面前显出亲密无间的样子,实则貌合神离。两个人也会不拘小节地开着荤的素的玩笑,好像有多深的交情似的,但他们两个人都心照不宣地知道,他们都在逢场作戏,他们的心始终是游离的。在他们之间,始终横亘着一堵看不见的墙,那堵墙就是他们的价值观,正所谓道不同不相为谋。尤其是宋安然,明确地知道崔六子就是在利用他。同时他也知道,在崔六子利用他的同时,他也在为葫芦湾的人尽可能多地争取着自己的利益,或者说,是他在很大程度上,用自己的如簧巧舌,一次次弥合了双方的分歧,为双方利益的平衡找到了契合点,才使好多矛盾一次次得以顺利化解。

不过,今天这阵势还是多少有些出乎宋安然的预料,这不得不让宋安然产生了更多的心理戒备。

"那你说一说,甚事情,搞得这样神秘?"

崔六子的眼睛眨巴了几下,越发显得神秘异常,说:"你先点菜,不点菜没法儿说。"

宋安然想,那不住眨巴的忽拉盖眼睛后面,到底藏着多少鬼主意。

"这是甚道理?无功不受禄,你不说,我还不知道能不能办到,咋点菜?"

"行,你不点我点。"崔六子说完,从静静等候的服务员手中接过菜谱。

"烤羊排,我最喜欢吃这个。红公鸡炖猪尾巴,还有,油焖大虾……"

宋安然一把按住菜单,说:"两个人能吃得下这么多吗?你跟我装是不是?"他转头向服务员说,"就我们两个人,你随便看着炒两个菜就行了,先上两个凉菜。不要多,多了吃不掉就浪费了,那样小心我们不付你钱的。"他半开玩笑似的跟服务员说笑着。

崔六子也随着说:"行,就按他说的。不过,烤羊排得上,要不咋好意思在这儿坐呢。再来一瓶张裕解百纳。今天就不喝白酒了,你中午也没少喝。我开车不能喝,就是你一个人喝。"

"不能喝了,刚才还……真不好意思。"

"不碍事儿,我知道你那'漏沙窟子'早就漏完了。"

宋安然就没再推辞。说话间,服务员早就把红酒打开,崔六子亲自给宋安然斟了半杯酒。这倒叫宋安然心里稍稍生了些歉意。

"其实你有甚事就开门见山地说哇,没必要这样。我说话你别不爱听,我知道你现在是背锅子上山——前(钱)紧着呢,何必要打肿脸充胖子,玩这些虚头巴脑的玩意儿。"

"割了麦子种菜,毬事不碍。船烂还有三千钉呢,再咋紧也不至于把嘴扎住哇?你忘了老古人的一句话,吃不穷穿不穷,打算不到受一辈子穷。我今天就是想和你好好说一说我的打算。"

"你不会是专门把我找来,就是让我听你的打算哇?"

"当然不是。我是想让你帮我出主意的。"

当初崔六子答应葫芦湾人以修通小油路为条件,换取葫芦海子和两百多亩荒地的永久经营权的时候,葫芦湾人也是有过质疑的。崔六子又要建养殖场,又要搞葫芦海子旅游开发项目,又要修油路,有足够的资金吗?崔六子这些年的发展靠甚,还不是连欺带骗闹了这么点儿家当吗?一口咬烂个李子,谁不知道谁的个底子。

有人就提出,是不是需要崔六子先拿出几十万块钱,押在乡里边,作为修路的保证金。

崔六子先是给葫芦湾的人两条路选择,要么不再增设任何附加条件,签署合同;要么直截了当拒绝他来投资,以谋求与更大的更加实惠的投资者合作。

葫芦湾的人有些纳闷,怎么从崔六子的话中嗅到一股火药味儿呀。崔六子这不是在要挟我们吗?凭甚呀?就凭他有一群烂逼奶牛吗?葫芦湾的人义愤填膺,这么多年没人来投资,这么多年葫芦湾没通油路,葫芦湾的人照样活得有滋有味。不行就拉倒!

宋安然知道崔六子用的是欲擒故纵之计。跟崔六子谈判的这几次,每一次宋安然都是主谈判手。通过这一段时间的较量,宋安然已经基本摸清了鬼六子的鬼套路。他通过理性的分析,觉得不能放弃,过了这村就没这店了。这次一放弃,再要指望来一个老板开发葫芦湾,不知道是猴年马月的事了。

宋安然权衡利弊后,赶紧站出来"灭火":"我们不能感情用事,要从大局考虑问题,要从长远看待问题,要理性地分析问题。崔六子刚要投资,资金一定很紧张。我们来不来就狮子大张口,叫谁谁能接受?你们想想,即使退一万步讲,假如其间节外生枝,崔六子修盖下的设施又搬不走,主动权始终掌握在我们手里头。当前的问题是成则两利,不成则互损。为甚我们不能做两利的事情而非要选择互损呢?没听说过战国时期'连横合纵'的故事吗?"

宋安然就给人们讲了战国时期"连横合纵"的故事,虽然有些牵强,但人们最终还是被他说服了。在宋安然的斡旋下,事情再一次出现了转机。

这时,崔六子又给人们描绘了一幅美妙的蓝图:他的资金先建养殖场是绰绰有余的。因为他的这个项目能够大力带动周边地区的养殖业发展,有着很强的示范作用,所以上级对他的这个项目寄予了很大的期望,被列为上级重点扶持的养殖示范项目。如果他的养殖基地建好了,通过了上级有关部门的验收,上级就会给他全额拨付"规模化示范养殖业扶持补贴资金"。等拿到这笔资金,再加上他会通过银行用养殖基地作抵押贷款,后续的资金是绰绰有余的。

直到这时,人们才知道崔六子的真正意图,他原来是瞅准了国家扶持项目的这块儿大蛋糕,打算滚动发展。葫芦湾的人虽然在感情上有一种被欺骗的感觉,心里别别扭扭,但觉得这不会影响自己的利益。不影响自己的利益,还计较它干甚?何况还有县上和镇里两级领导出面支持。说不定因为有国家投资这一块儿,还能以此为自己多争取些利益呢——就像这条搁置了十来年的烂路。

崔六子给葫芦湾的人讲他的宏伟蓝图的时候,讲得眉飞色舞、口干舌燥、唾沫横飞,仿佛在人们眼前已经幻化出一个奇妙的世界:蓝蓝的天空白云朵朵,白云下面,崔六子的养殖基地一排排整齐的牛舍羊圈,奶牛懒散地躺在圈里倒嚼,羊羔子在欢快地撒欢;特种养殖区内,鸵鸟跳着欢快的舞蹈,向前来参观的人们尽情地炫耀;七彩山鸡不甘示弱,伸着脖子"嘎勾、嘎勾"地鸣叫献媚,与鸵鸟争宠;葫芦湾的人们兜里揣着承包费,又挣着养殖场里打工的工资,心花怒放;建设得花团锦簇的葫芦海子游人如织,共同构成葫芦湾的人间仙境……

当然,尽管崔六子口若悬河,把个葫芦湾的未来吹得天花乱坠,葫芦湾的人也并非都能听得进去。说了这么多,与葫芦湾的人又有几毛钱的关系呢,要说最关系葫芦湾人切身利益的,还是葫芦湾人翘首以盼了好几年的油路。

还有一个人,没等崔六子说完,就摔门而去。临出门撂下一句话:"一把狗屎一把糖,哄茶娃娃了?"

崔六子只当没听见,也不计较。因为崔六子从大多数人的目光中,已经看到了他想要的东西。崔六子不但没计较魏万仁老汉的话,还暗示,他手眼通天,有很硬的后台,不然也不敢做这么大的大手笔。所以,一切都在他的掌控之中。

人们就猜想,崔克穷已经死了,是不是崔六子认了传说中他那个当过工作队队长的亲爹?因为有好事者早就打听到,那个队长已经是首府的一个什么大官儿了。

就这样,崔六子的投资项目最终还是签了合同。

三年以后,崔六子的养殖基地陆续建设得差不多了,但国家拨付的建设补贴资金却迟迟没有到位。因为他的项目没有通过上级有关部门的验收,所以国家的建设补贴资金就不能如期拨付给他。

建设补贴资金拨不下来,影响的不单单是崔六子,更影响了葫芦湾的人们。首先是拖欠承包费的问题。从第三年起,崔六子就开始部分拖欠葫芦湾的承包费了。人们催得紧了,崔六子就给屙一点儿,再催得紧了,又给尿一点儿,吃豆豆放屁——零崩了。答应修的油路,也是推了一天又一天,让葫芦湾人的希望在望眼欲穿中一点点破灭,终于再一次化为泡影。

村里人也曾一次次催逼崔六子修路,崔六子都以上级修路的拨款没有到位来百般搪塞。因此,人们有理由怀疑,一定是崔六子从中作梗,故意阻滞上级的拨款。因为上级修路的拨款一到位,崔六子的那部分款就没法推脱了,它们是绑定在一起的呀。

人们开始猜测,当初崔六子可是信心满满的啊,看他那慷慨激昂的样子,是有十足的把握的。现在怎么说不能验收就不给验收了呢?莫非是他那个亲爹出了问题被抓了,他失去了靠山?或者他亲爹退休了失了势,算一算早就到了退休的年龄了;要么他的亲爹其实并不愿参与或不看好他这个项目,不愿意蹚他这趟浑水?莫非原来关于他亲爹的消息本来就是子虚乌有?要不是这些情况,怎么可能验收不了呢。现在的事情不都是弄虚作假嘛,譬如爆出来的案子,其中的猫腻你连想象都不敢想象,简直能把死人哄笑。崔六子的能量甚至能把县里的有关领导都撬动,这项目怎么就不能验收呢?

当然,这些都是人们的瞎猜想。但就是这样的瞎猜想,让人们又一次陷入更大的迷茫之中。

当然,最着急的还数崔六子。这时的崔六子虽然还在侃侃而谈,但人们却能明显地感觉到里面的虚张声势与强作欢颜。项目不能验收,是因为项目没能按规划完成。要按规划完成项目,至少得养到六百头牛,两千只羊,才算合格。而崔六子直到此时还是他那三百来头牛,几百只羊可以忽略不计。如今他把前期贷款的资金全部投到基础设施上去了,哪里还有钱再置办几百头牛、一千多只羊呀。何况那么多张嘴,得储备多少饲料呀。

# 第十九章

当崔六子在酒桌上第一次给宋安然吐露这些的时候,宋安然才将信将疑,原来里边藏着这么多曲里拐弯儿见不得人的事。崔六子今天能向他袒露胸怀,足可见崔六子的诚意。当然,崔六子没告诉宋安然他到底认没认或者到底有没有个传说中的亲爹,宋安然也不可能问崔六子这一类问题。

于是,宋安然就给崔六子出主意:"我听说现在好多像你这种项目的企业都给人代养,你不妨也这样做。这样不就能验收了吗?凡事你得学会变通,不能瞎马踩住一条道。"

崔六子心里冷笑了一声,你不是在故意恶心我吧?要单说这一招,我还是他们的祖师爷呢,十来年前我就把这招用烂了,他们现在才用这招,充其量算是小儿科。我连鳔都用不了,还用你胶(教)吗?

崔六子真正完成原始积累的扩张期,是在修小油路的头一年。

那一年的冬天,奶牛养殖又进入一个相对高峰期。恰逢那时崔六子神木老家的亲戚们因为煤矿征地补贴,家家都成了暴发户,个个都成了土财主。崔六子回了一趟老家,看到老家的人们被补偿款烧得不知天高地厚了,整天沉溺于酒色与赌博之间,已经有两家将补偿款挥霍殆尽,吊在前不着村后不着店的尴尬地步,靠跟政府讹人拉圪蛋得到些救济,勉强度日。不过,这些人家倒给其他人家做了反面教材,敲响了警钟。崔六子知道这些情况后,就动员他们到河套投资养殖奶牛,前车之鉴尚在眼前,千万别蹈他们的覆辙。因为崔六子此前做二手车生意的时候,与老家的亲戚们关系甚好,大家就把部分资金投到崔六子的养殖场。崔六子把他的奶牛以质论价,卖给亲戚们,并且以代养的方式,帮他们打理。

那时,人们都不理解,奶牛正进入黄金时期,崔六子却把那么多好牛几乎全部出让给亲戚们,自己只是拼命地给别人备饲草料。

不曾想半年以后,饲草料开始一天天水涨船高,奶牛行情却因为饲草料的

日渐高涨和鲜奶市场的下滑直线下降,直到第二年年底跌入低谷。

崔六子老家的亲戚们无论如何也不会料到,仅仅一年多时间,一算账,他们十多家两百多万奶牛款,除去饲草料成本和代养费,竟缩水至不到二十万块钱。换句话说,他们的奶牛消耗的草料,不但把奶水都消耗掉了,还差点儿连自身都全部"吃"进去了。不得已,最终又以白菜价被崔六子回购。因为眼看着饲草料还在一天天涨价,而牛奶市场的恢复却遥遥无期。他们无论如何也不相信会是这样的结果。

崔六子振振有词地给亲戚们解释,饲草料涨价,奶牛落价,这种叠加效应是明摆着的,你们不能赖在我身上,后路是黑的,谁也不长后眼。投资有风险,这是地球人都知道的事。

尽管崔六子百般为自己辩解,说这一切都是市场行为,他的恶名声还是不胫而走。除了鬼六子,谁能做出这种事情,叫你打掉门牙也无处诉说,甘吃哑巴亏;尽管亲戚们怀着满腹的疑虑,最终还是不得不挥泪离开这个伤心之地,即使是崔六子故意挖的坑,也是他们自己心甘情愿跳进来的,周瑜打黄盖,一个愿打,一个愿挨。

不过,人们在鄙视崔六子的时候,也不得不承认,崔六子的手段确实高明。崔六子高明的手段还是源于掌握的信息全面,比一般人看得远,能及时规避风险。崔六子这些年在社会上真没白混。

不过,这些想法崔六子只能在心里想一想,是不能对宋安然说的。他知道自己当年做的那些事情,要多恶心有多恶心,那些事情自己是亏了良心了。那些事情宋安然其实也是知道的,即使"东风车事件"不知道,起码一百几十头牛的事情宋安然肯定是知道的。虽然是市场行为,但是因为他把握住了市场走向,为了规避风险,将风险转嫁在老家的亲戚身上的目的也是明确的、显而易见的。而且在其间自己也做了一些手脚。宋安然总不至于仅仅几年的工夫,就把那些事忘得一干二净吧? 不过,他看宋安然一脸真诚,不像是在拿那些事情挖苦他的。退一步说,即使宋安然是有意拿那些事情挖苦他,他又能怎么样呢? 他只能装傻充愣,不能挑明,现在可是他有求于宋安然的呀。

所以,崔六子顺着宋安然的思路说下去:"你看,问题不还在这条路上嘛。你说让我给人代养,可这条破路有谁愿意过来呀。所以我准备赶紧先把油路修起来。俗话说,栽不起梧桐树,就引不来金凤凰。假如换位思考一下,我要想来这里搞养殖,一看连路都进不来,还有甚信心来养? 再说,要养这么多牲口,要吃多少草料啊,这么多草料就这破路咋往回拉呀?所以,当务之急还是要先把这条路修通。"

他又说:"我的许多事情都挽成了疙瘩,死结就在这条路上。如果把这条路修通了,其他事情就顺理成章地迎刃而解了——这条路不但是制约公司发展的瓶颈,更是制约整个葫芦湾发展的瓶颈啊。"崔六子的理由逻辑严密,听上去确实具有很强的说服力。

崔六子把话说到这里,宋安然已经大概知道他撅起屁股要屙什么粪了。不过他不会点破,他还不至于那么傻。

"你说,我能帮你甚忙?"

"我想让你帮我借一笔钱,现在修路缺资金。"崔六子直截了当地说。

"还缺多少?"

"两百万。我又重新做了预算,修这条路至少也得两百万。"

宋安然一听笑了,笑得那样开心,说:"哈哈,两百万?哎呀,你当我是财神爷呀,要是十万二十万我倒是还能拿得出手,两百万?你跟我开玩笑吧?你让我把老婆娃娃卖了也筹不到两百万。"

他又问:"是不是县里答应争取的那部分资金到位了?"

崔六子哭丧着脸,像刚刚喝下了一大口毒药,说:"等那些官僚给你办事?看下个世纪吧,说不准那时候我已经又转了几世了。"又说,"我知道这事肯定让你为难。不过不是要跟你借钱,而是要你出面。你妻哥魏生荣现在起码有三五千万不止吧?只要你肯出面,跟他借区区两百万,我想应该不是个难事。"

"跟他借钱?你要我跟他张口?你这不是烟洞上招手——把我往黑路上引嘛。不行,不行。你们两家那些事你不比谁清楚,我为你去张口,不被他骂出来才怪呢。"宋安然头摇得像拨浪鼓。

"你听我把话说完。"崔六子喝了一口茶,顿了顿又说,"我也仔细盘算过,这事确实不好开口。可是反过来一想,魏生荣也不是那种小气的人,不至于连这么点儿气度也没有哇?要不买卖咋能做得那么大,还当上了县里的政协委员。八年抗战中国死了多少人,不是照样原谅了日本,又搞中日友好吗?我想魏生荣一定不会计较的。"

宋安然心里的那根戒备之弦始终没有放松,他的本能告诉他,崔六子借钱不是为了修路。他的牛圈羊圈现在都空着,等着装满牛羊验收呢。一验收,自然就有钱了,而修路不是迫在眉睫的事。如今他舍近求远准备修路,不是走包

头绕石拐吗?

于是宋安然又给崔六子出主意:"哎?我听说今年不是政策放开了嘛,国家已经允许拿土地经营权抵押贷款了,你为何还不拿养殖场做抵押贷款?"

崔六子一脸苦相,说:"你说这事?还不是土地经营权证的问题。要真正按程序办,必须有土地经营权证做抵押才行。"

这一点宋安然倒是清楚。因为油路没有动工,村民们都不给签字;没有村民们的签字,土地租赁经营权就不能办理。事情因此搁成了死结。宋安然曾经几次做过村民的工作,但收效甚微,最终还是在半空中吊着。

"嗨,我还以为是甚棘手的问题呢,现在的事情有几个人是按部就班规规矩矩办事的,大多数还不都是潜规则嘛,租赁经营权没办理,不是还有承包合同嘛。拿承包合同变通一下还解决不了吗?"

"你说得倒轻巧,变通也有个尺度,不是任何事情都可以变通的。"又说,"何况我们这里现在还没开展这项业务。"

"暗箱操作不了?"宋安然故意装聋作哑,跟崔六子打开了太极。

"喊,你要有这方面的能力,劳你大驾,给兄弟办一办。"

宋安然讪笑一下,说:"哈哈,你太高抬我了。这点你又不是不知道,我要有那个能耐,还能一直待在葫芦湾?"

崔六子又告诉宋安然,原来他打通了银行的关节,抵押贷款已经有些眉目了,但后来中央反腐的形势日益变得严峻起来,反腐的力度在一天天加大,但凡屁股底下压点儿屎的人早就惶惶不可终日了,谁还敢冒着蹲大狱的危险给他办这种事啊。所以,他的前期努力算是前功尽弃了,连各处打点的几十万块钱,也成了肉包子打狗——有去无回。

"哦,是这样啊。我一直认为这个世上就没你办不成的事。"宋安然略带讥讽地笑着说。

"你快不要挖苦我了,我又没有三头六臂,能有多大能量?"崔六子明明白白听出宋安然话中的挖苦意味,也不敢怎么样,只能装聋作哑。

宋安然本来不想揽这事,于是就拿柳叶梅作挡箭牌,说:"可是你跟魏生荣借钱,还有个柳叶梅呢。自从魏生荣那年病过之后,柳叶梅就当了一多半的家了。无商不奸,柳叶梅可是个精明女人哪,她未必有你说得那样高尚。"

崔六子笑了笑,颇为自信地说:"那就更好办了。无商不奸不就是将本求利嘛,我可以答应给她高利息。"

宋安然就嘲笑崔六子："你这计是屁股上的计——死（屎）计。你想，现在社会上好多人，正对高利贷骗款跑路的事谈虎色变，你用高利贷做诱饵，不是与虎谋皮吗？"

"你别把话说得那么难听好不好？什么死计、诱饵，什么谈虎色变、与虎谋皮，好像搞成了国际阴谋。你想想，我修路固然是为我自己考虑，但客观上最大的受益者还是葫芦湾的人哇？如果她给我借了钱，路修成了，就不只是帮了我的忙，更是为葫芦湾做了贡献，这不是两全其美的好事吗？我这么大的产业放在这儿，她还有甚可担心的？要是她还不相信，我可以用我公司的全部财产做抵押，我这摊货即使按破铜烂铁计算，咋也不止几百万哇？"

宋安然听崔六子说出这样的话，心里更加疑惑了，他难道想孤注一掷吗？

崔六子见宋安然依然没表态，顿了一下却反守为攻："我不是批评他，平心而论，这些年发展得挺不错，可是他为葫芦湾做过些甚？别的不说，就是拿出一两万块钱给这条路上垫一层砂子也行——我没来以前这条路就已经烂得不成样子了——那时他即使没有现在这么大的产业，起码也有几百上千万了哇？我也知道人家的钱不是刮风逮来的，也是自己打拼挣下的，不是非得拿出来。可话说回来，区区一两万块钱对于他来说算个甚？就是九牛之一毛。他如果能做了这件事，葫芦湾的乡亲们谁不念他的好？也算回报了葫芦湾的父老乡亲，毕竟他魏家的人还在这里生活着。可他硬是一次也没垫过。"

崔六子一说这话，宋安然首先不自在起来。先不说魏生荣，就是他自己，拿出一两万块钱也不算什么难事，可他也一直没有勇气去做这件事。自己也不是没想过把这条路垫一垫，只是前些年自己刚翻起身来，还不像现在这么厚成。后来有富裕钱了，崔六子已经准备修油路了，就再没想过。但说到底，无论他如何给自己开脱，舍不得花钱才是真正的原因。所以，崔六子的话倒好像是有意无意针对他说的。

崔六子好似意犹未尽，又慷慨激昂起来："有一些话我始终不敢说出来，怕人们笑话我往自己脸上贴金。今天我也不怕你笑话，我要说出来，不管你信不信，我都要说出来。其实我回葫芦湾投资，还有另外一层意思，就是替我们家向魏家赎罪，替我父亲向魏家赎罪：我父亲临死以前，将他在'文化大革命'及以前的所作所为，统统告诉了我们，我们家确实做了对不起魏家的事，说的重一些是恩将仇报。我父亲临死前的半个月，几乎没睡过好觉，一闭眼就被吓醒了，一闭眼就被吓醒了，应该说最后是被活活吓死的——被自己做过的事吓死

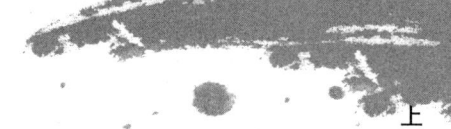

的。这可能就是'不做亏心事,不怕鬼叫门'的最好的证明了。"崔六子停顿了一下又说,"可惜我的一片良苦用心不被人理解啊。"说完,他还长长地叹了一口气,仿佛他比窦娥还冤。

宋安然虽然无从判断崔六子这番话的真假,但他还是被崔六子的态度感动了。不管崔六子的真实意图是什么,关于他家老爷子临死的描述,应该不是虚妄之言。崔六子再怎么着,也不可能拿他老子的死编瞎话来作文章哇?人之将死其言也善,崔克穷临死能有这番悔悟,也算做了一件善事,起码对他的后代应该是一种警醒。

崔六子把话说到这个份儿上,宋安然也不好一口回绝了,起码做样子,他也得跟魏生荣说清楚。借与不借是魏生荣的事,他只不过是给穿个针引个线而已,又不关他什么屁事。不过,崔六子的诡辩确实不得不让他佩服。崔六子知道如何在前期进行铺垫,如何在高潮迭起处动之以情晓之以理,一层层展开,步步为营,简直做得滴水不漏,叫你挑不出一点儿毛病。

宋安然也顺水推舟,做出一副被深深感动的样子,说:"你说的这些很让人感动啊。人一辈子谁没有个急难之时?行,我现在就打电话给魏生荣,看他能不能考虑。"说着掏出手机准备给魏生荣打电话,被崔六子一伸手拦住了。

"明天也不迟。现在九点多了,说不定魏生荣已经睡了,今天就不要打扰他了哇?"

宋安然知道崔六子又在使用欲擒故纵之法,这是崔六子的惯用伎俩,正话反说,实际上他心里还不知道多焦急呢。于是,也虚与委蛇,乐得落个人情,说:"你是不是怕他回绝了,面子上不好看?没事,又不是当面跟他借,买卖不成仁义在嘛。"

"喂,大哥,在看电视吗?"

"……"电话那头魏生荣的声音有些含混不清,崔六子无法听清。

"有个人想向你借些钱,我在电话上向你请示一下,看你能不能挪兑出来。"宋安然看崔六子探着头,眼睛不住地眨着,知道他心里很紧张,就向他调皮地挤了一下眼睛。

"是崔六子。"

"怎么样?要是难为我就告诉他,让他另想办法。"

"借多少?两百万。"

……停了足足有半分钟,大概魏生荣在思考着什么。

"几天能答复?"

"行,我明天正好要到市里去买榨油机零件,大概中午回来,我回来就过去。"

宋安然挂了电话后告诉崔六子,魏生荣让他明天去他家,详细谈一下事情的前情后理再说。

崔六子讨好似的赶紧又给他斟酒,说:"我就知道人家魏生荣是个宽宏大量的人嘛。"

"你先不要太高兴,还没最后答应。期望越大失望就越大。"

"我有信心。他现在还不知道我的真实想法,能给这样的答复已经很不错了。要是你把我的真实想法告诉他,再凭你雄辩的三寸不烂之舌,肯定能圆满地办成。"

"但愿如此。"宋安然嘴上这样说着,心里却是另一番想法。但愿魏生荣的话只是个托词而已。

"不要光顾说话,吃菜,吃菜。我还有个事要求你呢。反正一也是打墙,二也是动土,你就给一并办了哇。"

"你倒是会寻省事。说哇,只要是我能办到的。"

"就是平整土地的事。跟魏生金商量了几回了,也没说通,就是不让动。"

"他不就是要承包款嘛,你给了他不就甚事也解决了嘛。"

"难就难在这儿了,他这人太过迂腐。我倒是打算给他承包款了,但叮嘱他别透露出去,他却不干。你想,这事要是让其他人知道了,就不光是他一个人的事了。"

宋安然知道崔六子欠村民的承包款不是个小数目,他不但欠八社的承包款,还欠七社的好大一部分呢。同时他也知道,魏生金其实并非为承包款的事,他是要故意为难崔六子的,他对崔六子投资这件事一直耿耿于怀。

"我看魏生金也就是闹闹情绪,我打劝打劝他,应该不是个问题。不过,我得把丑话说在前头,听不听可是他的事,我只能尽力而为。"

"那当然。来,倒上。"

"还有没有了?要是有,就一次性给你批发了。"

"能有那么多事,还需要你搞批发。再有事我不就成事篓子了。"

宋安然心想,你其实早就成事篓子了,只是自己不愿意承认罢了。

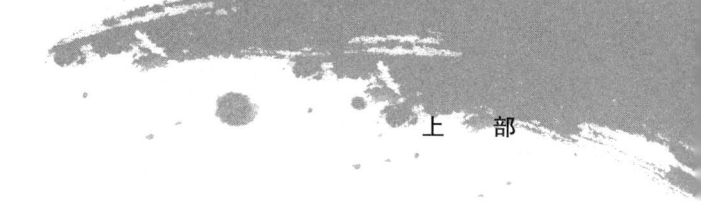

上 部

# 第二十章

　　崔六子送宋安然回家的路上,俩人依然没多少话说。一到他们单独相处的时候,就无话可说了。一无话可说,就有一种陌生感好像从虚无中渐渐生发,宋安然就会莫名其妙地产生一种恍若隔世的游离的感觉。那种感觉很细微,细若游丝难以捕捉。

　　崔六子大名叫崔世宝,念书时同学们给起了个外号叫"盖世太保"。从小村里的人们"六子、六子"地叫顺口了,久而久之,倒似乎忘了他的大名。人们当面叫他崔六子,背地里却喊鬼六子。

　　崔六子现在多数时候住在城里的家,主要的精力放在跑关系、跑资金上,养殖场和农田里的具体事务,基本上都交由老三崔世旺和老五崔世亮,领着崔家的几个子弟在打理。主要决策的时候或有要紧事的时候才回来一趟,平时只用电话遥控,当起了真正的甩手掌柜子。宋安然知道,在崔六子眼里,养殖场和农田里的具体事务,就是一些细枝末节。一个资金,一个关系,这两个问题足以让崔六子疲于奔命,哪里顾得上那些细枝末节。现在即使有时间,他也不敢轻易来公司,基本全凭遥控。为躲避村民讨债,常常连他个鬼影子都逮摸不住。

　　公路两边村庄里零零星星的灯光倏忽闪过,像一明一灭的鬼火,若隐若现。说明多数人家已经进入梦乡。

　　宋安然一路上隐隐有些担心,魏生荣真的打算把钱借给崔六子吗?崔六子靠什么手段起家他又不是不知道,他真就那么放心?听电话中魏生荣对这件事的态度很认真,不像是搪塞崔六子的。魏生荣到底打的什么主意?

　　鬼六子当年在一穷二白的情况下,硬是在很短的时间内建起了奶站,把准备建奶站的刘胖子生生地挤走,到底耍了什么手段?宋安然至今也没弄明白。

　　鬼六子就是鬼,他的鬼心思始终像路边急速明灭的灯光一样,若隐若现,让人难以捕捉。

鬼六子的这一点正是他所不具备的。宋安然想。

当年的那次"农村产业结构调整主题会暨奶牛养殖动员大会"开完的当天晚上，崔六子就提着两瓶酒进了王站长家。王站长有些诧异，什么意思，还拎两瓶酒来。你想养牛尽管养，难道还想让我给你解决自筹款不成？王站长实在想不出理由。加上白天遭了崔六子的一顿抢白，王站长不可能给他好脸色看。

崔六子只装着没看出王站长的脸色，一点儿也没拿自己当外人，寒暄如老朋友见面，谈吐自如。王站长老婆正要给他倒茶，崔六子赶紧抢过来，说："我来，嫂子，我自己来。"仿佛他是王站长的什么亲戚或是家人，尽管他不一定比王站长岁数小。

王站长冷眼旁观，他倒要看看崔六子到底想干什么。崔六子闲聊了几句，便问王站长有关建奶站的事："站长，我想问一下，奶站准备建在哪个社？"

"奶站准备建在五社。"王站长不咸不淡、漫不经心地回答。

"我想同站长商量商量，能不能把奶站建在我们社？"崔六子开门见山，直奔主题。此时的崔六子态度显得十分谦恭。

王站长冷笑一声，说："哼，那是奶业集团根据地理分布，统一规划，早就确定好了的，能是我们轻易改变的吗？"

崔六子愣了一下，旋即恢复了常态，依然笑吟吟的样子，说："站长，我有一点儿疑问，不知道站长能不能让我明白一下。现在奶牛的数量还没完全确定，他们根据怎样的地理分布来确定在哪建奶站呀？"

王站长一时语塞，但立刻又反应过来："人家咋确定咱哪知道？可能是根据以往的经验吧。再说你操麽么多心干甚？"

"因为这事与我的关系太大了呀。你看站长，我准备养三十头，可奶站要是建在五社，我每天撵着三十头牛到那么远的地方去挤奶，肯定很不方便。我想要是把奶站建在我们社，应该更合理一些哇？"

王站长略一沉吟，态度缓和下来，说："这倒是可以向奶业公司建议一下。不过得保证周围的养殖数量。说实话你们社是有些偏，后面就挂着一个八社，八社的路又不好走，八社的养殖积极性未必有多高。"

崔六子好像胸有成竹似的说："养殖规模我觉得应该不是问题。光我一家就是三十头，我再动员我的几个哥哥，让他们也多养几头，应该能起一些示范作用的。再说了，八社现在不是就已经报了二十来头了嘛，我觉得八社的积极性应该更高。因为八社的土地质量差,土地多,养殖更能显出他们的优势。我想请教站长的是,这个奶站能不能让我来建?"

"甚?你还要建奶站?你养三十头牛还要建奶站?你有那么多资金吗?"王站长确实有些吃惊,他根本不相信,崔六子能有这么大的实力,因为他在红柳地村的村民中,还没听说过谁有这么大的实力。

"资金问题不劳站长费心。我想我养这么多牛,我自己建奶站,起码管理方面要更方便一些哇?"

王站长显得有些为难,说:"哎呀,已经晚了,名花有主了,就是上午会场上的刘老板。"

"不能更改一下吗?比方说让刘老板到其他地方去建。我养三十头,应该属于养殖大户了哇?"

"没法改,方案都已经报上去了,由不得咱们。再说该考虑建的奶站地点、人员基本都定好了,你让人家刘老板再到哪去建?总得讲个先来后到哇?"王站长显出一脸无奈。

"站长还是给我争取一下嘛,看看有没有更改的余地,奶业公司不也得考虑实际情况嘛。如果不能更改,我这三十头牛也得重新考虑一下,还能不能养了。"

"争取倒是能给你争取,但最终还得人家白副乡长拍板决定。"王站长的口气已经有了明显的松动,柔和多了。

崔六子嘻嘻笑着,一脸天真无邪,说:"我知道,白副乡长只是把握大原则,具体实施还不是站长您说了算吗?"

从王站长家出来,崔六子知道王站长在和他打哈哈。其实他早就打听到了,刘胖子是王站长的表妻哥,奶站可能有王站长的股。不光可能有,最大的可能是王站长的,他才是真正的幕后老板,刘胖子只不过是个马前卒。刘胖子开个小商店,卖些杂货而已,半苶不傻的一个人,能独立开奶站?鬼才相信呢,崔六子的嗅觉灵着呢。崔六子知道今天来不会有甚结果,他就是先来探探口风。

崔六子的计划并不是心血来潮,其实从去年冬天第二轮土地承包方案一完成,上边开始大力宣传扶持奶牛养殖业的时候,崔六子就开始筹划了。崔六子哪里甘心就在农村憋憋屈屈种一辈子地呢,崔六子曾经也是风光一时的人物啊。

崔六子从王站长家出来的时候,王站长硬给他回了两瓶酒,这让崔六子有些不知所措。王站长的态度分明是在拒绝他嘛。崔六子甚至有些气愤了,他妈的,这不是扇我的耳光吗?你不答应也就算了,两瓶酒又不算什么礼物,还这样假惺惺不给面子?把自己打扮成圣人?还是暗喻我礼物轻?也太不把我崔世宝当一回事了哇?

崔六子心里有些急躁,眼下不是跟王站长计较的时候。眼看事情迫在眉睫,再不抓紧时间,等刘老板的奶站开始动工,就事成定局,那时候说甚也晚了。崔六子边走边想,他曾经几次绝处逢生,这次一定也能找到解决办法的,只不过得好好琢磨一下,该从哪里找突破口。

几天以后的又一个晚上,崔六子再一次去了王站长家。这次崔六子没提酒,手里提了一个古旧但却精致的细长形木质盒子。

进门寒暄了几句,崔六子就将带来的盒子打开,从里面取出一幅轴画,递给王站长。

"我听说站长对收藏很有研究,这是我藏了几年的一幅画,特来请教站长,请站长赐教。"崔六子毕恭毕敬,对王站长显得很诚服的样子。

王站长起先不太在意,单凭你一个刨土坷垃的农村小子,也配跟我谈收藏?你懂什么叫收藏啊。还跟谁临时学了几句文辞,来跟我拽文,耗子啃书——咬文嚼字,什么请教,赐教。

可当他打开卷轴时,竟大吃一惊,原来是一幅立轴画的《石竹图》,画的纸质已经泛黄,诉说着年代的久远;画面上,两丛修竹瘦直苍劲,数簇竹叶厚实似箭;两丛修竹之间,寥寥数笔勾勒出一块儿陡峭嵯峨的巨石,表现出一种高洁与刚直的蕴含,力与美的结合。画面疏密有致,简洁明了,却力透纸背。画的材质和画面的内容无不透着历史的沧桑。再看落款,他的眼睛立刻放出光来:板桥郑燮。是清代郑燮郑板桥的画作!

王站长有些半信半疑,问道:"这幅画是真迹吗?你从哪弄到的?"搁谁谁也很难相信,郑板桥的画是多么珍贵的藏品,可以说是稀世珍宝,一般人怎么能够弄到手?你就是弄一幅郑板桥作品的好的赝品,也不是一件容易的事。

"是我早年的一个朋友让我帮他保管的,我也不知道是真是假。我听说站长对收藏有研究,所以来请站长指点。"崔六子故意藏头露尾似的说。

"惭愧,惭愧,我这算什么研究,徒有虚名罢了,只是喜欢而已。"不管懂不懂,听到崔六子这样抬举自己,王站长心里还是很受用。不过,这也让他有些为难。要说点儿甚,说实在话,别看他热衷于收藏,对郑板桥的东西真没甚深入的研究。因为接触不上郑板桥的东西,只是偶尔在电视上看到一些介绍郑板桥的报道,顶多就是知道郑板桥的"难得糊涂"和他的板桥体书法而已;但不说点儿甚,怕崔六子小看了他,面子上怎么过得去?他只好硬着头皮人云亦云地胡嚼:

"据我所知,郑板桥乃是奇人,是有名的'扬州八怪'之一,他的画以画竹最为擅长。但他的书法作品比他的绘画还要出名。因为他的字体怪,一般人不太容易学习,被后人称之为怪体——板桥体。尤其是他的'难得糊涂',从字体到它的内容所蕴含的处世哲学,被许多人奉为座右铭。不过,对于这幅画,本人才疏学浅,不敢妄加评断。"因为他不熟悉郑板桥的画,就把话题引到郑板桥的字上,鱼目混珠。

崔六子原以为王站长是个文弱书生,看上去文绉绉的,被村民奚落的时候,一副不谙世事的样子,却原来也是个油嘴滑舌之徒。他不谈画,却谈字,避实就虚,倒能藏得住。

此时,崔六子像一个谦恭的小学生,"这幅画就送给站长哇,您放下慢慢欣赏,细细品味。"

王站长似乎显得很惊讶,连连摆手,说:"啊?不行,不行,这可不行。君子不能夺人所爱,何况这么贵重的珍品我咋敢收呀。"

"不是有一句话说,'好马配好鞍,美女配俊男'嘛,你看我一个农民也不太懂画,放在我手里就是鲜花插在牛粪上,不是糟践了这么宝贵的好画嘛。"

一句"鲜花插在牛粪上"把王站长给逗乐了,说:"你这比喻有点儿风马牛不相及啊,不太贴切。'美女配俊男'倒是还行。"

崔六子憨憨地笑了,说:"咱一个农民懂个甚比喻呀,在您面前咬文嚼字就是在关老爷面前耍大刀,黑旋风面前抡板斧,鲁班门前劈锛子,诸葛亮面前算命,让站长见笑了。"崔六子的态度越发谦恭无比。

王站长仔细审视了半天,依然保持笑眯眯的样子,说:"你倒是真会说话。不过这也不行,万一哪天你那个朋友来取,你咋交代?"不知怎么,崔六子从王站长不动声色的笑里面,似乎察觉到一丝阴险。

崔六子顿了顿,神色黯然地对王站长说:"他再也不可能来了。他出车祸走了。"

"哦,真是不幸。对不起,我让你想起不快了。"少顷又说,"那还有他的家人呀,万一他的家人来取,你咋交代?"

"我们原本就是做买卖时的朋友。他就是怕他老婆知道,才偷偷藏到我这里的。我听说他出车祸身亡以后,也曾四处打听他们一家的下落,一直没打听到,那时也没有手机没留下电话。后来就成了无头案了,这画在我这儿一放就是好几年。"

王站长显得更加无法接受的样子,说:"这样就更不妥了,这幅画里还藏着这么多故事和悲伤,我就更不能接受了,我不能因为爱这幅画,陷你于无信无义的境地呀。你还是自己留下来慢慢欣赏哇。一边欣赏,一边等你朋友的家属,这样就顺理成章了。"崔六子不得不佩服王站长。王站长这招厉害,不但不动声色地暗喻他无信无义,拿亡故朋友的藏品来巴结他,还把自己打扮成正人君子。到了这时候崔六子不能再强送了,他明白过来了,一定是刚才自己贫嘴,露出了马脚,被王站长看穿了他的把戏。

上　部

# 第二十一章

　　崔六子再一次尴尬地、失望地、沮丧地从王站长家出来。

　　华灯初上,照得新修的柏油马路如水般的光滑。崔六子没心思观看街景。大城市的灯红酒绿崔六子见得多了,在崔六子的眼里,小县城的街景就是个屁。

　　崔六子骑着自行车出了大街,一下子走进了黑暗里。这天正值农历正月二十七,没有月亮,只有繁星眨巴着眼睛在瞅他,崔六子就有了一种被嘲弄的感觉。本来他想晚上去,能借着夜色掩盖一下画的真伪,能比较轻易地糊弄一下王站长,却不料画虎不成反类犬,弄巧成拙了,弄得崔六子的心里如此刻的夜色一样晦暗。

　　这幅画是崔六子两天前找到原来同他一道做古董生意的朋友鼓捣来的一幅赝品。这赝品毕竟制作粗糙,有一定鉴赏能力的人仔细一看,还是能发现许多瑕疵的。至于什么朋友的存画,扯淡,都是他临时杜撰出来的。原以为王站长一个业余搞收藏的人,能有多少鉴赏水平,很容易被他糊弄过去的。就凭王站长那点儿可怜的财产和有限的业余时间,他连收藏的门都未必能入得了,顶多是在收藏的门口徘徊。可他是不是有些小看了王站长？现在,他的画不但没派上用场,反倒因此受了王站长的一顿奚落。崔六子越想越郁闷,王站长究竟是识破了画的真伪,还是不为诱惑所动,他不得而知。他甚至连建奶站的话头都没来得及提,就退出来了。

　　崔六子在黑暗中支住自行车,掏出烟使劲吸起来。这些年来,他第一次感到如此疲累,如此束手无策。此刻,许多往事沉渣泛起般地从黑暗中朝着他汹涌而来……

　　崔六子掘到的第一桶金是在他高中毕业后的第二年秋天。

　　崔六子的姨家在黄河边上,种着七八亩苹果梨。崔六子高中毕业后的第二年,姨家所在那一带的苹果梨获得了大丰收。但丰收带给人们的不是喜悦,而是惆怅。因为苹果梨大面积丰收,带来的结果是滞销,真正成了叶圣陶笔下的《多收了三五斗》。

就在这时,崔六子带来的一个客户,让他们村的人们看到了柳暗花明。只不过是收购条件苛刻一些。因为他们收购的苹果梨是出口产品,所以要求的质量很严格。不过说实话,价格还是很诱人的。

几天以后,两辆东风带挂车载着满满两车苹果梨向武汉进发。崔六子的表哥按着兜里鼓鼓囊囊的钞票,心里才踏实下来。

但是,一个多月后的一天,崔六子的表哥的麻烦就来了。那两辆东风带挂车的车主,带着家人哭哭啼啼找上门来了,说他们的车被崔六子一伙人给骗了,要他赔他们的汽车,那可是他们两家人的命啊!

崔六子的表哥一头雾水,这是哪跟哪啊。你们的车被骗,与我们有何相干?何况么大两辆车,咋说骗就给骗了?你们是活死人啊。

这样的事在崔六子的表哥看来,打死他也不会相信。

那两个车主给他讲述了他们被骗的离奇经历。

他们一路辗转到了武汉,被货主范老板在一个货场安顿下来。

安顿下来以后,货主一行便去办通关手续。可是他们一走,竟如黄鹤一去杳无踪影。更让他们感到不可思议的是,第二天晚上武汉下起了大雨,他们车上的苫布也莫名其妙地被人偷走了。眼看车上的苹果梨纸箱浸泡在雨水里,他们也一筹莫展。那时也没有手机,无法和范老板取得联系。

等了十来天,范老板给他们留下的生活费也花得差不多了,依然没见范老板的人影。这时,他们实在撑不下去了,再这样下去他们还得饿肚子。饿肚子是小事,关键是车上的苹果梨已经开始腐烂,散发出一阵阵酸甜滑腻令人恶心的味道;更要命的是范老板一行始终没有露面,他们像苤老婆等汉子——遥遥无期。不得已,他们几个人简单地商量了一下,就假设范老板出了意外,没了指望,沮丧地开始便宜处理苹果梨,好歹能凑一些油钱,打道回府。运费也不要了,顶如来武汉旅游一趟。

满满两车苹果梨,处理起来也不是那么容易,何况许多都坏掉了。足足用了三天,连卖带送带批发,才把两车苹果梨处理得差不多了。

就在他们一边骂着晦气,一边准备着行程的时候,戏剧性的一幕出现了:范老板领着七八个人出现在了货栈。

范老板一看车上所剩无几的苹果梨和一堆烂纸箱,劈头就问:"我的货

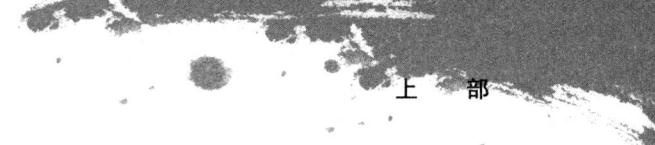

呢?"

其中一个车主没回答范老板的问话,反而带着气责问范老板:"范老板,你咋才来呀。你要再不来,我们都要饿死在这里了。"

范老板没搭他的茬儿,继续追问:"我的货呢?我问你们,我的货呢?你们把我的货弄到哪里去了?"

几个人面面相觑,这时才意识到事态的严重性。

范老板一时气得满脸通红,怒目圆睁,慢慢地近似于发狂了,说:"你们回答呀,到底把我的货弄到哪里去了?"

他们好像没听到范老板的问话,依然木木地站在那里。他们谁也不愿先开口,谁也不敢先开口。是啊,当初真是昏了头了,人家的东西你们怎么可以随便处理呢?

范老板看他们依然沉默着,气急败坏地说:"不说是吧?不说就给我打!看他们说不说!"一个"打"字刚出口,七八个人呼啦啦地就拥了上来,眼看一场皮肉之苦就要落到他们身上了。

就在这当口,有一个姓蔡的赶紧站出来拦住他们,说:"大哥,大哥,先别动手,问清楚再说。不问清楚就打他们,传出去还说我们欺负外乡人。"

这时,周围已经围上来好多看热闹的人。

两个车主有些害怕了。其中一个车主壮着胆子说:"范老板,别怪我们,苹果梨大部分都烂掉了,我们以为这么长时间你们不来,所以就处理了。"

"处理了?"范老板十分诧异地问,"你们处理了?我的货你们处理了?谁给你们的权利?"

两个车主此时才真正感到害怕了,于是嗫嚅着说:"这么长时间你们不来,即使不处理,也坏得差不多了,我们又联系不到你们。"

"别跟我狡辩,你说坏掉就坏掉了?即使是全部坏掉了,那也是我们的,得由我们来处理。你们倒好,一句处理的话就交代了?你们知不知道?你们处理了这批货对我影响有多大?我这批货是要出口到国外的,每斤两块钱,两车货就是二十四万块钱哪!不光是这二十四万块钱,完不成合同我还得赔偿对方十万块钱的违约金哪。"

范老板抖着手里的合同,气急败坏地给车主看。车主伸过头去一看,都是些洋文,也弄不清是真是假,反正把人家的货私自卖掉了,自知理亏,虽然有些疑惑,也不好说甚。

135

周围看热闹的人七嘴八舌,几乎一边倒地纷纷指责起他们来,不管怎么样,货主的货,你们怎么可以随随便便就卖掉呢?即使最终烂成一摊果酱,烂成一摊臭水,你们也不能随随便便地处理呀。

这时,范老板的情绪也渐渐平息下来。他告诉他们几个人:"这样吧,不是我要故意为难你们,我们一块儿到派出所去,让政府来替我们解决。幸亏我们办了正规的承运合同。"

范老板的手下有人喊开了:"到了派出所能怎么办?难道能把他们变成钱吗?"

"把他们交给派出所,赔不了钱就得判刑。他们一判刑不要紧,我们的损失跟谁要去?"

"打官司还得诉讼费,他们没钱,现在还不是都得我们出呀?"

"一打官司我们还得陪着他们耽误时间,我们的买卖还怎么做?"

"……"

两个司机一听说要坐牢,脸都吓黄了。他们觉得自己很无辜,他们只是受雇于车主,怎么会稀里糊涂地扯进官司里来了呢?于是他们就竭力替自己争辩:"大哥,别,别,这事与我们无关,我们只是替他们开车的,挣个辛苦钱,千万别把我们扯进去,大不了我们的工资不要了。"

两个车主一看两个司机想把自己摘得一干二净,立马来气了,说:"咋与你们没关系?主意是我们四个人共同拿的,你们现在倒推个六二五?哪有这样的好事。"

就在一帮人准备把他们四个人扭送到派出所的时候,蔡又站出来替他们求情了:"大哥,我看这样吧。咱把他们送到派出所,处理起来也得些时日,我们哪能耗得起。再说他们也都是为了养家糊口,不容易。真正到了法庭上,让法庭的大檐帽们又得扒一层皮。这两辆车扣押回去,本来值五万,到了大檐帽手里就成了两万,离我们的损失差得太远。如果他们家里再拿不出钱来赔我们,还不得判个三年五年呀,何苦呢?到时候吃亏的是我们双方,倒让大檐帽捡了便宜。"

范老板问蔡:"那你说怎么办?"

"依我看,咱们双方私了算了。"

"怎么私了?"

"就把这两辆车赔给我们得了,还能怎么办?"蔡做出一副无可奈何的样

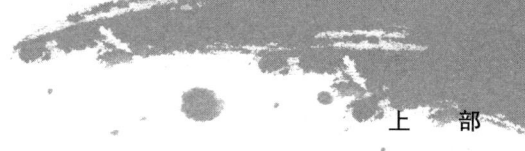

子。

范老板不干,说:"两辆车?这两辆破车能值几个钱?顶多卖个十万八万,我可是连本带利损失三十多万块钱哪。"

蔡看看不行,又转向两个车主:"你们打算怎么办?是到派出所去解决,还是让你们家里给汇款,赔偿我们的损失?"

两个车主早已吓得六神无主了,他们哭丧着脸说:"我们家里面买车的外债还没还清呢,哪有钱赔给你们呀?"

蔡听到这话,立刻沉下脸来。他冷冷地对他们俩说:"这么说你们是准备好坐牢了?"

两个车主彻底没了主意,几乎要掉下泪来。一个车主思忖了半天,狠狠心说:"你跟范老板说说,要是把车留下我们之间就一笔勾销,我答应。"他寻思,留得青山在,不怕没柴烧。他们来这里举目无亲,连个容身之处都没有。别让这些家伙抓走,说不定弄到僻静处,被他们打死都未可知,到时候落个人财两空。好汉不吃眼前亏,留得青山在,不怕没柴烧。不管怎样先脱了身再说。

蔡又冷冷地说:"光你一个人答应不行呀,你们两个是一码事,没法分开来处理呀。"

另一个可怜巴巴地央求:"把车留下我们连路费也没有了,怎么回去呀?"

两个人就可怜巴巴地看蔡。

蔡似乎很大度地说:"这样吧,如果你们同意了,我让范老板给你们一些路费。这样,我们也算是做到仁至义尽了。"

蔡又转向范老板:"怎么样大哥?我看就这样吧,他们也怪可怜的。买卖嘛,就是个赔赔挣挣,这次赔了,下次再赚回来嘛。不管怎么说,我们总比他们强吧,他们出门在外也挺不容易的,我们再不依不饶又能咋样?穷不过讨吃,死不过咽气,杀人也不过头点地,我们总不能把他们当苹果梨卖掉吧?"

范老板想一想,也是一脸的无奈,说:"那只能这样了,算老子倒霉。"

于是,在蔡的撮合下,双方达成了一致意见。处理苹果梨的钱还没收回一半的成本。范老板不情愿地从他们卖苹果梨的近两万块钱里,抽出一千块钱丢给他们做路费,一帮人开着两辆车扬长而去。

他们一行四人步行往车站去,他们没有行囊没有收获,有的只是疲惫和困惑;他们蔫头耷脑心灰意冷,没有了来时的兴致勃勃。他们不知道咋会这样?咋就成了这样呢?他们百思不得其解,才半个月工夫,就莫名其妙地丢了吃饭的家当,咋会这样啊?

他们仔细琢磨每一个细节,反复回忆每一天的点点滴滴,试图破解其中的蹊跷。

突然,一个车主大喊一声:"我们上当了!"

他给其他三个人分析,为甚他们头一天走了再没出现,他们咋就那么放心?他们不怕我们开了车跑掉吗?为甚他们那么多人,连下两天雨竟一次面也没露?他们就一点儿也不担心他们的货物有甚损失吗?本来那是水果,他们应该知道的呀。为甚一下雨,车上的苦布偏偏就被人偷去了?为甚他们迟不出现早不出现,偏偏在我们刚好快处理完水果,准备离开的时候,他们就从天而降了?难道他们会算吗?

蒙了!当时让他们一诈唬彻底蒙掉了,六神无主了。骗子!阴谋!这他妈从头到尾就是个大大的阴谋!彻头彻尾的阴谋!他们遭遇了"割草队"!他们被人当作嫩草那么毫不留情地、轻而易举地割掉了!

他们醒悟过来以后,时间已经过去了半天。

他们第一反应就是找到附近的一个派出所去报案,派出所的几个公安像听一个编造离奇的故事一样摇头,不太相信他们讲的是真的,他们也是第一次听说还有这样的奇事。更因为他们手里甚证据也没有,空口无凭,急慌打忙,连当初签订的承运合同也被他们收回去了。派出所只能给他们登记,安抚他们慢慢查,等有了结果再通知他们。

从派出所沮丧地出来,他们决定留下来,寻找这几个骗子。他们要追回他们的血汗,那几乎是他们的全部家当呀。

两个司机没有留下来,他们除了工资,再没损失什么。他们不留下来同他们一起寻找的理由也很充分,本来那伙骗子就给留下一千块钱,他们一起留下来,只能是增加负担。

又半个月过去了,他们已经身无分文了。两个车主几乎跑遍了武汉所有他们能打听到的二手车市场,哪里有两辆车的影子啊。他们彻底绝望了!

站在武汉长江大桥上,面对滚滚的长江水,他们真想一头扎进去。他们不但心疼车,同时被自己的无能、傻逼折磨得几乎崩溃了。然而他们最终没有。如果一头扎进去,就会无声无息地在这个世界上无影无踪地消失,他们的家人将会在他们失踪的无尽思念中饱尝思念与无望等待的痛苦折磨,那样他们就真正成了屈死鬼。他们蹲在武汉长江大桥上无声地掩面抽泣,他们甚至连哭

的力气也没有了……

半年以后,当表哥费尽九牛二虎之力在某市打听到崔六子的时候,崔六子的二手车生意已经做得风生水起。当表哥告诉他那两个车主的遭遇,并因此一直在找他的麻烦的时候,崔六子满脸同情。表哥责问他:"是不是你也参与了他们的诈骗?"

崔六子一脸无辜,同时表示他也十分惊讶,连说"不可思议"。崔六子不但异常坚决地否认了他参与此事,还信誓旦旦地向表哥表示,那是违法的事情,他怎么可能去做呢,他也是第一次听说还有这样的奇事。崔六子甚至十分委屈地对表哥抱怨,他们怎么能这样想他崔世宝呢,他崔世宝是甚人,要不是他领着货主到他们那里,他们的苹果梨恐怕早就烂在树上啦。他只是牵个线搭个桥,挣点儿可怜的中介费而已,从买卖一成交的时候起,一应事情都与他毫无瓜葛了。

崔六子的言外之意是怪表哥错怪了他。

崔六子还对表哥说,别听那两个车主的一面之词,说不定他们真是耽误了范老板的合同,害人家损失了那么多钱,他们没法向家人交代,才迁怒于人家范老板的;也说不定他们一时兴起,在外面赌钱,把车赌输了也未可知。即使真的被人骗了,与他崔世宝有甚相干?

表哥看崔六子一脸真诚,一时竟也迷惑不解了,或许他们真的误会了崔六子。但不管怎么说,货主是他找来的,解铃还须系铃人,要弄清事情的原委,还得顺藤摸瓜,从他这里找线索,最终找到那帮人,才能弄清楚其间究竟是咋回事。

崔六子告诉表哥,没有那帮人的电话号码。他们这行就是这样,买卖做完了就成了路人。何况他们要真是骗子,能给你留真实号码?茫茫人海,他们又是南方人,找他们不是大海捞针吗?

表哥原本也认为他们自己被人装进了套子里,却把责任无端地迁怒于他们一家和表弟身上,把大大的一桶脏水泼到他们的头上,让他们不明不白地替不明不白的人背黑锅。这黑锅一旦背到身上,就要承受无数人的项背之责。因此,表哥此行的目的其实是想摘掉这口黑锅,洗清他们的不白之冤。可万万没想到,弄了半天,结果还是不明不白。

表哥走后,崔六子怅然若失。他不知道表哥回去如何向那两个车主交代,他也不知道姨家会起怎样的波澜。自从那件事做成以后,他好长时间没睡过好觉,经常被噩梦惊醒。经过半年的克服,好不容易才安稳下来,表哥的出现再一次打破了他内心的平静……

往事不堪回首,崔六子扔掉烟蒂,郁郁寡欢地骑上自行车在黑暗中往家赶。他不知道接下来该怎么办,难道他真的从此一蹶不振,永远失去了咸鱼翻身的机会了吗?

自从那次"东风车事件"以后,崔六子跟几个朋友做起了二手车生意,几年时间也积攒了三四十万。九十年代中期的三四十万,已经是一个很令人羡慕的天文数字。可崔六子不知足,崔六子有更大的野心。他听说古玩行当挣钱更容易,加上他们内部起了一些嫌隙,崔六子就一头扎进了古玩行当。殊不知没两年工夫,就赔了个底朝天。直到把前期挣得三四十万都砸进去,崔六子方才悔悟,古玩行当水深得很哪,不是谁想玩就能玩下去的。有的人也许一个猛子扎进去,就永远沉在水底了,再无出头之日。古玩古玩,你得有古的鉴赏能力做底垫,你得有玩的心态做精神支柱,你得有鬼的技巧做手段,你得有雄厚的资金实力做支撑,才有可能在这个行当里混下去。别说几十万,就是几百上千万的主,赔得倾家荡产的也大有人在。比起古玩行里的那些老鬼,鬼六子就是小巫见大巫,甚至连个小巫也排不上,充其量也就是个毛鬼神,再玩,恐怕连老婆都得卖了。因此,崔六子才罢了手,老老实实地又回家种起了地。

回家又操起农具的崔六子,一下子变得老老实实、规规矩矩,把前几年的极致张扬几乎收敛得一干二净,完全不见了踪影。

崔六子收敛了以前的张狂,不是说崔六子认栽了,认怂了,从此一蹶不振了。表面看,崔六子日出而作,日落而息,不动声色,眼睛却时刻观察着时局的变化。就像匍匐在草丛里的狮子,时刻睁着警觉的眼睛,盯着每一处风吹草动,不放过任何一个机会,也不会盲目地轻易出击,只是静静地隐伏在那里,静待着猎物的出现,静待着最佳时机,伺机而动。

不出一年,机会终于让崔六子等来了。

上级大力支持奶牛养殖,贷款幅度又那么大,崔六子认为这是个千载难逢的好机会,这次他要是再抓不住,以后不一定再有这样的好机会了。机不可失时不再来呀。

崔六子决定一鼓作气,非把奶站拿下不可。

可是,王站长却是个油盐不进的家伙。现在该咋办?

上 部

# 第二十二章

晚上回到家,崔六子睡在炕上,翻来覆去烙烙饼,他现在已经冷静下来了,不是愁,是在挖空心思想办法。愁是弱者的表现,所以愁在他的生活里,往往只是一愁而过,如昙花一现。要想办成这件事,王站长是绕不开的。起先,他想干脆塞给他一万块钱算了,但又有些不甘心。根据这两次的经验,这家伙油盐不进,不是个好对付的主儿。万一第三次再给顶回来,他还能用什么招呢?何况好钢得使在刀刃上,王站长尽管重要,也顶多算个刀背子。是人,他就总有软肋,得在他身上寻找突破口。不是人们又发明了一句话嘛,"只要精神不滑坡,办法总比困难多"。这不,办法终于让崔六子想出来了。他想起王站长在村民会上举的洗脚妹的例子,既然能在大庭广众之下下意识地大言不惭以洗脚妹举例,他就不相信王站长屁股底下能干干净净。崔六子在这方面有着不同于一般人的灵敏的嗅觉。你是不食人间烟火的神仙吗?你是百毒不侵的欧阳锋吗?你是坐怀不乱的柳下惠吗?你是不食嗟来之食的君子吗?老子就不信这个邪!一不做二不休,扳倒葫芦洒了油。顺毛毛婆婆你不认套,老子就戗茬子薅你的脑儿毛!

老婆看他不睡觉,一个人在翻烙饼,就唠叨他:"钱不是强挣的。自个儿一点儿底垫也没有,还要铺那么大的摊子。到哪去借那么多钱去?万一养不好,再赔了咋办?"

"呸,你个晦气鬼,放狗臭屁!老子还没开张你就咒老子赔钱?赔了钱老子就把你卖了抵账。"

老婆就冷笑一声,说:"还等着你卖呀?你放心,我再傻也没傻到那个地步。"老婆看他没言语,叹了口气又说:"那年要不是搞那些古董烂玩意儿,现在也不至于落到这种地步,几十万块钱想干甚不行?"

"别放死驴屁了,你又揭老子的短?老子挣的钱老子爱咋花咋花,碍你毬事?"

一句话骂得老婆又闭上了嘴。

崔六子没心思跟老婆斗嘴,他一心思谋该咋拿下王站长呢。

几天之后,崔六子终于掌握了王站长的一些重要情况,他花了几百块钱买了一架傻瓜相机,开始实施他的神秘计划。

又过了几天,崔六子找到王站长的办公室。王站长的办公室只有两张办公桌,倒也不显得拥挤。崔六子看办公室只有王站长一个人在,就对王站长说:"站长,我想约你中午吃个饭,还请你赏我个面子。"

王站长倒也客气,一边在抽屉里翻找着什么,一边说:"不用麻烦了,你看我也忙,有甚话现在就可以说,正好我现在有空。"他见崔六子不说话,又抬起头问:"款都筹齐了?筹齐现在就能安排了。"

崔六子依然没作声,王站长有些纳闷,问:"你是不是还是为建奶站的事来找我?要是还为那件事,实在抱歉,我也无能为力。已经定了的事,是没法随便更改的。我已经请示过白副乡长了。"

崔六子这回开口了:"站长,我就是想请你吃个饭,没有别的意思,还请你赏脸。"随即,从包里掏出几张照片递给王站长。

王站长漫不经心地接过来看了一眼,脸色立刻大变,说:"你……你怎么能……"王站长"你"了半天,竟没有"你"出一句囫囵话。

崔六子看到起了作用,又烧了一把火,说:"怎么样站长?肯不肯赏脸?"

王站长一时没有回答,他的脸一会儿变红,一会儿变白。好半天,才颓丧地站起身,说:"走吧。"他匆匆忙忙锁了抽屉,随着崔六子出了办公室。他怕再不走,办公室一来人,说不定会把事情闹得不可收拾。

大街上的人熙熙攘攘,镇政府办公楼坐落于闹市区。崔六子在前面不慌不忙地走着,王站长则像一条狗顺从地跟在崔六子后面。俩人都不说话,就那样形同陌路似的走着。崔六子感到一阵快意。心想,王站长你以为自己多牛逼,敬酒不吃吃罚酒。

崔六子以一种胜利者的姿态,回头对王站长说:"站长,现在还早,不到饭点,要不咱先找个茶楼坐坐?"

王站长可能是第一次遭遇这种"意外",所以想装也装不出平静,现出一脸尴尬与沮丧。他只能顺从地点点头。

他们来到一处叫作"听云品茗"的茶楼,茶楼门口作为装饰的仿古弧形门柱上,书一副字体飘逸的行书对联,恢宏得令人炫目,深紫色的漆底映衬着一气呵成的遒劲有力的连体金色大字，从门楣一直挂到门槛，展示出一种一泻千里的磅礴大气：

　　飘飘然云蒸霞蔚疑似云雾影
　　悠悠哉雅逸韵致茗出晨露香

　　一副对联不仅点明了茶楼的风格特点，并且隐含了茶楼的品位与风韵，真是绝妙无比呀。

　　他们上了茶楼的二楼，被服务员领进一个包厢坐下来。

　　茶室布置得幽静雅致，很适合谈一些隐秘的事情或放松心情。

　　第一次来这里的时候，崔六子觉得这名字好怪。"听云品茗"，念着上口，听着别扭，云还能听吗？

　　朋友就告诉他，你这不俗了吗？有云刮风不？有云响雷不？有云下雨不？不知道"波诡云谲"吗？"云"的意境其实亦如人生，表面看着千姿百态，赏心悦目，实则变幻莫测，不可捉摸啊。"听云"二字品的就是这个朦朦胧胧的意境，是独辟蹊径。"品茗"亦然。记得听过一个故事：

　　有一个人问毕加索："都说您的画好，我怎么看不懂啊？"

　　毕加索没有直接回答他，反问："你听过鸟叫吗？"

　　"听过。"

　　"好听吗？"

　　"好听。"

　　"你听得懂吗？"

　　同行的几个朋友都笑了，这真是个绝妙而智慧的回答啊。

　　另一个朋友也说："印度有一头大象，它画的抽象画一张能卖好几千美元，折合人民币几万元，你听说过没有？"

　　崔六子摇了摇头，说："没有。"

　　朋友就讥笑他："孤陋寡闻了吧？"

　　崔六子嘴上不说心里却是不屑的。什么独辟蹊径，其实就是故弄玄虚、故作高深，以此为噱头来招揽生意。

　　崔六子故意问王站长："怎么样，这个地方不错吧？"其实他更想对王站长说的潜台词是，这地方你未必如我光顾得多啊。

王站长此时心里犹如打翻了五味罐子,说不出是什么滋味儿,哪里有心思挑剔环境的好坏,只要没有第三人在场就行,所以鸡啄米似的赶紧点头,说:"行,行,挺好,挺好。"他眼睛盯着崔六子手中的皮包,生怕那皮包会莫名其妙地不翼而飞似的。

"常来吗?"崔六子的言语中带着明显的挑衅意味。

"偶尔,偶尔。"此时的王站长早已方寸大乱,完全没有了站长的那份矜持,一副诚惶诚恐的样子,有些可怜,像丧家之犬。

崔六子不忙,他等服务员将品茶前的一应程序准备好,吩咐服务员离开时把"请勿打扰"的牌子挂上。

崔六子要的是一壶"云台山云雾茶"。崔六子一系列冲泡茶的程序,显示出他对品茶的熟稔程度。他告诉王站长,此茶楼的云雾茶最是有名,能够清心寡欲,去火润燥。喝一壶此间的"云台山云雾茶",你会觉得浊气下行,清气上升,整个人都有一种超凡脱俗、进入禅定的感觉。

此时的崔六子与几天前的崔六子完全判若两人,犹如电影里装扮成流浪汉的地下工作者终于亮明了真实身份。

王站长只是"唔、唔"地心不在焉地应答着,他哪里能静下心来"品茗"呀。

崔六子看出王站长竭力掩饰着自己的焦灼情绪,也不去理睬他。崔六子知道,熬鹰必须要有耐心,还要有一定的意志力,要让鹰一阵紧似一阵地感觉到你逼人的气势,直至精神崩溃。王站长现在就是一只正在被他驯服的鹰,一只没什么胆量的鹰。他悠然自得地洗茶具、洗茶、冲泡,每一道品茶的程序都做得认真到位。冲好第一遍茶,他略显傲慢地向王站长示意:"站长,请。"

王站长尽管心急如焚,但熬鹰的绳子在崔六子的手里攥着,他有什么办法呢?只好尴尬地硬挤出一个勉强的微笑,说:"请。"

大约过了十多分钟,崔六子觉得火候已经差不多了,才从包里抽出几张照片,递给王站长。王站长似乎有些歉意地躬起身,谦恭地接过了照片。那情景让他联想到抗日神剧中毕恭毕敬点头哈腰的汉奸。

王站长匆匆地看了几眼照片,就将它们急急地装进兜里,好像害怕崔六子再抢了回去。装好照片后,他看着崔六子,有些不知所措,无奈地等待着崔六子发落。

崔六子看着王站长的狼狈相,觉得有些好笑,这让他想起了人们常说的猫玩老鼠的游戏。不过,他觉得再玩下去也没多大意思了,他知道老鼠急了也会回头咬人的。他是来办正事的,并不想激怒他,还是适可而止吧。于是,他对王站长说:"这几张照片站长装起也没什么用。万一不小心回去让尊夫人发现了,麻烦可就大了,那样不是我的罪过吗?"崔六子的话说得不卑不亢,但王站长却能感觉到里面咄咄逼人的寒意。他已经理解了崔六子话中的意思,于是乖乖地又把照片递回给崔六子。

崔六子看看王站长已经被彻底驯服了,才直入主题:"那我就开门见山了,还是奶站的事,站长能不能重新考虑一下?"

王站长稍微迟疑了一下,像谦虚地征求崔六子的意见似的说:"那我就再做做工作,争取一下?"

崔六子知道王站长直到现在还想顾个面子,立刻打断他的话,以期打掉他的幻想:"不是争取,是一定。说实话,自筹款我已经准备好了,四十万。我可以告诉你实话,我借的是高利贷,五分钱的高利贷。如果奶站办不成,奶牛我也只能放弃了,不放弃不行呀。一放弃项目,我就得白白地给人家付利息,半年的利息,你算算有多少钱?所以这事你得好好斟酌斟酌。"

"好,好,我一定办成,一定办成。"

"几天我等你答复?时间可是挺紧呀,这你是知道的。"崔六子的口气倒好像是上级在对下级训话了。

王站长稍微思忖了一下,说:"一礼拜吧,行吗?"

"三天。"崔六子用不容置疑的口吻说。

"三天,就三天。"

恰逢此时王站长的手机响了,王站长在电话中朝对方说了一句"喂……我一会儿就回去",就挂了电话。

"站长要是忙就先走一步,我就不影响你工作了。"

王站长听出来,事办妥了,崔六子在下逐客令了。

"好,那你慢慢品,我先走啦。"王站长唯唯诺诺地非常客气地出了"听云品茗"。

崔六子目送王站长匆匆离去,无声地笑了。他能感觉出来,王站长一定害怕得心打屁股门子响呢。

看着王站长的背影,崔六子心里默默地想,对不起了站长,非常时期鄙人不得不采取非常手段,请原谅。倘若来日兄弟发达了,一定不会忘了你。翻转一想,又有些失笑,这些话也就是想一想,给自己一些开脱,不至于良心太受谴责。要是这些话当面说给王站长听,还不得把王站长气吐血呀,你这不是猫哭耗子假慈悲吗?

话说回来,也不能光怪我姓崔的不仁,要怪得怪你不义在先。如果你一开始不要心存私心,一再逼迫,把我逼得没有退路,我崔六子何苦要使出这种下三烂的手段啊,做这种事是损德的啊,我如今不到万不得已是不会轻易做这种事的啊。你早就应该知道,狗不急不跳墙、兔子不急不咬人的道理啊,你这是逼良为娼啊。你今天落到如此狼狈的地步,完全是咎由自取啊。

崔六子想起曾经流传的一段顺口溜,"不怕流氓爱打架,就怕流氓有文化,流氓一旦有文化,天王老子难招架"。是啊,流氓一旦有了文化,就如虎添翼,升级为高级流氓,他们使出的隐形立体组合拳叫你防不胜防啊!

王站长一走,崔六子也结了账出来了。事情办完了,再和他扯淡就没什么意思了。他原来一直以为王站长真是个冰清玉洁的纯洁人儿,无从下手。哈哈,原来也是瞎白丁看书——假斯文。王站长一定不知道,他怎么会探听到他和情人的约会呢;他更不会想到,他能把他们之间亲密无间的镜头捕捉得那么到位,简直就是个老练的猎手。甚至连他自己都觉得有些沾沾自喜,要是在战争年代,他一定会成为一名出色的间谍。从王站长惊讶的脸上就能一览无遗,完全洞悉到他的内心,他一定认识到了问题的严重性,一定已经浮想联翩,如果不能满足他的要求,会产生什么样的后果。他的家庭,他的公职,他的社会地位,他的自尊等,这些都是崔六子早就掐算好了的。因为王站长不仅仅是个谨小慎微的人,同时也是个聪明人,孰重孰轻他一定能拎得清。不然怎么能当上站长,怎么能搞收藏,没有一定生活底蕴的人会懂什么收藏啊。

崔六子信步走在大街上,春天和煦的阳光照在身上,撩拨得人心里产生一种不知道想干点儿什么的冲动。崔六子想了想,也没什么事可干。他索性优哉游哉地信步溜达,看人,看街上扭扭捏捏、畏首畏尾、不敢疾驰的小汽车。看着看着,倒有几分伤感了。曾几何时,他也是那些小汽车队伍里的一员啊,他也曾风光过,牛逼过。说实话,王站长真的未必有他出入茶楼、歌厅、豪华酒店要多,就他们挣的那几个可怜的工资,一年够进几次高档酒店啊,他何曾把他们那一类人放在眼里过。可如今,他几乎一无所有,甚至沦落到靠这种下三烂的手段来达到自己的目的,他成了一个出卖尊严的人。不,他现在哪有尊严可以出卖啊,他的尊严早就在那个秋天丢到武汉去啦,现在不过是戴着面具在装腔作势。现在连他自己也不知道下一步会做出怎样疯狂的举动,事情会不会朝着他预设的方向发展。他不知道自己心中在什么时候滋生出一个魔鬼,那个魔鬼一步步推着他逐渐向万劫不复的深渊滑去……尽管他内心也时时不安,但他不可能轻易罢手。毫无疑问,到了这一步,他必须照着自己的方案走下去。他记得不知道哪位哲人说过一句话,天堂和地狱只一步之遥。他从来就不是一个甘于平庸寂寞的人,要么上天堂,要么下地狱,他早就做好准备了。

他告诉王站长,他已经准备好了自筹款,其实那只是为了给王站长施压的。这几天光顾搜集王站长的资料,哪里顾得上筹钱呢,他得权衡轻重缓急。

控制了王站长以后,崔六子立刻去找仲得利,仲得利是他高中时的同学,在某乡农村信用合作社当主任。在那里,崔六子没费吹灰之力就贷到了四十万块钱。崔六子不到万不得已,是不想动用仲得利的,这可以说是他手里最重要的一张王牌。之所以在仲得利那里贷款如探囊取物,是源于一段历史过往。

仲得利大学毕业那年,父亲得了结肠癌。仲得利出生于农村的贫寒之家,家里为了供他上学,家庭经济早已捉襟见肘。如今老父亲得了结肠癌,对于这个家庭来说,无异于雪上加霜。

仲得利的父亲得了癌症的消息,通过同学几次辗转传到了崔六子的耳朵里。那时候还没有手机,所以,仲得利的同学想尽一切办法,把这个消息在同学之间最大范围地扩散开来,就是希望同学们能够伸出援助之手,帮一帮仲得利,也不枉同学一场。

听到消息的崔六子马不停蹄地赶到了医院。当他把两万块钱交到仲得利的手里时,感动得仲得利顷刻间涕泪横流,这真是雪中送炭啊!

其时,仲得利一家因为凑不齐手术费,正准备回家保守治疗呢,说穿了就是回家等死。仲得利压根儿没想到,已经断了几年联系的崔世宝,会突然从天而降,出现在他的面前。这是直到此时,仲得利收到的最大一笔钱,而且是久已失去联系的同学主动打听到送过来的,他能不感动吗?

仲得利一哭,弄得崔六子也陪着落了泪。不知是受了仲得利的感染,还是被自己的急公好义所感动,也许兼而有之。因为那时崔六子的买卖也刚刚缓过劲儿来,正是需要资金的时候。

就是这两万块钱,崔六子不但和同学们又重新建立了联系,还因此而名声大噪,为他后来的二手车生意扩大了不少业务。

后来崔六子每每回忆起那件事的时候,心底里还翻腾起阵阵涟漪。那是他在以前做过的所有事情中,最值得称道的一件事。他当时听到仲得利的老父亲得了癌症,急需救命钱的时候,就想起他们在学校的点点滴滴,想着想着,他的心里就涌动起一股激情,他要帮仲得利。他不为仲得利,就是为了自己也要帮仲得利。他知道,他的那些同学要么还在读书,要么刚走上社会,都没什么钱,想帮也是胳膊短袖子长——伸不出手去。应该说他可能是最有条件帮助仲得利的人。他觉得这次要是不帮仲得利,会后悔一辈子的。想想自己这两年都干了些什么呀,虽然挣了些钱,可是有同学不敢认,有家不敢回,他咋活人活到这种地步呢。他要改变这种状况,他不能再这样活下去了,他不能像耗子一样,始终活在见不得人的肮脏的黑暗里。

于是,他义无反顾地给仲得利的父亲送来了救命钱。

做完这件事以后,他经常把两件事情放在一块儿对比,"东风车事件"的阴影就像狗皮膏药一样贴在他身上挥之不去;而救命这件事却让他走出了人不人鬼不鬼的阴暗境地。不但让他走出了肮脏黑暗的角落,还让他有了意外的收获,此后他在同学圈子里面成了一个仗义的侠客式的人物,因而无意之中对他日后的买卖形成了一定的铺垫。

他再一次感谢上苍,让他在当时能毫不犹豫地做出那样义无反顾的选择,为他的现在埋下了这样大的一个伏笔。

他想起一句话,朋友多了路好走。他对这句话持怀疑态度,真朋友不需要多,能够雪中送炭的朋友有一两个足矣。可现实社会中,往往锦上添花的人多,雪中送炭的朋友何其少啊。唯其少,才尤显珍贵。

上 部

# 第二十三章

一想到高美香,宋安然的心里就有一种别样的感觉。高美香不但是他小舅子魏生金的媳妇,还是他的老乡。高美香能从老家来到这里,活得这般滋润,或者说魏生金能娶到如此能干的一个老婆,他们还得感谢宋安然呢,因为宋安然是他们的月下老人。

实际情况也确实如此,魏生金和高美香两口子不但对宋安然感恩戴德,家里有个大事小情也得找宋安然给拿主意,他们真正把宋安然当作高美香的娘家人了。

在他们成亲的那天,高美香当着一屋子亲朋好友的面,眼噙热泪十分动情地给宋安然敬了一杯酒。敬酒的时候,众人让高美香叫姐夫,高美香没叫,高美香说宋安然是他哥,从她跟着宋安然踏上通渭到河套的旅程,她就认定宋安然是她的娘家哥哥了,这辈子不可能更改。高美香把斟得满满的一杯酒端给宋安然,说:"哥,是你把妹妹救出了苦海,并且给妹妹找到了这么好的归宿,妹妹一辈子感激你。从今往后,你就是我的亲哥哥。"等宋安然接过酒杯以后,高美香深深地给宋安然鞠了一躬。高美香抬起头的时候,已是泪流满面。

高美香的这一鞠躬和那双梨花带雨的毛花眼,令宋安然百感交集。回想这几天梦一般的经历,宋安然心头搅动起一种说不出的滋味。

在通渭老家的最后一个夜晚,宋安然躺在离家近千公里之远的这个小旅馆里,久久不能入睡。他一闭眼,高美香那双梨花带雨的眼睛就仿佛在房间的各处盯着他,让他无处遁逃。高美香那楚楚可怜的眼神像受到惊吓的小鹿,惊恐地、闪烁不定地在他眼前飘移。有时候,这双眼睛和另外一双眼睛重叠,让他分不清彼此,那是芹芹的丹凤眼。他已经有两年没见到芹芹了。就在芹芹那双会说话的眼睛已经在他的记忆里渐渐模糊的时候,这双和芹芹有着极其相似的眼神的眼睛让芹芹的形象,在他的记忆里一下子又异常清晰起来。

真是"风乍起,吹皱一池春水"啊。

宋安然回想这几天离奇古怪的遭遇，不敢相信这是真的。起先是两位伯父的态度，让他万分激动忐忑不安的心一下子沉入谷底；后来他终于释然了，整理了心情按原计划提前返回；本来按常理他应该立刻买票回家的，却鬼使神差地打算留宿，结果遇到了这桩奇事。

如果自己按照原计划，在老家住一个星期，也许高美香早就被男人找到强行带回去了；如果他一到通渭县城，直接买票回家，也和这段奇缘擦肩而过了；如果他换一家旅馆，也不会添这段插曲。就是这阴差阳错，就是这鬼使神差，让他看到了一张似乎熟悉的脸。高美香与芹芹长得何其相似啊，看见高美香的那一刻，竟让他产生了一种他乡遇故知的错觉。难道真像老板娘说的，这是天主在冥冥之中的安排吗？

宋安然想起老板娘下午的话，开始为高美香物色一个人选。他想到了魏生金。魏生金现在孤身一人，这不是天配姻缘吗？魏生金虽然有过一段人生的污点，但那不是魏生金的主观意愿，魏生金是被逼迫才造成那样的后果。魏生金看上去有些粗鲁，但心地善良，是个知冷知热的人，绝对不会成为他们口中的那个畜生。

可是又有一个问题摆在面前，他要不要把魏生金的真实情况告诉他们？如果不告诉，回去以后高美香迟早会知道的。以后知道了，她会怎么看待他？他就成了高美香眼中的骗子；如果告诉她，万一她听说魏生金坐过牢，产生更大的恐惧怎么办？她会不会想，才挣脱虎口，又要落入狼窝，因而不敢跟他走了呢？其实他现在很想带她走的，只因为那双楚楚动人的像芹芹一样的丹凤眼。那双眼睛告诉他，这是一种注定的缘分。

宋安然最后决定了，他要把魏生金的一切和盘托出。既然是缘分，她们就不会计较魏生金的过往；如果要计较魏生金的过往，就不算什么缘分，只是他旅程中一段小小的插曲罢了。

傍晚，在老板娘刚讲了高美香的遭遇之后，宋安然被一阵恻隐之心扰动，同情和怜悯之情油然而生。此刻，他已经不单单是同情了，而增添了一种莫名其妙的渴盼。他甚至有些急不可耐，想立刻带高美香娘儿俩离开，别让她那畜生男人明天一早再找过来。那样，他也不知道，事情会朝什么方向发展了。这样一想，他又有些忧心忡忡起来。

宋安然就这样在反反复复的纠结中，熬过了难熬的一夜。

当曙色微熹的时候，宋安然早早起床了。昨天晚上老板娘用心良苦，只安

排他一个人住一间屋,并且坚持不收他的住宿费。宋安然哪里能做出那样的事。不得已,他只好把五块钱塞到了小女孩的兜里。

宋安然刚刚洗完脸,就听得有敲门声。这时,天色已大亮,宋安然打开门,竟然看到老板娘和高美香娘儿俩已经收拾得清清爽爽,站在门外。他赶紧把她们让进屋里。宋安然心里有些好笑,是不是怕我不带她们而偷偷跑掉?宋安然心中不由得感叹,真难为她们了,如此可想,她们的内心积存了多么大的恐惧和多么强烈的期待啊。

老板娘歉意地对宋安然说:"真对不起,一大早就打扰你,太不礼貌了。不过,还请你理解,我侄女儿乎一个晚上没睡。你们先坐着,我出去买早点,吃了早点,就应该发车了。"

宋安然赶忙叫住老板娘,告诉她们已经想好了合适的人选。随即,他把魏生金的情况,简单地向她们介绍了一下,让她们认真考虑考虑。

老板娘听过之后,看看高美香,征询她的意见:"美香,怎么样?这是你自己的事,姑不好替你拿主意。"又转向宋安然,"我看这样,我这侄女带着孩子,人家还不一定相中呢,你先把她带走再说,啊?"

老板娘话音刚落,还没容宋安然说话,高美香说话了。高美香好像下了很大的决心,说:"哥,我听你的,我一切都听你安排。"

宋安然没有料到,高美香竟会这样称呼他。那一声突如其来的"哥",叫得宋安然有些手足无措。他愣了一下,赶紧说:"好,好,既然你们这样相信我,我就不能草率地应付你们。放心吧,如今你叫了我哥,我就成了你的娘家哥了,我就要对你这个妹子负责到底。"

高美香接住宋安然的话头,赶忙说:"谢谢哥哥。"

宋安然想,高美香可真是个乖巧伶俐的人啊。高美香多聪明,她叫他的这一声"哥哥",明显是把他当作了依靠。换句话说,高美香用一声"哥哥"给他套了个笼头,一下子拉近了他们之间的距离,将他紧紧地套住,叫他休想轻易逃掉。

当火车与铁轨"空隆铿、空隆铿"的撞击声越来越快地驶离定西车站的时候,宋安然和高美香几乎同时松了一口气,高美香如释重负,而宋安然却像偷了人以后,刚刚逃离现场,心里依然有些忐忑。车上人不算多,车走了两站,他们就找到了座位坐了下来。

看着高美香憔悴的面容,宋安然知道高美香这些天一定生活在万分恐惧之中,度日如年,这不禁让他产生了怜香惜玉之情。他对高美香说:"这下应该放心了,这几天一定没休息好。现在你也不用担心什么了,坐到里边睡一会儿吧。"

高美香推让着不肯到里边坐,宋安然也没再推辞,他给了高美香一个温和宽厚的微笑,并从高美香的怀里接过四岁的女儿蓉蓉抱在怀里。蓉蓉很乖,很懂事,顺从地躺进宋安然的怀抱里。

宋安然理解高美香为什么不到里边坐。尽管高美香脱离了男人的"魔掌",但和他认识毕竟还不到一天的时间,能完全对他放下戒心吗?遭受过伤害的人,对任何事情都比一般人要敏感。她踏上今天这列火车,完全是迫不得已的冒险之举,像将要溺毙的人抓住的最后一根稻草,有些近似一场豪赌。此刻高美香的心里,不可能完全消除恐惧。或者说逃离了一个令她恐惧的危险境地,并没有实实在在地放松和解脱,新的恐惧依然如影随形。如果说原来的恐惧是实实在在的,那么现在的恐惧却是虚无缥缈的,是不可预测的,像逐渐迫近一个遥不可测的幽深的黑洞,心是悬着的。宋安然何尝没有过这样的体验,高美香此刻的心情,一定和他几天前从河套老家上车的时候一模一样,依然忐忑不安,而且有过之而无不及。

此情此景,让宋安然想起了唐代诗人刘希夷的那首诗:"洛阳城东桃李花,飞来飞去落谁家……"高美香的眼神告诉他,她一定对花落谁家充满了无尽的迷茫,对无常的命运充满了深深的忧虑。除了她对未来生活的迷茫,还有对他的信赖与期待,他和高美香多像两朵任凭雨打风吹去的桃李花呀,高美香的眼神更加强化了他义无反顾的责任。

现在,宋安然有了一种几十年来从未有过的踏实。这一趟老家之行,打碎了他的幻想,让他轻而易举地跳出了困扰他多少年的魔咒。当他站在高美香的角度,回头审视过去困扰自己的种种磨难与不幸,再一次体验到了那种如释重负的轻松感。高美香害怕在男人的魔掌中死于非命,他从高美香在谈及男人时颤抖的神情中感觉到了。高美香在她的姑姑谈及男人的时候,几次打断姑姑的话,由此可以看出高美香内心的恐惧是深入骨髓的,因为一提及她的男人或是她以前的生活,就是一次次撕裂她的伤口,一次次把她重新投入到那一幕幕炼狱般苦痛不堪的场景中。

比起高美香,他应该是幸运的。他有岳父一家的帮助,他还有两个懂事的孩子,尽管生活清贫,但很温馨。比起高美香的遭遇,他应该感到满足。苦难和不幸是相对的,社会上比他遭受苦难更深的人一定大有人在。细想想又有什么呢?人有时候太过执着于让自己沉溺于苦难的情结中无法自拔,最终把自己折磨得疲惫不堪。好在现在都过去了。如果不是苦难,他的两个孩子未必如现在这样懂事。就像他,要不是大伯二伯那样对待,未必能这么快就醒悟过来。因此,从这个意义上来说,苦难能促人思考,能使人成长、成熟,能使人脱胎换骨。

高美香看来确实太累了,没一会儿,手里还攥着女儿的脚脖子就睡着了。女儿蓉蓉也在宋安然的怀中进入梦乡。睡梦中的高美香,渐渐地把头倚在宋安然的肩头,宋安然一动不动,生怕惊扰了她。他小心翼翼地扭头瞥了高美香一眼,高美香楚楚动人的娇容越发让人心生怜爱。

宋安然只看了高美香一眼,就赶紧把头调过来,不敢再看。他觉得自己心里产生了一些暧昧的情绪。他像做贼一样看了看对面座位上的那对夫妇,那对夫妇看他的眼神并无什么异样。对面的夫妇一定把他们认成了一家子。

宋安然一下子觉得脸上有些发烧。高美香的鼻息在他肩头翕动,他能如此清晰地感受到高美香的呼吸。在对面夫妇的眼里,这应该是多么温馨的一副画面啊。宋安然微微闭上了眼睛,他要充分享受这一刻的温馨。这是一种很奇妙的体验,是宋安然从来没有体验过的。这种奇妙的体验让宋安然心猿意马,想入非非,任思绪天马行空般恣意泛滥……要是高美香真是他的老婆该多好啊,可惜,她就要成为别人的新娘了。命运好像要故意捉弄他一样,用这么一种奇妙的手法,将他的初恋情人的化身送到他的面前,却让他只能眼巴巴地看着,望梅止渴。这是多么残忍的事啊,望梅岂能止渴!

宋安然又觉得自己过于轻率,如果高美香的家庭情况掺了水分怎么办?如果她的家庭不像她说的那样,不是男人打她,而是她看不起男人,她只是在演戏,那他不是在助纣为虐吗?不,不,这一点绝无可能,高美香如果能把戏演到如此逼真的地步,她早就成了一流的演员了,还用得着利用如此高超的演技演一曲如此拙劣的苦肉计吗?高美香胳膊上累累的伤痕就是明证,根据伤痕的新旧程度即可看出,那不是一次、两次形成的。这样一想,宋安然又觉得自己心里有些阴暗,依然带着一种冷战思维来揣度别人。

要是魏生金嫌弃高美香是外地人,或者嫌弃高美香带着孩子,会怎样?他倒真希望是这样,但这几乎是不可能的事。魏生金三十岁了还打着光棍儿,自己身上又有污点,这突如其来"天上掉下个林妹妹",魏生金能不欣喜若狂吗?

说来说去,他带了高美香回来,对自己一点儿好处都没有。不但没有好处,简直就是一种折磨。宋安然能想象得到,跟他的初恋情人芹芹长相相似的高美香,每天在他的面前晃来晃去,他又不能怎么样,那是一种何等的折磨与煎熬啊。

你想怎么样呢,你能怎么样呢,你敢怎么样呢?宋安然一时为自己这种鄙俗不堪的念头感到无比羞愧。高美香的姑姑和他萍水相逢,竟然敢把自己的侄女托付给他,可见对他的这份信任是多么的沉甸甸啊,他怎么能够产生这样鄙俗不堪的念头呢?他曾经很多次为关云长誓不弃主的忠心耿耿而感动,也曾很多次为赵子龙单骑救主的义薄云天所叹服,可自己现在却生出如此卑鄙龌龊的恶念,真是猪狗不如啊。他一直以为自己是比较纯洁的一个人。就自认为纯洁的人都能生出如此邪恶的念头,可见每个人心底都蛰伏着一头恶魔,这头恶魔就是人的贪婪、自私、嫉妒等的化身。这头恶魔在心底蠢蠢欲动的时候,人的心智就会迷失,就像潘多拉的魔匣,只是在还没有被完全打开的时候,就及时地关住罢了……

当高美香的那一躬深深地鞠下去的时候,宋安然的眼睛也湿润了。此刻的宋安然同样感慨万端,是啊,同是天涯沦落人,相似的苦难命运以这样一种戏剧化的方式把他们联系在了一起,他何尝没有过这样的体验呀。这么多年过去了,尽管他早就生儿育女,但他始终对通渭老家魂牵梦绕。对通渭老家魂牵梦绕其实还是因为那句话,"我们是外来户",母亲这句伤心伤肺的话刀刻斧凿般地刻在他的潜意识中,剜不掉,驱不散,撑不走。自从母亲过世以后,它就如同一个漂移不定的幽灵,渐渐地固化成一个顽固的梦魇,定格在他的灵魂深处,须臾无法去除。不过现在好了,随着父母遗骸的安葬,他把那个死死困扰他的梦魇一起埋进父母在通渭老家的坟墓里,随着他从通渭老家回来获得了新生。从某种意义上来说,是高美香强化了他的这种自信。他不但给魏生金领回了一个如花似玉的媳妇,还给自己领回了一个妹妹,让他在心灵上找到了一些依靠和慰藉。

不过,宋安然没有将他的这种感情溢于言表,尽可能用轻松的口吻说:"不必,不必,这完全是你自己的造化,我可不敢贪天之功。这不正应了那句老话嘛,有缘千里来相会啊。这是老天爷的安排,要不怎么那么巧呢,这就是缘分。"宋安然的话一语双关,表面上是在说高美香和魏生金的,可内心却是说给自己听的,是一种自我安慰。他脸上笑着,心里却是酸的,又酸又涩,因此笑得有些勉强。魏生金因他宋安然的缘,成全了他的分,这是宋安然十分不甘心的事。但是再不甘心,又能怎么样呢,只能无奈地接受。宋安然从这一系列近乎荒诞的戏剧性变故中,违心地认定这只能是上帝的安排,是上帝故意安排这种事让他不堪呢。

可是就在某一天他和高美香紧紧地拥抱在一起的时候,他贪婪地嗅着高美香的体香,意识被一股巨大的幸福感冲击得快要眩晕的时候,还在细若游丝般的清醒中揣测,难道这也是上帝的安排吗?是上帝怜悯他,终于意识到这样对待宋安然有些太过残忍,才大发慈悲,成全了他和高美香的缘分吗?

宋安然双手接过魏生金和高美香双双递过来的酒杯,左右开弓,一饮而尽。他掩饰似的咳了一声,假意让酒呛着了,其实眼泪却抑制不住地进流而下。这两杯酒让他百感交集,不但为几天来内心的纠结和挣扎而羞愧不已,以前早已渐行渐远的许多往事,此刻竟争先恐后地一股脑又涌了上来,里面包含了太多说不清道不明的因素……

# 第二十四章

宋安然去找高美香的时候,正好路过杨奶奶家。宋安然听说杨奶奶从北京回来了,就顺脚拐进了杨奶奶家。

芹芹从读大学到刚参加工作还未出阁的这几年,每年春节都会回来陪杨奶奶过年。每逢芹芹回来探家,他们儿时的几个伙伴都会陆续过来看芹芹,芹芹是他们中间唯一的大学生。他们中有宋安然、许二赖、魏灵芝等。几个人问起芹芹谈了对象没有,芹芹傲气地回答,在自己没有做出成绩以前,是不想谈对象的,她不想依附于别人生活。

想到芹芹一个女孩子家在北京打拼,实在不容易,宋安然触景生情,念起了那首古诗,"独在异乡为异客,每逢佳节倍思亲。遥知兄弟登高处,遍插茱萸少一人。"

不想宋安然这一念,竟把芹芹给念下泪来。芹芹掉泪是为魏生金。芹芹问了魏生金现在的情况,在座的几个人都有些黯然神伤。宋安然一看芹芹这样,赶紧自责:"看我这张臭嘴,这不是故意扫大家的兴嘛。"说完又简单地给芹芹谈了一下魏生金的事。

其时,魏生金已经坐了近半年的大牢,芹芹一回来,就已经从母亲嘴里得到了魏生金坐牢的消息。从小学到初中,魏生金就是芹芹乃至他们几个的保护神,每次只要有魏生金在,崔世雄就不敢轻易欺负他们。

本来宋安然的那首诗是念给芹芹的,现在却引到魏生金的身上,这是宋安然始料不及的。宋安然原来没想那么多,只是想芹芹一个人在遥远的北京肯定很孤单。又从芹芹身上想到自己是"外来户"的孤单,一下子就想到那首诗,就顺口念了出来。他压根儿就没想到还有一个人比他们更加孤单。岂止是孤单啊!要是想到这一点,他也不会显这个能了。

不过也难怪,他们几个都来看望芹芹,唯独缺了魏生金。几个人回忆上学时的种种趣事,本来都想回避谈到魏生金的,但总是绕不开,好像哪哪都有魏

生金的影子。

宋安然不但把芹芹的眼泪念下来,差点儿把自己的眼泪也念出来了。说实话,他的眼泪不是为了魏生金,而是为了自己。那首诗一下子勾起他太多的回忆,尤其让他想起老家早已忘记的堂兄堂姊们,他们是否会在节日里登上屋后的山顶,向着遥不可及的北方眺望,他们是否还记得在遥远的北方还有他们的亲人呢?他的去信石沉大海——他已经两年没有接到堂兄堂姊们的回信了。自从父母过世以后,他感到自己真正成了一个漂泊在异乡的"异客"了。尤其是芹芹和魏灵芝此刻同时出现在他的面前造成的这种强烈反差,让他的心里复杂而尴尬。这样一回忆,一对比,就有太多的感触忽地要喷涌而出,宋安然慌不迭地灭火似的努力打住了。他相信芹芹的眼泪也未必是完全为魏生金落的,芹芹在北京何尝不会感到孤单?芹芹想起魏生金,其实也是同病相怜,是为了掩饰自己内心的情感罢了。

芹芹的大名叫杨淑芹,大学时读的是外语专业。大学毕业后,就跟着男朋友一块儿到北京去发展了,据说在一家外企工作,很忙。实际上芹芹在读大学的时候就谈了对象,只是单告诉了宋安然,却对其他人保密。几个儿时的伙伴都对芹芹整天同外国人打交道,表现出艳羡之色。芹芹却抱怨,外企管理很严格,根本不会让员工有一点儿懒散和随心所欲。芹芹嘴上是抱怨的,神情看上去却眉飞色舞。

宋安然就说:"好啊,还是那样好。没有规矩不成方圆嘛。如果管理随心所欲,就会惯出人的懒散毛病,慢慢就把人惯坏了。"宋安然的语气中同样流露出对芹芹的羡慕。

芹芹就反驳他:"好什么好呀,把人弄得跟机器似的,没有一点儿自由,都快成了《摩登时代》里的卓别林了。"芹芹小嘴一噘,做出一种大城市人才会常有的那种妩媚的神情。宋安然有些惊异,芹芹还记得卓别林和《摩登时代》。他以为除了他,在没有人提及的时候,谁还会记得那些往事。

在宋安然还没辍学的时候,经常同魏生金他们几个相邀着,晚上到其他村或县城里去看电影。那时,他常常会用魏生荣送他的那辆破自行车带着芹芹,骑行一二十里路,并且将自行车蹬得飞快,恨不得腾空,快活得很。现在想起来,依然回味无穷。等宋安然辍了学,那样的好日子就一去不复返了,起码对宋安然来说是这样。

宋安然不是个榆木疙瘩,宋安然能听得出来,芹芹的话听上去是一种抱怨,但从说话的神态来看,却明显是一种炫耀。

宋安然和芹芹除了是从小耍大的玩伴,芹芹还是宋安然暗恋的对象。其实他们那时早已心有灵犀,只是因为年龄的缘故,没有一点通罢了。宋安然辍学以后,芹芹还一直鼓励他要刻苦学习,争取一同考大学,甚至还经常给他补课。宋安然常常嘴上应承着,心里却暗暗叫苦不迭,母亲的病在日复一日地加重,他哪里还有考大学的可能啊。

不过宋安然没有把他的这种想法告诉芹芹。因为他不想让芹芹失望,更不想让芹芹伤心。他要让芹芹顺顺利利地迈入大学的门槛,他要把这个美丽的谎言保留到最后。

就在芹芹考上大学的那年冬天,他和魏灵芝匆匆结了婚。

如今时过境迁,芹芹经过大学生活的洗礼,又经过京城生活的历练,早已不是原来的芹芹,渐渐成了一个地地道道的城里人了,举手投足间表现出来的是与他们截然不同的城市烙印。

宋安然已经渐渐感觉出来他同芹芹之间的距离越拉越大,他们对事物的认知也相距越来越远。最终他不得不无奈地承认,他同杨淑芹已经不是一个范畴的人了。就像从同一车站出发去往不同方向的两列火车,终究不可能交汇于一个点上。尽管这些年他也在拼命地学习,以期拉近他们之间的这种距离,但是这种不可逆转的情势,还是残酷地击碎了他的梦想。

其实宋安然并不奢望能有一天同芹芹重修旧好,从他辍学的时候就已经知道,这辈子他同芹芹是不会有什么结果的。他只是想将他们的朋友关系永远保持在一种鲜嫩的程度上。不过,他已经渐渐地意识到,那只是他的一厢情愿,他从他们渐行渐远的关系中,如此深切地感受到了这句话的真正含义,"人无千日好,花无百日红"啊。

不管宋安然和杨淑芹的关系发生怎样微妙的变化,宋安然都一如既往地照顾着杨奶奶。杨淑芹一上大学,家里就剩了杨奶奶孤零零的一个人了。杨淑芹大学毕业的时候,杨奶奶已经年近花甲,一个人依然耕种着十来亩承包地,干活儿已经明显地显露出力不从心。因此,好多重体力活就被宋安然包揽下来。

宋安然帮杨奶奶干活儿,并非是基于他曾经对杨淑芹的感情,而是感恩于杨奶奶曾经对他们一家的帮助与照顾。他们家刚从通渭老家迁移到此的时候,就是落脚在杨奶奶家的。及至后来,从父亲发生意外到母亲得病,他们家接二连三的不幸遭遇中,得到的帮助最多的,除了他的老丈人魏万喜和叔丈人魏万仁,就是杨奶奶。因此,杨奶奶已经是他们家须臾不可分离的亲人了。

杨奶奶在当地也算是个传奇人物。杨奶奶不姓杨,姓张,杨奶奶有个很贤淑的名字叫张惠芬。杨奶奶一直很固执地只让人们称呼她为杨奶奶、杨大娘、杨阿姨或杨什么什么,从来不让人叫她张奶奶、张大娘、张阿姨或张什么什么。杨奶奶只在填表或迫不得已需要写真实姓名的时候才写张惠芬。杨奶奶不让叫张什么什么而让叫杨什么什么是为了纪念她早逝的丈夫杨树林。说杨奶奶的一生充满传奇色彩,是因为杨奶奶的一生经历过大波大折,跌宕起伏。杨奶奶在五十年代"大跃进"时期,就是"农业生产先进工作者",数次获得"优秀党员"的称号,还曾被树为全县的典型,受到县里的表彰,甚至还接受了当时行署盟长的接见。杨奶奶的男人杨树林,也就是杨淑芹的父亲——确切地说是没见过杨淑芹一面的名义上的"养父"——其时正担任民建大队的生产大队长。

本来杨奶奶的前途是一片光明的,三年自然灾害过后,杨奶奶已经被确定为人民公社的后备干部。如果不出意外,杨奶奶很可能从此就会平步青云,谱写一段辉煌的人生历程。却不料横空冒出了那档子事,让杨奶奶的人生一下子跌落到黯淡无光的人生低谷。至今有人谈及杨奶奶的往事,依然唏嘘不已。

"四清运动"轰轰烈烈地开展之后,民建一队被查出来经济问题,队长伙同会计和出纳,共同贪污了队里的粮食。通过进一步审查深挖,问题又牵扯到了生产大队长杨树林的身上。杨树林的问题是一队的队长供出来的,说他们的贪污行为是得到了杨树林的首肯的,杨树林在其中也是劈了股子的。

杨奶奶当时听了气得肺都要爆炸了,说杨树林伙同他人贪污,就是打死她也不会相信。杨树林的人品在民建大队是数一数二的,不然也轮不到他来担任生产大队长。杨树林生性耿直,绝对不会去干那种蝇营狗苟的事情。她和杨树林没有孩子,生活本来应该过得很好的,但因为杨树林经常帮助生活窘困的人家,导致他们家的生活竟每况愈下。尽管为此常常遭到兄弟姊妹们的抱怨,杨树林依然我行我素,乐此不疲——杨树林是个软心肠的人。何况那伙人被抓半个月以后才供出杨树林,单凭这一点就让人存疑。如果杨树林真的参与了贪污,那伙人能挺半个月吗?这是其一。第二点值得怀疑的地方是,队长供出来以后,会计和出纳当时却没有承认,他们凭什么要为杨树林死扛?一定是队长想减轻罪责,或者是队长对杨树林有意见,趁机诬陷了杨树林,而会计和出纳熬不过,又被屈打成招,才给杨树林定了罪。何况既然杨树林贪污,不可能一点儿粮食也不往家里带吧？家里人连一丁点儿蛛丝马迹都没发现，这可能吗？

杨奶奶那时年轻气盛，据此向上面据理力争，替她的丈夫鸣不平，称她的丈夫一定是被人诬陷的。杨奶奶怎么也不明白，这么明显的破绽，办案人员怎么就弄不明白呢？

闹腾的结果是她也被抓起来关了一个多月，被无数遍地审查。最终不但没能为丈夫翻案，自己还因此受到党内处分，闹了个留党察看。

未抓杨奶奶之前，审查案子的人不但不听杨奶奶的一次次申辩，反倒追问她，你怎么知道得这么详细？你如何知道他们不是一起供出来杨树林的？你凭甚说杨树林是被屈打成招的？你是不是有意包庇杨树林？

杨奶奶想了想说，我推断的。

因此，杨奶奶也被抓起来审查了。

杨奶奶当然不能告诉他们是谁透露给她的消息。她知道如果她照直说了，可能会招致更大的麻烦。那样不但不能替杨树林洗刷清白，可能还会株连更多的人。

杨奶奶被抓起来以后，不但没人听她的申诉，还一直追查"他们"的后台，是不是早就预谋好的。杨树林的问题，已经不是个简单的经济问题，而是政治问题，是反革命性质的问题，是破坏社会主义革命和社会主义建设的大是大非的问题。

令杨奶奶痛惜的是，等她被审查了一个多月放出来的前两天，杨树林的骨灰已经被人送到了家里。原来杨树林已经"畏罪自杀"在看守所里了。

杨奶奶回到家，听到这个噩耗以后，立马昏死了过去。

杨树林的案子最终就这样被草草定了案。

昏死过去又醒过来的杨奶奶，感觉到昏死过去以前的那段日子过得稀里糊涂，这样的感觉是源自于现在醒过来了。现在醒过来的杨奶奶嗅出了这个社会怎么会有一股酸馊味儿呀，怎么混混沌沌稀里糊涂呀，怎么有些像小孩儿过家家一样的滑稽呀。正因为她嗅出了这个社会的酸馊味，这个社会的稀里糊涂，才比较出自己以前日子的稀里糊涂。

事情过后，有人偷偷地给她分析，导致案子最终不能翻过来，也许正是杨奶奶把事情分析得头头是道。你想，你都这么轻易地把案子破了，不就是说破案的人都是白痴吗？你这是在挑战破案人员的智商啊！若真听了你的，就否定了他们。果真让你否定了他们,他们以后还怎么破案？还如何领导人,教育人？

杨奶奶终于明白了,明白了自己没有白昏死一回,昏死了一回让自己活明白了好多。

直到三年以后,一队出纳第一个被刑满释放出来,杨奶奶才知道了事情的真相。果不其然,正如她所推断的那样,她的丈夫杨树林确实是被冤枉的。那个出纳在释放后不久的一个黄昏,带着愧疚和赎罪的心情,跪在杨奶奶面前忏悔自己的罪孽。他说他是被逼无奈,不得不违心地屈从于看守人员的刑讯逼供。他还说他也不知道队长是出于什么动机,会无端地诬陷杨树林,也许同他一样遭受了刑讯逼供。至于杨树林如何死在看守所,则恐怕成了一个永久的谜。

杨奶奶没有对那人怎么样。他的丈夫早已经成了一把骨灰,她即使把他怎么样了又能怎么样？她的丈夫还能起死回生不成？如今已经是"文化大革命",她同他一样都是有污点的人,就因为她为所谓的"反革命分子"丈夫包庇而且翻案,她也被划入了黑帮的行列,她的留党察看也没人能给个结论,就那样不明不白地悬着。在那个混沌的年代,人们的激情早就汇聚成滚滚的革命洪流,谁会听一个"黑帮"的申诉？

等一队的队长没坐满五年大牢提前出狱以后,他们的家人接出来的竟是一个疯子。

此时的杨奶奶早已心如死灰,她不想再纠缠以前的任何事,只想好好地抚养自己的养女杨淑芹,娘儿俩就这样相依为命,平平静静地过好以后的日子,不想再节外生枝。为了平复自己的伤口,杨奶奶从全大队最富裕的一队搬到了最穷的八队,搬离了那个伤心之地……

其实杨奶奶是个心胸豁达的人。一队的队长被抓起来之后,老婆已经怀有身孕。半年之后,他的老婆生儿子的时候,还是杨奶奶给接的生——其时,杨奶奶的接生手艺已经有了一定的名气——杨奶奶并没因男人的屈死而迁怒于他们的家人。为了感念杨奶奶的宽宏大量,一队队长的老婆就让刚出生的儿子认了杨奶奶做干妈,并且给儿子起名叫王杨锁,以表示他们一家对杨奶奶的感激。

杨奶奶一生不能生育,因此杨奶奶再未改嫁。曾有人给杨奶奶上门提亲,都被杨奶奶拒绝了。理由有二,一是她已经受了杨树林的株连,她不想再牵连无辜,在史无前例的"文化大革命"的背景下,世事难料;二是她嫁到谁家,也不能给人家生个一男半女,那样就断了人家的香火。古话说,不孝有三,无后为大。她可能就是个妨主疙蛋,她已经害了杨树林,同杨树林结婚十年,没给杨家生出一根人毛来,而且还让杨树林丢了性命,她不想再作害另一家人了。她只想多多地替人接生,多多地积德行善,以赎自己对杨树林的愧疚。

"文化大革命"的风暴还未刮到葫芦湾的前夕,杨奶奶抱回个女娃抚养,就是她的女儿杨淑芹。

……

宋安然进了杨奶奶家的时候,杨奶奶正准备做饭。不知是炉灶忌冷,还是炕洞子满了,柴火恶焰,点不着,炉口子往外泼烟,熏得满屋子烟雾缭绕。

宋安然故意嗔怪杨奶奶,说:"回来还不说先给我打个电话。"那时宋安然因为需要联系业务,已经买了手机。

"顺顺儿的班车送到门上,还用得着再给你添乱? 我知道八月十五跟前油坊最忙,能想到你这两天忙得四碰六了。"

宋安然就说杨奶奶:"你回来不能到我那边吃饭去? 一回来就自己做饭。冷锅冷灶的,何苦呢。"宋安然赶紧把杨奶奶拉起,自己圪蹴进炉圪坽圪塄,替杨奶奶把火点着。

杨奶奶被烟熏得泪眼婆娑,边咳边说:"吃了这一顿,还有下一顿,总不能一直吃在你家呀。冷锅冷灶一烧,不就热了嘛。"

"那你就每天都过去吃。是不是怕我嫌弃你呀?"

"不是怕你嫌弃,我一个老婆子能吃多少? 是这炕不烧,也阴冷得睡不成。我老了,不像你们年轻人火力旺,能耐得住阴冷。"

"那你就直接搬过去住,也省得我担心你的身体。"宋安然知道杨奶奶患有高血压,杨奶奶在家时,宋安然三天两头就得过来瞧一瞧。如果偶遇杨奶奶身体不适,他几乎每天都得过来看一看。有时候自己顾不上,就打发魏灵芝过来看看。

"好,我的娃娃,你能抽空过来看看,我就心满意足了。到你家时间短了行,时间长了就不行了。你想,吃食软硬呀,生活起居呀,好多好多的麻烦事呢,哪像说一句话那么轻松。"

宋安然忽然想起甚,说:"哦,对了,我还没顾上问你,你去芹芹那儿,不好好住着享福,咋还没住半年就回来了,享不了城里的福吗?"

"金窝银窝,不如自己的狗窝。在家千般好,出门一日难呐。咱这没福人哪能享得了大城市的福?住不惯。"又说,"葵花也能割了,我得回来割葵花呀。"

宋安然"嘿嘿"笑着跟杨奶奶开玩笑,说:"你看,你还惦记你那几亩葵花。走的时候说得好好的,这几亩地我替你经管,不放心我给你收是咋地?"

"你把我当亲奶奶待了,我还有甚不放心的?"

"那你还要说这种生分话。"

"奶奶是心疼你呢。你油坊里的营生那么忙,还得操心我这一摊子,难为你了。"

"你要是真心疼我,就把地包出去,我来养活你。何况芹芹也不断地给你寄钱,你根本不用愁日子过不去。"

"娃娃,你不懂。儿要自养了,地要自种了。"又说,"何况你现在刚开了油坊,买卖刚起步,又供着两个学生,也难呢。奶奶毕竟不糊涂。"

宋安然听出杨奶奶的话里有话,但又不好把话问得太明白,就试探性地问杨奶奶:"芹芹现在还在那个单位工作吗?"

杨奶奶一时竟没有答话。

说话间,锅里的水也烧开了,灶膛里的火也旺起来。杨奶奶把水灌进暖瓶里,才回答宋安然:"他又找了个日本人,这会儿正办手续,准备到日本去。"又有些愤愤不平地说,"她还要我跟她一起到那儿去生活,你想我可能去吗?那是个什么国度,是个生产魔鬼的地方。"

噢,宋安然明白了,为什么杨奶奶会说出这样一番话,原来如此。

芹芹在去年同男人离了婚,这个宋安然是知道的。离婚的时候,芹芹的儿子三岁了。但具体因为什么离婚,宋安然是一概不知。除了杨奶奶,葫芦湾的人怕是没有第二个人知道的。就连离婚的消息,也是芹芹回来接杨奶奶的时候告诉人们的。芹芹回来接杨奶奶的时候,有人问她,怎么没和男人一块儿领着儿子回来呀?芹芹看似很爽快地回答,离婚了。芹芹说这话时,没有显露出一丝的犹豫和伤感,好像说的是与己无关的别人的故事。

宋安然当时还想,芹芹看似平静的表情背后,一定藏着熔岩般炽热的情感经历。芹芹只不过是把它压抑成一座暂时休眠的火山。

宋安然不好再追问下去了。宋安然隐隐感觉到,杨奶奶在北京的这段时间,似乎发生了一些什么事。宋安然不敢想象,芹芹现在变成了怎样的一个人。宋安然不想追问下去有两个理由,一是杨奶奶不说,他不便于一再追问,这种事属于隐私,再追问下去,或许会引得杨奶奶更加伤心;二来他怕听到他不愿听到的事,给自己心里添堵。他想在心里始终保留芹芹清纯的形象。他不想让芹芹的形象在自己心里遭到玷污,哪怕是一丁点儿的改变。

宋安然只能继续做杨奶奶的工作:"要是这样,你更应该搬到我那里去了。你就听我的,把地包出去,我给你养老。"

"现在我还能种得动,还得种着。不只为收多收少,还为锻炼身体呢。等我种不动的时候,自然会交给你。那时候你愿让谁种谁种去,我就是赖也赖在你的皮褥子上了。"杨奶奶说完,像个孩子似的笑了,笑得似乎还有些任性。

宋安然最终没能说服杨奶奶,只能任由她去。只是自己往后务必要跑得更勤一些。尽管杨奶奶精神尚好,但毕竟过了六十把半的人了,又有高血压的毛病。

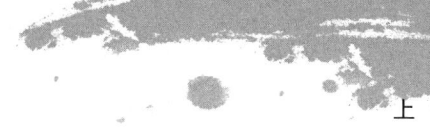

# 第二十五章

　　从杨奶奶家出来,宋安然就去了魏生金家。魏生金正好在家。魏生金是回来收秋的,院子里已经堆满了半个院子还未脱粒的葵花头。

　　宋安然刚进院,还没打招呼,两只肥硕的大鹅倒先上来打招呼了。那两只大鹅将颀长的脖子拼命地向前抻着,扁扁的喙快要贴到地面上了。它们努力做出一种偷袭的样子,铲着头战斗机似的向他俯冲过来。

　　鹅的后面,还跟着两员大将。两只浑身乌黑油亮的火鸡,迈着绅士般傲慢的步伐。雄火鸡的尾巴虚张声势地开着屏,挑衅似的高昂着头颅,步履稳健,雄赳赳气昂昂地前进,火红的鼻涕一样的长穗子,一紧张都缩成了团。它们倒是不怕暴露它们的意图,声音嘹亮地"嘎哒哒嘎哒哒"叫着向他示威,神态趾高气扬。

　　宋安然看看快要攻击到脚跟前的两只肥鹅,猛地一下把后衣襟扯起,迅速从后背拉到头上,两只肥鹅的面前立刻出现了一只硕大的"老鹰",顷刻间呼啸着向鹅扑去。两只鹅正在全神贯注地进入状态,面前突地出现一只"老鹰",这确实让它们猝不及防,立刻"嘎嘎嘎"地恐怖地叫起来,并且惊慌失措地急转身,疾速地拍打着翅膀,慌不择路地逃离开了,逃得东倒西歪,滑稽可笑;两只火鸡同样转过身高叫着落荒而逃。院子里正在领着弟弟练习走路的蓉蓉"咯咯咯"地笑起来,蹒跚学步的魏生金的儿子创业,大概受了姐姐的感染,先是一怔,继而也"咯咯咯"地笑起来。

　　宋安然跟魏生金打声招呼:"生金什么时候回来的?预制厂放假了吗?"

　　魏生金递给宋安然一支烟,说:"这两天正忙得炮打将呢,哪给放假。我是请假回来的。"

　　"不是每年到收秋的时候都放假嘛,今年咋不放啦?"

　　"今年任务紧。明年乡里不是准备进行水利配套改造工程嘛,预制厂要赶着做田口闸、涵管儿呢。乡里边给定了任务。"

"那怎么能给你请假呢?"

"他的活儿再紧,也不能把庄户烂在地里头呀。我们是轮着请假收秋的。用我们厂长的话说,磨刀不误砍柴工。"

"你们厂长倒是会安排。"

静静地坐在院里的张泉的盲女儿婷婷,听出来是宋安然的声音,站起来摸索着向这边走过来,边走边问:"是干大吗?"声音很小,怯怯的。

自从张泉出事以后,婷婷就成了孤儿。本来婷婷是不应该被算作孤儿的,婷婷还有妈妈。但婷婷的妈妈刘甜妹自打离家出走以后,一直杳无音讯;按理说刘甜妹离家出走婷婷还是不能算作孤儿的,他还有爷爷张八斤,可张八斤疯得连他自己都管不了,整天东游西荡,有时候倒在别人家的驴圈也睡,钻进麦秸垛也睡。这样,不是孤儿的婷婷就成了事实上的孤儿。

宋安然看着婷婷孤苦伶仃,无依无靠,心里无比痛惜。宋安然原来有心要收养婷婷的,他觉得张泉的自杀,与自己也不能完全脱离干系,自己也应该负有间接的责任的。只是高美香坚持让婷婷先住在她家,宋安然就没再和高美香争。宋安然由此又多了一层对高美香的感佩。在当今社会,像高美香这样不但通情达理,更有一腔古道热肠的人已经不多了,贮存在人们心底里悲天悯人的天性,早已在不知不觉中被铜臭所锈蚀,高美香的悲悯之心就尤其显得难能可贵。

高美香说,婷婷跟她接触得多,熟一些。她先接过来,看看刘甜妹能不能回来。倘若刘甜妹回来,自然是要还给她的。以后看情形再说哇。

要是认真起来,就是刘甜妹不回来,也还是轮不到他们操心的,婷婷还有两个姑姑呢。无奈张泉那两个妹妹生活都不好,与张泉的关系又生分,根本没有收留这个瞎眼侄女的意思。

宋安然想想也是,现在考虑收养还为时过早。万一刘甜妹哪天回来了,把女儿要走,收养就成了一句空话。宋安然冷静下来一考虑,自己的老婆能不能照顾好婷婷,别再出些什么岔子,对婷婷可能造成更大的伤害。婷婷虽然只有四岁,但对事物敏感得很,如果真要对婷婷的心理造成什么伤害,就违背了他的初衷了。宋安然于是就让婷婷暂时在高美香家寄养着。但宋安然还是认了婷婷做干女儿,要在经济上帮魏生金一家一起来抚养婷婷。

宋安然看见婷婷摸索着过来,就赶紧迎过去,随即抱起婷婷,说:"是干大,婷婷真乖,能听出是干大的声音。"他一手抱着婷婷,一手怜爱地替婷婷理了一下有些凌乱的头发,似乎有些抱歉地说,"干大今天忘了给婷婷买糖了,明天干大一定给婷婷买糖吃。"婷婷很懂事地点点头,"嗯,谢谢干大。明天干大买来糖先给弟弟吃。"

宋安然听了这话,心里一阵酸楚,多懂事的孩子啊,悒惶的身世让婷婷这么大点儿的孩子就知道自己在这个家里的位置,知道如何取悦别人了。婷婷越是懂事,越是让人怜惜。越是怜惜婷婷,就更增加了一层他对张泉的负疚。

给鸡饮了水的高美香伸手接过婷婷,说:"来。婷婷,姨姨抱。"又笑着对宋安然说,"你看婷婷多懂事,她知道你亲她呢,听到你的声音,就摸过来了。走,回家里吃月饼去。"

在刘甜妹离家出走的半个月里,婷婷被张泉养成一头邋遢的小猪。自打高美香接回来,几个月的工夫,婷婷就被高美香伺弄得水灵灵如花骨朵一般了。婷婷是个温顺的孩子,性格随她妈。从婷婷现在的神态可以看出,经过高美香几个月的精心照料,婷婷已经完全走出了那场悲剧的阴影。

回到屋里,高美香把月饼端上来了。宋安然想跟魏生金开个玩笑,又碍于高美香的面子,没法开。虽是认的个干妹子,但既然认了,就不能太随便。本来宋安然现在已经完全放下了架子,喜欢跟人开玩笑了,现在认了一个妹子倒把人拘束起来,连个玩笑也开不成了。宋安然如今已经能深切地感受到,没有玩笑的生活是多么无趣呀。玩笑是人与人之间沟通的润滑剂,许多时候,适当地开个玩笑,话也好说了,气氛也放松了,事情自然就好办了。宋安然有时也会想,自己原来怎么老是板着一副面孔?一定与他的成长经历有关,其实他骨子里还是有幽默细胞的,只是这么多年被自己的苦难经历屏蔽了,想开玩笑哪来的心境。想想当初真是寡淡,认的个什么妹子。现在倒好,让高美香一声哥叫的,倒需要在她面前时时端着个哥哥的架子。

宋安然表示关切地问魏生金:"葵花收完了没有?"

魏生金说:"收是都收回来了,就剩一脱一卖了。只是还有二亩玉米不太成熟。"又瞅了高美香一眼说,"几亩恁地非要把我拽回来。"

高美香白他一眼,娇嗔地说:"嫁汉嫁汉,穿衣吃饭。要不我嫁给你干什么?"

"你嫁给我就是单为给我造人的吗?"魏生金一向说话口无遮拦,不太注意场合。

话音未落,就被高美香背上擂了一拳。

宋安然看着这幸福的一家子，由衷地笑了。他再一次慨叹起命运的不可捉摸。真是造化弄人啊，二十几年前，父亲听一个远房亲戚说，内蒙古有个地方叫河套，那里号称米粮川，烧红柳、吃白面、大碗喝酒、大块吃肉，馒头吃旦吃不完，简直就是人间天堂。父亲寻思，还有这么好的地方？于是，父亲经那个远房亲戚介绍，带着他们一家子从千里迢迢的通渭老家，辗转来到此地。本来以为从此可以摆脱贫困，过上无忧无虑的幸福日子，再把二位老人接来，让他们安享幸福的晚年。却不曾想一场无妄之灾突如其来地降临到他们头上，一下子击碎了他们的梦想。

往事如烟，不堪回首。宋安然回过头想一想，尽管这些年过得不易，但跟他们比起来，自己无疑是幸运的。高美香幸亏遇到了他，要不然还不知道现在如何在通渭的那个小山村里，遭受怎样炼狱般的折磨呢。如今好了，展现在她面前的已经是一片看得见的无比灿烂的美好前景。联想到刘甜妹，幸与不幸，已无从评说。如果她也能像高美香一样，得到这样一个结局，应该是最好的归宿了。

最不幸的应该是张泉。从某种角度看，宋安然对于张泉的遭遇是能够理解的。他何曾没遭遇过张泉那样大得如山的压力呀，那种压力是没有亲身体验过的人所无法理解的。何况张泉的遭遇，岂止是"压力"二字所能涵盖的，那是绝望，是一种看不到苦难尽头的绝望。老话说，哀莫大过于心死。人不管遇到多么大的压力，只要还有一点点希望，心火就不会灭；心火不灭，就会一点点慢慢地燃烧起来，直至燃成熊熊烈火。如果一个人看不到一丁点儿的希望，他的四周都是无尽的黑压压的漫漫长夜，连一点点微弱的心火苗苗那点可怜的温度都被寒冷吸附了，最终熄灭了，还有什么东西能吸引他继续活下去呢？到那时，死就不再显得狰狞可怖，倒可能比绝望诱人多了，温馨可爱多了，所以他才会义无反顾地选择去死，终于把自己燃烧在熊熊烈火之中。

也许张泉选择以这样一种方式结束自己和母亲的生命，正是在潜意识里寻求一种慰藉，寻找一点最后的温暖，寻找一缕光明，以照亮几乎贯穿于一生的黯淡如今可能要继续黯淡着通往天堂的路。他想以这一把火，至少可以让他们在走向天堂的时候，能辨识清天堂的方向，能带着一缕温暖迈出去往天堂的脚步……

如果那时能有人及时伸出手去递给他一个火把，传递一缕温暖，哪怕是一粒小小的火种……已经没有如果了。

宋安然想，自己的父亲何尝不是这样啊。父亲死的时候，他对父亲的举动是不理解的。人们常说，好死不如赖活着，难道活着比死都可怕吗？父亲不死，他的心里就有靠山；父亲一死，他的精神靠山就转移到了母亲身上；当母亲也随父亲去了的时候，他的精神靠山就彻底坍塌了，他不得不独自默默地舔干自己心里流出的血。可是自从张泉那一把火烧过之后，他理解了父亲，他能想象到父亲在死之前的几年内，内心该是如何挣扎啊。

宋安然在心底里长吁一口气，现在总算熬过来了，一双儿女学习成绩都很优异，自己的生活也走上了正轨。尽管魏灵芝有些糊脑子，但起码安生，不但不用他担心后院起火，更不会像继业妈汪彩凤曾经给魏生荣添堵一样地给他添堵。

宋安然吃了月饼，就切入正题："我有事跟你们商量呢。"

魏生金有些狐疑，说："找我们商量事？有甚事你还拿不定主意？"

"不是拿主意的事。我是想让你们明年把地包出去，让美香给我当会计。你看我那一摊子，一个人实在是忙不过来。"

高美香一听这话，眼里立刻放出光来。不过那只是一瞬间，她看了魏生金一眼，目光立刻又黯淡下去了。

魏生金有点儿不相信似的说："你怎么瞅准让她去给你当会计？"

"我思谋了半天，除了美香再没瞅下个合适的人。"

"我姐也能打油哇？"

"光会打油能顶个甚？你姐大字不识一个，不会记账。要是靠你姐打油，不等一年下来，我看油坊就得像张泉家的小卖店一样，关门大吉了。"

魏生金还是心存疑虑，说："她能不能干得了？"

宋安然就笑魏生金说话前后矛盾："你刚才还不是说你姐也能干嘛，美香难道连你姐也不如吗？"

魏生金被宋安然这样一说，有些尴尬了："这……这不一样呀。让她干你不会光让她打打油、记记账哇？一定还得管收葵花，还有杂七杂八的事情，她能干好吗？"

"还没干，你咋知道她不行？谁天生就是干这个的？我刚干的时候也是找不到头绪，现在不是也顺了嘛。谁也有个学习适应的过程，不是谁天生就是能干什么的人才。还有一点，好歹我能教她呀。再说女人干这一行甚至比男人还强呢。女人心细，倒不容易出纰漏。至于拿轻掂重又不用她，自有雇用的工人来做。"

宋安然这样一说,魏生金无话可说了。

宋安然转头问高美香:"你自己咋考虑,有没有信心?"

高美香没正面回答,却半开玩笑地说:"要用我,可是要付高工资的呀,我现在可是五张嘴吃饭啊。能给我多少工资?"

魏生金就臊她,说:"你还不知道能不能拿下来,倒先跟讨价还价啦,不嫌害臊。"

高美香一本正经地说:"这有啥?讨价还价很正常,先说好后不恼嘛。哥哥是老板,我给他打工也是为生活呀,是不哥?你问这几张嘴让不让?"她指着孩子说。

宋安然毫不介意,说:"讨价还价天经地义,又不犯错误。你打算挣多少?总不至于把我的油坊都挣去吧?"

高美香就抿了嘴笑,笑了一阵才说:"哥你也太夸张了吧?把油坊都挣来,还叫打工吗?"

"那不就行了嘛。再说了,工资与效益挂钩,我又不怕你挣得多,你挣得多了,就说明你把油坊的生意打理好了,打理不好你挣甚?"

"那当然,没有金刚钻,就不揽瓷器活。我要干,就得对得起你给我挣的工钱。好歹我也是高中毕业,不会连那么点儿营生也拿不下来吧?"高美香的口气显得很自信。

"我要的就是你这句话。"

魏生金还是觉得谈工资就显得生分了,说:"行了行了,你要想干就干去,不要丢人败兴再说工钱长短了,我挣的钱也够养活一家子了。"

"没关系,你说,你一年地里能刨闹多少钱?"

"除了自留口粮和饲料,一年纯收入咋也得落个万儿八千吧?"

宋安然笑了,说:"你的口气太小了。我一年基本工资给你一万二,再按利润的比例提成。要是干得好,油坊的盈利大了,还可以给你发奖金。你把地包出去,差不多也够你买口粮和饲料了吧?"

"真的?"高美香有点儿喜出望外。

宋安然就跟她开玩笑,说:"怕变卦吗?怕变卦就给你写个字据。"

宋安然这样一说,倒让高美香有些不好意思了,说:"哥看你说的,人家就是跟你开个玩笑嘛。你也不用给我那么高的工资,一年一万基本工资就行。

你也不用现在就给我,我知道你的资金紧张,就把我的工资存在那里,等买卖做活了,你再给我。"她又掉头征询魏生金的意见,"怎么样,你觉得行不?"

魏生金挠挠头,说:"你要是觉得行,你就定呗。只是孩子该咋办?"

一说到孩子,高美香也有些犯踌躇,说:"就是,孩子也是个问题。我正愁开学了,还没给蓉蓉报名上学前班呢。正不知道创业该怎么办呢,咱村又没有幼儿园。要是到你那里,更不知道该怎么安排了。"

这时,沙发一头的婷婷说话了:"姨姨,我可以哄弟弟玩儿。"

高美香爱怜地婆娑婆娑婷婷的头,问婷婷:"你看不见,怎么哄弟弟玩儿啊?"

婷婷天真地想了想,说:"我能听见呀。要不把弟弟用绳子拴在我身上,弟弟就走不了了。原来妈妈也用绳子拴过我。"

几个人相视一眼,都笑了。高美香又不由得慨叹:"这孩子真是太懂事了,真让人心疼。"

宋安然想了想,说:"这也不是个太难解决的事。我那边院大,在大棚底下用麻包围一块儿地方,把婷婷和创业围起来,不就解决了吗?毕竟那边经常有人,好操心。院里的葵花叫你姐过来赶紧帮着收拾。收拾完葵花,生金就去上班哇。地里的那两亩玉米,等完全成熟了以后,我和你姐过来帮你们收一收。等地里的活儿忙完了,你姐就闲下来了。至于蓉蓉,把创业带到我那边,也能腾出手了,你就能给她报名了。以后的事呢,只能走一步说一步啦。不管咋样,两家的活儿凑在一块儿安排,要好调剂得多。"又说,"明年我也把地全包出去,专心搞油坊,叫你姐给你们带孩子,顺便相帮着干些家里的活儿。我估计明年的形势应该很有利于油坊的发展,我不能错过这个机会。"

高美香接口道:"是啊,政府号召大力发展养殖业,这应该是个千载难逢的好机会。这样的机会可不是一个人一生中轻易能赶上的。我们全力支持你。"说完,倒有些摩拳擦掌跃跃欲试了。

魏生金想想,也没有其他好的办法。"也只好先这样了。"

事情就这样定下来了。

宋安然本来想起了杨奶奶,要不先让杨奶奶带一带创业。转念一想,还是作罢。刚才让杨奶奶婉拒了,不到他家吃饭的,现在再张口让她带孩子,倒好像是他早就预谋好了似的。最终,他还是打消了这个念头。

想着资金和管理人员都有了落实,宋安然心里踏实下来。接下来就要看自己的安排啦。

# 第二十六章

宋安然在崔六子于"田园风光"请他吃饭的第二天早上,早早地就骑摩托去了七社。

一到春天道路开始翻浆的这一个多月时间里,班车就进不了葫芦湾了。葫芦湾的人真像是被困在《西游记》里金角大王的宝葫芦里面,能不出来就懒得出来。班车进不来,葫芦湾的人要进县城,就得步行四五里或者骑摩托到七社去坐车。要不就得同样绕四五里,到水桐树坐车,然后多绕七八里地的一个大圈儿去县城。水桐树与葫芦湾之间虽然也只有四五里路,但因为分属两个乡管辖,同样没有修通油路,下雨同样泥泞,好在不翻浆。

宋安然不能步行去,他除了给崔六子商量借钱的事,主要任务是买榨油机的零件。那几个铁疙瘩大概有三四十斤重,他不能步行四五里路扛着那么重的一堆铁疙瘩回来。

虽然昨天雨后的路面已经晒了半天,但依然难走。路面坑坑洼洼的积水很多,很难躲得开。尤其是那段翻浆路,不但要躲积水,还要防备陷进泥淖里。有一次宋安然就差点儿被陷进去,幸亏他走得小心翼翼,才没至于遭受马失前蹄,深陷泥淖的窘境。

到了七社,崔世雄家的大门已经打开。宋安然将摩托车推进崔世雄的院里支好,正好崔世雄的老婆出来了。宋安然就跟崔世雄的老婆打声招呼,说:"把摩托车就放到你家院子里了,到市里去一趟。"

崔世雄的老婆笑一笑说:"没事没事,放着吧,反正大门不锁,甚时候来取都方便。"还顺便邀请宋安然回家等车,说一大早外面凉飕飕的,何必站着挨冻。

宋安然推说班车快到了,他在外面等就可以了。

宋安然看看崔世雄颓败的院落,有些替崔世雄的老婆心酸。崔世雄的老婆早已没有了当年孙二娘般的风采。崔世雄的房子建了有三十多年了,还是

崔世雄准备结婚时建的,已经很旧很旧了,可以用破败不堪来形容,像这样的房子在村里已经很少见了。院墙早已坍塌,就在塌了的坷垃堆上扎几根椽子权作院墙,有些惨不忍睹。

宋安然想起一句话来,"龙生龙凤生凤,老鼠的儿子会打洞",一点儿也不假。崔世雄的儿子自己住着几个叔老子相帮着为他买的楼房,倒是逍遥自在了,却把娘老子撇在这里,住在这样类似于牛棚的房子里熬日月,也不怕人笑话。要是个懂得感恩的人,起码把这塌墙破圐圙给拾掇一下呀。

崔世雄自从被魏生金打瞎眼睛之后,除了大小便之外,很少出门。因为整天不活动,吃了睡,睡了吃,身体不消耗,就像攒肥待宰的一头肥猪。说实话,这个女人过得实在不容易,这么多年对一个瞎子不离不弃,硬是把这个家撑到现在。如今孙子也有了,外孙也有了,总算是功德圆满了。想想要是换成另一个人,像刘甜妹,没准承受不住这般压力,一拍屁股走人,这个家就彻底散了。

话说回来,要是没有崔家的其他几个弟兄帮衬着,兴许早就跟着人刮野鬼了。即使不跟人刮野鬼,也可能离婚了。崔家的弟兄几个不但帮着给娶过儿媳妇,还帮着在县城给买了楼房。

宋安然想,崔世雄夫妇现在不知道后悔不后悔,当初要是痛痛快快地搬离了这里,情也有了,谊也有了,新房子也住上了。就为了讹那子虚乌有的三十万块钱,不但害得葫芦湾没能通油路,还把自己弄成这样一个结局,何苦呢。

退一步说,当初不是崔世雄横行霸道,哪能发生那样的事情,更不会有现在的结局。不知道是巧合,还是故意为之,好像冥冥中安排好的一场劫难在等着他们。

第一轮土地包产到户后,崔世雄和魏生金的承包地都分在了连环渠上——连环渠是七队和八队共用的一条交界渠。真是冤家路窄啊,当初崔克穷因为躲避魏家从八队搬到了七队,结果还是没有完全躲开,像是一种宿命,土地包产到户的政策,又一次阴差阳错地把魏、崔这两家宿敌扭结在了一起。

崔世雄的承包地在魏生金的上游,魏生金在浇水的时候,自然短不了要受崔世雄的挟制。本来浇水是轮着浇的,要么"梢轮口",要么"口轮梢",这样才不会乱了秩序。但因为是两个队管理,很难协调,难免在浇水时产生些龃龉。再加上崔世雄一贯的霸道,平时没人愿意整天跟他寻气,你的地总有浇满的时候,总不能一直浇下去吧。

这样一迁就,反倒更加助长了崔世雄的飞扬跋扈,尤其对待魏生金,常常故意与他作对。魏生金不浇的时候,他也不浇。等魏生金跑前拾后费了好大力气从闸口放下水来,一块儿地浇到半地,水忽然就断流了。原来不知道什么时候,崔世雄在上游座了坝,截了流,旁若无人地浇起了自家的地。这样的情形有过好几次。

魏生金气不过,就要找崔世雄理论。魏生金的父亲竭力劝儿子,多一事不如少一事,忍一忍就过去了。魏生金的父亲是个胆小怕事的人,在他们魏家"万"字辈里算是最窝囊的一个人。那时魏生金的母亲已经过世,父亲的风心病已经很严重了,出现了心衰的征兆。

忍了几年以后,魏生金实在忍无可忍了。这样忍的结果是,崔世雄越来越肆无忌惮。这一年,魏生金刚刚跟未婚妻订了婚。魏生金也是个血气方刚的男人啊,要是让他的未婚妻听说这样的事,会做何感想,一定会对他充满鄙夷和不屑:你一个堂堂五八尺男人,连这样的侮辱都能忍受,日后用什么来保护你的妻子和家人?更何况他的爷爷是怎么死的,魏生金一天也没忘记过。

就在魏生金又一次因为浇水被崔世雄欺负的时候,终于忍无可忍了,一锹头向崔世雄头上盖去……

每当宋安然路过崔世雄家的时候,总会想起以前这些杂七杂八的事,尤其会想起崔世雄小时候欺负他们的那一幕幕。想起这些不是宋安然至今仍对崔世雄小时候的种种劣迹耿耿于怀,而是从崔世雄身上,想人这一辈子究竟该怎么个活法。

崔世雄在被打瞎以前的行为是一贯的,好勇斗狠,横行霸道,不管大事小情都要占上风。当年要不是他三番五次地欺负魏生金,魏生金能那么下死手地将锹头拍到他头上吗?拍瞎了崔世雄以后,好多人拍手称快,恶有恶报,终于"恶"瞎了自己的眼睛,彻底成了个废人。看看如今,魏生金虽然为此蹲了五年大牢,可人家活得有多滋润。在监狱的五年,学了一门瓦工的好手艺,现在每年几万块钱挣着。从某种意义上说,也算是因祸得福吧。

宋安然对此未做评价。宋安然认为这其实就是个偶发的个案,不好与因果关系挂钩。自从崔世雄出了院,宋安然相帮着处理完一应赔偿事务以后,再没有同崔世雄交谈过。不是宋安然依旧对崔世雄充满了厌恶,而是宋安然感觉他们已经成了两个世界的人,见了面不知道该说什么,所以见面就成了一件毫无意义的事情。若宋安然有时路过,正好看到崔世雄肥猪一般在院子里挪动,也会心生怜悯与同情,毕竟他已经为自己的跋扈行为付出了非常沉重的代价。

　　宋安然经常会想起小时候他曾经问过崔世雄的话,"为什么我们不能都好好地在一块儿玩,非要闹成仇人"。这个看似简单的问题,在他心里已经搁了半辈子了,至今仍然没有完全弄明白。人跟人之间为什么非要你争我斗,有时候竟然斗得你死我活,像魏生金和崔世雄当年那样,就不能忍让一下吗?要是为了根本性的利益,争一下也无可厚非。可许多时候不是这样,为了一点儿蝇头小利,也要明争暗斗,反倒要付出数倍甚至数十倍,甚至无法以数量质量来衡量的代价,实在是得不偿失;而更多的时候不是因为利益,纯粹是因为一口气,就会闹成仇人,并且把这种无端的仇恨无限放大了以后传递给后代延续下去,接力似的,就像魏、崔两家,这样真的值吗?

　　宋安然实在想不通,人与人之间哪来那么多的气,哪来那么多的仇恨啊。不是宋安然这半辈子没遇到过让他生气的事情,但他很少跟人面红耳赤。遇到原则性的问题,宋安然也会据理力争,但绝不会冲动到动手动脚。不是原则性的问题,忍一忍就过去了。如果不忍,一冲动,就不容易控制情绪,很难把握住分寸,多数的结果是两败俱伤。有时候指头肚大的小事情,也能闹出人命来,何苦呢?就像魏生金和崔世雄,一个成了终身残疾,一个坐了五年大牢。遇到矮门头,不得不低头,不低头难免会碰得头破血流。

　　宋安然有时候也能听到有人笑话他胆小懦弱,常常吃亏。宋安然听了一笑了之,他们不懂什么叫"吃亏是福",吃亏往往能避免事态升级为更大的冲突。不听人常说,知足常乐,能忍自安嘛,越王勾践"卧薪尝胆"不是范例吗?忍一时风平浪静,退一步海阔天空,好多人都知道韩信忍受"胯下之辱"的故事,可一旦轮到自己就都抛到九霄云外去了。从古到今,一个"忍"字包含了多少人生的处世哲学啊。常言道,恶人能恶死,善人善不死,爱占便宜的人不可能占一辈子便宜,善恶到头终有报。崔世雄要不是喜欢逞强,横行霸道,何至于落到今天这样的地步。虽然像是个偶发事件,但细想想却是必然的结果。

　　宋安然由此又想起父亲,父亲不就是因为赌那口气才被砸断了腰的吗?

　　宋安然永远忘不了那一天——一九七六年十二月二十三日,过了冬至的第二天,宋安然的父亲宋丑子在河套排干大会战中受了伤,被送往医院急救……

　　后来,宋安然才知道父亲宋丑子被砸断腰的真相。父亲是因为打赌,受不了张八斤等人对"新来户"的奚落,在他们的怂恿下,背一块两百多斤的冻土块的时候,脚下一滑,被砸断了腰……

原来宋安然一直想不通,父亲那样一个散淡的人,那样一个风趣的人,那样一个满不在乎的人,怎么能如此轻率地和人打赌呢,这一问题困扰了宋安然好多年。后来他逐渐明白了,父亲当时除了怀有一种侥幸心理以外,更多的是憋了一口气,父亲要为"新来户"争这口气。"新来户,胶皮肚,吃的爷们呛不住!"这句经常挂在孩童嘴上的侮辱性的话,让"新来户"们尊严尽失,始终活在低人一等的屈辱的阴影里。士可杀不可辱,他确信父亲的举动绝非一时心血来潮。父亲虽然被压断了腰,但父亲同时向人们展示了"新来户"不甘受辱、宁可玉碎不求瓦全的铮铮傲骨!

那时他真正理解了父亲。父亲之所以勉为其难,干了自己力所不能及的事情被压断了脊梁,但父亲正是要竭尽全力挺直脊梁做人的!

人有时候就是为一口气活着!这口气就是做人的骨气!

但他同时也知道,人活一辈子,不能总是被一口气左右。

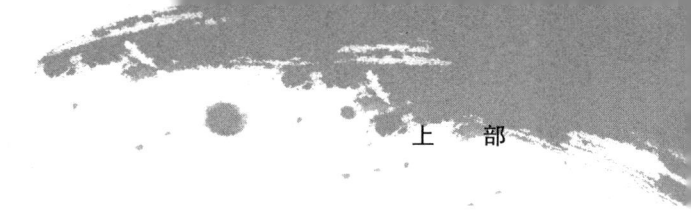

上 部

# 第二十七章

宋安然从市里买了零件回到县里,天已过晌。到了魏生荣家的时候,魏生荣正在午休,被宋安然打搅醒了。

魏生荣睡眼蒙眬,问宋安然:"还没吃饭哇?饭在笼屉里放着呢,你自己打着火热一热就行了。我刚睡着,不行,还得眯一会儿。"

又说:"想喝咖啡,还是喝茶,自己弄。"

"你睡你的哇,不要操心我了。"

宋安然到魏生荣家就像在自己家似的,从不会把自己当外人。

宋安然打开茶叶专用冰箱,里面放着各种茶叶。魏生荣不但自己喜欢喝茶,还要经常招待领导、客人和朋友。

宋安然拿出一听,是金骏眉。他放进去又拿出一听,是上好的安吉白茶,一定是南方客户送的。魏生荣的好茶叶放在什么地方,宋安然了如指掌。他从杯架上取一只杯子,用开水冲一下,捏一撮茶叶进去,将茶沏上,杯子里立刻飘散出一缕清香。

宋安然不喜欢喝咖啡,太麻烦。魏生荣家的咖啡不是买回来的成品,是现磨,还得动用机器。

有一次宋安然来魏生荣家,正好柳叶梅在煮咖啡。宋安然问:"这么个家具多少钱?"

柳叶梅说:"不贵,一套也就几千块钱。"柳叶梅的口气很有些不屑,好像几千块钱花的是买菜钱。

这价格让宋安然难以置信,差点儿叫起来:"就这么个破玩意儿值几千块钱?太夸张了哇?我一个榨油机差不多有它十几个大,才八千多块钱。这不是劫富济贫吗?"

柳叶梅看宋安然一脸惊讶,就说:"这还贵呀?你不听人说秤砣虽小压千斤嘛。你说手表有多大?一块儿劳力士十几万。"

宋安然还是将信将疑,"劳力士那是金子做的。我看这个家具也没多么复杂呀,不就是个普通的不锈钢嘛。你是不是让人忽悠啦?"

"这可是意大利纯进口的。"

"噢,那可能就值,就冲'进口'两个字就值,中国人什么都相信进口嘛,连外国的月亮都比中国的圆嘛。"

"你这就是偏见了不是?人家的东西质量就是好嘛。"又指着厨房里的不粘锅说,"诺,你知道这个锅多少钱?"

宋安然笑了笑说:"一口锅能值多少钱?撑死不过百十块钱。"

柳叶眉撇撇嘴,说:"喊,还白送你呢。一千多,这可是法国的哎。"

宋安然张大嘴巴,做不可思议状,说:"啊?太奢侈了哇?"宋安然的话里面不无讥讽。宋安然在魏生荣和柳叶梅面前说话,从来没有太多的顾忌。

柳叶梅的口气显得轻描淡写,甚至带了反唇相讥的意味:"这有什么好奇怪的?挣了钱不就是为享受的嘛,要是不为享受,挣钱还有'毛'用?"

宋安然"扑哧"笑了,说:"也对,不过这是你们有钱人才能享受的。"又补充说,"有钱人就是奢侈,连说话都奢侈。"

柳叶梅一边煮着咖啡,一边笑话宋安然:"啧啧,你这是在挖苦我吧,什么有钱人没钱人,好像我在向你显摆似的。你没钱吗?你现在起码也存有二三十万了吧?你就买不起这么个'破玩意儿'吗?"

"能买起我也不买。你算一算细账,几千块钱能买多少咖啡,能喝多少年,怕是这一辈子每天喝都喝不完。你买了咖啡机,还得买咖啡豆。除了机器,买咖啡豆的钱照样不少花,煮咖啡又费时间,图的个甚?"

柳叶梅拊掌大笑,说:"安然呀安然,还成天说你思想超前,能赶上新潮呢,原来你也是个看财奴。"

宋安然笑了笑,没做评价。宋安然心想,买个烂逼咖啡机就赶上新潮了吗?不知道是你浅薄了,还是新潮被你浅薄了。

魏生荣虽然对柳叶梅的所作所为不太干涉,但对柳叶梅的有些做法还是不太认同。"人家安然是牛皮灯笼——里明外不明。哪像你,孔雀的屁股——群(穷)抖擞。"

柳叶梅不满魏生荣的说法,但她不会同魏生荣抬杠,她用她的撒手锏——撒娇。"你看你哥,老是打击人的兴致。自己一副老气横秋的样子,还老爱给人挑毛病。真是个'老更年'。"

柳叶梅又转向宋安然,说:"安然,你也应该多出去走一走了,看看外面的世界。不要老窝在葫芦湾里,你就不怕老那样窝着,把自己窝傻了呀。去年让你一起去看胡杨林,你也没去。你要看到居延海就知道甚叫'天外有天'了。就是一二百个葫芦海子也未必能有一个居延海大。不光是面积大,是那种一眼望不到边的感觉,'天苍苍,野茫茫',哇……"柳叶梅满脸的神往,还配着手势,"你想想,葫芦海子巴掌大的一块水洼洼,你整天看不烦呀。"

半年前魏生荣他们去额济纳旗旅游的时候,曾经邀请过宋安然的,宋安然没去。中秋时节是油坊一年中最忙的时节,宋安然哪里能走得开。可是另一个原因宋安然不能说,人家旅游都出双入对,而他出去只能形影相吊。想领着魏灵芝出去,能拿得出手吗?即使出去她也是瞎狗看星宿,只能给人添败兴。他也想过,有一天领着高美香出去好好散散心,但只能在心里想一想,过一过心瘾,他绝对不敢冒天下之大不韪,再越雷池半步了。

宋安然故意做出一种无奈状,说:"看得烦也只能看着呀,不然能咋?人比人,活不成,毛驴比马骑不成呀。我凭什么敢跟你比?"

宋安然的一席话让柳叶梅略显尴尬,但柳叶梅旋即恢复了常态,说:"你误解我了,我是说人不能一成不变,得跟上社会潮流的发展,中央不是也提倡与时俱进嘛。要想跟上社会潮流,就得多出去走一走,看一看,多和社会上有知识的人打交道,提高个人的品位。不能像农村人,挣了钱也是一副土财主的样子。"柳叶梅说完,又觉出来有些失言,对宋安然略显歉意地笑了笑,"我这个不是针对你说的,你不要在意哟。"

宋安然虽然赞同柳叶梅的部分观点,但对其中的一些说法还是持怀疑态度。他在心里冷笑一声,一个人品位的提高,是要不断地学习,不断地积累知识,不断地强化自身的文化修养,不断地完善自己的人格素养,才能达到那么一种境界。单是买个咖啡机,出去看看风景,就能提高一个人的品位吗?不但浅薄,更是愚蠢。

不过宋安然没有把他的想法说出来,他不想扫了柳叶梅的兴致,便说:"你说,你说,我正听得顺耳了。"

说话间,柳叶梅已经把咖啡煮好了,她给每人面前放了一杯,并且给自己的杯子里夹了一块儿糖说:"要糖自己放。"

宋安然的话似乎让柳叶梅得到了鼓舞,柳叶梅滔滔不绝地讲开了:"就拿喝咖啡来说吧,第一次喝咖啡的人,往往像喝水一样,端起杯子'咕咕咕'就是半杯,用一句文人的话说叫'牛饮'。"

"那你说该咋喝?"宋安然打断柳叶梅的话,插了一句。其实宋安然不是没喝过咖啡,他故意做出一副懵懂无知的样子,是想听听柳叶梅还有什么高论。

"喝咖啡能够充分彰显贵族品位的优雅,不是为了解渴。我为什么不买现成的咖啡,而要自己煮咖啡?就是为了享受这个过程。在这个看似繁杂的过程中,你就会产生很多遐想,很多期盼,煮出的咖啡是什么味道。你会回味你做过的事,其实就像煮咖啡一样。你不能煮得太老,也不能煮得太嫩,要恰到好处,所以煮咖啡其实是个技术含量很高的活儿。等你煮好了咖啡,尤其是煮出了你心中的那个味道,你在细细品尝的时候,就会有一种成就感,如同你完成了一项事业。那淡淡的香味中间透出一丝淡淡的苦,然后渐渐地转化成一股淡淡的不同于一般的很别致的香味,还有一丝淡淡的又滑又涩的感觉——入口开始有一丝涩,等你细细品味的时候咖啡从舌面缓缓地滑过,滑爽绵柔,留下一丝淡淡的回味,那种感觉真是奇妙。你想一想,生活不也是这样吗?苦辣酸甜咸五味杂陈。所以,煮咖啡就是享受生活的过程。"又补充说,"先苦后甜的生活是最能体验幸福指数的生活。"

柳叶梅在谈论这一番关于喝咖啡的宏论的时候,脸上又浮现出那种很神往的神情,好像依然沉浸在那么一种细细的品味之中。末了,柳叶梅又说:"许多人其实在生活里本末倒置了,只追求结果而忽视了过程。一辈子埋倒头不管不顾,扒死挣命只顾挣钱;刨闹下一堆银钱,人却老了,想吃,牙掉了;想喝,胃坏了;想走,腿残了;想看,眼花了。回头看看,一辈子走下来,除了受,还是受,好像娘生下来一辈子就是为了受苦的。醒悟了,后悔了,一切都晚了,不可挽回了,白白误过了一路的好风景。所以我才建议你趁着不老该吃吃,该喝喝,该出去转就出去转一转,别给钱当奴隶。"

"真是士别三日,当刮目相看啊。敢情你们喝咖啡不是喝咖啡,是在喝感觉、喝品味啊。城里人就是不一样,一样样的东西,从你们嘴里出来,味道就变得既优雅又高贵了。"宋安然怎么也不会相信,这些话是从柳叶梅嘴里蹦出来的。半年没和柳叶梅交谈,柳叶梅竟像变了个人似的,就一个喝咖啡能演绎出这么一番宏论,她能把生活浓缩到咖啡中,或者说把咖啡浸润进生活里。

柳叶梅听宋安然这样一说,有些不好意思了,说:"看看,又让你多心了,不是城里人和农村人的区别,而是人与人品味的高低不同。中央现在不是成天也在提倡让人民提高生活质量嘛,什么叫提高生活质量?其实就是表现在生

活的细节上。不单单是会吃会喝,更要提高生活品味。"

虽然宋安然不明白柳叶梅如何会在突然之间领悟到这些,但柳叶梅的这些话说得一点儿没错。于是他趁机恭维一下柳叶梅:"你的话很有道理,让我受益匪浅呀。看来我住在葫芦湾真是落伍了,真的需要出来走一走了,要不真成了井底之蛙了。"最后一句话宋安然倒是说的真心话,他这些年只顾忙忙碌碌地埋头榨油,从没有静下心来认真地想一想,生活,究竟应该是个甚样儿。看来,他确实需要睁大眼睛看一看这个日新月异不断变幻着的世界了。

魏生荣瞥了柳叶梅一眼,很不以为然,就揶揄她:"你不要听她瞎摆乎。自打从额济纳旗回来以后,她就像着了魔一样,几乎每天晚上都泡在'沙龙'里面,回来说一些莫名其妙的话。我看再混一向,是不是打算给人办演讲会呀?"

哦,宋安然明白了,原来是鹦鹉学舌呀。不过,宋安然不得不承认,人的成长过程不就是个鹦鹉学舌的过程吗?充其量也就是在潜移默化中加进去自己的一些过滤与提纯罢了。

柳叶梅听出魏生荣话语中的挖苦,就反唇相讥:"听听,这是什么话,你就是个狐狸,吃不上葡萄就说葡萄酸的那种狐狸。上次跟我去了一趟'沙龙',回来就嫌人家酸文假醋,就不看看你自己的水平,你倒想酸,能酸来吗?"

"我的沙发舒舒服服不比他们的'沙龙'要'沙'?无拘无束,逍遥自在。不用和他们在一块儿拿腔拿调,装腔作势,受那份洋罪。"魏生荣也不失时机地揶揄柳叶梅。

"你那是逍遥自在吗?大夫提醒你不让你喝酒,你就是不听。跟你成天在一起的都是些甚人?都是一些酒鬼——我倒不是说那些人不好,我是说大夫不让你喝酒了,那些人还老是来缠你。"她又把头转向宋安然,"我想让他参加文化'沙龙',主要是不想让他再喝酒了,能摆脱那些酒鬼。再说了,'跟上圣人学圣人,跟上神官学跳神',再跟他们纠缠,迟早得把命丢进酒坛子里。人家'沙龙'里面的人呢,个个都是有知识的文化人,人家追求的是一种高雅的境界。"

柳叶梅的这番话又出乎宋安然的意料,叫宋安然心头一热。这个女人看上去风风火火,原来却有这么缜密的心思,怪不得魏生荣当初被她迷得神魂颠倒,看来他以前对柳叶梅也是存了太多的偏见的。于是,他就替柳叶梅帮腔:"我觉得这话说得不错,你是应该远离那些酒肉朋友了。你应该考虑逐渐改变一种生活方式了,你马上也就五十了,心脏又不太好,该放慢脚步的时候就缓一缓,不能把发条拧得太紧。等你几年以后退居二线,一下子急刹车,肯定会不适应。所以现在就应该想一想如何过渡。其实我认为享福也得学习,不是有了钱就能享福,就会享福,好多退休的老年人并不担心养老没钱,而是害怕孤独。"

魏生荣对宋安然的说法有些惊讶,说:"我'老'了吗?我才刚刚五十,你们说得也太吓人了哇?"

柳叶梅立刻表示反对:"你都活了半个世纪了,还年轻啊,我的哥。何况享福不在年龄,而在条件。有的环卫工人那么大岁数了,还在干着,为甚?我想不是他们不想坐着享福,是他们没钱,坐不成,他们不具备那个条件,他们得挣钱给自己养老。你呢?又是高血压,又是冠心病,咱们也不是没钱养老,何苦非要干到六十岁?"

魏生荣就半开玩笑地说柳叶梅:"我看你未必是替我着想,是不是哪个'蓝颜知己'勾着你的魂儿呢?"

柳叶梅一下子假装生气了,说:"你这种人真是不可理喻,俗不可耐。狗咬吕洞宾,不识好人心。你得小心点儿,你要不看着,说不定哪天我就跟着'蓝颜知己'刮野鬼了。"

魏生荣依然笑着说:"绷头绳子放得长长的,你尽管跑,落得我一个人清静自在。"

柳叶梅故意长叹一声,说:"唉,半老徐娘,不值钱了,谁看得上呢。不是十八年前的王宝钏了。"

对于魏生荣和柳叶梅这样的斗嘴,宋安然并不惊讶,因为他已经见识过不止一次。他知道魏生荣并不担心柳叶梅会被某个所谓的"蓝颜知己"把魂儿给勾跑了,尽管柳叶梅比他小十来岁,但是他却很有自信,他有足够的魅力能让柳叶梅死心塌地地跟着他。无论是在感情上,还是在经济上,魏生荣都有足够的手段做到收放自如。

他们这样的相处让宋安然很羡慕。其实生活中的好多压力,就是在这样的嘴仗中得到纾解和释放的,这何尝不是生活的乐趣和点缀呀。他和魏灵芝之间就很乏味,别说是这种听上去很尖锐的话题,甚至连普通的抬杠都懒得抬。有时候他兴之所至,也想和魏灵芝调一下情,可是魏灵芝哪能悟到这一点。调情不能达到默契,甚至得不到响应,就会令人索然无味,就会打击人的兴致,就会让人很受伤,就有一种锥子攮在棉花上的挫败感。

后来,宋安然忍不住问魏生荣,柳叶梅参加的所谓的"沙龙"是咋回事。

魏生荣不屑地说:"不就是一帮穷酸文人组织的聚会,还起什么名堂叫文化'沙龙',纯粹是糟蹋老子的钱。"魏生荣有些愤愤不平。

"我认为参加这样的活动也不算什么坏事,总比打麻将要强。"又问,"活动的钱是柳叶梅出的?"

"还能有谁?都是一帮穷酸文人,兜比脸也净,嘴比铁也硬。你说她一个刚念了个高中的人,跟着人家凑甚热闹?有一个词咋形容?"

"附庸风雅。"

"对,她不光是跟着附庸什么风雅的,还管付款,当冤大头。"

……

想起这些,宋安然无声地笑了。那个时候,尽管魏生荣嘴上那样说,但不久以后,他却经不住柳叶梅的劝说,也参加了"沙龙"的活动,并且一发不可收拾,后来甚至比柳叶梅的积极性还高,竟发展成了"沙龙"的骨干分子。

宋安然又想起魏生荣曾经说过的那句话:"人得不断地改变自身以适应不断变化的社会。恐龙为什么会灭绝,还不是因为不能适应环境的变化吗?不能适应环境的变化,就成了僵化,一僵化,最终就会成为僵尸。"

宋安然不由得在心里感叹,环境确实能改变人啊。宋安然不是不想改变,可葫芦湾是死水一潭,一条破路似关山阻隔,春风不度,波澜不兴,何来动力?即使有些想法,也成天被葫芦湾的一潭臭水日积月累地熏着,熏得昏昏然了。他又不能离开葫芦湾,离开葫芦湾搬到哪里?城市里不能养猪养羊,魏灵芝还不得憋出病来呀。何况还有他的油坊,还有高美香……

宋安然喝了几口茶,就到厨房去看。笼屉里放着两盘菜,一盘猪骨头勾鸡,一盘素炒蒜薹,荤素搭配。灶台上的罩笼下,罩着两盘凉菜,调西兰花,银耳拌苦瓜。宋安然一看,嚄,这是专门给他留着的,柳叶梅是知道他今天要来的。宋安然试试,炒菜还温着,也不用再热,端上餐桌就吃起来了。

自从魏生荣三年前的那场大病之后,公司的管理重心就渐渐地落在柳叶梅的身上。尽管宋安然对柳叶梅一直心存芥蒂,但却不得不承认,柳叶梅确实是经商的一把好手。公司虽然不算大,但也管理着几十号员工。有时宋安然到魏生荣的"荣鑫装饰装潢公司"去,遇到柳叶梅在给员工们分配工作,那份干练和果断,俨然是个久战商场的女强人。

宋安然吃过饭,看看魏生荣还在睡觉,尽管心里着急,也不好去叫醒他。

魏生荣病后这几年虽然恢复得不错,但在魏家依然是大熊猫级的保护对象,全家人无一不在各方面照顾着他。三年前的那场大病,让魏生荣改变了许多。回想魏生荣这些年的经历,宋安然一时陷入了深思。魏生荣才五十五岁,就把自己的身体糟蹋成这样,谁之过?也许是多方面的因素:年轻时与汪彩凤婚姻错位导致的心力交瘁;曾经嗜酒如命的不良生活习惯;后来创业为生意疲于奔命;再后来为儿子继业和守业,身心俱疲。几方面因素的叠加,就成这样了,未老先衰。好在他已经幡然悔悟,知道应该适时地放缓脚步。

宋安然为魏生荣能有如此转变而高兴。魏生荣能有如此改变,与柳叶梅有着密不可分的关系。柳叶梅很会做女人,她甚至可以把女人对男人的把握发挥得淋漓尽致。唯其如此,才造就了魏生荣今天的成就。宋安然想,假如那时魏生荣没遇到柳叶梅而一直和汪彩凤过到现在,会是一种什么状态。

生活中没有那么多假设,假如真有那么多假设的话,他和魏灵芝又该如何假设?和高美香呢?

宋安然吃完饭顶多也就一刻钟的工夫,魏生荣就趿拉着拖鞋出了卧室。宋安然边起身给魏生荣沏茶边问:"怎么一会儿就醒了?"宋安然知道魏生荣喝淡茶,不喝酽茶。

"假装了一会儿,没睡着。"魏生荣一副欠了觉的慵懒样子。

两个人边喝茶边聊起了崔六子借款的事。

魏生荣问宋安然:"你认为崔六子借钱真是想修路?"

宋安然就把崔六子想修路的理由连带"赎罪"的屁话都给魏生荣说了一遍。说完他又分析:"我看未必。他说的这些客观理由倒是挑不出什么毛病,可是有些不合常理呀。家有三件事,先从紧处来。他现在圈里都空着呢,有钱还不得先添置牲口,应付验收这码事呀。还能先想着修路?就像警察破案说的作案动机,在哪?"

"就是买牲口,这两百万也添不起他的缺口呀,我估计他要是达到要求的标准,没有个五几百万拿不下来。不光是添置牲口,还有饲草料准备,管理人员的配置等。相关一大堆事情呢。"魏生荣虽然不是经常回去,但村子里那点事,他知道得还真不少。不过这不是难事,几个电话的事。

宋安然忽然想起什么似的,说:"哎?有没有这种可能,他这两百万是不是要临时雇用牛群、羊群,滥竽充数,应付验收呢?"

魏生荣思忖了一下,说:"这个难说。两千只羊,多大的一群呀,到哪去凑?

牛更是个问题，两百几十头，谁敢把那么多牛送给他，再让他割呀。"又说，"这么多牲口根本不是靠凑就能解决的问题。"

宋安然想想也是。昨天晚上他曾故意给崔六子建议过这个办法，以此来探崔六子的口风，得到了否定的答复。

"那会不会是从其他渠道已经筹到了一部分，现在找你借是为了弥补缺口？"

"嗯，这种可能不能排除。"

"那我看干脆回掉他算了，看他现在的经营状况，半死不活的，何必为了几个恏利息担那么大的风险呢。'不抱油篓，不沾油手'。"

"你怕他骗了我不成？他那一摊子咋也不至于低于两百万吧？"

"你真想掺和进去？你不是不愿意经营那个行业吗？"

"我不是想经营它，我只是从纯商业的角度来分析的。"

宋安然听魏生荣这样一说，心里边有些犯嘀咕，既然不想经营，为什么还考虑借钱给他？

宋安然又提醒魏生荣："我看你还是不掺和好，他那一潭浑水现在可是不明朗，谁知道他外面欠了多少外债？银行还有多少贷款？"

"我也正是担心这一点呢，关键是咱不托底呀。"

"我还是那句话，干干脆脆回绝了他，就说你的资金也紧张，抽不出来，一句话的事。"

"先不要回绝，让我再想想。毕竟他借钱的名义是为修咱们村的油路，我一下子回绝了不好哇？"

宋安然心里觉得魏生荣有些好笑，你为修路也没出过一分力，现在又出来装好人。

于是，宋安然试探性地问魏生荣："你是不是还有甚打算？"

"有一些想法，但是不成熟。这样哇，你告诉他，三天，三天以后我给他答复。"

"行，三天之内，你再认真地考虑考虑，也同柳叶梅好好合计合计。"

# 第二十八章

　　雨过天晴。尽管是春潮时期,两天的大太阳也晒得土路干爽了许多。魏继业甚至有些迫不及待地骑着摩托车往家赶。

　　一过春风,春天的气息就浓烈起来。春天的景致似一幅白描,挂在无边无际的苍穹。麻雀在电线上搔首弄姿,调情嬉戏,它们尽情地扇忽着翅膀,不再像寒冬一样藏头缩颈,抵御寒风的侵袭;小草悄无声息地探头探脑,贪婪地吮吸着春天的气息,逐渐伸展开它们的腰肢;就连乡下的土路也不甘寂寞,暗流涌动,车行在上面犹如飘荡在波涛中的小船,起伏不定。空气中处处弥漫着骚动不安的情绪,散发出一股股腥咸的味道,像有无数细碎的咸鱼在游走,肆无忌惮地钻入人的口腔、鼻孔、耳朵、眼睛……无孔不入,痒痒得让人直想打喷嚏。许多形形色色的物种早已在蓄积力量,交配、孕育、产卵,或播种、生根、发芽,为后来的成长、成熟与收获做着各种各样的准备。

　　春天本来就是个播种希望、孕育生命的季节啊。

　　对这一切,魏继业仿佛视而不见。虽然魏继业的性格不喜欢张扬,但也绝不是一个寡淡的人。连他自己都搞不清楚,如今他的激情被什么东西给绞杀了,他的希望便被一团浓浓的迷雾所笼罩,不知所踪。现实令魏继业陷入一片无尽的迷茫中。

　　此刻最令魏继业担忧的是,眼前这勃勃的生机终究掩盖不住土地痛苦的呻吟。魏继业甚至能感受到一块块土地如被押往审讯室的囚徒,惶惶不可终日地等待着农人们给施以各种酷刑。

　　这些年,由于化肥的大量使用,腐殖酸水平降低,加之小型农业机械不断地反复碾压,造成土地严重板结,土壤的团粒结构被严重破坏,土壤的活性与涵养能力在日趋减弱,而且这种发展趋势愈演愈烈,几近失控。如今的土地如同一个个吸毒者,贪婪无度,孱弱不堪,免疫功能直线下降,由二十世纪六七十年代每亩施用化肥二三十斤的用量,已经增加到一百大几十斤甚至于二百多斤。因此,化肥使用的敏感度越来越差,多数化肥元素不是被植物充分合理地吸收利用,而是像肾脏炎病人一样,"蛋白质"随着地下水渗漏,被流失掉了。敏感度越差,人们就像使用大剂量激素一样,越发加大化肥的使用量,这样土地的涵养能力就会越来越下降,对化肥的感应力越发降低,由此进入一个难以逆转的恶性循环。

  上级也曾号召农民减少使用化肥,多施用农家肥。但已有了严重依赖性的土地,已经如严重依赖杜冷丁来止痛的晚期癌症病人一样,很难摆脱目前的这种恶性循环的窘境。施用农家肥,不但人工成本过高,还不如化肥那样立竿见影。何况有机肥又没有那么多,一时难以实现大面积施用。要想大面积施用,就得依靠养殖业积累大量的粪肥和采取秸秆沤制等一系列措施。这样一来,就需要建设必要的设施,加大推动养殖业的大力发展。这对于急功近利的农民来说,无疑大大地增加了成本。现如今农村多是中老年劳动力,都苟且着种地,不知道哪一天种不动就撂下了,谁还愿意费那般力气。

  化肥其实只是对土地施以酷刑的刽子手之一,还有地膜。每到四五月份,是农田里集中苫地膜的季节。大风天,没有苫好的地膜被风掀起,一条子一条子挂在树枝上,像为濒死的土地提前挂起的招魂幡。

  本来这项科学技术带给农业的是空前的革命性变化,但到了使用这项技术的农民手里就走了样。由于秋水逼得紧,人们来不及扯地膜,为了省事,犁地时直接把地膜翻进地里。地膜的降解年限很长,因此年复一年,广袤的农田里就产生了触目惊心的白色污染。这种对土地的严重污染,被人们形象地称之为"土地牛皮癣"。一旦造成"土地牛皮癣",要想恢复原状几乎是不可能的,除非把地表二十五公分厚的土壤全部过一遍筛子。因为翻到地里的地膜不能及时降解,就像毒素在人体内逐渐积累,越积越多,造成植物扎根受阻,农作物自然就会因为无法吸收水分和养分而枯死,即使不至于枯死也发育不良,成了"侏儒",因而造成农作物大幅度减产。

  上级曾经推出容易降解的生物地膜,但由于价格相对贵一些,韧度又没有普通的聚乙烯地膜强,农民为了降低成本,也为了使用方便,至今都无法大面积推广。

  在化肥的帮凶里不但有地膜,还有农药。由于各种农药的施用,农田里生产出的农作物,好多都不同程度地被高毒高残留农药污染,尤其是蔬菜和水果。严重的地方连空气、流水都不能幸免。国家为了减少农药对农作物的污染,也推广了大量的高效低毒低残留农药,并且拿出大量的资金来扶持绿色无公害农业产业,但谈何容易。因为这些农药的价格较之传统的高毒高残留农药成本要高,所以,很难从根本上控制高毒高残留农药的使用。又加上无法组织农户统一使用,很容易造成交叉污染,使得那些使用过的地块效果大打了折扣。如此一来,那些使用低毒低残留农药的农户积极性自然遭到严重的挫伤。国家也曾引导农民适量地减少使用农药,并且严格控制剧毒农药的生产和使用。但不用或少用农药的后果更严重,各种虫害就会蜂拥而至,而且虫害的抗药性也在逐年增加,每年不得不加大剂量,甚至有时候不惜大到使农作物都受到伤害,才能控制住虫害。如今越来越懒惰的农民为了减轻劳动强度,几乎不用锄头松土、除草,差不多全部用除草剂,越发使农产品的品质雪上加霜。

最糟糕的是习惯了竭泽而渔、杀鸡取卵式种植模式的农民们,不仅肆意蹂躏土地,还不给农田留一点儿休养生息、沐浴阳光的机会,能下种的地方就见缝插针,绝大多数土地都实行复种技术。像日本鬼子对待慰安妇,只顾收获,哪顾土地的死活。农民对土地的掠夺心态,已几近疯狂,恨不得把土地变成一个月下一窝的兔子。

这些几十年来形成的惰性,已经在他们的头脑中根深蒂固,这种局面很难一下子扭转过来,就如"中国式过马路"成为城市的痼疾一样,也成为农村的一大痼疾。

这样一来,不但造成了土地质量的严重损害,还连带着产生了一系列的连锁反应:自然环境日益严重的污染,导致自然生态被严重破坏,沟壕里甚至连蝌蚪都难觅踪迹,柳梢上的蚜虫不喷药自灭;掠夺式种植造成土地元气的严重损耗;由于食用被污染的农副产品和长时间呼吸大量被污染的空气,造成人们普遍的身体健康状况的滑坡;由于不断加大生产资料成本的投入,使得看似很高的农业产值大打了折扣,成本的比率每年都在上升,农民纯收入的比率自然就在逐年下降。

本来人类发明的农业技术革命的三大法宝,如今却演变成了三大公害,像三条贪婪的毒蛇,遥相呼应,密切配合,死死地缠着奄奄一息的土地,必定要置它于死地。这是为什么?

看着满目疮痍的土地,魏继业不能不为河套地区的农业现状担忧。魏继业心疼的不只是土地遭受的摧残和蹂躏,更为农民的社会责任心麻木到几乎丧失殆尽的地步而痛心疾首。

当然，魏继业也知道，农民这种急功近利的心态也不能全怪农民，谁不想让自己的生活过得滋润一些啊。即使如此，农民的收入依然处于社会的最低端，以至于好多农民不惜抛弃土地而进城谋生；至于土地，不知道未来的命运如何，谁还顾得了那么多，那么远。

那么不怪他们又该怪谁呢？问题到底出在哪里？这是魏继业最感困惑和茫然的问题。

魏继业仰天长叹，这奄奄一息的土地什么时候才能恢复生机！如何才能扭转这种局面啊！什么时候才能培养起农民对土地的保护意识啊！

魏继业原来不是个多愁善感的人。他有时候也想，自己仅仅是个乡镇的一般干部，凭自己的一己之力又能改变些什么呢？与其自己跟自己较劲，不如不去操这些闲心。

但现实由不得他，尤其是葫芦湾，那里生活着他的父老乡亲，他们是和他血肉相连的亲人，土地的经营状况直接关系到他们的生存状态。别说他现在置身其中，即使他不兼任红柳地村的副村主任，他也不可能对此熟视无睹，无动于衷，作壁上观。除非他是变态，或是冷血。因为从他一出生，这里的田地沟渠，这里的一草一木，就自然与他形成了不可分割的千丝万缕的联系。

魏继业为自己的无能为力而苦恼。当年报考大学的时候，魏继业本来想报考农业大学的，魏继业天生就与土地有一种亲近感。他从小就觉得那些称之为种子的东西很神奇，埋进土里慢慢就发芽了，发芽后慢慢就出土了，出土后慢慢就长大了，长大后慢慢就开花结果了，慢慢又收获了种子……有一种生命力传承的生生不息的顽强贯穿于整个过程之间，这一切看不见的变化让继业觉得既神奇又神秘。

但是母亲不同意魏继业报考农业大学。母亲认为那是世界上最没出息的职业，农业大学说到底与农民脱不了干系。因此，非逼着魏继业报考行政管理。他知道母亲的想法，母亲想让他有朝一日子承父业。母亲不甘心父亲庞大的产业眼巴巴地旁落"他人"之手。

说实在话，魏继业现在依然为没能坚持自己的理想而懊悔。可如今木已成舟，懊悔也无济于事了。

现实和理想往往不能相向而行，总是拧巴着。而理想在现实面前常常显得那样弱不禁风，在一次又一次的拧巴中，单纯而美好的理想就被严酷而无情的现实切割得支离破碎了！

魏继业真正想弄明白的是,现代农业技术的日益更新,究竟带给我们的是什么,难道就是今天这样的局面吗?

无疑,现代科学技术的进步没错,错的是由此产生的人们可怕的愈来愈强的惰性,错的是人们释放出的对于金钱的不计后果的贪婪,错的是金钱造成人们舍本逐末的扭曲心理!

一句话,欲壑难填!

魏继业面对哭泣的土地忧心忡忡,却束手无策。他不但想不出解决的办法,即使能够想出办法,也无法改变现状,因为他太渺小了,太无足轻重了,渺小的如同葫芦海子里面的一滴水,无足轻重的如同村后沙梁上的一粒细沙。

魏继业虽然不是个多愁善感的人,也绝非是个没有血性的人。当初镇里安排他回红柳地村兼任副村主任的时候,他也是想全身心投入其中,为改变家乡的现状尽一些自己力所能及的努力的。既然回城无望,就得静下心来踏踏实实做些事情。没想到事情远非他想得那么简单。魏继业恨自己无能,更恨捆住自己手脚的各种羁绊。他为自己对改变现状束手无策而焦虑不堪,更为无法摆脱这种种羁绊而愤懑不已。

尽管现实让人如此无奈,魏继业还是在心里不断地设计着各种方案,设想着如何才能突破。自己既然生在了这样一个充满变革与各种诱惑的时代,这个时代就必然赋予自己某种责任。因为他对这句话深信不疑:命运始终眷顾那些有准备的人。

上 部

# 第二十九章

　　一下柏油路,就离家不远了,不过四五里地。
　　快进村的时候,魏继业皱起了眉头。这段路坑坑洼洼不说,还翻浆翻得特别厉害。魏继业骑着摩托车小心翼翼地蛇形前进,尽管摩托车发出老牛一样的喘息声,却依然如老牛一样地缓慢爬行。他不敢走得快,怕一不小心就压塌路面陷进翻浆的泥淖里,因为路面下面的泥浆是看不见的,路面哪里薄哪里厚,全凭自己的感觉。事实上他想快也未必能快得了,骑行在翻浆的路面上,像踩在老娘娘的肚皮上,下面好似潜藏着千百头怪兽,张着血盆大口在拼命吸吮,妄图吞噬每一个过往的行人。有一次他甚至觉得后轮猛地往下一沉,他下意识地一加油门,摩托车怒吼着一下子跃出了泥坑。他下了车向后一看,被压塌的路面兀自汩汩地冒着泥浆,像在不甘心似的气咻咻地喘着粗气。
　　路两边的田地,由于去年淌秋水的时候深浇漫灌,有些地块还有积水;没有积水的地块,也潮塌了;去年冬天的那场大雪才消融了没几天,又是连续三天雨水的浸泡,地里连人都没法进去了。
　　看来短时间内,大部分地里根本无法进行农田作业。即使近期不再下雨,春潮也一时半刻难以褪去。这正是修路的好时机。
　　魏继业索性将摩托车停在路边,观察起这段路面来。他大致估摸着需要多少土方,需要多少砂石,算来算去,眉头越发地蹙在一起。
　　这段路位于离村口一公里远的地方,其实不算太长,顶多也就两三百米。但由于地势低洼,几乎每年秋天淌秋水的时候,都要被水淹。到了春天冰消雪化,翻浆就是在所难免的事。因为这段路正好穿过一道天生壕,绕又绕不开,最低洼的地方原来也压了几节涵管,如今几乎被淤泥快淤死了。因为太长,里面无法清理。退水小的时候能通过;退水大的时候,就得从路面漫过。早些年村里也组织村民修过,也铺过砂子,但因为土方量太大,没有垫到足够的高度,所以,修了几次,也只是头疼医头,脚疼医脚,路况并没有多大改观,不能从根本上解决问题。铺的沙子也如杯水车薪,早就被车辆碾得荡然无存了,秋天依然被淹,春天依然翻浆。可自从修了乡村小油路以后,这段路就再也组织不起人来修了。崔六子开发葫芦湾的时候,又草草地垫了两次,每次都只凑合一段时间,又成了这个样子。

修小油路是十年前搞新农村建设时期的事,那时魏继业还没上大学。小油路工程是新农村建设的主要内容——村村通工程之一,土建工程由各乡各村组织人马拉土垫路基,路面拌和铺路面所用白灰、石砂、沥青等材料,还有施工队及机械全由上级专项拨款。这对多少年一直泥里滚水里蹚的农民来说,是天大的好事。葫芦湾的人同所有受益的农民一样,早就在翘首以盼呢,却在修的过程中卡壳儿了。

卡壳儿不是说修到半路地,因为缺钱或是工程问题,整条路停了工,叫人无望。如果是整条路停了工,倒不会出现后来的诸多问题,那样起码要修都修,要停都停,心里是平衡的。原来没修油路的时候,农村人祖祖辈辈一样过得挺滋润。要命的是修了一部分,每天展油滑水地蹋蹦子,另一部分还是泥淖一样的烂路,每天蚂蚁一样地圪缘着;还不是一部分对一部分,对等了,或者是小部分修了,大部分没修,也不好攀比,兴许人家有什么暗箱。比这些情况更要命的是,其他都修了,唯独把葫芦湾一个社的两百多号人撇下了。这不是明欺负人吗?这不是把葫芦湾的人当成后带的拖油瓶没人心疼吗?这不是众人都在大口大口地吃肉,唯独让葫芦湾的人站在一旁讨吃子一样端着碗流着哈喇子故意馋你吗?天下哪有这样残忍的事啊!

该怨谁呢?

当时测定的小油路的线路,必然经过七社崔世雄的房屋旁边,那是到葫芦湾的必由之路。而村路通过崔世雄房子旁边的时候,拐了一个很急的"之"字形死弯子,恰巧崔世雄的房子就像一个孤拐,不偏不倚地突出在村路的中央,几乎把一条路一裁两截。不但拐弯,还很窄,两辆车都不能对开,形成了真正的"瓶颈"。所以要想修通这条小油路,就必须拆除崔世雄的房子。要是不拆房子,不但路窄,而且因为视线不良或车速过快,日后可能会经常导致事故的发生。

按照现在的说法,崔世雄的房子属于违建,但这是历史遗留问题,已无从追究是谁的责任。那时的农宅建设审批制度执行得并不严格,这样的违建比比皆是。何况那时崔世雄是村里的一霸,谁敢惹?谁敢说崔世雄的房子属于

## 上 部

违建？

就是因为崔世雄的房子拆不倒,修路因此就卡在了这里。

拆不倒的原因不是崔世雄的房子盖得如金銮宝殿,政府拆不起。崔世雄的房子就是一座普通的穿靴戴帽房,也就是房基五层过河砖,顶上三层檐砖的那种,盖了有二十多年了,已经比较陈旧。因为拆迁崔世雄的房子,分管副乡长专门下来协调解决。

副乡长来了一趟,就将基本情况了解了个大概。原来是十多年以前,八社的魏生金打瞎了崔世雄的眼睛,当时法院判了魏生金家赔给崔世雄一万三千块钱,魏生金也为此蹲了五年的大牢。但崔世雄的老婆对此判决一直不服。如今趁着修路,以此作为抓手,旧事重提,要求得到三十万的赔偿。

副乡长了解清楚事情的来龙去脉,不等于找到了解决问题的办法。十几年前的陈芝麻烂谷子,你现在再翻出来,依据的是哪一条？这是给所有村民修的路,又不是给魏生金一家修路,你拿政府主导的惠民工程相要挟？冤有头,债有主,你把桃疙瘩塞进鼻窟窿眼儿——纫错扣门子了吧？你葱上没油蒜上报仇呀？你不能狮子大张口,不管三七二十一,信口开河,想要多少就要多少,想找谁要谁就得给你呀;你以为你是皇亲国戚,你想要什么,乡里就得答应给你什么呀;你以为乡里是慈善机构呀,你以为乡里的领导都是泥塑面捏的呀。

不过副乡长知道这些话只能在心里想一想,不能当着崔世雄一家的面来说,做工作得讲究方式方法。

几次之后,崔世雄倒有些松口了,也许如今的遭遇让他对自己曾经的跋扈行为有了一些反省。可崔世雄的老婆不答应。刚开始还一口咬定三十万,只要给三十万就拆。后来闹到僵局上,什么条件都不答应了。一句话,不拆！就是给座金山银山也不拆,国家主席来了也白来,不拆！要拆,除非把我弄死你们拆去！

几个乡村两级领导好话说了一驴车,崔世雄的老婆就是王八咬住毬,死也不松口。副乡长了解了崔世雄家有客观原因,也深表同情。可你有再多的客观原因,也不能无理取闹呀。就凭这么一座破房子,乡里破例补偿你三万八千块钱,其实等于硬生生送你一座新房呀,你还不知足,还想怎么着啊。打了盘说盘,打了碗论碗,你不能鸡鸭鱼羊猪牛驴马,不分青红皂白一锅乱炖呀。已经给你个葫芦了,你非要个把子不行？你以为你是谁,二两面烙了一块儿碱串烙饼,你好大的面子。你还敢思谋谁给你送一座金山银山？还敢思谋国家主席给你说好话做工作？耗子啃大象,你好大的嘴巴!

副乡长本来是个比较面的人,见崔世雄的老婆这样蛮横无理,也被逼得生气了。就因为这么屁大点儿的事,副乡长于百忙之中专门来了三趟,崔世雄的老婆不但不松口,反倒一次比一次态度强硬,简直成了铁板一块儿,好像她是王母娘娘,没人能奈何得了她。你想,一个小小的村妇竟然如此跋扈,再面的人也不能不生气。因为这三次,副乡长的面子已经被这个悍妇洗刷得荡然无存了。如果能把问题解决了,面子丢了也不白丢。关键是面子丢了,问题依然没解决,这就不能不让副乡长生更大的气。

生气归生气,工作还得照样继续下去。与解决问题比起来,生气显然是小事,最终解决问题才是大事。如果他家的工作做不通,以后的工作怎么开展?他家的问题不能得到妥善的解决,就不单是他一家的事了,会后患无穷。许多人盯着这件事情看,这会起到坏榜样。以后再出现类似的事,群众动不动就效仿,跟政府对抗,政府要是一味地迁就,政府的公信力何在?领导的权威何在?那样无疑是在领导们的脸上重重地捆了一个逼兜。

所以,乡、村两级领导决心要拔掉这颗死硬的钉子,是可忍孰不可忍。不拔,它就不单单是插在路上的钉子了,更是深深地钉进领导们眼里的钉子。

拆的当天,副乡长亲自坐镇,铲车"轰隆隆"怒吼着向崔世雄家的大门冲去,犹如战车冲向敌人的营垒。可是百密一疏的是,没防备崔世雄的老婆一下子猛地挣脱拉她的干部的手,饿虎扑食般手脚十分麻利地蹿进了铲斗里,铲车司机吓得小脸儿煞白,不过还算机灵,一脚踩了刹车,才没酿成大祸。那几个乡里的小干部不识眼色,又上去拉扯崔世雄的老婆,被崔世雄的老婆以迅雷不及掩耳之势,"呱呱",脸上就是几个大逼兜,一个个打得呆若木鸡。崔世雄的老婆嘴里喊着"共产党杀人啦!共产党要流氓啦!"手上三下两下撕开了胸前的衣服,露出了白森森的胸脯,和胸脯上的两个馒头似的大奶子,活脱脱一个母夜叉孙二娘。眼见得崔世雄的老婆又要解裤带脱裤子,羞得她的大伯子哥、老三崔世旺赶紧背过身去。

就在这当口,老五崔世亮也将抖抖索索的崔世雄架着爬进了铲斗里,与崔世雄的老婆成"同仇敌忾"之势,并且手里攥一把铁锹,嘴里喊着"不怕死的只管上来!"颇像电影《英雄儿女》中的王成手握爆破筒的画面,一副视死如归的架势。其彪悍程度丝毫不亚于长坂坡上的张翼德。

几个小干部一看这阵势,"嗷"的一声作鸟兽散。

上 部

副乡长大概也是有生以来第一次遇到这种阵势,没有了抓拿。

其实原来也不是真的要硬拆,是事情一步步挤逼到这种境地,不得已而为之。按照预案,乡里的一位普通干部唱白脸,准备推大门,吓唬吓唬他们,逼他们就范;等大门即将被推倒之际,副乡长唱红脸,及时站出来说情制止,中间打圆场,崔世雄一家答应他们的拆迁条件,事情就会圆满地解决。

没想到他们低估了这一家人家。按照常规,群众在领导和铲车强大的组合阵容面前,除了点头哈腰说好话,就是哭丧着脸坐以待毙。他们万万没料到崔世雄的老婆思维异常且胆大妄为,不按常规出牌。预案里原本没有这套设计,崔世雄的老婆一刹那间的疯狂举动打了他们个措手不及,一下子闹得副乡长没有了应对之策。

副乡长一看这阵势,同几个乡村干部面面相觑,彻底束手无策了,嘴里说着"不要激化矛盾,先停止拆除,再寻求其他解决途径",找坡下驴,打了退堂鼓。就像被诸葛孔明诈唬住的司马懿,有点儿落荒而逃的意味。

此时副乡长不找坡下驴又能咋,难道还敢霸王硬上弓不成?万一真的闹出人命来,首当其冲的肯定是他,即使不会为此坐牢,乌纱帽未必能保得住了。这不是背上鼓寻锤(捶)吗?何必呢,吃饱了撑的,非要找着当那个大傻逼呀。这条路修好了是你们受益呢,我们能走几次?副乡长马上就要退休了,说不定一退休,这辈子再也不会到这个穷乡僻壤来了。

折了面子的副乡长骑虎难下了,因为这个事不解决,引起了一系列连锁问题。首先,葫芦湾的人不断地找乡里。不但经常找乡里的麻烦,还不让修路拉他们社的明沙。而要不拉葫芦湾的明沙,附近再没有明沙可拉,就得舍近求远到三四十里以外的另一个乡里去拉。要是到那里去拉,还得付给人家装车费,装车费又是没有商量余地的装不装车都得付的"霸王费"。这样,修路的民工不干了,谁会舍近求远到那么远的地方去拉?自己有的是力气,为什么非要他们装车呢?要修,崔世雄家这个拦路虎一时又拿不下来。这样就弄得副乡长焦头烂额,狼狈不堪。

副乡长只有一个办法,一边要干部们安抚葫芦湾人的情绪,答应慢慢做崔家的工作;一边继续做疏通工作,让葫芦湾的人能够答应拉明沙,以免影响整个工程的进度。说白了其实就是拖,缓兵之计。

不能怪葫芦湾的人闹情绪,眼看盼了多少年的油路就要修过来了,如同到了嘴边的肉,又让狼叼走了,搁谁谁能心甘情愿?一气之下,葫芦湾的人就停

195

止了拉土垫路,以示抗议。你想,他们为修路出了力,流了汗,他们的这段路却被撂下了。他们不但出了力,流了汗,还要为修路无偿提供明沙,他们不是在为别人做嫁衣裳吗?

但抗议归抗议,抗议终究不能当路走。葫芦湾人热切期盼的油路梦,最终还是气泡一样,"啪",那么轻而易举地碰在崔世雄老婆的一对大奶子上,灰飞烟灭了。

后来,宋安然找乡领导反复交涉了几次,能不能先把崔世雄家这一段撇下,把八社的这段修好,等做通了崔世雄老婆的工作之后再接上。尤其是这段翻浆路,像一摊狗屎一样摊在那里,让人束手无策。

乡领导告诉他,不急不急,先搁着冷处理一段时间,事情总会圆满解决的。现在已经不是路的问题了,是情绪化了,也就是斗气的问题了。你要是现在非要犟着修,崔家正在气头上,不是故意激化矛盾吗?到时候连回旋的余地也没有了。所以,有些事情该紧则紧,该缓则缓,这是战术,欲速则不达,你是个明白人,应该懂得这个道理的。

这事不但让乡领导头痛,甚至惊动了县里。乡领导还给他传达了县里的指示,这事已经不单单是崔家一家的问题了,如果处理不好,会带来十分不好的示范效应。今天一旦满足了崔家的要求,那就不光是崔家了,明天可能会出来个张家、王家,后天可能还会出来个李家、赵家。这个口子一开,谁都敢在政府的头上拉屎撒尿了。那样一来,政府还是政府吗?恐怕"崔家们"倒成了政府了。

宋安然还是有些不明白,先把八社的这段修好,只剩这几十米,问题不是更小了嘛,更容易解决了嘛,即使就那样撂着,毕竟也只是这几十米的事啊,与这段翻浆路又有什么瓜葛呢?

乡领导就笑他,你可真是个榆木疙瘩,怎么就点不醒呢。你想想,最后就留这几十米,不是明显被崔世雄"拿聋"了才无奈地丢下了嘛。这样让乡里的颜面往哪搁?所以只能先搁着,表示事情没有完结,一直还在进行中,尽管这种"进行"可能会无休止地一直进行下去。言下之意,即使牺牲了葫芦湾的这条路,也不能搅了大局,坏了规矩。

嗷,说来说去,还是为了领导的面子。宋安然听了乡领导语重心长的解释,也有些"理解"政府了。领导们办事其实也挺难的,常常需要挖空心思;领导们领导的不光是一个崔家,也不光是一个葫芦湾,尤其是副乡长,他领导的

是全乡的人,他得高瞻远瞩、全盘考虑问题。看那天副乡长遭受崔世雄老婆的大奶子那样的羞辱,他也替副乡长感到难为情呢。那么大个官儿,被人家弄得那样落荒而逃,再被人当作笑话在坊间传播开来,心里该承受多大的压力呀,将心比心嘛。反过来想一想,不理解又能咋?难不成你拿着刀逼着领导下命令修路?还是把崔世雄一家都杀了?

宋安然思来想去,也只能无奈地理解政府,理解领导,无奈地听从乡领导的话,静观其变,别无良策。

宋安然很郁闷,因为修油路是他接手社长以来遇到的第一件大事,结果却搞砸了。他从自己的岳父魏万喜手里接过社长这副担子的时候就知道,他同时接过了一份沉甸甸的责任。这么多年来,他觉得自己第一次这样挺直腰板、扬眉吐气地活着。他能这样扬眉吐气地活着,就是因为葫芦湾的人把这份沉甸甸的信任交给了他。他们相信他,他们不再把他当成"新来户"了,他们真正把他当作了他们中的一员。宋安然想,被人需要是一件多么满足、多么快乐的事啊。本来他是想以修油路为契机,好好领着村民们大干一场的,却不曾想这路一摞就摞得遥遥无期。这无异于给宋安然兜头泼了一盆冷水。

可是,宋安然理解了上级领导,不代表葫芦湾的村民们也同样理解了上级领导。领导这是欺软怕硬呢,领导被胡搅蛮缠就给吓住了,还当的什么领导?葫芦湾的人不能拿着刀逼着领导安排修路,但葫芦湾人自有他们的撒手锏。葫芦湾的人在村口拦了一根横杠,并派专人看守,以拉明沙作为交换条件,给上级施加压力。

倒是魏生荣七十岁的老父亲魏万仁通情达理,出来阻止了葫芦湾的人们:"你们这样做就不对了。即使这段路修不通,好歹把前面的七八公里路修通了,我们也方便多了,也能享受前面的七八公里油路的便利。我们这段修不通,是因为崔家四儿一家人害的,我们不能反过来再作害这沿路的几千人呀。也学崔家?你们这样不是绑架政府嘛。凡事要往开了想,不能往旮旯里搐,做人甚时候也要给自己留些余地。他们做出那样的事招众人骂呢,我们要是跟他们一样,不是同样让人瞧不起吗?让人骂我们葫芦湾的人狗肚鸡肠?"

有人依然不甘心,就反驳魏万仁:"反正看来这段路是没指望了,我们也不能便宜了他们。"

魏老爷子又说了一段话,大含深意,让他们琢磨了好半天:"便宜了谁?假如你让狗咬了一口,你难道还要反过来再咬狗一口吗?你认为这样就占了便宜吗？这样就不单单是跟他们一家置气了，而是整个沿路的多少人呢。那明沙堆在那里也长不出金子来，拉走不但不会损失什么，多少也能为我们开出几亩地呢。你们盘算盘算，不让拉明沙，于我们有什么好处？不但没好处，倒把我们的路彻底堵死了。你们以为跟崔家一样耍无赖，就能逼着乡里把崔家四儿怎么样？太天真了。甚时候也记住古人的一句话，吃不吃留肚的，走不走留路的，做人千万别把路堵死。老夫不做白日梦，自有公道在人心。"

　　葫芦湾的人最终还是听从了魏老爷子的话，做了妥协，为修路无偿提供了明沙。说来道去，葫芦湾的人还是很善良的。

　　葫芦湾的人恨得咬牙切齿，一块儿臭肉作害了满锅香汤。但有什么办法呢？硬的怕愣的，愣的还怕不要命的，一人舍命，万人难挡，连副乡长那么大的领导都灰溜溜地落荒而逃了，他们又能想出什么高招？副乡长手里有钱、有权、有势力、有铲车、有那么大的阵势都搞不定，他们手里有什么呀？葫芦湾的人没人愿意跟崔家拼命，这不是一家一户的事，没人会走魏生金的老路。

　　等修油路的那阵风刮过之后，再没有人想起这里还留了一截烂尾路，这一沉寂就是十年。尽管葫芦湾的人依然在饱受破路之苦，但还是渐渐理解了崔世雄的老婆。因为十多年前魏生金把崔世雄打残废了，才有了崔世雄老婆这样看似偏执的举动；更因为"文化大革命"中所谓的"医疗事故"，魏生金的爷爷冤死在葫芦海子里，才导致十多年前魏生金那样的冲动，最终酿成如此严重的后果——崔世雄成了残废，魏生金在监狱中荒废了五年宝贵的青春；如果不是魏崔两家的主仆关系，崔克穷的爷爷曾经是魏家的管家……能扯得清吗？事情往往就是这样，有因才有果，一环扣一环，终至缠搅成一团乱麻，难以拆解。

　　这里面的缘由太复杂，魏继业不想穷根究底，烦。魏继业其实本不该管这些破事的，不就是在红柳地村挂着个副村主任的破职嘛。上面有书记、有村主任，他操的哪门子闲心啊。他这个挂职副村主任的主要职责是帮助村里健全各种规章制度，编造各种会议记录，一句话，用文字造假，以应付上级的各种检查。无奈葫芦湾有他的家，有他们魏家的几十口子人啊。看着村里人因为一条破路苦不堪言，他能无动于衷吗？但是他又能怎么样呢？几十年积存的事情，几代人的恩恩怨怨，多少人都没能化解，他有能力解开吗？他靠什么呀，他仅仅是个挂职的小小的副村主任呀。

　　一想到这些，魏继业心里就有一种说不出来的惆怅与无奈。葫芦湾就是一摊烂泥,就像眼前的这段翻浆路,不知道什么时候就把你陷进去了。不单单是翻浆,里面还盘根错节地交织着许多无形的罗网,一不小心,你就会被它死死地缠住。他觉得自己已经陷进了红柳地村这滩烂泥里,被那些罗网缠搅住了,不知道这辈子还能不能拔得出来。他甚至有些后悔当初答应兼任红柳地村的副村主任了。

看着像一条随意丢弃在这里的大蛇尸体一般的泥泞路段,宋安然想起李白的诗句:"蜀道难,难于上青天!"难道这短短的两公里路,真的比蜀道也难吗?

过了这段路,葫芦海子就清晰地呈现在眼前了。春天,雨后的天空一旦晴朗,就显得特别的高远,那种水墨画的意境就尤其清晰地凸显出来。海子里灰黄色的芦苇不久就会长出新绿。有一些坚强的芦苇穗子依然倔强地挺立着,在风中招摇似的摇曳。不久后长出新绿的芦苇丛中,会孕育无数的生命,同时也会潜藏好多的神秘。等入了夏,各种候鸟也会翩翩而至,它们有灰鹳、苍鹭,还有好多叫不出名字的水鸟。那里是鸟们的天堂,也是鲤鱼、草鱼、河蚌们的乐园,更是一片随时会被开垦的处女地。如果最后的这片处女地被开垦,鸟们还能这样自由自在地栖息吗?还能是鸟们的天堂吗?

# 第三十章

魏继业还没到村口,就看见许二赖的"三味真店"的墙根下,几个老头老太太坐在路边的土圪垃上或不知谁家淘汰的旧沙发上晒太阳,同时坚守着他们的神圣使命,远远地用已经浑浊的目光"审查"着每一个过往的行人或车辆。他们虽然都是业余,却对这"工作"认真而执着。没有过往的行人和车辆的时候,他们就怡然自得地听"低音炮",多半听二人台。通俗歌曲不入他们的耳,唱通俗歌曲的人有时候像七天没吃过饭,唱得有气无力,传染给听歌的人,让人昏昏欲睡;有时候又像神婆在打摆子,唱着唱着像断了气,正让人觉得不妙的时候,突然又把音量调到了最大,"哇"地乍猛号一声,冷不丁吓人一大跳;有时候又像牙疼,捂着腮帮子野猫闹春似的声嘶力竭地干号,号得人浑身起鸡皮疙瘩。二人台不一样,二人台唱得那个大气,岂是通俗歌曲能比得了的。二人台不是唱得像《打樱桃》那样激越悠扬;就是唱得像《方四姐》那样荡气回肠;要不就是像《打金钱》那样,欢快如雨打芭蕉扇,嘈嘈切切错杂弹,大珠小珠落玉盘。二人台不但听着入耳,还能勾起他们对年轻时候的种种有趣的回忆,当然包括瓜田李下、打情骂俏、男欢女爱、卿卿我我,让人回味悠长。尤其是经典传统剧目《王婆骂鸡》,听一百遍也不烦,听得他们几乎都会道白了,依然听不烦。听到热闹处,几个人会捂着牙齿掉得七零八落走风漏气的瘪嘴,笑得叽叽呱呱,像一群争食的呱嗒鸡。

从那边摇摇摆摆过来一个人,是张八斤。自从张泉把他和他妈一把火自焚送上了天堂,张八斤就因此受了打击,疯了。张八斤没疯的时候,喜欢唱戏,有时候唱山西梆子,有时候唱二人台。"文革"时期还在大队的文艺宣传队改编排演的山西梆子《智取威虎山》里扮演过小炉匠,在《沙家浜》里扮演过胡司令。他扮演的角色都惟妙惟肖。他还有一个特长,喜欢编"串话",就是顺口溜,也叫打油诗。疯病缓解了以后,嘴里还经常不断地哼唱。有人笑他的样子的时候,他还会十分卖力地喊几嗓子:

上 部

骂一声狗皇帝(你)本性无良,终日里寻欢作乐不上朝堂
狼烟起边关吃紧敌势难挡,遍饿殍千里赤地百姓遭殃
众将士保家卫国血溅沙场,贼国舅克扣军饷中饱私囊
枉为君(你)听信谗言陷害忠良,护奸佞宠幸妃乱了朝纲
……

几个人就谈起张八斤年轻的时候,其实是个颇聪明的人,只是聪明用不到正经地方。要是那时他能把聪明才智专心用在编写上,说不定也成了作家或者编辑了,只可惜是个歪才,瘸腿骡子,有力使不到腰背上,充其量只能编个"耙子"。

张八斤虽然疯了,却是个文疯子,不会疯打疯骂,杵天弄拐,应该归于《龙须沟》中程疯子一类。张八斤整日嬉皮笑脸,颇有济癫和尚的诙谐遗风。张八斤不疯的时候,稀里糊涂浪不着调的一个人,疯了倒比没疯时明白了好多道理,常常冷嘲热讽社会的积弊,嬉笑怒骂贪官的无良。

如今年近耄耋之年的张八斤,除去疯了以后社里向上级申请给办的五保,还给争取到了低保,属于生活无忧的阶层。张八斤虽然整日疯疯癫癫,身体却没有什么大的毛病。

张八斤还没娶老婆的时候,因为猴性,总爱往小媳妇儿堆里钻,眼睛经常色眯眯地老爱盯着女人们的敏感部位看。有时候假装不经意间摸一下人家的奶子,然后急速跑开,占一下便宜,说白了就是个标准的泼皮破落户。终于有一天惹恼了几个二十大几三十来岁的年轻媳妇儿,让那几个年轻媳妇儿绷过"屁老虎"。那几个年轻媳妇儿因为都是村邻嫂嫂辈的,张八斤跟她们开玩笑开得越发没深没浅。当下,那几个年轻媳妇扭住他,将他的头塞进大裆裤里,双手反剪在背后,用布腰带捆住动弹不得。然后跪在地上,让白森森的屁股明晃晃地晒着太阳,称为"鳖晒蛋"。

有一个平时放浪的媳妇儿突然喊,那不是"一根驴毬两颗蛋"吗?

众人皆笑得前仰后合,翻滚成一团。

"一根驴毬两颗蛋"是练习珠算加法的一个程式。上民校时,民校老师给她们教了好几个加法程式,像"九遍九",像"凤凰单展翅",还有"凤凰双展翅"等。"一根驴毬两颗蛋"是老师私下里偷偷传授给她们的,是"23875"连加八

遍,得到的结果就成了"191",呈现在算盘上就很形象,因此就以其形状命名。为此,民校老师的脊背上还连续挨了媳妇儿们好几拳,还被媳妇儿们笑骂"流氓"。媳妇儿们尽管嘴上笑骂老师流氓,心里倒把这程式死死地记住了,至于凤凰展翅之类,日久倒未必都能记得住。

这时就呈现出一幅有趣的画面:那几个媳妇儿站在几米远的地方,"嘻嘻"笑着把那白森森的屁股当成了靶子,拿土坷垃来练习瞄准。尤其是软塌塌地垂吊在裤裆中间的那根蠢物,更是被当成了靶心。每击中一次,就会爆发出一阵开心的欢呼。直到打得他喊爹叫娘,老奶奶嫩妈妈地告饶,才作罢放开他。

看见张八斤过来,几个人又唏嘘不已。张八斤落到如今的地步,可能就是因果报应,咎由自取,老天爷要惩罚他年轻时过于放浪形骸呢。但老天爷尽管惩罚他好了,为何还要累及张泉母子呢?还有可怜的瞎眼娃娃婷婷,要不是魏生金的媳妇好心,还不定现在怎么样呢。

由此又慨叹起命运的不济与人生的无常来。

忽然,远远地看到有人过来的时候,他们就立刻噤了声,开始观察起你来,先辨别他们是否认识,再简单地交流一下关于你的话题,当然短不了插一些评论,或好或坏,有时还难免因为观点不同起一些小小的争执。但他们消化的粮食可以堆成小山,他们吃过的咸盐可以压死骆驼,他们走过的道路可以给地球捆三五道腰子,他们积累的人情世故更是多得不可以车载斗量,他们早就懂得了相互包容,所以绝对不会争执到面红耳赤的地步。当他们意识到争执得有些过火的时候,就会自己感觉到羞惭,然后自动偃旗息鼓。等你过意不去同他们简短地寒暄一番离开之后,他们还会感激地远远目送你离去,因为他们已经在你那里得到了尊重,得到了满足。他们会认为你有高贵的品质,认为你有不同于别人的懂事,至少你在心里的某个角落还慷慨地给他们留有一定的位置。他们从不放过一个漏网之鱼,就连偶尔路过的谁家的狗,都要被他们品头论足一番,直至品评得那狗也不好意思起来,低眉顺眼扭扭捏捏地夹紧尾巴顺着墙根从他们眼前一溜烟溜走。

他们常常也会不厌其烦地给问路的人指点迷津,偶尔还会给破案的警察不厌其烦地提供各种有用无用的线索并热情地阐述他们的观点。即使他们被有些人戏谑地并无恶意地冠之以"等死队",他们也不会太过计较。因为在他们眼里,这些人其实还是一些不懂事的孩子,也许永远也长不大或不可能长大的孩子,同他们计较就降低了他们这个集体的品位,玷污了他们几十年积累的

良好的声誉,贬损了他们的风度,亵渎了他们的胸襟。

魏继业当然也例行公事式地停下来,同他们一一打了招呼,同时也说了几句诸如"身体还好哇","天暖了,多晒晒太阳"之类的不咸不淡的寡话。其实魏继业的内心也是想仓皇逃窜的。魏继业想逃窜不是做下什么丢人事,怕他们盘查,魏继业是实在不忍看他们灰头土脸的样子。偶尔有狂妄的车扇忽过来放肆地响一声喇叭卷起一溜黄土绝尘而去,他们就会被黄土包裹覆盖。黄土落在他们的头上肩上,他们也不躲避,如泥塑般若无其事,只是把嘴巴抿紧,把眼睛暂时闭起十秒二十秒,一副姜子牙"任凭风浪起,稳坐钓鱼船"般的淡定。

魏继业没有逃窜,是他想到了母亲或许在不久的将来可能也会加入他们的行列,母亲一定不希望他从他们的眼皮子底下冷漠地溜过去而无视他们的存在。

回到家里,魏继业看见妈正拾掇出一堆衣服要洗。这些衣服有妈的,也有爷爷奶奶的。魏继业放下给妈买的药,就赶紧帮妈整理洗涤,嘴上短不了埋怨妈几句:"你看你,早就说不让你弄不让你弄,你就是不听。你就不能等我姐来给你洗吗?你不知道自己是病人啊,还自个儿给自个儿找罪受。"

继业妈得的是类风湿性关节炎,身上的许多关节已经变形,就连走路也有些踽踽了,五十多岁的人就像七八十岁的老人一样,显出了龙钟老态,严重的时候,还得拄着拐棍走路。尤其是手指,像竹子的竹节。第一次见到的人,很容易联想到恐怖片里老妖婆虬曲的爪子。

继业知道,他也只是说说,妈是不会听的。妈是个很倔犟的人,但凡自己能做的事,就不愿意拖累别人。也多亏姐住得不远,能隔三岔五来看望一下,替妈做些营生。

"你姐也忙呀,饲养着那么大的一群牲口,谁家都有谁家的生活呀。每年秋天拆洗被褥还不都是你姐的营生吗?像平时洗衣服这样的零碎营生,经常换经常洗,还能老让你姐来吗?那样人家就不要生活了。"继业妈汪彩凤手不停,嘴也不停。继业知道,妈从来就是个闲不住的人。

"她那样活该!两个人一对看财奴。那么大一摊子也舍不得雇人,标准的'钱痨'。"继业把对妈的心疼变成无名火无端地发泄到姐和姐夫的身上。

"你看你这个孩子,怎么说话呢。你姐多疼你呀,你还这样说你姐,你个没良心的小兔崽子。"

"我这不也是心疼她嘛,不想让她步妈的后尘。你看她,成天就知道干活儿,干活儿,不懂得如何享受生活。她又不是缺钱?孩子才十来岁,最少也存了十几万了吧?打算给他存多少是个够啊。等到儿子长大了,成家立业了,他们也老了,想吃也舍不得吃,想转一转也走不动了,一辈子就这样过去了,就认准一条道,受,没完没了地受——就像妈一样。难道要一辈子就为别人活着吗?"

继业不但为姐打抱不平,更为母亲的这大半辈子感到抱屈。母亲多少年的一味隐忍常常让他想起来就痛彻心扉。母亲同父亲离婚的时候才三十多岁,母亲硬是没有改嫁,将他们姐弟俩拉扯大,并且替父亲承担了本来已经不属于她的赡养老人的义务。没离婚的时候,母亲是个敢做敢当的人。离了婚以后,母亲就改了性子,把许多话藏在心里憋着,有时候会痴痴地发呆,叫谁也捉摸不透她心里究竟在想什么。

"要像你说得那么轻巧,甚事也好办了。你姐家养着那么多牲口,能轻易离开吗?长嘴的东西一顿不吃也饿得叫唤呢,让你不吃饭试试。再说了,现在的钱糟得就像烂纸片子,十几万也能算个钱吗?'穷鬼打算,饿鬼听见',用钱的地方多着呢,谁知道过日子会生出什么变故呢。儿啊,不当家不知柴米贵,不养儿不知娘受罪,你没成家你不懂。等你成了家有了孩子,你就知道了。"

"我虽然没成家,但我能体会到,我也是二十七八的人了,又不是不懂事的小孩子。"

妈白他一眼,说:"你还知道你已经不是小孩子了啊,妈以为你永远也长不大了呢。你要是有孝心,不要光嘴上说,赶紧给妈领回个媳妇儿,来替妈洗洗涮涮,妈不是就能享清福啦?"

"行,明天就给你领一个丑八怪回来。要不领回一个母老虎,看你怎么对付。"妈一说媳妇儿的事,继业就不知道该咋应付。

"你领回来什么样的人也是你们在一起过日子呢。只要过了你的眼,我才不管是狼是虎呢。"

用洗衣机洗也不太费事,母子俩说话间,继业就熟练地将衣服洗净、脱水,晾晒出去了。

魏继业一边同妈拉着话,一边帮妈做饭。妈给他做的猪肉排骨烩酸菜,排骨是他回来时买的。也可以说是他和妈一块儿做的饭。继业做饭很麻利,大学毕业后在首府工作的一年多的时间里,继业都是自己和徐莉一起做饭,很少在饭店里吃。他把酸菜切好,攥尽盐汤,就开始揽炒炝锅,有条不紊。妈只是给他烧火打下手。

这当口,妈又唠叨起媳妇的事,继业就顺水推舟:"行,我抓紧给你领一个回来。"

妈不爱听他说这话:"你是给我领啊?你看看你自己多大岁数了,你就不着急吗?"

继业依然对妈笑笑,顺着妈的话头,说:"着急,着急,我咋能不着急呢。可是再着急,也不能不管三七二十一,随便领一个回来,是不?"

"我也没让你随便领一个回来。可也不能再拖了,你已经二十七了,再拖要等到猴年马月呀。"

"不大,不大,这不是才二十七嘛,我的好多同学都没结婚呢。"

"二十七还不大呀,妈二十七那年,你都会走路了,你姐也都五岁了。"

"妈,现在咋能和那个时候比呢。现在普遍都这样,你没必要担心,该回来的时候,她自然就进门了。难不成你还怕我打了光棍儿?"

"我不担心你打光棍儿,我是担心好的都被人家挑走了,到时候给你剩下几个歪瓜裂枣,你挑都没法挑。"

魏继业听妈说这话有些好笑,说:"找对象又不是挑瓜。"

"不是挑瓜,但跟挑瓜是一个道理。"

"别担心,我再做做徐莉的工作,争取让她今年进咱家的门。"

妈一听这话,就有些神色黯然了,说:"都是妈拖累的,是妈耽误了你的前程。"

"妈,再不要这样说,是我自己要回来的,哪能怪你呢。"

看着妈花白的头发和那双骨节粗大的粗糙的手,继业心里阵阵难过。妈这是何苦呢,非要把这些苦难自己一个人扛着。

母亲离婚以后,渐渐懂事的继业却怎么也弄不明白,母亲这种近乎自残的生活方式,究竟是为了什么。如果母亲不再婚是出于对他和姐姐的保护,这一点他倒是能够理解。但对爷爷和奶奶的赡养,母亲却一直任劳任怨,没对三个叔老子提出过一丁点儿要求,即使是在她得了类风湿性关节炎的时候依然如此,这是他无论如何也不能理解的。他曾经要替妈对三个叔老子提出赡养爷爷奶奶的要求的,让他们回来,或者把爷爷奶奶接到城里,却被妈坚决地阻止了。问妈理由,妈却固执地不愿回答。

母亲和父亲离婚的时候,继业才十岁,不太懂大人们的那些感情纠葛,狗拽烂羊皮,扯不清道不明。但对父亲的恨意却是刻骨铭心的。因为父亲出了轨,做了陈世美,对母亲造成的伤害却是明明白白的。现在虽然过去十几年了,但那时形成的阴影至今都不能完全让他释怀。

"要不你还回城里去吧,你回了城里,就能跟徐莉结婚了,那样妈也就放心了。"

他故作惊讶地对妈说:"那怎么行?她要想和我结婚,第一个条件就是孝敬老妈,孝敬老妈她就得回来咱们县工作,这是最起码的。要我丢下老妈去城里和她结婚,我硬打光棍儿也不会那样做。"又说,"何况你儿子这么帅,又不是没人追。"

"唉,我的傻儿子,你原本就不该回来,都是因为妈。要不是妈的病,你也不用回来;你要是不回来,说不定妈现在已经抱上孙子啦。"

继业知道,无论他怎么宽慰,妈在这件事情上也是无法释怀的。

三年前继业回来的时候,实际上是很不情愿的。继业在某大学公共管理学院行政管理系读的本科,继业的女朋友徐莉和他学的同一专业。俩人毕业后,都应聘到了首府的同一单位工作。刚干了一年,正认套了,单位对继业的成绩也比较肯定,却不想家里发生的一系列变故,一鼓作气把继业从首府追了回来。

起先是妈的病情加重了,加重的原因是受了江湖游医的害。

几个月前,家里打听到某地有个神医,看病的人就像赶庙会一样多,号称什么大仙。说迷信吧,他还给人抓药;说不是迷信吧,他又给人看手相诊病。人们不管迷信不迷信,反正人家是窗户里边吹喇叭——名声在外了,就当病急乱投医吧,去看病的人因此很多。

继业妈汪彩凤跟着一行人去了神医看病的地方,果然人山人海,就像赶庙会似的。看病的人排成两行,还有保安维持秩序。神医真神,坐在窗户里边,病人只需将手伸进窗户,神医看一下手相,也不把脉,也不问病情,到了下一个窗口,药就给你开好了,看一个病人不会超过三分钟。还真灵,神医就是神医,就是不同凡响。汪彩凤身上的关节虽然没变小,但疼痛却止住了,身上也轻松了许多,关节动作灵活自如。

汪彩凤去过三趟以后的某一天,忽然传来消息,说是神医被警察抓起来了。原来神医是个骗子,他的药里掺着激素、洋烟(罂粟)和止疼片。汪彩凤此时才恍然大悟,怪不得神医的药一停,她的病就犯了,又得去抓药,原来如此。汪彩凤听到消息后,气得抓起剩下的药,一把塞进了灶膛里。

　　汪彩凤觉得很窝囊,自己也算是个精明人,怎么会上这样的当呢。她当时也不是没有过疑问,但是当她看到那样的场面,那样的阵势,心里的疑虑立刻就打消了。你可以怀疑一个人,但你能怀疑这么多人吗?这些人中间看上去不乏一些干部、知识分子模样的人,难道他们也都是弱智吗?这样一想,遂打消了疑虑。

　　停了药没半个月,汪彩凤的病情就加重了。不得已,继业就请了一个月的假,回来陪妈看病。

　　去首府,上北京,在假期将满的时候,妈的病情总算稳定下来了。

# 第三十一章

妈的病情稳定了,继业又可以全身心地投入工作了。可令继业始料不及的是,回公司仅仅一个礼拜,一个电话又把他追了回来。因为同父异母的弟弟守业的事情,父亲被气得突然发病了。继业在心里叫苦不迭,他隐隐感觉到,他的命运可能要发生大的变化了,也许是意想不到的转折。

父亲突发心肌梗死,幸亏离医院近,抢救得及时,医生把父亲从死亡线上拉了回来。

由于父亲的病情加重,在县医院住了十天。当病情稳定以后,被转至北京某医院。住进一周以后,父亲做了心脏搭桥手术。

继业看着病床上的父亲,百感交集。父亲这些年刨闹得也实在不易。自从上了大学,继业对父亲的成见就像春天的冰层,看似坚硬,其实已经在不经意的地方开始一点点消融。父母离婚的时候,他才十岁,懵懂无知。只听妈说父亲是陈世美,继业就认定父亲是陈世美,虽然他还不知道陈世美是个怎样的人,但却十分肯定地认为陈世美一定不是什么好人。因此,父亲是陈世美的这个结论,烙印般地烙在他的意识里,噩梦般缠绕了他十几年,挥之不去。尤其是在他上了大学以后,他对父亲一点点地有了一定的理解,才开始改变了对父亲的一些看法。

继业看着睡梦中的父亲,他不记得自己已经有多少年没有像这样认真仔细地审视父亲了,父亲的形象在他眼里既熟悉又陌生。父亲似乎在一夜之间就苍老了,花白的头发,花白的胡茬子。父亲虽然看上去气色尚好,但眼睑下垂,脸上细密的皱纹已经沟壑纵横,层层叠叠。岁月已经准确无误地把沧桑无情地刻满父亲的脸,不可逆转,如同山川河流。继业知道父亲是不会在一夜之间就苍老成这样的,是他对父亲的苍老太不经意,所以才会产生这种认知上的错觉。

继业对父亲的理解是开始成熟的标志。上大学的时候,继业就开始反思,父亲真的有那么坏吗？父亲虽然同母亲离了婚，但对他和姐姐一直疼爱有加，只是他和姐姐对父亲一直很排斥。他和姐姐读书的费用，一直没有让母亲操过心，就连一家人的生活费，也一直都是父亲供着。在这方面，父亲没让他们受过一点儿难为。上大学父亲也给他带了足够的费用。这让继业很纠结，一方面花着父亲赚来的钱，一方面在心里又恨着父亲，继业心里就有一种情感被撕裂的痛苦。

继业也曾经想过独立，不花父亲的钱读完大学。但谈何容易，勤工俭学根本供不起自己读书。要想挣足够的钱来供自己读书，学业就会荒废；要想很好地完成学业，就没有足够的时间来挣够足以支持自己完成学业的费用。鱼和熊掌不可兼得。

最终继业还是放弃了这种打算，一方面无奈地花着父亲的钱，努力发奋来完成自己的学业，发誓等大学毕业以后挣了钱，就双倍归还父亲；另一方面依然对父亲给母亲造成的伤害耿耿于怀。也就是在那个时期，继业对父亲的恨意开始一点点消弭。

父亲醒了，继业倒了一杯白开水递给父亲。父亲似乎迟疑了一下，才接了过去。继业看到父亲张了张嘴想说什么，最终却没说出什么。父子俩始终都默然着。不说话不是无话可说，是有话不知道该如何开口，像久不说话的人失去了语言功能。水是热水，但不烫嘴，继业试过的。父亲的眼睛盯着杯子，轻轻地抿了一口，像是在品啜十分珍贵的琼浆玉液。父亲的喉结很夸张地蠕动了一下，又定定地盯着杯子看。继业看到父亲的目光是游移的，游移的目光后面有一层薄薄的云翳似的东西。继业不知道父亲此刻心里在想什么，大劫过后的父亲一定很不平静，尤其父亲不说话，更凸显出父亲内心的不平静。继业赶紧背过身去。继业知道父亲眼里的泪水是不会轻易掉下来的，但要不让泪水掉下来，是一件十分令人难受的事，需要很大的克制力才能把泪水憋回去，尤其是感情在胸中渐渐汹涌起来奔向高潮的时候。继业觉得有什么东西在自己的胸腔里翻滚、撞击，狼奔豸突。继业赶紧掩饰似的拿起一个苹果，为父亲削起了苹果。

继业把削好的苹果递给父亲，说："以后多吃些苹果吧，爸。苹果能开胃，还能降低胆固醇，还能降血压。"

继业感觉父亲在接过苹果的同时，手轻轻地抖了一下，一种不自然的抖动。父亲的眼睛里闪现着一种无法描述的神情，有惊诧，有歉意，似乎还有点儿受宠若惊……

继业赶紧低头收拾垃圾桶,其实垃圾桶里根本没有多少垃圾。继业拎着垃圾袋走出了病房。一出病房门,继业再也无法抑制,眼泪"唰"一下夺眶而出。

也难怪爸会出现那样的表情。继业的这一声"爸",让爸等了十几年;这一声"爸"让继业喊得如此艰难。这十几年甚至让继业感到"爸"这个词对自己越来越陌生,以至于刚才在喊出这声"爸"的时候,竟产生一种异样的感觉。继业从来没有像此刻这样明确地意识到,他和父亲之间的隔膜竟有如此之深。

这么多年,继业觉得始终有一堵无形的墙横亘在他和父亲之间,而且这堵墙越来越厚,越来越厚,似乎已厚到坚不可摧。没想到,这堵墙终于开始土崩瓦解了,就在父亲得病的这段时间里。

继业第一次意识到,他其实同父亲一样,也那么强烈地渴盼这份亲情的回归。实际上这份亲情这么多年来一直在对方的心底里涌动着,只是一直被他强烈地抗拒着,被一些世俗的龌龌龊龊压抑着。原来在生命的尊严面前,在生命遭受到严重威胁的时刻,这些龌龌龊龊竟是如此不堪一击。

父亲出院的时候,是他和父亲的第二任妻子柳叶梅一块儿一路护送回来的,姑父宋安然,四爹魏生金,四妈高美香都到车站来接父亲。

继业是第一次踏进父亲的这个家门,有些局促也有些恍惚,更多的是觉得有些不可思议。一个亲儿子在十多年后才第一次踏进父亲的家门,这是不是一种讽刺?

父亲住的是一栋别墅,这在大城市也许不算什么,但在他们这样的小县城,可算得上豪华了,比一般的家庭布置得富丽堂皇得多。

继业虽然是第一次踏进父亲的家门,却没有显露出一丝讶异。并非他司空见惯了,不感到讶异,而是心里边感到讶异,却压制着不让显露出来罢了。继业没有因为新奇在房子里参观,继业不可能做出那么浅薄的举动。

客厅的沙发上方,挂着一幅木刻字画,刻着唐代诗人刘禹锡的《陋室铭》:

> 山不在高,有仙则名;水不在深,有龙则灵。斯是陋室,惟吾德馨。苔痕上阶绿,草色入帘青。谈笑有鸿儒,往来无白丁。……

魏继业看了心中却别有一番滋味。继业不知道父亲这块匾额字画的来历,是父亲的朋友送的,还是父亲自己买来挂在这里的;父亲挂这幅字画,是无意而为，还是想表明自己追求高雅的情怀。继业不得而知。继业在心里无声地笑了，这么大的别墅如果要是"陋室"，那么哪里不算陋室？

继业由此想起父亲给爷爷屋里挂的那幅"鹏程万里"的木刻画框。这幅《陋室铭》挂在这么富丽堂皇的客厅里，是不是也是一种另类的讽刺？

父亲第一次提出让他回公司帮着打理生意，是在他毕业前夕的寒假里。那次父亲对他说，他已经年过半百了，心脏也不怎么好，血压也高，那么大的一摊子生意，自己越来越感到力不从心了，所以希望他毕业以后能回来帮助他打理生意。

对于这件事情，继业其实不是没有思想准备的。报考大学的时候，继业拿到了某大学的公共管理学的录取通知书后，父亲高兴得喜不自胜，逢人便说，等继业大学毕业了，就可以接替他了，他可以轻轻松松颐养天年了。

继业听了父亲的话未置可否，因为继业不知道该怎样回应父亲。

说实话，继业不想沾父亲的光。他不想坐享其成，靠父亲一步登天。继业心里清楚，他对父亲依然有着很深的成见。

但这不是主要的。最主要的原因是其间还夹着个柳叶梅和那个同父异母的弟弟守业。继业想都不敢想，假如他听从了父亲的安排，和柳叶梅以及守业整天搅在一起会是怎样的一种情形。就是因为柳叶梅的介入，还有柳叶梅肚里的孩子，才导致母亲和父亲离婚。倘若说他对父亲的恨，是源于柳叶梅，倒不如说是他把对柳叶梅的恨，转嫁到了父亲头上。如今，父亲想让他毕业后接他的班，就意味着他免不了要和柳叶梅在一个锅里搅稀稠。继业想想就觉得不可思议，成天和一个从母亲怀里夺走了父亲的女人生活在一个屋檐下，这可能吗？

继业想毕业以后自己创业，继业相信自己的能力。父亲连初中都没念完，一个木匠白手起家都能把生意做得那么大，他一个大学生难道连父亲也不如吗？他要将来自己闯出一片天地，他要青出于蓝而胜于蓝，起码让母亲在人面前可以扬眉吐气，让人们看看母亲教诲的成果。尤其让父亲和柳叶梅好好想想，他们该用怎样的目光来看待母亲。

可是一想到自己的学业离不开父亲的资助，继业立刻就觉得很是气馁。父亲不但大张旗鼓地告诉人们，将来让继业接他的班，还大张旗鼓地为他张罗着办大学庆典宴会。

继业对父亲为他办庆典宴会是抗拒的，那种抗拒是这些年情绪积淀的结果。这种情绪的积淀,让他无时无刻不在排斥着父亲,尽一切可能脱离对父亲的依赖。所以,父亲越是想方设法讨他的欢心,他对父亲的抗拒就越是强烈。父亲没有意识到,他对继业的亲近,只会促成继业更大的反弹。因为他没意识到,那样是对继业自尊的伤害。

冰冻三尺,非一日之寒哪!

当继业觉得忍无可忍的时候,通过姑父宋安然转告父亲,他坚决抵制父亲的庆典宴会。他告诉姑父,父亲可以办他的宴会,反正他是不会到场的。

继业这种态度立刻遭到了姑父的批驳。

"你这个娃娃也太不懂事了。好歹你爸现在也是有头有脸的人,你如果不去,叫他的脸往哪放?"

"那是他自己的事情。是他自作主张要办的,我又没让他办。"

"不管咋说,事情已经张罗开了,人也请下一大摊了,你难道要让他打退堂鼓不成?"

"当初他跟谁商量了?他为了自己的面子,拿我的上学做文章,你不觉得他俗吗?"

"你放屁!你个不知好歹的白眼狼!"继业的这句话一下子把姑父激怒了,"这是你一个大学生说的话吗?你这说的是人话吗?你爸是以你为自豪才要铺排办宴会的,你爸也是觉得亏欠了你的,想以此来弥补一下。你不但不领情,竟还说出这样猪狗不如的混账话来。你爸早就是成功人士了,用得着拿你来装门面吗?你不称称你有几斤几两,你能替你爸装得起门面吗?姑父看你原来是个懂事的娃娃,没想到你是这样一个白眼狼。"姑父骂过一通之后,依然气咻咻的。

继业被姑父骂了个狗血喷头,不敢吱声。继业不敢吱声是怕姑父把更难听的话骂出来。

姑父看他不出声了,才缓和了口气说:"你马上就要上大学了,要有起码的对别人的理解,对别人的包容,对别人的尊重。若是你妈对你爸说三道四,我即使有再大的不满,也不会多管闲事;但是你不同,你爸即使过去有再大的不对,也轮不到你对你爸说三道四,因为他是你的父亲。我现在把话撂在这儿,你要是真敢不去,就连我这一关也过不去,到时候看我揍不死你。你好好想想吧,等翅膀硬了再思谋着飞,那时候没人能管得了你。现在你翅膀还没硬,别想着刚褪掉绒毛毛就想呼扇翅膀。"

姑父停了片刻又接着说:"一个巴掌拍不响,你不能把错都算在你爸一个人的头上。唉,我知道你在你妈跟前,受她的影响多一些,产生偏见也是很自然的……哦,我不想对你妈说三道四,你也是成年人了,应该有自己的独立思考和判断能力了。"姑父撂下这句话,头也没回就走了。

正是姑父最后的这句话,提醒继业努力回忆父母以前的点点滴滴,重新审视他们那时的婚姻状况,开始重新评价父亲。

继业最后还是屈从了。继业真正感受到了英雄气短的无奈。父亲的话继业可以不听,但姑父的话,他不得不认真地掂量掂量。姑父虽然只是他的堂姑父,但实际上这些年却在担当着父亲的角色,姑父是真把他当作自己的儿子一样对待的。

酒宴那天,继业还是去了,但却没给父亲太大的面子,不过也没太伤父亲的面子。他只是笼统地感谢所有帮助过他的人,将父亲隐在其中,一句话带过。

所以,当继业即将完成学业,在首府实习找工作的时候,父亲早就忘记了继业大学庆典酒宴上的不愉快。父亲在过年回葫芦湾给爷爷拜年的时候,不失时机地明确要求继业到他的公司上班。父亲对继业说:"你学的是管理专业,正好能在公司发挥你的特长。"

父亲并且说:"这不也是你妈的愿望吗?"

父亲还说:"我也干不了几年了,这些迟早都是你们的事。你能早一天熟悉公司的路数,我就能早一天歇着了。"

父亲的话语中已经透露出明确的信息,等他能独当一面的时候,他就会隐退。继业也从父亲的话语中,朦胧地体味出父亲对守业的失望。但继业还是婉拒了父亲的要求。继业说他已在首府找到了一份不错的工作,并且和自己的女朋友在一起上班。

继业的父亲魏生荣何尝不明白儿子这番话背后的潜台词,儿子到现在还不肯原谅他吗?其实魏生荣心里也清楚地知道,儿子不是不肯原谅他,而是因为有柳叶梅和那个不争气的二儿子魏守业。柳叶梅和魏守业犹如一道深深的鸿沟,将他们父子俩无情地隔绝开来,一时竟无法逾越。

怪谁呢?一切都无法挽回,这枚苦果只能自己留着慢慢地咀嚼、品味。

工作了一年之后,魏继业最终还是被父母的病牵拽回来了,可能这就是上帝在冥冥之中的安排吧。继业有时候不得不这样想,来给自己心理上增添一些慰藉。

# 第三十二章

继业陪妈和爷爷、奶奶吃了饭,就准备去三社找村主任王杨锁商议修路的事。即使油路一时半刻解决不了,也总得垫一垫,不然在这一个月里,葫芦湾的人又要与世隔绝了。他踌躇了半天也难下决心。他很为难,不知道能不能说服王村主任组织村民修路,更不知道能不能组织起来。

他觉得应该找宋安然讨讨主意。按理说他应该找罗毛蛋的,罗毛蛋是社长。可他知道,这事很复杂,找罗毛蛋屁用不管,他充其量也就是个通讯员,他还没有前社长宋安然的号召力强呢。村里人背地里经常说,罗毛蛋其实就是宋安然的傀儡。

继业到了宋安然家的时候,油坊的榨油机正在"轰隆轰隆"地响成一锅粥。宋安然一个人在业务室看书。

赶着送了一趟油,又修了半天机器,宋安然此刻总算静下心来了。

继业佩服宋安然看书的本事,说:"这么吵你也能看进去?"

宋安然笑了笑,说:"那只能说明你不理解什么叫闹中取静。"又问继业,"吃饭了没?没吃饭让你大姑给你炖羊肉。还是冬天的羊肉,得赶紧吃。"宋安然从来就没拿这个侄儿当外人。

"早知道你们吃羊肉,我就不在家里吃饭了。"别说宋安然没把继业当外人,就连继业自己来姑父家,也没把自己当外人。

"哪里是我们没吃饭?我们早就吃过了。我是说你要没吃,专门给你炖。"又说,"今天回镇里不?不回喝两杯?家里有啤酒。"

"今天不想回镇里了。不过不想喝,还不如杀两盘。"

"行,杀两盘就杀两盘。"

继业摆了黑棋,宋安然摆了红棋。继业就让宋安然,"你走。"宋安然也让,"你先走。"继业又让,"你红棋,你先走。红先黑后,死了不臭。"宋安然还让,"还是你先走。你不知道我喜欢后发制人。"

继业就不再客气,说:"我先走就我先走。捏子为动,不能悔棋啊。"

"好,君子一言,快马一鞭。"

"好,当头炮!"魏继业话音刚落,当头炮已经安上了。

宋安然平时不太想和继业下棋,但他不会对继业说明。只要继业提出和他下棋,他一般不会拒绝,除非真的很忙。他不想和继业下棋不是因为他的棋臭,害怕下不过继业而丢面子。事实上他也不会轻易输与继业,往往还略胜一筹,他只是在心理上有一种排斥。继业和他下棋的风格迥然不同,他下棋从来不出第一招,而喜欢根据对方出招后发制人,以不变应万变。他的棋风喜欢防守,讲究稳扎稳打,步步为营,棋子之间遥相呼应,盘根错节,每一步棋都讲究扎"根"。他十分注重棋局的整体布局,以细节上下的功夫最多,所以他下棋速度很慢,四平八稳,经常让继业催促;而继业的棋风与他截然相反,继业的棋风以凌厉的攻势见长,逢山开路,遇水搭桥,大刀阔斧,一气呵成,速度快得令人眼花缭乱。看似横冲直撞,实则章法不乱,套路娴熟。有时候你看着是个破绽,却是他故意布的迷阵,内里暗藏杀机。有时眼看被你杀得溃不成军也不慌乱,不知突然从什么地方冒出一个暗藏的棋子,出奇制胜。口中还不时地念念有词,"釜底抽薪""闷棍""海底捞月"……就是这种咄咄逼人的貌似心理战的气势,让人时时有一种心惊肉跳的感觉。宋安然的镇定在继业凌厉的棋风面前往往显得那样力不从心,只有招架之功,没有还手之力。所以,他一和继业下棋,就会无端地感到紧张。明明知道就是下个破棋,有什么好紧张的,但一下开就会无端地紧张,不由自主。

宋安然看今天继业的棋势除了没有平时那种咄咄逼人的气势,好像还有些心不在焉。两盘下过之后,打个平手。

宋安然估摸着继业有什么心事,就问:"我看你今天不在状态,是不是有什么事?"

"烦。"

宋安然把棋一推,说:"年纪轻轻的烦什么?烦就别下了,喝几杯去。"宋安然知道,继业平时不喝酒不会和他说什么心事,只有喝点儿酒,才能打开话匣子。

回到正房,魏灵芝在里间躺着看电视。宋安然开门向她招呼一声:"嗨,起来弄两个菜吧,继业回来了,我们喝两盅。"

魏灵芝从卧室出来,看上去有些慵懒。魏灵芝平时的慵懒是一贯的,好像这辈子就没有睡醒的时候。唯有干起农活儿来，像逮住贼似的，判若两人，虽然干活的效率与质量不敢恭维。

继业和大姑打了招呼，大姑对继业笑笑，有些不好意思："看电视看着睡着了。吃饭了没？大姑给你做。"

继业说吃过了，魏灵芝就没再说什么，给继业倒了一杯茶，就到厨房弄下酒菜去了。

继业坐下喝着茶，想着心事。他有好多话想跟姑父说，但又不知道该从何说起。破路的事只是一个衍生，不占主要地位。除了表哥宋风凡，姑父也是他最信赖的人，他有什么话都愿意同他们说，工作、学习、感情。他们不但能耐心地听他倾诉，还能给他排忧解难，指点迷津。

菜还没弄好，继业看见高美香手中拿着什么向这屋走过来。油坊业务室的东窗户和客厅的西窗户对着，只隔着大门道。旧房子的客厅原来是没有西窗户的，盖了油坊以后，为了方便照应，宋安然在翻盖新房的时候，就特意在西墙上留了一个大大的窗户。油坊来了人，坐在客厅里一目了然。

高美香看到继业在，还没等继业打招呼，她就先招呼上了："继业上午回来吗？哟，俩人干咂酒倒喝上了。"高美香的脸上似乎永远洋溢着灿烂的笑容。她虽然也四十多岁了，但却活力四射，浑身总散发出青春的气息。

继业赶紧给高美香让座，说："四妈，坐，不忙吗？"

高美香的男人魏生金和魏生荣、魏灵芝都是堂兄妹关系。因为魏生金在他们叔伯弟兄几个中排行老四，所以继业叫高美香四妈。

"不算忙。路翻浆，油葵一时调不回来，现在又是淡季，能有多忙？这不，趁着有闲空，给你姑父交代一下过年以后的账目。"高美香不单是会计，还身兼数职，业务员、质检员、保管员，其实就是"大内总管"的角色。

"我四爹在家吗？叫他过来一块儿坐吧。"继业说着就要打电话。

高美香赶忙说："你四爹被老板请去了，做开工前的准备。"

高美香又想起什么，说："哎，你回来你妈保险又跟你念叨媳妇的事了，前两天还跟我说了半天。你可真得抓紧呀，你是不知道，你妈想媳妇都快想疯了。怎么样，什么时候领回来让我们见一见？"高美香是个很会找话题调节气氛的人，她在什么场合，什么场合就不会冷清，不会沉闷。

继业淡淡地笑了笑，说："难说，我也不知道，最终能不能成为我媳妇儿。"

"咋了，闹别扭啦？"

"还是坚持让我回首府嘛。做了几次工作就是做不通,不回咱这小地方。"

"那还等什么,你赶紧回去呀。"

"唉,哪是那么容易的事,你看我妈现在的样子,我咋能离开她。"

"你看你,光往里葫芦(河套方言:'葫芦'即糊涂的意思),不往外葫芦。你现在守在你妈跟前能替下她吗?还不如你到首府发展。等你发展好了,成了家,把你妈接到城里,不比她在这里享福吗?"

"我也不是没想过,可是我妈不愿意到城里去。再说还有我爷爷奶奶呢。"

"你爷爷奶奶用你操心吗?一朝人不管两朝事,你爸他们弟兄四个又不是不管你爷爷奶奶?是你妈自己揽着管呢。她一大包大揽,正好人家落个轻松。"

"我妈这么多年跟我爷爷奶奶有感情了,离不开了。"

宋安然听高美香说出这话,有些走偏,就给高美香打圆场:"继业也是为了他妈着想呢。不过,你四妈说得也没错,这些本不应该是你妈的责任。"

高美香也听出了宋安然话里的意思,"唉,这是什么事情呀。该管的都躲着不管,倒叫不该管的管个没完。继业,你不要多心,四妈不是挑拨你们和你爸他们的关系,你爸中间还隔着个柳叶梅,也难为呢。"继业的爷爷魏万仁和柳叶梅这个媳妇的关系很僵,这是葫芦湾的人都知道的。"倒是你的三个爹爹我不敢恭维。古人说,父母在,不远游。可是他们一个个都躲得十万八千里,一年也难得回来几趟。你爷爷奶奶虽然强健,生活能自理,但毕竟上了年纪了,说不定哪阵儿发生点儿什么。四妈是不忍心看着你被拖累,你说你待在咱们这地方能有什么出息。巴掌大的一洼水,再扑腾,能溅起多大的水花儿。"

继业何尝不知道这一点,大城市的公司多如牛毛,只要你有本事尽管折腾。他现在回来在林工站工作,能有多大出息?何况同他的管理专业又不对口。

"咱这里虽然水面不大,可是深得很哪。"继业说的水深,指的是村子里这错综复杂的关系,还有旮里旮旯胡搅蛮缠的矛盾。这些想一想就让他头大。

继业忽然想起什么,说:"就咱这巴掌大的水注注,还有人要打算回来折腾呢。"

"你说谁打算要回来?"宋安然听了继业的话,似乎有些警觉。

"还能有谁?你们家我哥呀。我哥没告诉你吗?"

"他回来干甚?回来种地还是要接管我的油坊?"从宋安然的口气中不但

能听出他的意外,还夹杂着一丝嘲讽。

宋安然的儿子宋风凡在某政法大学硕士研究生毕业后,留在一家律师事务所当律师。宋安然不知道儿子是在和继业开玩笑,还是有什么别的打算。真要回来,这么大点儿的县城,能让他施展开拳脚吗?

高美香也关切地问:"回咱们县城当律师?"

"哪里是要回县城?他打算回来竞选村主任呢。"

"什么?竞选村主任?他回来竞选村主任?他倒真能想得出来。他一个名校的硕士生,干了几年律师,又乍猛回来竞选村主任?那还不得叫全县人民撅起屁股笑话死呀。"宋安然觉得太不可思议了。虽然他也在电视上看到过,某某地方研究生回村当村官儿,可他无论如何不相信自己的儿子也会选择这条路。他一个硕士毕业的律师当村官儿,不是电线杆刻手章——大材小用吗?

高美香看宋安然一副急毛火星的样子,就说:"你看你这人,听风就是雨。还没得到证实你倒先急起来了,兴许就是他们兄弟俩开玩笑呢。继业,你哥是跟你开玩笑吧?"高美香似乎也不相信。

继业觉得他们有些小题大做:"这有什么?如今大学生当村官很普遍。不过我哥只是有那样的想法,也不知道他打定主意没有。他说他回来竞选村主任是为了进行社会实践的,也就是社会调研。"

"放屁!他学的专业是法律。法律跟一个破村主任能沾上边儿吗?还搞什么社会调研,他以为他是中央领导啊。村里这些人,白天撅起屁股刨闹地,晚上趴在桌子上垒长城,嘴上不干不净谝是非,成天反过来折过去,就这么些鸡毛蒜皮,有甚调研头?即使有几个山鸿雀儿有些想法,也早就飞走了,剩下的都是愣大头了,有个懂道理的没?"

高美香赶紧打断他的话:"我看不见得,现在咱这里就不止一个山鸿雀儿呢。你不是曾经也讲过嘛,人不能妄自尊大,也不能妄自菲薄,怎么现在反倒说出这样的丧气话来?"

尽管现在高美香和宋安然仍旧以兄妹相称,但是因为有了那一层关系,又兼两人成天在一起工作,早就没有了高美香刚回来时那几年的拘谨。虽然他们不会在人面前放肆到荤素不分,但已经相处得很自如了,早就混淆了妹妹与妻弟妹之间的界限。

说话间,魏灵芝端上了下酒菜,一盘炒鸡蛋,一盘火腿肠,还有一盘辣豆干,一盘咸菜。高美香就半真半假地和魏灵芝开玩笑:"姐,凡凡要回来竞选村主任,你同意不?"

"挺好。在哪不是过日子,非要离家那么远,两个娃娃一年也见不上个面。"魏灵芝说这话时,脸上没有多少表情,语气也显得不咸不淡。

"挺好个屁,"宋安然又对高美香和继业说,"你跟她能说清个道理。继业回来三年了,干出些甚成绩?你刚才还说,屁股大的地方,能干出个甚名堂?"

"是啊,我也不知道当初的选择对不对。哎,反正现在已经这样了,再说吧。"他们都能从继业的口气中听出他的无奈。

宋安然意识到他的话实在不合时宜,这本来就是继业的一块儿心病,他为凡凡的事一急,就冲动了,反而给继业火上浇油。他赶紧岔开话题:"来,喝酒管喝酒,不要提荆州。"宋安然赶紧把酒倒上,高美香推辞不喝,宋安然也没强求,他和继业共同又干了一杯。

高美香是个聪明人,她知道继业一直在这件事情上很纠结,但一时又不知道该咋劝他,只好把话题再次引到宋风凡身上来。

"凡凡回来我倒是觉得挺好。自从凡凡上了大学,也八九年了吧?八九年你们一家聚少离多,这叫过日子吗?你看,凡凡要是回来了,我姐也不想儿子了,你们一家就团聚了,一家人在一起有说有笑,乐乐呵呵,这才叫过日子嘛。再说了,凡凡打算回来,一定有他的想法,不会是一时冲动。"

"我倒有一个办法,可以让我哥打消了回来当村主任的念头。"继业说了一句就打住了话头,看着宋安然。

宋安然也看了一眼继业,不置可否。继业能有甚办法?有办法他早就劝凡凡了,还等着现在告诉他,用得着拐这么大弯儿吗?

高美香看一看俩人,就催继业,说:"你快说,快说,什么办法?"

继业神秘地笑了一笑,说:"就看我姑父的态度了。"

宋安然斜睨了继业一眼,依然没说话。

高美香倒有些急了,说:"你说呀,有什么办法你不要藏着掖着,赶紧倒出来。"

"要是我姑父出来竞选村主任,我哥不就没想望了吗?"

高美香一拍巴掌,表示赞同,说:"对呀,这可是个好办法呀,我咋没想到这一招呢。"又对宋安然说,"这才是天意,撺掇了你几年让你竞选村主任,你不干,这回看你再往哪躲。"高美香显得有些兴高采烈,仿佛她在摸奖,一伸手抓住了一条24k金项链。

"你们以为村主任是那么好当的?你们拼命撺掇我,是把我放在火上烤呢,知道不知道?"

高美香白了他一眼,说:"我们是为你排忧解难呢,你以为我们是瞎子领你跳枯井呀?你当了村主任,凡凡又能按你的意思留在大城市,这不是两全其美的大好事吗?"

"唉,谈何容易。现在的群众和政府的情绪总是对立着的,不管政府是不是为群众着想,群众都不认套。你要是认为政府是好主意,一心一意想着为群众办点儿实事,不管对错,群众都很难认可,就说你和政府穿一条裤子;你要是为群众说几句公道话,往往又不如政府的意,左右为难呢。"

高美香接过话头:"能一味怪群众吗?政府的官僚主义谁没有亲身体验?政府'好心办坏事'的例子还少吗?早年铲了小麦青苗强迫群众种糖菜,直到糖厂倒塌了,现在还有许多糖菜款没有兑现,政府一推一个六二五,到底肥了谁,伤了谁?九九年号召人们养奶牛,结果许多奶农掏了高价买了低产瞎牛,至今还有好多奶农欠着信用社的贷款没有还的指望,在政府挖的坑里打转转。这些事怪谁?除了领导们贪图所谓的政绩,谁能说清楚当官儿的在其间揩了多少油?有些事实在是把人们伤怕了。"

宋安然听高美香这样一说,也很有同感。"要不我就不愿意干,不抱油篓,就不沾油手。你们看一看,年轻人有一半都出去打工了,而且出去的都是有头有脑的,村里剩下的多是老弱病残,谁当上能变出个花儿来,还是能变出个叶儿来?你即使有个好主意,又有几个人能理解?"宋安然又想到了崔六子来投资这件事给他造成的被动。

高美香对宋安然的话有些不屑,"年轻人走出去咱们拦不住,可剩下的人也得想办法把地种好呀,总得有人领着大伙干呀,你能眼睁睁看着土地一年比一年撂荒吗?何况村子里四十多岁的人没几个出去的,四十多岁的人算老吗?应该正是有经验的年龄啊。"

"我要是竞选村主任,谁都会认为我是傻子。用现在流行的一句话说,脑子不是进水了就是被驴踢了。好好的油坊不经营,竞选甚村主任。放着爷爷不当,硬要当孙子?"

"噢,照你这样说,所有村主任、村书记都傻呀?脑袋都被驴踢了?都是抢着要当孙子啊?"

"他们哪里是傻?他们才不傻呢。咱们村也就是刘清水还算是个公道人。

除了刘清水,哪个不是王八一样的小眼睛?整天不干正事,就瞅着哪里有利往哪走,就连水费提成那么千把块钱,他们也像是一块儿元宝一样紧盯不放。"

高美香一听这话,不屑一顾地瞅了他一眼,说:"他们没有其他来钱处,不就指望那点儿钱吗?要不是有那些'吃口',谁会稀罕那个'恶水罐子'呢。说实话,村社干部的工资确实不算高,这就是矛盾的地方。要是有人能把我们村的经济搞上去,村社干部的待遇自然就能上去;待遇一上去,村社干部的积极性能不高吗?真要是能达到那个地步,你不好好干,自然就被群众选下去了。"

"是啊,'天下熙熙皆为利来,天下攘攘皆为利往',从古到今都是这个理,我也不是不理解他们。村社干部也不可能都是圣人,他们首先也得吃饱饭呀。"宋安然又想到了因为水费辞掉社长的窝囊事。"我只是看不惯他们只拿钱不为群众办事的作风。"

宋安然话音刚落,就被高美香将了一军:"正因为他们没有那么高的觉悟,没有那样的高风亮节,我们才想选你当村主任呢。你为甚就不能当一回跟他们不一样的村主任,把人们的心劲儿提一提?"

"你们不知道,真正想当个好村主任,并不是你们想象得那么容易,麻烦事多着呢。闹不好就成了公公背媳妇——吃力不讨好,徒狐子打不住,惹一屁眼臊。"

高美香一听这话,拍着手笑了,说:"嗷,你平时老嫌人家光拿钱不办事,自己又站在高坷台上看笑话,'不抱油篓,不沾油手',你这是一种什么心态啊?嗯?原来你也不是有多高尚呀,只不过是五十步笑百步罢了。你有资格笑话王杨锁他们吗?你这是标准的隔岸观火啊。"

宋安然一时语塞。忽然,他幡然醒悟似的转向继业,问:"嗷,我明白了,是不是你们演双簧,串通好了逼我就范?"

继业一愣怔,看了一眼高美香。高美香鄙夷地看着宋安然,说:"我们串通好逼你?你也太高看自己了吧?一个烂村主任你爱当不当,我们有必要操那么多心吗?"

"我不是说你,我是说继业和凡凡。"

"哎呀,姑父,你可是冤枉我了,不信你给我哥打电话问一问,是不是他告诉我的。我虽然也希望你当村主任,可是用得着拿这种小伎俩诈你吗?说心里话,我巴不得我哥回来当村主任呢,那样我们又能整天在一块儿了,多好呀,我有甚心事就能当面和我哥探讨了。"继业说得眉飞色舞,眼神中透出无限的向往和满足,那种神情好像宋风凡已经是红柳地的村主任了。

继业又跟宋安然喝了一杯酒说,"姑父,我给你提一点儿意见,你不要怪我。"

"甚,你尽管说。"

"你甚也好,唯有这一点我不赞成。"

"哪一点?"

"你做事就像你下棋一样,老是防守,防守,从来就不喜欢主动出击,瞻前顾后,患得患失,老是害怕走错一步。人要是老那样,就变得越来越世故,越来越消沉了。叫我说,你早就应该出手了。"

高美香也顺水推舟,说:"说真的,我看继业这是个好办法,你真应该好好考虑考虑了,不能光顾着自己挣钱呀。你看,村里多数人认为你有想法,有主意,做事又公道,大伙儿多么希望你能站出来竞选村主任,领着大伙儿改变红柳地的面貌呀。你不能一而再再而三地拒绝大家的好意呀。你要是再这样下去,等众人心凉了,就真的没人抬举你了。你要是当了村主任,众人的心劲儿提起来了,凡凡也不可能回来和你争了,红柳地的面貌也有望改变了,这是一举几得的好事啊。"

宋安然沉吟了片刻,有些不好意思地笑了,说:"你们这样一分析,还真是有那么点儿道理,可以考虑考虑。"

高美香似乎比谁都着急,好像怕宋安然立马又反悔似的,说:"明明白白的事,还用考虑甚?定下来就是了。油坊的事不用你操心,我能拿得下来。"

宋安然就笑她,说道:"你现在急顶甚用?秋天才换届呢。"

"你定下来了,就能开始竞选啦。你看美国选总统,提前两年就开始竞选活动了。"

"你以为这是选美国总统啊。"一句话把几个人都说笑了。

这时,继业想起他来这里的目的,说:"姑父,有个事需要向你请教。咱们这条路再拖不成了,指望崔六子给修是瞎子点灯——白费蜡。你说我要找王杨锁,王杨锁能不能组织起村民来?"

宋安然思忖了一会儿,说:"我看找王杨锁未必顶用。一来有鬼六子支着跶子呢,二来你不知道关于修路这码事的故事吗?"

继业知道姑父说的是那年修油路时的事。至今,其他几个社的村民在谈起当年修油路的事,依然对多摊了土方耿耿于怀。

继业挠了挠头,显得一筹莫展,说:"那你说还这样凑合着?"

"找还是要找的,不过你找怕是不行。你不知道王杨锁是个甚人?光顾自己捞油水,不肯踏踏实实干工作,还爱嫉妒人,你找他说不定适得其反。还是我来试试吧。"

"假如他要是不同意咋办?今年再不修实在走不成了,连摩托车都很难行走了。"

"修!再不修就把我们困死了。这次即使村里不组织,我出钱也要好好修一修。再要等鬼六子,恐怕等到地老天荒也等不到了。"宋安然当然没有提鬼六子打算修路的事,一来他认为根本不靠谱;即使鬼六子真想修,八字还没一撇,现在说出来显然揭得锅盖早了些。

"你出钱修?你出钱不是替鬼六子服务吗?"高美香有些吃惊。

"咋能是替鬼六子服务呢?没路可是我们自己受难为了呀。"

"唉,南圪卜那么深的壕,垫也是杯水车薪。要是不把路基垫起来,还是翻浆。"继业不无忧心地说。

"那就彻底把它垫起来,垫到同两边一样高。"

"关键是那么深的壕,没有桥,还不得被水淹?"继业又提出一个问题。

"那就做它一座桥!"宋安然毫不犹豫地说。

高美香和继业同时吃了一惊,说:"哎呀,那得花多少钱呀。"

"不管花多少钱也得修。这次要么就不修,要修,就得把他修成功,再不能凑合了,劳民伤财。"宋安然的话说得斩钉截铁。

# 第三十三章

继业走后,宋安然陷入了沉思。他出了门,信步向海子边走去。

每当宋安然有什么不如意或解不开的心事的时候,他都要到海子边上来转转,看轻风吹过水面荡起阵阵涟漪,听水鸟啁啾鸣叫着掠过头顶,望远处的芦苇林和蒲林,想象着它们之间到底潜藏着多少秘密,心中的块垒就在这画一般的景色中如春雪消融般渐渐融化开来。刚开春,海子里的冰面还没有完全消融,冰面在夕阳的映照下,泛着粼粼的金光,海子上面蒸腾着轻纱一般的雾霭,朦朦胧胧,如梦似幻,令人沉醉。远处的芦苇丛中,隐约听得几声野鸭"嘎嘎"的叫声,看不到野鸭的身影。但宋安然能想象到野鸭欢快地拍打着翅膀,在刚刚消融的水中惬意畅游的情景。真是春江水暖鸭先知啊。

宋安然想,这一切景致其实丝毫不亚于画中的风景,只是没有被人发现罢了。儿子说得对,都说葫芦湾是个穷地方,其实并不然,葫芦湾实在是"泥屋藏娇"呢,只是至今没有人发现她的娇媚所在罢了。平心而论,也不是没有人发现它的价值所在,是葫芦湾的人贪心不足,一味地拒人于千里之外。好不容易等来了崔六子,却弄成如今这样的结果。

现在村里一盘散沙,被人们称为"维持会"。俗话说,"放下坐的不坐,揽下一盘瞎磨"。但凡有点儿头脑的人,没人愿意揽这盘瞎磨。不过,高美香和继业的建议不无道理,总得有人担起这份责任,不能任由红柳地村就这样半死不活地自生自灭衰败下去。他是否需要认真考虑考虑?

宋安然拨通了儿子的电话,问一问究竟是怎么回事。

儿子在电话中告诉他,只是有些想法,还不成熟。同时劝他不要为他的事操太多的心,他能把握住。

宋安然又嘱咐了儿子几句,就挂了电话。儿子的话有些吞吞吐吐闪烁其词。宋安然心里明白,儿子是在搪塞他。儿子之所以搪塞他,是儿子不想让他为其担心,其实儿子可能早就打定了主意,儿子是个很有主见的人,他的劝告

纯属多余。高考时，儿子自作主张，没有听从他报考医学院的建议而考取了政法学院。虽然他当时心里别扭了很长时间，但最终还是没拗过儿子。那时候他才真正意识到，儿大不由爷，儿子真的长大了。

不过，还没容他再多想，崔六子的电话急急慌慌地打过来了。

"你急什么？火上房了吗？"

"怎么能不急？今天可是第三天了。他可是个很守信用的人啊。"

"哟，这两天光顾忙，倒把这事给忘了。行，我打电话问一问，他给我答复了，无论借与不借，我都给你回话。"挂了电话，宋安然偷笑了，他哪有那么大的忘性。魏生荣没给他打电话，说明这事不靠谱。本来做中间人没自己一分钱的利益，还要担一份儿责任，他何苦要撑着揽事呢。揽事揽事，往往就揽下了不是。

宋安然挂了崔六子的电话，想了一想，还是拨通了魏生荣的电话："大哥，崔六子又打电话催了，你考虑得怎么样了？"成与不成，做事总得善始善终，不能虎头蛇尾。要不然也对不起崔六子泥水地里来接送他的那一趟辛苦。

魏生荣在电话那头回答得很痛快："行，你可以告诉他，这钱我借给他。我还正准备晚上给你打电话呢。不过你得给他讲清楚条件，看他敢借不敢借。我已经把借款合同草拟好了。"

"你真的打算给他借钱？"宋安然有些吃惊。

"当然是真的啦。你还担心他耍我吗？我这么多年都是干甚吃喝的？他要想耍我，还嫩了点儿。"

魏生荣在电话中告诉宋安然，要他向崔六子交代清楚他开出的条件，主要有三点：一是用崔六子的公司做抵押——当然不是全部，全部就成了不平等条约，有了乘人之危的嫌疑，他魏生荣不想让人戳脊梁骨——如果崔六子不能按时履约还款，可以通过评估公司评估，魏生荣可以将借款折价入股；第二是借款期限为一年，半年一结息；三是利息按三分五计算。如果这三条崔六子都同意了，明天就可以到公证处去办借款手续。至于其他的一些细枝末节，都在合同里写着，不重要，只是形式，见了面再商谈也不迟。

宋安然觉得，三分五的利息是不是高了些。在村里一般借钱都是一分五，最多不会超过二分，三分五的利息好像已经带了点儿乘人之危的意思。这样传出去会不会对魏生荣的声誉造成影响，认为他唯利是图。毕竟是一个村子的人，名义上又是为了修自个儿村子里的这条油路。于是他又跟魏生荣商量，

"三分五的利息你觉得高不高?"

"不高。现在三分五可以说是最低行市,五分一毛的也多得是,而且利息基本上是一个月一结。我给他半年一结息是看在他不是盈利的项目上的,以这样的条件借给他,已经是最优惠的待遇了。在商言商,我这儿可不是慈善机构啊,他要是嫌利息高,可以不借。"

"你真的一点儿也不担心?到时候他还不上钱怎么办,你还真想和他掺和?"

"为什么不能?现在投资土地的人多的是,我也认为那是将来的发展方向。"

"你以前不是不愿意嘛。"

"原来是原来,现在是现在,去年的皇历今年还能用吗?此一时彼一时嘛。"

"行,那我就按照你的意思告诉他。"

真是咄咄怪事!宋安然很是纳闷,魏生荣怎么会一下子来个一百八十度的大转弯。当年他劝魏生荣投资葫芦海子的时候,魏生荣没有一点儿兴趣,现在怎么突然想着要跟崔六子搞到一起呢?他掺和进来还是得受崔六子钳制,他就心甘情愿受崔六子摆布吗?

宋安然无论如何换着角度琢磨,也难解心中的疑惑。

宋安然挂了魏生荣的电话后,马上又拨通了崔六子的电话。宋安然按照魏生荣的吩咐告诉了崔六子借钱的条件,没想到崔六子连犹豫也没犹豫,立刻就答应了,并且一再靠实他,明天一准办。

宋安然觉得不可思议。原本他认为这是无论如何也不可能办成的事,却一拍即合,成了。真是世事难料啊。

宋安然从崔六子恨不得连夜办成的急切口气中,听得出崔六子如热锅上的蚂蚁一般的焦灼情绪。由此判断,不管这钱用在哪里,魏生荣这两百万,可能是崔六子最后的救命稻草了。

礼拜一的一大早,宋安然刚刚放下饭碗,崔六子就开车过来接他了。车上还坐着崔六子的法律顾问翟律师。

宋安然吩咐魏灵芝给客人沏茶,又对崔六子说:"不忙,这么早去魏生荣家,说不定赶上柳叶梅倒尿盆子。"魏灵芝拿眼剜一眼宋安然,"臭嘴!"一边向他示意,意思是翟律师也在,不怕人家笑话。

宋安然明白魏灵芝的意思，不以为然地说："翟律师又不是外人，何必介意。再说我是开个玩笑，你看看她倒当真了。你看城里人谁家还有尿盆子，人家的马桶比你的和面盆都干净。"

魏灵芝又骂宋安然："真是个恶心怂。"

翟律师笑了笑，未置可否。

崔六子接过话头对魏灵芝说："不要理他，他去了就是想喝尿，人家柳叶梅也未必给他接下了。"

崔六子的一句玩笑把魏灵芝给逗乐了。

到了魏生荣家，魏生荣已经收拾停当在家等着。几个人寒暄了一番，宋安然给每人沏了一杯茶，魏生荣就开门见山，拿出了借款合同叫崔六子看。

崔六子看得很仔细，看了一遍，皱了皱眉头。他将其中的一条指给翟律师看，翟律师正好也在仔细审阅那一条。

看了一会儿，翟律师笑着对魏生荣说："大哥，这一条是不是有些苛刻了？"

"无所谓苛刻不苛刻，这些都是格式化的东西，例行公事。崔老板那么大的摊子，再怎么也不至于落到那种地步吧？"魏生荣依然笑眯眯的，满脸的漫不经心。

崔六子也笑了笑，说："大哥笑话我了。我要是敢跟大哥比，那就是猴子抱大象——不知道自个儿几斤几两了。"崔六子脸上的笑有些苦涩无奈，皮笑肉不笑，很牵强，让人看着很难受。

翟律师也说："这合同一旦签了字，就是板上钉钉的事了，不容更改。崔总，你看着办吧。"

魏生荣依然一副泰然自若的神态，说："你们再从另一个角度想一想，如果你的公司经营得好，这区区两百万根本不是个事，这一条纯粹多余；万一你的公司遇到什么状况——我是说万一——就肯定不是两百万能解决的事了。那时候有人肯给你注资，应该是求之不得的好事啊。一般在这种情况下，几乎可以说都是隔岸观火、见死不救的人，不落井下石就已经不错了。翟律师你说呢？甚时候机会和风险都是对等的，这对我们双方都是很公平的，甚至于对你们是有利的。天下没有免费的午餐，你们说是不是？"

宋安然没看合同，不太明白他们的争论在什么地方，也拿过来看。当他看到合同上有"百分之五十一"的地方时，才明白他们说的是股份的事。那条写着，如果不能按时履约还款，就将公司的全部财产折算，魏生荣按照百分之五十一的股份收购,补足崔六子的差额。真要是那样,就是魏生荣控股了。宋安然不得不佩服魏生荣的老谋深算,大鱼吃小鱼可能就是这样的吧?这算不算举重若轻?

见崔六子和翟律师不吱声,魏生荣又打哈哈:"别担心,没那么严重吧?不至于,不至于。说句实话,种养业跟其他行业相比,本来就是个投资风险较高的行业。虽然这么多年我离开农业社了,但农村这点事儿我并不陌生。为什么?因为左右他的因素太复杂,可控性太差。例如市场的不稳定性因素,气候变化的不可控因素,农田作业的复杂性因素,等等。要不咋说'三天学会个买卖人,一辈子学不会个庄户人'呢。不但风险大,投资周期又很长,回报率相对又低,但凡有稳定实业的人没人愿意投资这一行。兄弟能一心一意搞农业开发,单凭这一点就令人钦佩。话说回来,按道理我现在的生意你们也都知道,熟门熟路,没必要掺和进这个行当。为什么我愿意把两百万借给兄弟?一是凭兄弟的能力,从白手起家做到如今这么大,哥放心你,这只不过是个小土圪垯,很容易就迈过去了;再有一点是如果我能帮着兄弟渡过难关,葫芦湾的父老乡亲都能受益,也算我对父老乡亲们有个交代吧。"魏生荣的这句话尤其厉害,一语双关,你如果十分在乎,就说明你确实遇到了重大危机。你一旦遇到了重大危机,风险也就成倍地增加,更没人敢给你融资了,你就等着破产吧;你要是确实没那么严重,还害怕什么条件的苛刻呢?同时又把自己描述成了崔六子乃至于葫芦湾的救世主。

所以这句话犹如在崔六子背后推了一把,叫崔六子无法回头了。

一切谈妥以后,到了公证处,就是个手续问题。

事情办完以后,魏生荣说:"饭店已经安排好了,今天我做东。"

崔六子推说今天事多,忙不过来,等改天不忙了他请客。

魏生荣看看天色尚早,也没勉强。他知道崔六子也是个很要面子的人。于是,任由他和翟律师先走一步。

下　部

下　部

# 第三十四章

挂了父亲的电话,宋风凡一时陷入沉思。

父亲知道这事只不过是迟早的事。宋风凡其实并不想对父亲隐瞒。即使想隐瞒,怎么可能瞒得住?四年前他已经瞒过父亲一次,这让他心里在好长时间内承受了很大的压力。那次与其说是"瞒",莫不如说是"骗"更准确一些。

考上大学时,父亲希望他一直读书,读了本科读硕士,读了硕士读博士,读了博士再读博士后,如果能读上院士最好。

宋风凡笑了,笑过后调侃似的问父亲:"读了院士以后再读甚?"

"院士上头还有?"宋风凡似乎通过电话看到父亲一脸的茫然。

"哦,是应该读到头了。"宋风凡没有对父亲解释这些学位是怎么回事,尽管父亲的想法显得幼稚可笑,宋风凡还是想让父亲的梦想尽可能地延长一些。人有时候需要活在一种虚幻里,因为在那里能找到现实中找不到的乐趣。

但宋风凡在硕士未结业的时候,就曾一遍遍地问过自己,一直读下去究竟意义何在?他所学的知识是拿来为促进社会的文明进步服务的,这才是所学知识的本质,正所谓学以致用,而不是用来装门面的,难道非要学至范进五十四岁中举而疯掉的荒唐地步吗?社会是个更大更广阔更加丰富的课堂,不是学校可以比拟的。他对现在的教育体系和教育理念颇有微词。换言之,他认为现在的教育体系和教育理念,不是放飞学生的思想,而是将学生的思想努力装进某种模式里,在某种程度上变异成禁锢、束缚思想的囚笼。

去年腊月,宋风凡早早就请假回家了。一来腊月十八妹妹菲菲要出嫁,二来自从上了大学,就没有好好陪过父母,多数寒暑假勤工俭学不回来过。硕士毕业参加工作后,更没有时间回来陪父母了。

宋风凡对父亲的理解,始于渐渐懂事的时候。他和妹妹菲菲是从小在父亲的教育下长大的,母亲对他们的教育几乎持一种放任自流的态度。当他渐渐懂事的时候,就开始在父亲的引导下,把自己的父母同别人家的父母做比较,对这种差异有了较为深刻的理解。父亲说,母亲因为有病,尤其更需要儿女的尊重。正因为有了父亲的正确引导,母亲的低智商才没有在他和菲菲的心理上留下任何一丝阴影。母亲虽然智商不如常人,但母亲用她柔弱的肩膀操持着他们的生活起居,承载着一半的家庭负担,母亲任劳任怨。母亲不会像父亲那样,讲什么道理来教导他们,但母亲对他们的冷暖饥饱却每时每刻都挂在心上。所以,他对弱智的母亲充满了感激。

而对于父亲,宋凤凡更多的则是理解和敬重。他知道父亲和母亲的故事,父亲娶了母亲是出于无奈,这种无奈不是由于父亲软弱,而是父亲的善解人意和感恩心理。父亲为报答姥爷一家的接济照顾之恩,为成全奶奶对姥爷一家报恩的心愿,最终娶了母亲。以父亲的聪明才智,完全可以实现自己的宏大愿望,但父亲没有。父亲宁愿选择这样一种生活方式,吞下遗憾的苦果而放弃自己的梦想。父亲甘愿自己背负一辈子沉重的人生十字架,也不愿背负一辈子良心债。在日常生活中,他看不出父亲对母亲明显的冷漠与厌恶,尽管母亲的智商不如常人。但宋凤凡还是能于细微中体察出父亲心中的那一片悲苦。他可以感觉出来,父亲常常把那种磨盘一般沉重的悲苦深藏在心底,拼命地将它们包裹得严严实实。他知道父亲的良苦用心,父亲是怕影响到他们的健康成长,父亲是用了多大的毅力在努力克制啊。这一切,都是为了他们兄妹俩啊。父亲牺牲了自己一辈子的幸福,完成了作为一个儿子的任务,尽到了作为一个丈夫的责任,承担起作为一个父亲的担当。所以,在别人眼里看上去有些书卷气的懦弱的父亲,在宋凤凡眼里是那样伟大,伟大得无与伦比。

菲菲的婚礼几乎是由父亲一个人操持完成的。宋凤凡对婚礼的知识几乎是空白,所以,菲菲的婚礼他连一点儿都插不上手。

腊月十九回门,轮到娘家办酒席。父亲特意选在县里的"女神大酒店"来办,那是当时全县城首屈一指的酒店。如今人们生活过得好了,离城不太远的人家办酒席大多都到城里去办,一为体面排场,二图省事,不就是比自己在家办多花几个钱而已。

父亲如今是葫芦湾的首富,妹妹的婚礼酒席自然是不能太寒酸的,但也绝非奢侈,更谈不上豪华。不过"一九八八"的酒席在这样的小县城里已属中等偏上,当然只是与普遍标准比较而言。"一九八八"的标准只是席面上的饭菜的价格,不包括烟酒及其他一应花销。如果跟土豪们比起来,就有了天壤之别。父亲不愿意太张扬,父亲认为妹妹的酒席标准若定得过高,就有鹤立鸡群

之嫌。在这一点上,宋风凡与父亲的观点倒是出奇地一致。这个标准也是父亲采取折中的方式决定的。父亲说,咱有几个臭钱,也没必要从别人头上蹁过去,欺负人似的,图钱花了,还落个喜欢出风头的臭名声。

当然,"一九八八"的标准是按每张桌子十八个人配备的。之所以将原来十个人一桌的配置改为十八个人一桌,并且美其名曰响应十八大号召,其实是为了规避政策。

宋风凡对父亲的观点很以为然。

婚礼虽然办得比较隆重,却有些寡淡,昙花一现。在酒店办酒席就有这么个缺陷,时间太短。吃席的客人匆匆地来,匆匆地吃喝,匆匆地离开,一个个似过江之鲫。有久未谋面的亲戚想多黏糊一会儿,无奈整个大厅里充斥着"喊哩嗵隆"的音乐击打声。那些声音毫不懂得安生,像一群受了惊扰的蝙蝠在努力寻找着出口,在寻找无果的困惑中于大厅各处毫无目标地瞎撞乱碰,掠着人们的耳边发际相互撞击。因此,你想听对方的说话声,还得乍着耳朵拼命听,把自己装扮成聋子;而说话的人则像吵架似的大吼大叫,有时甚至得配合肢体语言,张狂至极,手舞足蹈酷似疯子。交谈不了几句,双方就觉得兴味索然;有些人还想猜一下拳,行个酒令,一扭头,却见人们已经开始相互告别打招呼,有的桌子已经开始收拾残羹剩饭,顿觉无趣,遂也收拾走人。整个酒席似乎凸显的只有音乐而忽视了人气。远没有农村流水席那样热闹非凡,放肆地猜拳行令,声音能吼塌天,极度夸张;嘘寒问暖,激动时甚至潸然泪下,温暖能融化三九天的冰雪。人们就不免怀念起农村的酒席,如自家的炕头一样,无拘无束,恣意妄为,尤以有几个醉鬼,才是酒席办好的标志。而在酒店吃酒席,是很忌讳喝醉的。偶有醉酒失态的人,被认为是修养水平极差的人,在那种场合丢人败兴。酒醒以后,得接受好几天的芒刺在背。所以在酒店吃酒席,很少有醉鬼,除非你脑子预先注进了水。

席间到了点歌的阶段,宋风凡被点唱歌,他知道这一定是继业的主意。当主持人点到"欢迎新人的哥哥、我们的大律师宋风凡为大家献歌"的时候,宋风凡一下子有些不自在起来。不过他没有犹豫就落落大方地上了台,为妹妹送上祝福是他这个当哥哥的天经地义的事。

他为妹妹妹夫送上诸如"相亲相爱、白头偕老"之类的祝福语后,略一思索,唱了一首《儿行千里》。

宋风凡的嗓音不算出众,但这首歌宋风凡唱得声情并茂,感情充沛。宋风凡看到坐在前面的母亲早已泪流满面。唱到最后，宋风凡甚至几近哽咽。要不是努力克制着自己的感情，眼泪几乎夺眶而出了。

看到母亲泪流满面，宋风凡心头一阵悸动。好多年来，人们都说母亲弱智，可在那一刻，宋风凡突然醒悟了，母亲哪里是弱智。母亲只不过是把爱深深地藏在心底里，不善于表达或不轻易表露罢了。看到母亲泪水涟涟，五岁时的那件事，如同发生在昨天一样，那样清晰地展现在他的眼前。

五岁那年的那件事情，之所以刀刻斧凿般刻进宋风凡的意识里，是因为那是父亲为自己刻下的人生中第一块最重要的警示牌。从那件事情开始，宋风凡就有了清晰的自我规范意识，这是他感激父亲的最重要的一个方面，父亲对他们的教育一直表现得理性而温情。

那天，宋风凡和几个小伙伴在玩一种"扣泥钵钵"的游戏。这种游戏是将一块儿胶泥捏成窝头状，底部捏得尽可能薄一些。捏好以后，高高举起，然后口朝下，猛地往平地上一扔，底部就被气流一下子冲破，发出"啪"的一声炸响。那泥窝头捏得越大，响声就越大越清脆。

那天宋风凡贪玩儿，到了吃饭的时候还没回家，妈妈做好饭出去找他。没一会儿，宋风凡被妈妈拽着胳膊扯回了家。宋风凡一边不情愿地掣着身子，一边哭哭啼啼。早晨母亲刚刚给换的新衣服，溅得星星点点都是泥。一回家，宋风凡就向爸爸告状："爸爸，糖毛驴打我。"

可是让他不理解的是，爸爸并没有替他做主。爸爸略一愣神，对他怒目圆睁，把他按到地上就要揍他，说："这'糖毛驴'是你叫的吗？！"

可还没等爸爸的手扇到宋风凡屁股上的时候，妈妈一把打开爸爸的手，并且一把拉起地上的宋风凡，把他挡到自己的身后，以一种从未有过的气势，大声对爸爸吼道："你要干什么？！"

宋风凡从来没见过妈妈像这样发过怒，像一头暴怒的母狮。

"我要替你教训教训……他。"爸爸可能是要说教训这个兔崽子的，爸爸曾经骂过他好几次兔崽子，可话到嘴边却一下子刹住了车。不知是出于一种本能，还是妈妈刚才的气势唤醒了他潜意识里的警觉，反正爸爸控制住了，没有脱口而出。

"你凭什么打我儿子？"也许是刚才对宋风凡的余怒未消，现在经爸爸这样一掺和，妈妈就迁怒于爸爸的身上。此刻，妈妈被爸爸的话彻底激怒了，怒睁着双眼逼视着爸爸，仿佛他不是儿子的父亲，而是要怎么样儿子的魔鬼。如果

爸爸执意要打,妈妈一定会为了护他和爸爸拼命的。

"你不是刚才也打他了吗?凭什么你能打,我就不能打?"看到妈妈的样子,爸爸的气似乎已经消了很多。

"就是我能打,你不能打。两个人都打,还让不让人活啦?嗯,让不让人活啦?!"

就在那一瞬间,他和爸爸同时被震撼了。在那一刻,妈妈的母性淋漓尽致地迸发出来!宋风凡知道妈妈其实并没有真打他,只是在吓唬他。是他顺着妈妈的动作故意夸张地显示着委屈,以期引起爸爸的足够同情。

爸爸赶紧软下来了,说:"我哪里是要真打他,我是要给他讲道理呢。"

妈妈狐疑地看着爸爸,似乎有些不相信,问:"真的?"好半天,妈妈才将信将疑地放开了宋风凡的手。

爸爸笑着对妈妈说:"真的,我骗你干甚?你以为我舍得打儿子吗?我打过他吗?"说着,爸爸试图过来拉躲在妈妈身后的宋风凡。

宋风凡依然抗拒着,他显然被爸爸刚才的举动吓蒙了,一时不敢相信爸爸的话。爸爸过来轻抚着宋风凡的头,和颜悦色地对他说:"凡凡,你已经长大了,不能骂妈妈,再骂妈妈,爸爸可真要打你啦。"

宋风凡不明白,他对爸爸的指责感到茫然,所以一脸委屈地为自己分辩:"我没骂妈妈呀,我哪里骂妈妈呀。"

"你刚才还骂妈妈糖毛驴嘛。"

宋风凡更加觉得委屈了,说:"爸爸不是经常说妈妈是糖毛驴吗?"

听了宋风凡的话,爸爸一下子愣住了。爸爸愣了片刻,随即一下子把宋风凡紧紧地搂在怀中,好久,好久。

良久,爸爸才给他解释:"糖毛驴是不好听的话。是爸爸不好,爸爸不应该说那样的话。你以后也不能再说那样的话了,听懂没有?"

宋风凡还是有些不明白,说:"为什么是不好听的话呢?"

爸爸一时又愣了。爸爸思忖了一会儿,才对他说:"你说小羊是谁生的?"

"小羊是羊妈妈生的嘛。"

"小猪是谁生的?"

"小猪当然是猪妈妈生的呀。"

"那你是谁生的?"

宋风凡不明白,爸爸为什么要问这样简单的问题。他歪着头想了想,就反问爸爸:"我不是妈妈生的吗?"

爸爸十分肯定地说:"是呀,你就是妈妈生的呀。你想,妈妈要是糖毛驴,你是不是就成了小糖毛驴啦?"

"我不是小糖毛驴,我不要做小糖毛驴。"

"对呀,你要不想做小糖毛驴,以后就不能再说妈妈是糖毛驴啦。你要是再说妈妈是糖毛驴,你不又成了小糖毛驴了吗?"

"嗯。"宋风凡有些明白了,原来是这样。但他有些不放心,要是爸爸再说糖毛驴该怎么办,他和妈妈还不是糖毛驴吗?于是他就追问爸爸:"爸爸以后还说吗?"

"爸爸以后绝对不说了,爸爸向你保证。"

宋风凡还是有些不放心,就对爸爸说:"那就拉钩。"

爸爸很爽快地就答应了:"好,拉钩。"爸爸用他的大指头拉着他的小指头,父子俩齐声喊:"拉钩,算数,一百年,不许变!"

拉完钩,爸爸又语重心长地说:"妈妈有病,以后可不能对妈妈不好。你知道为什么吗?"

宋风凡想了想,对爸爸说:"妈妈是大羊,我是小羊。"

爸爸高兴地把宋风凡抱起亲了一口,说:"凡凡说得对极了。因为妈妈生了你,你长大一定要对妈妈好。你要知道,没有妈妈就不会有你。"

宋风凡顺从地使劲点了点头……

就是那一次,父亲打开了他的心灵之门。在以后的日子里,父亲循循善诱,教他懂得了如何尊重别人,如何做一个正直的人,做一个善良无私的人,做一个对社会有用的人。

宋风凡这时才意识到,这么多年只顾埋头读书、工作,忽略了对父母的关爱,没有尽到一个儿子的责任,更谈不上尽孝。所以他做出了一个大胆的决定,他要回乡,不管从哪个方面说起,他都要回乡!一个连生养自己的父母都不放在心上的人,还奢谈什么社会责任与担当,都是扯淡!那不过是为自己的功利目的盖了一块遮羞布罢了!

树欲静而风不止,子欲养而亲不待啊。

好些人不知道或假装不知道或拒绝知道自己的来路,也不知道自己为何来到这个世界,也不知道上帝将他生而为人究竟要他做什么,更不知道自己的灵魂最终将安放在哪里,只是糊里糊涂随波逐流地过着所谓的生活,只是浑浑

噩噩跌跌撞撞地被社会推着被人流裹挟着走完这个过程！宋风凡不知道这是社会的悲哀还是人性的悲哀！

对于一场酒宴花掉五六万块钱的做法，宋风凡如鲠在喉，不吐不快。五六万块钱要是放在贫困家庭里，够他们生活十来年。可在他们家里，把贫困家庭一家人十来年的日子，就在一天之内稀里糊涂地挥霍掉了，容易得像是打个水漂，只在瞬间溅起一串浪花，随即便消失得无影无踪了。

事后，宋风凡同父亲说起他的看法，父亲也显得有些无奈，人家从桥上过，咱也不能钻桥窟窿呀。好歹这几万块钱对咱们家来说不算什么压力，好多人家塌饥荒也得办，要不然在人面前就没法抬头。

宋风凡对这种虚荣十分反感，说："那不是打肿脸充胖子吗？"

父亲回答宋风凡："有什么办法呢，好多事情就是做给人看的。"

原来父亲也不能完全免俗。

宋风凡理解了，这是中国人普遍的心态。其实在他们的心里，对这种事情也是排斥的，但到头来却大多脱不了窠臼，被世俗裹挟其中，不能超脱。为什么？就是为了所谓的面子，为了满足一时的虚荣。这就是中国人的悲哀，宁可背后吞糠咽菜，也要争眼前虚幻的浮华。

这一与现代文明理念背道而驰的陋习，或者说只是一个破面子，让多少中国人陷入感情和经济的双重挣扎啊。

宋风凡也曾想过，以后有机会把父母接到城里来住。但他很快就否定了这个方案。父亲或许可以，要是让母亲到城里来住，无异于让母亲受了囚禁，坐了牢。因此，他才有了回乡参选村主任的念头。当然，参选村主任并不影响他当律师，他对自己的精力与能力有足够的自信，他参选村主任的想法除了能多一些时间陪伴父母，还有一个更重要的原因就是探索和完善农村法制建设的问题。

# 第三十五章

宋安然走后,高美香兴奋得坐卧不安。此刻她被巨大的幸福包围着。她一会儿对蓉蓉说:"过几天妈就带你去报名。妈过几天就去上班,妈要挣好多好多钱,供我蓉蓉上大学。蓉蓉上了学可要好好学习呀。"

蓉蓉恭顺地回答:"嗯,我听妈妈的话。"

她一会儿又对婷婷说:"妈妈再不回来的话,婷婷就是姨姨的女儿了,等你到了上学的年龄,姨姨要把你送到盲人学校,姨要让我婷婷也读大学。"

婷婷有些茫然,问道:"我要是成了姨姨的女儿,是不是也和姐姐一样,能叫你妈妈啦?"

高美香的眼里立刻涌满了泪水,她深情地亲了婷婷一口,说:"当然了,等过年你妈妈要是还不回来,姨就是你妈妈了。"

婷婷满足地喃喃自语:"我又有妈妈啦,我又有妈妈啦。"

高美香想起两年前婷婷那惊恐的让人怜爱的眼神,想起半年前婷婷无助地哭号的情景,再也无法抑制自己的眼泪,说:"你看把孩子恓惶成个啥样子。"

魏生金看高美香激动的样子,对她嗤之以鼻,说:"给人打个破工,就能把你激动成这样,至于吗?要是给你个官儿当,恐怕连我也不认识啦。"

高美香一噘嘴,说:"看你说的,我能挣钱不是好事啊?油坊日后发展好了,咱们也能跟着沾光。他不是说咱们借给他的钱算股份嘛。"

"咦,吃了葱想蒜,甚事也想干。能挣几个好工资就不赖了,你还真的把自己当成一瓣蒜?"

高美香很得意地说:"当然。不光要分红,一分红咱们就算是股东了。"

魏生金当然不知道,高美香激动并非只是因为宋安然让她去管理油坊,而是对她的能力的信任,对她人品的肯定。她的直觉告诉她,今天,可能是她命运中又一个重要的转折点,如同两年前一样。两年前的那一次,可以说是她生命的重生之日。

下 部

高美香的情绪里,当然不仅仅是激动,更缠搅着心酸、心痛和劫后余生的庆幸等许多无法言说的情愫。

回想两年来的一系列变化,高美香依然有一种恍若梦境的感觉。要不是两年前她在姑姑的旅馆里巧遇宋安然,现在还不知道自己在不在这个世上了,更别说能有今天这样的好日子。因此她从心底里感激宋安然,他是她生命里的贵人!

高美香一方面为自己能幸运地得到今天这样可遇而不可求的结局感到庆幸,一方面为刘甜妹担心。她不知道刘甜妹现在何处,过得如何,会不会也像她一样,在某个车站或者在某个旅馆,遇到一个宋安然这样的人。

这种假设再一次被她否定了,就连她这段经历都被自己认为是中了彩票大奖,刘甜妹能跟她一样幸运吗?这样的机率实在是太小太小了。所以,这种假设应该只是她的一个良好愿望罢了。

张泉老婆刘甜妹是今年春天离家出走的,出走的时候没有任何迹象,就连跟她关系最好的高美香也没有发现任何蛛丝马迹。直到魏生金翻盖南房,高美香去叫刘甜妹过来帮忙做饭,张泉才告诉高美香,他老婆已经两三天没有回家了。

高美香听了一怔,说:"她没说去哪吗?是不是走亲戚去了?"

"她哪来的亲戚?咋会是走亲戚?"

"你们俩是不是吵架了?"

张泉看了一眼高美香,未置可否。高美香的第一反应就是,刘甜妹可能离家出走了。刘甜妹曾经不止一次在高美香面前抱怨,说他们一家人根本没把她当人看,起码没把她当作他们的家人来看待,她在他们家受尽了屈辱。

刘甜妹的婆婆没瘫痪的时候,对儿媳管得很严,像看贼似的。刘甜妹的婆婆有佝偻病,身体弯成一只大虾,常常翻着白眼看人。但刘甜妹的婆婆脑袋不佝偻。不但不佝偻,且精明得很,她有足够的智慧和手段将媳妇纳入自己的掌控之中。她的手段就是用掌管经济的生杀大权紧紧地把张泉和张八斤控制住,使他们不能向刘甜妹倒戈。而刘甜妹又是个窝囊人。她因为是被张泉家花三万块钱买回来的,又兼异乡孤人,男人张泉又给她做不了主,家庭地位自然处于劣势,不窝囊也得窝囊了。因此,除了始终小心翼翼地保持着自己的人格不受侵犯,不被公公垂涎的阴谋所得逞,一般的小事她都选择逆来顺受,想以此慢慢稳固自己在这个家中的地位。她相信多年的媳妇总会熬成婆的。

婆婆瘫痪后,刘甜妹本来以为熬出头了,没想到情况更糟,除了经济大权从婆婆手里转移到张泉的手里,公公也对她进行更加肆无忌惮的骚扰。只是由于她无时无刻的警惕,才最终没能得逞。尤其是高美香嫁过来之后,两下里一对比,更觉得自己整天生活在水深火热之中。

有一次,刘甜妹含着泪告诉高美香一件折磨了她两年的难以启齿的不堪事。

那天晚上,已经很晚了,张泉还在村子里"打塌嘴"没回家,公公张八斤先于张泉回家了。公公回来没进他自己的房间,却径直进了儿媳妇的房间。张八斤进来时,刘甜妹刚睡下,正在给婷婷喂奶,满身酒气的张八斤醉醺醺地凑到跟前去戏婷婷。

"赶紧吃奶,赶紧吃奶,妈妈的奶奶多香呀,你要是不吃,爷爷可就吃了。"

那时婷婷刚过生日不久,眼睛还没睁。婷婷看爷爷在戏她,更不吃奶了,笑着要爬出被窝找爷爷。刘甜妹看着张八斤色眯眯的样子,又听他说出如此露骨的无耻话,知道他不怀好意,就将婷婷一把拉进被窝。

就在这个时候,令刘甜妹无法容忍的难堪的一幕出现了,张八斤嘴上说着"赶紧进去吃奶奶,别冻着了",借着往被窝里塞婷婷的机会,一只肮脏的大手已经伸进被窝,并且毫不犹豫地抓住了刘甜妹的一只乳房。刘甜妹根本没料到一个老公公竟会做出如此猪狗不如的事来。她想喊,却又不敢喊,怕惊动了婆婆,还不知道给她造个什么谣言呢。

情急之下的刘甜妹,也顾不了许多,一口咬在张八斤的胳膊上。张八斤立刻放开了攥着刘甜妹乳房的那只手,龇牙咧嘴地迅速将手从被窝里抽了出来。张八斤知道自己的卑鄙,抱着被刘甜妹咬伤的胳膊落荒而逃……

刘甜妹给高美香讲述那次不堪经历的时候,声泪俱下。刘甜妹说,除了高美香,她没敢再给第二个人讲过。因为跟高美香过心,她才找到了道冤的地方,不然她可能会被憋疯了。

所以,当她得知刘甜妹已经几天没回家,就猜出了事情的大概。

张泉比宋安然大两岁,跟罗毛蛋同岁。张泉跟罗毛蛋一样,因为一个猪嘴,又因为一个窝囊,差点儿被打入光棍的另册。张泉妈眼看儿子打光棍就要成定局了,才四处托人从四川给儿子领回个媳妇儿。

刘甜妹在张泉家几乎过着奴隶般的日子,有怨无处诉,有苦无处说。直到魏生金娶回高美香,刘甜妹一听说高美香是从通渭来的,就觉得十分亲近,大有他乡遇故知的欣喜。尽管她们俩的老家也隔着上千里路,但从感觉上,都来自一个方向,又都是外地人,操着有些不同于本地的相近的口音,于是就产生了一种同病相怜的情愫。俩人一见如故,好像她们许多年以前就注定了这种缘分。再加上她们两家又是房前屋后斜对过的邻居,交往得自然日渐密切起来。

高美香一看张泉的样子,已经可以百分之百断定,刘甜妹离家出走是确定无疑的了。

高美香问张泉:"走的时候带什么东西没有?"

张泉十分沮丧地说:"大概有两千多块钱给我留下一千,她的几件衣服也不见了。"

"她走的时候,没跟你说什么吗?"

"头天打了架,第二天她就不在了。"

"那你没找呀?不会是出了什么意外吧?"

"到哪去找?她一定是回了四川了。"

"那你也得找呀,又不是个小猫小狗,丢就丢了,那么大个大活人啊。"

"她要成心走,我到哪去找?找也是白找,恐怕现在早就回老家了。"尽管张泉十分沮丧,却是一副无动于衷的样子,根本就没有要找的意思。

"通知你妹了没?"

"通知她们干甚?通知她们也不会来。"

张泉的两个妹妹在未出嫁之前,就跟她们的老子形同陌路,只是例行公事式地定期来给她们的父母洗洗衣服。因为张泉脾气有些古怪,她们跟张泉的关系处得也不怎么热络。

高美香看一眼张泉那死猫儿扶不上树的样儿,气得什么话也说不上来了。她不能理解,张泉怎么能麻木到如此地步呢,一个大活人离家出走好几天,他硬是没向村里人透露半点儿消息。要不是她今天过来,张泉还不知道要瞒到什么时候呢,他可真能沉得住气。

直到此时,村里人才知道张泉老婆刘甜妹离家出走了。因为张泉父子与村里人的关系不怎么样,张泉自己又不着急,就没人张罗着去寻找刘甜妹。张八斤这段时间不知道是不是跟着赌博摊子去哪里刮野鬼去了,好长时间都没见过他的踪影。宋安然找了几个人倒是准备给找一下的,但张泉却提供不出任何有价值的线索,最后只好作罢。茫茫人海,这样漫无目的地满世界去找,不是大海捞针吗？

高美香看着已经走出心理阴影的婷婷，想想刘甜妹的遭遇，就觉得一阵心酸，一阵心寒，为刘甜妹也为自己的曾经，刘甜妹的经历与她何其相似啊。庆幸的是她现在找到了好归宿，而刘甜妹呢？至少走之前应该在她面前有所流露啊。刘甜妹现在到底是回了老家，还是在什么地方流浪？或者说跟了某个男人私奔？如果真是跟人私奔，如她一样，倒也不失为一种好的归宿。但要真是跟人私奔，也应该把女儿带着呀。难道是嫌女儿累赘吗？要真是那样，就不可饶恕了。

不知道怎么回事，一想到"私奔"两个字，高美香忽地脸上一阵发烧。因为她想到"私奔"的时候，不可避免地想到了宋安然。从形式上说她是跟着宋安然私奔的呀，可是，可是……她最终却嫁给魏生金……一想到宋安然，又想到就要每天同他在一起相处了，高美香心底就忽地涌动起一股心旌摇荡的情愫，那里面不单有感激、温馨，更有一种……高美香赶紧把思绪拉回到刘甜妹的身上。

还有一种可能，刘甜妹在外漂泊，因为没带孩子，没脸回老家见父母，就在某个地方悄悄结束了自己的生命。

想到这里，高美香就觉得后脊背一阵阵发凉。这种可能不是没有，人在万念俱灰的时候，是什么事情也可以做出来的，像张泉一样，竟能狠下心连自己的母亲都一把火烧死。他一定害怕他死以后，不忍心他的母亲被活活地饿死，才下如此狠心的。她完全可以想象得到，张泉在点火的那一刻，在即将剥夺自己及母亲生命的那一刻，内心经过怎样的挣扎。高美香能站在张泉的角度去设想，是因为她曾经也有过这样的经历和心理体验，只是因为有女儿的牵挂，才最终下不了狠心，就在一只脚已经战战兢兢地踏进鬼门关的时候，又及时地缩了回来。

而刘甜妹呢？不是万念俱灰，她能丢下自己的亲生骨肉离家出走吗？刘甜妹的遭遇甚至比她有过之而无不及。她那时是受不了男人的家庭暴力，而刘甜妹却遭遇生活的不幸、命运的不公和人格的侮辱几重压力。刘甜妹出走以后能不能脱胎换骨？高美香不敢想。

人的命运真是无常啊，刘甜妹简直就是自己的翻版。同样是无法忍受家庭的压力，又同样离家出走，不同的是她离家出走的时候是带着自己的女儿的。带了女儿，就多了一份牵挂，多了一份责任。刘甜妹则是一个人走掉的，走得那么绝然。高美香始终认为刘甜妹不是个狠心肠的人,她把婷婷留下来,是出于无奈。试想,她一个窝窝囊囊的女人家,带着一个瞎眼的孩子离家出走,那不是自寻死路吗?而最有可能的是,刘甜妹在死亡线上徘徊挣扎的时候,不忍心带着自己的女儿共赴黄泉,才把婷婷留下来的。她给张泉留下了一千块钱足以证明这一点……

高美香想,或许刘甜妹走一段时间,心里牵挂着婷婷,还会回来。可是,刘甜妹要是真的回来,看到这一片废墟的时候,该怎样面对呢,她会不会像她的公公一样疯掉呢?

# 第三十六章

　　张八斤游魂一般游荡回家的时候，已经是一周以后。

　　那时，村子里已经帮助张泉的两个妹妹，将张泉和他妈草草地下葬了。张八斤回到家里时，只看到一片废墟。他以为自己走错了地方，但仔细一看，确实是他们家。他不知道他出去的这段时间，家里究竟发生了什么，正房成了一片焦土，凉房的门也敞开着。他更不知道家里的人都到哪里去了。

　　过去两三家，就是电焊铺。电焊铺里有人，张八斤带着焦灼与狐疑急急慌慌到了电焊铺。魏灵芝的弟弟魏生昊正在和两个徒弟焊一些覆膜机、耖耙、点播机之类的农具。魏生昊冷冷地大略给他讲了一下他家的情况，媳妇刘甜妹离家出走了，张泉和他妈一把火上了西天，瞎眼孙女被高美香暂时收养着……

　　还没等魏生昊讲完，张八斤就一口气憋了过去，一下子仰面跌倒在他的院里，慌得几个人赶紧蜷胳膊窝腿带掐人中。折腾了好半天，才把个张八斤救过来。醒过来的张八斤却懵里懵懂魔魔怔怔，好像不知道刚才发生了什么事。歇了一会儿，他开始说一些莫名其妙的话，天上一句地上一句，没头没脑，不着边际。这时，他们才知道，张八斤被急火攻心，疯了。

　　张八斤疯掉以后，整天在周围的村子里游荡，碰到谁家饭熟了，就给他吃一顿。他的两个女儿虽然不怎么待见他，但也张罗着给他看过病。其实也就是从道义的角度去私人医院配些药，尽一尽义务，谁会送他去精神病院，那里可是要花钱的呀。

　　张八斤虽说疯了，但还是惦记着他的家人。有时候他也会在废墟的瓦砾堆里刨，有好事者就问他："你刨什么呀？"

　　张八斤就回答："刨人。"

　　"刨谁？"

　　"刨婷婷，刨张泉，刨老婆，刨媳妇。"

　　问的人也一阵黯然，就不再问，也不会劝他，任由他去刨。

魏万喜那时正当着社长。他虽然一直很厌恶张八斤的为人,但如今张八斤成了这样,也不能跟他计较什么了。他看张八斤不愿意离开他的废墟,也没有派人清理,权且留着给张八斤一些安慰。他又喊了几个人,将张八斤快要坍塌的凉房重新修缮了一下,权作张八斤的栖身之所。

看着张八斤如今的样子,高美香也同情起来。张八斤看上去放荡不羁,原来也不是个铁石心肠的人,他也有七情六欲,他也能被家里的不幸遭遇击垮而疯掉。张八斤手上刨着,嘴里还挨个儿喊着他们一家人的名字,你们藏到哪里了,藏得好深呀,一次也不让我找到啊。

高美香曾经有几次想告诉他真实情况,但张八斤已经听不进去了,他已经没有了正常人的感知能力和思维能力,他的思维已经完全沉浸在另一个世界里,一个不可能被常人理解的世界里。

高美香有时候听到张八斤的呼喊,想上去劝一劝,但她不敢过去,害怕回忆那天惨烈的一幕……

高美香每天收工比较早,因为她惦记着家里的两个孩子。每天去地里劳动的时候,她就把两个孩子锁在院子里,让他们自己在院子里玩。蓉蓉毕竟五六岁了,懂事了,还是能够照顾弟弟的。

高美香路过张泉家的时候,听到婷婷在院里大哭。高美香有些诧异,自从刘甜妹离家出走以后,张泉一般是不让婷婷出门的。

高美香去推院门,院门虚掩着。她推开院门进了院,看见婷婷坐在院子里放声大哭。她不明白发生了什么事,抱起婷婷打算回屋责问张泉。一推门,才发现门从里面闩上了。

高美香透过窗上的玻璃,看不到张泉在什么地方。里间的窗帘拉着,看不到里面的任何情况。高美香立刻有了一种不祥的预感,因为她似乎闻到了从屋子里钻出的汽油味。联想到这段时间张泉消沉的情绪和一些反常举动,高美香慌忙大喊:"张泉,开门! 开门!"

屋里没有回应。高美香知道张泉就在屋里,因为张泉妈在炕上瘫着,不可能闩门,一定是张泉闩了门,准备做个什么事的。高美香自己经历过生活的不堪,所以对这种事情很敏感。

还没容高美香缓过神来,张泉妈住的东间屋已经听到有着火的声音。高美香已经断定发生了什么事情,她把婷婷放在院里,急中生智,一拳捣烂门上的玻璃,伸进手从里面拉开了门闩。她抢步到了里间门,却发现里间门同样被闩上了。里间门没有玻璃,高美香对着那扇实板门万分焦急却束手无策。

高美香此时急得晕头转向,不知道该怎么办,院里婷婷的哭号声揪着人的心。她急忙跑出院子,边喊"救命",边找工具。看见墙角立着一张锹头,高美香抄起锹头返回了屋子。

高美香抄起锹头就向里间门砸去。只三四下,里间门被砸开了。还没等高美香推开门闯进去救人,"呼"地一下,一股火舌裹着烟雾扑面而来,高美香立刻觉得脸上一阵炙烤。幸亏高美香躲避及时,火舌只燎了她的头发。等高美香撤出院里,魏生昊也带着两个徒弟过来了。

水火无情,等最先过来的魏生昊同陆续赶过来的几个人砸开窗户准备救人的时候,大火已经从砸开的窗户里喷出来,无法控制。人们只能眼睁睁地看着大火吞噬了整座房屋而束手无策。宋安然也过来了,他看看救人已经无望,就打发魏生昊的徒弟赶紧骑摩托报警,并且让人们赶紧清理四周,以免殃及四邻。

也就是在那一次救火时,高美香被燎了头发,并且脑门上还被燎起了两个燎泡,让宋安然对高美香更加刮目相看。高美香的举动令宋安然既佩服又感动,当然还有心疼。他佩服高美香的勇敢,感动于高美香的古道热肠。一个女人家在别人遇到危难的时刻,会置自己的安危于不顾,毫不犹豫地扑上去,这需要多大的勇气呀。但是他心疼高美香,却对高美香不能太过关切,他怕太过关切,会引来人们的非议。

消防队差不多将近一个小时才到。等他们来了以后,张泉的家已经成了一片废墟。

消防队在灭了火后的两个多小时以后,才从废墟中清理出两具烧焦的尸体,从尸体所处的位置和尸体的形态,判断出是张泉和他妈的。由此又推断出,刘甜妹离家出走一直没有回来,张八斤刮野鬼也没有回来。

人们看着依然坐在地上,无助地哭号的盲女婷婷,唏嘘不已,纷纷议论,这个可怜的瞎眼孩子往后该咋办呀?

高美香默默地抱起婷婷,一句话也没说,然后流着泪,默默地朝大门外走去。人们一时都默默地看着高美香抱着婷婷的背影,默默地消失在人们的视线里,只有婷婷的哭号声一下一下在人们心头撞击……

婷婷刚满一岁的时候,张泉妈抱着婷婷到魏生昊家串门。那时魏生昊刚开了电焊铺没多久。张泉妈抱着孙女看稀奇,盯着电弧光看。等魏生昊的徒

弟发现的时候,她们不知道已经看了有多久。

魏生昊的徒弟停了手中的电焊,告诉张泉妈:"这个东西不能看。"

张泉妈很生气,说:"你那个东西是大姑娘啊,看一看羞着了?还是能给你看坏?真小气!"

徒弟给她解释:"它倒是看不坏,是怕把你的眼睛看坏了。"

张泉妈振振有词:"它又不是蹦进我的眼睛里了,看一看就能把眼睛看坏?"

徒弟一看她如此固执,也不好再给她解释,就停了手中的电焊活儿,干其他活儿去了。

还没等到晚上,婷婷就揉着眼睛大哭不止。那时婷婷刚过生日,还不会说话。婷婷哭闹开来没一会儿,张泉妈的眼睛也疼开了。这时,张泉妈才相信魏生昊的徒弟说的话是真的。她赶紧告诉张泉事情的由来,让张泉去找魏万仁看看怎么治疗。

张泉回来以后告诉他妈,他治不了。先用人奶点一点眼睛,如果效果不好,就得去医院看。

已是晚上。深秋的晚上天又冷,无法去医院。于是,就挤了刘甜妹的奶点上。一家人因为婷婷的眼睛疼,哭闹得一晚上没怎么睡觉。临明的时候,婷婷的哭闹才缓了一些,一家人总算松了一口气,好歹没出什么大事。

可是他们不知道,他们高兴得太早了。过了两天,他们才发现婷婷的眼睛似乎看不见东西了。一家人慌忙把婷婷抱到了眼科医院去看。一检查,婷婷的眼睛由于视网膜脱落,已经失明了。

刘甜妹一听这消息,一下子哭得昏天黑地。本来刘甜妹被老公公摸了乳房没几天,婆婆又弄出了这档子事,好端端的一个孩子弄成个瞎子。从此,刘甜妹不但对这一家无比失望,更充满了仇恨。幸亏在不久前,她的生活中出现了高美香,让她找到了相依为命的靠山……

人们不约而同地把怒火撒到了张八斤身上,张八斤一个五八尺大男人,整天游手好闲、不务正业、油嘴滑舌,有几个钱不是喝酒就是打麻将,要不就是撑着赌博摊子到处鬼混,没有一点儿男人应有的担当。后来因为经常赖账,连打麻将都没人愿意跟他打,喝酒都没人愿意理他,经常觍着脸往人家的酒摊子里钻。最应该死的是他,可他怎么就不死呢?

人们本来以为张八斤这样一个脸比城墙厚的人,没骨头没肉,没心没肺,顶多难受一阵子,也就过去了。却不曾想他竟然被刺激得疯了。可见再不耻的人,在家人面前,毕竟不是冷血动物,不是牲口。退一步说,即使是冷血动物,是牲口,它们对待自己的儿女也是有感情的啊。要不张八斤在疯了以后,还念念不忘他的家人,常常在废墟里翻找。张八斤有时候找得很认真,翻开废墟的破砖烂瓦来找,好像婷婷他们是蟋蟀,是蚂蚁,是能够藏进犄角旮旯的牛牛疙虫。高美香尤其听到张八斤喊婷婷的时候,心里什么地方像被什么东西戳着,戳得她甚至喘不上气来。

高美香这时倒有些不忍心张八斤在废墟里徒劳地翻来翻去,她想把婷婷领出去,让张八斤看看。

魏生金强烈反对让张八斤看婷婷。他一个疯子,让他看的个甚?万一他看了以后,不让婷婷回来咋办?那样不是害婷婷吗?

魏生金不同意,高美香就没有把婷婷领出去让张八斤看,任由张八斤隔三岔五继续徒劳地翻找。高美香知道魏生金不同意是为婷婷好。魏生金能这样替婷婷着想,让高美香很高兴,魏生金虽然性格粗鲁一些,但却有着菩萨般的善良心地,还有弥勒佛般的宽大胸怀。

半年以后,张八斤的疯病似乎缓和了一些,也不再专注于寻找他的家人了,有时候嘴里嘟嘟囔囔,念念有词。后来人们发现,张八斤一个人在哼戏,或者念一两句顺口溜,张八斤年轻的时候就喜欢喊两句山西梆子,还演过改编过的样板戏,也喜欢说个串话,编个顺口溜。于是,就有人乘兴怂恿他喊两句山西梆子。张八斤似乎得到了鼓舞,竟渐渐把"兴趣"从寻找家人转移到唱戏上,偶尔还哼两句不知道在哪里搜寻到的抑或是自己编的顺口溜:

> 温吞吞开水不咸不淡,阳腾腾日子不紧不慢
> 二板片偷汉大白亮天,三老汉爬灰杵烂眉眼
> 年轻轻讨吃没羞没臊,门旮旯瞅人没棱没畔
> 大路上撒尿不管不顾,人群里放屁不遮不拦
> ……

人们就感叹,张八斤其实还是有些歪才的。

可惜只是歪才,没用到正经地方。尿尿给冲出牛黄——好东西走了偏门儿啦。

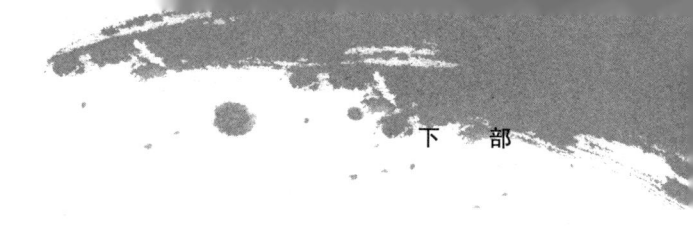

下 部

# 第三十七章

宋安然在魏生荣家吃了中午饭,赶紧打了个车急急忙忙往回赶。不知怎么回事,宋安然心里很慌乱,总觉得有一种莫名其妙的不安情绪在支配着他,像要发生什么不祥的事情似的。本来魏生荣要开车送他的,但被他拒绝了。他不敢耽误魏生荣的午休。

回到家,魏灵芝正在给猪饮水,宋安然松了一口气,魏灵芝总算没躺在炕上。他等魏灵芝经营完牲口以后,就跟魏灵芝商议去查病的事。

魏灵芝对于查病很抗拒,说:"这两天没咋疼,不去查了。"

"这次不能听你的了,好两天歹三天,这样下去咋能行?你非要把小病拖成大病不成?"

"是不是还得下管子?"魏灵芝皱着眉头一副苦瓜相。魏灵芝对下管子很抗拒。

魏灵芝的肚子从去年就隔三岔五地开始疼了。接二连三疼了几次以后,宋安然让叔丈人给看了一看。叔丈人给配了三服药,叮嘱宋安然,如果这三服药见了效果,就继续服药;如果没有明显的好转,就带她到大医院去查哇,恐怕不是小病。

三服药服完以后,魏灵芝的肚疼缓解了好多。魏万仁又给开了五服,结果服完以后,虽然得到了很大的改善,但依然没能完全解决问题,魏灵芝的肚子还是偶尔会疼。

宋安然对"病"有着不同于一般人的敏感,宋安然的前半生几乎没脱离过与医院打交道。在历尽千辛万苦努力了几年之后,宋安然最终还是未能挽留住母亲的生命。如今,他怕魏灵芝也患上什么坏病,步母亲的后尘。

宋安然不敢耽搁,赶紧带魏灵芝到县医院去查病。到了县医院,大夫查了以后让魏灵芝做胃镜检查。宋安然拿着单子交了钱,领着魏灵芝找到胃镜室,给魏灵芝喝下了麻醉剂。一喝药,魏灵芝就叫嚷开了:"你,你给我喝的是甚呀,是不是毒药？你想害死我吗？"

"你说的这是甚话,我是你男人,咋会害你呢？"

"咋不会？害死我,你就能跟高美香鬼混了呀。"

宋安然一听这话大惊失色,立刻发了火,大声呵斥魏灵芝道："你胡说甚呀！你到底想看不想看？不想看就回家！"

周围等待看病的人们不明就里,都诧异地看着他们。

魏灵芝一看宋安然发了火,茫然地看了宋安然一眼,欲言又止。

宋安然害怕魏灵芝再胡说什么,赶紧给她解释,这是麻醉剂,如果不用麻醉剂,下胃镜的时候就会很疼的。你看其他病人也都喝呢。

魏灵芝一听下胃镜会疼,更不干了,认定宋安然给她喝的是毒药,闹得宋安然哭笑不得,赶紧找了一个大夫给她做解释,旁边等待检查的病人也帮着解释,魏灵芝才勉强被安抚下来。

魏灵芝躺到检查的床上,嘴里被塞进了一个器械,让她咬着。一个人把她的头按牢,不让动弹,魏灵芝显出一脸的惊恐。当她看到一个大夫拿着长长的一根管子要往她嘴里塞的时候,一下子挣脱从床上翻滚下来。口里含着那个器械就要往外跑,被宋安然一把拉回来。

大夫无奈地摇了摇头,最终还是放弃了胃镜检查。

出了胃镜室,魏灵芝还余悸未消,说："啊呀,吓死人了,那么粗的棍子捅进去,还不把人捅死呀。"

没办法,宋安然只好又领着魏灵芝走进了门诊室。大夫听了宋安然的讲述,什么也没说,只是淡淡地笑了笑,又给魏灵芝检查了一遍,开了一些治疗胃溃疡的药,让他们走了。临走,大夫又给宋安然嘱咐了一下,以后还是应该想办法做一下胃镜检查。

医院里的一幕让宋安然又羞又恼,他忘不了那些人的眼睛,他们像看怪物一样看着他们,看的宋安然恨不得立刻将自己化为乌有。他几乎是逃一样地拉着魏灵芝离开了胃镜室。

除了又羞又恼,宋安然更多的是担心,或者说恐怖。魏灵芝吐出的每个字都像一颗子弹,无情地射向他。"害死我你就能跟高美香鬼混了呀！"他不知道咋会从魏灵芝口中突然迸出这么一句话,是魏灵芝知道了他们之间的事,还是魏灵芝只是凭一种感觉信口雌黄？

好容易捱到家,安顿魏灵芝吃了药,宋安然努力让自己平静下来。

宋安然一时不知道该咋办好。显然,他不能再找魏灵芝寻求印证,那样不是不打自招吗?可是探不出魏灵芝的底,他心里就没底;他心里没底,魏灵芝的话就和二十多年前魏灵芝的癫痫一样,成了一颗不定时炸弹,不知道什么时候就会爆炸,而且这颗炸弹的能量远远高于那一颗,不确定因素也多得多。这些一时让宋安然一筹莫展。

宋安然稳了稳情绪,去了业务室。业务室里几个人正在玩扑克,玩得不亦乐乎。魏生金和高美香几乎同时问起魏灵芝查病的情况,宋安然简单地说了一下,还把魏灵芝害怕做胃镜检查当作笑话说了,当然隐去了一些细节。宋安然其实是想从魏生金的脸上挖掘出些什么的,但他看魏生金跟平时没什么两样,心里才又踏实了些,兴许只是魏灵芝看他和高美香经常在一起而凭空臆测的。

好容易捱到第二天,宋安然瞅了个机会,同高美香谈起昨天魏灵芝说的话。高美香先是吃了一惊,随后反倒坦然了。

"管它呢,他们又没什么真凭实据,我们隐蔽一些就是了。最坏的结果,大不了被他们抓住了,离婚。"又半开玩笑似的问宋安然,"你敢不敢?"宋安然看见高美香眼中闪过游移不定的慌乱。

"你说得倒轻巧,这单单是我们两个人的事吗?"

"那你说该咋办?我们一拍两散?我们又没有什么把柄落在他们的手里,你这样不是做贼心虚吗?何必自己吓唬自己呢。"

"做贼本来就心虚嘛,哪个贼会理直气壮?我看我们以后得处处小心着点儿,真要是暴露了,就不好交代了。别的不说,我们该咋面对孩子?"

宋安然这样一说,高美香似乎也一下子泄了气,说:"也倒是,我也是一时说气话。说实话,不光是孩子,真要是把这事挑明了,闹到离婚的地步,我还真有些不忍心。"

宋安然故意逗高美香,说:"咋?割舍不下?"

高美香皱着眉头,想了想,表情复杂地说:"挺复杂,不是割舍不割舍的事。说实话,真到了那个地步,对生金是多大的伤害呀,生金是一心一意对我好啊。说得玄一点儿,就是让他为我搭上性命,他也不会吝惜。你要是硬让我挑生金的毛病,咋说呢?还真挑不出来。就是有时候觉得生金头脑比较简单,彼此缺少一种心灵上的共鸣。"又叹一口气说,"他要像你一样懂我,也许这一切就不会发生了。"

"唉,我理解你的心情,感情这东西真是又复杂又奇妙。不过,不是人人都像我们这样想啊,我们还是适可而止吧。"

"行,我听你的,我们做得巧妙一些就是了。"

"你还是没明白我的意思啊。我是说我们以后不能再干那种事了,再干恐怕真要玩火自焚了。儿女都这么大了,你真的敢承担那么大的风险吗?"宋安然望着高美香的眼睛,充满期待地说,"让我们做一对真正的红颜知己不好吗?"

"那只能听你的了。"高美香噘着嘴,略带幽怨地看着他。

自打那次以后,他们真的控制住了自己,几个月了,至今再没有干过一次那种事,好像他们压根儿就是一对纯洁的红颜知己……

魏灵芝又问起是否需要下管子检查,宋安然只能实话实说:"下管子是很正常的事,你没必要害怕。你不见人家那么多人都做了,能有甚事?"

魏灵芝固执地说:"要是还下管子我不去,我害怕。"

宋安然知道魏灵芝是个很执拗的人,是头犟驴。宋安然没说什么,只是默默地看着魏灵芝。魏灵芝刚过半百,已经是满头华发,魏灵芝的手也粗糙得像个搂柴筢子。宋安然似乎此刻才意识到,他们已不再年轻。想想他们近三十年的婚姻,别别扭扭一路走来,多少酸甜苦辣咸一下子涌上来,让他的喉头一阵发紧。这半辈子魏灵芝跟了他,就像一头默默拉磨的驴,只知道蒙着两眼顺着磨道循环着无数的圆,却一次也不省得看天。别人可能不会说什么,但宋安然自己知道,他亏欠她的太多了。

宋安然没法对魏灵芝说出自己的感受。他们这种错位的婚姻和他与高美香畸形的情人关系,真是造化弄人啊。好在他和高美香能够小心翼翼地维护这种现状,才能将这种表面的平衡得以维持到现在。

宋安然正准备给高美香打电话,看到高美香和魏生金相跟着进了院。等他们俩进了家,宋安然就说:"快劝劝你姐哇,我要带她去查病,她却死活不去。病能拖吗?"

魏生金因为工地不到开工的时候,在家闲着。昨天老板把他叫了去,无非是吃些喝些,安排一下开工前的准备工作。北方寒冷,建筑工地最早也得五月份开工。当年魏生金待的那个预制厂,早就散了摊子,魏生金就找建筑工地干活儿。因为魏生金人实在,瓦工手艺又好,深得老板信任,就让他做了领班,这让魏生金很满足。有工友也曾撺掇魏生金自己出来包工单干,魏生金没听劝。

魏生金说:"你们这不是烟洞上招手,把我往黑路上引吗?我是块什么料,我自己不知道?"

魏生金知道自己的能力,既没有心机,也没有帮手,所以也没有太大的野心,能得到老板的赏识,已别无他求。一年干七八个月,就能挣五六万块钱,还想干甚去,抢劫也不过这样哇?知足哇。

一听魏灵芝拒绝查病,高美香就劝魏灵芝:"姐,有病总得看呀,去查病你怕个甚,查不清病因大夫咋给你看呀。"

魏灵芝怯怯地对高美香说:"我怕插管子,指头粗的管子生生地插进肚里,还不把人捅死呀?"

高美香忍不住大笑,说:"姐,看你说得好吓人。要是插个管子就能要人命,谁还敢让他们检查呀。查病就能要人命,那么做手术开刀不是都活不成了哇。"

魏生金狠狠地剜了高美香一眼,说:"你这说的甚屁话,你这是劝人吗?你拿动刀子吓唬她,她还敢去吗?"

高美香也白了魏生金一眼,说:"你懂个甚?这是崩溃疗法,你没看小品上说的吗?"

"甚狗屁崩溃疗法,那小品本来就是逗乐的,你也信?"

"要不说你没脑子,只知其一不知其二,只看表面不看实质。崩溃疗法就是要人崩溃。你想,人要是彻底崩溃了,就甚也不在乎了;既然甚也不在乎了还怕下管子?所以崩溃是为了重新建立信心。你没听说过那句话,'不破不立,破字当头,立也就在其中了',这是哲学。"

魏生金不屑地耻笑高美香:"什么狗屁哲学。话好说,事难做。'破'容易,一眨眼的事,就像拆房子;'立'会那么容易吗?就像盖房子。"

高美香也不去理会魏生金,转头问魏灵芝:"要不明天我跟你去?我先让大夫插一插管子,做个试验,你就不会害怕了。"

魏灵芝有些喜出望外,说:"真的?"

几个人一看魏灵芝的认真劲儿,都忍不住笑了。

高美香抓过魏灵芝的手,说:"姐,你就放心去检查吧,那么多人没事,就你会出事呀?生金去年也插过管子。你不相信我哥,还不相信你弟呀。"又转头对魏生金说,"你倒是也说句话呀。"

"姐,没事,不要害怕,我做过,那管子捅进去看着害怕,其实就像喝了一口凉水一样,甚事也没有。"

魏灵芝还是将信将疑:"真的?"

"你不信谁还不信我吗?我还能骗你?"魏生金其实就是在和高美香演双簧骗魏灵芝的,他哪里做过胃镜检查呀。

听了魏生金的话,魏灵芝终于点了点头。

下 部

# 第三十八章

　　做通魏灵芝的工作后,宋安然就给魏生金夫妇俩安顿,这次去市医院闹不好得两三天,你们俩恐怕都得过来照顾着,最好魏生金过这边住几天。反正魏生金还没开工,白天也一块儿过来照应着点儿。

　　魏生金说:"行,要不然院里这么多油料,没人确实不放心。"

　　宋安然忽然想起那天崔六子安顿他的话来,就对魏生金说:"哎,我差点儿忘了,鬼六子是不是找过你?"

　　魏生金一听就知道宋安然说的是甚事,问道:"你是不是说推地的事,他又让你来当说客?"

　　崔六子说的推地的事,是指平整土地。崔六子承包的土地中,有一片原来因为渠路没规划好,不好耕种,崔六子就准备重新规划,以利于大型农业机械作业。恰巧魏生金的地楔在中间,这样就影响了整个规划。

　　"是为这事找过我。依我看,你就让他推了算了,何苦呢?"

　　"你说得轻巧,承包款不给他就想推?门儿也没有。又想种地,又想赖承包款,梦梦娶老婆,他尽想美事。他要是今天把承包款全给了,明天他就推去。"

　　"他还有你多少承包款?我现在就给他打电话,让他明天给你把承包款送来。"

　　"你以为就我一家?他要给就得把全社的承包款全给清才行,并且按合同把油路修好。暂时不修油路也行,先厚厚儿垫一层石砂子。"

　　"你这不是强人所难吗?他要有修油路的钱,怎么还能短下你的承包款?何况你要你的承包款就行了,何苦要揽别人的事呢?凡事得学会变通。"宋安然本来想说崔六子准备修路的事,又打住了。因为他始终吃不准崔六子借款究竟是不是真的修路。崔六子的解释无论从情理上还是逻辑上,都让人生疑。他不想因为崔六子再给自己惹麻烦。

魏生金一瞪眼，不可思议的样子，说："变通？再变我们的地通通姓了崔了，还变通呢。那年他来承包的时候我就反对，可是我势单力薄，最后还是没硬过你们，把地包给了他。现在咋样？他哪一样兑现啦？"

宋安然一撇嘴，一副不可理喻状，说："你这样说就有些不公道了。别的人来包，都是一家一户包，有这么高的承包费吗？"

魏生金"哼哼"一阵冷笑，笑得宋安然有些莫名其妙。"你光看见鬼六子给的承包费比别人高，可你没见鬼六子把地糟蹋成甚样儿。给他干活儿的人有几个认真的，草长得比庄户也高，地板结得都能裁坷垃啦。你就没仔细琢磨琢磨，当初鬼六子来的时候，用得着二百多亩的地方吗？他这样光编笸篮不收沿，不顾一切地拼命跑马占地为的是甚？"

"我知道你又要老调重弹了，崔六子是为了套取补贴款，对哇？"

魏生金"哼哼"地冷笑一声，说："你到如今还不信？真是顽固得不能再顽固了。崔六子的心思压根儿就不在务艺土地上，他满眼盯的就是国家的腰包。"魏生金忧心忡忡地叹了一口气，"原以为他包我们的地也是要好好种的，没想到他竟是为了套取国家的钱。早知道是这样，当初就不该包给他，现在看来千算万算还是上了他的贼当啦。唉，再让他这样糟蹋给两年，就彻底毁了，我们的地全成了荒草滩了。唉，他不心疼，咱可是心疼呀！"

魏生金说完，脸上现出一种难以抑制的痛心疾首的神情。

宋安然却对魏生金的担忧不以为然，说："看三国掉眼泪——替古人担忧呢。你不种地了，还操那份儿闲心干甚？再过几年，村里都剩下些棺材瓢子了，这些地还不都得让给崔六子种吗？"见魏生金没反驳又说，"要不是崔六子来包，恐怕过几年我们的地都得白白地撂荒。你没听现在有一个段子是如何挖苦农村的。"

"咋说？"

"说，过去的农村'到处是庄稼，遍地是牛羊，庄户人爱比庄稼，爱比粮仓'，如今呢？'到处是老人，遍地是田荒，庄户人爱比存折，爱比衣裳'；过去是'年轻人种地，老年人纳凉，牛羊塞满圈，娃娃爬满床，幸福的歌声随风飘扬'，如今是'年轻人打工，老年人打粮，娶不起媳妇，盖不起新房，灰杵杵的原野地老田荒'。你说这不是咱们村的未来吗？"

魏生金仰起头想了一想，说："不对呀，你想想，为甚会是这样？"

"为甚，那还用问？种地挣不了钱呗。"

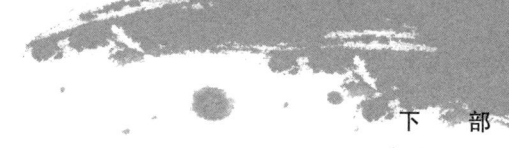

"为甚种地就挣不了钱?"

宋安然让魏生金这样一问,一时竟有些发蒙。他也仔细想了想,似乎很释然地笑了,说:"粮食价钱低,农村又苦重,又扛不住自然灾害,人们自然就不愿意在农村待呀。要不国家就号召城市化呢,就是为了提高人们的生活水平嘛。"

"这样一来,都去城市打工,往后谁来种地?"

宋安然就笑话魏生金:"你看你不是糊涂了,我说的就是,往后农村没人种地,就得都让给崔六子他们种,要不真就地老田荒啦。"

魏生金脖子一梗,没好气地说:"都让给他种?我看全国都让给崔六子这样的人种,又得回到六○年,得饿死一半人。就他那样也叫种地?种一年能供几个人吃饭?都让给鬼六子,他不就成了地主了?我们的后代儿孙咋办?万一哪天城里头混不下去了,咋生活?回来还不得都给他扛长工?别人让就让去,反正我是不让他推。没古人有古话,庄户人有'三不让人':土地不让人,银钱不让人,老婆不让人。这三样哪个最重要?土地最重要。银钱让了人还能挣回来,银钱是王八蛋,花了还能赚;老婆让了人也不要紧,老婆是烂皮袄,烂了再换一件儿;土地呢?土地不一样,土地是庄户人的命根子,土地让了人,就顶如要了命。失去了土地就失去了根本,银钱、老婆靠甚刨闹?"

高美香听了魏生金的话,在他背上狠狠地擂了两拳,说:"你说甚?谁是烂皮袄?土地要是能给你生儿子,那你就跟土地过去嘛。"

魏生金一边掣,一边讪笑道:"我就是打个比方嘛。"

高美香狠狠地剜了魏生金一眼,说:"有你这么打比方的吗?"

宋安然听魏生金的口气很硬,并非是因为记恨以前的事,就说:"你坚持这样的观点,说明你对未来农业的发展趋势还是看不开。世界上许多发达国家都是采取农庄式的经营方式来发展农业的。为甚?因为一个国家要想强盛,必须走工业化的发展道路;要发展工业化,就得实现城镇化,因为工业化要靠有知识、有技术、有能力的人来实现;逐步实现工业化、城镇化,农村的人口自然要向城市流动,就会腾出更多的土地实现集约化经营。所谓土地集约化经营,通俗一点儿说叫'大农业'。所以,农村人口向城市流动是社会发展的需要,土地向一部分人手里集中也是大农业发展的需要,这是社会发展的必然趋势。既然农民能进城,国家就会考虑农民工融入城市的措施。至于你说的粮食问题,根本就不算个问题,现在进口粮食比国产粮食便宜好多,国家的粮价每年都倒挂呢,你还愁没有粮食?何况土地要是实现集约化经营,土地质量就能得到改善,这样就可能生产出更多的粮食。所以,你的担心是杞人忧天。"

魏生金不屑地撇了撇嘴,说:"靠进口?你说得倒轻巧。靠小姨子养娃娃,养下娃娃叫姨夫了,你能指望他给你养老送终?甚时候也靠自己哇。手中有粮,心里不慌。"

"不过甚事情都得有个发展过程呀,现在不是都讲摸着石头过河嘛,你也得允许人家慢慢积累经验呀。"

魏生金冷冷地看着宋安然,说:"这些大道理我不懂,我就知道,再工业化,机器也不可能造出粮食来;我也知道,人不可能靠吃生铁疙瘩活命;我更知道土地是农民的命根子,不管咋改革,土地也不应该让崔六子这样拿来糟蹋。"

宋安然摇了摇头,有些无奈地对魏生金说:"你说的那都是老皇历了,按当下的一句时兴话叫抱残守缺。时代在发展,社会在变化,我们不能穿着新鞋走老路,不能老停留在旧的思维里边。崔六子现在的情况是过渡阶段,等崔六子走上正轨就不会是这样的状况了。"

"你现在还替他说话?这已经五年了,还要过渡到甚时候?"

"哎?听你的话音,是不是想要回承包地?"

魏生金一瞪眼,说:"咋不是?可惜已经签了二十年的合同,要不是签了二十年合同,我早就要回来了,再不能让他为了自己的利益糟蹋我们的土地了!"

宋安然看看自己不但没能说服魏生金,反倒被魏生金一顿抢白,有些憋气,但又无可奈何。"你的话说得倒也不完全错。不过你也得适当地换位思考,谁没有个急难之时?崔六子现在也是因为上面的形势紧张了,拨款一时下不来,困住了,并不是他想赖着不给。他也不是想作害我们的地,把地务艺好,收入多了,不是也符合他的利益吗?他现在这样是一时调不开拳势。比如你,不让他平整土地,大型机械进不去,还不是要糟蹋土地?这些事论起来都有牵连,从这点说你也有责任。所以,你也不要得理不饶人。你想过没有,真要是把崔六子闹塌,对我们有甚好处?"

"你现在还幻想他真给你修油路?不是我幸灾乐祸,你看看他现在这个烂摊子,半死不活的样子,现在还有谁能帮他?看他成了这样就墙倒众人推,现在的人们都是这样。他是甚人你不知道?他倒塌是迟早的事。假如现在让他把地推了,万一哪天他塌了架子,我去哪找我的地去?"

宋安然看看劝不动魏生金了,只能讪讪地说:"你说的那是哪个朝代的事,

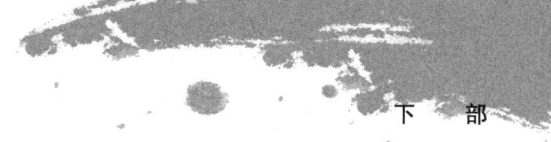

现在有多少打工的人把土地包出去,不是照样发了财。"

魏生金长叹一声,说:"你不是曾经也说过嘛,人无远虑,必有近忧。我不能不为以后打算呀。世事难料,谁知道以后社会朝甚方向发展呀。"

"不管社会咋发展,集约化种植是将来的大趋势。"

"再大的趋势能咋?还能逼着我把地让给他们?"

"还用人家逼你吗?等你种不动的时候,不用谁逼你,恐怕不给你承包费,你也得乖乖地把地交到别人手上。"

"为甚?我种不动,还有儿子,儿子种不动还有孙子,我往下传辈辈呀。"

"你真的忍心让创业当一辈子庄户人?"

"你真是往里葫芦,不往外葫芦。我不能让创业也包几千亩地当老板吗?你以为谁家的儿女都能像你家凡凡和菲菲一样优秀?还是没本事的人多。看现在城市用人呢,总有个人满的时候。等城市建设得差不多了,没本事的、没技术的、文化低的还不是一鞭子都吆回农村了?即使不用人家城市撵,你还能年轻一辈子?老了咋办?有一天成了棺材瓢子了,谁还用他们打工?在城市里混不下去的人还不得灰溜溜地滚回农村?不管咋说,农村也是个养老保险库。不能真像电视里说的那样,放羊为了娶媳妇,娶媳妇为了生娃,生娃为了放羊。你也想让我们的后代一辈辈都给人家打工吗?"

"噢,你要这样打算,我还有甚话说?"话已至此,宋安然也不好再说什么了。

魏生金和高美香走后,宋安然仔细琢磨魏生金的话,也不是完全没有道理。尽管土地集中在一部分人手里是大趋势,但如果像崔六子这样的集中,是不是还不如不集中?真的要让我们的后代一辈辈都打工吗?出去打工的人能真正融入城市吗?农业的出路到底在什么地方?土地的命运到底该向何处去?

看看农村的现状,怎一个"乱"字了得啊。

# 第三十九章

第二天早上,高美香和魏生金早早地就收拾完家里的营生过来了。高美香还帮助魏灵芝好好地打扮了打扮。魏灵芝扭扭捏捏地不愿意打扮,说这是去看病,又不是找对象。本来说到看病,几个人免不了有些压抑,不想魏灵芝的一句话,倒把几个人都逗乐了。

高美香不依不饶,说姐本来就不经常出门,但凡出一趟门,哪能浮皮潦草,不得收拾得勤勤实实呀。

魏灵芝对打扮审美之事全无概念,只能被动地让高美香打扮。高美香翻箱倒柜,把魏灵芝的衣服一件件拿出来不厌其烦地帮着试。有几件女儿菲菲给买的衣服很得体,魏灵芝只穿过一两次,有的甚至连身上都没上过。挑了半天,高美香还是挑中了去年冬天菲菲出嫁时魏灵芝穿的那身最得体。

真是人在打扮,马在鞍鞴。经过这一打扮,魏灵芝果然变了个人似的,立马精神了许多。

宋安然看着魏灵芝打扮得簇新的样子,就调侃她:"不要穿上新衣裳又袅得连'母厕'也寻不见了。"几个人立刻大笑起来。

魏灵芝的脸上有些挂不住,瞅了宋安然一眼,说:"你就会揭短,还会甚?"

宋安然和魏灵芝刚订婚的时候,相跟着去县城买衣裳。这是河套地区订婚的程序之一。

买完衣裳后,宋安然正准备找个食堂去吃饭,魏灵芝说她有些尿急,需要先上茅房。魏灵芝一说,宋安然也觉得有些内急,于是就领着魏灵芝赶紧去找公厕。

那时街上的食堂已经如雨后春笋般遍地开花,但公厕却少得可怜,有吃处,没拉处。即便有公厕,也大多在僻静处,绝对不会建在临街的地方。可能是因为政府考虑,把公厕建在临街的地方有碍观瞻,有损一个城市的形象,所以只能建在僻静处。

其时他们正在车站附近,宋安然知道车站里有公厕。这是有一次宋安然花了小半天工夫,忍着拉在裤裆里的危险,连打听带分析才在车站院里一个隐秘的拐角找到的。宋安然并没有因为寻找厕所的急迫而迁怒于城市的规划者们,他宁愿相信他们的设计理念一定不是故意让公厕和如厕的人们躲猫猫,才把公厕设计在城市隐蔽的各个犄角旮旯。他们可能是受了人体的启发才得此灵感。人的排泄器官不都在人体最隐秘的部位嘛,属于羞处。公厕也应该是城市的"羞处",是"羞处"就不可能轻易示人。因此,公厕也应该跟人体的排泄器官在功能与寓意上相对应,让人们遍寻不着,才最合理。

所以,许多事情表面看着不合情理,细分析它的实质,自有它存在的合理之处,只是不能轻易被一般俗人所理解罢了。你总不能让臭烘烘的厕所跟食堂或者商店成为邻居哇?那样店还能开下去吗?

宋安然领着魏灵芝进了车站院内。车站公厕已经实行收费消费,进一次收一毛钱。宋安然给收费员交了两毛钱就急急忙忙进了厕所。

等宋安然从厕所出来准备走的时候,魏灵芝说她还没上厕所。宋安然说:"那你倒是快去上呀,还等甚。"

魏灵芝愣了一下,随即茫然地看着宋安然,脚步却没挪动。宋安然有些不解,问:"你不上厕所愣着干甚?"

魏灵芝有些急切地悄声对宋安然说:"你赶紧给我找'母厕'呀!"

一句话听得宋安然莫名其妙,问:"甚'母厕'?"

魏灵芝的眼神告诉宋安然,她更加莫名其妙了,说:"你不是说那是'公厕'嘛,我咋能进?赶紧给我找个'母厕'呀。"

魏灵芝的一句话弄得宋安然哭笑不得。当然,宋安然知道,没文化的人弄出这样的笑话不足为奇,她能分得清公母,却不知道公厕为何物。

连收费的老头儿也笑得收拾不住了,说:"甚?等这么半天是要找'母厕'?我说咋交了钱不去上。我活了这么大岁数,还是第一次听人说要找'母厕'。你就是找遍全世界,能找到'母厕'吗?"

宋安然又气又羞又恼,他急忙把魏灵芝拉到女厕的入口处,说:"进去哇,这就是'母厕'。"

魏灵芝看着宋安然恼怒的样子,不明白宋安然突然发的哪门子火。不过她还是将信将疑地进了女厕所。

回家的路上,宋安然才给魏灵芝讲清楚甚是"公厕"……

高美香给魏灵芝打扮的时候，宋安然和魏生金在沙发上坐着等着，这让宋安然有些恍惚，这真是一种奇妙的组合。假如把高美香和魏灵芝调换一下位置，会是一种怎样的情形呢？这是上帝安排的随意性，还是上帝刻意要这样安排？也许正是上帝故意把人间的关系安排得如此错综复杂，才能让生活呈现出五彩斑斓的色彩吧？

魏生金和高美香两个人分别骑着摩托把他们夫妻俩送到七社，等他们上了班车，魏生金和高美香才回去。上了车的宋安然跟车上的熟人打过招呼以后，就同魏灵芝一起坐到了后面。宋安然一直心神不宁，老觉得像要发生什么不好的事情。莫非魏灵芝真的得了什么坏病？

宋安然虽然对这段婚姻十分不满意，但随着年龄的增长，这种情绪也逐渐淡化了，尤其是他和高美香有了关系之后，随之而来的倒是他对魏灵芝渐渐增加的歉疚。不管怎么说，魏灵芝给自己生了一双争气的儿女，这是最大的功劳，方周二围再没听说过第二例一家供出两个研究生的；其次，魏灵芝从来没有干涉过他，不干涉其实也算对他的支持。相比汪彩凤，魏灵芝从客观上没有为他设置障碍，不是对他的支持吗？假如把魏灵芝换作汪彩凤，要么他什么事情也做不成；要想做成什么事，可能也得像魏生荣和汪彩凤一样离婚。

尽管魏灵芝大脑有缺陷，但经过这么多年的磨炼，已经有了很大的进步，尤其这一点让宋安然感到欣慰。

宋安然和魏灵芝刚结婚的时候，魏灵芝的幼稚无知，一直鲜为人知，那是让宋安然羞于启齿的一段往事。至今回想起那时的魏灵芝，宋安然心里还有那么一种怪怪的感觉，像嚼了一颗生涩的酸毛杏儿。

婚礼那天晚上闹过洞房以后，人们都走散了，宋安然就和魏灵芝铺了被褥拉灭灯睡觉。睡下以后宋安然却没有一点儿睡意。宋安然睡不着不是因为新婚的兴奋，是因为新婚的不适应。对新婚的不适应使宋安然的内心充满了矛盾。本来十九岁的宋安然对结婚还没有多少心理准备，何况又娶了不是自己心目中的人做老婆，内心纠结不已。宋安然曾经幻想过，有一天能和杨淑芹携手走进婚姻的殿堂。但是宋安然也知道，那只是一种奢望，是水中花，镜中月，痴人说梦。

宋安然眼望着黑魆魆的屋顶，心中万念俱灰。他想了很多，他几乎将自己十九岁以前的整个经历做了一次彻底的回顾与总结，他以他虽然早熟但还不完全成熟的十九岁的经验和阅历，试图努力拨开重重迷雾，找出造成他现在这种无奈的、尴尬的甚至是悲惨局面的路径,是不是有什么规律可循。他想这些不是想找出它们与之抗衡,与之一较高下,而是想在以后的人生道路上避免自己重蹈覆辙。

想了半天,直到把头脑想成一团乱麻,依然没理出个头绪,他终于放弃了这种徒劳无功的挣扎。因为尽管他百般挣扎,眼前依然是一片迷茫,他不知道自己的未来在哪里。

宋安然努力在这迷雾中捕捉闪烁在其间的或有或无的希望之光,这是他赖以鼓起生活勇气的最后一根稻草。他想到了母亲的愿望,母亲急着让他同魏灵芝圆房,是为了在她生命之火即将熄灭的最后时刻,能够看到他们宋家香火的延续。这是母亲如今最渴盼的愿望。母亲最渴盼的愿望,就是他的希望之光,因为满足母亲的愿望,最大限度地使母亲的生命得到延续,是他能够积极面对生活的最大动力。

他扭头瞥了一眼黑暗中的魏灵芝,突然像刚刚醒悟了似的意识到,他真的有了妻子了。这个睡在身边的传出微微鼾声的女子已经是自己的妻子了,这让他感觉既熟悉又陌生。但此刻他无论如何都无法把这个小时候的玩伴与妻子的身份联系起来。当他想起母亲的期待的时候,觉得自己是承担了一份不可推卸的责任,担负了一种无法逃避的使命,背负了一个沉重的十字架。

就在他的旁边不到一尺的地方,躺着他的妻子——他努力在意识里把魏灵芝定位在妻子的位置——魏灵芝虽然智力有缺陷,但身体发育得丰满成熟,与其他女孩并无二致,浑身散发着诱人的青春气息,魏灵芝的鼻息若有若无地在他的脸上游移。那种淡淡的脂粉味,并不让他感到排斥,甚至让他有些迷离。他想伸手过去,伸进妻子的被子里,但没等手伸进妻子的被窝,他就停住了,好像他与近在咫尺的妻子之间横亘着一道无法逾越的鸿沟,因为芹芹的形象不失时机地出现在他的面前。他想起送别芹芹去大学报到时,芹芹那依依不舍的神情,想起芹芹满含期待又略带幽怨的眼神,想起那张娃娃脸上梨花带雨的面容,他觉得把手伸过去是对他们纯洁爱情的亵渎……

可是,就在宋安然侧过身子的时候,似乎看到母亲乞求的眼神在可怜地逼视着他。宋安然的心都碎了,他知道自己无处逃遁,这是他必须要完成的使命。

原谅我吧,芹芹,原谅我吧,芹芹。我只能这样,我别无选择。也只有这样,才是我们俩最好的解脱。请让我在精神上同你做最后的诀别吧!

当他再次把手向魏灵芝的脸上探过去的时候,他想,权且把魏灵芝当作芹芹,让自己当一回流氓,意奸一次芹芹吧。他知道这样的念头卑鄙下流,猪狗不如,但他别无选择。不这样想,他就无法克服心理障碍,无法完成自己的使命。

魏灵芝已经进入深睡眠,而且睡得很死。也许被折腾累了,宋安然的手轻轻地在她的脸上婆娑,她依然睡得很香。宋安然的手从魏灵芝的脸上,渐渐地游走在她的脖子、她的胸前、她的乳房。魏灵芝的胸脯很丰腴,乳房坚挺饱满,极富弹性。这是他第一次接触女性的乳房。他和芹芹在一起的时候,只摸过芹芹的手,就连芹芹的胳膊都没摸过。此刻,芹芹皮肤的滑润通过魏灵芝的身体传导给了他,让他停止了内心的挣扎,让他的心跳加速,让他的血流加快,他有了一种从未有过的新鲜体验,一种令人眩晕的全新体验。他的手指慢慢地接触到乳头,指尖便有一种电流般的麻酥酥的感觉瞬间向全身传导……

就在宋安然处于一种迷离的类似于半醒半醉的状态的时候,魏灵芝一下子醒过来了。惊醒后的魏灵芝一把将宋安然的手打开,随即一把将被子紧紧地捂在胸前,并且大声地喊叫:"你干甚?!你要流氓?!"

宋安然冷不丁从那种迷离状态中清醒过来。昏暗中,清醒过来的宋安然看不清魏灵芝脸上的表情,但他从魏灵芝惊恐的声音中,完全可以想象得到魏灵芝此刻恐惧的表情。

宋安然以为魏灵芝睡梦里发呓症,不明就里,后悔刚才没有先唤醒魏灵芝,做一下铺垫,毕竟对于他们俩来说这都是第一次。他赶紧对魏灵芝低声说:"别怕,是我,安然。"

魏灵芝沉默了片刻,可能定了定性,说:"我知道你是安然,可你也不能耍流氓呀。"魏灵芝的回答令人啼笑皆非。

宋安然以为魏灵芝依然处于梦呓状态,又对她强调:"我是安然,我是你男人。"

没想到魏灵芝很肯定地说:"我……知道啦,我知道……你是我男人,你是我男人就能耍流氓吗?"

魏灵芝说出这句话时,宋安然终于明白了,魏灵芝不是发呓症,魏灵芝已经完全清醒过来了,是她不谙夫妻之间的床笫之事。

宋安然的情绪一下子遭受到了前所未有的打击,他对已经靠墙坐起来的魏灵芝说:"睡吧,我不会对你耍流氓了。放心睡吧。"不管魏灵芝相信不相信

他的话,他兀自向后炕挪了挪,背过身睡去。

宋安然不能理解,魏灵芝能懂得男女有别,却不懂得夫妻之间的真正内涵,他不明白丈母娘在这方面是如何教导魏灵芝的,是不是害怕魏灵芝可能遭人玷污,就一味地灌输一个观点,不让任何男人接触自己的身体吗?只要是男人一接触自己的身体就是耍流氓吗?可是这禁闭该解禁的时候就得及时解禁呀,如今闹出这样的笑话,也未免太有点儿粗心大意了吧?

宋安然长长地舒了一口气,倒有了一种如释重负的感觉,他不想去深究这背后的原因了。但想想母亲的眼神,宋安然又开始为难了,他该怎样给母亲交代?直到睡去,宋安然依然无法释怀……

翌日早饭前,宋安然还在思谋着若是母亲探听,他该怎样应对母亲的问话,这种话题是让人羞于启齿的。

没想到魏灵芝倒先自向母亲告状:"妈,你管一管你家安然,你家安然黑夜睡觉耍流氓。"

母亲不明白这是怎么一回事,诧异地看着他们俩。宋安然一下子羞得低了头,不好意思地直视母亲。

听了魏灵芝话的红红脸一红,端着饭碗进了里屋。红红已经十七岁了,十七岁的女孩子什么不懂啊。

母亲可能有所察觉,但母亲似乎有些不相信,作为女人,怎么能不明白这种事情呢?于是就低声追问魏灵芝:"你告诉妈,安然怎么对你耍流氓啦?"

魏灵芝似乎有些难为情,但她还是嗫嚅地告诉母亲:"他……他揣我奶。"说完就羞得低下了头。

母亲听后,无奈地苦笑了一下,对魏灵芝说:"孩子,那不能叫耍流氓,夫妻之间不就是那样嘛。"母亲停顿了一下又强调了一句,"那样是再正常不过了,不那样能是夫妻吗?不那样能有孩子吗?"

没想到魏灵芝委屈地对母亲说:"他早就摸过我的手了。"

母亲有些哭笑不得,她继续开导魏灵芝:"傻孩子,你以为摸一下手就能怀了孩子吗?"

母亲看魏灵芝依然懵里懵懂的样子,知道一时半刻难以奏效,说不定再说得细了,让她产生误会,以为他们娘俩合起伙来捉弄她。破鼓再捶也捶不响呀,何况还怕里屋的红红听见。于是对魏灵芝说:"这样吧,孩子,你回去把安然耍流氓的事告诉你妈,让你妈狠狠地收拾他。要不让你妈收拾他,说不定今天晚上他还得耍流氓。"

魏灵芝好像如释重负地舒了一口气,试探性地问母亲:"我吃了饭就过去问?"

母亲鼓励似的对魏灵芝说:"对,吃完饭你就过去,一定要给你妈说清楚。"

听着母亲和魏灵芝的对话,宋安然既尴尬又气恼,他觉得自己遭受了有生以来最大的侮辱,简直比那天进"母厕"还要让他无地自容。

母亲看出了儿子的心事,就对宋安然说:"娃儿,难为你啦,都是妈不好。不过你放心,灵芝虽然这样,但是心地善良。妈相信,她绝不会给你惹麻烦的。"

听了母亲的话,宋安然的心中一阵悲苦。他知道母亲心里肯定比他还难受,母亲也知道这事实在出于无奈。但他不知道该用什么话来安慰母亲,他觉得此刻无论说什么,都显得苍白无力,因为他想说的话,母亲一定都明白,说出来反倒显得多余了。

令宋安然意想不到的是,不知道岳母给魏灵芝吃了什么灵丹妙药,或者面授了什么机宜,这天晚上,魏灵芝出奇地驯顺。掌灯时分,魏灵芝早早地铺好了被褥,闩了门,并且不顾外面小心翼翼交头接耳的听房声,忙不迭地吹熄灯,十分配合地与他做了第一次。

更加令宋安然意想不到的是,自从尝了第一颗禁果以后,魏灵芝似乎品尝到了禁果的甜美,勃勃的性欲被一下子激发出来,像被激怒的蛇头,变得怒不可遏,每天晚上不止一次地缠着宋安然做那事,好像把那事当作一日三餐来吃。魏灵芝一下子变得欲求旺盛,缠得宋安然好不心烦。但心烦也没办法,宋安然只能疲于应付,只在做完那事以后,悻悻地骂一句:"真是茶毬不胀,胀了没样。"

魏灵芝狐疑地看着宋安然问:"你说甚?"

宋安然苦涩而无奈地勉强笑了一下,说:"我说驴。"

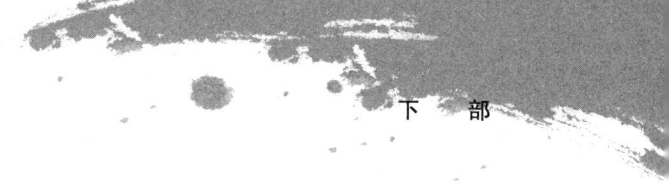

下 部

# 第四十章

直到宋安然发现魏灵芝的月经超了期,魏灵芝才收敛了那种近乎疯狂的做爱频率。

终于能得一些清静的宋安然,傍晚收了工就爬上村后的沙梁上吹口琴。早春的西风已经开始猎猎地刮起,宋安然也全然不顾。宋安然喜欢迎着风吹。夕阳早已西沉,只残留一抹淡淡的余晖还恋恋不舍地依恋在远处还未萌芽的树梢上。

宋安然喜欢吹《梁祝》,喜欢吹《上海滩》,还喜欢吹电影《小街》里的插曲。这几首歌优美的旋律令他陶醉,歌中凄美的爱情故事让他心潮澎湃,他能品味出其中的欢乐与忧伤,也能品味出其间的缠绵悱恻与苦涩无奈。宋安然忘情地吹着,直到吹得自己泪流满面。顷刻间,宋安然的情绪一落千丈,就停止了琴声。

宋安然的口琴是在辍学后不久买的。辍学后,他曾一度不能看见背着书包的学生,一看见他们,宋安然就觉得泪囊的闸门就要失控;他更不能听人谈论关于念书的话题,一听人谈论有关念书的话题,他就不禁潸然泪下。

他鼓了几次勇气,向母亲提出想买一把口琴。母亲想都没想,立刻就答应了,母亲理解他的心思。宋安然为母亲能够理解他的心思感动不已。因为他的一腔郁闷不知道该向谁倾诉。他想到的最好的办法除了拼命与书籍对话,就是通过琴声来排解心中的郁闷,抒发对海市蜃楼般渺茫的美好未来的向往。

宋安然初中刚毕业就辍学了。

实际上,在得知母亲得病的时候,宋安然就曾提出过辍学。母亲是在父亲被砸断腰的第三年夏天得的病。那年农村实行了土地承包责任制,土地分到了农户手里。到了农民手里的土地又一次获得了解放。就在那年夏收快要完成的时候,母亲晕倒在自己家的麦田里。

实际上母亲在麦收前,身体就已经出现了浮肿。只是那时母亲没在意,以为是劳累过度所致。及至母亲晕倒在麦田里,宋安然才意识到母亲哪里是劳累过度,母亲一定是病了。

魏灵芝的父亲魏万喜知道宋安然的母亲病了以后,赶紧找了魏家的一帮人,帮着先把他们家的麦子拉上场,留下红红在家照顾父亲,让宋安然安心地陪着母亲去医院查病。

母亲看看炕上躺着的父亲,看看眼前的两个孩子,最终下了很大决心似的摇了摇头。母亲执意不去医院查病。

宋安然看着炕上父亲无助的眼神,看着魏叔一筹莫展的神情,咬着牙蹦出一句:"你要是不去查病,我就不念书!"

母亲一听宋安然的话,立刻愤怒了,说:"你要是不念书,我现在就死给你看!"母亲吼出这话的时候,像一头暴怒的母狮,眼睛瞪得血红血红的,令宋安然恐惧,也让宋安然手足无措。

话一出口,母亲就知道自己失言了,没停一会儿就歉意地宽慰儿子:"娃儿,别听妈瞎说。妈也是一时气糊涂了,才冒出那么一句话来,你别当真,啊?"看着面前儿子无助的眼神,母亲才真正感到了懊悔。儿子才十三岁,十三岁的孩子已经备尝了生活的艰辛,父亲已经瘫痪在床近三年了,如今母亲又得了病,你再这样吓唬孩子,让孩子怎么能承受得了?

母亲渐渐平静下来。平静下来以后的母亲,十分爱怜地看着儿子。儿子虽然个子快撵上自己高了,但身材瘦弱,哪里是干活儿的料啊;何况儿子学习那么优秀,将来一定能考上大学。现在刚刚小学毕业就要辍学,不是把儿子一辈子的前途都要葬送了吗?所以,日子即使再艰难,也不能让儿子辍学。可是他又不想让儿子带着这么重的心理负担去学校。于是,母亲把儿子叫出屋外,从父亲的角度来开导儿子。

母亲说:"娃儿,你现在也不小了,应该明白事理了。你想想,你大为什么几次三番要寻无常?不就是嫌自己拖累咱们吗?因为他的病,造成咱们家的生活这么困难。现在我又病了,你再一退学,你大心里会怎么想?还不是我们俩的病逼着你退学了吗?你大的心里会更难受,那样不是往你大心上捅刀子吗?我们现在的生活虽然还不算宽裕,但是比起前些年,已经缓过来好多了;不但我们今年的收成好,还有魏叔、杨奶奶他们帮衬着,哪有迈不过去的坎?越是困难,我们越要咬紧牙关挺过去。"

宋安然仔细品味母亲的话,慢慢悟通了母亲话中的道理。父亲在炕上已

经躺了快三年了,如今母亲又病了,母亲何尝不痛苦啊。自从父亲躺倒在炕上,家里家外全靠母亲一个人支撑着,母亲成了他们兄妹俩唯一的依靠,而如今呢?连母亲也病倒了,这个家该指靠谁呢?尽管他才十三岁,但已经能干活儿了,他如果不念书了,就可以替母亲撑起这个家。所以,他想辍学并不是心血来潮。

可是宋安然也明白母亲的想法,他是父亲和母亲的精神支柱,是父亲和母亲的全部希望,他如果执意退学,不是在父亲和母亲的心上各自捅了一刀吗?

小小的宋安然此刻真正感到左右为难了。

宋安然琢磨来琢磨去,只能暂时答应母亲,自己会继续读书。宋安然想,父亲曾经几次打算自杀,现在母亲又以死相挟,自己不答应母亲的要求又能如何?难道真要逼着父母为了解脱,走上不归路吗?

但宋安然答应母亲继续上学也是有条件的,就是母亲无论如何,都要配合医生看病。最终,母亲也被儿子说服了,答应去医院检查。

检查结果很快就出来了,母亲得的是肾脏炎。这个消息对于风雨飘摇中的宋家,不啻是又一个晴天霹雳啊!

这次母亲坚持没有住院治疗,只让大夫给开些药,回家自己休养。

宋安然现在已别无选择,只能眼睁睁地看着母亲拖着病体在田里劳作而一筹莫展。这种选择让小小年纪的宋安然天天生活在煎熬里。

后来母亲为了省钱,只去了两次医院,就再不肯去医院了,只让魏万仁给开一些中药。这样既省钱,效果还不错,母亲的病情渐渐有了些缓解,身体状况也逐步有了一定的恢复。

这样捱到翌年春天万物复苏的季节,母亲的病情又开始恶化。母亲在一次感冒之后,不但肾脏炎复发了,而且添了新病,四肢的关节疼痛肿胀。再一次到医院检查,大夫告诉他说母亲的病很复杂,不但有肾脏炎,还有风湿病,还有贫血,高血压等病症。大夫要母亲住院治疗,再做进一步的详细检查。

接二连三的打击让宋安然有些难以招架了。母亲现在病成这样,他不能再让母亲操心了,他得挑起家庭这副担子。

可是手里没钱,医院是不可能让住院的,宋安然不知道该从哪里筹钱。自己一家在此地举目无亲,他该怎么办?

他想起了老家的亲人,他想求助于他们,但旋即便打消了这个念头。就在父亲病倒以后,大伯二伯都没有断了向父亲要钱,他们在信中向父亲大诉其苦,说爷爷奶奶有病,但没钱医治,老家的生活如何如何艰难,孩子们连学费都难以保证,缴了学费就没了买书本的钱等,好像他们家来后套是到了天堂,有取之不尽的钱财等着他们来拿。

宋安然又想到了魏叔和杨奶奶,可是想来想去还是没法再向他们张口了。魏叔和杨奶奶都陆陆续续给了他们很多帮助,他们已经欠了每家至少不低于三百块钱的账,这几乎是他们全家小半年的纯收入。

他想到了魏生荣。魏生荣虽然比他大七岁,但跟他很能谈得来,从来没把他当小孩子看待。给父亲做轮椅时,魏生荣曾经帮了他很大的忙。他之所以想找魏生荣借钱,是因为那时政策已经放开,魏生荣开始到外村给人家做木匠活儿,他手里一定有活络钱。

宋安然不知道自己的面子有多大,但不管能不能借上,他也得去借,就是死皮赖脸也得去借,就是给魏生荣磕头也得求魏生荣答应借给他,因为他要救母亲的命,若是母亲有个三长两短,他不知道父亲以后怎么活,更不知道他和妹妹的未来在哪里。

当他硬着头皮打听着在五队找到魏生荣,战战兢兢地嗫嚅地说明来意后,魏生荣二话没说,用自行车载着他就往家里赶。

魏生荣回到家,父亲魏万仁刚从村卫生所回来。当他向父亲说明宋安然来借钱的事情后,父亲毫不犹豫地从柜里取出一大把钱来。那些钱有整有零,大概有三四百的样子,魏万仁数也没数,就一把塞进宋安然手里,说:"孩子,家里就这些,你先拿着让你妈住院。如果不够,我再想办法让众人给你们筹措。"

宋安然一时不知说什么好,眼泪止不住夺眶而出。他"扑通"一下跪倒在魏万仁面前,说:"谢谢大爷!谢谢大爷!"

魏万仁一把拉起宋安然,说:"孩子,不兴这样,男儿膝下有黄金,跪天跪地跪父母。因为这么点小事,大爷可承受不起你这个头。"

宋安然手里紧紧攥着那一沓大大小小面额的钞票,眼泪一直流个不停。他分不清自己的眼泪来自何方。这份有生以来最大的感动让他小小的年纪简直难以承受。他不但被魏大爷一家的古道热肠所感动,也被自己能在如此关键时刻做出一个男人应有的担当而感动。

当然,宋安然当时的感受是朦胧的、无序的、本能的。这些明晰的感受是他在以后每每回忆起那时的许多细节才总结出来的。日后他曾不止一次反复回味那些令他终生难忘的每一个细节,细细地反复捕捉咀嚼品味那一丝丝醇

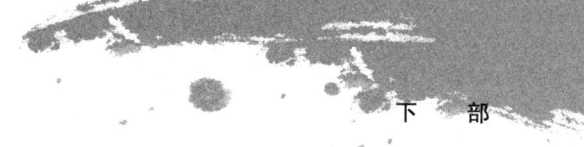

酿般甘美的回忆,以此来激励自己,无论遭受什么样的境遇,自己都应该挺身而出,就因为村子里还有这么多好人。

母亲住院的几天时间里,在大队支书的号召下,队里的许多人家或多或少都给凑了些钱来。村里也给救助了一百块钱。支书的号召很有感染力,他说宋丑子为了挖排干,被意外伤着了。如今因为宋丑子的病,造成了这样贫困的家庭,我们作为邻居,理应伸出手来帮一把,体现我们社会主义大家庭的优越性。人活一辈子,谁没有个急难之时,谁有了难为都盼望有人帮一把呢。一方有难八方支援,我们不能让外面的人笑话我们队的人无情无义,薄情寡义,见死不救!

支书首先带头捐了十块钱。

半个月后,母亲的病诊断出来了:系统性红斑狼疮。大夫把宋安然叫到医生办公室,给他解释了这个病的严重性。

大夫的话犹如五雷轰顶,一下子把小小的宋安然击到无底深渊。陪着宋安然的魏万喜赶紧对宋安然说:"别怕,别怕,有我们这么多人在,总会想出办法的。不行我们就去大医院。"

尽管宋安然无比悲伤,但他也明白,他得撑住,他现在是家里的顶梁柱了。宋安然对魏叔感激不尽,如果没有魏叔在,他怕自己很难承受这样突如其来的打击,魏叔的话在宋安然的心理上起到了很大的支撑作用。

大夫看宋安然的情绪有些难以承受,也安慰他:"你也不要太担心,这个病毕竟不同于癌症,控制得好了发病还是缓慢的。我们有个病人现在已经五年了,病情还在可控范围之内。"

听大夫这样一说,宋安然的心里又升腾起一丝希望。尽管渺茫,但起码也是一种安慰。

两个月以后,母亲的病情终于得到了控制,出了院。

令宋安然始料不及的是,尽管他们做了种种努力,最终还是没能挽救父亲,在母亲得病三年以后的一个夏日,父亲最终还是绝情地弃他们而去。

宋安然的父亲宋丑子,自从被砸断了腰,就再没有站起来过。除了宋安然和母亲、妹妹不时地将父亲费力地抬到宋安然自制的木头轮椅上,到院里去晒晒太阳,绝大部分时间父亲只能在炕上躺着。父亲曾经几次想到要自杀,都被他们及时发现而未遂。宋安然那时虽然还不能完全理解父亲自杀的举动,但对父亲的心情还是有一定的了解。父亲曾经也是一个刚烈的汉子,如今像活死人一样躺倒在炕上,不但不能为这个家遮风挡雨,撑起一片天,反倒连累一家人遭受如此的窘困,父亲要承受多大的心理压力啊。

为了彻底打消父亲自杀的念头,宋安然曾经花了差不多一冬天的业余时间,一个人悄悄地在没生火炉子的凉房里,为父亲打造了一辆特殊的木制轮椅。轮椅是用沙枣木做的,四个木头轮子上还箍上了厚厚的胶皮。轮椅虽然看着比较粗笨,但是还算结实。

当除夕前的某一天,宋安然突然把这辆特制的轮椅摆在父亲的面前,并且同母亲和妹妹一起兴高采烈地把父亲放到轮椅上的时候,父亲恍若梦中。他怎么也不敢相信,儿子还略显稚嫩的一双手,会打造出这样一辆神奇的轮椅!

宋安然等把父亲安置到轮椅上以后,对父亲说:"大,我们把门槛锯掉吧。这样,以后就能推着你出去晒太阳了。"

父亲一句话也没说,他一把扯过宋安然的手,宋安然的手上已然还有没完全褪尽的血泡和结了痂的冻疮。继而,父亲一把将儿子揽进自己的怀中,放开声号啕大哭……

当父亲的情绪渐渐平静了以后,宋安然哭着对父亲说:"大,我要你以后好好地活着,我和妹妹,还有妈妈不能没有你。"宋安然不知道还能说些什么,在他有限的知识里,还找不出能够比这句话更好地表达自己感情的词句。他期望能从父亲的眼神中看到,父亲慢慢走出心理阴影的坚定……

父亲不知道,为了能造一辆轮椅,一辆可能不算精致的轮椅,为了重新点燃父亲生活的希望,儿子宋安然一有空就往魏生荣那里跑,跟着魏生荣学习木匠手艺。他的孝心甚至连刚刚出师的魏生荣都被感动了,十分认真地教给他木匠手艺,只为成全他那颗小小的却足以充盈整个世界的拳拳赤子之心。

那一年,宋安然还未满十三岁。

即便如此,宋安然的努力依然没能完全鼓起父亲生活下去的勇气,没能阻止父亲毅然决然地走向死亡。就在母亲得了病三年以后的那个夏日里,父亲用母亲绱鞋底的一根渔网线,一头勒着脖子,一头将枕头吊在炕沿下面,结束了自己虽然年轻却饱经磨难的生命。宋安然知道父亲为什么会残忍地选择以这样的一种方式结束自己的生命,父亲一定为他接下来的学业无数次纠结过。

宋安然因此很自责,他认为自己要是在母亲得病那次就坚决地退学,家里的经济状况一定会好很多;经济状况好了,母亲的病就能及时地得到救治;母亲的病好了,父亲的压力就不会那么大;父亲的压力减轻了,就不会那样无奈

地、残忍地、决绝地弃他们而去。

因此,父亲死后,宋安然异常坚定地违拗了母亲的意愿,没有继续读高中。现在父亲走了,他是这个家唯一的男人了,他要担负起一个男人应有的担当。如今,别说自己读书的费用,就连母亲的医药费,还不知道到哪里去筹措呢,他怎么能够专心致志地坐在课堂里读书?

母亲看看也没什么办法了,只好忍着太多的不舍,不得不同意宋安然辍学。

宋安然那时才十六岁,十六岁的宋安然还不能完全理解父亲的这种行为。为了父亲能勇敢地面对生活,他们曾经做过多少努力啊,父亲怎么能这么无情地抛弃他们呢?

直至张泉走了与父亲同样的路以后,宋安然才渐渐体会到,父亲曾经面临着怎样的压力和煎熬啊,一个人在生与死的抉择面前,该要经历怎样痛苦的挣扎啊。尤其像父亲这样,并不是一时冲动或是赌气。自从父亲的病情恢复无望,活着就成了父亲的一种负担,成了对父亲的一种折磨,更何谈乐趣。父亲的这种行为在旁人看来是一种逃避,是懦弱,可是在父亲的意识里,一定不是逃避,也不是懦弱。一个人选择勇敢坚强地活下去需要勇气,而选择死,选择放弃则需要更大的勇气。父亲离去的时候,内心一定是平静的,是波澜起伏以后的渐趋平静,是心如止水,是万念俱灰,是一种大释放,一种大解脱。

# 第四十一章

这次魏灵芝来市医院查病,远没有在县医院艰难。不知道是来时魏生金的话起了作用,还是市医院庄严的气氛镇住了她,反正这次魏灵芝乖乖地做了胃镜检查。

一部分检查结果当天下午就出来了,但有一项切片活检需要三天后才能出来结果。

尽管宋安然早就做好了心理准备,但是拿到检查结果的时候,还是吃了一惊,胃镜检查的结果写着:疑似胃癌晚期,待活检结果确诊。

宋安然拿着检查结果让大夫看过后,没敢把初诊结果告诉魏灵芝。即使三天后最终的确诊结果出来,也不打算告诉魏灵芝。他想等结果确诊以后,跟两个孩子商量商量,看能不能给他们的妈妈做手术。

宋安然有些犯了踌躇,甚至有些乱了方寸。因为上午排队的人多,下午才下的胃镜。同时魏灵芝还有妇科病,又做了一项妇科检查,结果明天出来。不检查不知道,一检查竟然成了烂筛子,浑身尽毛病。看看天色已晚,宋安然决定索性就在附近住一晚上,等明天妇科结果出来再回去,准备准备上首府医院,去女儿那里再决定手术的事。

找了个旅馆住下以后,看着脸色已经有了明显憔悴的魏灵芝,宋安然的心里不知道是什么滋味。魏灵芝这辈子跟了他,吃了不少苦,受了不少罪,尤其是他们结婚后的十来年时间。魏灵芝跟了他是幸运还是不幸,他无法准确地做出评价。不过有一点他可以聊以自慰,虽然他一直从心里看不起魏灵芝,但是却从来没有在生活中虐待过魏灵芝,他永远都不会忘记母亲的嘱咐。

他同魏灵芝结婚的时候,母亲已经病得很重,大夫说顶多只能维持三个月。在死神一天天逼近母亲的日子里,母亲拉着他的手,要他答应他和魏灵芝的婚事。"灵芝是个懂事的孩子,她只是反应比别人慢一些,但心里却明白着呢。你看她做的那些针线活儿,一点儿也不比别的女孩子差。"

魏灵芝在五岁的时候得过一场猩红热,高烧达到四十度以上,烧得两天两夜昏迷不醒。多亏大爹魏万仁的精心治疗,才与死神擦肩而过。尽管九死一生捞住一条小命,却留下了癫痫的后遗症,因此大脑反应有些迟钝。自六岁从通渭老家来到这里,宋安然就和魏灵芝在一块儿玩,但无论如何,宋安然也无法将魏灵芝与自己的婚姻联系在一起。宋安然原来读中学时,是年级四个班的第一名,学校的老师曾经为他的辍学感到深深的惋惜。而魏灵芝不但没读过一天书,还是那样的一个人。如今非要把他和魏灵芝捆挷在一起,对他来说是何等的不公平,何等的残酷啊。

"妈,我还小,我才十九岁呀。"

"妈也知道你是有些小。可是妈能等得及吗?妈这样走了不放心啊。"

"灵芝比我大三岁呢。"宋安然低着头,不敢看妈的眼睛。

"女大三,抱金砖。别看灵芝那孩子反应慢,心眼儿好着呢,知道心疼人。娶了灵芝是你的福气呀,娃儿。"

宋安然知道妈在说这话的时候是违心的。

"可是……"宋安然不知道该怎么对妈说,他理解妈的期盼,也理解妈的难为,妈已经来日无多……但一想到要和魏灵芝这样的一个人过一辈子,一种遥遥无期的绝望就将他浓浓地浸泡,浸泡得快要溺毙了,这让他心里有一种说不出来的难受。

"唉,妈知道你喜欢芹芹,可喜欢是一回事,过日子又是一回事。芹芹那孩子心气高得很,如今又读了大学,你们怎么可能有结果呢?"

妈缓了一会儿继续说:"妈知道委屈你了,是我和你爸拖累了你。可有什么办法呢,事情已经是这样了,这是谁也无法改变的。有一天妈要是走了,你还得照顾你妹妹,你说你如今不成家,让妈怎么放心?"顿了一下,妈又说,"可能这就是你的命。我的娃,你生在这个家里就是个苦命的人哪!"妈不等说完话,已经泣不成声了。

宋安然强忍了半天的眼泪终于控制不住,像断了线的珠子,"啪嗒啪嗒"掉下来,砸得他的心生疼生疼,但他还是忍着没有哭出声来。

宋安然用了好大的力气,才平稳了自己的情绪。他用尽可能平静的语气对妈说:"妈,我不苦。妈,你放心,你的病会好的,我会想尽一切办法看好你的病的。"

"妈知道我娃是个孝顺娃儿,妈知道你是在安慰妈呢,妈的身体妈自己知道。我的娃,你要理解妈,妈要是安排不好,临走妈也闭不上眼呀。你要知道咱们在村里的处境,咱是新来户,咱来这里少亲没故,不找个靠得住的人还不得处处受人欺负啊?你魏叔是个好人,这些年咱到这里后,全仗你魏叔照应着了,你娶了灵芝就是找到了靠山。就是为感激魏家的恩,咱也应该娶了灵芝过来,这样,妈心里就踏实了。"宋安然无奈地顺从地点了点头。他抬起头看了妈一眼就赶紧低了头,妈的眼里流露出的已经是近乎乞求的神情。

  宋安然再没有勇气抬起头来了。他放开妈的手,匆匆地出了门。

  一出家门,宋安然就撒开腿没命地向村后的沙梁跑去。三九天的寒风呼呼地从他的耳际掠过,他似乎一点儿也感觉不到;他的眼泪早已模糊了视线,他只凭感觉向前狂奔;脚下深一脚浅一脚,磕磕绊绊,跌跌撞撞,宋安然似乎也浑然不觉……直到他一口气奔到父亲的坟前,"扑通"一下跪下去,并且把单薄而瑟缩的身体匍匐在父亲坟上的时候,大放悲声……

  就这样,宋安然在十九岁那年临近年关的时候,匆匆地娶了大他三岁的魏灵芝做老婆。

  五个月后,妈走了。妈走得很安详。妈走的时候,已经看见了魏灵芝微微隆起的肚子。

  妈临走的时候,嘱咐了他最后一件事:等条件好的时候,把她和他爸的骨殖送回老家去安葬。叶落归根,这也是他爸活着的时候的嘱托。他们不想做流落他乡的孤魂野鬼。

  这句话让宋安然听上去好凄凉,好凄凉,似乎心脏都缩成一团,他死后是不是注定要成为流落他乡的孤魂野鬼了……

  第二天十点以后才出结果,宋安然退了旅馆的房间,领着魏灵芝无聊地在医院附近转悠。来的时候忘了带一本书,这让烦躁不安的宋安然更添了一层懊恼。闲下的时候,宋安然是须臾离不开书的。一投入到书里,就把许多忧愁烦恼都撑得无影无踪了,这是他多年来养成的习惯。医院门口有个售报亭,宋安然就买了一本《读者》来翻。

  就在宋安然刚刚浏览了一下大致内容,还没来得及细细阅读,一个电话打过来了。宋安然一看,是许二赖打过来的。

  宋安然不明白许二赖给他打的个什么电话。

  当宋安然一接听电话,一下子愣住了。电话里,许二赖的语气很急切:"安然,快回来哇!出事了,生金出事了!"

一种强烈的不祥预兆，一下子让宋安然不知所措。他同样急切地催问许二赖："生金出下甚事了？你快说呀，到底出下甚事了？"

"哎呀，你先回来哇，一下子说不清，回来就知道了。"

从许二赖如此急切的口气中，宋安然听出一定是出了天大的事了，要是事不大，就应该是高美香来告诉他。如今由许二赖来告诉他，又不说出了什么事，一定就是塌天的大事！

宋安然几乎声嘶力竭地对着电话大吼："到底多大的事，快放屁！"

许二赖颤着声音回答："生金被压死了！"

如晴天霹雳，宋安然一下子被震得张口结舌说不出话来。他万万没想到会听到这样一个结果。良久，他才有些不相信似的对着电话再次大吼："甚？你放屁！生金咋会被压死？是被谁压死的？"

电话里许二赖的声音已经带了哭腔了，说："是被崔老五压死的。你快回来呀，快……高美香瘫成一堆了……"

宋安然不待许二赖再说，"啪"地一下挂了电话。

这是真的，千真万确是真的，他已经听得很清楚了，生金被崔老五压死了。他明白了，一定是因为推地的事！

宋安然也顾不得等检查结果了，也顾不得去车站了，打了个出租车就往家赶。司机跟他讨价，说至少也得两百块钱。宋安然二话没说，掏出两百块钱丢给司机，拉着魏灵芝就上了车。上车后，魏灵芝问宋安然："这是咋了？这么着急往回赶。"

宋安然也不解释，只催促司机快点儿开车！

车在市里一会儿遇上了红灯，一会儿又遇上了堵车，闹得宋安然如二十五只耗子儿钻进了肚里——百爪挠心，恨不得即刻插了翅膀飞回家里。直到出了市区，宋安然才想起给魏生荣打个电话。

魏生荣在电话里告诉宋安然，他也正在往回赶，已经快到村口了。具体怎么回事，他也不太清楚。

事情发生得太突然了。一路上，宋安然不敢想象事情是如何发生的。他更不敢想象事情的惨烈，脑袋里乱成一团麻团。

宋安然赶回来的时候，只见在村子南边的地里，黑压压地站了一大群人。宋安然看到有警车、救护车。宋安然让司机将车开到附近才下了车。

宋安然一下车，分开来看热闹的人就往里面进。他一进到人群里面，就看见警戒线外面的高美香正坐在地上哭,有几个女人或蹲或站在她周围,似乎在劝她。宋安然赶紧走上前去,高美香也看见了他,冲着他喊了一声"哥",正待要挣扎着站起来,但还没站直,旋即又瘫软了下去。

宋安然的眼泪几乎要夺眶而出了,但他忍着没让眼泪落下来。他在高美香面前蹲下来,对高美香说:"别哭了,这样会哭坏了身子的。这个时候你要挺住,你要控制住情绪。"他的声音不高,但听上去很有力,带着强压的怒气。

高美香像是抓住了救命稻草,一下子抓住了宋安然,并且紧紧地抱住了他,向他哭诉:"你一定要为生金做主呀,生金死的好冤枉啊!生金……"话音未落,高美香又昏厥过去。

宋安然同几个女人七手八脚地将高美香救醒,宋安然情不自禁地轻轻搂着高美香,并且轻轻地在她的背上拍着,像安抚一个正在哭闹不已的婴儿。随即,他把高美香交给那几个女人,站起朝旁边的魏生荣走过去。

魏生荣显然已经流过泪,脸上看出来有依稀的泪痕。他没等宋安然问话,就低声对他说:"法医正在进行初步的检验。等进行完初检,还得回局里进行解剖检验,才能最终得出结论。"

宋安然静静地听着,什么话也没说,他一时不知道该说什么。好像他说了什么话,都会惊扰了警戒线里面正在被几个警察拍照取证的魏生金。

直到魏生金的遗体被送进了殡仪馆,宋安然才从许二赖的讲述中知道了事情的全部真相。

上午,魏生金和高美香一同在油坊里忙碌着,魏生金忽然意识到什么似的上了房顶。没一会儿,魏生金急急慌慌地从房上下来,对高美香说:"鬼六子这个活圪泡,果然背着我们去推地了。"说着就在院子里抄起一把锹头跑出了院。

高美香害怕魏生金鲁莽,后面喊了一声:"小心点儿,有话好好说,不要跟他们起争执。"

这些天魏生金每天都在注意听铲车的动静。因为油坊有榨油机"轰隆隆"的轰鸣声,足以掩盖铲车的引擎声,魏生金就上房去瞭。今天果然被魏生金发现了崔六子的图谋。

高美香正在给来人打油。等把来人打发走,高美香急忙锁了门,到对面的"三味真店"叫了许二赖,让他和她一同出去看看,一并去劝劝双方,同时以防不测事件的发生。

高美香和许二赖远远地看见魏生金正处于铲车车轮和铲斗之间的空档,

他想抓住车体的扶梯攀上驾驶室,但因为手里还提着一把铁锹,就显得动作十分笨拙。而崔老五则一边倒着车,一边扭动着车身,躲避着魏生金的攀爬。

说时迟,那时快,还没容高美香和许二赖走到跟前,只见魏生金脚下一绊,一个趔趄立足不稳,被倒退的铲斗刮倒在地。不知道是崔老五一时慌了手脚,还是故意为之,就在魏生金倒地的同时,铲车的铲斗重重地落下,一下子砸在魏生金的身上!

高美香和许二赖同时惊呼了一声!

等他们俩跑到跟前,崔老五已经抬起了铲斗,并且把铲车倒了开来。只见魏生金趴在地上一动不动……

高美香扑上去,抱住魏生金的身子号啕大哭。当她抱起魏生金的时候,才发现魏生金自腰部以下,已经成了平展展的一摊烂泥。高美香只号了两声,就一下子昏死过去……

许二赖看看魏生金已经成了那样,一时手足无措,不知道该顾魏生金,还是该顾高美香,或者是去追崔老五。因为此时,崔老五一看出下了塌天的祸事,已经吓得开着铲车没命地往公司跑去。

许二赖略一定神,赶紧抱住高美香,想将高美香救醒。同时,他扯开嗓子拼命向着村子的方向大喊:"快来人呀!杀人了!杀人了……"

……

听完许二赖的讲述,宋安然默然了。高美香始终沉静在无比的悲痛之中,他不知道该用什么语言来安慰高美香,似乎什么语言也不如给高美香一些平静为好。

上午,就在他们一行跟警车一同回县城的时候,宋安然在魏生荣的车上给崔六子打了个电话。电话拨打了三次,崔六子才接了电话。

宋安然劈头就是一通大吼:"刚才为甚不接我电话?!"

电话那头,崔六子沉默着。宋安然寻思,崔六子一定已经知道了。他再次对着电话大吼大叫起来:"你说话呀,为甚不说话?!"

这时,电话那头才传来崔六子听起来有些胆怯又有些沮丧的声音:"安然哥,事情我……我已经知道了。我现在在 H 市,正准备往回赶。不过你放心,我已经让他去自首了,他犯了哪一条,就让法律按哪一条判,就是够上枪毙,我也决不护短。"稍稍停顿了一下,又说,"至于赔偿的事,你放心,也叫大家都放心。既然事情已经出下了,也不可能挽回了,该咋赔咋赔,我会完完全全地积极配合。"不等宋安然回话,崔六子已经挂了。宋安然想再打过去,想想还是算了,再打过去又能说些什么呢？又有什么意义呢？

等他们到了公安局以后,才得到消息,就在十几分钟以前,崔世亮已经投案自首了。

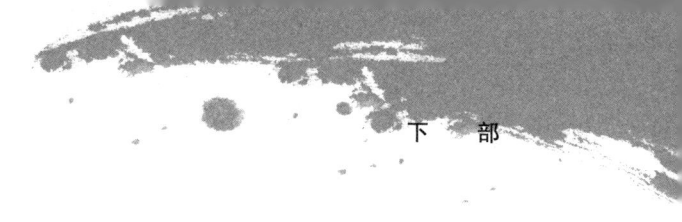

下 部

# 第四十二章

宋安然无论如何也想不明白,事情怎么会变成这样,好端端的一个人说没就没了。宋安然的脑海里不时闪现出魏生金的音容笑貌,以前同魏生金相处的一个个细节,仿佛都像发生在昨天一样鲜活,但是今天却物是人非,倏忽之间,他们竟阴阳两隔了。

当魏生金那种少有的忧心忡忡的神情出现在他面前的时候,魏生金振聋发聩的那几句话无情地敲击着他的心扉,令他懊悔不已。就在前天,魏生金还对他说:"土地是庄户人的命根子,土地让了人,就顶如要了命……再这样让他糟蹋给两年,就彻底毁了,我们的地就全成了荒草滩了。"

结果一语成谶。两天以后,魏生金的土地没让给人,魏生金却为此丢掉了性命。

宋安然此刻的心情不知道该如何形容。事情一下子都攒到一块儿了,变得如此乱糟糟的,他一时竟不知道该从什么地方下手。

魏灵芝的病一天也不能耽搁了,多耽搁一天,魏灵芝的生命可能就会被病魔蚕食几个月甚至几年,或者像火箭落地一样的速度不可预知,因为这是无法用几何等级来衡量的。

可是,魏生金的事他也不能撒手不管,不但他是高美香心目中最大的精神依靠,还因为他是魏生金的姐夫,是魏生金的铁哥们儿。

还有油坊。他又要准备给魏灵芝看病,又要帮着处理魏生金的后事,他怎么能顾得过来。此刻,他恨不得立刻生出三头六臂来。

想来想去,他决定还是让儿子和女儿回来一趟,让他们兄妹俩带妈妈去看病,女儿菲菲学的是临床医学。不过,他得首先做通魏灵芝的工作,以免孩子们回来接她的时候,她再节外生枝。

晚上,宋安然与魏灵芝商量让孩子们带她去看病。没想到魏灵芝一下子就来了气,并且哭了。

"我不去,不如让我死了算了,我活着也是占地方。"

宋安然一听,魏灵芝这是话里有话呀。但有些话不能直接问,他还得旁敲侧击。

"你看你说的这是甚话。有病看病,这是很正常的事。娃娃们都多大了,你还不相信他们啊。再说菲菲就是大夫,他们照顾你一定比我周到。"

魏灵芝赌气似的说:"我才不稀罕你呢。"

"我知道你这是赌气话,可我实在是走不开呀。生金刚刚出了这么大的事,我不能不管就一走了之呀。"

没想到魏灵芝却边哭边冷冷地说:"你不要假慈悲了,生金死了,是不是可了你们的意了?我再一死,你们不是正好能在一起过了?"

宋安然没想到魏灵芝会这么直截了当。他当然不能默认,于是不得不假意呵斥魏灵芝:"你不要信口开河,狼吃鬼没影儿的事,你怎么能瞎说八道呢?"

魏灵芝听了他的话,不但没胆怯,倒一下子理直气壮了,好像她拿到了他们的确凿证据。

"我瞎说八道?我瞎说八道,生金跟大爹也瞎说八道吗?"魏灵芝不但说话的胆气很硬,依然淌着泪的目光也狠狠地盯着他。

魏灵芝的目光让宋安然大吃一惊,难道这件事魏生金和叔丈人也知道,并且掌握了确凿的证据?

宋安然缓了缓神,试探性地追问魏灵芝:"我们一块儿经营油坊,经常在一起是很正常的事,生金怎么会平白无故地怀疑我们呢?大爹怎么也跟你们瞎起哄?真是冤枉人,这到底是咋回事啊?"宋安然做出一副很无辜很委屈的样子。

"大爹瞎起哄?你真是瞎了眼,你竟说大爹瞎起哄。要不是大爹拦着,恐怕你早就没命了,现在死的哪是生金?弟弟,你死得好苦呀,你是替你姐夫去死了呀,啊……"魏灵芝说着,又哭了起来。

听魏灵芝这样一哭,宋安然心里立刻揪心地疼。他不明白这究竟是咋回事。魏生金死了,他何尝不痛苦,何况魏生金是那样的一种惨烈的死法。他和魏生金是多少年投缘的兄弟,他们的感情是那样的深厚,他从来不怀疑他们之间的真挚情感。

"到底是咋回事?咱们是多少年的夫妻,你咋能随随便便给你男人头上唾臭呢?"

　　魏灵芝抹了一把泪,说:"我给你唾臭?你说是我给你唾臭?要不是生金告诉我,还不知道被你骗到甚时候呢……"

　　魏灵芝一边哭,一边断断续续地给他讲述了事情的原委。

　　三年前的一天,魏生金找到魏灵芝,告诉她一件事,他怀疑宋安然和高美香两个人的关系不正常。魏灵芝虽然有些不如常人的领悟力,但毕竟远不似刚结婚时那样的懵懂无知。如今岁数大了,整天耳朵里早就灌满了男女之间的那些事。所以,当她听魏生金说出这个事情以后,还是吃了一惊。

　　魏生金告诉她这些,是要她监视他们的一举一动,从中拿到真凭实据,再想对策。

　　魏灵芝起初根本不相信。但经魏生金这样一提醒,再想想平时宋安然和高美香在一起的快活劲儿,渐渐地心里也不得不犯疑惑,就偷偷地观察起他们在一起相处的许多细节来。

　　魏灵芝虽然脑子反应慢一些,但还是能琢磨开事情的轻重缓急的。她通过一段时间的观察,并未找到确凿的证据,心想这事非比寻常,闹不好会出大事,不能完全听凭魏生金由着性子来。于是,她把事情原原本本对大爹魏万仁和盘托出。大爹是她心目中最能拿住事的人。

　　当魏灵芝把这一切都告诉魏万仁后,魏万仁沉吟了好半天,并未立刻表态。良久,她让魏灵芝悄悄地立刻把魏生金找来,并告诉他,他已经找到了解决的好办法。

　　魏灵芝把大爹的话告诉魏生金后,魏生金不但表现出了愤慨,甚至还显得有些莫名的兴奋与跃跃欲试,他立刻同魏灵芝一同来到大爹这里,以期得到大爹的首肯和支持。

　　大爹对他们说的第一句话,首先给这个事件定了性:"你们说的这些纯粹是胡说八道。我相信安然和美香都不是那种人,你们不要再瞎折腾了,以免无中生有,惹火烧身。"

　　魏生金一听就急了,急忙分辩:"大爹你怎么能这样说呢,我能平白无故给他们唾臭吗?给他们唾臭,不是给我自己戴绿帽子吗?"

　　大爹却反过来质问魏生金:"这么说你拿到真凭实据了?"

　　魏生金有些沮丧,说:"没有。不过他们绝对不干净,你看他们平时那亲密的样儿,没有那事哪能那样热乎。高美香一说起安然眼睛都能放出光来。绝对不正常。"

大爹进一步质问他："这能说明甚事？美香是安然领回来的，而且美香早就认了安然做哥哥，他们亲密一些也是正常的。你们这样捕风捉影，不是自己吓唬自己吗？最终本来没事，也闹得满城风雨了。"

大爹看魏生金脖子一梗一梗，很是不服气，就撇开他先不管，却对魏灵芝说："灵芝，自从你们结了婚，二十几年了，安然打过你没？"

魏灵芝有些茫然地摇了摇头，说："没。"

"欺负过你没？"

"没。"

"你看，大爹说一句不该说的话，按道理说，安然娶了你实在是委屈他了。可是这么多年了，好多人喜新厌旧，跟媳妇儿闹离婚，安然却一直没嫌弃过你，也没欺负过你，这就说明安然是个重情重义的男人，这样的男人你还要怀疑吗？"

魏生金迫不及待地插嘴："他那样是装的。正因为他们之间有那种事，觉得理亏，才要装出来遮掩的。"

"你放屁！"大爹怒喝一声，打断魏生金的话："叫谁能一装二十几年？即便是装，能装二十几年的人，也是不同于一般的人，能装一辈子的人，就装成真的了。不信你装一个试试。"大爹又缓和了口气说，"你就不想想，你的媳妇儿是咋娶的？你再想想，美香这么多年对你好不好？对孩子们好不好？这些众人都看在眼里的，你敢说这么些年美香对你好也是装的吗？做人不能昧了良心！"

魏生金依然不甘心，但已经没有了刚才的理直气壮，嘴里嘟嘟囔囔："反正我不相信他们之间能清清白白，看他们平时那形影动作，眉来眼去，能看不出来吗？我和我姐配合，肯定能抓他们的现行。"

魏生金话音刚落，就听大爹一声怒喝："放肆！你们再这样闹下去对谁有好处？"大爹顿了顿，又缓和了语气对魏生金说，"别说我不信，退一步说，真有这事，你们也不能再追究了。你们就不想想，假如真的追究出真相，会出现甚后果？这些你们想过没？"

魏生金和魏灵芝面面相觑，大爹的一连串问题让他们一时竟不知道该如何作答。

大爹看他们一时无法回答，继续开导他们："你们回答不出来，我告诉你们。第一受伤害的首先是你们自己。你们以为追究出真相，心里就痛快了？

疙瘩就解开了？未必。那时候你们可能比现在更痛苦。因为你们的孩子会因为父母的错误而遭受伤害。真要是那样,你们就能高兴起来吗？如果真到了那个地步,说不定你们两个家庭都会搞得一团糟,甚至离婚。这就是你们想要的结果吗？——你大哥生荣就是最好的例子,难道你们也想那样？"

大爷看他们俩都没反驳,知道他的话已经起了作用,就继续说:"第二受伤害的是你们的孩子。你想,他们的父母做出这样猪狗不如的事情,他们以后咋做人？他们在人面前咋能抬起头来？这种伤害是伴随孩子一辈子的,是永远无法挽回的——你们不知道继业心里受了多大的伤害吗？想一想,你们能眼睁睁地看着你们的孩子也遭受继业那样的伤害吗？"

魏生金和魏灵芝静静地听着大爷的话。显然,大爷的话对他们产生了很大的震动。大爷继续开导他们:"第三受伤害的当然是他们两个当事人——权且把他们当作当事人。假如真的被你们揭开真相,你想想他们两个人如何接受这样的事实？虽然是他们的错,但那是在暗地里进行的。他们两个也都是要面子的人,真要真相大白,他们该咋面对众人？该咋面对你们？最重要的是该咋面对孩子们？这种局面该咋收拾？离婚可能就是小事了,甚至可能还会寻死,这样的事情不是没有过先例。这样的结果你们同样不希望发生哇？毕竟跟你们是大半辈子的夫妻了。一日夫妻百日恩,百日夫妻似海深,而且你们都是亲人啊,孩子们。所以我们只能关起门来说话。"

三个人都沉默了,屋里的空气凝重而僵滞,仿佛连呼吸都让人困难了。

大爷又开口打破了沉默,说:"是人就可能会犯错误,我也不敢保证他们不可能做出那样的下作事来。但是感情这个东西本来就是很复杂的,很特殊的,常常有我们没有理解或者永远不可能理解的地方。大爷是过来人了,知道甚是轻重缓急。常言道,忍一时风平浪静,退一步海阔天空。这话是甚意思？就是要人凡事不能太认真,也不能太精明,太认真太精明其实是自寻烦恼。"大爷又顿了一下,继续说,"人活一辈子都不容易,把握不好就要栽跟头。你们也都四十多岁的人了,该坐住口齿了。我说了这么多,就是希望你们都能相安无事,不要自相残杀,肉烂就让它烂在锅里哇。真要是闹得满城风雨,只能让外人看笑话,只能是自寻烦恼。有好多真相不一定非得明白。我相信总有一天他们会自省,他们的本质并不坏,只是一时心上蒙了灰尘——假如他们真像你们说的那样。"

魏生金和魏灵芝颇为无奈地对大爷做了保证,他们会让这件事烂在肚子里,就当这件事没有发生过。

　　当大爷听到他们的承诺后,魏灵芝却看到大爷的两行老泪"扑簌簌"地滚落下来,大爷也不去擦,却仰天长叹:"耻辱啊!魏家的耻辱啊!"

　　……

　　听完魏灵芝断断续续的叙述,宋安然一时竟有些蒙了,事情怎么会这样?怎么会是这样啊?原来他和高美香自以为他们的事情做得足够巧妙,做得天衣无缝,别人都被蒙在鼓里。闹了半天竟会是这样,蒙在鼓里的反而是他们。是他们自作聪明,掩耳盗铃,以为瞒天过海就能蒙蔽其他人的心灵,以为视而不见也蒙上了别人的眼睛,其实都是自欺欺人的把戏。别人早就知道了,只是没有对他们挑破,为了维护他们的面子,为了维护这个家族的名誉不受损害,自己却浑然不觉,还以为自己有多高明。他觉得自己以前其实就是个小丑,在搔首弄姿给人表演,还洋洋自得地向人们卖弄自己的聪明绝顶;自己以前就是安徒生笔下那个光着屁股的蠢皇帝,扒光了衣服向人们展示自己的愚蠢,竟还自欺欺人地向人们炫耀自己的浅薄、无知。叔丈人那些宽容的话此刻化成了一个个狠狠的耳光,毫不留情地扇在他那颗曾经遭受了百般蹂躏成了千疮百孔,后来又好不容易才慢慢愈合复原的脆弱的心上,扇得他无地自容,恨不得立刻消失在这个世界上!

　　此刻,宋安然的心里无疑掀起了前所未有的狂涛巨澜,除了难以言表的羞愧、负疚,还充盈了满满的感激,他感激魏生金、魏灵芝和叔丈人的善良与大度;感激他们用满满的亲情包容了他们的罪过;感激他们用包容宽宥了他们的丑陋、下贱、恬不知耻和自作聪明;感激他们用无私的胸怀和自我牺牲,换回他们的迷途知返;更感激叔丈人用他的睿智、慈悲和宽容化解了一场由他和高美香的自私、自负一手酿成的巨大危机……跟他们的博大胸怀相比,自己显得多么渺小、猥琐和贪得无厌。

　　看着泪流满面的魏灵芝,宋安然一时不知道该怎么办好。他想劝慰一下魏灵芝,或者给魏灵芝一些适当的尽可能显得合理的解释,但他想不出用什么话来做解释,似乎穷尽所有的词汇都是空洞的、虚伪的、苍白无力的。不,词汇不是苍白无力的,是自己的事情做得太恶心、太下作、太卑鄙、太不耻。

　　他清楚地知道,此刻,妻子的心里一定同他一样不平静。妻子这样的一个人,竟把这件事情向他隐瞒了三年之久。直到此刻,直到在遭受了痛失亲人的打击时,才把整件事情对他和盘托出,可见三年来妻子承受了多么巨大的心理

压力啊！为什么？妻子不但为了孩子,为了这个家,也为了让时间来挽回他的心,宁可让自己忍辱负重做出牺牲。原来一直被他认定的糖毛驴,竟是如此善良,如此善解人意,她那被病魔扭曲得看似丑陋的外表里面,珍藏着一颗金子般的心啊!

宋安然想上前,什么话也不说,只轻轻地拥着妻子,让妻子靠在他宽大的怀抱里,让妻子的情绪渐渐地趋于平静、踏实,让妻子那颗被他踩躏得伤痕累累的心,得到抚慰,哪怕是一点点抚慰。但他的手却无论如何也伸不出去,他害怕他被罪过浸泡了的手触痛了妻子纯洁的躯体,他害怕被粗鄙脏污了的手玷污了妻子高贵的灵魂,他正待伸过去的手又不由自主地缩了回来。

他不知道该向妻子忏悔还是继续掩盖事情的真相,他曾经自以为灵活的大脑,此刻似乎处于一种混乱无序的状态,像中了病毒的电脑。他不知道该用什么办法来弥补对妻子造成的伤害。这三年,不,近三十年,他对妻子造成的伤害实在是太深太深了,深的都一下子浸入自己的骨髓!

显然,宋安然受到了有生以来最为强烈的一次震撼,这次震撼对他造成的冲击,足以摧毁他好不容易才建立起来的自信,并且让他自认为好不容易才攀上的道德平台顷刻间便訇然坍塌。今后,他有什么资格再对别人品头论足?有什么勇气面对所有的亲人?

宋安然努力控制着自己的情绪,尽可能地使自己平静下来。为了掩饰自己的慌乱,他冲了一杯红糖水,端到魏灵芝面前,又摆了一下毛巾,用平时没有的细声软语对魏灵芝说:"生金现在已经这样了,我心里也很难受。你也不要太难过,你要这样,生金走了也会不安的。你也不要再胡思乱想,再那样对大家都是伤害。来,擦一擦脸,把这杯红糖水喝了,啊,听话。"

魏灵芝的情绪已渐趋平静,她坐起来接过宋安然递过来的毛巾,擦了一把脸,然后喝下了那杯红糖水。

魏灵芝似乎看穿了宋安然的心思,她此刻已经完全平静下来了。平静下来后的魏灵芝,对宋安然说了一句话。就是这句话,叫宋安然的心里五味杂陈。

魏灵芝说:"你放心,我刚才是在说气话,是我心疼生金才说的,生金活的时候咋心疼我你也知道。"一说生金,魏灵芝的声音又有些颤抖。她稍微缓了缓又说:"不管你们有没有事,我都不会追究的。三年我都没追究过,现在我还追究的甚。大爹说得对,那样对谁也不好。至于病,你就跟两个娃娃商量着看哇,我也管不了,管也是瞎管。我不为谁活也得为我的两个娃娃活着。"

尽管听到魏灵芝这番话,宋安然稍感心宽,但那种强烈的负罪感却始终也没有缓解,而且魏灵芝越是说出这样宽容大度的话,越像磨扇一般,沉重地压在他的心上。

今天魏灵芝告诉他的这些,高美香一定不知道。他该不该把这一切都告诉高美香?如果告诉,应该在什么时候告诉?假如高美香知道以后,又会做出怎样的反应?会不会对高美香造成更大的打击?高美香会不会亦如他这样,背上深重的负罪感?

如果不让高美香知道,或许就会隐瞒她一辈子,也就是说,她一辈子也不会为此事所困扰,会活得很安逸。但那样对生金公平吗?让高美香也如以前的自己一样,始终活在一种自欺欺人的虚幻中吗?

从另一个角度考虑,现在生金已经去了,为了对一个已经去了的人负责,就要对活着的那个人可能造成新的伤害,这样真的值吗?他以前不知道的时候,不是也活在一种自我感觉良好的状态中吗?生金的死已经对高美香造成了很大的打击,如果再告诉她这些,不是对她脆弱的心理雪上加霜吗?高美香一定也会如他此刻一样,良心遭受无情的鞭挞。

也许那样对高美香来说很残酷,但让高美香继续活在一个虚幻的光怪陆离的泡沫里是最好的选择吗?不,应该让高美香同自己一样,脱掉那个虚伪的外衣回归脚踏实地的真实世界。梵语说,苦海无边,回头是岸,他们得共同为自己的不耻行为付出代价,他们必须勇敢地进行自救,救赎自己的灵魂!

可是人有时候是不是需要活在一个懵里懵懂的虚幻的世界里呢?是不是也需要一些自欺欺人,以使灵魂得到一些安慰?如果都把真相血淋淋地剖开给人看,还让人如何有勇气活下去呀,就像张泉,就像父亲……

反复权衡了半天,宋安然最终还是决定把这一切都深深地埋在自己的心里,就让自己一个人来背负这个沉重的十字架吧,何必再让一个弱女子也承受这份煎熬呢?

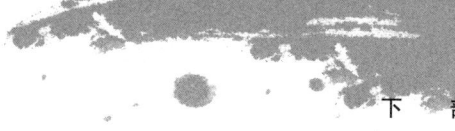

下 部

# 第四十三章

宋安然这样想过之后,暂时有了一种如释重负的解脱感。这种如释重负的感觉不是卸下了什么,是为了能在心理上替高美香承担一些什么的坦然。他知道,在这方面高美香可能比他超然。因为凭高美香率直的性格,她不会如他这般对事情老是耿耿于怀,纠结不已。也正是因为高美香这种性格特点,才让他们终于走到了一起。

但高美香也是个知情重义的女人,真让她知道这一切,她能承受这双重的打击吗?即使能承受,他也不想让她承受,就因为他是男人,男人生来就是保护女人的。但丁说,我不下地狱,谁下地狱?

高美香到油坊工作的第二年,在一个春意勃发的日子,宋安然在毫无思想准备的情况下,完成了他和高美香轰轰烈烈的感情碰撞,由此正式确立了他们热烈而浪漫的情人关系。

在那个初夏的夜晚,九点多了,高美香突然给他打过来电话,问他在哪里,在干什么。他回答说在家里,正看电视。

高美香让他到她家来一趟,赶紧,有急事。高美香说完,不等他回话,就匆匆挂了电话。

宋安然有些纳闷。这么晚了高美香有什么急事?口气听上去很急切。生金这两天刚上班走了没几天,能有什么事?宋安然第一反应就是,难道有人会趁生金不在,对高美香图谋不轨吗?

不管怎么说,宋安然还是觉得赶紧去一趟为好。高美香的口气那样急切,一定是有什么很要紧的事。

宋安然起身出了门。当他急匆匆地来到高美香家的时候,一进大门就被一个人从后面抱住了。宋安然猛然被吓了一跳,正待喊出声,又被那个人捂住了嘴。凭直觉宋安然觉得抱住他的是个女人,在高美香的院里被一个女人抱住,宋安然已经知道这意味着什么。

就在宋安然一愣怔的当口,朦胧中,高美香已经站在了他的面前。他正要说话,他的嘴立刻被高美香的嘴堵上了,同时,高美香的舌头犹如一条滑溜溜的泥鳅,不由分说地钻进他的口里游走。

这一切发生得如此突然,以至于宋安然在恍惚之间有一种大脑缺氧的感觉。这让他似乎又一次体验了小时候耍水的感觉。小时候耍水,有时候没有进行"热身"就一个猛子扎进水底,大脑一下子产生了一种迟钝的感觉,后来他才知道那是短暂的缺氧。

宋安然的嘴就在这种类似于缺氧的状态下,被动地接受着高美香舌头的强奸。不过也只是极短的时间。当宋安然的意识渐渐回归的时候,他才清醒地意识到面前发生的一切。

宋安然的手下意识地使劲拽着高美香的胳膊,想把她拽开,可高美香的胳膊似乎就是一把大铁钳,在他的腰上箍得那样紧,像一条巨蟒缠身。终于,他的两只胳膊无力地垂了下去。似乎来不及思考,旋即,又猛然扬起,一搂将高美香紧紧地揽进怀抱之中。

这样的拥抱持续了十来分钟,高美香就急急慌慌地拉着他的胳膊,将他拉进西边的房间。一进门,高美香不由分说,一下子把他按倒在地上。

地上铺着两件大衣,一件是带着羊毛的皮袄,一件是军棉大衣。看来这些都是高美香刻意准备好的。看不清高美香的脸,但分明能感觉到高美香急促的喘息声。一阵缠绵之后,高美香开始解他的衣服,他能不知道这意味着什么吗?

宋安然无论如何也不敢相信这一切是真的,这一切来得如此炽热奔放,如此胆大妄为,如此目空一切……

高美香的皮肤不算很细腻,但极富弹性,有一种磨砂瓶子的感觉。高美香的动作很轻柔,极具分寸,一种宋安然从未体验过的千娇百媚,通过高美香的手指,通过高美香与他身体的摩擦,滑过皮肤电流般传导到他的身体内,而后汇聚成一缕缕幽香,那样不可抑制不可抗拒地冲击着宋安然的感觉神经、味觉神经甚至听觉神经……当他们真正合二为一时,宋安然渐渐进入一种迷离状态……

这么多年以来,宋安然才第一次体验到什么叫飘飘欲仙,什么叫欲仙欲死,什么叫灵魂出窍……在他和魏灵芝十多年的夫妻生活中,他没记得有过如此激情澎湃的一次。就在那一刻,他才第一次觉得自己真正活得像个人!

激情过后，宋安然似乎有些不解地问高美香："你看上我什么啦？竟敢做出这样胆大妄为的事情。"

"不为什么，就是想，就是想跟你做这事，就是一种原始的冲动，控制不住。"又说，"觉得只有这样你才能真正走进我的心里……啊，早就渴望能跟你成为一体……这可能是我们前世未了的情，让我们今生以这样一种方式完成吧？"

"你就不怕生金发现吗？"

朦胧的夜色中，高美香深情地看着他的眼睛，即使在黑暗中看不见高美香的眼睛，宋安然也能感觉出来，那眼神里一定透射出一种无可名状的贪婪，她说："也怕，但我实在无法控制……生金虽然对我好，却不懂我，我们虽然是夫妻，却不是知己，所以我有时候觉得心里很空虚。我需要一个真正懂我的人，需要一个……知己……"高美香深重地喘息着，声音颤抖着说，"我是不是个坏女人？一个很坏很坏的女人？"

宋安然轻柔地对着高美香的耳朵耳语似的说："你是个很坏的女人，一个救人的坏女人。"说完，他把高美香更紧地搂在怀中……

在他的灵魂终于归位以后，他把头深深地埋进高美香的怀里。他觉得自己在渐渐地缩小，缩小，直至缩小成一个婴儿……一种似曾相识的安详踏实的感觉，渐渐地唤醒他灵魂深处的记忆，那是在母亲怀中吸吮母亲乳汁时的感觉……

宋安然不能准确地做出判断，但他从这似曾相识的感觉中，知道这种安详踏实的感觉一定是自己在婴儿的时候，母亲用日复一日的千百次重复的动作，带着母亲的体温，带着母亲的乳香，带着深深的母爱，牢牢地镌刻在他的灵魂深处。这一刻，在高美香怀抱的诱惑下，那种感觉精灵般地从灵魂深处游走到了他的意识当中……

宋安然像个婴儿般"嘤嘤"地哭了，哭得那样酣畅淋漓，哭得那样随心所欲……

当宋安然将压抑了二十多年的早已缠搅成一团乱麻的一腔悲苦、无助、无奈、委屈、愤懑等交织在一起的情绪，如大河奔流般一泻千里倾泻出去以后，心情便如暴风骤雨掠过的海面，渐渐趋于平静。听得高美香也陪着他流了好多泪。

高美香也把她的一腔苦水统统倒了出来，听得宋安然惊心动魄。

宋安然帮高美香擦着脸上的泪水,喟然长叹:"为什么我们能彼此吸引?可能我们原本就是一根藤上的两颗苦瓜啊,一样样的心比天高,一样样的命比纸薄啊,这是老天爷早就安排好的啊!"

高美香也感叹道,这真是天意啊,是上帝可怜我们,在冥冥中指引着我们走到了一起。真应了那句话,同是天涯沦落人,相逢何必曾相识啊……

后来,宋安然在又一次重复那样的动作,以期再次体验那天那种妙不可言的婴儿般的感觉的时候,那种感觉似乎不再那样眷顾他了,虽然也有些淡淡的回味,却远没有上次那样荡人心魄,那样回味悠长。

当他把这种感觉的差异告诉高美香的时候,高美香说:"也许你这是恋母情结所致。"

"哦?我会有恋母情结?"宋安然似乎有些吃惊。

"这有什么大惊小怪的?其实每个人或多或少都有恋母情结,这是与生俱来的。你想想,为什么我们在受到惊吓或伤害时,本能地喊出的是'妈呀',而不是'爸呀'?这就是恋母情结的本能反应。因为我们每个人是从母体分离出来的,这就注定了与母亲有着不可分割的血肉联系。出生以后,我们每天吸吮着母亲的奶水长大,无论从情感还是意识里,都与母亲有着千丝万缕的联系。所以,我们要完全脱离母亲的影响是不可能的,就像人类想脱离地球的引力升上天空,最终还得回到地球一样。你知道为什么?"

"为什么,就因为地球有引力呀。"

"为什么地球会有引力呀?"

"就像你说的,是与生俱来的。要不然不是乱套了,世界就成了混沌一片了,也就没有人类了。"

"你说得不对,是因为地球是我们赖以生存的母亲,是土地养育了我们,我们就不可能脱离土地。就像我们在洗完澡以后,依然能搓下泥垢,为什么?因为我们人类是泥做的呀,人类从土中生,最终还不是又都入土为安了吗?"

"精辟,太精辟了。"宋安然故意夸赞道。

高美香"扑哧"一声笑了,说:"这可不是我的理论,是《圣经》上说的,'尘归尘,土归土,让往生者安宁,让在世者重获解脱'。"

"哦。"宋安然仿佛若有所思,"现在仔细想想,母亲对我的影响确实太大了。"宋安然又有些诧异,"你怎么知道得这么多?"

高美香有些不好意思,说:"我跟你有过相似的经历。在我最黑暗的那段日子里,我曾好多次找神父做过忏悔。不过,最终是你拯救了我。"高美香用她眼白很白的眼睛深情地看着宋安然。这时,宋安然才想起,高美香是个虔诚的天主教徒。

宋安然也情不自禁地一把搂紧了高美香,喃喃地低语:"你同样拯救了我。"

"其实你那是自救,我并没有做什么。是你心里的善念让你想做一个好人的。"高美香又似有所悟地说,"其实我们都需要自救,每个人都需要自救。"

"你说得对,自从见过你之后,我就开始要努力改变自己了,你知道为什么吗?"

高美香明知故问:"为什么?"

"因为我害怕你看不起我,我想在你心里留一个好男人的形象。"

"为什么你那么渴望在我心中留一个好男人的形象?"

"你这是明知故问嘛。"

"不,我要你说嘛,我就要你亲口告诉我嘛!"高美香撒娇的样子可爱极了。

"因为在我看到你第一眼的时候,就有一种预感,我们之间将来可能会发生一些什么事,至少在我心里会常常产生这种向往。"

宋安然回想起第一眼看到高美香,以为是看到了芹芹时的感觉,那是一种电光火石击中灵魂深处的某个敏感部位的感觉,就像寂静的夜空中猛然炸响的一个霹雳,瞬间撕裂晦暗的云层。他告诉高美香:"可能这是天意,这就是人们说的缘分,'众里寻他千百度,蓦然回首,那人却在灯火阑珊处'。那应该就是我当时最贴切的感觉。"当然,他不会告诉她曾经把她认成芹芹。他宁愿相信,那次的偶遇就是上帝的一次刻意安排。要不然天底下能有几个和芹芹长得如此相似的人啊。即使有,茫茫人海中怎么会让他们如此机缘巧合地相遇呢?

高美香用拳头轻轻地捣着他,无比娇媚地撒娇说:"你真坏,你真坏,你不早说,害人家白白单相思了那么久。"

"我何尝不是每天都在想你。可那时我已经成了你的哥哥,我咋敢对你有非分之想呢?那样你会咋看我?原来我一直敬重的哥哥居然是个大流氓,大色狼。"

高美香一头扎进宋安然的怀里,不好意思地笑了。

宋安然又问高美香:"你那天咋敢那样放肆地抱我?你就没想过,我要是拒绝你,你该咋办?"

高美香回答:"你不可能拒绝,我早就从你的眼神中读出了一种渴望,只是这种渴望被一个叫'道德'的笼子囚禁起来了,让你不敢走出来。我只不过是帮你打开了那个笼子。"

"假如我真的拒绝呢?你真的就那么自信?"

"不是没想过。假如你真的拒绝我,我可能会杀了你,然后与你同归于尽。"

高美香的话又一次让宋安然感到惊骇,他想了想说:"你敢杀人,为什么没把你的前夫杀掉?"

"他是个什么东西?我值得为他去死吗?他不配!"

宋安然还是第一次听到这样的逻辑,一个人不去杀死自己切齿恨着的那个人,却想着杀死自己刻骨铭心爱着的人,多么荒谬的逻辑。这可能就是人类自私的占有欲在作祟吧。但他尤其喜欢高美香的正是她的这种率性而为,这是他所不具备的。为了爱,她可以赴汤蹈火、在所不惜;为了爱,她也可以忍辱负重、委曲求全。这是个多么矛盾的复合体呀。

宋安然想想这事的后果,有些忧心忡忡。万一被人发现,他们将如何面对他们的亲人?一个姐夫,一个内弟媳妇,两个人竟然干起了这种蝇营狗苟、鄙俗不堪的下作事来。他们这是乱伦啊!他们在挑战社会道德的底线啊!

"我们这样会下地狱的。我倒是不怕,我不信天主,你不怕下地狱吗?"

"我怕,但我早就经历过地狱般的生活了,还怕再下一次吗?好几年了,每天和自己倾心的人在一起,两颗心像隔着一块玻璃一样,眼巴巴地看着却不能融合在一起,和下地狱有什么两样?所以即使死后下地狱也无所谓了。"

"你打开的这个叫'道德'的笼子囚禁的是一个魔鬼,你把魔鬼放出来了,它会害人的。"

"不是魔鬼,是天使,因为我们的爱是真诚的,真诚的爱是无罪的。不是有一句话说,从天使到魔鬼只有一步之遥嘛。白天看上去是天使的人,也许到了晚上就成了魔鬼;或者说本来是魔鬼,只是在白天伪装成天使的化身,来迷惑善良的人们罢了。正如地狱里未必都是魔鬼,天堂里也未必不藏匿魔鬼一样。"

宋安然听了哈哈大笑,说:"你这是在狡辩。不过好像在讲哲学。"

"我不懂什么哲学,但我知道,其实每个人的心里都住着两个人,一个是天使,一个是魔鬼。有的人让天使出来做事,只让魔鬼在心里想事。谁心里会没有一些肮脏的想法?只不过是没有人知道罢了,例如你和我;有的人在白天让天使做事,晚上放出魔鬼做事,例如盗贼;有的人让天使在表面做事,让魔鬼在暗地里做事,例如贪官。"

"你又在狡辩。"

高美香说:"不狡辩能怎么着?我总得给自己找个理由吧,不然我会害怕下地狱而不敢迈出这一步。"

看来人的欲望实在是太难控制了,为了满足欲望,甚至可以去死。

宋安然更紧地搂住了高美香。

……

宋安然至今都不敢评价,高美香究竟是天使还是魔鬼。

从他的角度来看,是高美香出现在他的生活中,才让他一扫多年的沉郁,走出心灵的阴霾,最终做出了今天的成绩。换一句话说,是高美香从真正意义上拯救了他,并且成就了他,如柳叶梅成就了魏生荣一样。高美香帮助他重塑了自信,高美香帮助他走出了恋母情结的桎梏,高美香的率性和阳光性格像一股清纯甘洌的清泉,在不知不觉中滋润了他几近干涸的心田。高美香对他来说无疑是天使。

从婷婷的角度来看,高美香不但收留了她做女儿,还像亲生母亲一样悉心照顾这个可怜的盲女孩儿,让她成长为一个亭亭玉立的大姑娘,并且让她学了技艺,能够自食其力。无疑,高美香也是婷婷的天使。

在好多人的眼里,高美香能干、敢干、随和、率真、与人为善、善解人意、贤妻良母,很多优点集于一身,毫无疑问,也是天使。

从魏生金的角度看,高美香给他戴了绿帽子,无疑是魔鬼。但除了这件事,高美香可以说做到了一个好妻子和好母亲的全部,因此,即使在魏生金的眼里,高美香也未必全部是魔鬼,起码有一半是天使。

因此,究竟是天使还是魔鬼,是不太容易界定的,是似是而非的。有的人今天是天使,明天却成了魔鬼,例如有些贪官。不是他们今天才成为魔鬼,而是昨天已经是魔鬼了,今天才被暴露,才知道原来是魔鬼;也不是原本就是魔鬼,原来他们实际上是天使,而且把天使的一面张扬到了极致,才逐渐攫取了权力,在攫取了权力后就渐渐把握不住自己,就开始自我膨胀,就在某一天,禁不住魔鬼的蛊惑,渐渐迷失了心智,让自己堕落成了魔鬼;即使到了这时,他们也未必完全丧失了天使的善良,在他们的忏悔中,还残存着天使的影子。

就像他,在不知不觉中,让蠢蠢欲动的魔鬼露了头,只不过在没有失控之前,及时地将其装回到潘多拉的匣子里面去了。可后来他还是没有完全控制住自己……

可能从某种意义上讲,每个人都是天使与魔鬼的共生体,只不过好多人用天使美丽善良的一面掩盖了魔鬼丑陋罪恶的一面罢了。

这可能就是社会的复杂性吧,天堂离地狱只有一步之遥;天使与魔鬼仅仅隔着一个念头。

也许魔鬼不是生来就是魔鬼,如果解除了禁忌,剥离了敬畏,天使也能变成魔鬼。这禁忌和敬畏不是用砖块和水泥垒砌的佛塔,也不是手铐脚镣,他们是根植于灵魂深处的树,一种看不见却能明晰地感知到的生命之树,这棵树在良好家风的熏陶下,在阳光的社会环境滋润下,在一天天一点一滴地茁壮成长、成熟,同时无时无刻不在遭受风吹雨打、日晒雨淋、雷劈电击等各种社会诱惑的考验,如果经受不住考验,就会萎顿,就会死亡,灵魂就堕落成了魔鬼。

天使也好,魔鬼也罢,平心而论,他在心底里感激高美香,因为高美香代替母亲成了他的守护神。不管以后出现怎样的状况,他都会把她小心翼翼地呵护在心里最珍贵最隐秘的地方。

下　部

# 第四十四章

做通魏灵芝的工作以后,宋安然那根紧紧地绷了一天的神经总算稍稍松懈了一些,心情也为之轻松了许多。心情一放松,思维也开始活跃起来。

家有千件事,先从紧处来。当务之急是给魏灵芝看病。魏生金的事已然是这样了,不是一时半刻能解决得了的。下午,他已经安顿魏继业的妈汪彩凤和魏生昊的媳妇日夜陪伴高美香几天,让高美香的情绪尽快稳定下来。三个孩子也于下午都赶了回来,陪他们的妈妈。

婷婷哭得死去活来,宋安然不知道婷婷是感念魏生金对她的恩德,为以后没有了父亲的庇护而担忧,还是想起生父张泉,叫她对自己这样一个瞎子以后如何面对人生,充满了恐惧和迷茫,也许兼而有之,也许更加复杂,宋安然无法站在婷婷的角度来揣度。

婷婷今年十九岁,已经长成个亭亭玉立的大姑娘了。婷婷从盲校毕业以后,在一家福利院做按摩工作。婷婷是个很聪明的孩子,张泉死的时候,她已经记事了,加上以后人们在交谈中经常会提及婷婷家以前的事。唯其清楚地知道自己的身世,婷婷才愈发对魏生金和高美香充满感激和深深的依恋。

出于婷婷是盲孩子的缘故,魏生金从小对婷婷颇为偏爱。眼睛看不见,自我保护能力就比别人要弱得多。倒不是说魏生金厚了婷婷就薄了蓉蓉,在这一点上高美香能给予充分的理解,就连高美香在许多时候对婷婷也怜爱有加,视如己出,而对蓉蓉管教得很严格。小时候的创业因为顽劣,会经常欺负婷婷,因此没少挨父亲的揍。长大以后,三个孩子都懂事了,相处得十分融洽。

宋安然同汪彩凤们竭力劝慰着婷婷,越是劝慰,婷婷越是抱着高美香哭个不停,仿佛怕一撒手,连高美香也一下子飞走似的,惹得一家人陪着她流泪不止。

宋安然不忍再看,赶紧抽身回了家,那个场面让他一下子想起了他和红红跪在父亲遗体前的情景。

魏生金的遗体拉到殡仪馆后,一家人怕她们娘儿几个看着他的遗体伤心过度,死劝活劝,才把她们劝回家。

今晚她们娘儿几个该如何熬过这个难熬的夜晚啊。

宋安然努力把思绪拉回到魏灵芝的病情上,他想是不是先给孩子们把魏灵芝的病情稍稍透露一下,以免明天突然让他们回来感到震惊,一时难以承受,再搞出些什么状况,他现在真的是被许多意外吓怕了。

但是该怎样给孩子们透风?孩子们何等聪明,这么晚了打电话告诉孩子们他们的妈妈偶感风寒?这不是小题大做吗?孩子们一定猜得出来,他们的妈妈出了大事,那样,孩子们很可能连夜往回赶呢。真要是那样,才不知道要搞出什么状况呢。

宋安然最终还是放弃了给孩子们打电话。

宋安然几乎一夜未眠,同样度过了一个难熬的夜晚。

第二天早上,宋安然心急火燎地捱到将近八点,才分别给孩子们打了电话,电话中,他没有告诉孩子们实情,只说检查结果还没出来。

女儿菲菲没听他说完就哭了,并且哭着追问他检查病情的详细过程。他推说有换油的顾客等着,一切等回来再说,随即挂了电话。

宋安然知道,女儿一定已经猜出了八九分,女儿学的就是这个专业,他打电话让女儿回来,她还能不明白吗?

儿子接到他的电话时,却显得比较冷静,儿子在电话里安慰他,不管发生多大的事,也不要急,他马上就赶回去。等他们兄妹俩回来再说。

还没等他告诫儿子"你也别急",儿子已经挂断了电话。

儿子一定同样意识到了问题的严重性。儿子是个既严谨又细心的人。说实话,按照儿子的性格,确实很适合做法律工作这一行,儿子善于从平常中发现异常,从细节中找出破绽。

给女儿和儿子打完电话,宋安然就到高美香家去了。此时的高美香已经平静了许多,但脸上依然笼罩着沉沉的阴云。三个孩子早早地就去了县城,汪彩凤拦都拦不住。

寒暄了几句以后,高美香问起油坊的情况。

宋安然就关照高美香,说:"油坊的事你暂时不要操心了,现在又不是忙季。这边这么大的事,一时也够你招架的啦。"

高美香苦笑了一下,说:"生金一走,往后的日子不知道该咋安排呢。蓉蓉

大学还没毕业,创业也快要高考了,到处都是花钱处。"

宋安然赶紧给高美香宽心,说:"这你担心什么?油坊里还有你的股份呢。"

那年魏生金和高美香送过来的一万块钱,宋安然一直以股份计算在内的。第三年,也就是高美香到油坊上班的那年,宋安然就按股份给他们兑了现,分给他们五千块钱,说这是两年的分红。当时,魏生金和高美香执意不收,说这是多高的利息啊。高美香在油坊挣着这么高的工资,再接受这么高的利息,叫别人听说该咋看待他们呢,那就是见利忘义。

宋安然给他们解释:"这是两码事。工资是工资,分红是分红。今年咱们还不算规范,我只是大致看着给你们分的红,你们的股份我是按照百分之十算的。明年要真正规范,连我也挣工资。我们毕竟是个企业啊,不能按作坊的做法来干了。"又进一步解释,以让他们安心,"按股份算,只分红,股金不能退给你们。"

魏生金梗着脖子,说什么也不依,并且说:"要是这样就按一半拿,两千五百块,股份也按百分之五计算。要是不按他说的办,就把他那一万块钱退还给他。"

宋安然不让,说:"那是雪中送炭的钱,岂能你说还就还。"

争到最后,进行了折中,魏生金接受了三千块钱,但股份依然按宋安然说的,占百分之十。就连这三千块钱也暂时留在账上,等油坊的资金宽裕了再说。

其时,魏灵芝在一边帮着打扫场地。高美香看着在一边忙碌的魏灵芝,就说:"要挣工资给我姐也得挣一份儿,我姐在油坊也没个闲的时候。"

宋安然不以为然,说:"她就是帮个忙,挣什么工资啊。"

高美香却不让,说:"你不是要正规嘛,我姐在油坊干了多少营生你又不是不知道。你雇一个工人多少钱?你就想把我姐当成老妈子白使唤呀。不行,这不是钱的问题,是尊重不尊重别人的劳动成果。"

宋安然看着魏灵芝,笑了笑说:"行,也给她挣工资。"

高美香问魏灵芝:"姐,我哥答应给你挣工资,你高兴不高兴?"

魏灵芝颇有些难为情地说:"一家人还挣甚工资呀。"魏灵芝说这话时,嘴上是笑着的。

几个人都知道,魏灵芝虽然嘴上这样说,心里一定乐开了花。

……

　　高美香听宋安然说起股份的事，就接口说："要不我关心油坊呢，以后的经济来源就指望它啦。"

　　宋安然赶紧对高美香表态："你尽管放心，无论油坊行不行，我都不会让你受为难的。"

　　高美香当然理解宋安然说的是真心话，但高美香不愿意接受别人的馈赠，何况他们是这样一种关系。真的成了那样，岂不成了某种交易了吗？那样是对他们感情的亵渎。

　　于是高美香反过来又劝慰宋安然："这些你也不用太操心，毕竟刨闹了这么多年，我们也存了一些积蓄。即使花钱也是后一步的事了，创业现在还小。不管怎么紧，也得完成生金的心愿，这是他最后的心愿了。"刚说完这话，眼泪就流了下来。

　　宋安然不明白魏生金最后有什么心愿，让高美香一下子又沉浸在悲痛之中。就问高美香："生金有什么心愿？"

　　没想到高美香一说，反倒让宋安然又吃了一惊，原来魏生金也打算修路。

　　宋安然问高美香："生金什么时候想起这码事？"

　　高美香回答："就在继业回家的那天。我回来就对生金说了，说如果崔六子再不修路，你打算自己掏钱来修。生金跟我说，其实最应该修这条路的是咱们。是因为受我的事牵连，最终才没修成油路的。"高美香又补充说，"第二天一早他就去路上看了，回来对我说，大概有三万块钱够了。还说，这次要修就把翻浆层彻底清除掉，要不然咋修也还是翻浆。"

　　宋安然不知道该如何回应高美香。他知道在这种时候站出来表态，会显得更愚蠢。同时他也知道，既然高美香把魏生金的这个愿望告诉他，就会不打一点儿折扣地去完成。高美香的秉性他知道，高美香虽然是个女流之辈，但是说一不二。

　　他们说了这么半天话，都没有提及崔六子关于这件事情的看法。他们都在刻意回避提及崔六子，就好像一提及崔六子，一下子猛然撕开了一道刚刚愈合的伤口，令人心碎欲裂；又好像崔六子是颗定时炸弹，一提他就会立刻启动爆炸。

　　但这又是避不开的话题，因为这件事情必须由崔六子来解决。

　　宋安然鼓了几鼓劲儿，最后还是装作轻描淡写地说："崔六子我已经打了

电话了,没接,估计是在活动。不过咱不怕,昨天大哥当时就给二哥打了电话,二哥说让放心,他会关注这个案子的。"

听了宋安然的话,高美香咬牙切齿地说:"躲过初一,他还能躲过十五吗?他一定是幕后指使。要不是他在幕后指挥,借崔老五一百个胆,他也不敢做出这样塌天的事来。杀人偿命,他崔老五一定得死,崔六子也得判刑。要是不这样,我就一头撞死在法院大门!"

宋安然知道高美香说的是一时气话,但也不好说什么,就随她发泄发泄,要不然憋在心里不是好事情。

想着出来一个多小时了,说不定孩子们也快回来了。宋安然又安抚了一番,赶紧回了家。

宋风凡和宋菲凡兄妹俩回来的时候,已是过晌。他们是前后脚下的飞机。

一进门,宋菲凡还没说话,就抱着母亲哭起来。宋风凡的眼泪虽然也在眼眶里打转,却赶紧拽了拽宋菲凡的衣服,示意宋菲凡注意控制情绪,以免引起母亲的怀疑,他们猜想父亲一定没有告诉母亲实情。

魏灵芝反倒显得很镇静,说:"哭甚,不就是个病嘛,看就是了。看不好,就是阳寿到了,有甚怕的。"

宋安然惊奇地发现,这些天魏灵芝怎么一下子竟"智慧"起来了。

过了一阵,宋菲凡止住了哭泣,宋风凡示意几个人到油坊说话。宋风凡和父亲先出来,到了油坊。宋菲凡又安抚了一下母亲,还是魏灵芝催宋菲凡,说你爸找你们有事商量,宋菲凡才匆匆出来。

一进油坊,宋菲凡就埋怨父亲:"都成了这样了,你怎么不早点儿给看?非要等到现在?"手里拿着胃镜报告单,又开始哭泣了。

宋安然的嘴唇嗫嚅着,想给两个孩子解释什么,却一句话也说不出来。他不知道该如何给孩子们解释,悲痛压抑着他,内疚压抑着他,懊悔压抑着他。菲菲说得对,怎么不早点儿给看?

宋安然垂下头,理短得像个被父母训斥的孩子。

宋风凡狠狠地剜了宋菲凡一眼,口气很严厉地训斥宋菲凡:"行了!你怎么能这样说爸呢?你以为爸现在心里好受吗?我们带妈查过一次病吗?"又转头流着泪对父亲说,"爸,受到指责的应该是我们,我们没有资格抱怨您,是我们没尽到做儿女的责任……"

宋安然忽然双手捂着脸蹲了下来。他知道自己如果不努力克制,泪水就会喷涌而出。儿子这句话让他感动,虽然这么多年他没有向孩子们倾诉自己这一腔悲苦,但儿子能理解他。女儿一定也能理解,只是看到母亲这样,一时无法控制,在向他撒娇。但他是不会怪怨女儿的,因为他是父亲;他更不想让孩子们看到他的泪水,尽管那泪水里饱含着无比的委屈、苍凉和无奈,因为他是父亲!父亲应该是孩子们的靠山!他只能咬着牙将它们狠狠地嚼碎,如同嚼着几块生铁疙瘩一般死劲嚼碎,然后生生地咽进肚子里,尽管刮得他喉咙都生疼……

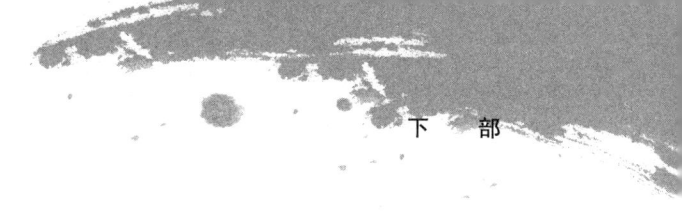

下 部

# 第四十五章

宋安然咋也没想到,孩子们的动作会这么快。他们先去了高美香家,对高美香劝慰了一番,并且每人给留了两百块钱慰问金,然后马不停蹄地看望了大姥爷魏万仁,每人给留了两百块钱,接着就回家收拾母亲的换洗衣服。整个过程一气呵成,到他们坐上出租车,还不到两个小时。回来时,儿子就让出租车等着,一并把他们再拉回市里。

临走时,宋安然有些怯生生地问儿子:"今天能坐上飞机吗?"

儿子告诉他,刚才去四姈家的路上,他从手机上已经订了机票。

相比自己这两天的慌乱,宋安然不得不慨叹自己的过时。自己真的老了吗?真的成了过眼云烟了吗?

宋安然一时竟觉得大脑有些转不过弯儿来,他不知道该如何给自己定位,不知道该如何评价自己,甚至都找不到评价自己的参照物了。在村里,不管从哪个角度看,也不能算落伍,可也只是在村里,如果出了村呢?如果出了县呢?自己会在哪一个档次?

屋里静得出奇,仿佛空气都凝滞了。榨油机也停着,油罐里的存油还够二十天。宋安然原本打算把这一罐榨满再停榨,但自从魏生金一出事,宋安然就叫停了榨。往日榨油机在别人的耳朵里是噪音,传到他的耳朵里就成了美妙的音乐,就是这音乐给他带来了好生活,就有了爱屋及乌的喜好;或许是因为早就习惯了这种声音的存在,习惯就变成一种依赖,一刻也不能失去。就像有的人看电视,看着看着睡着了;一关电视,反而醒了。

宋安然忽然觉得心里空落落的,一股巨大的孤独感浓浓地包围了他,甚至让他感到窒息。魏灵芝一离开,仿佛把一个家的生气都带走了,留下一屋子的死寂。

难道自己真的过时了吗?宋安然一时觉得好气馁。

宋安然定了定神,为自己冲泡了一杯淡茶。他知道浓茶能使人兴奋,他现在不需要兴奋,而需要镇静。而淡茶不但不会使人太兴奋,反而能像明矾沉淀杂质一样,促使人的大脑皮层温和而理性,变得条理清晰,就像整理库房,把有用的东西归类,把无用的东西清理出去。

宋安然渐渐沉静下来,刚才从心头掠过的悲哀已经渐渐隐去。现在回头想想,不是自己过时了,是孩子们太超前了,能力远远超过了自己。平心而论,与村子里的人们相比,他并没有落伍,或者说,是农村这一块地方一直远远落后于城市的思想,这可能就是城乡之间最大的差别吧。怪不得中央一直提倡城乡一体化呢,城乡一体化,这种差距不是自然而然就缩小了吗?

想到这里,宋安然不但一扫刚才的不快,反倒无比欣慰。如果儿女这股浪头直至现在也不能把他拍到沙滩上,那才是真正的悲哀,是他和儿女们共同的悲哀,天大的悲哀。

强迫自己平静下来以后,宋安然又给崔六子打电话。连着打了三次,崔六子才接起了电话。

电话那头,崔六子没说话,也没问什么。宋安然也没说话,他一时竟不知道该从何说起。双方就那样静默了十几秒钟,宋安然才打破了沉默。他尽量用平缓的口气对崔六子说:"六子,这样回避总不是办法吧?既然事情已经出了,我们总得积极地面对吧,你说呢?"说完倒把自己吓了一跳。他这是第一次用"六子"这样的称呼,这样听起来亲切,像真正的弟兄。他怎么突然用这样的称呼?是想以此来稳住崔六子吗?还是一种下意识的举动?

又等了十来秒钟,手机里才传出崔六子的声音。崔六子的声音同样显得比较亲切,好像他们俩在一种宽松的气氛中,谈论一件很有意思的事。"安然哥,我也早就想给你打电话了,只是鼓不起勇气。"电话里,崔六子的声音有些沙哑,带着明显的强打精神。"我不知道……唉,不知道该怎样面对你们,尤其是面对你,你给过我那么大的帮助……如今我五哥出下这么大的事,我咋有脸见你呀。"崔六子的话听起来很恳切,甚至有些痛心疾首。

宋安然无法仅从崔六子的话里判断崔六子的诚意到底有多少。他现在已经无法再相信崔六子了,准确地说无法相信自己的判断力了。

宋安然立刻换了一副口气,说:"那么你是想把这件事拖下去了?我可以明确地告诉你,你如果采取这种态度,对你是没有任何好处的,起码对你五哥是没有任何好处的。如果你觉得你五哥的命不如一泡狗屎的话,你尽可以放手不管!"说完,他不等崔六子说话,就愤怒地直接把电话挂断了。

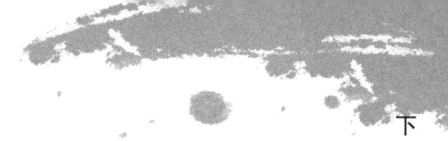

崔六子你个狗日的,你想躲就能躲过吗?公安局能放过你吗?你这么大的产业能撒手不管吗?看你到底能撑多久。

还没撑一分钟,崔六子的电话就打过来了,说:"安然哥,你怎么连我的话都没听完就挂了?"

宋安然故意装出一副没好气的口气说:"你说吧,我听着。"

"我已经同公安局联系了,如果公安局需要我解释什么,我会尽全力配合。关于赔偿的事,我已经委托翟律师全权代理我来办理,我想在我力所能及的范围内,尽可能满足家属的合理要求。"

宋安然不太明白崔六子的意思,"全权委托"是什么意思?难道他一直不想露面了吗?这么大的事情,翟律师能"全权委托"得了吗?

宋安然又给崔六子打过去,这次崔六子没犹豫就接了电话。宋安然像是征询似的问崔六子:"我们是不是尽快见个面?见面沟通起来要方便一些,有利于事情的解决。"

崔六子似乎沉吟了一下,说:"我在外地,暂时回不来……有些事情很棘手,请哥原谅兄弟。我刚才不是跟你说了嘛,翟律师可以全权代表我的。"

崔六子说完就挂了电话,让宋安然一时愣在那里。

崔六子的话里透露出什么信息?在外地?这是在委婉地拒绝他见面的要求?有些事情很棘手?他不积极地正面回应,反倒藏头露尾,闪烁其词,他到底想干什么?是在放什么烟幕弹吗?不对,现在还有比这件事情更要紧的事吗?即使是他梦寐以求的上级拨款,也没有这件事紧急呀。崔六子一定有着非同寻常的动作。

找关系!

只有这个解释是唯一合理的解释,崔六子一定已经到了首府,在找某个靠山来摆平此事。崔六子对钱的崇拜到了无以复加的地步,这一点宋安然很清楚。崔六子十分笃信"有钱能使鬼推磨"的处世哲学。

宋安然不由得又添了一丝担忧。现在的社会越来越让人失去信任,更失去了信心。表面上法律越来越完善了,可暗箱操作却越来越浮上水面,都快成了"明箱"了。明火执仗践踏法律的事如今比比皆是。原来还普遍得令人触目惊心,现在却普遍得让人习以为常,令人麻木了,甚至令人欣赏了。因为戴着面具的鬼太多,几乎充斥了各个角落,不留死角;鬼们的所作所为也越来越肆无忌惮,明目张胆,如天空的雾霾一样难以驱散;鬼们的面具也越来越逼真,让你无从辨识。

这个纷扰复杂的世界。

宋安然赶紧给魏生荣打了个电话,对他说了自己的担忧。魏生荣安慰他,不要老疑神疑鬼,一朝被蛇咬十年怕井绳。好歹老二在市中院,应该不会出现什么纰漏。他再给老二打个电话,强调强调。

挂了电话,宋安然的心里始终有些踏实不下来。魏生荣一定也希望魏生辕能在这件事上尽可能地向这边倾斜,这其实也是人之常情。但要是这样一推理,魏生辕不是也成了他们这方面的"鬼"了吗?你们也在打算着暗箱操作,也在做着"鬼"的事情,崔六子为何不能再"鬼"一次?崔六子本来就已经"鬼"了多年,如今在这么大的一件事情上耍鬼,是再正常不过的事了。相反,不"鬼"就不叫鬼六子了。

接下来就应该是"鬼"和"鬼"的较量了。

魏生金出事的当天,魏生荣迅速给他们分了工,宋安然的工作就是专心给魏灵芝看病。等到需要他的时候,自然会告诉他的。魏生荣自从渐渐淡出商界,就把许多具体事务交由柳叶梅打理,他只管大的方面。因此变得闲散恬淡,逍遥自在。可是魏生金的事一发生,魏生荣立刻像换了一个人,迅速把各项事务安排得条理清晰,头头是道,恢复了往日的雄风。单从这一点来看,自己远不如魏生荣有魄力。

宋安然无所事事地在家待了几天。

他想去殡仪馆为魏生金守灵,但一看到那种哭哭啼啼的场面,他的心情立刻就压抑起来。因此,他只去了两次,去了也就是看一眼,就匆匆忙忙借故离开了。再说油坊也离不开,所以他只能每天待在油坊焦虑地孤寂着。不过,还有一个更重要的原因他不敢承认,他始终在心里抗拒着不敢承认,他现在无法面对魏生金!

几天以后的一个早上,魏生荣给他打来电话,说是商议赔偿的事,叫他赶到他家里。

案子已经移交法院,商议赔偿的事宜是在法官主持下进行的。赔偿的问题是对方首先提出来的,不过对方只有翟律师一个人。他们这边也只是魏生荣、宋安然和高美香。

翟律师首先阐明了崔六子的意见,就是努力满足家属的合理要求,但同时有一个请求,希望他们能够出具一份谅解书。

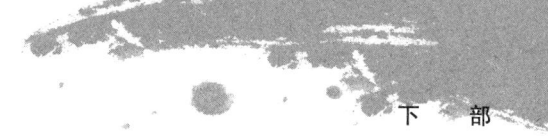

高美香一听,立刻表态,赔偿可以一分不要,但是人必须得偿命!

在场的人当时都没有表态,场面一时出现了令人难堪的沉默。

停了片刻,负责调解的法官才表态。法官对高美香说,你的这种心情大家都能理解,但是承担刑事责任和民事赔偿是两码事。承担刑事责任属于刑事范畴,赔偿属于民事范畴,二者不能混为一谈。唯一有关的就是,受害者家属的态度,在某种程度上对量刑的轻重会产生一定的影响。

高美香似乎并没有听进去法官的话,说:"我不管,我不要赔偿,我就要他偿命!"又转头对着翟律师说,"他以为他们家有钱,就可以为所欲为,就可以草菅人命?这是在社会主义法治国家,不是你们家的天下!法官头顶的是中华人民共和国的国徽,他们不会让罪犯逍遥法外的,你们就等着接受法律的审判吧!"

高美香越说越激动,说到最后声泪俱下,甚至有些歇斯底里。她甚至把翟律师也当作崔六子家的成员,搂草打兔子,一起连带着骂了。

法官看看今天的调解无望,就宣布调解失败。如果当事人还有调解意愿的话,可择日进行。

调解就这样不欢而散了。

走出法院后,翟律师单独叫住了宋安然,和宋安然谈了几句话。翟律师希望他们能帮着劝劝高美香,并一再向宋安然说明,崔世亮现在非常后悔,他希望法院能够从轻判自己的刑,他希望魏家能够原谅他,他不是故意的,他当时也是慌了手脚,才酿成如此大祸。他也不是个恶人,哪有那么大的胆量。他不希望别的,只希望有朝一日能活着出来,亲自到魏家谢罪,亲自到魏生金的坟上表示忏悔。他想活着不是想自己苟且偷生,而是想以此化解崔魏两家多少年的恩恩怨怨,想让人们引以为戒,忘记仇恨,不要冲动,最终酿成这样无可挽回的罪恶后果。

翟律师还带着崔六子的话。崔六子诚恳地表示,为他们崔家这些年对魏家、对葫芦湾的乡亲们造成的伤害表示深深的、真诚的道歉!

宋安然没说什么,只是表示一定会做好高美香的说服工作的。

翟律师走后,宋安然在心里骂道,这不是扯淡吗,想活下来是为了表示忏悔,为了要化解两家的恩恩怨怨,多么冠冕堂皇的理由啊!早知如此,何必当初?把这些人当小孩子玩儿吗?

回到魏生荣家没多久,魏生荣就接到魏生辕的电话。魏生辕在电话里问,调解进行得怎么样了？

魏生荣告诉魏生辕，今天的调解没有结果。随即，魏生荣就拿着手机进了卧室。

魏生荣从卧室里出来，一句话也没说，脸上现出了一种不可捉摸的异样的表情，是凝重，是沉郁，还是不可思议？

宋安然如坠五里云雾之中，魏生辕在电话中到底说了些什么？

宋安然正在胡思乱想，他的电话响了。他一看是魏生辕的，就赶忙接起来。魏生辕在电话里叫宋安然到外边去接电话，宋安然随即走出了门外。宋安然有些不解，魏生辕这样神秘兮兮的，究竟为了什么？

等他再次接通电话以后，魏生辕才告诉他，让他和大哥在高美香的情绪稳定下来之后，多劝劝高美香，说服高美香接受这个事实，并且接受崔家提出的调解方案。

宋安然有些纳闷，魏生辕咋这么热衷于让高美香接受崔家的调解方案呢？他咋听上去好像成了崔六子的代言人了？

于是，宋安然有些不太高兴地对魏生辕说："赔偿可以谈，但他们提出让写一份谅解书，不是强人所难吗？他崔老五压死了人，该由法律来制裁，该判死刑判死刑，该判无期判无期。或者说成不是故意杀人，一切得由法律说了算。只这一条，我们为什么要写谅解书？"

魏生辕沉默了片刻，才说："我的想法是这样的，如果我们理性地想一想，魏、崔两家的恩恩怨怨由来已久，我们这一代已经这样了，总不能因为这件事再把这种仇恨继续延续下去吧？不但继续延续下去，还有加深加重的危险。从长远看，化解这种仇恨是必要的。从眼前说，如果不写谅解书，不进行庭外调解，走民事诉讼程序，赔偿数额不会太高。现在生金走了，生金媳妇拉扯着三个孩子，一个正在读大学，那个也快要考大学了，一下子没有了经济来源，以后的生活该咋安排？这些都是现实问题，不能不考虑。"

宋安然怎么也想不通，魏生辕的话，怎么跟翟律师的话如出一辙？他没好气地对魏生辕说："这些话你怎么不直接对高美香说？"

魏生辕回答："我因为是生金的哥哥，这个案子必须回避。所以，这些话我不能轻易说。我也就是跟你和大哥通通气，咱们还是从实际出发来考虑哇，多为孩子们的将来考虑考虑。从另一个角度考虑，毕竟人死不能复生，我们何必纠缠着一个问题不放呢？"

"那么你是说,拿生金的命多换些钱,才是根本?"

"你理解错我的意思了。刚才我不是说了嘛,从两家的角度来看,应该这样做。"

"哦,我明白了,你的意思是,为了两家和好,生金就应该白死。生金死得很值得,生金死得很高尚,生金是为了魏家和崔家的共同利益做出了贡献,对吗?"不等魏生辕回话,宋安然愤然挂断了手机。

宋安然不明白,魏生辕怎么会说出这样的话? 莫非他受到了来自上面的什么压力? 抑或他收了崔六子的钱?

宋安然一想到这里,倒吸了一口凉气,这种想法太疯狂了,这不可能,不可能。魏生辕一个堂堂的人民法官,怎么会为金钱而出卖自己的良心,出卖自己的灵魂,最终沦为崔六子的说客呢? 生金可是他亲亲的堂弟呀。不可能,绝对不可能。

假如真是这样呢? 要真是这样,就太可怕了!

刚才看魏生荣的脸色,魏生荣接到的电话内容一定同他的差不多,魏生荣一定也有同感。

宋安然真的被自己这样疯狂的想法吓着了。

宋安然稳了稳神,回了家里。宋安然不想再劝高美香了,他不想再次落入崔六子的圈套,起码目前不!

可让宋安然没想到的是,第二天崔世雄竟然出面了,崔世雄让翟律师传话过来,如果他们答应写谅解书,他就搬离现在的家,让葫芦湾的人顺顺利利地修通油路,并且一分钱补偿也不会要。如果不答应他的要求,他们至死也不会搬离这里,不但他们不会搬离,他们还要儿子也搬回来,学习愚公的精神,子子孙孙守在这里,让葫芦湾的人永远走不上油路!

宋安然一听,肺都气炸了! 这是讹诈,彻头彻尾的讹诈,厚颜无耻的讹诈,卑鄙下流的讹诈! 崔家人怎么都是这样的货色啊!

不过,宋安然在恨得咬牙切齿的同时,不得不佩服崔六子的动作之快,他这是几管齐下呀。

半个月之后,在法院的主持下,双方终于在庭外达成了调解:高美香接受了崔家的六十五万块钱的赔偿款,并且答应签署谅解书;崔世雄则无条件搬离原来的旧房,为修路腾地方。

就在高美香终于签署了《受害者家属谅解书》的第二天,崔世雄一家搬离了红柳地村七社,搬到了儿子在街上的楼房。崔世雄的房子也在搬离后的第二天被迅速推倒、清除。

至此,横亘在葫芦湾人心头十来年的一座大山,终于以这样一种悲怆的方式,被彻底搬掉了。但是,葫芦湾人却无论如何也无法释怀,这座大山搬得竟如此艰难,竟然以放弃生金的尊严作为代价……

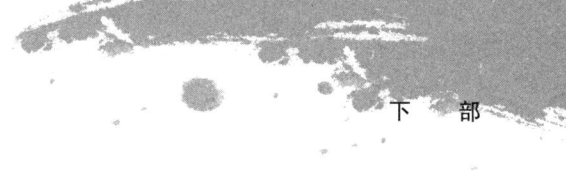

下 部

# 第四十六章

魏生金的葬礼并不隆重。魏生荣起先准备给大操大办的,但高美香不同意。高美香说她愧对魏生金,她没有为魏生金申冤。这又不是什么值得炫耀的事情,她没脸那样大张旗鼓地张扬。

葫芦湾的人们知道高美香说的是什么事。高美香签署《受害者家属谅解书》是违心的,是为了结束十来年葫芦湾人饱受这条破路的困扰。高美香权衡利弊,不得不以出卖自己的良心为代价做出这样的妥协而让步。

高美香说,魏生金如果泉下有知,一定会同意她这样做的,油路不通也是魏生金的一块儿心病。为了了却魏生金的遗愿,她只能做出这样的选择,尽管这样的选择是如此艰难,这样的选择让她心头的伤口不知道什么时候才能停止滴血。

高美香让所有听到这些话的人心里五味杂陈。他们既为崔家的要挟感到愤慨,为魏生金的屈死愤愤不平,又被高美香的深明大义而深深地感动。他们纷纷表示,大家共同集资来修这条油路,就是砸锅卖铁,也要修通这条油路,不然如何对得起魏生金的在天之灵啊!

魏生金的葬礼虽然没有大操大办,但葫芦湾的乡亲们几乎一个不落地自发参加了他的葬礼。

出殡那天,一场突如其来的沙尘暴黑压压地由西天边滚滚而来。沙尘暴袭来时,魏生金的灵柩刚刚入葬,还未覆土。顷刻间,狂风裹挟着沙尘打得人眼睛也难以睁开。随葬的香烛纸火、符表旌幡、纸屋纸马、摇钱树、聚宝盆,一下子被刮得随风翻卷,瞬间消失得无影无踪。

高美香在大风中号啕大哭,说:"生金,你睁开眼睛看看哇,天怒人怨啊,人神共愤啊,连老天爷也为你鸣不平啊……"高美香的号啕声瞬间被大风撕裂得支离破碎,随风飘向茫茫的天宇间……

这股强劲的沙尘暴并没有持续多长时间,也就是十几分钟,风头便减弱了。风声低沉了下去,一片恸哭声却像一阵撕锦裂帛之声,箭一般穿透人们的胸腔,直击每一个人的灵魂……

葬礼开始前,崔家委派了翟律师来参加魏生金的葬礼。翟律师不但带来了花圈,还带了一千块钱礼金。高美香没有接受礼金,同时让翟律师带话给崔家:"请他们记住一句话,人在做,天在看,作恶多端总有报,让他们好自为之哇。"高美香吐出的每一个字都掷地有声,砸得地皮"啪啪"作响。

魏生金出殡后的第三天,高美香就来了油坊。

虽然宋安然和高美香这段时间几乎天天见面,可这是他们自魏生金出事以来第一次单独在一起,俩人一时竟不知道该说些什么。

高美香显得憔悴而疲惫,如一株被狂风暴雨摧残的玉兰花,香消玉殒,柱折蕊落,眼眶边淡淡的黑晕还没有完全褪尽。看得宋安然一阵阵心疼。

片刻,还是宋安然先打破了这难堪的沉默,说:"刚刚经历了这么大的打击,你应该再歇几天过来。"

高美香苦笑了一下,笑得实在勉强,比哭还难看,说:"孩子们都走了,我一个人咋能在家里待住?还不如到油坊找点儿活儿干。一干活儿,就不会想太多了。"

宋安然又不知道该说什么了,他害怕提起魏生金的名字,但不提魏生金的名字好像就没有了话题似的。顿了顿,他还是说:"事情已经发生了,你也不要太难过了。好在孩子们也大了,都很懂事,也不用你操太多的心了。"说完,宋安然觉得这些话说了还不如不说,这种话他已经不知道重复过几遍了。

"哥,你放心哇,我能挺住,我还不至于那么脆弱。"

高美香的一声"哥",叫得宋安然心里猛地悸动了一下,他想起了魏灵芝说过的话,他又拿不定主意了,不知道该不该告诉高美香。如今魏生金去了,孩子们也都走了,家里只留了高美香,那漫漫的长夜她孤零零的一个人该如何度过啊。

就在宋安然犯踌躇的时候,高美香询问起魏灵芝的病情来:"我姐的手术做得成功吧?"

提到魏灵芝的病情,宋安然好似解了围,说:"唉,咋说呢,手术是成功的,菲菲是医院的大夫,肯定要方便得多。可是癌细胞已经扩散,恐怕不乐观。"

高美香并没有感到吃惊,她好像早就预感到是这个结果,说:"噢,我说生金咋说出那样的话。"

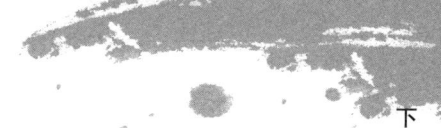

宋安然有些纳闷,就追问高美香,魏生金生前说了甚话。

高美香迟疑了一下才说:"生金好像早就有预感了。还是在去年我姐查病回来以后不久,生金就说,看姐的脸色很难看,怕不是什么好病。"高美香停顿了一下,一副欲言又止的样子,略微沉吟了一会儿又吞吞吐吐试探性地说,"生金还问我,姐要是真的去了,你会不会有一天跟了安然?按迷信的说法,好像他对自己的死早有预感似的。"高美香说这话的时候,脸上现出一种不自然的、古怪的表情。宋安然从高美香强自镇定的神态下面,体察出高美香内心的不平静。

宋安然用异样的眼睛看着高美香,高美香在这个时候说这种话是什么意思?"生金怎么会说这种话?难道他对咱们的事有所察觉?"

高美香长长地出了一口气,似乎是调整了一下情绪,然后才说:"岂止是察觉,他们可能早就知道了,只是没挑明。"

"你说的'他们'指的是谁?"

"我姐其实也知道了,还有大爹也知道了。"

这次轮到宋安然再一次吃惊了,原来高美香在他之前已经知道了,他是最后一个知道的。也就是说,自认为很聪明的他其实是最迟钝的一个人。

此时宋安然才恍然大悟,为什么魏生金出事后高美香会哭得那么伤心,甚至有好几次昏厥过去。当他看到高美香哭得悲痛欲绝、撕心裂肺,心疼之余,甚至还有一丝醋意、一丝妒意,原来竟是如此。高美香是对魏生金怀了深深的愧疚的。人心怎么都是这样啊,卑鄙龌龊没有暴露的时候,都觉得泰然自若,都觉得心安理得。直到暴露,才知道愧疚,才开始反省。难道在没有暴露之前,卑鄙龌龊就不是卑鄙龌龊了吗?罪恶就不是罪恶了吗?这是一种怎样的奇怪心态啊。

宋安然不禁长叹了一声,说:"哦,原来你早就知道了。"

这下轮到高美香吃惊了,说:"啊?你也知道了?我姐也告诉你了?"

宋安然就把魏灵芝如何一五一十地告诉他的过程,原原本本地告诉了高美香,听得高美香不太相信似的一怔一怔的。

宋安然说完,高美香解嘲似的摇了摇头笑了,笑得很无奈又有些苦涩,说:"呵呵,呵呵,原来我们就是天底下两个最大的大傻逼呀。我们自以为做得天衣无缝,却原来是自欺欺人。"

宋安然也苦涩无奈地笑了,说:"不止他们几个,我估计全村的人大部分都有个猜测了,只有我们两个以为能瞒天过海,愚弄众人呢。"

高美香又"嘿嘿"地笑了几声,似乎在自圆其说:"岂止是我们两个,其实活在这个世上的人,有几个不是在自欺欺人啊。你不记得那个笑话儿吗?一个人每天出门前,用猪皮擦一下嘴,出门以后逢人便夸,今天又吃了多少多少猪肉,吃得人打饱嗝打个没完。"

宋安然看到高美香的情绪已经缓和下来,心里边也踏实了,说:"是啊,你说得太对了,人们的虚荣心越来越强了,这到底是为什么啊?"

这时,高美香看见有人来打油,就要起身去打油。宋安然赶紧制止了她,并说:"今天你就做一天我的客人,一会儿我好好做几个菜,给你放松放松心情。"

高美香对他莞尔一笑,没再坚持。

等宋安然打油回来,高美香对宋安然说,等哪一天修路的时候,她就把三万块钱取出来,给宋安然拿过来,让他修路。

宋安然咋想也觉得不能接手这钱。一来高美香现在正在用钱处,二来魏生金的命钱,实在是有些不忍心用。高美香已经代替魏生金,用生命为代价做出妥协,换取了崔世雄这个最大的障碍的清除,已经为葫芦湾做了最大的贡献,如今再用他的命钱修路,叫人于心何忍啊。

于是宋安然对高美香说:"生金已经把崔世雄'清除'了,还用得着再出钱吗?"

高美香却反问:"你说呢?"

"我是怕村子里的人也不会答应,生金已经……如今修路再用他的钱,不是打众人的耳刮子吗?"

自从魏生金出事以后,宋安然几乎可以百分之百地断定,崔六子在短期内修油路是没指望了。即使他原来真的打算修,经过这一番折腾,他拿什么来修?

高美香淡定地说:"我们还是尊重生金的遗愿吧。这条路拖了十来年,生金心中也一直很内疚,觉得对不起大家,但又无能为力。我知道三万块钱离修油路还差得老远,但是添一个是一个,这样,让生金也能走得安心。我知道哥是担心我以后的生活。你放心,生金的赔偿款六十五万块钱,我给每个孩子存了二十万,不偏不倚,公平合理。留了五万就是出殡花费和准备修路的。至于我以后还有存款,再说我还年轻呀,又不是七老八十了,刨闹不动了。实在不

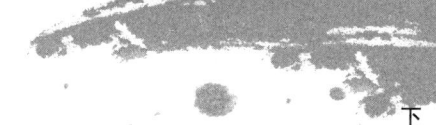

行,我还有靠山呀。"说完,深情地看着宋安然。

宋安然沉吟了片刻,说:"那就拿一万吧,其余的我来出。要不我张罗了半天,到头来却一分钱也不出,给众人咋交代呢?你也得照顾照顾我的面子呀。"

"这样也行。"高美香想了一下,很爽快地答应了。

宋安然看着高美香,会心地笑了。

高美香又问宋安然:"你什么时候去看我姐?家里的事你放心好了,我能拿得下来。再说现在又不是忙季,万一有什么大事,我可以电话上请示你。忙不过来我就雇人嘛,反正不耽误生意就是了。"

"油坊我是一百个放心,你干了又不是一天两天了,早就轻车熟路了,有时候甚至比我也熟悉业务,我还能不放心吗?"

高美香一听,有些不好意思了,脸一红,说:"哥,你看你,人家又不是小孩子,还需要听你的好话呀。"宋安然发现,自魏生金去了以后,他还是第一次发现高美香的脸上又现出了那种妩媚又略带俏皮的神情。

"你能这么快振作起来,我很高兴啊。"

"有什么办法呢?生活总得继续呀。"

宋安然由衷地对高美香说:"我不是假意恭维,我说的是真的。你的业务水平真是无可挑剔。你姐有菲菲陪着,我倒也放心。她刚做完手术,身体很虚弱,可能还得在菲菲那里住一段时间。本来我打算把你姐接回来的,可是两个孩子不让,说必须在那里化疗,等化疗一个阶段看情形再说。"

"这样就让孩子受累了。"

"他们不受累让谁受累?养儿防老,种地纳粮,自古如此,天经地义。"

"哦。可是不接回来你总得去看一看呀?"

"你姐现在不用担心,菲菲已经给请了保姆,我想稍微迟几天去看。你看,马上春耕备耕了,路上还是一塌糊涂。现在修路是当务之急,不管咋,先把那段翻浆路修好再说。你要是能在油坊照顾,我就放心了。我打算就这两天先张罗着修路,早一天修通,早一天不受破路的困扰了。"

"那样就便宜了崔六子,起码减轻了他好几万块钱。"

"哪能就这样便宜了那小子,现在花了多少钱,到时候一并跟他算总账。我想修路前先跟他打声招呼,如果他不答应,就说明他心里有鬼,没有诚心修路。那我就不会轻易放过他了,我会以他违反合同为理由,发动葫芦湾的人向法院申请解除同崔六子签的土地承包合同,彻底把地要回来。"

"这样行。这样对崔六子来说可是釜底抽薪啊,这样一逼,他非得想办法修不可。不过我觉得这些都是后话。我不是说修路不当紧,我的意思是我姐的日子可能不多了,能陪还是多陪陪我姐。"

高美香的这番话让宋安然很温暖,高美香真是个深明大义的女人哪。

"我倒是也这样想过,但总不能把我一劈两半吧。你姐那人皮实,不至于那么憔悴。其实光是垫路,我估摸着用不了几天就完成了。反正都是雇车,大不了多雇几辆车,什么问题都解决了。再说你也才刚刚恢复过来,我不能把这摊子一下子撒手丢给你哇?我一边修路,一边也能陪陪你。如果丢下你一个人在家,两边都空落落的,你能受得了吗?我经常跟你说说话,或者你抽空到修路工地看一看,也就把心情调节过来了,你也得有个过渡期呀。"

"嗯,那就一切听你安排。"高美香傻傻地一笑,又恢复了往日那种略带调皮的神态。

说干就干,宋安然一刻也不想耽搁了。第二天,他给菲菲打了个电话,说了一下他的想法,就到县城去雇装载机。为了加快速度,他一下子雇了两台。当装载机轰隆隆开到那段翻浆路的时候,好多人都来看热闹。其中有些人还让罗毛蛋组织捐款,或者是讨论统一摊派,均被宋安然婉拒了。宋安然对乡亲们解释,其实现在他只是垫资,羊毛出在羊身上,这个钱最终还得崔六子来出,不让他出岂不是便宜了他,因为合同上白纸黑字写着呢,修路是他分内的事。同时,他把魏生金打算修路的遗愿也告诉了大家,由此又引得大家一片唏嘘。

宋安然乘机告诉大家,万一崔六子再拖着不修路,该如何如何惩罚。大家听了都说这样最好,其实早就应该这样了,是我们葫芦湾的人太善良,忍让了他两年。要是早这样跟他闹,说不定魏生金也不会丢掉这条性命了。

有人也提出这样的担心,如果真像你说的那么严重,到时候我们把地要回来了,鬼六子又不给你修路钱,这钱不是又落到你一个人身上了吗?

宋安然故意做出一副满不在乎的表情,说:"这有什么,不就几万块钱的事嘛。人家有钱人经常做慈善呢,要真是那样,就顶如我为咱们社做了一回慈善。何况里面还有生金的一万块钱呢。"

宋安然听了人们的议论,心里真不是滋味。他一方面感激乡亲们对他的理解,但更多的还是自责,幸亏他能及时意识到自己的错误判断,还能及时地补救。直到这时,他才感到,自己修路的决定是多么正确啊。

下　部

# 第四十七章

　　宋安然去城里雇装载机的头天晚上,曾给崔六子打过电话,但是崔六子的电话一直处于关机状态。宋安然有些不解,他给崔六子打电话关机还是第一次。难道是崔六子的手机没电了？再怎么着,崔六子也不会是害怕的故意关了机吧？

　　宋安然不想继续深究了,跑得了和尚跑不了庙,崔六子总不至于永远从这个地球上消失吧？

　　其实真正下定决心要修,并不是个难事,只不过是多花些钱罢了。又不是修油路,把软土铲出去,把红泥和明沙掺和的二合土垫上去,把路基压实了,就解决了。

　　只用了两天时间,路上的翻浆层就被清理掉了。清理的厚度有的地方半米深,厚的地方竟达到一米深才挖到硬底子。

　　因为临时起意,急水下缸,许多事情还未做准备,宋安然就有好多事情要做。他得请懂行的人进行指导,他得联系轧道机,联系翻斗车,联系混合二合土的机械,还得咨询修桥的事。既然花了钱,就不能白花,得照着修油路的基础来做。

　　即使不是修油路,只是打个底子,也不是个容易事,自己原来把这一切想得太简单了,真正修起来不是钱的问题,而是里边的故套也挺复杂。宋安然决定让继业请一段时间的假,来帮助自己照看一下。

　　宋安然于是给魏继业打电话:"继业,能不能请几天假,来这里帮帮我？"

　　"帮你干甚？"路上已经开挖一天了,继业还不知道他在修路。

　　"你不是觉得你是英雄无用武之地嘛,现在给你找到了用武之地。我正在修路,你赶紧回来帮帮我。"

　　"啊？什么时候开始修的？我咋不知道？"继业显然有些吃惊,工程虽然不算大,但对一个个人来说也不能算小了。这么大的事宋安然竟没有告诉继业,继业能不吃惊吗?

"昨天就开始修了。我一个人怕顾不过来,你赶紧请假回来。"

"行。我现在就跟领导请假,争取明天回去。"电话里,继业的口气显得很兴奋。

是啊,这条路困扰得人实在是太久了,一听说修路,谁能不兴奋?

刚刚挂了魏继业的电话,又有电话打过来。宋安然一看,竟是崔六子的。宋安然有些不相信似的看着手机发愣。那天他给崔六子打电话,崔六子的电话一直处于关机状态,今天他咋又有心情给他打过来了呢?

宋安然迟疑了一下才接电话,自从魏生金刚出事时打过的那两个电话之后,他这是第一次和崔六子通电话。接起电话后,他还觉得有些异样。

"喂,崔总,咱俩可是有些日子没通过话了,今天怎么有兴趣给我打电话啊?"宋安然的话不咸不淡,还故意装出一副懒洋洋的腔调,他要让崔六子认为自己目前的心态很放松,根本不愿意被他打扰。他现在已经不急于跟崔六子说修路的事了。他甚至盼着崔六子不承担修路的费用,那样他就能按部就班地跟崔六子全面摊牌了。

电话里,崔六子似乎稍稍迟疑了一下,才说:"安然哥,你不要取笑我了,还什么崔总,我都快成'总催'了。"听得出来崔六子是故意想调剂一下气氛的,所以自我解嘲似的开起了玩笑。

宋安然装出一副不明就里的样子,问:"总催?什么总催?"

"总在催款呗,什么总催。催贷款,催还款,催……唉不说了,不说了,说得多了都是泪,电话响得像催命。"崔六子甚至在电话里无奈地干笑了一声,"你现在有空没空?能不能来一趟?"

这倒让宋安然有些意外。自打魏生金出事以来,和他通个电话也难,不想崔六子倒主动要和他见面,这鬼六子到底怎么啦?

"你在养殖场吗?"

"不在。我在县城家里。你要是有空,就过来一趟,我有些事想和你谈一谈。"

宋安然沉吟了一下才回答:"噢,那我一会儿过去。"崔六子没说开车来接他,一定是他此时不想来养殖场。

"你快到了给我来个电话。还在'田园风光'。"

"好的。"

宋安然赶紧打电话让魏生昊来工地帮着照应一下。等魏生昊来了,他嘱咐了魏生昊几句,就准备回家取摩托到县城里去。

到了门口,"三味真店"的墙根下,几个"等死队"的老头老太太同他打招呼。

"安然,油路什么时候能修好呀?"

"安然,钱不够说一声,我好歹还有些养老钱,能凑几个算几个。"

"安然,你可是做了一件功德无量的大好事啊!"

……

宋安然心头一热,一一跟他们打了招呼。在他们心里,他好像一下子成了大英雄。这让他想起了母亲。母亲若是泉下有知,一定会十分赞同他做的这件事。

又是母亲。每逢他有事要做决定的时候,首先想到的就是母亲,总是以母亲的喜好为标准来做的。真像高美香说的那样,他有严重的恋母情结吗?

难道听母亲的话有错吗?没错!宋安然在心里肯定着自己的行为。因为母亲在生前教导他的没错,那么他按照母亲的要求去做也没错。尽管他在做事的时候,常常会表现得患得患失,但是他最终没有失去正确的判断能力,他的是非观和母亲是一脉相承的。

宋安然为有这样的母亲而自豪,他不会再为所谓的恋母情结而纠结了,他甚至为自己能有这样的恋母情结而感到欣慰——如果他这种情绪真的称之为恋母情结的话。

宋安然想听听高美香的想法,就把崔六子要他回县城的事告诉了高美香。他现在越来越相信高美香分析事情的理性,有些见解很独到。

高美香也猜不出崔六子会是什么事,但有一点可以肯定,不会是有关魏生金的事情,魏生金的事情已经对他们网开一面了,赔偿款也付清了,至于崔世亮的判决,那是法院的事,他没理由再在这件事上面起什么风波了。

"会不会还是为推地的事?"

宋安然摇了摇头,说:"那件事情现在已经不重要了。他要我上去,肯定不是像这样一些鸡毛蒜皮的小事。"

两个人猜了半天还是一头雾水。

高美香就安慰他:"管他什么事,到了就知道了。他现在还能搅起什么大浪?兵来将挡,水来土掩。只是你得做好心理准备,鬼六子的手段你不是没领教过,他为了达到目的,可是甚事也能做出来的。"

"你放心好了。原来我是没把他想得太坏,现在我对他已经增强了免疫力了。"

下　部

# 第四十八章

　　到了县城,崔六子已经在"田园风光"等着他。仅仅隔了半个多月,崔六子好似完全变了一个人,脸色晦暗,眼窝深陷,不但失去了往日的神采,甚至用形销骨立形容也不为过。宋安然心里暗自纳闷,一个哥哥出的事,竟然能把崔六子操磨成这样,至于吗?崔六子也是个崔六子啊,曾经也是经过大风大浪闯荡过来的人,怎么连这么点儿打击也经受不起呢?甚至连崔六子的笑都让人起鸡皮疙瘩,那是一种浸透了百年沧桑的、哭笑不得的苦笑,像是大限来临时令人毛骨悚然的笑,甚至都无法用词语来准确地描述的怪异的笑。

　　寒暄过后,俩人一同走进饭店,上了二楼,服务小姐领他们走进了"归去来兮"。

　　酒菜上来以后,崔六子意外地斟满了两个杯子,然后端起酒杯对宋安然说:"来,兄弟今天陪你喝几杯。"

　　这一点更让宋安然感到意外。宋安然知道崔六子平时是不喝酒的,除了陪有关领导,偶尔会浅尝辄止。可是今天却主动陪他喝酒,这在以前是很少有过的事。至少宋安然一次也没见过。

　　宋安然没说什么,便端起杯子同崔六子轻轻碰了一下,然后一饮而尽。宋安然知道自己现在没必要说什么,因为他深知在某些时候适度地保持缄默不但是一种姿态,更是一种良好的修养。

　　三杯酒过后,宋安然主动拿起酒瓶把酒杯斟满。崔六子又要去端酒杯,被宋安然伸手制止了。他看到崔六子今天很反常,似乎他不问,他就会一直沉默下去。于是宋安然还是首先打破了沉默:"六子,有什么话说出来吧,别这样糟践自己。"

　　崔六子叹了一口气说:"兄弟这次真正是关云长败走麦城了。"

　　宋安然看了看崔六子,不明白崔六子为甚要说这样的话,问:"不至于吧?这么点事能把你难住?老五的事不是已经打点好了吗?"宋安然故意说这话,是影射那份《受害者家属谅解书》的。

没想到崔六子又叹一口气,说:"我不是说那件事,我说的是别的事。"

"别的事?别的能有什么事?"宋安然不明白,现在除了崔世亮的事,还有比这更严重的事?

崔六子沉吟了一会儿才说:"我实在不忍心说出来。"又好像下了很大的决心似的对宋安然说:"我想把公司转让给魏生荣。"

"什么?你想把公司转让给魏生荣?!"崔六子的话听得宋安然一阵愕然,这怎么可能,崔六子是哪股筋搐住了?这是不是又在给魏生荣挖个什么坑?

"是的,我想把公司让给他,不知道他愿意不愿意接手。"

"百分之五十一?"

"不,全部。"

"为什么?"宋安然怎么也不相信崔六子会做出这样的决定。

"你觉得我现在还能回去经营那一摊子吗?"

"不会有什么问题吧?就事论事,葫芦湾的人是不会因为生金那件事难为你的。"宋安然故意这样说,也是想探探崔六子的底,到底是因为什么让他做出这样的决定。不过,他又提醒崔六子:"关键是你应该把该拆洗的拆洗了,该安抚的安抚了,把人心稳住了,这才是首要的。"

崔六子又苦笑了一下,说:"这些都是小事。"

宋安然更加狐疑了,说:"这些也是小事?"

崔六子迟疑了一下,才说:"本来我不想告诉你原因的,不告诉你又怕这事不好说清楚。我索性都告诉你吧,反正已经是这样了,听天由命吧。"

崔六子告诉宋安然,其实他跟魏生荣借钱并非为了修路,他现在连顾公司的"命"都应接不暇,哪里还能顾得上修路啊。他借钱实际上是有一笔一百二十万的贷款马上到期了,如果这次不能按期还款,银行就要起诉。银行一起诉,麻烦更大了。

"你不是跟农村开发银行的行长很铁嘛,这么点儿面子他也不给?"

"农村开发银行的行长已经被停职了,正在接受调查,闹不好这次连我也得牵连进去。暂时接替他主持工作的就是原来的副行长,他和老行长原来就是对头,听说这次就是他把老行长弄下去的。你想,他能对我手下留情吗?我原来看着那是个软不叽叽的面人,在他身上没怎么下功夫。不曾想那人深藏不露,竟是个狠角色。现在临时抱佛脚已经来不及了。真是大意失荆州啊。"

崔六子又端起酒杯，同宋安然碰了，一仰脖喝了下去。

"本来还过银行的款，还剩几十万，我拿着去上面打点打点，主要还是为了上级的拨款。结果又花了十来万，不但没办成，反而撞到枪口上了。其实我们早就被有关部门盯上了，只是我们都没有察觉。就在我打点过的第二天，给我办事的人就被逮起了，连我也进去住了一天，配合调查。"

崔六子大略给他讲了一讲，然后自我解嘲地说："真是偷鸡不成蚀把米啊。不过这把米可蚀大了，一下子又蚀了我十来万。"

此时宋安然才恍然大悟，原来是这样，怪不得前两天给崔六子打电话，怎么也打不通。这些天的变化犹如过山车般令人眼花缭乱，宋安然再一次觉得自己的大脑有些迟钝了。

宋安然不由得感叹："难料，难料，真是世事难料啊，即使专门编故事也编不了这么精彩。"

崔六子颇为不满地瞅了一眼宋安然，"你看你这人，我这里滚油浇心呢，你却在唱东吴招亲呢。你是不是觉得很有意思？"

宋安然一愣，也意识到自己的话在无意之中伤害了崔六子，感觉有些不好意思，赶紧道歉："你不要误会，我是说这件事情的离奇，叫人难以相信，我可没有幸灾乐祸的意思啊。"

崔六子一听宋安然这样说，也不好再说什么了。

俩人又闷头喝了两杯，崔六子才说："我这不省事的五哥也是，专在这节骨眼儿上给我添乱，又给我捅下这么大的娄子。唉，兄弟如今是四疙瘩石头挤着一疙瘩肉，想躲也没个躲处了哇。"

宋安然不明白，崔六子这么些年也没少赚，不管怎么说，崔六子为这个公司倾注了许多心血，他咋就忍心让给别人呢？他咋能下得了这么大的决心，说放弃就放弃呢？

崔六子告诉他，这些年他是赚了一些，但远不像别人想象得那么多。再加上这些年给有关领导敬供的，地里边每年光投入没产出赔了的，借款利息吃进去的，杂七杂八也把几百万亏进去了。他的公司看着气派，其实多是用的贷款，光银行利息这一块儿就让他难以招架。本来以为上级拨款一到位，就都解决了，现在看来别说上级拨款，就连他自己都是泥菩萨过河自身难保，不知道哪天检察院又要传他，他还得配合调查。不但得配合调查，说不定他也得进去坐个一年半载呢。现在的公司是入不敷出，假如有一天他真的进去了，谁能替他拿得起？一定是树倒猢狲散,彻底垮塌了。他现在不得不提前做好这方面的准备呀。再说了,他此前在葫芦湾经营得就很艰难,如今出了这么些事,他还能顺顺当当经营下去吗？

"气数尽了。气数尽了就不能犟做了。"说完这话,倒似乎看出崔六子有了一种"大江东去"般的释然。

崔六子的话听得宋安然直咋舌,他怎么也想不到崔六子在这些年的经营过程中,会藏着这么多不可告人的曲里拐弯的内幕。

宋安然还是有些不能理解,问:"你为什么非要让魏生荣来接手你的公司？再没有其他人感兴趣吗？"

"就我的公司现在这个烂摊子谁敢接手？说实话,葫芦湾的水土够硬的,我要是露不出大便宜,一般人敢进来吗？何况我还欠着魏生荣两百万借款呢,借款合同你也看过,我能不优先魏生荣吗？"宋安然知道崔六子说"葫芦湾的水土硬"指的是什么。"假如让银行扣回去,我的损失会更大。我寻思魏生荣要是能接手,起码本乡田地的人,干甚也好干,要是再让外人插进去,又不知道把葫芦湾祸害成甚啦。"停顿了一下,崔六子又说,"我知道我这几年已经把葫芦湾祸害了,所以我不想再让别人祸害它了。我这也是从葫芦湾的角度考虑的。"

好半天,宋安然才缓过神来。当他把崔六子说到的这些仔细捋了一捋,没发现什么可疑之处,相信这里面不会再藏着什么阴谋了。别看他现在跟崔六子喝着酒,说实话,他如今对崔六子可是时刻提防着的,心有余悸啊。

"你想给魏生荣出让,怎么不直接找魏生荣商量,还要找我？这不是脱了裤子放屁,多费一道手续吗？"

"你说我直接找魏生荣,他现在能相信我吗？本来魏生荣对我就有那个,如今又出了生金这码事。我估计除了你,现在没人会相信我了。通过你给魏生荣敲敲边鼓,或许魏生荣会手下留情,为我高抬贵手,给我个不错的价钱。"崔六子说得很悲凉。

"这一点你说得不错,丁是丁卯是卯,魏生荣不是那种落井下石的人。如果你真想让给魏生荣,我就给你敲敲边鼓。不过,这么大一摊子,也不是三天五天能谈成的事哇？"

"哪是那么容易的事,如果魏生荣认真起来,要经过评估、审计等几个程序,比较复杂。不过只要他愿意,这些过程也不会太难。"又说,"现在还没过清明,如果快的话,有半个月差不多完成了。"

"你那么着急吗?"

"我能不着急吗?我如今是叫不起套来了,怕是连种也种不进去了。如果能在谷雨前后完成,今年还误不了下种。要是误了季节,不但我受损失,地也得白白地荒废一年。看着土地被糟蹋成那样,说实话我也心疼呀。可心疼又有什么办法呢?但凡有办法我也不会让它荒废成那样,你看我用的那些人,有一个懂管理的没有?一群人打烂也捏不成一个瓷。唉,说来说去,我现在成了那片土地的罪人了……"

事情谈完以后,宋安然想起魏生荣给崔六子借钱时的神秘样,这件事会不会正中魏生荣下怀?

这时,崔六子已经有了几分醉意,他猛地灌下一杯酒后,宋安然看见两颗大大的说不清浑浊还是清亮的泪滴,"啪啪"砸到桌面上……

真是成也萧何,败也萧何啊。

看着面容憔悴的崔六子,宋安然甚至产生了一丝怜悯。

可是,品一个人,究竟依据什么?你如何才能窥见他的内心?宋安然一时又有些迷茫了。崔六子不断变化的神情中,到底哪些是真哪些是假?到底有多少是"表演"的成分?是不是崔六子起初跟魏生荣借钱本来就是玩的金蝉脱壳之计,其实早就把款转移出去了,像人们说的纯粹是为了洗钱?崔六子此刻的眼泪是不是鳄鱼的眼泪?

宋安然又一次想起母亲曾经说过的话,赌气能赌到拔刀相见,赌钱能赌到妻离子散,赌运能赌到倾家荡产。崔六子的前半生几乎一直与"赌"字如影随形啊。

赌博是什么?赌博心态从一个侧面折射出的是人们难以填满的欲壑和精神世界的空虚。崔六子扑腾了十来年,如今却要给魏生荣做一碟子菜了,这是哪里出了问题?

也许崔六子的许多话确实是真的,只不过谎话多了,就演绎成"狼来了"的故事;也许他们真的误会了崔六子的一片真心,崔六子来葫芦湾搞开发,除了想扩大自己的事业,确实也包含了替他死去的老子赎罪的因素。

可是究竟是哪里出了问题?宋安然把这几年崔六子来葫芦湾投资的事情仔细又捋了一遍,朦胧中,似乎始终存在着一种说不清道不明的因果关系。

想来想去,崔六子在他的眼里,至今仍然是一团迷雾。

人哪,怎么会这么复杂呢。

# 第四十九章

宋安然给魏生荣打电话的时候,手机里传来魏生荣惊异的声音:"啊?!这么快?"

宋安然更惊异,听魏生荣的口气,好像崔六子的这个决定早在他的意料之中,难道他真的会料事如神?

"你现在在哪?能不能来我这儿一趟,给我详细说一说?"还没等宋安然醒过神来,魏生荣就迫不及待地催促宋安然,语气中显露出少有的兴奋。

"你在公司?还是在家?我现在就赶过去。"

魏生荣说马上回去,在家等着他。

魏生荣见了宋安然并没急于问他。等宋安然喝了几口茶,他才对宋安然说:"说说吧,崔六子是如何跟你说的?"

宋安然没直接回答,却反问:"你是不是早就知道这样的结果?"

魏生荣微微一笑,显得成竹在胸的样子,说:"在预料之中,只是没料到会这么快。"

宋安然十分疑惑,他用眼睛盯着魏生荣,半天没作声。

魏生荣十分自信地对宋安然说:"你看我干甚?这有甚好奇怪的?"

"我实在不明白,你咋知道他会有一天把公司转让出去?而且还会找你?"

"知己知彼,百战百胜嘛。这是孙子爷爷教导我们的。"又说,"不过,我原来想的是控股,并没想到全部。这倒有点儿出乎我的意料。"

魏生荣告诉宋安然,在崔六子提出跟他借钱的时候,他就动用各种关系做了一番调查。通过调查他得知崔六子有一笔十分紧急的贷款要还,就猜想崔六子借钱并非是真想修路。同时经过两个内部做经济研究的朋友分析,崔六子的公司现在处于四面楚歌的境地,反腐形势一天天严峻,把他的空间一点点压缩,银行到期的贷款又像一条条绳索一天天在他的脖子上勒紧。再加上公司管理上的混乱不堪,还有与葫芦湾人日益紧张的关系,种种迹象表明,崔六子的公司已经是一条苟延残喘的鱼,如果在近期内得不到滋润,很快就会被渴死。

噢,原来如此。宋安然终于明白了,为什么魏生荣在给崔六子借钱的时候,会表现得那么自信,那么淡定,原来是螳螂捕蝉,黄雀在后啊。魏生荣看上去是个大大咧咧的人,其实城府深得很哪,他原来用的是一招"移花接木"之计。他不得不佩服,在经商方面,比起魏生荣的长袖善舞,崔六子充其量也就是八面玲珑。

"我从来不知道,你怎么会有这么大的能量啊。"

"这有什么好奇怪的,我好歹在这个圈子里摸爬滚打了二十来年了,连这么点能量也没有,怎么能发展啊?别说发展,恐怕混都混不下去了。"又说,"你以为我这政协委员是个摆设?"

宋安然这时才知道,自己整天待在葫芦湾,实在是孤陋寡闻,真的成了坐井观天的蛤蟆了。

"说实话,算他崔六子明智。他要再那样一意孤行,靠贿赂、靠投机,比现在'死得'还要惨。崔六子之所以能这么快醒悟,我想与崔老五的事有关。"

"哦,这么说崔老五事件,就是压死崔六子的最后一根稻草了?"

宋安然对魏生荣的话依然有些不解:"哎?哥,你说崔六子靠投机,你依靠你们的这个圈子算不算投机?"

"我的生意和崔六子的有本质上的区别。我起步时靠的是国家的好政策和自己的胆子;我发展时靠的是房地产市场的红火和自己的眼光;我积累的时候靠的是市场的整合规范和我积累的信誉。所以,我的生意基本上都是走的正道,有点儿类似于炒股,是几次都让我赶上了;而崔六子虽然也能够审时度势,但靠的是冒险,靠的是暗箱操作,靠的是歪门邪道,是阴谋。是阴谋就见不得阳光,上面反腐力度一加大,他靠的那些肯定就不可靠了,你说哪有不败的道理? 当然,我有时候也短不了需要来点儿小规模的暗箱操作,但那都是捎带。现在的社会,你要是纯粹一点儿也不搞,哪有你的菜?"

宋安然不得不佩服魏生荣,他能把这些事情分析得头头是道。看来他在"文化沙龙"里确实吸收了很多营养,甚至连"审时度势"这样的词都用得那样恰如其分。若在三年前,还得向他"请教"呢。

宋安然还是第一次听魏生荣讲他的生意经。以前他们经常谈的多是家庭啦,生活啦,孩子啦,再就是他的油坊的事。而关于魏生荣生意上的事,于他来说无关紧要,他也就不打听甚至不关心。他不问,魏生荣也不说。魏生荣是那种太能沉住气的人。今天听魏生荣说了这么多,他才知道,魏生荣真是深藏不露啊。

尽管宋安然嘴上没说什么,但心里还是冷笑了一声,你敢说收购木器厂和印刷厂的时候就没有一点儿猫腻?你的发迹还不是靠收购木器厂和印刷厂那两宗令多少人眼馋的项目?

不过这些他不会问魏生荣,何必呢?

宋安然问魏生荣,他准备如何着手处理这件事?

"你是说钱还是人?"

"人不就是你自己处理嘛,谁能替你处理得了。我是说你一下子能有这么多钱吗?"

"这你放心。我既然有此打算,就不能不早做准备。"

"莫非你早就谋划这一步啦?"魏生荣的话越发让宋安然有些不可思议。

"我哪有你说的那么神,不过是歪打正着。我原先盘算的是继业,万一有个什么机会能做通继业的工作,我得预先准备些款能够应付。要不万一有机会了,我一时款又不便当,叫继业又说我是故作姿态。"从魏生荣的口气中,依然能听出他们父子俩感情上一时难以完全消除的隔膜。"你也知道我的钱大部分不是压在房产上,就是压在材料上。材料这方面不能动,那是必须得周转的。我从去年冬天就开始运作'鑫荣大厦'的易手工作了,在崔六子借钱以前的不长时间,也就是刚过了正月十五,就签了合同了。崔六子借钱的时候,对方已经打到账户四百万了,剩下的六百八十万,马上就要到账了。崔六子的公司看着摊子铺着大,我估计也有几百万就能拿下来了。因为其中还有一部分没有到期的贷款,给我一转就行了。"

听了魏生荣的这番讲述,宋安然在心里暗暗感叹,真是没有高山显不出平地,他同魏生荣之间的差距实在太大了。他又想起魏继业曾批评他下棋时瞻前顾后、患得患失的心态,方才醒悟。哪里是他瞻前顾后、患得患失呀,是他看不开步子,看不开前面究竟是阳关大道还是万丈深渊,他就不敢迈出步子。假如说他能看开一步,魏生荣三步五步就看出去了。魏生荣唯其如此,站得高、望得远,统揽全局,岂有不发达之理。他是自愧弗如呀。

想到此,宋安然由衷地赞叹道:"有人说,机会总是给那些有准备的人的。现在看来一点儿也不假,从你这件事上又得到了验证。"

魏生荣却谦虚地说:"哪像你说的,我就是瞎猫碰了个死耗子。"

宋安然讪讪地笑了笑,说:"哥说笑话了。这样的'死耗子'我做梦都想碰到一只呀,可惜,别说是碰,就是搜寻觅旮旯儿也找不到一只呀。"

宋安然又想起崔六子想让魏生荣"手下留情""高抬贵手"的话,就把这些话也对魏生荣和盘托出。

魏生荣沉吟了一会儿,对他说:"你告诉崔六子,我不是那种痛打落水狗的小人。到时候短不了请评估公司和审计部门,我们协商着共同来办。这样既明白也公平。复杂的就是税务和银行以及借贷方面,其他简单,都是明摆着的。"又说,"说实在话,其实崔六子也不算太坏,我不能把他逼到山穷水尽的地步,也没那个必要。人做事往往得给自己多留些回旋的余地,崔六子其实在某些方面也是因为过于冒险,自己把自己逼进旮旯里,没法转身了。"

宋安然对魏生荣评价崔六子有些不解:"哼哼,崔六子还不算太坏?还有比崔六子坏的人吗?"

"崔六子这个人坏是坏,但还没有坏到底。一个人全怕心黑了,就彻底完蛋了,就成了完全的坏人。"

宋安然还是第一次听人对坏人做出这样的评价,有些茫然地看着魏生荣。

"人是群居动物,并不是能够单独存在的。社会上其实有好大一部分人为了自己的利益,总会不经意间或多或少损害别人的利益,许多时候并不是刻意的,你能把这些人都打在坏人的行列?就拿崔六子和崔世雄弟兄两个比,崔六子也坏,确实坏,但崔六子在争取自己利益的时候也会顾及其他人的利益。他能为糟蹋了土地感到内疚,就说明他良心未灭,还有药可救;而崔世雄欺负人,并不是为了自己的什么利益,纯粹是霸气,只为了满足自己横行霸道的情绪,这样的人就是良心坏了。他霸住不让修路,到头来得到了什么?屁也没得到,反倒害得众人十来年没走成油路,两败俱伤,这样的人就是真正的坏人,没救了。所以崔世雄落到这种地步,也是咎由自取。而崔六子能及时醒悟,算是悬崖勒马。我们要是把这样的人也归在纯粹的坏人里面,那么还有多少好人?"

宋安然笑了笑,没说什么。魏生荣的这番话,是不是也在为他自己粉饰?要是从这个角度说起,自己也不算什么好人,他为了填补自己的感情需求,不惜伤害魏生金的感情,他能算好人吗?他们和崔六子相比只不过是五十步笑百步罢了。

魏生荣又对宋安然说:"你还得把我的这个意思告诉继业,让他在处理这件事情的时候,能考虑到这一点。"

宋安然听魏生荣这样说很高兴,说:"你想让继业参与处理这件事?"

魏生荣回答:"不是让继业参与,是让他全权处理。移交以后,就交给他去经营管理。我还想让你帮着处理呢。"

宋安然无论如何也没想到魏生荣这样安排,赶紧推辞:"这些方面我甚也不懂,咋帮着处理?"

"你听我说完再推辞。第一,你对崔六子入驻葫芦湾最了解,对处理与村民的利益关系最有办法;第二,你在我和崔六子之间穿针引线最合适;第三,尤其是第三,我要让继业完成这次对崔六子公司的收购,可是继业毕竟在社会经验方面比较欠缺,而继业对你最信任。你好好想一想,你能不能推掉?"

宋安然仔细想了想魏生荣的话,"扑哧"笑了,说:"你这样一分析,好像除了我真还没人能担当这个角色。"又问魏生荣,"你是不是给崔六子借钱的时候就安排好让继业来做了?"

魏生荣没有直接回答他,却反问:"你说呢?"

"真是老谋深算。"宋安然由衷地竖起了大拇指。

不过,魏生荣又叮嘱宋安然一句:"先不要告诉继业这些。"

"先不告诉他?我寻思他未必领你的情,那可是个犟种啊。"

魏生荣微微笑了笑,很自信地说:"他会同意的,知子莫若父嘛。"

宋安然还是有些疑惑,问:"你就那么有把握吗?"

"有你还怕他不同意吗?我不信谁还不信你吗?几十年了,咱哥俩谁还不知道个谁。"

俩人不约而同地会心地笑了。

宋安然去做魏继业的工作,魏继业马上就答应了。

宋安然有些奇怪,问:"你怎么推辞也不推辞,这么痛快就答应了?"

没想到魏继业却反问他:"你说我还能推脱吗?不管怎么说,他是我爸。"魏继业看他满脸狐疑,知道此刻他在想什么。"我不到我爸公司上班,是不愿意成天跟他们在一起。现在我爸让我替他办事,我要再推三阻四成什么人了?何况这也不是他一个人的事,这事关系到葫芦湾两百多口人的切身利益呢。要是连这么点儿最起码的担当也没有,姑父该咋看我?"说完还俏皮地挤了一下眼。

"要是你爸让你经营这一摊子,你接受不接受?"宋安然试探性地问魏继业。

"当然接受呀,我爸真要我管理,我为什么不干?这不光关系到葫芦湾人的切身利益,甚至关系到红柳地村两千多人的利益,我有甚理由拒绝?"

宋安然听魏继业这样说,更惊异了,说:"你是说,你爸要是真让你管理,你打算在全村发展?"

魏继业反问:"为什么不能?假如我们社发展好了,必定会带动全村的发展。到了那个时候,向全村拓展是顺理成章的事。近水楼台先得月嘛。"

不过,魏继业还是有些不相信地摇了摇头,说:"要我帮着管理是有可能的,要是像你说的交给我经营,不一定。毕竟这么大的一个摊子啊。"魏继而又笑了笑说,"不管如何,我都可以给他提建议嘛。"

宋安然给魏继业打气:"不管怎样,你要有这方面的心理准备呀。"

"嗯,我是应该好好考虑考虑,以免到时候抓瞎。"

听魏继业这样说,宋安然由衷地感到高兴,魏继业平时看着憨乎乎的,不像个有心计的人,其实心里也藏着事呢,只是不轻易外露。这一点倒是带了魏生荣的影子。

真是虎父无犬子啊。

# 第五十章

崔六子"新世纪综合开发公司"的清产核查、资产评估工作进行得比较顺利。虽然顺利,却很烦琐。原来公司的财务工作十分混乱,从财政局请了一个会计只是负责每个月的财务报表、税务申报等。公司内部的账目由崔六子三哥崔世旺的儿子当会计,崔六子老婆当出纳来处理的。由于他们俩都不是专业的财会人员,账目记得一塌糊涂。核查人员看看不行,就干脆同他们商讨,抛开他们的账目,另起炉灶,除了往来部分与债权人和债务人核对以外,其余的资产类全部重新登记造册,估值论价,最终确定总资产的价值。

足足用了十天的时间,最终报告出来了,结果没有崔六子预估的那样可怕,扣除修路合同签订的预留款,公司还有百十万剩余资产。

这一阶段的工作完成以后,宋安然陪魏继业一块儿给魏生荣汇报情况。正式移交之前,魏生荣不想与崔六子见面。魏、崔两家经过这么多年的风风雨雨,纠缠龃龉,他们各自心里都存了太多说不清道不明的情感纠葛,如今崔六子把辛苦打拼了十多年的企业以这样一种方式转给了魏生荣,魏生荣不想他们见面之后相互尴尬。

魏生荣听了魏继业的汇报以后,问魏继业:"你对以后的经营咋看?"

魏继业看了宋安然一眼,看到宋安然鼓励的眼神,调整了一下思路说:"真正要经营好这个企业,需要动大手术。"

魏生荣点点头,颇为赞许地鼓励他:"你具体指哪些方面?说详细点儿。"

魏继业似乎得到了鼓励,讲起来也从容了许多:"首先要对公司的管理进行规范,制定详细、严密、合理的精细化管理制度,改变以前的粗放经营。这样既便于统筹管理,又能调动每个人的积极性。"魏继业说到这里,稍稍停顿了一下又说,"在科学、合理的基础上制定一套具有前瞻性的规划方案,不能随随便便凭着感觉和兴趣经营。"

"你学的就是这方面的专业,我们都是门外汉,是吧?"魏生荣把头转向宋

安然,笑了一笑。宋安然也会意地笑了一笑。

魏继业继续讲:"其次是对土地动大手术。现在的小地块儿不适应大型农业机械作业,不动大手术进行改造,不利于土壤结构的改良。土壤结构得不到改良,土地质量就得不到改善,地力就得不到提高。既不能保证产量的稳定,也不能保证产品质量的提高,更无法降低成本,所以也就谈不上经济效益了。"

宋安然知道崔六子曾经被这个问题困扰过,就对魏继业的计划提出质疑:"我看这是个很难解决的问题,崔六子不是也被这个问题搞得焦头烂额吗?"当然他不敢提魏生金的事,要不是平整土地,魏生金何至于送了命。

崔六子重新规划土地是在承包以后第三年的事。因为地块儿小,不利于大型农业机械作业,崔六子就打算把渠和地界打破界限,重新规划成大块地来经营。但在部分试验地块打成大地块儿以后,浇水又成了问题。由于水流平缓,大地块儿浇水缓慢,一年下来,大部分地都成了阴渗地。地一成了阴渗地,盐碱就返了上来;土地一回返盐碱化,连原来也不如了,土地质量迅速恶化。这样一来,闹得崔六子一筹莫展,不得不进行二次规划。

魏继业好像胸有成竹的样子,同时冷笑道:"他那是头痛医头脚痛医脚,不从根本上解决问题。我说的动大手术是彻底改变耕作方式。具体方案就是,把自流浇灌方法改为喷灌和滴管技术,利用黄河水和地下水混合使用的方式来解决浇水问题。同时,再把盐碱化程度严重的地块儿,排水渠建成地下渗水暗渠;好地的排水渠和浑水渠填埋,浇水改成活动管道,这样就能解放出很大一部分土地,我粗略估算了一下,增加的土地面积至少相当于现有土地面积的五分之一,这可是相当可观的一个数字呀,这部分新增土地顶如我们把土地攥宽了,拽长了。我曾经研究过这方面的资料,这样做的好处有两方面,一是可以满足大型农业机械化作业,二是可以降低地下水位,有利于土地的去盐碱化改造。再加上利用秸秆沤制有机肥,减少化肥的施用量等一系列措施的实施,能够极大地改善土地质量。这样,既能大大提高土地的利用率,又能减少大量人工投入,大大地降低劳动成本。同时还有利于节能节水和环境保护。所以这是一举多得的措施,是长远之计——这些其实也不是新鲜事,全国好多地方已经有这样的模式了,我不过是借鉴过来了。"说到这里,魏继业稍微迟疑了一下,又说,"只是这要一次性投入很大成本。"

魏继业一口气说完,看着父亲和姑父,有了一种如释重负的感觉。

宋安然有些不解,问:"你有这么多想法,怎么从来没听你说过?"

魏继业苦笑了一下,说:"我给谁说?我说给崔六子,他能听我的吗?即使他想听我的,他有那么多资金能办成吗?既然说了也是白说,还不如不说。"

"你什么时候有了这种想法的?"

"前年就有了。自前年秋天我看崔六子把地整成大块儿地,一年之内就把地糟蹋得一塌糊涂,我看着就心疼。于是,就上网查资料,综合了各种资料,最后根据我们当地的地理条件,归纳了一个方案,可惜我的方案用不到地方啊,只能束之高阁了。"

此时宋安然方才明白,魏继业并不是个大大咧咧的人,他早就在担忧着这片土地的命运,在心里规划着这片土地的未来。宋安然不得不对这个貌似憨厚的年轻人刮目相看了。

魏生荣思索良久,问魏继业:"照你这样的计划,估计大约需要多少资金?"

"保守一点,平均每亩需两千块钱。崔六子现在承包的部分是七百多亩,需要一百四五十万。要是彻底改造成比较先进的现代化农业系统,每亩大约得投入三千到四千块钱,这样一来投入就要增加到两三百万。"随后又补充了一句,"这还不算增购大型农业机械的投入。"

"要真能这样,倒也合算。按正常中等收入计算,三四年也就收回成本了。要能达到预期的效果,地力改善了,产量上去了,或许更短,值得投资。大型农业机械有一两百万也足够了。'工欲善其事,必先利其器。'没有好工具,干什么事情都不会顺手。"魏生荣一直做工匠,连装潢公司实际也属于工匠之列,所以他知道工具的重要性。

魏继业又说:"还有一点很重要。这一点要是不能进行,上面的那些都是空话。"

"哦?还有什么?"

"公平合理的分配原则。要是还按崔六子以前跟村民们签订的合同去执行,我刚才谈的那些都难以执行下去。你们想,为什么村民们不让推地?"

宋安然接口说:"他们害怕断了后路。"

"对呀。我们要是解除了他们的后顾之忧,他们还能反对吗?"

宋安然又问:"那你想采取甚措施?"

"同他们结成利益共同体,建立股份制企业,也就是成立农业合作社。崔六子原来用的人之所以应付差事,就是没有责任心。因为他的经营方式又成了另一种大锅饭,干多干少都一样,用他们的话说,吃的官饭,放的私骆驼,因此他们就没有责任心了。如果把合理的责任机制与分配机制有机地结合起来，按土地给他们入股，就强化了他们的责任心。你想，这样一来他们就是股东，公司经营得好了，他们也能分红，公司经营得不好，他们的收入也会下降，他们每天在给自己干活儿，还能应付差事吗？各种工种都做到科学量化，分配好任务就强化了他们的责任，也不用专门派人监督了。这样既提高了效率，又减少了管理者与劳动者之间的矛盾。退一步说，即使偶尔有偷懒耍滑的人，也能起到互相监督的作用。其次，从整体上增加他们的收入，他们就解除了后顾之忧。试想，他把土地投入合作社，其实就是搭伙吃饭，比自己种又省事，收入又高，抗风险能力自然就增加了，也不怕土地会被公司吞并，他还有什么理由不进入公司？有什么理由不好好干？"末了，魏继业又补充说，"我不想让我四爹的悲剧再重演了。"

一说到魏生金，几个人都沉默了。

好一会儿，宋安然又不无担心地说："那样一来，你爸投入这么多钱，不是就亏了吗？提高了村民的收入，他的收入靠什么来保障？"

魏继业对着宋安然笑了一笑，说："你忘了假如改造后增加的那部分土地面积了吗？那可是不要一分钱承包费的地，是公司将来的纯净地啊。土地条件改善以后，一定会增产，我们再进行农作物合理结构的配置，增产增收的部分和增加土地的这部分收益进行再分配，就足以弥补所有的亏空和增加村民收入的部分。"魏继业稍稍停顿了一下又说，"何况我设计这个方案的立足点就不是依靠它发大财的，是要让参与我们经营的乡亲们都能过上好日子。我们整合土地的前提，就是要使它能够更好地适应现代化农业发展的需要，最大限度地解放劳动力和挖掘土地的潜力，使土地的使用更加科学、合理，重新焕发生机，为乡亲们的生活创造更多的财富。我们的资金积累也应该用在扩大再生产和改善村民的生活条件上。"

魏继业看父亲和姑父还在专注地听他讲，就继续说："等把土地这一块儿安顿好以后，我们还要发展多种经营，比如种养结合，加工、流通、腐殖酸肥料生产等，实行产业链的整体配置与完善。如果没有大农业概念的整体思维，就难以跳出小农经济的传统模式，还是难以彻底改变农业的结构性问题。"

魏继业的一通侃侃而谈，使得魏生荣和宋安然都向他投来赞许的目光。

好大一会儿，魏生荣才对魏继业说："儿子，你今天的表现让爸爸很感动，也很放心。爸爸决定给你两千万，把这件事全部交给你来做。"

"爸,你是说完全把公司交给我来做?"

"对,整个公司。"魏生荣十分肯定地说,"爸之所以给你两千万,就是要你逐步把八社的地全部吸收进来,把八社的人全部凝聚起来,把葫芦海子好好打造一番,爸爸支持你在家乡好好干一番事业。"

"爸,这是真的?"魏继业实在有些喜出望外,他甚至有些不相信事情会来得如此突然。

"怎么不是真的? 爸爸现在给你亮底牌,你不是一直喜欢搞农业嘛,爸爸现在也理解了,一个人能干自己喜欢干的事,也是适得其所。说实话,一个多月以前我就操作上了,就是打算有一天我能把这份责任交给你,因为交给你爸爸放心。不过还有一点,以后可能会遇到许多难题,你要多和你姑父商量。爸做了这么多年买卖,对经营土地已经生疏了,所以爸是不会参与的,也不会干涉你的计划。还是那句话,你已经成人了,爸放心了。不过,以后资金再有缺口可得你自己解决了,爸可是再没有富裕钱给你投资了啊。"魏生荣说完,长吁了一口气。宋安然知道,魏生荣此刻一定想起了以前杂七杂八的事,一定又在为当年有勇气走出葫芦湾感到庆幸。魏生荣接着又补充说:"当然,你的心里能装着全村人的利益,让爸很欣慰。说实话,这一点爸不如你。爸也希望你能让全村人都过上好日子,一个也不要漏下。"

魏继业激动地站起来,对着父亲深深地鞠了一躬,说:"谢谢爸对我的信任,我一定不会给你丢脸的。我也知道肯定会遇到很多困难,但我相信即使有再大的困难,也一定能克服。因为这不是我一个人的事情,在我的身后还有一个强大的团队,他们就是我强有力的后盾。"

"哦? 还有后盾? 你指的是谁?"这一点魏生荣倒是没想到。

"有我姑父呀,还有我哥。说实话,刚才我的这些想法有好多是我和我哥共同探讨制定的。"魏继业有些不好意思,随即他又补充说,"还有八社的村民们,我一定会把他们凝聚起来,建立一支强大的团队,让他们有信心支持我,领着他们共同致富。"

宋安然这时才看到一个真正成熟的现代青年,他不但具备现代开拓者的良好素质,还具备干大事的人的胸怀和长远的目光。

这时,魏生荣用期待的目光看着魏继业,说:"还有什么打算?"

"有呀。我现在先把八社作为示范基地,等成熟以后,再向全村推进。不光种地、养殖,还要发展其他项目。反正只要是能领着大家共同致富,能发展

多大就发展多大,能发展多强就发展多强。"

宋安然被魏继业的话感染了,他仿佛已经看到葫芦湾这片古老的土地正在焕发出勃勃生机。

可是,就在他回到家没多久,魏生荣给他打来电话:"知道我为什么非要你参与吗?"

宋安然想了想,说:"不就是让我帮衬继业吗?"

"哦,不止是帮衬,重要的是把关。说实话,对继业的想法和勇气我倒没甚可担心的。可继业是不是有些理想化了?他毕竟年轻,又没种地的经验,咱认可了村民未必认可。所以,你的责任重大呀。"

听了魏生荣这话,宋安然心里有些不自在。刚才还直夸继业好呢,怎么转眼之间又不放心了呢?于是他又对魏生荣说:"既然不放心,你怎么不直接给继业提出来?"

"你傻呀?我刚给继业吃了一颗定心丸,立马再给兜头一盆凉水?"听不到宋安然回应,魏生荣又说,"说实话,我让你参与就是想让你经常给提醒提醒。我不是担心万一有什么闪失,钱打了水漂,失败了就当交了学费。我是怕真到了那个地步,继业的心理上难以承受,从此一蹶不振呀。毕竟年轻,没经过大风大浪的磨炼。"

宋安然站在魏生荣的角度,仔细揣摩他说的话,这样的担心也不是多余的。这么大的项目,可不是说句话那么简单。魏生荣做事真是滴水不漏,这是把他当成遥控器了啊。

"你也不要担心,继业做事还是挺稳重的。即使有些拿不准的地方,我会及时找你的,毕竟你的资源要丰富得多,办法也要好想得多。"

# 第五十一章

宋安然终于有了喘口气的机会了。他准备立刻动身去看望魏灵芝。动身前,所有的事情均已安排就绪。油坊他完全可以放心,经过十多年的打拼历练,高美香已经初具了一个企业管理者的良好素质,完全可以独当一面。

唯一让宋安然稍感遗憾的是,路修了半瓶醋就停下来了。这段时间以来,一个接一个事件的发生,令人眼花缭乱,目不暇接,一时竟让人有些手足无措。

同崔六子谈定接手公司的事情以后,当务之急是帮助清产核查崔六子公司的财产,以便为早日移交做准备。修路的事只能暂时搁下了,只在中间准备修桥的地方临时又压了几节涵管,把挖得太深的地方草草垫了一下,暂时也能通行。反正离雨季还有些日子,等处理完崔六子公司的移交工作,再修也来得及。

魏继业对修路一事提出了自己的看法,既然在清产核资中,修路部分的负资产已经计算在内,修路自然成了公司的事。现在草草地垫一下,也是白花钱。他想等把土地这一块儿安排妥当以后,就向镇里打报告,争取在一个月之内开工修油路,同时争取县里在资金和技术方面的支持。

宋安然听魏继业安排得合情合理,也不好再说什么啦。

魏继业顺利地接手了崔六子的"新世纪综合开发公司",已经开展工作了。接手的时候,魏继业全盘接手了公司的一应债权债务,包括崔六子的直旁系亲属在内的、所有愿意继续留任的公司现有职员,只不过在几个重要岗位上进行了一些调整。

移交工作顺利完成以后,魏继业征求了宋安然的意见,决定公司今年的主要任务是一边完善公司的各项管理制度,制定规划让公司尽早走上正轨,一边进行大规模农田基本改造建设。原来按照崔六子的设想,尽早移交还不误今年的及时播种,宋安然也基本赞同这种想法。

但魏继业却有自己的想法。土地已经被肢解得支离破碎,糟践得百孔千疮,即使勉强种进去,也不会有太大的收益,无异于割肉补疮。何不趁此机会,对现有的农田进行彻底改造,等改造完毕以后,进行土地深翻晾晒,再配合以有机肥和有机质施压,对土地的休养生息和恢复土壤团粒结构起到至关重要的作用,为来年的大展身手做准备,因此可以说这是个千载难逢的好时机。所以,除了一百多亩宿根牧草地暂时维持现状以外,全部农田进行基础改造建设与各种现代化配套设施的升级完善。这样,也能为以后的农田改造积累经验。原来养殖场的经营状况依然保持以前的经营状态,等土地这一块儿安排妥当之后,再根据上级的要求标准增加牲畜的存栏量。至于管理,对于魏继业来说,乃是轻车熟路,他上大学读的就是管理。而他读大学的内容又是不同于小农经营的现代理念,管理这么个小小的公司如同牛刀小试。这一点魏继业也想好了,他准备邀请几个志同道合的同学一起来做,当然包括他的恋人徐莉。

听了魏继业的想法,宋安然改变了原来的看法,转而支持魏继业。

魏继业让罗毛蛋召集村民开了一次村民大会。当然,参会的人员还包括七社与公司有关的那部分村民。在会上,魏继业首先在第一时间补发了拖欠村民的承包款,然后又讲了他的发展计划,他想他的计划理所当然地应该得到村民们的肯定。

魏继业向村民们公开表态,他的公司现在是过渡时期,以后不会成为自己一家的公司,最终要过渡为股份制企业,真正成为大伙儿自己的大家庭。等时机成熟以后,也就是公司发展稳定壮大以后,大家都看到公司的成果了,手里都有了一定的积蓄,他就会把公司股份赊给愿意增股的村民,让大家都能更多地享受公司发展的红利,不过这是后话。当务之急是完善各种规章制度,建立健全公司章程,配套各种组织机构,包括设立由村民推选产生的监督机构,然后逐步正规化。等把以前崔六子承包的土地手续重新以入股的形式完善了,把这部分农田基本改造完成以后,有了样板,冬天全面展开全社的土地入股工作,以及安排七社那部分土地的基建改造工作。

魏继业还在会上强调,要想进行科学发展,首先得进行科学规划。他打算请专家来帮助规划,除了根据土地的性状进行科学种植,还要进行各种配套的长远规划,包括因地制宜,发展多种经营,发展立体农业,发展第三产业,包括葫芦海子的开发利用等。等一两年积累了一定的资金以后,再将住宅统一规划成楼房,以便腾出更多的闲置土地加以利用。还要建造大型沼气设施,充分利用秸秆,制造清洁能源,并利用沼液、沼渣发展绿色农业产业,走出一条顺应自然、科学合理、优化环境、良性循环的现代农业发展的新路。还要发展高效无土栽培技术,向地下和空中要效益,向第二、三产业要产值……

除了这些,还要逐步引进互联网技术,引进附加值高的有机农业项目。总之,要顺应现代农业发展的理念。

"总之,我的分配观念就是求最大公约数。我现在还不敢保证让大家感到绝对公平的分配原则,因为人类社会活动中本来就没有绝对意义上的公平,只要按照多劳多得的分配原则,让绝大多数人感到平衡了,就是公平了;让所有人都能参与到规则的制定中,充分尊重每个人的意见,博采众长,就是平衡了。但同时我们也要考虑到对于弱势群体的帮助与救助,我们每年要拿出一部分收入作为社会救助金,帮助那些没有能力的人,这也符合我们的传统美德和社会主义制度的要求。"

魏继业这套完整的构想,是宋安然从来都没想过也不敢想甚至觉得不可想象的。他第一次发现,原来魏继业胸中装着这么宏伟的蓝图,真是后生可畏呀。

可是令魏继业万万没想到的是,村民们并没有像他预期的那样,给予热情的肯定和赞许,会场显得冷落而尴尬。真是热脸贴了个冷屁股。

直到这时,宋安然才想起魏生荣说过的话,看来魏生荣的担心确实不是多余的,是他和魏继业把事情理想化了,以为单凭一腔热血,振臂一呼,大家都会蜂拥而上,原来并不是那么回事。

散会以后,宋安然赶忙叫住了几个村民,询问他们的想法,有两个村民推说有事走了,好像对此事讳莫如深。有几个村民却对宋安然说:"东河没见西岸就给这么多好处?大话谁不会说?到时候算不算数可谁也说不准。"

"哼,说的比唱的好听,当初鬼六子也给过那么好的承诺?兑现了多少?喊!"

"嘴上没毛,办事不牢。出水才见两腿泥。"

……

宋安然此时才恍然大悟,鬼六子的"鬼"竟然影响到了村民对魏继业的信任。可见人与人之间要建立信任是一件多么不容易的事啊。

看着有些沮丧的魏继业,宋安然笑着鼓励道:"是不是有些受打击?不要丧气。说实话,这种情形我也没料到。也不能怪大家一时不理解,崔六子当初没给人们承诺吗?现在结果如何?人们被崔六子忽悠怕了,你忽然凭空给他们承诺了一个大馅饼,他们咋敢轻易相信?你得干出些让他们真正放心的事,才能打消大家的顾虑。说实话,这是关系到村里人日后生计的大事,不是耍请人过家家,人们不得不慎重。以后意想不到的事情恐怕还有不少,你要做好充分的思想准备。"又说,"还有一点,你要想让大家理解你的想法,最好让他们真正参与到公司的运作当中来,他们心里有底了,顾虑自然就应该打消了。"

魏继业听姑父这样说,很快就释然了,说:"我明白了。姑父放心吧,我会照你说的去做,我会一步一步脚踏实地地走下去,用我的行动和人格魅力来赢得人们的信任。"

开过村民大会的当天,魏继业和高美香就催促宋安然,趁此机会,赶紧去首府看望魏灵芝,以便回来集中精力帮助魏继业进行一系列的改造建设。高美香甚至当着魏继业的面和宋安然开玩笑说:"你现在也是上了继业这条船了,可不能轻易撒把呀。"

魏继业也对宋安然说:"我姑父岂止是上了船了,他是这条船上的舵手,我得靠他掌舵呢。"

宋安然也不客气,说:"掌舵倒说得有些过了,但这个桥梁我是当仁不让啊,至少跟村民沟通这方面,我要比你容易一些。"

# 第五十二章

宋安然在首府没住一个星期就打道回府了。一方面惦记着家里的一大摊子事，油坊、修路，还有高美香的精神状态，这些都让他放心不下；另一方面，他早已习惯了干活儿，别说是一个星期，干坐一天都无聊得要死，比坐牢还难受，尽管他没坐过一天牢。跟保姆无话可说，跟魏灵芝就更没什么话了。

魏灵芝身体恢复得不错，气色比以前强多了。魏灵芝每天吵嚷着要回家，说病不死"闲"就把人"闲"死了，这让宋安然和宋菲凡哭笑不得。因为还需要化疗，最终魏灵芝也没拗过菲菲，没能如愿回家。

魏继业早上就去了县里，到交通局办理修油路的批复手续，直到后半晌，魏继业才回来。看到魏继业沮丧的神情，宋安然就知道事情办得并不顺利。魏继业是个比较能藏得住事的人，喜怒轻易不形于色。可今天的状况有些反常，沮丧明明白白地写在魏继业的脸上，让人一目了然。

"咋回事？没批下来？"宋安然关切地问。

"真憋气。不但没批，还受了一肚子窝囊气！"魏继业愤愤地说。

魏继业上午去县交通局办理修油路的批复手续，并询问修路补贴款的事，却被告知不予批准。问工作人员原因，得到的答复却是"无可奉告"。他想找局长问问，即使不批也总得给个理由吧？答复是局长上北京开会去了。魏继业知道这是工作人员搪塞他的。现在的官僚，没给你支到国外，已经够真诚的了。当魏继业失望地出门以后，就在关门的一刹那，身后传出一句刺耳的嘲讽声："自己掏钱修路？有病吧！"

魏继业有心返回去责问，想想还是罢了，和他们理论顶屁用，他们能明白吗？即使明白也不会给你批复，说不定再给自己添些郁闷。

魏继业又找到镇长陈再生，并且还请陈镇长吃了一顿饭，希望陈镇长指点迷津。陈镇长也是一头雾水，不明就里。陈镇长告诉魏继业，这件事还是在一年前跟县里沟通过的，后来因为崔六子的资金一直不到位就撂下了。这一年里可能发生了什么变故，谁能吃得准？饭后陈镇长倒是爽快地答应魏继业，帮助打听打听再相机行事。魏继业知道陈镇长多半是应付他的，吃顿饭未必就诚心给他办事，真给打听一下已很难得。如今当官的胃口大得很，一顿便饭不过是馅儿饼抹油——白掭。

宋安然和魏继业面面相觑，一筹莫展，一时不知道该从何下手。

还是高美香的一句话提醒了他们："凡凡不是有个同学在县里工作嘛，让凡凡打电话问一问，或许能问出些眉目来。"

"对呀，我怎么没想起来？现在就给我哥打电话。"

宋风凡的高中同学窦玉仙是县党政办的秘书，在县委书记傅生皓跟前很能说得上话。当宋风凡在电话中给她大略讲了一下修路报批受阻的情况后，窦玉仙迟疑了一下才说："我不清楚这是咋回事啊。"又立即补充说，"你离这么远，管这些破事干什么？"

"那是我老家的事，我能袖手旁观吗？你不要跟我打马虎眼啊，我听出来你一定知道原委。你知道我的秉性，我不是个轻言放弃的人。你又不是不知道我是吃什么干饭的，这么点小事要是难住我，我这律师不就白干了吗？"顿了一下又说，"一周内我就亲自回去办。"

窦玉仙在电话里笑了，说："老同学，怎么还是这副德行，说风就是雨，能不能多少成熟些啊。"

"江山易改，禀性难移啊！"

俩人又在电话里开了几句玩笑，随即挂了。窦玉仙始终吃不准宋风凡的话有几分是认真的，难道他真会为这点芝麻小事专门从几千里之外赶回来吗？她知道宋风凡比驴还犟，他若认准的事，很难被人拦住。读高中时，宋风凡就是学校出了名的"愤青"，特立独行，倜傥不羁，虽然跟着这臭脾气曾经受过制、吃过亏，但却一点儿不懂得收敛，依然目空一切，我行我素。

宋风凡四年前被"拘留"的事是窦玉仙后来听说的，当然窦玉仙没有向同学追问细节。窦玉仙当着同学的面慨叹了一声："没治了，这个驴脾气！"这种事发生在宋风凡身上，窦玉仙一点都不觉得奇怪。

四年前那个炎炎夏日，宋风凡做梦也不会想到，他这个政法大学刚刚毕业的硕士生，还未涉足律师行业，就被莫名其妙地塞进了拘留所。

宋风凡一辈子都不会忘记那一幕：十几个人齐刷刷地跪在市政府大楼的台阶下，烈烈的炎日炙烤着他们，衬衫被汗水渗透紧紧地贴在脊背上……远远的树荫下,一攒一簇的人群引颈张望着这奇特的一幕。这情景让宋风凡想起电影中行刑的场景:一群待戮的囚犯跪在行刑台上,背上绑缚着亡命签,神情或绝望或惊骇或木然……不同的是这些人周围没有"刽子手"。

宋风凡不知道这是怎么一回事,但他确实被这场面给震撼了。他向躲在树荫下的人们打听,有人告诉他:"告状!"

宋风凡没有继续追问下去,他已经大概猜出是怎么回事了。一定是这些人因为什么事,认定公安局与法院不能主持公道,采取这种极端的方式请愿,给政府施压呢。

宋风凡虽然被这一幕震撼到了,但他此时不想多管闲事,他是受学长之邀到某律师事务所去当见习律师的。他对这样的行为既同情又厌恶,更加鄙视。同情是因为他们往往处于劣势,被权势所奴役,是可怜人;厌恶他们是这样的人群法治意识苍白且封建意识浓重,一味效仿古代击鼓鸣冤,不愿走正当的司法途径;鄙视的是他们的骨气全无,卑躬屈膝,奴性十足,把尊严像痰一般随口一吐,以下跪或自残来博取人们的同情。

可是当他刚走了几步,就听到跪着的人群中有人高喊:"死人啦!死人啦!"声嘶力竭的声音显出极度的夸张。

宋风凡下意识地停下了脚步。当他扭头看过去时,确实有几个人正在对一个人施救。遗憾的是树荫下看热闹的人没有一个出手相救,好像他们曾统一过口径。

宋风凡不可能再熟视无睹了。他赶紧跑过去,加入到抢救人的行列之中。

那个人其实是中暑了。等人们把他救醒以后,宋风凡劝他们暂时离开这里,否则这样下去不但于事无补,还可能发生什么不测。

未曾想那人不但不听他劝阻,反倒号啕大哭开来,说:"横竖是个死,咋死也一毬样……我可怜的儿子啊,你死了让我咋活呀……"

那人看上去五十多岁,布满皱纹的脸上写满了沧桑。他边哭边拍打着台阶,台阶上发出"啪啪"的击打声。旁边的人告诉宋风凡,他的儿子因为拆迁被人无端打死了。老汉本来早年丧妻,自己一个人把儿子拉扯大,正在说媳妇,却不曾想出了这码事。最可恨的是公安局一再推诿,案子至今都没有"破",凶手至今都没被缉拿归案。他们这些人不是老汉的亲戚,就是一同遭到强拆的拆迁户。

宋风凡知道原委后,才清楚自己刚才是误会了,原来这里还涉及人命案。

真要是这样,这里面很可能涉及贪腐。于是,他开始苦口婆心地劝说这些人,他们这样做解决不了问题,正确的做法还是得走司法途径,或者是到信访局去上访。市里不行到省里,可以逐级反映。

几个人狐疑地看着他,好像对他的话半信半疑。其中有一个人对他说:"你不是他们派过来的吧?信访局我们早就去过了,顶毬用!"

宋风凡有些哭笑不得,原来他们不是怀疑他的话,而是怀疑他的身份,把他当成了拆迁办的奸细或者说客。

宋风凡赶忙分辩:"你们弄错了,我是律师,可以帮你们打官司。"

"律师?你是律师?"从这些人的眼神里,宋风凡可以看出,他们的疑问不但没消除,而且更重了。"我们又没请你,你为什么要帮我们打官司?"

"你不是他们派来忽悠我们的吗?我们凭什么相信你?"

还没容宋风凡做出进一步解释,三辆黑色的警车鸣着警笛呼啸而至。从警车上"呼啦啦"跳下十几个握着警棍、拎着手铐的警察。请愿的这十来个人猝不及防,还在愣怔着,就被这十几个警察以迅雷不及掩耳之势扭结着铐起来。有几个年轻一些的试图反抗,早被撂翻在地,同样没逃脱被铐的命运。

当警察从车上跳下来的时候,宋风凡已经意识到什么了。他赶紧对警察表明自己的身份:"警察同志,我是律师。"可是两个警察不由分说,粗暴地将他的手扭到背后拷起来。一个警察还以嘲讽的口吻对他说:"你怎么不说你是李刚他爸啊?"

宋风凡不理解这些警察怎么能这样,你们就是不相信,也应该给人申辩的机会呀。他强压着心中的怒气又对警察说:"我的背包里有律师证,你们可以查验。"

刚才那个嘲笑他的警察又接过话头:"你有律师证就是律师啊?我办公室就有这么一厚沓假证,包括假律师证,你信不信?"

另一个警察也瞅着他的光头说:"看你这头型就不是什么好鸟。"

听到这句话,宋风凡再没有分辩,他知道在这种场合下,再分辩也是徒劳的。他的光头可能让他看上去像个真正的坏蛋,或者是一个十足的流氓。即使他们明白抓错了你,也不会当场放了你,只能将错就错。

宋风凡的光头是考上研究生那年剃的,他学越王勾践削发明志,一方面以示自己一生恪守光明磊落、襟怀坦荡的心迹;另一方面要凸显自己不从流、不媚俗,特立独行的独立人格。但就是这个特立独行的光头,不但被媚俗的、喜欢以貌取人的警察视为异类,被临时打入另册,还让那些人误解。猪八戒照镜子——里外不是人。这真是个天大的讽刺啊!

宋风凡在被关了不到二十四个小时的时候被放出来了。当然,宋风凡也没得到警察的道歉。不过,宋风凡压根儿就没指望得到他们的道歉,也没奢望在被关起来很短的时间内被释放。因为一抓起来就释放,就说明抓错了,就需要向他道歉的。而接近二十四个小时再释放,性质就完全不同了,你就成了扰乱治安的嫌疑人,需要甄别的过程。即使最终查清楚了,也属于正常,叫你无从争辩。

就是这样的阴差阳错,让宋风凡平生第一次走进了拘留所,留下了人生第一个灰色的"污点"。

一年以后,宋风凡实习期满后成了一名真正的律师。那件事情后来也有了结果:因为案情重大,最终闹到了省里,引起省里的重视。案件查明后,五名拆迁人员参与了殴打,属于共同犯罪,被以故意伤害致人死亡罪提起公诉;房地产开发公司的老板和他的两名属下被以策划、指挥、组织实施犯罪被提起公诉;区委书记等三人由此案牵出腐败犯罪被逮捕;六名公职人员被处以撤职、降职、党内警告、留党察看等不同程度的党纪政纪处分。至此,这个案子基本算落下帷幕。

虽然宋风凡后来没再关注这个案子,但那些人茫然无助又惶恐疑惧的眼神,却时常闪现在宋风凡的脑海里,让他更多地把目光聚焦于这一弱势群体,因此对这一群体有了更多的了解和同情。他们不想抛弃尊严,他们是因为找不到出路,才被迫那样的。他们何尝不想有尊严地好好活出个人样啊。换句话说,是有人强行剥夺了他们的尊严!他对农村堪忧的法治环境和农民淡薄的法治意识更增添了一层忧虑。

下 部

# 第五十三章

还没等到一个礼拜,宋风凡就如期出现在窦玉仙的办公室。窦玉仙虽然已经有了一定的思想准备,但还是暗暗吃了一惊,心里偷偷骂了一声,"这头驴!好像从来不会丢盹!"嘴上却故意用一种玩世不恭的口吻与他开玩笑,"真守时啊,我就佩服你这种敬业精神!"说着还夸张地竖起了一根大拇指,点了一个赞。同时也没忘调侃他一下,"这么有责任心,真后悔当初没嫁给你。"

宋风凡也不用让座,自顾坐下来。他接过窦玉仙递过来的茶杯,也打趣她:"现在也不晚啊,你要不嫁我,我可就成剩男了。"

窦玉仙白了他一眼,说:"我现在可是有家室的人了啊,你想勾引良家妇女吗?晾你也没那个贼胆!"

窦玉仙的父亲是市人大副主任。可能凭着父亲的影响吧,窦玉仙刚刚升任了办公室副主任。宋风凡和窦玉仙曾经有过一段感情交往,只是由于窦玉仙的父亲反对便没太深入而及时刹车。另一方面宋风凡也觉得窦玉仙假小子的性格不适合做自己的伴侣,只适合做普通朋友。

宋风凡呷了一口茶就迫不及待地问窦玉仙:"说吧,怎么回事?"

窦玉仙故意装作一脸懵懂,跟宋风凡打哈哈:"什么怎么回事?"

"你跟我装什么呀,还不快快招来?"

"我听不懂你说什么呀,你让我招什么?"

"好,你以为你不说我就不会知道吗?我去找交通局局长。不行我再找县长、书记。我就不信没人给我个交代。"说着站起身就要走。

窦玉仙没憋住一下子笑了,说:"回来!坐下!真是个活器数。还是那样风风火火,说风就是雨。"

宋风凡一脸阴险地坏笑着,说:"我就知道嘛,我们的关系毕竟不一般啊。"

"我警告你,别得寸进尺,你是猴啊,顺杆子爬。"

宋风凡赶紧双手合十,做虔诚状,说:"不敢,不敢,悉听尊便。"

窦玉仙拿起桌上的电话,拨通了一个人:"喂,傅书记,宋风凡已经回来了,现在就在我的办公室。明天下午?好的,嗯,好的。"

"好了,明天下午两点半,接受傅书记的接见。噢,带上你的表弟魏继业。具体地点等我订好了再通知你。"

"啊?这是要搞什么呀,动静这么大,连县委书记也惊动了。"

"是啊,还是你大律师面子大呀。"

宋风凡赶紧赔笑脸,说:"对不起,老同学,多有得罪,望乞见谅。"

其实宋风凡不知道,就在他打给窦玉仙电话的第二天,窦玉仙在给傅生皓汇报工作的时候,顺便就提了这件事。她知道傅书记一定对宋风凡会感兴趣的,因为她熟悉傅书记的性格,和宋风凡颇有些相似之处,正直无私,疾恶如仇。如果说有所不同的话,就是傅书记比宋风凡更有涵养,更沉静稳重。傅书记毕竟在官场上摸爬滚打了这么多年啊。

第二天下午,宋风凡和魏继业在饭店里随便吃了一口饭,就提前来到政府大院。上班的人已经陆陆续续鱼贯而入。宋风凡没见过傅生皓,不知道他长什么样儿。

窦玉仙早就提前来到办公室。寒暄一阵,窦玉仙给他们沏茶。不过还没等他们喝下半杯,傅生皓的电话就打过来了。当他们走下楼时,傅生皓和司机已经在车前等着了。

这是宋风凡第一次见傅生皓,他不会想到原来赫赫有名的全国优秀县委书记竟然如此其貌不扬,四十来岁,大概不到一米七的样子。虽然不能说身材瘦小,但没有一般象征着官员的啤酒肚,举止儒雅,倒像个学者。从他身上完全看不出大刀阔斧的痕迹。宋风凡从傅书记车前等待的这一细节中,甚至产生了一种受宠若惊的感觉。

窦玉仙给他们双方做了介绍。介绍宋风凡时,窦玉仙调皮地说:"这就是我给您介绍过的怪人宋风凡。"

傅生皓握住宋风凡的手说:"自古怪人多才子,扬州八怪都是有独立思想的才子呀。你的事业一定做得一帆风顺哇?"

宋风凡谦逊地点一下头,说道:"傅书记过奖了。正因为在外面做得不怎么顺,我才打算回来发展呢。可能是不服水土,缺少家乡水土滋润的缘故吧。希望傅书记网开一面,收留我啊。"

昨天谈妥事情后,窦玉仙为宋风凡接风。吃饭的时候,宋风凡跟窦玉仙谈

了他的设想,打算回来办个律师事务所,为家乡的法治建设出一点绵薄之力,并且表示以后免不了要请窦主任多多关照。

窦玉仙这时才恍然大悟,说:"原来你不是专程为这事回来的啊。看来你也学鬼了呀。"

宋凤凡狡黠地笑了,说:"歪打正着而已。算是瞌睡给了个枕头,尿尿给了个夜壶。"

"你过谦了。我听小窦介绍过你的情况,咱们县招揽各路英才,广纳八方贤能。更何况你是我们家乡走出去的才子,能够回报家乡,我们双手欢迎啊。一方水土养一方人嘛,你回来一定不用换水土。"

说话间,几个人上了车。就他们一部车,除了窦玉仙,傅书记没带随从,微服私访似的。宋凤凡发现越野车驶出政府大院,一直开出了城。他不明白这是要去什么地方,就碰了碰窦玉仙,悄声问:"去哪?"

窦玉仙压低声音回答:"去了你就知道了。"神态显得异常神秘。

顺着公路一直走了差不多三十公里,越野车拐进了一条岔道。大约又走了七八公里,路边出现一片开阔的水域,看上去比葫芦海子还要大一些。当车子停在路边的一个"渔家乐"院里,宋凤凡才知道他们的目的地到了。

迎接他们的是一对中年夫妇。中年夫妇询问了傅生皓父母在城里安好的话,宋凤凡才知道原来这里是傅生皓的家乡,中年汉子叫姜波,是傅生皓的发小,也是十年同窗好友,同时还是傅生皓的表叔。因此,俩人的关系非同一般。

宾主寒暄了一番,并没有回屋里去坐。傅生皓领着他们走向屋子后面用木桩、木板搭成的伸进海子里的栈道。

傅生皓兴高采烈地向他们介绍,这个海子叫"牛轭子湾",因形同牛轭而得名。对面牛轭子的胳膊弯子里有一片树林,混杂着柳树、榆树和一些灌木丛;乡间小油路顺着牛轭子的弓背逶迤延伸,然后蛇一般滑溜地钻进了前面的村子。那个村子就是傅生皓儿时生活和成长的地方。顺着小油路两边,两排不太粗壮的杨树已经郁郁葱葱。杨花开始随风飘飞,偶尔结成绒球,落在水面上,随波逐流,宋凤凡头脑里便下意识地蹦出一个词:水性杨花。"牛轭子湾"宽窄和葫芦海子差不多,虽然比葫芦海子长一些,但水生植物没有葫芦海子多,因此显出了许多空旷。从栈桥两端延伸出两溜立着的渔网,那是姜波的养鱼围网。傅书记告诉他们,他的少年时期几乎没离开过这里。每年盛夏,这里就成了人们玩水取乐、避暑的好地方。

"怎么样？看出一些眉目没有？"傅生皓望向海子的尽头，口气中兴头不减，似乎依然沉浸在儿时的回味之中。

窦玉仙看宋风凡一眼，见宋风凡对傅书记的话置若罔闻，似乎也沉浸在某种遐想中。

倒是魏继业有些局促地说："我……我天生愚钝，没能领悟书记的意思。"

魏继业话音刚落，宋风凡就接口说："书记领我们来看这里，一定与葫芦海子有关哇？是不是县里对葫芦海子感兴趣？"

傅生皓一转身，以欣赏的目光看着宋风凡，说："不愧是律师，思维敏锐，反应迅疾。"

宋风凡谦逊地笑了笑，说："书记过奖了。"

直到这时，魏继业才如梦方醒，去年春上傅书记刚调来不久，就来葫芦湾视察了两次，村里人一直以为他也是崔六子的靠山之一呢，至少也是替崔六子的靠山服务的。不曾想傅书记早就为今天的事在做调研。看来村人们是以小人之心度君子之腹了啊。

几个人说着话回了姜波的"渔家乐"。他们刚才在海子边聊天的时候，姜波的老婆已经在厨房操作上了，桌子上已经摆了好几个凉菜。酱牛肉，干烧鱼块，调苦菜，腐竹拌豆芽，西芹百合拌木耳……

"婶子，不要再弄了，多了吃不了就浪费了。"傅生皓看着桌子上的六七个菜，赶紧制止。

"书记是贵客。贵客上门，鸡儿头疼。你公务忙，难得回来一趟，不好好招待咋能行？不说乡亲还说土亲呢。我们知道你整天忙大事，了小事，用你们的话说叫日理万机。今天既然能抽出空来，就好好放松放松，让婶子好好招待招待你。"姜波的老婆是个阿庆嫂式的人物，嘴上说着，手上做着，偷瓜掐葫芦，两头都不误。

傅生皓关切地问姜波："生意还行吧？"

姜波看上去是个实在人，他憨憨地笑了笑，说："只能说凑合。死鸡儿熬白菜，淹不死，煮不烂，比种地强一黑豆。"

话音刚落，就被老婆一顿抢白："看你说的是甚话，不会说就少说两句，倒人胃口。"又对傅生皓解释，"书记别往心里去啊。"

姜波也不气恼，可能这样斗嘴是他们多年的常态了。"娘生就，胎里带，不学好，就学坏。没办法，改不了了。再说皓子又不是外人，他还笑话我吗？"皓子是傅生皓的小名。话音刚落,姜波立刻意识到在客人面前直呼县委书记的小名有些不妥:"你们不要笑话,我们都是土人,这样叫惯了,一时没注意到。"

姜波说完,赶紧给大家倒酒。

傅生皓赶紧打圆场:"就叫皓子,名字起了不就是让人叫的嘛,为什么当了官儿就不能叫名字,非得称呼官衔?我就讨厌人把我当作官儿来对待,看着是抬举你了,可久而久之就把人抬举的不是人了。你说是不是这个理?我即使当再大的官儿,还是你的侄子呀。"

傅生皓边说着边举起筷子擩了一筷子苦菜,颇为夸张地惊呼了一声:"啊呀,好鲜嫩的苦菜,吃一口好像回到了小时候。还有没有了?回的时候给我拿点儿。"傅生皓这时倒像个贪嘴的孩子,他不说"带些"而说"拿点儿",完全一副农村人的口气。

姜波的老婆立马接口道:"知道你们肯定稀罕,早就给你们预备好了。'三月三,苦菜芽芽爬上山'。这两天掏的苦菜最好吃,又嫩又爽口,没有苦味,就有鲜味。只是太少,不容易掏上。"

这时,傅生皓才给他们详细介绍了县里的方案。

市里根据上级的指示精神,要以打造祖国北疆旅游产业为依托,带动其他各产业的发展,以此拉动地方经济。我们市的水面资源很丰富,所以市里提出的口号是"建设绿色河套,打造塞北江南",就是"以水面滋养绿色,以绿色打造旅游,以旅游带动文化,以文化拉动经济"的发展理念,来带活我市产业结构调整这盘棋的。

"哦,明白了。书记是不是打算以葫芦海子作为切入点,打造我们县的旅游资源呀?"宋风凡若有所悟地说。

"你说得一点儿不错。葫芦海子是离县城最近的一片水域,计划中的高速路又从你们村的南端经过,高速路的出口也规划在那里。因此,葫芦海子具有得天独厚的区位优势。除了这一点,我们还想把葫芦海子打造成样板,对全县的水域进行规划利用。这样的水域在我们全县大大小小有二十八处之多,光是靠近几条公路主干道就有十三处,这就是我们的宝贵资源呀。即使离主干道稍远一些的水面,就像这个'牛轭子湾',即便拉不到旅游的高端,也可以让附近无法走出去的村民有个休闲放松的好地方呀。唯一的不足是葫芦海子面积显得小了些。怎么样?我想听听你们二位对此的看法。"

魏继业想了想,颇为小心谨慎地说:"葫芦海子面积是小了一些,可是要扩大就得占耕地,而占用耕地可是中央划出的红线呀;另一方面也破坏了葫芦海子的形状,葫芦海子的独特之处就在于他的形状,一破坏,就把它的神韵破坏了。而我认为甚事情也是相对的,究竟多大合适?多大应该是个标准?"又问,"是不是县里已经定了标准?"

"县里没定什么标准,县里就是要集思广益,从各个方面尽可能考虑得周全一些。因为你承包了葫芦海子,县里要开发,必然要涉及你的利益,所以要征求你的意见。"

正在做饭的姜波的老婆听说他们谈的是开发海子的事,从厨房出来插话道:"我说书记,要开发海子能不能考虑考虑咱这里?"

傅生皓笑了笑说:"咋不考虑?我们现在讨论的就是全县所有的海子如何开发的事情。"

姜波的老婆有些喜出望外,说:"哎呀,这可好。我这两天还跟你叔说道呢,这两个孩子眼看一天天长成大后生了,且说且就要娶媳妇了,现在连一个钢镚子都没攒下,每年紧供紧。这下好了。甚时候开发?"

姜波一听老婆打断了人家的话题,就赶紧制止:"人家县里统一考虑,你瞎操的个甚心?快做你的饭哇。"

姜波的老婆不服气地说:"我瞎操心?你说得倒轻松,眼看两个光不浪后生马上就要老婆了,我能不操心?一开发'牛轭子湾',起码我们沾傍住也能增加点儿收入哇。"

傅生皓赶紧说:"婶你放心,开发是要开发的,不过得放在后面一些。等他们那里的葫芦海子开发以后,我们就会逐步开发利用的。"

"那不能先来咱们这儿开发?"姜波的老婆用满含期待的目光看着傅生皓,"反正迟早都是要开发的。"

傅生皓有些无奈地说:"我们这里的条件不符合要求呀,离县城太远,离公路主干道又远,太偏僻,所以只能放在下一步。"

姜波的老婆不无担忧地说:"唉,现在的政策有时候说变就变,谁知道过两年会不会开发了。这儿可是你的家乡呀。"

傅生皓笑了笑,说:"正因为这里是我的家乡,我才不敢以权谋私呀。"

姜波的老婆不以为然地说:"甚叫以权谋私?挪过这儿来还不是公家的,你又没拿回家里一根针,咋就成了以权谋私了?"

姜波打断老婆的话,替傅生皓开脱:"妇人之见,刚才生皓已经说过了,这

里的条件不符合要求,你咋还不明白?你这不是故意为难他吗?亏你还是他的长辈呢。"又对几个人说,"不要理她,我们喝酒。"

几个人随即端起杯,碰了一下。司机不能喝酒,只能以茶代酒。

姜波的老婆一撇嘴,不以为然地说:"喊,有你说得那么严重吗?就你会装好人。到时候两个儿子娶不上媳妇儿,看你咋交代。"

傅生皓赶紧出来打圆场:"叔,我婶子说得不是没有道理,现在谁家要有两个男孩子,顶如遭了年馑了,谁家父母能不愁?应该理解。不过我叔说得也没错,办甚事也得按规矩来,不是我一个人说了算。"

姜波的老婆讪讪地说:"咳,挪不挪还不是你一句话?你一个堂堂的县委书记说了不算,谁说了算?你没听人说,有权不用,过期作废。"

傅生皓一看姜波的老婆如此固执,觉得应该好好给她讲一讲道理,以免她产生误会,以为他故意给他们摆当官儿的架子。"对的事当然我说了算,可是错误的事不但说了不算,而且不能做。有权不能任性呀。婶子知道父母官是甚意思不?"

"咋不知道?父母官不就是跟父母一样尽心尽力管人民吗?"

傅生皓笑了。笑过以后,神情渐渐地庄重起来,说:"是啊,许多人都是这样认为的,其实这种认识是错误的。我们手中的权力从哪来的?毫无疑问是人民给的,就像我们的生命是父母给的一样,所以,人民就是我们的衣食父母。因此,我们就要把人民当作父母一样对待,人民需要什么,我们就想方设法做什么,想他们所想,急他们所急。对待手中的权力像对待父母一样恭恭敬敬,这才是父母官的真正含义。如果失去了对权力的敬畏,把官位当作人民的父母高高在上,把权力当作自己的玩物来玩弄,当作谋私的手段来利用,那他就离监狱的大门越来越近了,监狱的大门可是时刻为这样的人敞开着啊。"说到这里又对着姜波的老婆笑了笑说,"婶子一定不愿意我也有一天走进去哇?"

听了傅生皓这番话,姜波的老婆才有所悔悟,她有些抱歉地对傅生皓说:"照你这样说,这个事还真不能做?对不起啊,是我说错了。我没把这件事情想得那么严重。我收回刚才的话。"

"是啊,小小捏针,到大拔葱。人犯错都是从一点一滴开始慢慢发展的,没有哪个人一下子就犯个大错误;千里之堤,溃于蚁穴啊。防微杜渐,本应该成为我们每一个官员的警醒,可惜早就被许多人抛到九霄云外了!"

宋凤凡一直静静地听着,没有插话,但他的心情却不平静,渐渐澎湃起一股强烈的激情。他知道这是傅生皓的话与他的感情产生了共鸣。父亲是山,母亲则是胸怀宽广的大地;大地承载着大山挺起脊梁,儿女们才能脚踩着坚实的大地,背倚着大山厚重的脊梁健康成长!

又回到刚才的话题,傅生皓问魏继业:"怎么样?你表个态。"

"这一点书记尽管放心,我毕竟也是一名党员,不至于连这么点儿全局观念也没有哇。县里这盘棋是大局,我不能为了局部的利益破坏大局呀。何况真要是这样,能更好地带动我们公司的发展,于我们来说不但不会影响,反而是好事呢。"魏继业的话说得很诚恳。

傅生皓又看着宋风凡,说:"说说你的看法。"

宋风凡沉思了片刻才说:"我认为首先是定位。要想打造葫芦海子以带动旅游产业,继而拉动经济,着力点应该放在文化上,水面只是一个载体。我曾经听人谈论过这样一件事:一个人到西安临潼参观了兵马俑,回来对人们说,什么破兵马俑,不过是一摊泥人人,有甚看头,真是三后悔。咋为'三后悔'?既然到了那里不看一后悔,看后失望更后悔,回来无法向人们炫耀最后悔。听到这个故事我就想,我们不能笑话那个人。因为他文化水平低,不懂兵马俑背后的历史背景、故事传说和文化内涵,不就是一些泥人人嘛,自然就看得索然无味。所以应该说,文化内涵是它的血肉,是它的灵魂。杭州西湖天下最大吗?当然不是。风景天下最美吗?当然答案也是否定的,因为美与美的风格不同,角度各异,往往没有可比性。那为什么西湖能闻名于天下,被人称作人间天堂?就是因为它深厚的文化积淀。葫芦海子也是,如果不能挖掘出它的历史故事和文化底蕴以及人文内涵,即使水面再大,也仅仅是个水面而已。换句话说,水面只是个平面的载体,只有文化内涵才能把它装点得立体而丰富,具备灵动的生命质感,赋予水面以灵魂。因此,从这个角度来看,葫芦海子的水面大小就显得无足轻重了。葫芦海子可是个有故事的地方啊。"

傅生皓对他俩的见解很欣赏,说:"你的观点一针见血,说到了问题的实质。继业的看法也很重要,我们更不能割肉补疮,顾此失彼。"

于是,宋风凡就把葫芦海子从古代传说,到"文化大革命"中太姥爷因为阻止"填海造地"而投入葫芦海子,以及这些年葫芦湾发生的许多事,简要地向傅生皓讲述了一遍。并且强调,同时还可以借助葫芦海子文化的契机,延展到周边,形成一种文化的规模效应。

魏继业也不失时机地提出自己的建议:"我们还可以在后沙梁上试栽胡杨

树。如果试验成功,能以胡杨一千年不死,一千年不倒,一千年不朽的'三个一千年'坚忍不拔的精神,激励广大群众的进取意识。我们县境内还有那么丰富的沙漠资源,也能尝试着栽植胡杨。不但可以防沙固沙,还能挖掘沙漠财富。"

傅生皓感叹地说:"葫芦海子确实是个有故事的地方啊,可惜这么多年被人遗忘了。真可谓'养在深闺人未识'啊。不过,不光是地方的故事带着浓厚的人文精神,更主要的是有你们这样具备强烈社会责任感的青年。如果没有你们的人文情怀,如何挖掘自然背后的故事?如何赋予自然以浓重的人文色彩呀?"

宋凤凡对傅生皓的学识修养感到真诚的折服,他一下子找到了一种知己的感觉:"傅书记真是学养深厚,我们得好好向你学习呀。"

傅生皓谦逊地摆摆手,说:"哪里哪里,谈不上什么学识,皮毛而已。"

说话间,姜波的老婆已经把炖野生草鱼端上了桌。好大的一条鱼啊!

# 第五十四章

"原来虚惊一场。我说咋好事总不能顺顺当当,老要节外生枝啊。"听到魏继业和宋风凡带回来的消息,宋安然总算松了一口气。

魏继业还告诉宋安然,之所以前段时间修油路的手续不给批复,又不给做出解释,一方面是因为方案还没完全确定,规划图一时也出不来;另一方面项目免不了涉及征地,担心村民们为了多要补偿款,在承包地里抢栽果树苗,因此而引起不必要的矛盾和纠纷。这种情况在城市建设中很普遍,县里不得不做好这方面的预防工作。

"哦,是这样。那咱们口风可得紧一些,不能让一些人听到风声钻了空子。他们占点儿便宜不算什么,如果把事搅黄了,就得不偿失了。县里打造咱们葫芦海子,咱们村肯定能沾光。"宋安然提醒大家,完了又补充说:"树林子大了,什么样的鸟也有啊。"

宋风凡告诉父亲,这一点大可不必担心,因为县里已经把这件事作为重点来抓,傅书记说方案可能在几天之内就通过。方案一通过,县里就会组织人马实地勘察,设计实施方案,很快开展工作。就因为这件事,傅书记把红柳地村确定为他的联系村,以方便抓此项工作。

宋安然感到很欣慰,说:"我们这个尿尿圪塄终于有了出头之日了。"

魏继业还告诉他另一个振奋人心的好消息,县里打算翻修这条路,并且拓宽到八米的路面。因为是县里的工程,整条线路所需的资金全部由县财政承担。如此一来,葫芦海子的承包费用自然也从公司剥离出去,转移到修路的费用里面了。

"修路被剥离出去,公司与社里就自然产生了荒地承包费的问题。我不知道这笔钱该咋办,四十三万也是个不小的数目啊。"

宋安然略微沉吟一下,说:"按照七社原来的承包合同,十年付清,一年是四万三。这点钱每家平均不到一千块钱。要是放到社里,说不定能办个什么

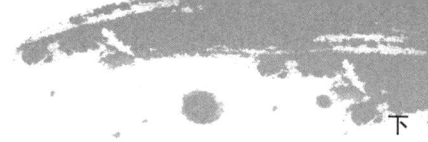

事呢。"

宋风凡倒提出了不同的看法:"按理说我没有资格参与这些事情,但是我认为从法理的角度看,这笔钱属于葫芦湾全体村民所有,应该由村民讨论决定,尤其我们是相关方,更无权决定这笔钱的去向。"

宋安然让儿子这样一说有些尴尬,就顺水推舟:"即使是分,也是一疙瘩麻烦事。现在不论是修路还是打造葫芦海子,都还在镜子上照着呢,说这些为时过早。先不要声张,等修路动工以后再说哇。"

魏继业走后,宋安然父子俩相对无言。长时间不跟儿子相处,宋安然一时竟不知道该和儿子说些什么,父子俩仿佛被淡淡的陌生感隔着。于是宋安然没话找话地问儿子:"回来的时候去看你妈了没有?"

宋风凡正从皮箱里给父亲拿出一罐茶叶,是上好的碧螺春。他没给父亲沏茶,却倒了一杯白开水,说:"爸,晚上喝茶不好,以后要改一改这个习惯了。也不要喝那些劣质茶了,好一些的茶也花不了多少钱。"接着又说,"我去看了我妈了,身体恢复得还不错,吵嚷着要跟我回来,好说歹说才劝住。"

自从开了油坊,宋安然习惯了喝茶,不喜欢喝白开水。不过,以前晚上很少喝水,只是这段时间事多,心里有时烦躁,晚上睡不着就想喝口茶。他平时喜欢喝砖茶,说喝花茶不过瘾。但是只有他自己清楚,其实还是舍不得花钱,曾经拮据的生活让他养成了抠门儿的习惯。

"前几天我回来的时候,她也是那样。唉,不放心她的这些猪呀、羊呀,好像她生来就是受苦的命。"

"所以我这次回来想在咱们县里办个律师事务所,这样就能多陪陪你和我妈,这么多年都没好好陪你们……"宋风凡趁机把话题引到辞职回家的事情上,不过他还没勇气告诉父亲打算参选村主任的事。

没想到父亲仍然对此事放心不下,"哦,也好。这么说你想参选村主任的事就是随便说说?"

宋风凡一时沉默了,他不知道该不该在此时跟父亲说实话。

"是不是还没打消那个念头?回咱县当律师我倒不反对,可当律师不忙吗?你还能顾得上村里的事?"父亲紧追不舍,好像他今天不给个明确的答复,就不会罢休。

宋风凡觉得应该跟父亲当面说清楚了,现在不说清楚,始终让父亲记挂着这事也不好。不过还没等宋风凡解释,父亲却说:"你就打消了这个念头哇,这次村主任我参选呀。"

宋风凡很惊讶,也很惊喜。父亲能在此时有参选村主任的想法,说明父亲的精神状态并没太受母亲得病的影响;或许父亲的这个决定在某种程度上受了他准备参选的影响。魏继业曾在电话中告诉过他们曾经撺掇父亲参选的事。不管怎么说,这是好事情。

"好啊,您要是参选,我只能主动退出了。"

"你不跟我同台竞选吗?这是不是可了你的意了?你给爸说实话,这件事是不是你们策划的?"

"爸,你确实误会我们了。我原来确实有这个打算的。不过,现在你要参选,我还能跟您竞争吗?"

于是,宋风凡把自己打算参选村主任的来龙去脉一五一十地向父亲和盘托出。宋安然听了才知道儿子并非一时冲动,也不是像他想象的那样胸无大志。儿子胸中装着的是对农村法治现状的深深的忧虑,是怀着探索中国法治建设的远大志向做出这样的决定的。

"你这样一说,爸理解你了。做人就是应该这样,踏踏实实、坦坦荡荡。即使一辈子做不成什么轰轰烈烈的大事,起码能对得起自己的良心,不用怕别人背后指指戳戳。"

宋安然也把自己的真实想法告诉儿子,从张泉的死说到魏生金的死,再说到这条困扰了葫芦湾十来年的破路。

"如果前几年我竞选当了村主任,或许许多事情就不是现在这个样子,你四舅也……唉,继业说得对,我不能再畏首畏尾了。那不光是畏首畏尾,而是越来越世故。越世故,越是自己捆住了自己的手脚哇。逆水行舟,不进则退呀。"

"爸,我真为您高兴。"宋风凡由衷地对父亲说。同时在心里又对自己很自责。要是早和父亲多沟通,多替父亲分担一些精神上的压力,父亲可能早就走出思想与观念上的困境了。

半个月后,"葫芦海子文化主题公园"的设计人员带着测量仪器,进驻了葫芦湾。他们是县里从南方某省通过公开招标请来的设计团队,据说他们的设计常常根据北方的气候与环境特点,巧妙地融入南方建筑与园林的元素,在许多北方城市受到广泛好评。

因为冻土层还没完全消通,修路的工作也没能展开。不过路桥公司已经

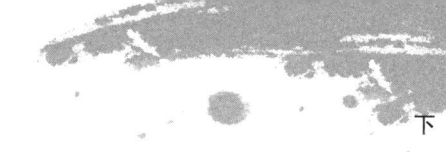

下 部

开始了勘测工作。

魏继业的土地规划工作由于方案一时出不来,无法实施。况且这两天土地消融的速度很快,原来干燥的地块,现在也潮塌了,湿滑得大型机械根本无法进去,更别说作业了。魏继业只能一边让请回来的技术人员勘测规划方案,一边积极备料,以便作业时不会误事。其他事情都在有条不紊地进行着,例如联系农业大学洽谈合作的事宜等。

还有一些人并没闲着。事情首先从一社开始。去年秋天还没收秋的时候,高速公路的勘测人员就沿着设计线路插下了标桩。一社的村民以为有机可乘,今年一开春就纷纷购买杏树、李树和枸杞苗木,密密匝匝地栽进自家的承包地里。镇里就此事专门发布通告,根据县人民政府的指示精神,突击栽植的所有苗木,一律不予补偿,由此造成的经济损失后果自负。为避免造成群众不必要的损失,镇人民政府号召群众以大局为重……没被高速路占用土地的村民以及其他社的村民,谈起这件事心里很复杂。他们一方面眼红那些被占用土地的村民,不知道祖上哪辈子烧了高香;另一方面又酸溜溜地笑话那些人人心不足蛇吞象,盼着他们多多地购买苗木,到时候被白白地铲掉,让他们狠狠地损失一笔钱,惩治他们的贪心。

及至路桥公司开始勘测油路,村民们得知油路要翻修拓宽,油路两边有地的村民也坐不住了,纷纷效仿一社,闻风而动,一家看一家,都在自己的承包地里栽植杏树、李树和枸杞。还有靠近路边的村民,加紧盖房建屋,想借机狠狠捞一把。

镇里不得不贴了第二次通告,除了和第一次相同的内容,又加了一条,突击建筑属于违建,全部无偿拆除!并且迅速组织人员沿油路将原来栽植的树木以及建筑逐块、逐户登记、拍照以备以后补偿时查验。

即使如此,也无法遏阻人们贪婪的欲望,有的人家自作聪明,栽植的稠密程度快赶上城市街道的景观行道树了,恨不得栽成"树墙"。

勘测工作结束半个多月后,油路的工程如期开工。在开工的前几天,占地补偿工作也先期展开。当然,上级严格按照既定的补偿标准发放补偿款,违规栽植的树苗与三家违建的临时建筑一分钱补偿款也没拿到。开工时,那三家违建首先被一铲车铲了个精光,主人家自知理亏,干瞪眼不敢阻止。

可是,那些栽植树苗的农户认为法不责众,仗着人多势众,开始拦截拉土的翻斗车,以埋了他们的树苗为由进行讹诈。他们为自己找出冠冕堂皇的理由,说他们本来就计划发展果树或者枸杞种植的,却遭遇政府修路,以此来自圆其说。其间甚至惊动了派出所,但村民们却跟警察们捉开了迷藏。警察一来,他们迅速撤退;警察一走,他们依然故我,又啸聚在一起,与司机纠缠不休。镇里也组织人马拔过树苗,可上午拔掉,他们下午又栽上了;甚至白天拔掉,晚上再栽,如同一群游击队员。镇里也曾想拘留几个,杀一儆百,但看看都是老弱病残,最后作罢,只能这样展开拉锯战。

这事让村主任王杨锁头痛不已,他不但无法阻止村民的行为,还受到镇里的批评。看看不行,王杨锁灵机一动,使了一招,很快就将事态平息了下来,油路工程得以顺利进行。

宋风凡回来的时候是从水桐树绕回来的,魏继业骑着摩托到水桐树接的他。魏继业虽然买了小车,但因为修路不好走,还不如骑摩托轻捷。虽然只有四五里路程,但因为翻斗车正在拉土垫路基,大车过来一忽闪,腾起一溜黄尘。

路上,魏继业谈起村里这几天发生的事,就把王杨锁如何巧妙化解纠纷、平息事态的事对宋风凡讲了。

其时,宋风凡正在筹备成立律师事务所的事,办公地点已经租好,正在装修。已经联系到两位律师,准备加盟。可是钱有些不足,交了三十万块钱的注册资金后,手里就所剩无几了,连装修费都难以应付。所以,他回来向父亲求援。

当魏继业把这个消息当作趣事告诉宋风凡的时候,宋风凡却眉头紧锁。他详细询问了事情的来龙去脉,以及好多细节,反问魏继业:"你觉得这件事正常吗?王杨锁为什么要这样做?"

魏继业寻思了一会儿说:"细想想我也觉得有些古怪,王杨锁的理由还是显得有些牵强,但说不出哪里不对。即使王杨锁不能用一毛不拔来形容,但按照他平时的做事方式,也不是如此大方呀。他舍得花这样大的血本,到底是为了什么?"

原来,在工程队和村民们进行了几天拉锯战以后,王杨锁突然召集村民开了个村民大会。会上,王杨锁先软后硬,把村民们骂了个狗血喷头,说村民们想多为自己争取些利益是可以理解的,哪个人不图利,愿意大早起呀。"'天下熙熙皆为利来,天下攘攘皆为利往'。可是还有一句古话叫'君子爱财,取之有道',你们这样的做法算是有'道'吗?你们这叫巧取豪夺!"继而,王杨锁又把事情揽到自己身上,说是怪自己办事无能,领导无方,一来只顾自己发展,没能带领大家共同致富,辜负了党的培养,辜负了群众的期望;二来工作做得不细致,不到位。前期没有竭力劝阻大家,放任自流;后期又没有做好解释沟通工作,方法简单粗暴,最终造成大家的经济损失。鉴于以上种种责任,不能让大家白白地遭受损失。因此决定拿出一部分钱来,作为对大家的补偿。没享受到补偿款的农户,象征性地每户发给五十块钱的红包,以示平衡。一方面因为自己是流通户,修好油路自己是最大的受益者;二来也对大家这些年的支持与理解表示感谢;最重要的一点是自己这些年搞收购挣的钱,都是靠做大家的生意赚的,理应拿出一部分钱与大家分享。山狍野鹿,打住伙吃,这是老祖宗传下来的美德,咋敢独享。所以,户户五十,人人有份儿,不偏不倚,不厚此薄彼。所有钱都发到每户的手机红包里,不愿意接受的也不勉强。

说话间,他们已经进了院。油坊正在榨油,宋安然和高美香都在业务室。

俩人回了业务室,跟他们打过招呼以后,宋风凡又问父亲刚才继业说的那码事,父亲说的和继业说的差不多。

宋安然说:"我也觉得王杨锁的举动很反常。他一直不是个很慷慨的人,这次是为甚?皮裤套棉裤,必定有缘故。"

宋风凡"嘿嘿"笑了一声,说道:"对,每个人在做事之初,首先得有动机。王杨锁也一样,他是要放长线钓大鱼啊。"

"甚意思?钓甚大鱼?"高美香也是迷惑不解。

"王杨锁这是在为秋天的村主任选举做铺垫呢。"

高美香觉得有些不可思议,说:"不会哇?一个烂村主任有那么值钱?"

宋安然想了想,说:"按说他也没太大的必要了呀,他今年已经干满十二年了,够条件了呀。现在拿出两万多,工资才能挣回来几个钱?这不是捡了芝麻丢了西瓜吗?得不偿失呀。"

宋安然说的是县里关于村社干部的待遇问题。由于当前农村干部待遇相对比较低,干部们的积极性不高,县里就出台政策,干满十二年的村干部,县财政拿钱给买社保。干满十五年,又升一个档次。

"王杨锁现在不光考虑社保的问题,他谋的是更大的利益。你们想,今年有高速路工程,有'葫芦海子文化主题公园',这些都是村主任升值的因素。王杨锁可是个精明的买卖人啊。不说别的,就是从工程里面分一杯羹,也是一笔不小的利润啊。"

"不过这也不能肯定王杨锁就是贿选呀,王杨锁的理由听上去合情合理,无可挑剔。为回报村民的支持,拿出两三万块钱也不算什么,他毕竟在咱村也称得上大款呀。姑父不是曾经也为修路准备过三万块钱嘛,姑父能发扬风格,人家王杨锁就不能发扬发扬风格吗?"魏继业想来想去,还是觉得没那么玄。

"这不一样。背景不同,动机也会有天壤之别。你想,就算他为息事宁人,发扬风格,迁就一下那些受损失的人就可以了,为什么全村每户都给发红包?分明是有所图的呀。为什么还要发到手机上?我想是为了起震慑作用的。这样一来,他就能准确地掌握谁领谁没领,能给领红包的人施加心理压力。毕竟吃了人的嘴软,拿了人的手短。"

高美香还是有些不以为然,说:"离秋天选举还早着呢,王杨锁能有那么多弯弯肠子?"

"这正是王杨锁的高明之处,秋天不一定能找到这么好的机会,不显山不露水,不留痕迹。假如秋天找不出借口平白无故就给选民发钱,意图就太明显了。要真有人抓住不放,反映他贿选,他就把自己送进自己挖的坑里了。王杨锁可不是个糊涂人呀,不会那样傻。"

"哦,照你这样一分析,还真有道理。这么一来,我姑父竞选村主任不是没戏了?"魏继业急切地说,"要不我们向上级反映反映。"

宋风凡冲继业一笑,说:"急什么?现在离选举还早呢。目前我们只是推断,这些并不能成为证据。何况我爸要参选,我们都是利益相关方,我们反映,有不正当竞争之嫌。所以不能妄动,应当静观其变。"

"那我们就这样干等着,看着王杨锁的阴谋得逞?"魏继业对此事很上心,要是宋安然当了村主任,肯定要比王杨锁办事方便得多。

"要看从哪个角度来看。选举是几个方面的因素共同作用的结果,首先取决于候选人自身的条件,包括人格魅力、办事能力、组织能力、号召力和亲和力等;其次取决于选民对候选人的认可程度。"

高美香也谈了自己的看法:"要论候选人的条件,你爸不会输给王杨锁。上次要不是你爸执意推辞,王杨锁哪能当选?就是选民这块没把握,现在的人都是势利眼、随风倒。他们很可能认钱不认人。"

"这也正是我对农村法治建设忧虑的地方,是农村普遍存在的问题——农民的非理性思维。说实话,我原来想参选村主任,就是想破解这个难题的,这是阻碍农村法治建设最大的症结所在,农民普遍缺乏独立意识,缺乏独立思考的能力,法治意识淡薄。当然,这与农民的文化结构,农村的人文环境都有千

丝万缕的联系。"

宋安然轻轻叹一口气,说:"冰冻三尺非一日之寒呀,哪能通过一次选举就能改变。"

宋风凡却说:"我也知道没那么容易,但我们至少要尝试呀,不做尝试,永远不可能改变。"

"咋改变?我们总不能也学他,靠小恩小惠收买民心哇?"魏继业有些病急乱投医的想法,但不敢说出来,就试探性地问。

宋风凡口气坚决地说:"当然不能,那样是违法的。我们现在要做的就是拿出一套切实可行的令人信服的施政方案,让村民们相信这个方案一定能改变我们村的面貌,一定能让他们从中得到很大的实惠,而不仅仅是五十块钱红包的蝇头小利;其次是让事实说话,就是帮助继业的公司尽快走上正轨,引导村民认识到农业转型的长远的根本性利益,增加公司的吸引力,走出一条农业发展的创新之路。"

听了宋风凡的话,几个人都松了一口气。高美香不由得夸赞宋风凡:"到底是大城市回来的律师,分析问题头头是道。"

宋风凡谦逊地笑了笑,说:"没什么,这本来就是我的专业嘛。"

# 第五十五章

就在魏继业的农田基本建设改造工程如火如荼稳步推进的过程中,一个人的出现,打乱了原有的节奏,工程不得不暂时停滞下来。

这个人是李原平。原本他的人生像他的名字一样平淡无奇,除了影响人情绪的乏味的苦命经历,本来没什么故事可言。但因为李原平举家外出打工,就生发出一些更加乏味的故事来。尽管乏味却不得不讲。

李原平原是外乡人,五岁时父亲病死,丢下他妈拉扯着他和两个姐姐在风雨飘摇中艰难度日。三年后,他妈经人介绍,领着他和两个姐姐走出乌兰察布市贫瘠荒凉的山沟,来到此地改嫁给光棍汉赵栓整。

赵栓整这人其实并不如他的名字一样栓整。因为是家里的独子,从小被父母宠爱,养成好吃懒做,扇谝鬼道的毛病。平时喜欢结交些江湖上的红皮黑鬼下九流货色,哪里红火就往哪里凑,倒与大他二十来岁的张八斤臭味相投,经常相跟着出没于赌场、红灯区等下九流场所,尤其喜欢撺鼓匠班子,捧鼓匠的臭脚,被人们戏称为张八斤的徒弟。每当张八斤听说哪里死了人,蹬着"鬼蹬蹄"呼哧带喘赶过去的时候,赵栓整早就捷足先登,混进鼓匠班子里替人家敲起了锣鼓铙钹。

三十岁一过,父母看看赵栓整再找不到老婆,光棍儿的身份就成定局了。父母这时真急眼了,于是以死相挟,力逼着赵栓整娶了大他六七岁的李原平他妈做老婆。赵栓整的父母并非无端小看自己的儿子,实在是因为赵栓整自己不争气,除了成天跟着一帮红皮黑鬼瞎混竟无一技之长。这样一个浪荡痞子,除了寡妇,谁家敢把闺女嫁给他?

其实赵栓整压根就没打算娶老婆。他看见许多男人要么被老婆管成孙子,要么把老婆打成仇人,要么家里让老婆闹腾得乌烟瘴气,心里早就犯怵了。散淡逍遥惯了的赵栓整哪里能受得了那份儿约束呀。不过赵栓整混蛋归混蛋,却不是那种动不动就违逆父母意愿的人,加之父母牙爪硬,尽管心里十万

个不愿意,最终还是没拗过父母。

娶了老婆以后,赵栓整在父母苦口婆心的规劝与监督之下,好歹负了一年责任,就再也撑不下去了,旧态萌发,依然故我。虽然没有完全抛开家庭不管,却隔三岔五地不着家。唉,到底是两张皮,猪肉贴不在羊身上,没有个亲生骨肉牵拽着,拴不住赵栓整的心。

就这样磕磕绊绊又勉强维持了两年之后,赵栓整终于受不了这种生活的约束,把双亲丢给三个姐姐,给家里留了一封信和几百块钱,挂了鼓匠班子里一个唱曲儿的小媳妇私奔了。

真应了那句古话,"屋漏偏遭连阴雨,船破又遇顶头风"。李原平十五岁那年,母亲又因病撒手人寰,李原平成了真正意义上的孤儿。那时,大姐刚刚出嫁不久。后来二姐也出嫁后,李原平在两个姐姐的帮助下,好歹算娶过媳妇成了家。

娶过媳妇后,李原平的生活渐渐有了些起色。可是,无奈李原平经不住连襟的撺掇,就在打工潮风靡一时那年把地包出去,和老婆带着不满三岁的女儿,去了几百公里之外的一个城市打工。

命运好像执意要考验李原平的承受能力。就在他们的日子一天天滋润起来的时候,二女儿在十个月大的时候,被诊断为先天性脊柱侧弯。花完了家里所有积蓄以后,老婆撇下二女儿,领着大女儿不知去向。无奈,李原平只好回老家,投奔两个姐姐。

命苦的人可能就是一种宿命。宋安然一想起李原平家的遭遇,就想起了自己的前半生,同情与恻隐之心油然而生。

李原平这次回乡的目的不言而喻。想想自己带着个病孩子,在城里实在难以生存。回到家乡,好歹有那几亩薄田,可以勉强糊口度日。

可是,李原平回来才知道,他的地已经转了几倒手了。李原平跑到地里一看,他原有的承包地早已面目全非。李原平被打击得一屁股坐在地上,掩面抽泣起来。正在平整作业的铲车司机一看这种情况,不知道是什么状况。问李原平,李原平一言不发,赌气似的。铲车司机不敢再问,赶紧给魏继业打电话。

魏继业在电话中得知哭泣的人叫李原平,就知道一定与承包地有关。他让司机先停止作业,把李原平领回公司。随后,他又给宋安然打电话,叫他过来帮着处理一下。他知道涉及土地的事很棘手,姑父不在,他未必能妥善处理得了,因为姑父对分地的事了如指掌。

宋安然第一眼看到李原平落魄的样子时,心里一阵酸楚。当李原平哭泣着断断续续地讲了这几年的不幸遭遇以后,宋安然仿佛在李原平身上看到了曾经的自己。

唏嘘一番后,事情回到正题上。宋安然说:"解铃还须系铃人。你的地原来是卖给高德昌了,给与不给,自然得高德昌来处理。继业隔着高德昌,该咋给你答复呢?"

于是,魏继业又给高德昌打电话。放下电话,魏继业叹了一口气,说:"唉,原来有这么多麻烦事。"

宋安然看看李原平,意味深长地说:"看着吧,这样的麻烦事以后多着呢,我们社关于土地这一块儿就像一锅粥。今天才是个开头。"

虽然高德昌接到电话赶紧过来了,但事情却并非那么容易就解决了。李原平一家外出的时候,正值打工潮风起云涌的高潮期,土地发包自然不值钱。因此,李原平连房子带地以三万块钱的价格,一次性"卖"给了高德昌。如今,高德昌也上了岁数,种不动地了,又把其中的十来亩地转包给了崔六子,现在再一次转到了魏继业的公司里。崔六子承包的时候,给的承包费是每亩每年五百块钱,这地该咋的个退法?

高德昌的态度很明确,要想种地,按他现在的包地款拿钱来赎。

宋安然就想给调解:"德昌哥,我说一句不该说的话,你这分明是难为他嘛。他现在还挖上鼻涕往嘴里填了,你叫他往出拿钱,不是逼他的命嘛。你的生活总比他强哇?就算可怜可怜他,给他算了。"

高德昌眼睛一瞪,说:"我比他强?墙里跌在墙外了,快跌毙死了。我的情况你们又不是不知道?就因为种这点儿怂地,闹得我们老婆儿老汉两个病疙瘩,现在包地的钱还不够每年看病呢。我把地给他,你拿钱给我看病呀?"

一旁的魏继业撇嘴笑了笑说:"德昌叔,你说得也太玄了哇,有那么严重?"

这时,半天没开口的李原平对高德昌说:"德昌叔,你也不能'得上锦鸡夸翎丽(伶俐)'哇?这些年凭我这些地,你们也挣得管够了哇?不是我那些地,你凭甚娶媳妇儿呢?单就现在来说,我那二十亩地连包地款带粮补款,不用你们受一点儿苦流一滴汗,你每年差不多领万数块钱,干落。这个不是我瞎说哇?领了这么多年还没领够?"

高德昌脖子一梗,说:"领够没领够与你有甚关系了?"

李原平也把声音提高了几度,说:"咋能没关系?你凭我的地,每年白白领

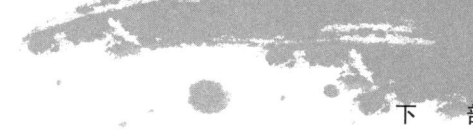

万数块钱,还能说跟我没关系?"

高德昌眼睛瞪成个牛蛋,喊:"我现在领钱你看见了,我受他妈驴也似的,那个时候你在哪? 嗯? 你光看见贼吃肉,没看见贼挨打?"

李原平当然也不甘示弱:"你受是心甘情愿哇? 你为你家的三个儿子受了哇? 给我道个甚苦情? 你占便宜不能没个完哇?"

高德昌一听这话,立马横眉竖目发怒了,说:"甚? 我占便宜? 我他妈没冤死就管够万幸了。为种这点儿烂鸡巴地,我们老两口差点儿把命都搭进去。看现在我还出着一口悠悠气,人五人六像个人,其实早就成了个烂筛子啦,浑身没个囫囵处。挣他妈再多的钱能买回我们的命来不? 你还说我占便宜?"

高德昌并非只包了李原平一家的地。高德昌有三个儿子,当初怕挣不到钱,娶不过媳妇,就拼命包地。高德昌前后包了六十多亩地,加上自己原有的,一共经营着一百多亩土地。这些地当然也给高德昌带来了颇丰的收益,不过受的苦出的力之多也是有目共睹的。用高德昌自己的话说,受得比毛驴苦,跑得比兔子欢,起得比公鸡早,睡得比呲怪子(猫头鹰)晚。正是这种超负荷劳作,十来年光景,不仅折腾得老两口苍老得面目全非,还累出大病。

李原平假装惊讶地说:"咦? 这么说我把地包给你是害了你了? 莫非我那地里有毒?"

"你说呢? 没毒比有毒还厉害,我他妈看病花的钱比挣的还多。"

李原平趁机说:"咦? 不是哇? 毒成你那样你还种它干甚了? 你现在放心哇,利利索索还给我,地也不毒你了,不是就把你解放了嘛。"

"哼,你说的比唱的也好听,老家雀儿叼瞎你的眼睛。你等着哇,死人(指合同)在那儿躺着呢,等二轮土地到期,自然就还给你了。"

李原平毕竟要地有些理亏,就悻悻地说:"嗷,看来你是拉在皮裤子上,擦不下去了,硬叫毒死也不肯松手。甚事情也能变了哇? 嗯? 合同是个甚? 国家的政策还不断修改呢。人还今天活得好好的,说不定明天就咽气了,甚事情一锤子楔死就不能改变了?"

高德昌"哈哈"冷笑一声,说:"合同要是能改那还叫合同? 那不就成了一张擦屁股纸了嘛。活人无常,黄泉路上没老少,你要是有本事把死人救活,慢不说二十亩地,我就是再给你倒贴二十亩也没说的。"

李原平语气中带有十足的嘲讽味道:"我是甚人? 我哪有救人的本事,我就会抠个烂逼地皮。我明天就去种地,你不服气就去告去。"

"反正地都包出去了,我才懒得告你呢,我又不是闲得蛋疼了。"

宋安然看俩人你来我往吵过火了,就赶紧把李原平往外推。他倒不是怕他们打起来,而是怕闹到僵局上,李原平真的赌气种地,魏继业如何平整土地?还牵连公司里十一亩半地呢。城门失火,殃及池鱼啊。

宋安然把李原平推进另一间屋,就开始训斥李原平:"你这个后生,你是要地了,还是置气了?嗯?有甚话不能好好说,非要吼叫?"

李原平又露出一副可怜相,说:"安然叔,我是着急呀,一急就控制不住了。你也知道我这个人不会说话,要不然咋能混到这步田地?"

宋安然让李原平情绪稍稍平复一下,又劝他:"这件事你本来就被动,合同是受国家法律保护的,哪能你说改就改,毕竟是那么大一笔钱呀。即使闹到法院,法院也不会支持你。你现在唯一的一点就是说好话,给你德昌叔拿个下情。人心都是肉长的,谁不愿听好话?"

安抚好李原平,宋安然又过来魏继业的办公室。这时,魏继业也在做高德昌的工作,可是高德昌依然不松口。宋安然一进门高德昌就抱怨:"安然你说说,他这是跟我要地吗?这分明是赵匡胤耍钱——输打赢要嘛。你也看见了,好像我欠他似的,就差拿刀架在我脖颈上了。"

宋安然赶紧给高德昌说宽心话:"德昌哥,你消消气,原平就那么个杵捻炮,你跟他还计较的个甚?你又不是不知道,平时不说话,三棒打不出个响屁来,但凡一说话就碰倒八堵墙。老话说,硬跟精明人打一架,不跟糊涂人说一句话。你大人有大量,不要跟他一般见识。"

宋安然看看高德昌依然气哼哼地悖在那里,就说:"德昌哥,兄弟说一句实老底子话,要从情理上说,你也不能一味怪原平杵眉悖眼,你刚才的话说得也不客观。你凭良心说,你的三个媳妇咋拉扯过的,还不是这些地里头刨闹出来的?你说你刚才的话伤人不?就是再没脾气的人能受得了?图不领情还倒打一耙?你包地是自愿的哇?你要是不愿种,鬼打上你了你包地?人家原平没拿上枪降住让你包哇?所以说,不能得理不饶人。多少年的老邻居了,低头不见抬头见,能让就让一让哇,谁也有个马高蹬短的时候了哇?你是不是真忘了?你真不欠人家原平的?"宋安然用犀利的目光盯着高德昌看。

高德昌啜嚅着说:"你是说输……输血那码事?"

"我想你没忘哇?你刚才还说要是能把死人救活,你给倒贴二十亩地呢。人家原平可是十来年以前就救过你家儿媳妇儿了。虽然不能像你说得那么难听,是把死人救活的,但毕竟人家给输过血呀。给侄媳妇儿输血的时候,人家娃娃那年才刚满二十岁。"

宋安然说的是十三年以前的事。那年高德昌的大儿媳妇儿生孩子大出血,全村有六个人给输了血,李原平就是其中之一。

高德昌此时像泄了气的皮球,完全没有了刚才的理直气壮。"我就是再忘性大也不能把那个事给忘了哇?就是刚才他那态度让人没法接受,就好像我欠了他几辈子似的。"

宋安然鄙夷地看了高德昌一眼,没好气地对他说:"你没忘就好。虽然输血不是李原平一个人,但假如当时没有这一个人的血,可能就是另一回事了,那几个人的血说不定也白输了。古人说,滴水之恩当涌泉相报,我们这么大岁数了,不会连这么个道理也不懂哇?"

高德昌被宋安然一阵挖苦,羞得满脸通红,连说:"那是,那是。那你说我都给他哇?我以后咋生活呀?"高德昌哭丧着脸。

宋安然想了想,说:"还有一个麻烦事。你就是把地全退给他,公司内的十来亩地还是没法让他种。再把你自己的地补给他,也有些不合适。况且你的地也大部分都在公司里,该咋办?"

他把头转向魏继业,魏继业看着他,也是一筹莫展的样子。不过魏继业很快又说:"哎?海子畔上还有八九亩'狼不吃'地,就是怕原平看不上。"

宋安然打断魏继业的话说:"这样哇,我看火烧皮筋子——两头圪蹴哇。"

高德昌不明白,就问:"咋的个圪蹴法?"

宋安然让魏继业把李原平叫过来,一起解决。等李原平过来,宋安然对他们说:"按理说,你们的事与我一毛钱的关系也没有。可是你们的包地合同是通过我签的,这样就有了我的事。咋样?我这个中间人说话应该还能管点儿用哇?"他看俩人都没表示有异议,就继续说,"原平,按理说,你没有理由跟你德昌叔要地,你们是签了合同的,说在纸上说不在纸下。可是你刚才不但要撕毁合同,还对你德昌叔发了飙。你要是想要地呢,就得给你德昌叔赔礼道歉。"宋安然说完,就给李原平使了个眼色。

李原平赶紧给高德昌赔礼道歉:"德昌叔对不起了,是我不对。你也知道,我就这么个驴脾气。老古人说,硬给精明人牵马拽蹬,也不给糊涂人提携长智。你老是长辈,我不该那样对待你。你大人不计小人过,就当我是个傻逼蛋,以后有不对的地方,该提醒还得提醒。"不知道李原平心里有没有诚意,反正态度是十分诚恳。

高德昌一看李原平这样,一时竟不知道该说甚,光会说个"没甚,没甚",再没了下文。

这时,宋安然话锋一转,对高德昌说:"德昌哥你刚才也是,不是兄弟批评你,毕竟我们是上了岁数的人了,应该座住口齿了哇,还那么容易冲动?咱们要给娃娃们当起个大,就不能倚老卖老,你说是不是?原平娃娃在外面受苦作难,可怜的甚也是,本来想回来投奔乡亲们呢,可是你倒好,来了这么一出。就不想想,人不亲土还亲了哇?是灰总比土热哇?娃娃如今落难回来了,我们不帮谁帮?嗯?人活一世,谁家门上挂'无事牌子'了?谁敢说一辈子就用不着别人?"说到这里,宋安然就打住了。

高德昌被宋安然奚落一顿,有些惭愧地说:"你说得对,我也是一时糊涂,没控制住。你评断哇,你说咋就咋,我听你的。"

此时的李原平虽然低着头,却早已泪流满面了。

宋安然这时知道,现在的话好说多了。"那我就说一说我的看法。要走正当法律程序呢,好解决多了。法院一判,两不相干。我也省事,不用替你们白操这份儿心了。可是情呢?情就断了。以后咋见面呀?因为一点儿烂逼怂地,两个人迎面碰见,黑五见了黑六了,两个黢黑疙瘩,你们觉得有意思吗?人活一世就活的个情字哇?人要是为了利,连情也没了,那跟个猪有甚两样?不,连猪也不如,猪也有情了,谁喂它它恋谁。《增广贤文》上说,'人情似纸张张薄,世事如棋局局新',人情要是真让一纸合同给废了,那就真比一张纸也薄了。我们总不能让古人笑话我们哇?嗯?所以我认为合同是死的,人是活的,活人不能叫个死合同给困死。"

一席话说得两个人都羞愧得连头也不敢抬了。

宋安然接着说:"我看这样哇,你们各退一步。公司的地里不是有原平的十来亩嘛,还维持现状,包地款还让德昌哥领着。我在西大滩还有不到七亩地,我跟包地的要回来原平种去哇,就顶如我拿地跟你置换,不要提钱不钱的事,就顶如叔帮帮你。不要看那几亩地面积没你的大,那可是村里的眼窝珠子地呀;剩下不是还有七亩多地嘛,德昌哥也跟包地的要回来还给原平哇;至于房子呢,反正也闲着,就让原平暂时拾掇拾掇先住着。怎么样?我的这个方案你们要是同意呢,就这么办;不同意呢,我也无能为力了,你们愿咋办就咋办哇。"

话音刚落,高德昌就赶紧表态:"这还有甚不同意的,同意,同意。这事本来与你无关,你还贴了七亩多好地,我要再不容让,还不得叫三岁娃娃笑话死呀。房子呢,反正我也用不着,还说甚暂时不暂时,就还给原平哇。"

李原平却没说话,高德昌有些诧异地扭头看时,只见李原平低着头,"扑通"一声跪下了,说:"谢谢德昌叔,谢谢安然叔……安然叔,你是我的恩人呀,你救了我和娃娃呀……"李原平两行热泪直流,再也说不下去了。

宋安然一阵心酸,李原平悕惶的样子差点儿让他掉下泪来。他赶紧将李原平扶起,说:"不要这样,都一个村住着,总不能眼睁睁看着你落难不伸一把手哇?那样老天爷也不会饶过我的。人一辈子谁也难免遇到个沟沟坎坎,众人帮一把就迈过去了。我作过难我知道。"

李原平站起来时,哽咽得再没说出半句话来。

魏继业也不失时机地拿出一千块钱递给李原平:"这一千块钱你先拿着,先解决生活上的燃眉之急。总得置备些生活用品哇?不要怕,振作起来,我们大家都会帮你的。种地的事情你不用愁,包括种子、化肥,我暂时帮你解决。你种的地少未必是坏事,可以腾出时间来我这里干,这样未必比你种地挣得少。"

李原平的脸上终于露出了释然的笑容。

魏继业接手公司以后,就把"新世纪综合开发公司葫芦湾养殖示范基地"的名称改为"葫芦湾绿色生态农业产业园区"。这样一改,就给公司重新进行了定位:绿色,自然囊括了有机、无公害、健康产品等理念;产业,不单单发展养殖业和种植业,还包括其他延伸产业,例如腐殖酸料肥生产、农副产品加工流通产业链等相关产业。

高德昌、李原平和几个看热闹的人走了以后,魏继业怪怨宋安然:"姑父,你那么好的地,咋就让给李原平了呢?他地少可以打工呀。"

宋安然笑了笑,说:"这步棋你没看开。你想,今天我要是不让地,事情能解决吗?解决不了就得走司法程序。一走司法程序,你的工程还能不能推进了?我们不能因小失大呀。"

魏继业还是不明白,说:"可是,我不是说靠近海子畔上那几亩给他嘛,他下点儿辛苦也能务艺过来。"

"唉,你还是不明白。马上要开发葫芦海子呀,到时候一征地,他狮子大张口,不是又埋下隐患了吗?"

魏继业才恍然大悟："哦，姜还是老的辣呀。姑父这步棋可真是一招妙棋呀，服了！"说着，竖了个大拇指。

门前的大路上，间或有拉土垫路的翻斗车驶过，远处的农田里，除了公司的地里一帮人与两台铲车在平整规划，农户的小型拖拉机也星罗棋布，都在忙碌着春耕备耕。葫芦海子里的植物们也早就伸枝展叶，开始焕发出勃勃生机。

宋安然对自己今天做的事很满意。这件事立马就会像风一样传扬开来，这样的善举在人们心里头造成的冲击，一定比王杨锁每户五十块钱的小恩小惠强烈。要不老子咋说，"祸兮，福之所倚，福兮，祸之所伏"呢，这件事表面看着他吃了亏，那么好的七亩多地拱手送给李原平，可正好给选举做了铺垫，可能于无形中起到助力作用。这种机会真是打着灯笼也难找啊。即使不考虑选举这码事，宋安然也觉得这件事做得值。这样一想，就连眼前的这派景象，似乎也比平日里生动起来。

可是宋安然做梦也不会想到，就是这样一件善举，竟为后来的土地纠纷埋下了隐患。

# 下 部

# 第五十六章

仅仅隔了一天,宋安然还没有完全从那件善事沾沾自喜的激情中平静下来,魏继业的麻烦就接踵而至,赵绥生也回来要地了。

这是宋安然始料未及的。要是他能想到这一举动会引出这样的麻烦,也不会轻率地这样做,平白无故让魏继业惹火烧身。真是公公背媳妇,出力不讨好啊。

赵绥生今年快八十了,在二轮土地承包以前就进城了。起先帮着儿子们做做家务,带带孩子。后来孙子们大了,就坐着享起了清福,整天提溜着个马扎,与一帮老汉打扑克,下象棋,优哉游哉,好不自在。因此,自从二轮土地承包到手以后,赵绥生老汉就没种过一天地,把土地全部转包出去,坐享其成,属于衣食无忧的阶层。

赵绥生回来的时候是开着电动车回来的。电动车的类型很多,有电动小汽车,也有电动SUV。但现在农业县城跑的更多的是小型化的。有两轮的电动自行车,有三轮敞篷的电动拉货车,还有带篷的类似于三轮摩托车拉客的那种。而赵绥生开的是介乎于三轮和四轮的那一款,规模和电动三轮差不多大小,但却是四个轮子,扣着一个四四方方的蓬子,有些不伦不类,可称为"非驴非马型"。这种车价格也不贵,一万左右。赵绥生年轻的时候就喜欢张扬,老了也没改掉张扬的秉性,喜欢抓住一切机会出风头。如果说有人给他个梯子,他就敢上树捅马蜂;有人给他个棒槌,他就敢戳老虎的屁股。

因为修路,路上有的地方难免出现土圪楞。赵绥生的"非驴非马型"电动车轮子小,底盘低,难以爬坎过凹,常常得赵绥生下车来推。你想,赵绥生已经快八十的人了,又长得肥头大耳如董卓,一路上的辛苦可想而知。及至回到魏继业的产业园区,赵绥生脸上的黄土几乎被汗水和成了泥,活像《三国演义》中的黄脸典韦。

赵绥生进了魏继业的办公室的时候,依然呼哧带喘。其时,魏继业正在地里指挥着平整土地。赵绥生喘息甫定,让副总徐莉给魏继业打电话,说有要紧事商量。

魏继业接到徐莉的电话,说是赵绥生来了,就知道坏了,麻烦又找上门了。他知道赵绥生虽然上了年纪,却是个难以对付的主。魏继业急忙搬救兵,给宋安然打电话。

宋安然接到魏继业电话的时候,心里说声"不好",匆匆地给高美香安顿了一声,就往公司赶。他怕魏继业稍有不慎,让赵绥生抓住话把子,钻了空子。

宋安然到了公司以后,急忙跟赵绥生打招呼:"赵叔回来了,你可是稀罕人呀,这么几步路咋也不经常回来串串?"

赵绥生跟俩人打着哈哈:"老胳膊老腿了,轻易不敢出门了。"

"你自己有座驾,还怕甚?等油路修通了,你回来更方便了。"

"座驾?一路差点儿坐蜡,还座驾呢。看看。"赵绥生指指自己的一身灰土,有些沮丧地说。尔后又补了一句,"我怕我不敢回来,生处怕水,熟处怕鬼呀。"赵绥生一贯喜欢说话带刺。

就因为赵绥生有个说话阴阳怪气、拐弯抹角并且语中带刺的毛病,在葫芦湾的人缘不好。说得玄一点儿,清明回来上坟点纸,都难得喝上一口热乎的白开水。当然,他自己也知道这一点,所以也不会自找无趣,点完纸就匆匆离去。见了人也不打招呼,形同陌路,一副狗不理神仙的样子。

宋安然压住心中的不快,脸上依然带着笑,说:"赵叔你说笑话儿吧?大白亮天哪来的鬼呀。"

"鬼六子不是鬼吗?"赵绥生的话带着明显的火药味儿,好像故意找碴似的。

"鬼六子早就走了,哪还有鬼六子的鬼影子呀。"

"我打算回来种地呢,怕鬼六子的阴魂不散缠着我不放呀。"

宋安然知道赵绥生开始摊牌了,说:"你这么大岁数了还回来种地?"

赵绥生一听这话,就很夸张地说:"咋?你看我老了,种不动地了?老是老,赛红枣,皮皮硌搐瓢瓢好,种地你们未必能赶上我。"

宋安然知道赵绥生是醉翁之意不在酒,就直截了当地问:"赵叔的意思是想要回承包地自己种?"

赵绥生"嘿嘿"一笑,说:"还是你聪明。好了,既然你把话挑明了,我也不瞒着藏着了,我回来就是打算要地的。"

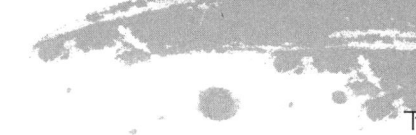

宋安然不动声色地说:"咋的个要法?"

"我听说继业又开始推地了?我的地你不能推了,我要自己种。如果推过了,你得给我恢复原样。"

魏继业正要说话,被宋安然制止了。"赵叔,说句不好听的话,你的要求不能满足。你跟公司已经重新签过合同了,合同期内你无权干涉土地的经营。"

赵绥生一看宋安然口气硬起来,就打算撇开宋安然,说:"公司又不是你的,你说了也不算,我不跟你说。"说完好像意犹未尽,又补充说,"我刚才说甚来着?我就说鬼六子的阴魂没散嘛。"

到了这个份儿上,宋安然知道不能让步,他知道赵绥生的为人,常常喜欢给人挖坑,一旦抓住机会,就会得寸进尺,穷追猛打。"我是公司的顾问,当然能主事呀。要不你问问继业?"

赵绥生狐疑地看了魏继业一眼。魏继业早就领会了姑父的意思,马上接口说:"当然,我姑父的话都能代表我。"

"好,那我就跟你说。我也不是要干涉你们经营,可你们推地是经营吗?经营指的是种庄户,可是不能改变土地的性状呀。你们推地不是把土地整个打乱了吗?中央已经宣传进行农村土地确权呢,你们这样随便打乱土地的界限,到时候我们的土地该咋确权?"

咦,这倒是宋安然始料未及的。除了魏生金,以前从来没人拦阻过推地,更没人谈论过关于土地确权的事情。宋安然倒是从腾讯新闻里看到过报道,说内地有的地方开始土地确权试点工作了,但具体如何确权,他也不清楚。村里的人们大概都不清楚。即使有知道确权这码事的人,因为这里还没开展这项工作,崔六子给的承包费又高,也没人认真深究。农村人一贯就是这样,稀里糊涂随大流的人多。

这倒让宋安然又想起了魏生金。赵绥生的话和魏生金曾经说过的话如出一辙,不同的是赵绥生的话更深刻一些,他把它上升到法律层面了。这事不能等闲视之,得从长计议。魏生金的教训还不够吗?如果再节外生枝,就越发难以收拾了,他们可不能重蹈崔六子的覆辙。此时他不得不叹服赵绥生的老道。不叫人说人老成精呢,看来赵绥生真的不容小觑啊。

宋安然看一眼魏继业,魏继业也是一脸茫然的样子。俩人面面相觑,一时不知道该咋回答赵绥生。

赵绥生看看俩人的样子,颇有些得意地笑了一声,说:"嘿嘿,你们没想到吧？你们这样随意破坏土地是犯法。犯法！你们知道吧？"

宋安然知道现在已无路可退，只能硬撑着。他冷眼看着赵绥生，口气冷冷地说："赵叔，你先不要上纲上线，犯法不犯法不是你能评断的。你现在说哇，你究竟想干甚？"宋安然只能以退为进。

"我不想干甚，只是怕你们把我的地'鬼'走了。你们要是不推地，我也不会找你们的麻烦，何苦呢，这一趟罪受的。"

宋安然态度强硬地回应赵绥生："实话告诉你吧赵叔，为了整体规划，地是一定要推的，因为已经跟你重新签订了合同的。继业每年还会把承包款打在你的卡上，一分不少，也不用劳驾你这么辛苦。"

"我的地你们说了算？我就不信，牛吃了赶车的了，没王法了。你们要是非推不可，我就走法律程序。"赵绥生甚至有些气急败坏了。

宋安然很大度地笑了笑，说："那是你的权力，我们无权干涉。"

这时已经是话不投机半句多了，屋子里的气氛生硬而尴尬，双方一时陷入了沉默。

好半晌，还是赵绥生首先打破这令人难堪的沉默。他带些皮笑肉不笑地从鼻子里哼了一声，说："安然，叔其实也不是故意跟你们过不去，实在说土地不是个小事，我不能稀里糊涂不当一回事呀。唉，不是叔说你，你那么活泛的人，怎么不省得变通变通？非要瞎马踩住一条道，不管甚路走到黑？难道再找不出办法了吗？"

宋安然这时已经完全冷静下来了，他不卑不亢地问赵绥生："那就请赵叔给我们指一条明路。"

"你可以找一块地更换呀。"

听到赵绥生这句话，宋安然已经估摸出赵绥生的底牌了。他这是醉翁之意不在酒，一定是另有所图啊。"叔，你大概已经知道了，我的地已经给了李原平了，哪还有地呀。"

"你没有地继业家有呀。"

魏继业歪头想了想，说："我们家？我们家除了海子畔上那片'狼不吃'地，再连一分也没有了。"

"我说的就是那片地呀。我其实要的就是个名分，不要把我的地抹去就行。虽然我那些地都是好地，跟你们换有些吃亏，但这也是没办法的办法呀。我不能光考虑自己，不顾别人哇。叔不会那么自私，因为我一家的地，影响你这么大的工程。好歹你们那块地比我的大一些，拉展过来差不多也扯平了，谁便宜吃亏能有多大的头绪呢。"

看看，绕了这么大个弯子，原来棋子的落点真的在这里啊。宋安然在心里骂了一句，真是个老奸巨猾的老畜生，算盘子打得真叫一个精明啊。直到此时，宋安然才意识到，一定是有人给他通风报信，告诉了他李原平换地的事，他想趁机钻空子。那片"狼不吃"地虽然贫瘠，产不出多少东西，但它紧靠着葫芦海子，已经划进了"葫芦海子文化主题公园"的范围了，一征，那回报简直不可同日而语了。

宋安然害怕魏继业贸然答应，抢过话头赶紧说："现在还不能答应你，这些地是他们家里的，跟公司没有任何关系。所以得征求他爷爷和他爸的意见才能决定。叔，你说是不是？所以还请你理解。"

赵绥生却紧追不舍："多会儿能决定？现在不能打电话吗？"

宋安然微微一笑，说："叔，你急什么？地在那儿放着呢，又跑不了？你刚才还说，土地是大事，总得让人家一家人坐在一起好好商量商量嘛，你说呢？"

赵绥生看看宋安然和魏继业的态度，今天是不可能得到肯定的答复了，于是悻悻地说："那好吧，你们尽快决定。可是先说好，我的地你们暂时不能打动，直到你们做出决定再说。"说完又补充了一下，"说句不该说的话，你们不希望再发生生金那样的事哇？"

事情就这样不欢而散了。宋安然和魏继业同时长长地出了一口气，终于把个瘟神打发走了。可接下来是福是祸，他们还无法判断。

"应该给你哥打个电话，不能把刚才'疙瘩穗'的话当成耳旁风。这涉及法律的事，你哥最清楚。"

"那我现在就给我哥打。"

# 第五十七章

宋风凡接到魏继业的电话以后,也觉得这个事情并不简单。他详细问了魏继业事情的来龙去脉,以便对整件事能有个比较准确的判断。

"崔六子给你移交的时候,有没有上级的有关批复文件?"

"没有。其他我也不太清楚。"

"现在这样,你让我爸问一下崔六子,看看他原来是如何操作的。这段时间我也比较忙,忽略了这方面的事情,没有过问一下。"

魏继业听宋风凡这样说,赶紧给宋风凡宽心!"这不怪你,我们谁也没料到。再说还不知道这是咋回事,也不好下结论。现在就让姑父问崔六子。"

魏继业挂了电话以后,把宋风凡的建议告诉宋安然,宋安然立马拨通了崔六子的电话。

崔六子在电话中告诉宋安然,他原来推地的时候,也没人提出过什么异议,因此他从来没考虑过能不能推。他一直这样认为,既然上级积极地支持他搞试点,自己又跟村民签了二十年合同,如何作务对经营有利,如何改造能更好地适应机械化作业,都应该是自己分内的事,天经地义,与村民没有任何关系,他们只管每年收承包费就好了。压根儿就没想过犯不犯法的事。即使生金拦阻推地的时候,也没说到犯不犯法的事呀。

崔六子这样的答复还是没能解开疑团。宋安然把崔六子的话原原本本在电话里告诉宋风凡。宋风凡沉吟了片刻,叫他们立刻来一趟城里,他们一同找一下陈镇长,看看镇里原来是咋安排的,然后再说。

宋安然给高美香打了个电话,告诉高美香他们要去城里一趟,两个人赶紧驱车上路,往县城赶。

上了路,魏继业依然愤愤不平,说:"这个'疙瘩穗',我恨不得一把把他那个'疙瘩'给揪下来。"

宋安然却开心地笑了,说:"你就是把他的头拧下来也不能解决问题呀。

你还不要说,我们还得感谢'疙瘩穗'呢。"

"感谢他个屁,感谢他给我们凭空添乱吗?"

"咋不该感谢?他倒给我们提了个醒,以后做事情一定不能随随便便了,得依法办事。所以,我们应该好好学习法律方面的知识,提高法律意识。不是'疙瘩穗'这一闹,还不知道以后闹出什么乱子呢。"

"哦,照姑父这么说,我们还真得感谢'疙瘩穗'呢。正应了一句话了,'对那些善于学习的人而言,敌人同时也是最好的老师'。"

宋安然和魏继业谁也不会想到,赵绥生会藏着这么深的心机。不过这并不奇怪,赵绥生原本在葫芦湾就算得上是个有心机的人,是葫芦湾"四大精人"之一。正是因为他做事有些"阴",常常让人像躲避瘟神一般避而远之。人们曾经在背地里谈论,"疙瘩穗"的阴气就是从那个疙瘩里生出来的。如果一生下就把那个疙瘩割掉,也许就成了"阳人"了。

而赵绥生却以那个疙瘩为豪。因为小时候伙伴们老是好奇地揪扯他那个肉疙瘩欺负他,他回去就向他妈哭诉。他妈说那是佛祖给安的"富疙瘩",我儿一生下就带了佛性。你不听人常说,"穷疮儿富疙瘩"吗?他们倒想有,但是他们命穷,想长也长不上。自此,赵绥生便引以为豪,并常常以此作为向伙伴们炫耀的资本。

赵绥生的富疙瘩很奇特,它不偏不倚,长在左边腮帮子上耳朵下面靠近耳垂的地方,小拇指粗,寸把长,上边细一些,下边粗而圆且光滑,像极了带的个耳坠子。

赵绥生同高德昌一样,也生了三个儿子。不同的是赵绥生的三个儿子比高德昌的三个儿子有出息。高德昌的三个儿子原本在市里卖水果,成绩平平。后来发财心切,被人忽悠进了传销队伍,毫无悬念地赔了个底朝天,差点儿连裤衩儿都让人扒掉,害得他娘老子跟着他们一块儿吃苦受罪。而赵绥生的三个儿子皆出类拔萃,这让赵绥生对自己的疙瘩更加崇拜得无以复加。都是这个"富疙瘩"给他们家带来好运气,因此对这个"富疙瘩"愈是呵护有加,每日搽油抹粉,滋润得如少女的脸蛋儿一般泛着光泽。赵绥生的三个儿子确实也争气,从骑自行车收羊皮,后来鸟枪换炮,换成三轮蹦蹦车,再后来农用车,直至开了肉联厂,成了县里肉食品行业的龙头老大。当然,曾有段时间在黑社会边缘久久徘徊,差点被政府严打。幸亏及时醒悟,悬崖勒马,回头上岸,改弦更张,终于修成正果。不过,生就的骨头长就的肉,骨子里的嚣张跋扈还会时不时难以抑制地显露峥嵘,成为"上梁不正下梁歪"的很好的注脚。

宋安然当然不怕他们报复。现在的社会环境已经逐步走上法治的正轨,他们也不敢轻易造次。赵家的人比鬼也精明,他们比谁都清楚,他们的脑袋也不是韭菜。

到了宋风凡的律师事务所,宋安然又把这两天发生的事详细复述了一遍,并且不无担忧地问宋风凡:"是不是给李原平地给下麻烦了?"

宋风凡低头沉思了一会儿才说:"给李原平地和赵绥生的事有联系但没多大因果关系,扶危济困天经地义,不应该受到质疑。像赵绥生这样的人,即使没有李原平这件事,他也会找个窟窿下蛆的。不过是李原平这个事正好给了他个借口。我倒是琢磨赵绥生提出的这个事确实不能掉以轻心。赵绥生提出的这个要求并不过分,尽管他的动机可能不那么纯洁。他能想到走法律途径解决问题,作为一个农民,一个老年人,单凭这一点就不一般。我们一般的村民大多数都不会很理性地思考,很少有人能想到这一点。"宋风凡停了一下又说,"我四舅原来要是多一些法律意识,也……唉,这就是血淋淋的教训呀。"

"唉,不光你四舅,连我也一样,没有法律意识呀,唉。"宋安然为此一直很自责。

宋风凡看父亲又陷入自责之中,赶紧宽慰:"都过去了,爸也不要太自责。"他又把话题转到眼前的事情上,"我认为这件事情你们做得很好。这次帮助李原平,会在某种程度上唤醒人们心底的良知,产生一定的社会效应。虽然这可能是有限的,但不要小看它。古人说,'近朱者赤,近墨者黑',接受的善良越多,善念就越强;接受的邪恶越多,恶念就越强。每个人心底的善良是一点一点积累起来的,积累的多了,邪恶自然就被一点点挤出去了。这就是'勿以善小而不为,勿以恶小而为之'的道理。"

魏继业感慨地说:"可惜好多人不明白这个道理。"

宋风凡笑着对魏继业说:"不是不明白,是人贪婪的本性不能及时受到制约,让人变得自私堕落的。就拿赵绥生来说,既有法律意识,做事又严谨,有理性。他害怕失去土地的承包权,想诉诸法律,这无可厚非,甚至值得肯定。这不仅是法律意识的觉醒,更有助于农村法治建设的提高,也能为公司以后处理与农户的纠纷提供一种模式。但赵绥生是带着一种投机心理来做的,这样就把事做偏了。如果今天真答应赵绥生的要求,我们就被动了,很可能会引发多米诺效应。"

听宋风凡说了这么多,宋安然终于松了一口气,说:"噢,这么复杂!"

"是啊,许多事情看着是一个个不相干的孤立事件,却有着内在逻辑上的必然联系。所以我们不能把这件事当作一个单纯的偶发事件,处理不好,可能会惹出大麻烦。"

看看快到中午下班时间了,宋风凡赶紧给陈再生打电话,约他出来吃个便饭。陈再生推辞了一番,最终还是答应了。在筹备成立律师事务所的这段时间,宋风凡同陈再生接触过几次,觉得这个人还行,是个比较务实而且颇为热心又很风趣的人。

宋风凡选了一家不大的"农家乐"。

陈再生跟他们前后脚进了饭店,寒暄过后,直奔主题。

陈再生搓搓手说:"嗯,甚也没有。正像崔世宝说的,甚手续也没办过。崔世宝原先倒是想把承包合同转在他名下的,为了方便贷款。可是葫芦湾的村民不给签字,最终也没办成。这个事老宋也知道哇?"

宋安然点点头,说:"是这样,因为那个事开了好几次会,最终不但没做通村民的工作,把我也打扮得里外不是人了。就因为我替崔六子说了几句话,说我跟崔六子穿了一条裤子。唉,没法说。"

"农村这疙瘩事情你们又不是不知道,民不告,官不究,稀里糊涂。事稀里糊涂,人也稀里糊涂,许多事情你连个头绪都找不到,搞成一团乱麻。不要说推地没手续,甚至大部分农户连土地承包合同都没签。农村工作真让人头疼啊。"

宋风凡征询似的问陈再生:"崔六子打算进行农田改造的时候,没向镇里要求过什么吗?比如镇里答应给他什么支持。"

"没有。那时候我刚调过来,才开始熟悉工作呢。他不要求,镇里也没必要多管闲事。说实话,前几年许多事情不规范,谁会考虑那么多。"

"陈镇长,我还想问一下,咱们这里的土地确权甚时候开始?上面有没有风声?"宋风凡问。

"这个不知道。现在只是有些省份正在搞试点。具体怎么搞,中央还没出台这方面的政策。今年也有人关注这个事,因为土地引发、积压的矛盾一天天增加。可是上面不部署,地方上才懒得搞呢。"

宋安然忧心忡忡地说:"那就有点儿麻烦,我们总不能等着确权工作开始再解决哇?现在连政策都没出台,谁知道猴年马月呀。"

魏继业忽然对陈再生说:"镇长,你是领导,你给想想办法嘛。"

陈再生也是个直筒子脾气,听魏继业这样一说,就半开玩笑似的说:"哎呀,继业,你好歹也在我手下干了两年,你不知道我什么臭脾气?我要是有办法,还能藏着掖着吗?又不像前些年还能卖钱。再说我也不是那种人啊。"

因为陈再生性格随和,魏继业以前在镇里的时候,陈再生偶尔也会和这个憨不楚楚的小伙子开个玩笑,所以他们之间也不拘束。因此,魏继业也趁机半开玩笑似的提要求:"要不你给公司下达个文件,我们也好应付应付。"

陈再生"哈哈"一笑,说:"哈哈,小公鸡还想日哄老公鸡?日能死你。我问你,你是学管理的,你不知道?文件是随便下达的吗?"

魏继业挠挠头,笑着说:"这不是没办法了嘛,得病乱求医啊。"

陈再生故意撇一撇嘴,说:"什么得病乱求医,还不如说'死马当成活马医'呢。驴唇不对马嘴。"

宋安然忽然想起什么,"哎,县里开发葫芦海子的项目不知道规划得怎么样了,不能凑住那个项目想想办法?"

"老宋,你就不要打那个项目的主意了,不可能给你裹在一块儿解决。你想,县里的项目一定涉及补偿问题。把你们公司的事裹进来算怎么回事?村民会怎么想?其中有没有利益交换?村民会不会趁机敲你们公司的竹杠?不是你想的那么简单。"

"陈镇长,我倒想出个办法,不知道行不行。我们现在先行一步,把土地状况固定下来。等土地确权的时候,按照固定的资料进行确权,也不会乱套。即使有人有疑问,也有原始资料可查。"

宋安然不明白,就问宋风凡:"怎么固定?"

"按照土地普查的方法,参考原来分地的方案与地亩册子,制作地图。再用GPS把每一块儿土地的坐标固定下来,并且标明承包与转包的变动情况,然后登记造册,让各关联人都签字,就可以制成原始资料了。"

陈再生把嚼着的一嘴肉咽下去,说:"嗯,这个办法可行。到底是大律师,分析事情头头是道。"

宋安然不无担忧地说:"哦,那工程量可不小,这样一来,农田改造工程就要被拖延了。"

魏继业倒是很释然,说:"这倒不用担心,徐莉和我那两个同学可以指挥工人干。他们都懂这些,我请回他们不是让他们吃素的。村里边我把清水叔请

上,让他配合一下,我给他发工资。"

陈再生也接着说:"我给你抽调两个人,表示镇里对你的支持。这样给群众做工作也容易一些。"

宋安然也赶紧说:"我寻思要弄就把全社的地都这样弄了。说不定明年扩大的时候,确权工作还没开始,到时候还得弄,两倒手。"

宋风凡说:"要弄就都弄了,不可能留尾巴,起码还能积累些经验。说不定发展快了,确权工作没展开之前,公司还向其他社扩大。"

尽管需要费一些周折,但总算找到了解决办法,宋安然不由得感叹:"看来还是人多主意多,要不说集思广益呢。不过群众工作这方面也得下些功夫,得让群众充分理解。"

陈镇长也表态说:"这一点到时候镇里倒是能协助你们。"

# 第五十八章

转眼几个月过去了,经由葫芦湾连接县城与水桐树的油路工程进展很快,计划十月一号通车。人们慨叹现在的建设速度之快真是令人咋舌。十年前修这条油路的时候,路基由村民分摊,路上的四轮车、手扶拖拉机也是一派车水马龙的景象,让人回想起"排干大会战"万人攒动的沸腾场面。可仅仅十年时间,变化就如此之大,路上施工全部由翻斗车、装载机、轧道机等现代化机械施工作业,真是弹指一挥间,天翻地覆啊。

魏继业的"产业园区"农田改造工程也进行得比较顺利,按部就班地推进着。徐莉现在是公司的副总经理,负责公司的财务工作。徐莉已经同意今年冬天举行婚礼。这段时间,徐莉也参与施工队的工作,为魏继业分担了不少,魏继业因此而轻松了许多。

六月初,宋风凡把母亲魏灵芝从首府接了回来,这让一家人很开心。只是宋菲凡心里有些担忧,她害怕母亲干活劳累旧病复发。原本宋菲凡不同意让母亲回家的,刚刚进行完两个疗程的化疗,在她这里巩固恢复一段时间再回去比较合适。毕竟这里的条件比家里要好得多,万一病情有什么变化,也好及时采取措施。无奈母亲隔三岔五地闹,像个关进笼子里的困兽。宋风凡也想让母亲回来,当然前提是在病情稳定的情况之下。宋风凡回来县里开办律师事务所,其中一个重要的原因就是能多陪陪母亲。如今母亲让妹妹"霸"着不放,这不仅让宋风凡心里很失落,更感到一种深深的歉疚和自责。他不知道留给自己孝敬母亲的日子还有多长。中午同事们下班以后,一个人孤寂地坐在办公室里的宋风凡,想着想着,就忍不住热泪长流。如今母亲被他接回来,最开心的自然要数宋风凡了。

麦收罢,是河套地区短暂的农闲时节。除了种蜜瓜、西瓜的农户准备联系出售产品,就是种番茄的农户准备日夜排队交售番茄。此类种植户多是小户人家,能投入更多的时间和精力,精细地打理这些高经济作物。而地多的农户和以养殖业为主的农户,则多以美葵和玉米为主营品种。现在的河套地区早已根据市场需求改变了种植结构,小麦早就被边缘化,成了捎带。有的农户间或种几亩,多为存留自食。

村社换届选举就安排在这段时间里。一方面,这段时间农活儿不太紧张,而外出打工的人也大多回来准备收秋,选民比较集中;另一方面考虑,在年底交接以前完成选举工作,新选的领导班子能尽早进入角色,熟悉工作;前任领导班子也可"扶上马,送一程",以利于平稳过渡,避免交接班时出现断代。

九月初,通过初选,按照选举规定确定了两位候选人。除了原村主任王杨锁,另外一位毫无悬念的是宋安然,有点儿众望所归的意味。

可是,就在临近第二轮投票的一周前,村子里开始流传一股传言,说宋安然参选村主任,完全是为了魏继业的"葫芦湾绿色农业产业园区"量身打造的。理由有二,其一,几年前好多人就看好宋安然,推选他当村主任,可他却不识抬举,不惜伤害那么多人的满腔期待一再推辞,最终还是没参加选举,为甚这次这么热衷于参选?其中的缘由不言自明。如果这还不能充分说明问题的话,第二点足可以从旁佐证宋安然此举的真实意图。今天的宋安然简直就是另一个人的翻版,那个人就是正在等待宣判的崔世亮。当年,崔六子准备在葫芦湾投资的时候,正赶上村社换届选举,崔世亮不是也饿狼扑食一般地参加选举吗?虽然最终落选了,可今天宋安然的举动与当年的崔世亮何其相似啊。因此,这次宋安然参选的动机很值得怀疑。

许二赖把他听来的传言告诉宋安然以后,宋安然虽然感到意外,但想想也是情理之中的事。他知道这一定是王杨锁背后搞的鬼。几个月前宋安然无偿让地的事,让宋安然在村里一时名声大噪。从那时起,人们就似乎意识到,秋天的换届选举,很可能成为他们俩之间的角力。这一次,看着宋安然的选票遥遥领先,独占鳌头,王杨锁会作何感想?因为选票的悬殊让王杨锁产生了强烈的危机感,才在复选前夕突然抛出这样一颗定时炸弹。王杨锁选择的时机真是恰逢其时啊!

不过,就连宋安然自己也知道,按照这样的逻辑推理,这谣言并非空穴来风,甚至理由听上去无懈可击。这件事还要追溯到八年前。

八年前,宋安然当了两年葫芦湾的社长,就愤然挂冠而去。从那时起,宋安然就暗暗发誓,自己这辈子永远不与"官"为伍。

宋安然愤然辞去社长是因为水费的事。自打两年前他从岳父魏万喜手中接过社长的担子以后，村民的水费连续涨了两年。问会计刘清水原因，刘清水只是说水管站就这样分配的，咱哪知道啊。

那时的宋安然还没四十岁，正是一生中激情充沛的大好年华。其时宋安然的油坊生意已经做得有声有色，跟高美香的感情也相处得如胶似漆，愈加融洽。因此，在那几年的时间里，宋安然的激情得到了前所未有的释放。加之儿子刚刚考取了名牌大学，宋安然觉得自己这辈子从来没有如此扬眉吐气过。

正是基于这样的背景，宋安然想一展身手的心情就不难理解了，因此，做起事来就很认真。你想，连续两年水费涨价，村里都没给个明确合理的解释，他该咋向村民交代？

后来，宋安然打听到，除了他们村，其他村的水费都没涨。顺着这条线索，宋安然最终彻底弄清了水费涨价的原因。

原来，城关镇向北扩展，城市建设征了地的那部分水费并没有核减。水管部门为了自己的利益，就把它们加到红柳地村分摊了。真是人善被人欺，马善被人骑。原本以为撤乡并镇，柴脑包乡合并进了城关镇，说不定能沾点儿什么光呢。现在不但没沾光，反倒被揩了油。这些官僚，真是狗眼看人低，以为庄户人好欺负就可以瞒天过海吗？

于是，宋安然就动员村民抵制水费。可是不交水费的后果也很严重，水管站不给放水。

事情就这样僵持住了。

葫芦湾北边不到一公里的地方，就是北大渠，北大渠的对面是乌兰乡的水桐树村。水桐树村的渠口开着，满满的渠水欢快地翻滚着浪花，迫不及待地向焦渴的麦田奔涌而去，像久别的游子去会情人。站在大渠背上眼巴巴看着满渠流水庄稼却受旱的宋安然，能感受到麦苗淋漓酣畅地喝饱肚皮的惬意，宋安然甚至看到渠水簇拥着麦苗沉浸在疯狂的舞蹈里，麦苗迷醉在渠水的拥抱中忘情地与渠水交媾，那种恣意横流的场面让宋安然感慨万端。

宋安然看着大渠这边蔫头耷脑如遭秋霜的麦苗，他的头亦如蔫头耷脑的麦苗一样低垂，他的胸腔中翻滚着比渠水还要汹涌的波澜——自从这件事发酵以后，他就自然成了几个社的村民代表，同村委会因为水费抗衡着，如同另一个村委会。因此，他承担的心理压力可想而知。他不知道这样还能抗衡多久——麦苗能不能坚持到胜利的那一天。不但是麦苗，还有双方力量悬殊的对比：一边是以村委会为代表的强大阵容，他们背后是政府，还有被称为"水霸"的那只大手在卡着村民们的脖子;另一方就是以他为首的类似于"流寇"组织的村民们,和他们背后孱弱无助可怜巴巴苟延残喘张着大嘴等着渠水滋润的麦苗共同坚守的道义。他们能顶住吗?

宋安然回到家,几个葫芦湾的村民在家等着他。他们哭丧着脸对宋安然说:"社长,那些社已经反水了,人家缴了水费,已经淌上了。"

"不行我们也缴了吧,你看麦子旱成甚样儿了。"

"人误地一时,地误人一年。再耽误,可就不是百十块钱的事了。"

大路上,有人神神道道阴阳怪气地在吼叫,不知道是在唱还是在念,是一种唱念的混合声音。宋安然知道又是疯老汉张八斤在瞎吼。

  自从归了城关镇,种甚养甚没人问
  葵花锈成个烂牛粪,西瓜臭成个烂茅瓮
  提留款把兜兜掏了个净,臭水熏得人害了陀螺病
  书记搂住小媳妇瞎毬混,村主任领上赌博汉跌圪洞
  庄户人哭天天不灵,庄户人叫地地不应
  灰疙瘩冷子当头囟,葫芦湾亲亲咋活命
  ……

张八斤的唱词中指的是去年农民的处境。春天,化肥、籽种涨价涨得令人心惊胆战;夏天,一场冰雹让许多庄稼遭了殃不说,葵花又大面积发生菌核病感染,产量锐减;那条县造纸厂的排水沟流经红柳地村,癌症患者呈逐年上升的趋势……皆因此种种,冬天好多人家把地包出去外出打工了,李原平就是那一年举家外出打工的。

领导们倒是下来看了,只是给受灾重的农户送了些米面油之类,算是救灾,草草了事……

宋安然心中掠过一阵悲凉,透过屋子里的人群,越过村前的葫芦海子,穿过村后的沙梁,他似乎看到一块块麦田里的麦苗像濒死的鱼,在那里苟延残喘;他还看到那些麦苗正在拖着疲惫的根须晃着孱弱的躯体向这里集结,来这里准备向他索命;他甚至还看到村人们的意志如同长期被水浸泡成稀泥软蛋的渠堤,顷刻间坍塌、崩溃,随即像多米诺骨牌般地土崩瓦解了……

最终,他们还是乖乖地交了水费。宋安然觉得自己同社里的村民一样窝

囊,被人家彻底整怂了。因而,愤然辞去了社长。

两年后,村里换届选举,宋安然早就在心里发过誓言,再不与"官"为伍;另一方面,宋安然想躲在后台,在崔六子投资葫芦湾的时候,为葫芦湾争取更多的利益……

宋安然把许二赖告诉他的这些传言都说给高美香。说完摇了摇头,颇有些无奈地说:"真没想到这个王杨锁,怎么这样阴损啊。你要实在把这个官帽子看得这么重,可以明说嘛,我让给你就是了,何必要使这种下三烂的手段呢。"

高美香淡然一笑,说:"王杨锁当然不甘心了,他那个人谁不知道?撒一个弹弹就想打一个雀儿,何况那是两万多块钱呀,那就是一颗高射炮弹,他能甘心放了空炮?哎?你是不是很在意这些谣言?你才懒得理它呢,皇帝背后还骂朝廷呢。你不是经常说,清者自清,浊者自浊嘛,自己不做亏心事,不怕半夜鬼叫门。我们把自己的事情做好,愿他们想咋说咋说去。"

宋安然也淡然一笑,说道:"我才不会在意他们说甚呢。君子坦荡荡,小人长戚戚。我是思谋我这辈子是不是真的与'官'无缘啊,这是不是我的宿命?"

宋安然就把他辞掉社长时暗暗赌咒发誓的事说给高美香听。高美香一听拊掌大笑,说道:"原来你也这么迷信?我一直以为你不信这些呢。"笑过后又说,"你这次就认认真真选一回,看看到底有没有当官的命。他越是这样,你越不要让步,看看能不能气得他吐血。"

宋安然思谋了一会儿说:"我不想参选了,我想退出。"

高美香一听这话,显得很惊讶,表情立刻严肃起来,说:"啊?你想退选?为甚?你一退选不是正好可了人家的意了?你可不能感情用事啊,冲动是魔鬼。"

宋安然的态度似乎很坚决,说:"不是冲动,我是经过认真考虑的。你想,继业以后的公司要扩大,免不了和村民产生矛盾与纠纷。假如我当了村主任以后,肯定得从中调解,那时会出现甚情况?你就是一碗水端得再平,甚至向村民倾斜,村民也不一定能相信你。那样正好给人们留下口实:看看,当初他竞选村主任,就是为了现在替继业服务的。"

"那也不能就这样白白地拱手让给那个孙子哇?那时候他一定得了便宜还要卖乖呢。"

宋安然似乎很大度地说:"管他呢,咱们不参与了,还管他狼吃羊还是羊吃

狼呢。"

高美香狠狠地剜他一眼,说:"哼,你倒大方。"又好像醒悟似的,"不是你本来就不想参选,就坡下驴哇?"

"嗨,你把我想得也太阴险了,我这次确实是想认真参选的,最起码能跟上面说上话呀。从这一点考虑,对继业的公司是有利的。说实话,要不是王杨锁造谣,我也没考虑过人们对我和继业这种关系的看法。王杨锁一造谣,反倒提醒了我,我要是真当了村主任,在继业与村民之间未必好做工作。所以说甚事也有利就有弊,不可能做到'四面儿打豆腐八面儿光'。"

高美香还是有些愤愤不平,说:"真不甘心就这样便宜了那个孙子。要不咱们向上级反映反映,他除了贿选,还有这次散布谣言,这就是破坏选举。即使他能当选,也让人看清他的嘴脸。"

宋安然淡淡地一笑,说:"何必呢?咱不干那种抽炉条的事,还是顺其自然哇。该妥协也得妥协一下,这是策略。妥协不是退缩,是为了积蓄力量。"

因为宋安然的退选,村民选举委员会就将副村主任候选人侯二虎按顺序升成了村主任候选人。

侯二虎是六社社长,长得虎里虎气,说话腾声愣气,做事砍眉囟眼,人们背地里叫"二砍子"。就是这样一个人,却被人们推选为副村主任候选人,这多少有些出乎某些人的意料。

侯二虎当年当社长的时候,其实和罗毛蛋处于一样的社会背景,就是在七八年前农村人大举向城市进军的时候,社长这顶"官帽"不值钱,没人愿意当。有的社甚至采取抓阄的方式硬性套在某个人头上,就像罗毛蛋。可侯二虎不是,侯二虎是自告奋勇当社长的。

六社是红柳地村仅次于葫芦湾的倒数第二的"趴床社",选社长时甚至比生孩子都难产。在十天之内夭折了两位新社长以后,眼看又要流产了,侯二虎火了,"这他妈是个甚怂逼营生,难不成是个炭火疙瘩,怕烫了手,我他妈就不信!"村民们齐声欢呼,好像送走了瘟神。这样,六社社长终于在人们的调侃声中比预想的艰难程度顺利数倍而诞生了。此后,人们不叫二虎"二砍子"了,改叫"二奋勇",并且当作一种昵称当面叫。"二奋勇"也不觉得这是人们在调侃他,反而有一种豪气冲天的自豪感把自己一阵阵激动着。

"二奋勇"当了六社社长后,确实没给自己丢脸,也没给这顶"官帽"丢脸,果然把个六社治理得事事井井有条,人人见贤思齐。从挖渠即可窥其一斑。

往年挖渠都只铲个皮皮，应付差事，好像在给别人受苦。"二奋勇"当了社长后，谁也别想偷奸耍滑。偶有投机取巧者，"二奋勇"必先骂你祖宗，直到你乖乖地"打倒工"合格以后，才肯罢嘴；偶有不服气者和"二奋勇"对着干，"二奋勇"的虎劲儿立刻勃发，挥锹弄棒，直到你败下阵来，束手就范，才肯罢休。

在六社扬名立万以后，"二奋勇"得到了村主任王杨锁的重用。"二奋勇"也感激村主任对他的提携，事事必冲在前，回回不甘落后。一年以后，还被发展成中国共产党党员。

这次"二奋勇"脱颖而出被选为副村主任候选人，正是王杨锁力排众议，才推举上的。王杨锁有自己的考虑，"二奋勇"可是一杆好枪啊，威力又大又顺手。可有人也提出异议，"二奋勇"一当副村主任，就成了半个枪手了。他只能当枪，咋能当枪手呢？很容易瞎走火！

不过，持反对意见的人毕竟是少数，"二奋勇"这几年的工作成绩是有目共睹的，任谁也抹杀不了。因此，"二奋勇"按顺序升成村主任候选人就成了顺理成章的事了。

宋安然自动退选，王杨锁自然是偷着乐了。他略施小计，就将宋安然逐下了擂台，看来宋安然的道行还是不深啊。至于"二奋勇"根本不用担心，别说他从"二砍子"变成"二奋勇"，他就是变成孙悟空，也跳不出我王杨锁的手掌心。

可是乐极生悲，正是这个他最放心的"二砍子"，竟以微弱的优势赢得了竞选。这样，"二奋勇"侯二虎歪打正着地成了红柳地村的新任村主任，王杨锁顺理成章地被自己踢出了村委会。

王杨锁这时连肠子都悔青了，好不容易挖空心思做了个局，本来觉得是满把手攥鼻子——稳握洋脑，最终却落了个鸡飞蛋打，真是聪明反被聪明误。不但煮熟的鸭子又飞了，还白白给村民们发了两万来块钱红包，真是偷鸡不成又蚀了一把米呀。

红柳地村村委会换届选举工作拉开帷幕时，颇有些讽刺意味的闹剧色彩。小小的舞台上，正义与阴谋较量，谬误与荒诞互殴，高尚与粗鄙共舞，演着演着，最终却以这样浓重的荒诞剧色彩落下大幕。

下 部

# 第五十九章

油路工程如期完成,葫芦湾的村民自然是欢呼雀跃,多少年的夙愿终于梦想成真了!竣工典礼仪式就选在葫芦湾。选在这里的原因再明白不过了,这是全县最后一段油路,在这里宣告全县油路不留死角,意味着一个时代的结束,另一个时代的开始;"葫芦海子文化主题公园"又是县里准备打造的一个样板工程,所以非此地莫属。魏继业领着公司的员工,在县党政办副主任窦玉仙的监督下,忙活了整整一天。

竣工典礼的当天,意外的是红柳地村的联系人、县委书记傅生皓却没有出席,只来了位副县长。魏继业抽了个空问窦玉仙,窦主任只说了一句:"以后就知道了。"一副讳莫如深的样子。这让魏继业心里很纳闷,这是傅书记抓的重点工程,傅书记怎么会不出席呢?

更让魏继业郁闷的是,路都修通了,"葫芦海子文化主题公园"却迟迟没有动工的迹象。不过,仅仅不到一个月,谜底就揭晓了。早在国庆节前,傅生皓就被调到市里,担任分管农牧口的副市长。"葫芦海子文化主题公园"也随着傅生皓的调离被取消,取而代之的是规模浩大的"雁栖湖"工程——一个占地达三十五公顷,预算资金二点五个亿的人工湖。据说此工程是北京怀柔县雁栖湖的微缩版,北京雁栖湖在十一月份要举办APEC峰会,以此设计为的是借北京雁栖湖的东风。

魏继业明白了,傅书记因为不听领导的话,被释了兵权。

这么大的工程怎么能视若儿戏,如此轻率地说变就变呀?这不是朝令夕改吗?魏继业头脑里立刻跳出鲁迅的那句诗,"梦里依稀慈母泪,城头变幻大王旗"。半年前傅书记的告诫言犹在耳,"有权不能任性",仅仅半年时间,又一次得到了验证。

后来得到的信息远不止这些。一年前,市委书记杨茂林就提出明确要求,为了贯彻"以水面滋养绿色,以绿色打造旅游,以旅游带动文化,以文化拉动经济"的发展理念,每个县都要大力打造"水面工程"。县里把葫芦海子报与市里,被杨茂林书记一口否决了。原因是葫芦海子太偏僻,水面那么小,充其量是个小水钵子,哪里能承载起"建设绿色河套,打造塞北江南"这样的宏大主题呀,哪里能容纳下"以水面滋养绿色,以绿色打造旅游,以旅游带动文化,以文化拉动经济"的深刻内涵呀。于是,提出明确要求,在县城到市区的城际公路沿线寻找最佳位置。可是县城到市区的城际公路沿线,除了郊区有两个几亩大的鱼塘,根本就没有什么水面。

傅生皓把自己的想法汇报给杨茂林的时候,被杨茂林狠狠地批评了一顿:"你这个同志,做工作怎么这样缩手缩脚啊。你工作作风踏踏实实,得到上级的肯定,这点是很值得广大干部学习的。但就这件事情怎么就放不开思想呢?害怕犯错误?不能因为做出些成绩就沾沾自喜,躺在功劳簿上睡大觉啊,不能畏首畏尾,因此故步自封,捆住了手脚啊。改革就是要大刀阔斧、锐意进取,要有创新思维,不能因循守旧,跟在别人后面亦步亦趋啊,那样是要被时代所抛弃的!"

傅生皓明白杨茂林这番话背后的潜台词。在他们报方案之前,就有两个县已经把方案报到市里。其中一个县的县委书记还曾经向他们炫耀过,他们的条件得天独厚,因为他们县到市里的公路边,正好有一片水面将近十几公顷的海子,再扩宽一倍,就能独占鳌头。

傅生皓同时知道,那个书记为了取悦市委书记杨茂林,有意把工程承包给了杨茂林的连襟。

傅生皓不想做这种劳民伤财的事情。"建设绿色河套,打造塞北江南",这样的理念无可挑剔,可是你得因地制宜,跟本地区的经济状态,地区环境协调发展呀,不能不管不顾地贪大求全呀。全县有二十几处水面,在此基础上稍加规划整理,就可以实现这样的目标。可是非要在县里通往市区的城际公路边挖一个人工湖出来,不但需要占用大量耕地,还会给县财政造成相当大的压力。这不是缘木求鱼,舍本逐末吗?选在这里的另一个功能也显而易见——面子工程。因此,傅生皓一直顶着压力,没有再报方案。春节过后,看看顶不住了,才迫不得已,再次把葫芦海子改造方案进行重新修改,列入规划,以完成市里的任务。

后面的事情就简单多了。傅生皓这样做的结果自然是被明升暗降,调到市里给安排了个副市长。

魏继业和宋安然他们谈起这些事情的时候,都唏嘘不已。真正为老百姓着想的领导,却受到这样的冷遇,坐了冷板凳。

宋安然感慨地说:"政治就是一坑浑水,跟葫芦海子差不多。里面也养珍珠蚌,也养王八;也滋润一方水土,也藏污纳垢。"

宋安然的比喻一下子让魏继业笑了,说:"姑父的比喻很形象,可惜的是葫芦海子不产珍珠蚌。"

宋安然也笑了,说:"有些牵强,有些牵强。"

高美香又说:"我倒想起一句话,'高处不胜寒'。从县里到市里,屁股大的地方,领导们都钩心斗角,到了中央可想而知了。"

宋安然却说:"你以为他们钩心斗角为的是甚?权力后面跟的是名和利。你让他倒贴钱,看他还争不争,斗不斗?"

魏继业若有所悟:"噢,还就是这么个理。"

一转眼工夫,又是几个月过去了。魏灵芝手术后苦撑了大半年,还是没能拒绝上帝的邀请,带着没见到儿媳妇的遗憾去了天堂。

临终前几天,一家人都劝宋风凡把邵如玉请回来,假扮一下媳妇,让他妈离开这个世界的时候不要带着遗憾,尽可能坦然一些。

"邵如玉已经嫁人了。"

宋菲凡也急迫地说:"哥,你怎么这么迂腐呀。你随便找个人不行吗?就当演戏也行吧?"

宋菲凡冷笑一声,说:"话谁也会说呀。可是水从病人身上出了,不得病不知道得病的苦。这种戏谁愿意演啊,你咋不能换位思考一下。"

菲菲一下子气哭了。她听出了哥哥的弦外之音。

高美香听了这话很生气,说:"你呀,读了这么多年书,就弄懂这么个道理?你就日哄一下也不为过哇?哪怕花钱雇一个也行。何必非要让你妈带着遗憾走呢?"

宋风凡仰起头看了一下天,眼泪在眼眶里打转,说:"你们以为那样我妈就没有遗憾了?不是这样的。她还没看到媳妇过门,她还没看到生下孙子,她还没看到孙子学会说话、走路……我奶奶那时……"宋风凡的眼泪终于还是没控制住,扑簌簌滚落下来。人们一时都静默了,他们知道,宋风凡想起了父亲因为奶奶逼婚而造成的一辈子的遭遇。宋风凡不想做违心事,哪怕一点点。

好半天宋风凡才止住了眼泪。他擦了擦眼睛,说:"人生本来就是这样,没有完满的事情。哪个人离开这个世界的时候,都不情愿,都觉得还有好多事没做,不然就没有'遗愿'这个词了。"

魏灵芝死后停灵的三天时间里,宋风凡几乎没掉过一滴眼泪。直到母亲的坟头堆成一个尖尖的土堆,宋风凡才趴在坟上哭泣起来,而且一发而不可收,声音由低沉到高亢,渐渐奔放成牛嚎。直到听见父亲压抑的哭声渐起,才在众人的劝慰下逐渐停下来。人们还是第一次见识一个大小伙子这样的哭法,人们无法猜透宋风凡的哭声里包含了怎样的复杂情绪。

魏灵芝出殡以后的某天,魏继业问宋风凡:"哥,你的个人问题也不能等了。我姑父是不愿说,但我知道他也急,只是不对你说。"

宋风凡淡淡地回答了一句:"随缘吧。"之后就缄默不语了。

魏继业就不好再问。他知道,大姑和姑父的婚姻在某种程度上影响着哥哥,他不知道这种影响什么时候才能消除。也许——随缘吧。

让魏继业深感欣慰的是他的心血没有白费,他的五百多亩改造过的农田没有辜负他的期望,除了几十亩重盐碱地苗不全以外,其他的都长得出奇地茂盛。尤其是美葵,不但没被菌核病感染,一株株敦敦实实,葵花盘像挂了满地的硕大的草帽。

魏继业不敢沾沾自喜,几百亩地不过是小试牛刀。万里长征才刚刚迈开第一步,他哪里敢掉以轻心啊。接下来有几件事情需要同时考虑:公司的章程已基本完善,尤其是分配方案与组织机制,透明、合理,最终定位为合作社的结构形式,这让村民们很满意也很信任。因此,葫芦湾剩下的一千多亩土地都需要整合。因为葫芦湾所有的农户,今年都能从公司受益,因此他们加入公司的积极性很高;葫芦海子的开发利用已经停滞了快两年了,指望政府投资如今恐怕是画饼充饥,望梅止渴。关键是资金问题,方案还没进行规划,预算也没法做,因此不知道需要多少资金;还有一个事情,水桐树村的部分村民也希望加入公司。棘手的是他们是零星的一部分,地还不在一块儿挨着,无法按现在的样板进行改造,这样即使勉强吸收进来,经营也是很困难的。可不收也是个难题,那些户是以宋风凡的姑姑红红为首的亲戚,一个亲字就让人为难了。

农田里收拾利索以后,深秋的某一天,魏继业在一次表哥回家来的时候,和姑父、四妈一块儿商量了商量以后的规划安排。

宋风凡先谈自己的看法:"今年农田改造的效益已经显现,这是最值得高兴的一件大事,因为他关系着以后发展的成败。可是有一点我觉得你应该认真考虑,一下子铺这么大的摊子,顾得过来顾不过来。不光是资金的问题,你扩大了面积,就得以样板做基准进行改造,如果不改造,又走了崔六子的老路,粗放经营;要是改造,这么大面积同时展开,现实不现实。所以我的意见是稳扎稳打,一步一个脚印,避免无度扩张,以免重蹈崔六子的覆辙。"

高美香接过宋风凡的话说:"我觉得你哥说得没错,你们干了满打满算还没两年时间,积累经验最重要,不要急于求成,甚时候一口也吃不成个胖子。"

宋安然也说:"你红红姑姑那里现在还不能吸收,为甚?他们的心情可以理解,但他们中间还隔着那么多地,你咋经营?更何况隔开乡了,许多事情还得通过他们村、他们乡。我的想法是等咱们村搞得形成一定规模以后,他们村靠近我们的农户都想加入的时候再吸收。那时候起码不耽误农田整合哇?"

高美香立刻表示赞同:"嗯,这个主意好,这样应该是最顺的一条路。跟做买卖一样,现在他们还有好多农户在打忽悠悠,你跟他们谈,他们可能还拿把你一下。等咱们这边搞得热火朝天的时候,就有了足够的吸引力了,那时候他们得上赶着求着咱们接收呢。"

魏继业和宋风凡也同意暂时搁置下来。

宋风凡又对父亲说:"我姑姑那里你去做一做工作哇,尤其不要让我姑父误会。给他们讲清楚咱们的想法。"

"行,他们的工作我来做,应该没多大问题。"

"葫芦海子项目我想赶紧弄,已经停了快两年了。"魏继业对葫芦海子始终难以释怀,他对这个项目十分看好,就是一时腾不出手来。

这一点宋风凡很肯定:"这个你应该赶紧做了。我先问一问窦玉仙,看看县里的那套方案最终搞出来没有,想办法把它搞到手,我们也可以做参考。如果没搞出来,我们还真得抓紧时间搞呢,规划设计也很费时间。具体资金预算这些事,方案出来才能进行。为了做到未雨绸缪,我们可以先打听一下,看能不能找到贷款的途径。"

宋安然想起一件事情,说:"上级的扶持资金你跑得怎样了?如果有眉目,我们就想办法扩容。如果资金调不过来,我这儿还有七八十万。"

魏继业苦笑了一下,说:"可能黄了。我跑了几次,得到的答复是这个项目现在已经过期了,得重新评估研究。这一评估一研究,就不知道有影儿没了。人家那个也是有时限的,不能无期限地在那儿给你预备着等着你去拿呀。我现在也不指望它了。我想不管咋,先把自己的事情做好,成绩放在那儿,人家上级也好帮助你。"

"哦。踏踏实实做我们自己是对的,不要光指望别人。跌倒自爬起,人扶可晾起。"宋安然给魏继业解心宽。

有他们几个给把关、提醒,魏继业心里踏实多了。

当天晚上,宋安然把几个人讨论的结果告诉魏生荣,电话里能听出来魏生荣的口气很释然,说:"嗬,这次我彻底放心了,又添了凡凡这个高参。凡凡可比咱们懂得多得多了,分析事情又有条理,以后就不用我多操心了。"

宋安然心说,咱们操心还不是瞎操心,过时了。

下 部

# 第六十章

"二奋勇"当了村主任的头一年,工作还是很认真的。新官上任三把火,第一把火首先烧向了县司法局局长。

高速公路方案确定以后,司法局局长仗着他与交通局局长的铁关系,准备在高速路工程上大赚一笔。所以,司法局局长以弟弟的名义买了一座山头,在高速路线路开始测绘的时候就开始备料。但备料需要存放场地,而这一块离高速路最近的空地当数一社的场面。现在农民都不在场面上打场了,小麦由联合收割机收割,直接将麦粒拉回院里了事,场面只用来晾晒葵花。近两年,农户更会省事了,葵花也直接在地里脱粒。因此,场面就被闲置了,顶多用来晾晒葵花空坨。

司法局局长的弟弟通过与一社村民商讨,用三万块钱租下了一社的场面,用来做这段路的堆料场。

高速路前期的底基层由沙壤土填埋,然后轧道机层层夯实。底基层上面才是砂石、白灰、壤土等的拌和土层。等底基层工程完成以后,司法局局长的弟弟准备上砂石料的时候,问题出现了。这是司法局局长根本没有料到的。

那时,县城通往红柳地村的这条油路刚修起没多长时间,村民们看见那么大的翻斗车准备拉石料,就由原村主任王杨锁带头,找村主任"二奋勇"想办法,新新的油路可不能让那些大车给糟蹋了。王杨锁因为落选村主任,心里这口气窝得实在难受,总想找个窟窿下蛆,发泄发泄这一腔憋闷之气。这次很容易找到个出气口,哪能轻易放过。不光是能发泄胸中的恶气,其中还有利可图啊。

那时,"二奋勇"刚刚当了几个月村主任,正需要在全村树威立德,苦于找不到突破口。一听这消息,立刻像打了鸡血似的兴奋起来,跟王杨锁一拍即合。他二话没说,骑着摩托就往镇里跑。当他向镇长陈再生汇报完情况以后,陈镇长立刻答复,下午就和交通局联系,阻止他们通过。

晚上,"二奋勇"一直等陈镇长的电话,陈镇长却好像忘了这码事。他想给陈镇长打过去,又觉得陈镇长可能安排好了,不必告诉他。

可没想到第二天,翻斗车却我行我素、大摇大摆地拉开了砂石料,这让"二奋勇"很纳闷,难道陈镇长真的忘了?

"二奋勇"立马拨通了陈镇长的电话,陈镇长却用高瞻远瞩式的口吻告诉他,这条路不走看来是不可能的了,因为除了这条路,再无路可走。这个工程是国家的大工程,咱们可不能因小失大。耽误了工程进度,谁也负不起这个责任啊。

"二奋勇"一听蒙了。怎么回事?陈镇长昨天还答应得好好的,今天怎么又向着他们说话呢?他斗胆向陈镇长提出了自己的疑问:"那要是把路压坏了怎么办?"

陈镇长告诉他,没关系,已经跟工程上沟通好了,路面压坏了他们负责补修。又没多长,拢共也不到一公里。再说,这是上面的事情,又不是咱村里的事,就不要管那么多了。

这下"二奋勇"又没了主意。他赶紧找王杨锁去讨主意。王杨锁从鼻孔里"哼哼"两声,心里寻思,你不是当了枪手了嘛,你有那个能耐吗?绕了一圈,还得乖乖地回来给我当枪使。

"哎,二虎,这么屁大点儿事你都办不好,以后怎么能让群众服你呢?群众不服你,你这村主任还咋当?"王杨锁欲擒故纵,一番话说得"二奋勇"甚至有些无地自容了。

王杨锁又说:"他们拉砂石料,即使不说压坏路的事,不影响我们出行吗?万一碰坏人怎么办?人家春秋四季,你是死毬一计。不能让他们重开一条路?"

"二奋勇"还是有些不明白,问:"都是农田从哪里开路?"

"农田有甚?也就是临时占用,又不是长期占用?顶多也就是一两年工夫,又还给我们了,能碍毬事?"

"那你们社的村民愿意吗?"

"掏钱嘛,钱大买的钱二,有谁嫌钱扎手呀。银子不够添上钱,哪有不下雨的老天爷。"

"那他们要是不照我们做的办,强行走油路该咋办?"

"怕他个毬!他们这样本来就是违规的。你知道那是谁的工程队?那是

司法局局长的弟弟的工程队。"

一听是司法局局长的弟弟,"二奋勇"的虎劲儿立刻上来了,说:"嗷,我说陈镇长怎么改口了,原来是官官相护啊。不行,我他妈可不是泥捏面塑的,不能任由他们横行霸道,下午我就领人去挡!"

王杨锁趁机又点了一把火:"国家有难,匹夫还有责呢,我们这条路修起来容易吗?这不是往我们眼睛里面揉沙子吗?"

"二奋勇"嬉皮笑脸地又说:"不过,我的面子毕竟不如你老村主任呀,下午你得去坐镇。你想,地都是你们社的,又没我一毛钱的事。你领着去闹,我仗劲儿;你们得利我得人情,这不是两全其美吗?"

王杨锁瞅一眼"二奋勇",说:"原来你小子并不愣呀。"

"二奋勇"一缩脖颈,鬼眉六眼捂着嘴偷笑了。

下午,"二奋勇""咕嘟咕嘟"灌了半瓶酒,趁着酒劲儿,与王杨锁一块儿动员了部分群众,开着四轮车,拉着木头杠子在路口操作起来。不过,都是一社的人。有人怕他把事情越闹越大,最后难以收拾,就劝他:"村主任,你这是吃了熊心豹子胆了,敢在老虎嘴里拔牙?我看你是不想当这村主任了吧?"

"二奋勇"头一拧,装腔作势地吼:"这不由他们,我侯二虎又不给他们当官儿,我是村民名正言顺选出来的,就得为村民负责。当官不为民做主,不如回家卖红薯。"

也有想看他笑话儿的人故意拿话激他,说道:"你这可是跟政府对着干呀,你不怕耽误了修路,把你抓起来问罪吗?"

"怕甚?割了头才碗大个疤,我怕他个毬!"王杨锁告诉过他,现在上级反腐力度一天天加大,当官儿的也不敢太嚣张。

……

最终的结果令人大跌眼镜,"二奋勇"没让政府抓起来问罪,想看笑话儿的人白白期待了半天,替他担心的人也白白担心了半天。司法局局长的弟弟令人意外地屈从了他们,满足了他们的要求,拿出三万块钱作为补偿,重新开辟了一条临时道路。问题终于得到了圆满解决。

只是"二奋勇"有些失落,占了地得到补偿款的村民喜滋滋地领了钱走了,唯有他两手空空,公鸡下蛋——瞎忙活一场。而王杨锁得到的补偿款最多。"二奋勇"很郁闷,真窝囊。

王杨锁当然不是看不开眼色。他赶紧拿出两千块钱递给"二奋勇",说:

"今天这事全靠二虎兄弟了,这点儿钱虽然不算多,但是哥的一片心意。拿着买些酒喝。"

"二奋勇"脸上立刻转闷为喜了,他嘴上假意推辞着,手上早就把钱攥到手了。"这怎么好意思呢,还不是老村主任一直照顾我?"说着,也拿着钱喜滋滋地走了。

王杨锁冲着"二奋勇"的背影不动声色地笑了,真是一杆好枪呀。他之所以给了"二奋勇"两千块钱,就是觉得这么好一杆枪,不能轻易撒手。

"二奋勇"的第二把火是烧向四社的"宏源脱水菜厂"的。

"二奋勇"当了村主任以后,村里的事更忙了。一忙,地里的活就免不了耽误一些;他一耽误地里的活儿,自然就推在老婆身上了。老婆给谁推?再没推处。于是老婆就不干了,"人家王杨锁当村主任的时候,从没见忙成你这样,地没误种地,收购没误搞收购。你看看你,为了众人的事,忙得青红不顾,好像你是国家主席,日理万机。"

"二奋勇"一听就讪笑了一声,说:"我哪有那么大的精力去日万机,我要能日我小姨子一个鸡就偷笑了。"说完,真的捂着嘴在偷笑。

老婆一听他说出这样的下流话,一下子恼羞成怒了,说:"你还不如日你妈那个老鸡呢。"

"二奋勇"就恼羞成怒,把老婆按住一顿暴打。老婆一耍赖就扔下地里的活儿去了娘家。

"二奋勇"把老婆打跑了,可打不走地里的草呀,也打不来实实在在的收入呀。没收入,才是最大的关键所在。"二奋勇"更郁闷了。

"二奋勇"郁闷的时候,就忍不住对王杨锁诉衷肠。"二奋勇"现在离不开王杨锁了。他明知道王杨锁常常利用他,还是忍不住找王杨锁倾诉,因为王杨锁的主意很多,好像存了一抽屉,拉开就能取上。

这不,王杨锁随便一想,主意就来了。"唉,二虎兄弟,你就不好好思谋思谋,种地能发了财? 种得少了没收入;种得多了,得受多少毛驴苦?"

"二奋勇"一片茫然,"那我该咋办?"他知道王杨锁又给他准备好主意了,就故意装傻充愣。

王杨锁点燃一支烟才慢悠悠地说:"你看人家周老板,皮打六混就把钱挣了,整天不误打麻将,混把子。你就不能学学人家?"

"二奋勇"一听,很沮丧,他还以为王杨锁给出了个什么好主意呢,原来是个这,所以愤愤地说:"我要是有人家那能耐,还用他妈抠这几亩恧地?连这个破村主任也不当了,真他妈当得窝囊。"

王杨锁"嘿嘿"冷笑一声,说:"咂咂,你看你,咋就点不醒呀,非得提溜住耳朵教呀?你就不能在他那儿入股?"

"啊?入股?""二奋勇"惊讶得瞪大了眼睛。王杨锁的话让他想起了不久前的那两千块钱,竟是如此轻而易举。人说酒壮怂人胆,能壮怂人胆的何止是酒啊,还有钱。忘了那句话吗?人有精神钱壮胆,马有精神草料宽嘛。钱再加上酒,不就他妈天下无敌了吗?

几天后的一个正午,喝得醉醺醺的"二奋勇"手里拎着酒瓶子,身子摇摇晃晃地进了周宏宇的"宏源脱水菜厂"。"二奋勇"村主任推门进了周老板的办公室,周老板一脸惊讶。他忙不迭地给让座、沏茶,他不知道村主任的来意,只能小心谨慎地赔笑脸。

"二奋勇"二话不说,将酒瓶往桌子上一顿,才开口说话:"周老板,陪本村主任喝两瓶,拿碗!"

周老板一边笑着一边赶紧给戴高帽子,说:"村主任大人海量哇,我怎么能够陪得起啦,你知道我不会喝酒的啦,我怎么敢跟您比啦。"

周老板是福建人,来这里开脱水菜厂已经六七年了。他的脱水菜厂不但带动了红柳地的脱水菜种植,也给自己带来丰厚的利润。

"二奋勇"一看周老板推辞,眼睛一瞪,声音立刻提高了八度,说:"怎么?就这么点儿能耐还来我这地片儿上混?"

周老板不知道"二奋勇"葫芦里到底卖的什么药,就忐忑不安地请村主任明示:"村主任,我确实不能喝酒的啦。我来这里好几年了,这您应该知道的啦。这样吧,要不我叫人来陪您啦?"

"不行!老子就要你亲自陪!""二奋勇"蛮横地说,"这是老子的地盘,老子说了算。""二奋勇"嘴上的粗话开始多了起来。

周老板依然小心翼翼地赔着笑脸,"村主任啊,你这不是为难我吗?我确实不能喝啦,你就是打死我我还是不能喝啦。"

"放屁!老子为什么要打死你?打死你老子还得抵命,你以为老子傻呀?老子还要留着你为老子服务呢。"

"我可以为你服务呀,村主任。除了喝酒,您让我干什么都可以啦。"

"真的?这可是你说的啊。""二奋勇"迷离着醉眼瞅着周老板。

"对村主任您我还敢说假话吗?您就说让我干什么吧。"

"好,那我可说了啊。"他故意拖长声调,"我要入股!"

"啊?什……什么?入股?这……这……怎么行啊?"

"怎么?你想反悔吗?刚刚说了就要反悔,你的厂子想不想开了?啊?"他故意把酒瓶又一顿,声音加重了好几度,以表示威严。

周老板一时没了主意。但他看看"二奋勇"醉眼迷离,说话语无伦次,前言不搭后语,也弄不清他的话里有几分是真,几分是假。他想不管怎么样,先把他打发走,避免再闹出更加麻烦的事情来。

"好好好,您今天喝多了,入股不是个小事情啦,如何入股一时也说不清啦,您先回去休息,等您酒醒了我们再谈,好吗?"

又纠缠了半天,周老板才把"二奋勇"打发走。临走,他还没忘向周老板招呼一声:"你可答应了,不准反悔啊。明天我就来办。"

第二天,"二奋勇"如约而至,依然如昨天一样,手里拎着个酒瓶子,身子摇摇晃晃的。周宏宇一看,心头一沉,"二奋勇"昨天是装醉啊。从他后面跟着的三个人就可以断定,他今天是有备而来啊。

"二奋勇"身后跟着五社社长,还有他们常在一块儿喝酒的两个狐朋狗友,此时也都是三分精明七分醉意的样子。几个人一进门,就大大咧咧地一屁股蹲进沙发里。"二奋勇"则如昨天一样,坐在椅子上,将酒瓶"啪"一下顿到周老板的桌上,嘴里喷着酒气说:"周老板,今天应该兑现了哇?"

周宏宇嗫嚅着装糊涂,说:"兑……兑啥现啊?我咋不明白啊?"

"哎,你别跟我装糊涂啊,昨天你亲口对我说的,睡了一觉就忘掉了?那我提醒你,就是入股的事。"说着,从裤兜里掏出一沓钱"啪"地拍在周老板的桌上,那沓百元大钞连腰子都没拆。

"昨……昨天你……你不是闹着玩儿呢吗?"此时的周宏宇才意识到了问题的严重性,结结巴巴连话也说不囫囵了。

"二奋勇"指了指桌子上的钱说:"你看这像是逗你玩儿吗?"

"昨……昨天你不是醉了嘛,醉了说话也当真吗?"

"昨天我醉了?我醉了吗?"他扭头看一眼那三个人,口气嘲讽地学着周老板的腔调说,"酒醉心里明啦,拿着银钱不送人啦。昨天我送你钱了吗?"又仰面看着天花板,"你不回答肯定没送你啦,没送你钱就说明我没醉啦。"

周宏宇看着"二奋勇"的无赖相,一时不知所措,呆立在那里。

"二奋勇"却似乎很大度地笑了,说:"其实我就是来跟你玩儿的,看把你吓的。"周宏宇这时才松了一口气。不过,"二奋勇"接下来的一句话却让周宏宇再也轻松不起来了。

"二奋勇"接着又说:"不过,村里有人反映你厂子里的臭水污染了环境,可能造成人得癌症。你必须停止生产。"说着扬长而去。

周宏宇明知道"二奋勇"这就是讹诈,是无中生有。但想想自己异乡孤人,这种无赖你能惹得起吗?是福不是祸,是祸躲不过,你躲得了初一,还能躲过十五吗?除非你关门走人。强龙不压地头蛇,该低头就得低头。得得得,破了财,免了灾,顶如送了鬼。

周宏宇赶紧喊住快要走出大门的"二奋勇"……

这时,人们才发现,"二奋勇"并非如人们一贯认为的那样,是个毫无心机的鲁莽汉,只不过心机被鲁莽掩盖了。张飞纫针,粗中有细。这件事情从始至终做得环环相扣,滴水不漏,其娴熟程度简直可以称作超完美。

一次次的轻易得逞,让"二奋勇"越来越体验到权力的威力,也品尝到权力带来的利益的甜美,这种感觉真是妙不可言啊。由此,"二奋勇"越来越奋勇,野心极度膨胀,越来越跋扈。终于,他把贪婪的目光盯上了"葫芦湾绿色农业产业园区"。这可是块儿肥肉啊,肥得流油!

# 第六十一章

　　傅生皓领着市里的几位领导来葫芦湾调研。葫芦湾的变化之大之快,是傅生皓完全没料到的。仅仅大半年时间,葫芦湾就脱胎换骨,从一只丑小鸭出落成一只振翅欲飞的大天鹅。傅生皓感到很欣慰,魏继业这小伙子他没有看走眼,从接手公司到现在,还不到三年时间,就把原来那个半死不活的烂摊子,打造成一个初具规模的现代化农业产业园区,真是后生可畏呀。

　　"葫芦海子文化主题公园"虽然还在建设当中,但已经显露出他的魅力。海子周围大致保持了原有的生态性。靠近村子的这边,设计了数处观景台,设计风格、造型与色彩同海子的特点融为一体,呈现出一种自然的亲和力。基础建设已接近尾声,接下来就是精细的装修部分。尤其是通往湖心岛茶楼亭的仿木质栈桥,脱离了中规中矩的设计理念,呈现不规则自然形状,间或装饰一些树枝或动物形象,如抓耳挠腮的猕猴、受惊欲飞的野鸡、左顾右盼的狐猴、笨拙攀缘的考拉、憨态可掬的大熊猫等,各种动物都惟妙惟肖,形态逼真,不但给人一种古朴典雅的、折射出原始农耕自然意味的美感,还把许多世界的文化元素也融入其间。海子的南边,修了三处垂钓园,星罗棋布地仿建了一些新西兰"毛利人"的茅草屋,并介绍了毛利人与蒙古人的历史渊源;"葫芦腰"里修建了一处蒙古包群落,把草原的意蕴也容纳进来了。

　　"葫芦海子文化主题公园"项目工程是今年春上启动的。按照预算,这个项目在一再压缩的前提下,也得投资三千万。这么大的一笔资金,让魏继业望而却步了。是啊,这是多大的一笔数字啊,魏继业想都不敢想。徐莉也劝他放弃算了,可是魏继业总是有些无法割舍。琢磨来琢磨去,也找不到解决途径。父亲那里是不能张口了,父亲给他这个公司的时候,已经承受了很大的压力。也亏了柳叶梅是个通情达理的人,没有干涉父亲的决定。如今,他咋好意思再向父亲张口?走贷款这条路,也没多大指望。这个光靠自身眼前光投入没盈利,以后也注定不会有太大盈利的项目,谁敢把这么大一笔资金贷给你呀。

心有不甘的魏继业找表哥讨主意。宋风凡琢磨了半天才说:"要不然找一找傅生皓?他不是分管农林口嘛。"

找傅书记魏继业没有一点儿自信,说:"找他?能行吗?毕竟三千万哪。"

"碰碰运气吧,硬让碰了也不要误了。"

"那就碰碰?"

魏继业一个人去有些犯怵,最后还是表哥陪着他一起去的。

其实他们不知道,傅生皓一直关注着这里。他很看好葫芦海子的带动示范作用,只是由于被市委书记杨茂林两次否决,也无法再提了。魏继业和宋风凡找到傅生皓的时候,傅生皓很欣喜。个人投资这么多资金搞半公益性质的事业,其魄力确实难能可贵,尤其是他们的事业才刚刚起步。他详细询问了魏继业关于葫芦海子的改造计划,并且看了魏继业带来的详细方案,立刻表示支持。

几天以后,傅生皓亲自带领农林口和农村发展银行的几位领导,到葫芦湾调研。领导们详细询问了公司的运营状况,远景规划,对公司的发展给予了很大的肯定。通过考察调研,农村发展银行答应为公司开通绿色通道,设立专项贷款,以最低的利息贷给公司三千万。傅生皓还告诉他,回去号召一下,看一看有没有哪个实业家来投资。那天晚上,魏继业同妻子徐莉半夜了都全无睡意,梦幻般地憧憬着未来。

半个月之后,专项贷款便进入公司的账户。

傅生皓这次是以代市长的身份来葫芦湾的。宋风凡这次也陪着一起来了。这几年,宋风凡因为业务上的关系,与傅生皓有过几次接触。渐渐地,俩人谈得越来越投机,大有相见恨晚的感觉。因为宋风凡对葫芦湾了如指掌,傅生皓能从他的嘴里听到别人讲不出来的关于葫芦海子的东西,就打电话让宋风凡陪他一起回葫芦湾。宋风凡能把人文环境、生态发展理念、大农业发展概念等融入葫芦湾的故事与规划中来讲,讲得既丰富又生动有趣。

傅生皓是不久前才被破格提拔为代市长的。傅生皓之所以被提拔为代市长,是因为杨茂林被双规,同时被双规的还有另外一个市的市委书记。另一个原因则是他对原则的坚守。这样原市长被交流到那个市里任市委书记,傅生皓便顺理成章地补了市长的缺,成为代市长。

人们传说,杨茂林被查,不仅仅是因为涉及房地产方面的贪腐问题,在全市的几个湖面开发的项目里也不干净。人们调侃杨树林,说他迫不及待地挖了几个水坑,想捞个大鳖。结果大鳖没捞上,又把自己急不可耐地当成个瞎眼老鳖推进水坑里了。这次即使淹不死,也得淹个半死不活。

傅生皓这次下来很突然,没有事先通知县里,魏继业更无从知晓。这一点儿都不奇怪,这是傅生皓的一贯风格。傅生皓到了葫芦湾的时候,魏继业不在公司。宋安然告诉傅市长,魏继业早上去医院了。宋风凡于是给魏继业打电话,告诉他傅市长下来调研。魏继业在电话中回答,他一会儿就赶回来。

傅生皓对宋安然说:"先不等他了。老宋,公司的情况你也很熟悉嘛,你先领着我们看看,等小魏回来再向领导们做汇报。"

于是,宋安然就领着几位领导在公司参观,边走边介绍。宋风凡偶尔也补充介绍一下。

魏继业一大早赶往医院,是去看徐莉,徐莉已经住了一个星期医院了。徐莉住院是因为发生意外,准确地说也不能完全属于意外。要不是"二奋勇"寻衅滋事,平白无故怎么会发生意外呢?

几天前"二奋勇"又如法炮制,喝得半醉,提溜着一瓶酒来到公司。"二奋勇"现在找到了能使他进退自如的护身符,并且把它应用得得心应手,这护身符就是喝酒。从第一次抗衡司法局局长的弟弟大获成功,"二奋勇"就开始琢磨酒的妙用,渐渐竟谙熟此道,直到使用得驾轻就熟,堪称极致。有一次他喝了酒调戏一个小媳妇,不但没得逞,还被人发现拖住要揍他,最终只好装得烂醉如泥,才躲过了一顿暴拳。类似的情况还有过几次,均被"二奋勇"以醉酒搪塞过去。如此三番,"二奋勇"便体验到了"醉酒"的妙用,亦醉亦醒,半真半假,亦张亦弛,有进有退,竟把此招发挥得淋漓尽致,简直达到炉火纯青的地步。村子里有小孩儿不听话,大人就呵斥:"看,'二奋勇'喝醉了!"小孩儿立刻便噤若寒蝉。

"二奋勇"进了办公室后,魏继业不在,他又找到财务室。其时,徐莉正在财务室结账。看见"二奋勇"进来,徐莉就知道麻烦来了。她想躲出去,"二奋勇"却拦在门上不让出,并且开门见山地说,他要入股公司,让徐莉打电话催魏继业回来。

就在俩人揪揪扯扯之间,"二奋勇"一个趔趄,不知是无意还是故意,一下子将徐莉推倒在地。徐莉猛然觉得腹内一阵疼痛,就知道出事了。

"二奋勇"一看徐莉龇牙咧嘴的情形,知道今天的戏演过头了,没控制好分寸,可能捅下了娄子,本来不太醉的大脑立刻清醒了。他佯装糊涂地边撤边发癔症似的说:"我……我可没碰你一指头,你……可别赖……赖我啊……"一出门,便撒开脚丫子鬼一样溜了。

公司喂牛的工人听到动静过来,看见"二奋勇"急急慌慌地出了大门,就知道一定出什么事了。他循着徐莉的呻吟声进了财务室,才看见徐莉痛苦地在地上躺着……

等救护车拉着徐莉去了县医院,孩子还是流产了。幸亏抢救及时,徐莉保住了性命。其时,徐莉腹中的胎儿已经七个月了,尽管医生竭尽全力抢救,还是夭折了……

魏继业回来的时候,领导们一行正在参观大型沼气设备的安装与调试。魏继业跟领导们打过招呼以后,开始回答领导们的问题。

傅生皓问魏继业:"这套设备总共投入多少钱?"

魏继业回答:"现在已经将近三百五十万。按照预算,将来连住宅区安装费用,还得投入一百五十万。"

"这样一套大型设备,可以满足多少户使用?"

"可以满足两百五十户到三百户。"

"那你准备怎么规划?"

"以周围的五个自然村为基础,建设一个住宅小区。计划在五年至七年的时间,投入四千万,逐步将周围五个自然村的村民都搬迁到这个小区。"

"那你们投入的资金如何解决?"

"我们依靠科技,发展壮大我们自己的经济实力。我们制定了三个方面的发展计划:一是高附加值的绿色农业产业链。根据我们这里的气候环境条件,以无公害为核心发展理念,选择高端种植业品种,例如大棚绿色蔬菜、珍稀水果等。当然我们是在农科院的指导下,一边试验,一边选择合适的品种,我们和农科院、农业大学都有合作,我们走的是产学研一体化的路子;二是高效优质的养殖业,不单以奶牛为主,扩大肉羊养殖,还要逐步发展其他养殖,一方面增加经济效益,一方面为观光旅游业服务,例如养殖珍稀鸟类等;三是文化观光旅游产业,要充分利用区位优势和现有的自然条件,以文化为核心,打造文化观光旅游产业。"

听了魏继业的介绍,傅生皓又问:"这个只是计划,具体怎么操作,你能介绍一下吗?"

魏继业又接着说:"当然,这三条线是紧密联系在一起的,是一个整体的产业结构。以一个小区为例,我们准备逐步发展到两千头优质奶牛,这个规模基本能够满足沼气的生产;而我们建设这样规模的沼气设备,一方面可以供应村民的日常生活,比如照明、做饭等,还可以满足沼气发电,可以满足我们的加工业和将来连带企业的用电需求;沼液和沼渣基本可以满足我们三年到四年一轮的有机肥施用。这样,我们就可以逐步把土壤质量改造过来。我们的牧草种植与秸秆也是按照两千头牛的规模计划种植。这样就形成了一个闭合的良性循环圈,它能够带动其他产业有机地协调发展。当然,这些都是动态发展的,随时可以做出调整。按照这个蓝本,我们已经制定了详尽的实施方案与远景规划。这个计划的可行性报告是我们请农业大学帮我们制定的。"

一直静静地听魏继业讲的傅生皓,脸上露出满意的笑容。

"行,你这个计划比较大胆,有魄力。这就是农村城镇化的一种典型的形式,所谓的城乡一体化,就是应该从这样的一个切入点来找突破口。"傅生皓征询似的看着魏继业,"你的计划能给我一份吗?"

魏继业憨厚地笑了,说:"当然能了,太能了。"

"我们想回去组织专家对你的计划进一步进行可行性论证,如果符合科学合理的均衡结构,符合生态、环保、绿色、安全的发展理念,就在全市逐步推广。"

魏继业挠了挠头,颇有些为难地说:"只是我这还正在建设中,许多都是半拉子工程,以后不知道能不能按照设想完成。"

傅生皓十分肯定地说:"别担心,只要坚持科学的发展态度,不盲目冒进,踏踏实实地去做,就一定能够做好。困难肯定会有,只要勇于面对就不怕。别忘了,你的背后是村民,只要你从他们的利益出发,他们一定会同你一起面对困难;还有你们依靠科学的态度,这是必须坚持的一点;你的身后有政府的支持,只要你是为人民的利益,去杀开一条血路,我们就是你强大的后盾,我们会在资金、政策等各个方面给你以最强有力的支持!"

魏继业听到这里很激动,他握住傅生皓的手表态:"谢谢领导们对我的支持和信任,我一定尽全力把企业做好,不辜负父老乡亲对我的期望,也不会辜负领导们对我的期待。有这么多领导与乡亲的支持,我相信我不会让你们失望的!"他放开傅生皓的手又有些抱歉地说,"只是有一个事情还不完备,我妻子在医院里。如果傅市长现在就准备带走计划的话,我让出纳马上整理复印资料,这样可能还得等一会儿。"

傅生皓说:"不忙,我们正好可以讨论一下。"他听到魏继业说妻子住院,关切地问:"你妻子在住院？什么病？严重吗？"

魏继业心情低落地说:"流产了。"

于是,一行人一边走一边听魏继业讲述徐莉被"二奋勇"推倒后导致流产的过程。

# 第六十二章

听完魏继业的讲述,几个人都唏嘘不已。

回到办公室以后,市秘书长问魏继业:"那个混蛋村主任现在在什么地方?"

魏继业心情有些沉重。他忍着悲愤回答:"在拘留所。"

秘书长似乎有些惊讶,说:"怎么在拘留所?他这是犯罪,刑事犯罪!那是一条活生生的生命啊!他应该被押在看守所。"说完,站起身来往门外走去,"我打个电话。"

傅生皓摆摆手制止了,说道:"先不要打电话,如何定性不是我们考虑的事,公安局调查清楚会按程序办的。我们还是不要干涉办案。"然后心情沉痛地对大家说,"大家说一说,这件事情说明了什么?"

一位姓赵的主任立刻说:"简直无法无天,一个村主任竟然骄横跋扈到如此地步,简直是黑社会嘛。怎么回事?如何当上村主任的?如此令人发指就没人管过?是不是有什么背景?查!"

一位政法委委员显得痛心疾首,说:"法盲,典型的法盲。对待这种人就得狠狠地惩治他们,叫他们知道什么是法,叫他们知道法是神圣不可侵犯的!"

傅生皓用充满期待的眼神看着宋风凡,对他说:"我想听听宋律师的看法,他从不同于我们的角度分析,也许能给我们更多的启发。"

宋风凡会意地点了点头,然后说:"各位领导,那我就谈谈我对这件事情的看法。"他稍微停顿了一下,迅速朝众人脸上扫视了一下,才说,"刨树寻根,出现今天这样的事情其实并非偶然。刚才赵主任提出的问题一针见血,这样一个无赖是如何当上村主任的?其实'二奋勇'并没有什么保护伞或者是什么后台。他原来也并不像现在这样无赖,尽管那时也不被人看好。可是为什么只当了两年,却迅速蜕变、堕落成一个流氓、无赖直至犯了罪?是什么促使他走到这一步?我们的监督又在哪里?因此,我们不能忽视促使其形成的深层次

原因。"

于是,宋风凡和魏继业、宋安然互相补充着,从"二奋勇"如何开始自告奋勇当队长,如何阴差阳错地当了村主任,直到一天天迅速膨胀自己,将整出荒诞剧的来龙去脉,全部展示在大家面前。

讲述完整个事情的经过,宋风凡接着刚才的问题谈自己的看法:"我之所以说它荒诞,是因为整个过程弥漫着一股浓浓的荒诞气息,'二奋勇'当社长的时候是采取抓阄的办法选社长。我们这里流传着这样一个笑话,有人要是对某人不满,就会说:'小心选你当社长的啊。'把社长当成甩不掉的鼻涕一样拿来调侃;当村主任候选人时,在一定程度上靠原村主任王杨锁强势推荐,选举前夕我父亲又主动放弃,也给了'二奋勇'胜出的机会;而最后的复选,不是人们确信'二奋勇'有能力胜任村主任,而是他们无从选择。虽然对两个候选人都不满意,但也只能从两颗臭瓜里挑一颗他认为相对好一些的那颗。当然,这里边也有村民的非理性因素,也有'二奋勇'自身蜕变的因素。"说到这里,宋风凡停了下来。他不想喧宾夺主说得太多,一下子把话说尽。他这样说,只是想抛砖引玉,让领导们发表他们自己的看法。

不知是领导们至今还没太明白这里面的问题,还是害怕在市长面前说错了话,一时竟没有人接话。

此时宋安然听儿子说到他退选的事,有些不自在了,如坐针毡。因此,宋风凡一停顿,他赶紧检讨似的说:"这事我也是有责任的。我如果那时不退选,也不会发展到今天这种地步,至少不会发生这样的事。所以,造成对继业媳妇的伤害,我也有不可推卸的责任。"

魏继业赶紧替姑父打圆场,说道:"姑父,怎么能怪你呢?谁也不会预料'二奋勇'会变化成这样,要是早料到,当初谁还会选他?"

傅生皓也接住说:"老宋你不要自责,小魏说得对,这事怪不到你头上。就像刚才宋律师说的,许多事情并非孤立的,它是由好多因素共同作用的结果。但是,有一个不容回避的事实是,从选举开始,一直到现在发生的许多事情,我们的领导在什么地方?为什么会视而不见?因此,我们的监管是缺位的。两年呀,不是一天两天的事,也不是一件两件事,以至于发展到用他来吓唬孩子,这分明就是个凶神恶煞的形象嘛,我们的基层领导难道没有一个人有所察觉吗?这能说得通吗?这不能简单地以官僚主义自我开脱哇?作为人民的父母官,本应把人民当作父母来保护的,可是在父母需要我们保护的的时候,我们在哪里?啊?饭局上?麻将桌上?由此可见,我们的某些领导已经麻木到何等地步啊。"他停顿了一下又说,"有的同志可能会说,这有多大的事呀,你就如此大动肝火,是不是有些小题大做了。这正是我要强调的,我们许多同志的麻木正是这样一点一滴慢慢养成的,'温水煮青蛙'。我们时刻要有这样的警醒,群众的事无小事,群众的小事解决不好,就会慢慢积累成大事、大问题、大矛盾,甚至会逐步威胁到我们执政党的基础。"说到此,好像还意犹未尽,接着说,"我们讲依法治国,任重而道远。可是,强化我们为民执政的理念,改变我们的工作作风,更是任重而道远啊,同志们。"

从傅生皓的语气中,可以感觉出他的愤慨与痛心疾首。

宋风凡接住他的话说:"我认为市长说的并不是危言耸听。权力如果不受监督,不受约束,必然的结果就是任性;而任何事物,任其任性发展,就会疯狂,直至灭亡。正如古希腊希罗多德的那句名言所说,'上帝欲使其灭亡,必先使其疯狂'。疯狂背后的根本原因就是权力的失控与滥用。加上许多官员不作为,许多时候群众投告无门,自然就会屈服于他的淫威,忍气吞声。这样就形成了恶性循环。"

傅生皓端起茶杯喝了一口茶,平息了一下心中难抑的激愤情绪,又接着说:"为什么我们的群众能不打官司就不打官司?因为他们不相信司法。徇私枉法的案例虽然绝对值不是很高,但就是偶尔几件,就足以摧毁人们对司法的信心;为什么他们宁可花钱请人办事也不愿走正常程序?就是因为我们的官员懒政、惰政;为什么他们要懒政、惰政?一方面是因为监管缺失,还有一个不能拿到桌面上的原因就是故意懒政、惰政,最终的根源还是利益驱动。勤政为民不但没有油水可赚,还会被人耻笑为食古不化,因循守旧,跟不上社会发展的脚步;而暗箱操作却大行其道,贪腐形势越来越严重。正因为这种状况长期存在,才导致政治生态、社会生态遭受重创,道德观被严重扭曲。"

傅生皓停下以后,宋风凡又接着刚才的话题说下去:"我认为还有一个更重要的因素不容我们忽视,那就是农村的客观环境与农民的民主意识的淡漠。它带有一定的普遍性,并非偶然,八社社长也是通过抓阄选出来的。有的地方虽然不是靠抓阄,却是靠起哄选举,畸形的心态形成畸形的产物。为什么会这样?是村民的非理性因素占据了主导。这种麻木的惰性心态使农民失去了正确的判断能力,也丧失了起码的社会责任心。这是农民对自己手中民主权利的嘲弄、漠视,更是一种亵渎。其根源在哪里?在于'流失'。"

那位政法委委员有些不明白:"你指的'流失'是什么意思?"

宋风凡给大家解释:"农民的有生力量都流向了城市,他们带走了文化、知识、活力、创新观念等,换句话说农村的新鲜血液几乎全被城市抽走了,现在的农村就是一个严重失血的苟延残喘的老人。"

在场的人都沉默了。是啊,他们比谁都清楚这种状况,自从改革开放以来,农村的有生力量就开始逐渐向城市转移。他们不仅带走了各种代表着创新活力的东西,更带走了农村发展的信心和农民赖以生存的希望。该如何破解呢?这是一个多少人苦苦思索的难题。

傅生皓环视了一下在场的人,看大家一时都沉默了,就说:"各位就宋律师刚才说的,有关农村'失血'的问题,有何高见呀?"

魏继业看看大家一时都没说话,就试探性地说:"我当初接手公司的时候,其实就有这样的想法。等我把公司经营好了,就有可能吸引外出的人回流。那时候,孩子们就能同父母团聚,老人也能得到儿女们的关爱,就不会有留守儿童和空巢老人的尴尬了。"

赵主任接着说:"刚才宋律师说的农村'失血'的问题,确实是当前比较突出的问题。我是这样认为的,既然'失血',我们就应该止血呀。小魏说得不错,把公司发展起来,把流失的中坚力量再吸引回来,不就止住血了吗?"

那位政法委委员看了赵主任一眼,"哈哈"笑了一声说:"老赵说得太理想化了。像小魏这样的企业毕竟不多,你不可能在短时间内都发展成这样哇?再说了,就算你说的能实现,你把人又吸引回农村了,城市咋办?不要发展了?我认为那样是扬汤止沸,无济于事。"

赵主任颇为尴尬地笑了笑说:"这不是讨论嘛,畅所欲言,啊?畅所欲言。"

秘书长这时小心翼翼地说:"我斗胆说一说我的看法。"说完他看了傅生皓一眼。傅生皓点点头,鼓励他说下去。秘书长受到鼓励,就说,"我认为即使是止血,也不应该是这么个止法。为甚?你说把出去的农民再吸引回来,还不是又回到原来的老路上了吗?我认为应该给输血。"秘书长说到这里又停下来了。

傅生皓又鼓励他:"你说说,怎么个输血法?"

受到市长的鼓励,秘书长放开了:"我想不能这样吗?首先政府在政策方面要给予大力支持,比如贷款方面放宽条件限制,协调垮行政区域的土地整合等;其次是加大资金投入力度,就像魏经理公司原来的资金扶持方案,如果现在达到目标,我们依然应该恢复原来的扶持方案,这样真正有示范效应的典型性企业,我们不扶持还要扶持谁?但是应该避免撒胡椒面儿,唐王乱点兵。那样不但浪费资源,好钢使不在刀刃上,还会对真正办实体经济的人造成伤害。"

傅生皓表示赞同地说:"你说的有道理,我们不能机械地按照文本去执行,要具体分析具体对待,他究竟是真的做实体,还是投机取巧套取资金。这就要加大监管力度,看它的导向性。"

宋风凡看看一时又没人发表意见了,就说:"各位领导,我认为我们可能忽略了一个重要因素,就是文化在发展中的主导作用。我想从中医的角度谈一谈我对文化的理解,不知道领导们有没有兴趣听。"

傅生皓一听,马上表示支持:"哦?这个新鲜,你讲讲看。"

宋风凡顿了一下就开始讲:"《黄帝内经》中《素问·调经论》这样论述:'人之所有者,血与气耳,气为血之帅,血为气之母。气为阳,血为阴,气能生血,故气虚亏损,持续发展,则常可使血液生化不足表现为气血两虚。'简单地说,我们的生命运动分为两个方面,一个方面是功能,另一个方面是物质。物质靠功能来推动运行,功能靠物质来供给力量,所以他们是互相转化、互相促进的。具体来说,气为阳,血为阴,气就是功能,来驱动物质的血在周身运行,并且将我们的食物转化为供给各部分脏器所需的营养,维持人的身体健康与正常活动。而'气为血之帅,血为气之母',血亏,'则常可使血液生化不足表现为气血两虚',也就是说,气在生命运动中起主导作用,如果营养物质'血'不足,就不能生产出'气',而'气'不足,就不能推动物质运行,无法将食物转化成基本物质'血',使生命活动越来越弱。所谓'人活一口气',不是通常意义上的赌气、怒气,而是人体气机里的气。人死的时候,那口气一断,生命就停止活动了。因此,农村的现状是不但亏血,而是气血两亏。什么是气?我认为就是文化,文化是社会的功能,经济是社会的物质,文化像'气'一样推动经济这个'血'运行,社会才能健康地向前发展;反过来经济这个'血'又为文化这个'气'奠定物质基础。因此我们常说,文化是一个民族的灵魂。试想,一个没有文化的人,连起码的是非观都没有,起码的判断能力都没有,即使有再多的物质条件,他咋能为推动社会进步做贡献?他除了像猪一样享受生活,别无他求。所以,一个文化走向衰落的群体,就是气数渐衰的群体,光靠输血不能从根本上解决问题,还要让它造血。所以中医常常讲扶正祛邪,扶的就是正气,正气旺就可以将物资的血源源不断地转化为能量;培元固本,同样培养的是元气,元气培养起来,就能固守物质的根本不至于流失。我讲的这些比较专业,不知道能不能让各位领导理解。班门弄斧,让领导们见笑了。"

政法委委员很惊讶,说:"原来宋律师对中医也颇有研究啊。"

宋风凡谦逊地说:"皮毛而已。我大姥爷就是中医,我从小受他老人家熏陶,耳濡目染,多少懂一些皮毛。"

大家都七嘴八舌地说宋风凡的例子讲得通俗易懂,很容易理解;还说他的这个观点真正点到了痛点,找到了问题的症结所在。

傅生皓等大家议论一阵之后才说:"讲得很好。宋律师举这个例子深入浅出,很形象很生动。是的,文化是统领一个民族的灵魂。一个群体、一个民族,如果没有文化的引领,就会像掐了头的瞎蠓,瞎撞乱碰。一个人没有文化,就不懂得孝敬老人,就不知道如何教育子女,就不知道如何尊重别人,社会的道德体系就会逐步走向崩溃。而完善的道德体系,是我们依法治国的基础。所以,光靠输血是被动的,要形成主动的造血机制,形成源源不断的内生力,这才是根本。"

傅生皓看到大家都在静静地听他讲,就接着说:"宋律师的话给了我一个启发,汪洋同志在任广东省委书记的时候,曾在2008年提出过一个'腾笼换鸟'计划,想必大家都知道。那个计划当时是针对广东的工业化经济转型制定的,后来在全国范围内推广应用,甚至为破解我国经济结构性矛盾起了至关重要的作用。我想我们能不能结合'腾笼换鸟'计划,我们也制定一个'换血计划'?"

大家都疑惑地看着傅生皓,不知道这"换血计划"该咋换。

傅生皓看着大家疑惑的眼神进一步解释:"我是这样想的,农民进城是一个不可逆转的趋势,因为它符合市场经济的运行规律。它一方面提高了农民的收入,也让农民工在城市的环境里提高了自身的素养;另一方面促进了城市的发展,为我国的经济发展提供了不可替代的动力。可是它带来的负面影响就是抽空了农村的活力,造成了农村的空虚,尤其表现在留守儿童和空巢老人两个方面。可要解决这种矛盾,走出这个困局,我们不能陷入思维定式,跟城市搞拉锯战,抢夺人力资源,应该因势利导,顺其自然。为什么我们农民的观念多少年了,还基本停滞在一个水平不能提高?为什么我们农村的造血功能越来越差?是因为客观环境,农村的环境缺乏活力;没有活力,就难免产生惰性。你们想,如果一块土壤严重板结,如何能使作物茁壮成长?所以我们就要努力改变滋生惰性的土壤,增强土壤的活性,增加有机质。同理,要想彻底改变农村的现状,就得为农村注入活力,这就是我提出的'换血计划'的初衷。我提出的'换血计划'是这样的,像宋律师说的那样,阴阳互补。第一步,我们要加大对农村的扶持力度,鼓励像继业这样的企业发展壮大,真正起到引领作用。在这个过程中,要鼓励有思想、有文化、有专业技能的人到企业。这样的人应该是以一当十甚至当百,只有这样才能解放出更多的农村劳动力。最主要的是这样的人才能给农村带来活力,带来先进的理念,带来新的思想,以'换血'来强化自身'造血'的功能。一句话,他们可以在各个层面影响、改变农村的环境与面貌,为农村注入新鲜血液的同时,带给农村朝气蓬勃的生命力。但是要集中,像秘书长提醒的那样,不能撒胡椒面儿。这样不就能做到阴阳双补吗?其次是继续鼓励农民进城而不是想方设法限制他们,还要鼓励他们带着孩子到城市上学,让他们分享城市优质的教育资源。一方面为我们以后的人才培养打基础,让农村的孩子不要输在起跑线上;另一方面农民工在城市里也会逐渐被改变、被提高,最主要的是可以提高他们的经济收入,改善生活。等他们具备了足够的生存技能,还可以回乡反哺家乡。这一进一出,形成良性循环,就是我设想的'换血计划'。这样就有可能打破城乡界限,实现城乡一体化。当然,这是个痛苦的嬗变过程,我们的农村要想像凤凰涅槃一样重生,就必须得接受,像母亲分娩时接受一个新生命的诞生一样接受。大家觉得这个计划的可行性如何?"

沉默了半天的赵主任这时提出一个新问题:"我觉得空巢老人的问题还是没有解决,总不能连老人都带着进城吧?"

政法委委员也提出一个新问题:"我也有一点疑惑,这双向鼓励具体该怎么操作?鼓励农民工进城怎么安置?鼓励人才下农村我们也不能越俎代庖吧?"

傅生皓说:"这正是我们抓牛鼻子的关键。首先我们要继续扩大发展围绕工业与旅游业两大体系的各相关产业,扩大就业面,为农民工创造更多的城市就业机会;同时要加大对农民工的培训力度,提高他们的职业技能,为他们就业创造条件;在鼓励人才下乡方面,就要努力扶持企业的发展,例如帮助他们解决贷款这样的实际问题,加大农村基础建设改造,帮助他们增强吸引力。这样一来,让城市的人才和农村的农民工双向互动起来,城乡一体化的这盘棋就能走活了。在这个基础上,政府拿出一部分资金,鼓励农企兴办养老机构,逐

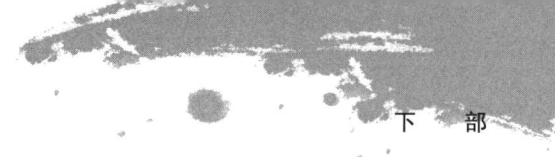

步解决农村的养老问题。"

傅生皓说完,大家一起叫好,说这样就抓住了解决问题的根本。

傅生皓又说:"这就要我们回去,根据这个初步的蓝本群策群力,集思广益,制定一个完善的计划。可真正实施是要下大力气的啊。"

大家的积极性被调动起来,又各自提了一些补充意见和看法。这时,公司出纳把他们的规划报告整理复印出来了,领导们一行准备到下一站继续考察调研。

临走,傅生皓关切地问徐莉的病情,嘱咐魏继业好好照顾徐莉,只要大人安然无恙比什么都重要,并让带话给徐莉,让她安心养病。

傅生皓拍着魏继业的肩膀说:"小魏,放开膀子好好干,我们相信你。你有这么好的左膀右臂还怕什么?"

傅生皓又想起村委会的事,又问魏继业:"村主任被关起来了,村里现在的工作谁负责?"

魏继业回答:"现在会计刘清水兼着。"

宋安然补充说:"刘清水也六十多了,早就要撂挑子,跟儿子到城里去生活,可是没人接手会计,只能这样将就着。要不人都说村里是维持会呢。"

傅生皓严肃地说:"这种状况不能再持续下去了。我们政府机关人浮于事,为什么不能抽出人来兼职?也可以节省一笔不必要的支出,这个问题必须马上解决。还有村主任的补选,为什么一个星期还没动静?"说到这里,他又转头对宋安然说,"老宋,这次你无路可退了哇?我们不能老是要求别人如何如何,而我们自己却老是往后退缩哇,是不是?你可不能再瞻前顾后了啊,你得听从自己内心的良知去做事,才能让自己心安,才能活出真正的精彩!"傅生皓的话虽然是笑着说的,语气也很客气,可到了宋安然的耳朵里,却比狠狠抽他两个耳光还要令他无地自容。

傅生皓又转身握着宋风凡的手说:"我有一句推心置腹的话送给你:'海纳百川,有容乃大;壁立千仞,无欲则刚。'我的理解是一个人在坚持自己独立性不变的同时,也要努力拓展自己的兼容性。所以我想,你应该把视野放得更开阔一些,不但要关注农村,更要关注城乡一体化这个大局,关注它的整体性,这样才能找到破局的钥匙。这是一种大智慧,也是一种大格局。只有把自己的胸怀拓展得足够大,才能培养出自己的乾坤意识。不知道我这样理解对不对?"

宋风凡紧紧攥着傅生皓的手不舍得放开，说："您的话我记在心里了。真想多听一听您的教导，只是怕浪费您的时间。"

傅生皓谦逊地笑了笑，说："教导不敢当。以后有什么事直接来找我。"

目送一行人离开，宋风凡心潮起伏，傅生皓的话像是一股清泉，慢慢地滋润着他的心田。傅生皓儒雅的学者风度，始终让人沉浸于一种如沐春风的温暖里。

吃过饭，宋风凡坐着魏继业的车一块儿回了县里。临走时，高美香在厨房收拾锅灶，没出来送他们。宋风凡对父亲说："爸，如果油坊不太忙，就让我四妗多出去走走，去看看魏蓉，或者去首府菲菲那儿走串走串。我四舅走了以后，她在这里再没有个走串处，够孤单的。你有时间也多陪她说说话。"

宋安然一时不知道该咋回答为好，只能"嗯嗯"地应付着。

宋安然回到屋子里，告诉高美香刚才宋风凡说的话，高美香也迷惑不解，说："什么意思？"

宋安然也猜不透，说："是不是发现了我们的蛛丝马迹？还是……"

高美香脸一红，羞涩地说："你是不是想说，凡凡想撮合咱们俩？"她一下子不好意思地捂上了脸，像个未出阁的大姑娘，"不可能。"

宋安然就追问："你说甚不可能？是说凡凡不可能撮合，还是我们不可能结合？"

高美香平静了一下情绪，说："你觉得有可能吗？即使娃娃们都同意，我们能公开地在一起吗？想一想就觉得有两双眼睛时时在盯着你，你咋能自在？那不也是一种折磨吗？"

宋安然颇有些无奈地苦笑了一声，说："唉，我们两个大活人，倒叫他们两个死人给'困'死了，真是咄咄怪事。何况我们还是这么优秀的两个人。"

高美香也笑了一下，不过笑得更苦涩，说："能有什么办法呢？可能是我们上辈子欠了他们的哇。"

下部

# 第六十三章

　　宋安然放心不下杨奶奶，又过来看了看。中午过来的时候，杨奶奶在不停地咳嗽。宋安然就有些纳闷，已经输了两天液体了，怎么不见好转，反而又添了新病了呢？他要带着杨奶奶去住院，杨奶奶却说："这半迟不早的住什么医院。可能就是早上又着凉了。人一老就不经折腾了。"杨奶奶执意不去，说再输两天液看看。宋安然一时也不好强拉硬拽着去医院。
　　刚进院，宋安然就听到杨奶奶的几声咳嗽。让宋安然稍感心宽的是，杨奶奶的咳嗽还是那样，没发展成那种惊天动地持续不断的大咳。
　　宋安然进家与杨奶奶寒暄过后，又提出让住院的事，杨奶奶仍坚持不去住院。"只是个感冒，又不是什么大病，"杨奶奶把病说得轻描淡写，"过几天就好了，不要大惊小怪。"
　　"万一转成肺炎咋办？再引发其他什么病，更麻烦了。你毕竟年岁大了，身体机能都在下降，心脏和肾脏的状况也一直不太好。明天还是去医院吧，医院里毕竟比家里条件好得多，万一病情有什么变化，也好及时采取措施。"又笑着打趣说，"芹芹可是把你托付给我了，我可得对你负完全责任呀。万一有个好歹，我没法给芹芹交代呀。"
　　杨奶奶一撇嘴，说："哟，哪有你说得那么玄，又不是个琉璃咯嘣儿，一碰就碎了。"
　　宋安然劝说了半天，一再动员，杨奶奶没再坚持，只是说："今天晚了，明天再说哇，反正也不是说死就死了。"杨奶奶说到"死"时很平静，并不忌讳，像谈论一件再平常不过的事。
　　说话间，宋安然看天色也快黑了，就跟杨奶奶说定，明天一定要去住院。杨奶奶未置可否，宽厚地"嘿嘿"笑了两声。
　　又拉了一阵闲话，宋安然就从杨奶奶家告辞了。
　　第二天，宋安然早早地收拾了家务，又打电话叫高美香早点儿过来。然后

419

来杨奶奶家,准备带杨奶奶去县医院看病。

宋安然进了杨奶奶的里屋以后,看到的是令他既惊惧又震撼的一幕:杨奶奶已经提前去了!

杨奶奶的屋子收拾得干干净净。杨奶奶把自己打扮得清清爽爽:穿一身崭新的传统妆殓衣服,展展地平睡在土炕的中间,睡姿标准而整齐,像个操练立正的士兵;杨奶奶上方的窗台上立着一个黑色的装裱成遗像的镜框,镜框里的遗像显示的是杨奶奶大概六十来岁时的面容,慈祥而丰满;枕边的炕沿旁,放着一个小药瓶和一个低音炮,还有一个小布包。杨奶奶像睡着了一样,脸上的表情是安详的,似乎还带着一丝笑意……

宋安然半天没反应过来,意识仿佛在那一刻凝固了……好一会儿,宋安然才不相信似的走上前,抚了一把杨奶奶的脸,杨奶奶的脸是冰凉的,杨奶奶千真万确是去了!

宋安然坐到炕沿上,看着杨奶奶慈祥的面容,一幕幕往事在他的眼前掠过:自打六岁他随父母从通渭老家迁移到这里,四十来年了,他们家早就同杨奶奶成了一家人。杨奶奶不但在生活上给予他们慷慨的帮助,更在精神上给了他们极大的鼓励;在做人的境界上,同样在潜移默化中一天天影响着他。这么多年,杨奶奶不是亲奶奶却胜似亲奶奶……宋安然任凭两行热泪无法抑制地"啪嗒啪嗒"滴落在胸前也不去理会……

宋安然没有打动屋子里的任何一样物品。他轻轻地把门带上,到院子里给罗毛蛋和高美香打电话,仿佛怕惊扰了睡梦中的杨奶奶。随后,他又给派出所打电话,告知了这里发生的事情。

等派出所的民警到来的时候,杨奶奶的院子里屋子里已经攒了好多人。高美香和一帮女人们一边唏嘘着抹眼泪,一边低声交谈着杨奶奶的种种善行。

在众人的见证下,派出所的王副所长简单地做了鉴定,根据药瓶可以初步判定,杨奶奶是服用安眠药自杀的。王副所长又填写了一些表格,让罗毛蛋及几个村民签了字。王指导员说:"这些要回去备案的。"

王副所长还当着大家的面,清点了杨奶奶的一应遗物,并一一登记造册。王副所长说,他们要为死者的家属负责。

遗物除了屋里的日常用品,就是放在枕边的布包,里面装着两千多块钱现金和一张农商银行的储蓄卡,还有杨奶奶和杨树林的"优秀共产党员"奖状各一份,杨奶奶和杨树林的"模范共产党员"奖章数枚,还有杨奶奶的那部老年人

手机。

王副所长将手机递给罗毛蛋,让社里联系杨淑芹,并且商议处理老人的后事。罗毛蛋随即将手机又递给宋安然。

宋安然看到杨奶奶依然保存着的"优秀共产党员"的奖状和奖章,一下子愣了。当王副所长让民警将这些物品整理装箱的时候,宋安然忽然意识到什么,对王副所长说:"等等,打开低音炮的录音,杨奶奶一定留下了什么话。"

这个低音炮还是宋安然给杨奶奶买的。

三年前那个冬天快到年底的时候,宋安然决定给杨奶奶庆祝八十大寿,却被杨奶奶制止了。

杨奶奶问宋安然:"请人不?"

"请,当然要请。"

"请多少人?请些谁?"

"要是都能到,大概有五六十户哇,初步估计得超出一百个人,甚至更多。除了我的几家朋友,其余的我不会一家一户去请。主要包括你接生过的那些干儿子干女儿,我传话给他们就是了。来人,我接待;不来,就罢了。"

杨奶奶就对宋安然说了一番话:"你既然请人家来,人家怎么会不来?不来就失了礼了,面子上过不去;人家来,该不该随礼?一随礼,人们会怎么想?不会说你是为了收钱吗?"

宋安然"嘿嘿"笑了,说:"你不用担心,我不会收礼的。请人的时候我就告诉他们,我不收礼。"

"看看,你这不是为难人家吗?谁会两个肩膀扛个脑袋来白蹭你的吃喝呀?你要面子,人家就没有个面子吗?即使你坚决不收礼,别人白吃也不会自在,始终落你的一份人情。这且不说,外人会怎么说?说不定还会有人说,你借此捞取虚名呢。"又说,"你真要办,就是公公背媳妇,几头不落好。我每天吃得好,喝得好,心情好,不跟天天过寿一样吗?你这样不是铺张浪费吗?不如攒两钱办些正经事。"

村里有个乡俗,老人高寿都要庆寿。七十、八十都要庆,有的人家六十岁就开始庆了。原来生活困难的时候,这些都是有钱人家的讲究。现在生活好了,寻常人家也要大张旗鼓地过寿。宋安然原本是怕杨淑芹不在跟前,杨奶奶会落寞,所以才想给杨奶奶过寿的。如今让杨奶奶这样一说,宋安然一时也没了主意。

杨奶奶又说:"再说今年我的生日已经过去了。"

宋安然顿觉诧异,问:"你不是不知道你哪天的生日吗?原本我是想给你定在元旦过的,那段时间人们都不忙,那天又有意义。"

杨奶奶似乎神秘地笑了笑,说:"我怎么能不记得我的生日呢?七月一日。"

宋安然还是不相信,"你不是在诳我吧?那年我问你,你不是说不知道嘛。"杨奶奶七十岁的时候,宋安然就曾张罗过要给杨奶奶庆寿的,当时杨奶奶说不知道自己的生日。

宋安然满腹狐疑地问,不知道生日,身份证是怎么填写的?

杨奶奶说身份证上的日期是随便冒填的,不作数。她几岁时父母就被日本人打死了,咋能知道自己的生日。又说自己本来年轻,一"庆"倒把自己给"庆"老了,所以坚辞不受。杨奶奶还说,等八十吧。

宋安然只好作罢,但杨奶奶"等八十"的话却被宋安然记住了。

不过,现在杨奶奶的一席话说得入情入理,宋安然也不好再说什么了。宋安然撇见杨奶奶炕上的袖珍收录机,就说:"要不我给你买个低音炮哇,也算我的一份生日礼物。现在的老年人都更新了,你还用这个?"

杨奶奶想了想,爽快地答应了,并且要求宋安然要买就买个带录音的。杨奶奶喜欢听二人台和山西梆子。杨奶奶的袖珍录音机还是十几年前杨淑芹给买的,那时老年人几乎没有人能享受如此待遇。可现在这样的物件早就在淘汰之列,就连磁带也不容易买到了。因此,杨奶奶也不常听了……

此时,宋安然联想到杨奶奶准备好的遗像和安眠药,才猛然醒悟,可能杨奶奶在那年甚至更早的时候就开始考虑这一天了。

王副所长打开低音炮,低音炮里传出杨奶奶平缓的声音:

"当你们听到我的声音的时候,我已经去见树林了。走之前,我得把事情交代好,才能放放心心走。

人生七十古来稀,我已经八十有三了,再不走就活成老妖婆了。人说道,七十四,八十三,神仙不领鬼来撵,我得赶紧走了,不能硬等着鬼来撵掇我走。按理说我早就该去找树林了,但是安然一家和乡亲们对我照顾得好,我舍不得离开你们,就多活了几年。如今,我的身体一天不如一天,自己知道有今儿没明儿了,灯油已经熬尽了,迟走几天又能咋?不如见好就收。万一瘫在炕上,闺女又有大事要办,我又要拖累众人,首先要拖累安然。安然娃娃受了半辈子磨难,如今灵芝娃娃年轻轻儿也走了,他一个人里里外外更忙得脚不沾地,我还能再给娃娃添乱吗?不但拖累安然,我自己还不知道要受多少洋罪呢。我前半辈子给小孩儿接生,后半辈子给死人妆殓,生生死死见得多了,生死已经无所谓,没有哪个人能逃过一死,只不过都是迟一天早一天的事。所以,我死是心甘情愿的,我的后半辈子是幸福圆满的;现在不死,将来肯定不会像现在这样圆满。我的身体我知道。

只是我还有个心愿没有了结。自从我被留党察看以后,五十来年再没交过党费,上级也一直没给我个定论。不交党费,到那边见了树林该咋交代?他一定会责怪我。"四人帮"倒台以后,有人提醒我去找上级,给我个定论,确定党员身份。我想了想还是罢了。我入党本来就不图名不图利,就是为了报答共产党的恩情,求的是自己良心安,睡觉踏实,吃饭香甜。只要我按党员标准做事,不给共产党丢脸,有没有名分又有何妨。说不定有人还说我借机想讹政府甚呢;有的人又是党员又是干部,却连一般群众都不如,顶个党员的名分又有甚意思?所以入党在心不在名。何况不知道能不能找到当年那些人,找到了给不给办事,不知道得费多少周章,又不知道会生出多少闲气,图个甚?还不如踏踏实实多做些事呢。

曾经有人说共产党待我不公,我年轻时候也那样思谋过,认为我没负共产党,是共产党负了我。后来我想通了,岁数越大越想通了,不是那么一回事,那样想是小人的度量。你想,兄弟姐妹欺负你,你能反过来怪怨妈妈吗?我的命是共产党八路军救的,共产党就是我的妈妈。儿不嫌母丑,狗不嫌家贫,树不能伤根,人不能忘本,连这么个道理也不懂,还活人了?共产党八路军当初就不该救我。那些事不是共产党的错,不能给共产党硬安在头上。是谁的事就该谁负责,一拃是一拃,一码是一码,麦子是麦子,枳子是枳子,这些我能分得清。

岁数越大,越觉得心里头揌愧,半辈子没交党费,共产党每年还给我几千块钱。越给我钱,我心里头越不自在,我这个女儿算个甚女儿?交了党费,我就问心无愧了,这一辈子就没一丝丝遗憾了。

我的银行卡里有九万多块钱,密码是******。这里面大概有五六万是女儿芹芹给我的,其余的是我这些年的积蓄。我原本想把它们作为补交的党费用在修路上,可是现在路修好了,就把它们用在村里的其他事业上吧,共产党肯定不会怪我,这是行善呢,顶如我替妈妈给群众办了一件事。我和树林的奖状、奖章给我带走吧,到了那边我也好给树林一个交代。

我的后事一切简简单单办,越简单越好,人死一场空。古人说厚养薄葬,不要再糟蹋钱了,活着把人当个人,死了不要瞎折腾。多剩些给村里人办点儿实事,我就欣慰了,我想我女儿芹芹也会同意的。

我的尸体希望火化,如果杨家同意我和树林合葬,就葬在一起,不同意就撒在葫芦海子里面。一者树林那时候就是火化,我如今囫囵身子,不能和他等齐,咋能合葬?二者周总理都把骨灰撒进大海,我留个囫囵尸首又有甚意思?白占地方。这些事都由安然办哇,他是我的孙子,我相信这些事他都能替我办妥帖。"

低音炮里的声音戛然而止。院子里出现了一时的静默,在场的每一个人无不为之动容,有几个女人又开始抹眼泪了。

直到此时,宋安然才明白,杨奶奶为什么说她的生日是七月一日。

芹芹嫁给日本人以后,曾经想把杨奶奶接到日本去住,无奈杨奶奶死活不肯。不得已,芹芹只能让宋安然帮助她做杨奶奶的工作,希望他能劝得动杨奶奶。

就是在那时候,杨奶奶才第一次给他们讲述了自己的悲惨身世。

杨奶奶的老家在山西。杨奶奶五岁那年,日本人杀害了他们全家,只有她一个人幸存了下来,她被一个八路军叔叔救起。

后来,她被八路军送给当地的一个穷人家收养。

抗战胜利前夕,日本人做疯狂的垂死挣扎。杨奶奶在一次日本鬼子的偷袭中跟家人走散,她和村里的一个小姑娘被日本鬼子抓住了。

杨奶奶依稀记得,那时她大概十一二岁,另一个十三四岁。日本人把她们带到一个院子里,就上前扒她们的衣服。她们拼了命地抵抗,但是无济于事,他们最终都没有逃脱日本鬼子的魔掌……

就在她们被三四个日本鬼子轮番蹂躏的时候,院子外面枪声大作,八路军犹如神兵天降。她亲眼看见日本鬼子慌慌张张,甚至连裤子都没有提起,就赶紧提着枪跑了,边跑边提溜裤子……

等枪声稀落的时候,她们才被八路军找到,并解救出来。

后来,杨奶奶与养父母团聚。为了躲避战乱,他们辗转来到了河套。从此以后,杨奶奶牢牢地记住了一件事,是共产党八路军两次救了她的命,共产党八路军就是她的救命恩人……

关于被日本人强暴的事,杨奶奶只在那次告诉了他和芹芹。杨奶奶告诉他们的时候,其实也是情非得已。宋安然知道,几十年后再次撕裂以前的伤疤,对于杨奶奶来说是多么残忍的事啊,那是一段不堪回首的让人羞于启齿的深深埋藏于心底大半个世纪的耻辱啊!多少年以后,杨奶奶在谈到这些事的时候,脸上的表情依然深沉而复杂。

杨淑芹在知道这一切的时候,再没有坚持自己的主张,同时把照顾杨奶奶的任务嘱托给了宋安然。

杨奶奶最听不得有人说共产党的坏话,即使有人拿杨树林的死替她鸣不平。直到那时宋安然才知道,杨奶奶之所以如此,正是源自于那一段生死攸关、刻骨铭心的经历。杨奶奶对日本人充满了刻骨的仇恨,那是她一生都洗刷不尽的耻辱;对共产党充满了发自灵魂深处的感激,那是她一辈子都报答不完的恩情。

杨奶奶曾经遭受了那么大的不公待遇,可她始终不曾记恨,不曾迁怒,始终怀着一颗感恩的心,淡然地活出自己的精彩。

如今杨奶奶去了,去的了无牵挂。杨奶奶走的时候,心里一定是安详的、宁静的。宋安然忽然想起不知谁说过的一句话或者是一首诗:"生如夏花之绚烂,死如秋叶之静美。"他不知道杨奶奶的死是一种无奈的选择,还是一种"秋叶的静美"。但他从杨奶奶录音中不慌不忙、不急不躁、从容淡定的口气中,能够深切地领悟,杨奶奶之所以在遭受了那样的打击之后,始终能保持一种乐观豁达的心态,从容不迫地面对现实,正是因为杨奶奶满怀感恩——共产党的恩情像一束永远不灭的阳光,始终照耀着杨奶奶以后的每一个日日夜夜;年轻时同杨树林度过的那一段美好的时光,像寒冬里的一盆炭火,始终温暖着她的情感。尽管她遗憾没能为杨家生个一儿半女,杨树林对她的感情却没有一点儿芥蒂。也许她当初抱养杨淑芹,就是为了给九泉之下的杨树林一点儿安慰吧。

# 第六十四章

杨奶奶的葬礼办得并不隆重。

根据杨奶奶的遗愿,派出所王副所长将杨奶奶所有的遗物全部交由宋安然帮助处理。

本来宋安然准备给杨奶奶好好地操办一回的,让老人家风风光光地上路,但杨淑芹却坚持遵从母命,不让宋安然大操大办。宋安然也就不好再坚持。

杨奶奶最终被安葬在杨家的祖坟,得以同杨树林合葬。杨家的后辈们十分愿意接纳他们这位德高望重的前辈,杨奶奶能埋进他们的祖坟,不但使前辈杨树林不再孤单,也给他们家族增添了荣光,让他们都感到了荣幸。

杨淑芹是在母亲去世的第二天赶回来的。当时,杨淑芹正好在北京,两个孩子与先生还在日本,杨淑芹只能自己一个人急匆匆地赶回来。

按照当地的风俗,五天头上出殡。出殡的当天,宋安然代替芹芹致悼词:

> 慈母西归感天动地,呜呼哀哉神惊鬼泣
> 儿未尽孝亦悔亦愧,悲痛欲绝啼血啼泪
> 一生辛劳善始善终,半世磨难无怨无悔
> 沧海为墨难表其德,白云作纸难书其义
> 生于忧患饥寒交迫,食不果腹衣不蔽体
> 长于乱世民不聊生,父母罹难骨肉分离
> 日寇掳掠幼年遭劫,八路神勇逢凶化吉
> 山河破碎生灵涂炭,千里跋涉颠沛流离
> 人民政权拨云见日,重获新生感激涕零
> 誓将一生献与祖国,甘洒热血在所不惜
> 奉献青春挥洒汗水,献身事业积极进取
> 铁姑娘队屡创战绩,建设祖国不遗余力

沐浴党恩扬眉吐气,誓遵党章无怨无悔
半世蒙冤初衷不改,几番磨难淡定无比
做人做事尽善尽美,信念坚定始终如一
满腔忠诚老而弥坚,终身追求矢志不渝
铮铮铁骨不谄不媚,落落胸襟坦荡如砥
兢兢业业为人表率,踏踏实实严于律己
从众从公任劳任怨,于家于私清白如水
干部群众一视同仁,有权无权不偏不倚
朴素为本勤俭为荣,不慕虚荣不贪名利
荣辱得失视若烟云,高风亮节令人感佩
助人为乐古道热肠,修桥补路急公好义
扶贫济困倾囊相助,热心公益殚精竭虑
破除积弊疾恶如仇,褒赞善举弘扬正气
善恶爱憎泾渭分明,乐善好施从不吝惜
调解纷争事无巨细,关怀老幼点点滴滴
甘做红娘成人之美,四村八乡有口皆碑
真诚待人不分贵贱,满腔热忱无论高低
善解民忧情自肺腑,从善如流乐此不疲
宅心仁厚恩泽后世,德行广布福荫乡里
功德圆满苍天可鉴,义薄云天实至名归。

悼词是在芹芹的号啕大哭声中念完的……

追悼会的悼词也是宋安然代芹芹写的。芹芹自从回来,就一直沉浸在悲痛与负疚的情感之中不能自拔,哪里能写什么悼词呀。宋安然恨不得穷尽天下的溢美之词,全部用来褒扬杨奶奶。宋安然心里清楚,这篇悼词与其说是他替芹芹写的,莫不如说是表达了自己对杨奶奶的感佩之情。

追悼会进行完以后,宋安然开着作为灵车的那辆送油车,缓缓地驶出杨奶奶的院子,向县殡仪馆驶去。就在灵车快驶出村子的时候,匪夷所思的一幕出现在灵车的面前:张八斤在村口跪着,等灵车过来的时候,跪在灵车前不住地磕头,口中还不知在念叨着什么。

宋安然赶紧将灵车停稳,跳下车拉起张八斤。本来宋安然在看到张八斤第一眼的时候,心里是恼火的,甚至是愤怒的,张八斤又不知道要疯闹腾什么。但当他看见张八斤泪流满面的时候,一下子惊呆了,张八斤的神情看上去与常人无异。

张八斤边哭边诉说:"我的好大嫂,你咋就这样走了?你走了我该咋活呀?你咋不领我一块儿走呀?"

宋安然也顾不了那么多,想赶紧把张八斤劝开,不要耽误了正事。可张八斤坚持要去送杨奶奶最后一程。无奈,宋安然只好把张八斤安排坐在自己旁边的副驾驶位上。

上了车的张八斤,似乎又恢复了那种魔魔怔怔的神态。

张八斤情绪的变化之快让宋安然迷惑不解,张八斤到底是恢复了神智,还是依然处于半疯癫状态?但从张八斤的眼神中,似乎没有了神经病人的那种迷离茫然的眼神。

宋安然突然有了一种大胆的猜测,莫非……

宋安然用试探的口吻,冷不丁地问了张八斤一声:"张叔现在好利索了哇?"

张八斤仿佛下意识地转脸看着宋安然,又掩饰似的问宋安然:"啊?你……你也知道了?"

宋安然努力控制着自己的情绪,不动声色地回答:"早就知道了。"

张八斤迟疑了一下,支支吾吾地说:"我……我……既然你早就知道了,我也就不瞒你了。这几年基本上再没咋犯过。"

宋安然虽然心里暗暗吃惊,但口气中却带了一种心照不宣的口吻对张八斤说:"差不多好了有四五年了哇?"

张八斤像是仔细回忆了一下,似乎略显尴尬地说:"哦……我也记不太清楚了,好像,好像有几年了。"

宋安然在心底里冷笑了一声,张八斤真不愧是个好演员,看来那么多年的戏没白演,居然把演技应用到现实生活中来了,甚至几乎做到不留破绽。仔细想想,现实生活中又有谁常常不在演戏呀,或主动或被动,正所谓人生如戏,戏如人生。自己不是曾经也努力在演戏嘛,只不过演技不如张八斤罢了。

宋安然依然装作很不介意但很关切的口吻说:"不犯就好,不犯就好,终于能过正常人的日子了。"

没想到张八斤听了宋安然的话,反倒显得十分沮丧,说:"好什么好,芹芹她妈这一走,恐怕我也没几天活了。"

宋安然又是一惊,说:"你怎么说这样的话?"

"你想啊,原来芹芹她妈经常给我送饭,即使知道我的病好了,也没嫌弃我,依然给我送饭。如今她走了,谁还会给我送饭?我不就剩下个死了吗?"

"哦?芹芹她妈也早知道了?"这倒让宋安然又一次感到意外。

"是啊,她是早就知道了,但我肯定她没对任何人说过。"忽然又狐疑地看了宋安然一眼,"你不会是听芹芹她妈说的哇?"

宋安然摇了摇头表示否认。

宋安然虽然对张八斤充满了厌恶,但想想张八斤也是风烛残年的老人了,何况他这个人也就是嘴上缺德,并非十恶不赦的坏人。如此一想,一股怜悯之情油然而生,"村子里还有那么多人,总还是有你一口吃的,现在又不是六〇年,谁家还缺一口吃的呀。"

宋安然这时才想起,张八斤在疯了的最初几年里,经常疯跑疯逛,遇到谁家吃饭,虽然遭人鄙视,但看着他疯疯癫癫孤苦伶仃,出于同情,多少人家总会给一口饭吃。

后来张八斤在两个女儿断断续续的治疗下,症状渐渐缓解了不少,加之年岁也大了,疯跑疯逛也少了许多,出来多是在村子里游荡。村里的人们看张八斤疯了以后倒比没疯的时候文雅规矩了许多,不但鄙视的目光越来越少,同情怜悯的情绪反倒与日俱增。人们也不忍张八斤粗枝大叶稀里糊涂自己将就着做饭吃,东家一碗,西家一顿给他送过来。其中,杨奶奶跟张八斤是隔墙邻居,张八斤吃她的饭最多。

没想到张八斤竟长长地叹了一口气,说:"唉,我知道人们同情我,是因为我疯了。一疯,就跟个流浪狗差不多,人们就不计较我以前的不是了,谁会跟个疯子一般见识呢。别说是个人,就是一条狗,也总有人不忍心看着它被活活饿死。如今人们知道我不疯了,会咋看待我?我装疯卖傻人们还把我当个人看,不装疯卖傻人们就不会把我当人看啦,人们一定会以为我这些年装疯卖傻,就是为了骗吃骗喝的。唉,我活得真不如一条狗哇……"张八斤说着又哭开了,"要是芹芹他妈活着,我还能活成个人,芹芹她妈知道我好了以后也没小看我,没揭穿我,替我保守着秘密。如今芹芹她妈死了,我的秘密也暴露了,我还咋活呀,即使众人不嫌弃我,我还哪有脸活着,呜,呜……"

他一边哭着,一边又说:"我不想再装疯卖傻了,土埋脖子的人了,还得受这种煎熬。这种人不人鬼不鬼的日子过得我好累呀……"

宋安然不知道心里是一种什么滋味,张八斤压抑的呜咽声,像留声机唱片的划痕,牙碜般尖锐地从宋安然心上划过,划得宋安然心里一阵发抖。这是什么逻辑啊,疯了的时候,人们还把他当个人看,好了人们反倒可能把他当成个癞皮狗看待。但细细琢磨,张八斤的话也不是完全没有道理。

宋安然又想起那个曾经无数遍思考过的问题:人到底该咋个活法啊?

宋安然于是安慰张八斤:"放心吧,没人会看不起你的,好歹你也是村子里的老人了。你也不要把村子里的人都想得那么不近人情,你又没伤害过他们。何况你还经常唱曲儿给他们解闷呢。"

"唉,我该咋面对娃娃们呀。"

"所以说,今天你既然当着众人的面'醒悟'了,就不能再像以前那样了,说句不好听的话,人不能自己埋汰自己,得自己首先把自己当个人看。"

"唉,我还能活成个人样儿吗?"

"也不要那么悲观,人们会慢慢理解你的。"

宋安然努力让自己站在张八斤的立场上来思考。还真是,早就习惯了以一个疯子的姿态出现在人面前的他,可以嬉笑怒骂,可以疯癫无常,可以像小丑一样挤眉弄眼,也可以像演员一样说学逗唱……他拼命把自己拉进那个自欺欺人的虚幻世界里,可能是他得以存在的最好理由和最好方式。在那种状态下,人们是把他当作玩物的。一消遣他的疯癫,就淡化了他的过往。如今一下子回归成一个正常人,人们该用怎样异样的目光来看待他?

就连宋安然此刻也有些怪怪的感觉。

由张八斤身上,宋安然又想到了张泉。张泉活着的时候,在村子里扮演的角色其实跟他老子疯了的时候差不多,也是被人当作玩偶的,只不过是形式有些差异罢了。张泉的死真的是因为对生活彻底绝望了吗?宋安然一直不这样认为,张泉更多的是缺少情感的温暖。如果张泉在绝望的时候,能够及时得到人们的心理救助,得到人们的理解,得到人们情感上的关爱,也许张泉至今还在健健康康地活着,张八斤也不会是现在这样被尴尬着,在生与死的纠结中徘徊。

这一切都源于人们的冷漠、麻木,以玩弄同类来取乐的心态!这种心态强化了张泉的绝望。那是一种把娱乐痛苦与消费不幸同恻隐之心奇怪地糅合在一起的怪异的心态。人性就在这种冷漠、麻木的变态中不咸不淡地一点点被扭曲,被异化;人的尊严就在这种冷漠、麻木的变态中不知不觉地一点点被剥蚀,被风化,被消弭于无形,如同一寸寸蚕食田野的沙丘……换一种说法,张泉其实是间接地被人们的冷漠杀死的,而且从很早以前就开始了现在还在不同程度地继续着的杀人不见血似的"杀戮"。

宋安然不得不无奈地认同这种现象,人的天性本来是同情弱者的,但如果他自己也同样处于弱势地位的时候,又会鄙视、取笑更加弱势的人,甚至以欺凌弱者为乐事,来添补他们潜意识中的自卑,平衡自己失衡的心态。有一句俗语也许是这种现象最好的注脚:"讨吃子见不得穷人多。"

宋安然又想到自己的父亲。如果那时人们对"新来户"多一分理解而少一分歧视,多一分帮助而少一分冷漠,多一分宽容而少一分挤兑,父亲也不会为赌一口气而受张八斤的蛊惑,最终导致一家人几十年的悲剧。如今杨奶奶去了,为什么会赢得几乎全村人那一抔感慨的充满敬意的热泪?为什么会让张八斤像死了娘老子一样伤心?正是因为杨奶奶那份悲天悯人的菩萨情怀!

可是,父亲的行为仅仅是为了赌一口气吗?宋安然似乎从张八斤的经历中更加深刻地理解了父亲,父亲不是为了赌一口气,父亲争的是做人的尊严!人生而为人,不能没有尊严地像畜生一样苟且偷生!张八斤现在虽然成了这样,但他应该帮助张八斤找回做人的尊严,让他日后的日子尽可能有尊严地活着。

宋安然渐渐地让自己的心平静下来。他考虑着如何想办法安置张八斤,如何让张八斤重新回到"人"的行列。虽然张八斤曾经让他十分鄙视,十分厌恶,但他绝对不会因为张八斤当年怂恿父亲而现在对他落井下石,那是小人的行径。宋安然在替芹芹写悼词的时候,还在感佩杨奶奶的悲悯情怀,还在大赞杨奶奶宽宥王杨锁父亲的卑劣行径,他怎么会做出那样下作的事情呢?

那个无数次萦绕于心头的问题又一次让宋安然陷于纠结:人这一辈子究竟该咋个活法?

他不知道还有多少人受困于这个问题,也许好多人只是浑浑噩噩地被生活裹挟着随波逐流地被动地活着,无暇去思考这一类问题;他也不知道这个问题究竟有多少种答案,大概有一千个人就有一千种答案,有一万个人就有一万种活法。可是他怎么觉得半个世纪活下来了,半个世纪活得别别扭扭啊,没钱的时候活得别别扭扭,有钱了依然活得别别扭扭。究竟是什么让人活得如此疲累?到底怎么个活法,才能让人自自在在、洒洒脱脱、痛痛快快地活着呢?

看到身旁坐着的张八斤,想着这半辈子的种种过往,宋安然一时竟觉得羞愧无比。他又想起孟子的那句名言:"穷则独善其身,达则兼善天下。"扪心自问,你在穷的时候独善其身了吗?你亵渎了与最好的朋友的真挚情感,却时时找理由为自己开脱;你兼善天下了吗?你积攒的几十万块钱,有多少是靠做乡亲们的生意赚取的呀,你都没舍得拿出三两万块钱为葫芦湾修路。你到底为葫芦湾的乡亲们"兼善"过什么?你的半辈子除了抱怨,还有什么?你抱怨生活对你不公,抱怨社会对你不平,你又为社会做了些什么?这些年,你同社会上的好多人一样,常常用冠冕堂皇的理由侃侃而谈说教别人,却对自己的好多不良行为乃至恶行宽容得视而不见,充耳不闻!还常常奢谈什么修养!

几双呆滞的目光闪现在宋安然的眼前。刚才灵车通过许二赖家大门口的时候,许二赖小卖店墙根下的几位老人都站起来目送灵车缓缓驶过,布满沧桑的脸上表情木然。老人们呆滞的目光令宋安然心里酸涩无比,他似乎从那些目光中读出一种兔死狐悲的凄凉。杨奶奶的遗言中,无疑也透露出她内心的另一种忧虑,假如有一天真的瘫痪在床,并不一定担心没人伺候,但那一天难捱一天,甚至于一刻钟难捱一刻钟的孤寂,可能才是最令她难熬的!

宋安然想起林则徐说过的一段话:"子孙若如我,留钱做什么?贤而多财,则损其志;子孙不如我,留钱做什么?愚而多财,益增其过。"

宋安然忽然有一种灵光乍现式的顿悟,他又惊又喜,原来快快乐乐、自自在在地活着竟是如此的简单,只是一转念间的事,或者说是在转身之间。这,可能就是梵语中"苦海无边,回头是岸"的真谛,这可能才是真正的豁达。只不过这一转身,竟花费了他几十年的时间。弄懂了这些之后,宋安然就感觉到自己这么多年其实活得很傻,很窝囊,自己给自己找了这么多年别扭……

宋安然想起修路时人们看他的眼神。自己其实一直活在一种很自我的状态中而忽略了最不应该忽略的其他种种!自己没有意识到,被人需要是多么惬意、多么令人满足、多么令人开心的一件事啊。

一路上,宋安然就这样反反复复地思来想去。

宋安然又一次想起用一根细细的渔网线了结了生命的父亲,想起怀着悲壮毅然决然走进葫芦海子的魏灵芝的爷爷,想起用一场大火照耀前路的张泉母子,想起惨死于装载机车轮下的魏生金,想起杨奶奶的临终遗言……想着想着不觉有清泪流淌下来……

既然他被各种条件所限,不能离开葫芦湾,为什么不能试着对葫芦湾有所改变？他知道要想改变葫芦湾绝非易事，但是连想都不敢想，怎么可能实现？当初开油坊的时候，就是魏生荣的这句话深深地刺激了他，才有了他的今天。魏生荣当初要不是想着改变，也不会取得如今骄人的成就。所以，改变虽然不是一蹴而就的事，但是自己不努力去改变肯定是徒劳的，这一点毋庸置疑。

他还想起了傅生皓市长对他说的话："一个人太瞻前顾后，就难免缩手缩脚。听从自己内心的良知去做事，才能活出真正的精彩！"

他还想起了凡凡曾经写过的那篇祭奠魏灵芝爷爷的文章，"一个人或许在有所担当、有了一种义无反顾的社会责任感的时候，才是活得最踏实最坦然也最洒脱的时候。"如同凡凡的太姥爷、他的妻爷爷那样。即使与葫芦海子融为一体，心底也坦荡如砥。

# 第六十五章

## 葫芦海子传奇

在河套平原腹地,有一个叫葫芦湾的自然村落。这个地方除了有一个看上去不太起眼的小小的自然湖泊,再没有不同于其他地方的别致的景观值得炫耀,因此可以说,它实在太过于平淡无奇了。

这里就是我的家乡,虽算不上美丽,却让我魂牵梦萦的地方。

可是,人们也许不知道,正是这个看上去不起眼的小小的自然湖泊,却藏着一段令人荡气回肠的传奇故事。

这个湖泊叫葫芦海子——这里的人们通常把这种自然生成的水面称作"海子"。这个海子东西长不过一千几百米,南北宽也就五六百米。奇的是它的中间有个宽约三四百米的细腰,好像天造地设般把这片水面活脱脱勾勒成一个葫芦的形状,东边大一些,西边小一些。有意思的是,葫芦湾的整体地形呈西高东低之势,在西边这个小一点的水面这边,由于经年累月退水,自然形成了一道蜿蜒的天生壕,恰恰给这片葫芦形的水面安了一个惟妙惟肖的葫芦把子。因此,这个海子就依形叫葫芦海子。每遇大雨,就会有雨水或灌溉农田的退水流经天生壕,源源不断地注入葫芦海子,海子经年四季就不会干涸。

相传,在很久很久以前,这里是一片肥美的草原。一天,八仙之中的铁拐李接到正阳祖师汉钟离的指令,说黄河北边的阴山上起了山火,命他速速去扑灭。

铁拐李得令后急忙启程。但因为头天喝酒一时贪嘴,喝高了,头昏脑涨,难免丢三落四。加之火情紧急,行色匆忙,不容他从容淡定地细做准备。及至到了阴山,只见腾腾烈焰直冲云霄。铁拐李正待打开葫芦灭火,猛然想起葫芦里装的是酒而不是水。酒不但不能灭火,反而会助火势。此时山火已成燎原之势,再搬救兵,已来不及。眼看山火愈燃愈旺,以迅雷不及掩耳之势向他扑面而来。正当铁拐李抓耳挠腮一筹莫展之际,下腹一阵内急。铁拐李情急生智,灵机一动,喜不自胜,解开腰带向火中一阵猛射。那道尿直浇得昏天黑地,鬼哭狼嚎,如滂沱大雨四散迸流。直到铁拐李尿尽最后一滴尿,山火才被完全浇灭。至今,阴山的这一带依然呈红褐色,似被山火烧过的遗迹。

山火是被铁拐李扑灭了,但铁拐李的尿液也流溅到阴山前的草原上,被尿渍浸泡过的地方就成了一片盐碱滩。

铁拐李因为折腾了半天才扑灭了山火,疲惫至极,抄起酒葫芦一通猛灌。直喝得酒气熏天,昏昏欲睡,他才将手中的酒葫芦随手一抛,沉沉地睡去。

不知道睡了多久,也许一天,也许一月,也许一年。等铁拐李醒来的时候,才发现他心爱的酒葫芦早就浸泡在自己的尿液里了,着地的地方绿苔丛生,污秽不堪;癞蛤蟆爬进爬出,瞪着眼睛与他对视,仿佛他侵扰了它们的地盘。显然,这里已成了它们的乐园。铁拐李愤愤不平,懊恼不已,这趟火救得真他妈晦气,连自己的心爱之物也浸在尿液里成了这样一个污秽之物,遂丢弃了酒葫芦,扫兴而去。

后来那个酒葫芦就幻化成了现在的葫芦海子。

传说归传说,没人会相信这是真的。只是人们为了强化它的魅力,赋予它更多的神秘色彩罢了。

海子四季的景色是不断变幻的。夏季的水面碧汪汪一片,每遇阴雨天,就会有鱼儿翻上翻下,野鸭在水中游弋。海子周边镶了一圈由芦苇、蒲草和红柳编织的裙边。最外围的边沿是红柳,开花的时候怒放一片粉红,灿若桃林;靠近红柳的浅水处,是一带芦苇,浅灰绿色的植株稠密拥挤,熙熙攘攘;再往里较深的地方,就是一围淡绿的、墨绿的蒲草,有的地方密密匝匝,有的地方疏疏朗朗,像排列有序的士兵。海子中间的浅水处,也有几块长着芦苇、蒲草的绿洲,像是给偌大的水面加的点缀。草林之间,野鸭和一些不知名的鸟类在不时地"嘎嘎"叫着嬉戏,给葫芦海子平添了无限生机。到了冬天,水面便结了冰,海子面上明晃晃的,犹如一块儿硕大无朋的镜面,不但映照着不断变幻色彩的天空,也映照着葫芦湾这一方水土的世道人心。

最是深秋的景色让人浮想联翩,心潮难平。此时,茂密的芦苇和蒲草渐渐褪去幼稚的绿色,挂上了一层深沉而苍茫的成熟的灰黄。成熟的芦苇穗子白茫茫一片,在瑟瑟的秋风中摇曳,发出"窸窸窣窣"的细碎的声响,让人想起《诗经》里面的诗句:蒹葭苍苍,白露为霜,所谓伊人,在水一方⋯⋯——我姥爷魏万喜以及他的几个弟兄,至今不知道他们的父亲在水的哪一方,他们及他们的子孙,无时无刻不在怀念着他们的亲人——他的父亲魏双全。近五十年来,他一直在这片水域的某个不为人知的地方,默默地守望者他的子孙后代,也见证着这一方水土的冷暖兴衰、沧桑变迁,更冷眼睥睨着发生在这方水土上的一幕幕荒诞的悲喜剧。

行医几十年的魏大夫——我的太姥爷,在轰轰烈烈的"文化大革命"达到高潮的那个夏天,在端午节那个大雨滂沱的前夜,悲壮地将自己投入了这片海子之中,和这片神奇的水域永远融为一体。

我太姥爷的死,是因为他想竭力阻止村子里的"填海造地"运动。因为他非但不赞同"填海造地",还公然带头阻止这种在别人眼里是大无畏的革命壮举,在他眼里是杀鸡取卵、竭泽而渔的荒唐行为,在所难免地被当时的大队"革委会"认定是十分反动、十分顽固的,如茅坑里的石头又臭又硬,如花岗岩做的脑袋又阴又冷,最终被定为"破坏农业学大寨的反革命分子",被民兵押解着在村里游街示众,并召开了声势浩大的批斗大会……

当时的"革委会"主任是崔克穷。说起崔克穷,他们家和我姥爷家有着很深的历史渊源。

崔克穷的太爷爷曾经给魏家当过管家。后来有了些积蓄,便独立撑起了门户。因此,崔家和魏家是几代世交。魏家是祖传的杏林之家,魏家老爷子不但医德高尚,且行事低调,对子女管教极严,在这一带口碑极好;而崔家经过几代人的打拼,到了崔克穷他爹手上,也挣下了些田产,生活过得如行云流水。无奈崔克穷的爹后来沾染上了抽大烟的恶习。没几年,竟把个好端端的家败得一贫如洗。直到中华人民共和国成立前夕,崔克穷的爹眼看一天天借贷无门,连锅也揭不开了,一时羞愤难当,撇下孤儿寡母,吞了洋烟寻了短见。他爹死的时候,崔克穷还不满十岁。

崔克穷的爹死后,我太姥爷魏双全看着这一家孤儿寡母可怜,加之两家是世交的历史渊源,就免除了他家几十块大洋的借款,还不时地接济他们些吃吃喝喝。对于魏家人的慷慨,崔家人自然感恩戴德,两家就越发走得亲近起来。

不过,一顶地主的帽子却是我太姥爷心头始终挥之不去的阴影。地主成分划定后,崔家就有意无意地开始跟魏家疏远起来。

就在崔克穷当了"革委会"主任以后,就组织召开了全大队社员大会,决定在八队的葫芦海子填海造地。

我太姥爷是当时村子里最有文化的人。他知道"填海造地"运动不但劳民伤财,更可能给八队带来灾难性的后果——葫芦海子实际上具备至关重要的用途,它在每年雨季起着调节全大队土地退水的功能。如果强行推进"填海造地",不但八队的土地时刻面临被雨水淹没的危险,上游的几个队也承受着土地盐渍化加重的威胁。

于是,太姥爷给崔克穷建议,停止这种荒唐的行为,防止给全大队的生态造成严重的破坏,给八队乃至全大队造成不可逆转的损害。

崔克穷那时刚刚夺了走资派的权,正需要办成一件惊天动地的大事来巩固自己的地位,哪能听一个地主分子如此危言耸听啊。当即就把太姥爷狠狠地训斥了一顿。所幸崔克穷还念及魏家对崔家的接济之恩,同时我太姥爷又是当地有名的老中医,没有对太姥爷实行更加严厉的惩处。

我太姥爷当然没有就此罢休。太姥爷时刻记得魏家的祖训:人活一口气,树活一张皮,魏家世世代代都是铮铮铁汉,不能出一个软骨头!不管生活是富是贫,做人的精神永远不能垮,做人的精神一垮,人的气就散了;人的气一散,整个家族就会一蹶不振。

祖训让太姥爷义无反顾,为了魏家的几十口人将来的命运,也为了葫芦湾将来的命运,太姥爷完全抛却了个人的安危。太姥爷开始给社员们做工作,讲清楚填海造地的危害,号召大家团结起来,共同抵制填海造地运动。

为了让人们理解葫芦海子对葫芦湾的重要性,我太姥爷用人的肾做比,说葫芦海子就好比人的腰子,不但起着调节雨水的作用,还能排毒,就是排泄盐碱。试想,一个人如果腰子没了,还能活吗?

太姥爷的努力无疑是惹火烧身,积极响应太姥爷的人寥寥无几。大多数人不但听不进去太姥爷的话,反倒认为太姥爷是故意与人民群众为敌,是极其反动的反革命行为;即使有几个明白人,在那种背景下,也噤若寒蝉。因此,太姥爷被批斗就成了顺理成章的事。

批斗太姥爷那天,太姥爷被挂上了一块儿二十多斤重的土炕板子。刚正不阿的太姥爷不但不低头认罪,反而据理力争,把批斗会变成了演讲会。

崔克穷感到自己的权威受到了空前的挑战,他一边骂着太姥爷"把他十来岁的儿子害死了还没算账,现在又要破坏史无前例的"填海造地"运动,一边下了主席台,在太姥爷背后猛踹一脚,踹得太姥爷一下子扑倒在前面的钉齿耙上。太姥爷因为双手被反剪在背后捆着,脖子上又吊着土炕板子,身体完全失去了重心，像个面袋子一样不能自持，重重地栽了下去。

结果可想而知。等人们惊呼一声之后，陪斗的我姥爷弟兄几个抢上前去扶起父亲，太姥爷已经血流如注。我的几个姥爷声音哽咽着呼喊太姥爷，太姥爷却紧闭着嘴巴，一声不吭，太姥爷已经昏死过去了。大姥爷魏万仁一下子将自己的衣襟撕开，擦着太姥爷脸上的血，才发现太姥爷的左眼在汩汩地冒血。大姥爷明白了，原来有一个耙齿正好插进了太姥爷的左眼。大姥爷什么话也没说，先脱下衬衫将太姥爷的伤口简单地包扎了一下，就同几个弟弟抱起太姥爷向门外走去。

原来在这之前，崔克穷的大儿子得了重病，没有听从太姥爷转院的建议，却听了他老婆的话，请神婆给作法驱魔，最终不治身亡。崔克穷不但不反省，还迁怒于太姥爷身上，对此事一直耿耿于怀。现在趁着批斗太姥爷的机会，挟私泄愤。

回到家里，大姥爷给太姥爷仔细清洗了伤口，看看左眼肯定是保不住了，张罗着准备送太姥爷去医院，太姥爷却死活不肯。太姥爷说，没事，不就是瞎一只眼睛嘛，去了医院也不可能看好了，他倒宁愿两只眼睛都瞎了，他连一眼也不想再看到这个世界了，这个世界让他彻底绝望了。

此时的夜空一片漆黑，一弯残月早就躲进了浓云的后面。天空中浓云密布，一场大雨已经蓄势待发。大姥爷知道现在去医院也无济于事——在那个非常时期，他们是被打入另册的人，他们的命被人视若草芥。何况大雨已经迫近，于是就跟几个弟兄商议，等天明了再去。

黎明时分，大姥爷被隆隆的雷声惊醒。他点燃煤油灯，准备查看一下太姥爷的情况，却发现太姥爷的被窝里空着。他赶紧叫醒几个弟兄，四处寻找，却到处不见太姥爷的影子，太姥爷的衣服和鞋子也不见了。大姥爷想起太姥爷坚持不去医院时说过的那些话，心头立刻滑过一丝不祥的预感。这时，外面的雨越来越大，隆隆的雷声响得人心慌。大姥爷赶紧找来手电筒，在泥地里发现一串脚印出了大门。循着脚印追去，那串脚印一直向海子边走去。大姥爷顷刻间感到那雷声硬生生地砸到自己的头上，他什么都明白了……

太姥爷就这样义无反顾地走进了葫芦海子，与葫芦海子融为一体。

大雨接连下了三天三夜，我姥爷他们弟兄几个冒着大雨在海子里面寻找了三天，最终也没能找到太姥爷的踪迹。

这一夜是端午节的前夜。

我大姥爷给我们讲述这些的时候，说他至今也不相信那是真的。不但他不相信，好多人都不相信。这么多年没人见到过那样的天象，五黄六月能下倾盆大雨，而且大雨一连下了三天三夜，此其一；另一个怪异之处是太姥爷即使走进了葫芦海子，那么多人寻了那么多天，怎么遍寻不着。所以私下里有人就说，是老大夫的死惹得天怒人怨，所以老天爷连降三天大雨。在大雨中，老大夫早就化作神仙上了天界。

　　我当然不相信这样的迷信说法。但我宁愿相信这是一种昭示，以警示人们不能忤逆自然的规律，不能随意践踏人的尊严，以至于做出人神共愤的荒唐事来；宁愿相信，太姥爷是跟了什么人去了一个人们不知道的地方，一个他认为天堂的地方，那里没有尔虞我诈，没有暴戾乖张，有的只是和睦相处，怡然自得。一如《红楼梦》中甄士隐随了跛足道人去了，也算是一个适得其所的归宿。

　　大姥爷还给我讲过，那里曾隐藏过一个在当时可以说是惊天的秘密。就在海子中间一片水草下的淤泥里，藏着魏家保留下来的十几坛子珍贵的书籍。大姥爷说，也许太姥爷是不忍看到他精心珍藏保存的书籍被彻底掩埋，永无出头之日；也许害怕在填海子的时候，被人们发现，连累魏家的上上下下都遭劫难。我无法判断太姥爷是不是为了那十几坛子书才走进去的。和人宝贵的生命相比，和葫芦湾未来的命运相比，十几坛子书算得了什么呢。但是我宁愿相信，我的太姥爷是化作了尘泥依附在他的那些宝贝书籍上面，那是他的信仰所在，那是他对人类文明的最后坚守。

　　我大姥爷给我们讲这些事情的时候，已经看不出有多少激动与激愤，但从他铜塑般凝重的神态里，依然能感受到隐藏在他胸腔深处如休眠的火山下面急剧涌动的熔岩般炽热滚烫的情怀。也许岁月已经把他的伤口抚平，尽管伤疤还会时不时地隐隐作痛；也许类似于这样的事情他后来听到了很多，悲情已经被渐渐稀释，愤怒已经被渐渐淡化；也许他把那种痛苦作为酿曲永远地封存起来，以期让岁月酿制出一坛甘甜醇香的美酒。因为我知道，大姥爷是个心胸豁达的人。

　　但是，每次听大姥爷讲，我都会感到一种无比强烈的震撼。我总在不由自主地体味，我的太姥爷当时究竟是怀了一种怎样复杂的心情去的。是怀了受尽屈辱的满腔难以诉说的悲愤，是因了那个时代对人类尊严肆意践踏的绝望，还是对生命被无端踩蹋的悲悯？太姥爷走的那天是端午节黎明前最黑暗的时候，也是曙光即将到来的时候，是古代诗人屈原的祭日，他是否听到了屈原的召唤,吟诵着"路漫漫其修远兮,吾将上下而求索",向着任劳任怨甘于承载葫芦湾乃至整个红柳地村任何苦难的圣洁的葫芦海子走去?当他义无反顾地走向葫芦海子的时候,是否怀了一种"风萧萧兮易水寒,壮士一去兮不复返"式的悲壮情怀?他是否在向人们传递一种誓死要与葫芦海子同在的抗死的决绝?当他毅然决然地投向海子深处的时候,是否感受到了葫芦海子如母亲怀抱一般的温暖?他是否如释重负地长叹一声,终于有了一种"好一似食尽鸟投林,落了片白茫茫大雪真干净"般的释然?

老子曰:上善若水,水善利万物而不争,处众人之所恶,故几于道。……天下莫柔弱于水,而攻坚强者莫之能胜,以其无以易之。弱之胜强,柔之胜刚,天下莫不知,莫能行。

呜呼!

不,我太姥爷一定是笑着走向他最后的归宿的。他分明看到葫芦海子以博大的胸怀在迎接着他,他的一缕香魂渐渐地同圣洁的葫芦海子融为一体;他一定以如水的胸怀宽宥了那些无知的人们……

我无法以我浅薄的阅历来揣测太姥爷决定走向葫芦海子那一刻的真实想法,我也不敢轻易地妄加揣测,随意臆测是对他老人家高贵灵魂的亵渎。但有一点是不容置疑的,我太姥爷一定是要以生命为代价来警醒后人的。反正自打太姥爷失踪以后,红柳地村——当时的民建大队再没有人提过"填海造田"的事。人们从崔克穷家孩子的口中得知,太姥爷失踪以后的那段时间,崔克穷几乎每晚都被噩梦惊醒,老梦见太姥爷睁着一只独眼,对他怒目圆睁的样子。不久他就大病了一场。病好之后,全家就搬到了七队。在搬到七队的同时,便辞去了"革委会"主任的职务。

此后,太姥爷的故事,渐渐在我们这一带流传开来。

现在,我终于明白,何为大象无形,何为大道无垠。

太姥爷,您听到了吗?您看到了吗?

谨以此文献给我天堂的太姥爷,借以告慰老人家的在天之灵。愿他不朽的精神与圣洁的葫芦海子同在!

愿我们这一方水土永远安宁!

下 部

# 第六十六章

办完杨奶奶的丧事,宋安然一一给芹芹交代杨奶奶的遗物。

杨奶奶和杨树林的奖状和奖章,芹芹挑了杨奶奶奖章中的一枚留下了,以作留念,其余的都陪了葬。当然,杨奶奶的低音炮也被芹芹当作宝贝收藏起来,这样她不但能经常听到母亲的声音,还能睹物思人,和孩子们一同缅怀母亲的功绩。

杨奶奶的存款大多是杨淑芹给的,宋安然想物归原主。即使从继承的角度,也应该全部给芹芹。

"那怎么行?母亲的遗愿是留给村里的,我们应该尊重她老人家的意愿。"

宋安然沉吟了一会儿,说:"这事真是让人为难了。如今路已经修好了,这钱该用在哪里是好?"

看看芹芹没表态,宋安然就说:"你看这样行不行,我打算建个文化活动中心,包括敬老院、幼儿园,要不把钱捐在这里面?文化中心就以老人家的名字命名。"

芹芹觉得很惊讶:"你自己出钱建吗?"

"当然是我自己建。你看现在村子里,好多年轻人都出去打工了,老人没人照顾,更不要说有什么文化娱乐活动了,成天只能在墙根下晒太阳;不到学前班年龄的小孩儿也得不到良好的教育,他们往后的身心健康能不受影响吗?"

宋安然又想起魏生金讲过的那个"放羊挣钱娶婆姨、娶了婆姨生娃、生了娃再放羊"的恶性循环的故事。他长长地吁了一口气,说:"其实早就应该办这件事的,我们欠他们的太多了,没有上辈人的奋斗,哪有我们现在的好日子。要是村子里早有敬老院,杨奶奶也……我应该早一些办成这件事的……"

"这不怪你,不怪你……"芹芹说着,眼圈又红了。

宋安然等芹芹的情绪平复了以后,把村子里老年人的现状告诉了芹芹。

宋安然告诉芹芹,他之所以产生这个念头,就是从蹲在墙根的老年人身上、张八斤的现状以及杨奶奶的遭遇得到的启发,他从他们身上依稀看到自己将来的影子。可能在某一天,自己也会蜷缩在马路边扇忽起的尘土覆盖的破沙发里,无聊地捱过一个个行将就木的灰色的日子。他想结束这种悲凉,起码在葫芦湾。

当然,不光是老年人。魏生金说得对,社会的变迁谁也难以预测,难以把控,流出去的人未必都能在城市站稳脚跟,说不定有的人哪一天就会被社会的大潮又冲刷回家乡。他要及早为那些倦鸟们疲倦的心灵垒一个温暖的巢。

"嗯,你这个想法好。老龄化问题已经成为我国现阶段的一个很严重的社会问题,你的这个方案要能实施,可是我们社乃至我们村老年人的福分啊。还有下一代的教育问题。城市经济建设对农村的冲击表现在各个方面,尤其是留守儿童问题,显得更为严重,迫切需要解决。少儿从小不能生活在一个良好的环境中,不但身心健康会受到很大程度的影响,更会影响到国家未来的发展和民族文化的传承。一个没有发展后劲的国家,是个看不到前途的国家;同样,一个文化基础衰退的民族,是个不可能强壮起来的民族。"

芹芹叹一口气又说:"我现在想帮你也无能为力了。等我回去筹措些钱给你打过来。"

"别,别,现在卡里就有九万多块钱呢,我也能挪出四五十万,足够了。"

"以后呢?没有后续资金,以后难以为继呀。"

"走一步说一步吧,总会想出办法的。"又说,"生金生前还准备了三万块钱准备修路,我想征求一下高美香的意见,把这个钱也用在这方面。"

芹芹给宋安然出主意,可以成立一个文化基金,向社会募捐。当然也比较麻烦,得去民政局备案,不过很值。

芹芹还告诉他,她原本并不缺钱,只是这些钱都支助了西部的失学儿童。他们成立了一个助学基金,光他们夫妇俩就为基金捐助了三百多万。

"你别笑话,其实我们的收入并不高。我和我先生都是学者,除了工资,最大的收入就是稿费和书费。"

芹芹还告诉他,他的先生木村是日中友好协会的成员,一个研究"比较文化"的学者,是个既风趣又有内涵的好人。从他们第一次接触,她就被他渊博的知识和严谨的思辨能力吸引了。也就是从那时起,她开始喜欢上了"比较文化",并且开始同木村一起进行这方面的研究。因为他们对各自民族的文化比较熟悉,能够更好地融会贯通,所以,他们的结合可以说是珠联璧合,他们的研究也因此而相得益彰,形成互补。

宋安然还是第一次听说什么"比较文化",芹芹就给他大略讲了一下"比较文化"的内涵。"一句话,就是比较出各民族之间的文化差异,或者比较出一个民族在不同历史时期的文化差异,和由此而产生的兼容、碰撞、冲突和走向等,然后扬长避短,取长补短,使一个民族的文化能够健康发展。这方面的研究涵盖面比较广,比较复杂,不是一两句话能够说清楚的。"

这倒是宋安然万万没想到的,原来芹芹的先生是这样的一个人,一个日本的学者竟然来到中国做慈善。看来自己原来对芹芹的先生是存有偏见的,应该是先入为主的结果。

芹芹问宋安然:"文化中心的地址选好了没有?"

"还没有,昨天才有了初步的设想,具体如何操作,还没有认真做过计划。"

"那你何不在我妈的房基上建?还有张泉家的房基,两家正好连着。那块地方你觉得够不够?"

"对呀,这是个好主意。我看也差不多了,反正'紧钱吃豆面'哇。再不行就盖成二层楼。"

送走杨淑芹以后,宋安然上了后沙梁。站在后沙梁的最高处,葫芦湾的全貌一览无余。望着大槐树上随风飘舞的红布条,宋安然忧心忡忡。没有阳光的距离,阴霾就会乘虚而入;没有文化改变人们的观念,愚昧的迷信活动自然会卷土重来。

沙梁与村子的夹道里的那片胡杨树苗,也有一人多高了,在公司员工的精心护理下,长得郁郁葱葱。明年再长一年,应该就能移栽了,第一批胡杨树就会给这片沙梁披上一件绿色的青纱。

这片胡杨树苗之所以长得如此茂盛,是因为土地肥沃。那片地原来也被沙子覆盖着,是前年修油路的时候拉沙子腾出来的,结果去年足足晒了一年,那片地的能量就被释放出来了。到底是处女地啊!

看着眼前的景致,宋安然越来越强烈地意识到,自己对葫芦湾的未来有着不可推卸的责任。他又想起傅生皓离开葫芦湾时跟他半开玩笑似的说过的话:"这次你可是无路可退了哇?"

远远地,宋安然看到魏继业朝这边走过来。经过这三年的历练,魏继业越来越成熟了。从他身上能明显地看出魏生荣的做事风格。就像他下棋那样,条件一旦成熟,大刀阔斧,雷厉风行,有条不紊,一气呵成。现在宋安然越来越把魏继业当成了朋友,而不是侄子。

魏继业是上来找宋安然商议事的。上了沙梁以后,魏继业对宋安然说:"姑父,那二百多亩包地款还在公司账上趴着,今年下来连利息就累积了三十来万了。这两天有人又跟我提起这事,你说我该咋给他们答复呢?"

关于公司荒地的包地款,曾经组织村民商议过好几回,始终没商议出个方案。村民有的要分,有的不赞同分;即使想分的也没有个统一意见。后来罗毛蛋火了,放着!等南海打起仗来买炮弹!所以,这部分款一直在公司账面上沉睡着。

宋安然沉吟了半天,也想不出个好主意,于是对魏继业说:"还是先搁着吧,大概是时机还不成熟哇,先把目前的当紧事办完再说。"

魏继业不知道宋安然的计划,就问:"目前有甚当紧事?"

"参选村主任呀。"宋安然告诉魏继业,这两天村里不是要补选村主任嘛,他准备参选。这次不管遇到什么变故,他都会竭尽全力。

当年他娶魏灵芝的时候,是为了完成给宋家延续香火的使命;现在,有一个更重要的使命等着他来完成。高美香说得对,他不能再逃避了,他必须担负起这份责任。不然,他无法报答乡亲们在母亲看病时对他们家的帮助,无以回报乡亲们对他的信任和期望。

魏继业十分欣喜地表示祝贺:"提前祝姑父旗开得胜,马到成功!"

宋安然又把他想建文化中心的想法对魏继业和盘托出。

魏继业用钦佩的眼光看着姑父,说:"姑父这可是个大手笔啊,这是给你参选村主任锦上添花呀。没说的,我全力支持!"刚说完,忽然又想起什么,"姑父,你说这样行不行,要不我们趁热打铁,说服村民把这部分承包款也投入到文化站建设?"

宋安然想了想说:"嗯,可以试试,不过我想不一定能达成一致意见。"

"我觉得未必。你自己现在投入几十万,芹芹姑姑一个外人还捐了九万,还表示回去再筹集,我不信对他们就没有一点儿触动。如果真的不赞同,他们还有人味儿吗?我们这可都是为他们好啊。"

宋安然也不敢妄加揣测村民们的想法,只是自己这样想:"社会本来就是这样,你能要求人人都有觉悟?我也是这两年才觉悟的呀。"

魏继业若有所思,说:"唔,也倒是。那我们公司到时候也捐一部分,就当抛砖引玉,鼓动鼓动村民的情绪。要不我们召开股东会议,干脆也设立一个什么基金,每年拿出一部分资金,作为后续资金。"

这个主意宋安然表示赞同,说:"倒是能考虑,这样就不单是解决资金的问题了,还能引导村民的向善之心,也成了文化的一部分了。"

宋安然又对魏继业说:"等建起文化站,我们还要在院里建一个凉亭,亭子里立一块儿碑。"

"什么亭子啊碑啊,我不明白。"

"亭子就叫'知耻亭',这块儿碑就叫'知耻碑'。"

"'知耻碑'？什么意思？"

"你想一下,你太爷爷是怎么死的？张泉又是怎么死的？凡凡的爷爷又是怎么死的？你四舅、杨奶奶又是怎么死的？这些能算我们村的光彩吗？"

魏继业听了宋安然的话,表情肃穆起来。

宋安然进一步说:"古人说,'前事不忘,后事之师',如果我们对这些血淋淋的教训熟视无睹、麻木不仁,我们就永远不能进步,不能成长,文明离我们就会遥遥无期。古人还说,'人非圣贤,孰能无过,过而能改,善莫大焉。'我们立这个碑,是让我们在记住曾经有过的耻辱的同时,更要时刻警醒自己,时刻记住血的教训,让我们往后的路走得更平稳一些;不知错,不思过,只有知道自己曾经的错误,才能避免再犯同样的错误。"

"嗯,我完全赞同。"

"你哥那年写的那篇文章还在不在？"

"我咋可能丢掉？在我电脑里存着呢。"

"嗯。我想让你们以后抽出一些空来,写一写村史,以这个为切入点,带动我们村的文化建设。你芹芹姑姑说得对啊,那么多年我们的油路都没修通,为甚？是因为我们的心路不通;我们的心路不通,是因为我们文化的蒙昧;一个没有健康文化的民族,是一个没有前途的民族;一个没有健康思想的头脑,同样是一个没有希望的头脑。要不是县里给我们修通,说不定至今我们还被困在葫芦湾呢。"

"嗯,我懂了。就拿我哥那篇文章做开篇。芹芹姑姑说得对,没文化,真可怕呀。"

宋安然仔细想了想,觉得这话不一定全对,没文化固然可怕,因为这是从社会角度来说的,没文化就意味着愚昧无知,意味着灵魂的苍白;如果转换视角来看,没文化的人是感觉不到可怕的,他们整天浑浑噩噩,像魏生金讲的那个"放羊娃养羊娶媳妇"的故事一样,尽管逃不出那样的恶性循环,却也自得乐其,这样的人才更可怕。

宋安然又想起魏家不知道传了几代的那句座右铭:"不管生活是富是贫,做人的精神永远不能垮,做人的精神一垮,人的气就散了;人的气一散,整个家族就会一蹶不振。"这种气是天地间最宝贵的"气",如同一个人赖以生存的那一腔阳气,是充塞于天地之间扶正祛邪的"磅礴大气",是现代文明赖以生存的"人间正气"!

这掷地有声的警语,从此以后将在他的心里生根发芽,如同沙梁下的那一排排郁郁葱葱的胡杨树,把根深深地扎进肥沃的泥土里,后劲十足地生长着。

大路上,隐隐传过来一阵歌声,声音怪唳如暗夜里闹春的野猫,声声锯锉着人们敏感的神经。宋安然和魏继业不约而同地都把目光转向那里,尽管他们并不能看到唱歌的人。他们知道,张八斤又开始唱了:

　　荒唐荒唐复荒唐,玄妙就在里头藏
　　思来想去想不透,葫芦马趴愁断肠
　　扶不起的刘阿斗,睡不醒的梦黄粱
　　吃不饱的日囔鬼,喂不熟的白眼狼

　　东家短来西家长,长吁短叹细思量
　　怨天怨地徒抱怨,空把妄想当梦想
　　活人容易应事难,活人应事一毯样
　　精人爱耍小聪明,精来精去不久长
　　……

村里的人们都知道张八斤疯病好了。好了的张八斤还在隔三岔五地唱,大概是形成了习惯,一下子难以刹车。不过现在人们再听张八斤唱,倒好像没有了原来的韵味。词还是那些七拼八凑的词,调还是那种自创的古里古怪的调,感觉已不是原来的感觉。原来疯的时候唱,人们早就习以为常了,好像疯唱是理所当然的事情;现在疯病好了,再唱,倒好像在发神经,不知哪里竟藏着一丝古怪荒诞,总给人一种怪怪的感觉。

(2017年5月5日定稿于巴彦淖尔市)

# 后 记

在外漂泊十多年,我越来越频繁地涌动起回乡的冲动,却一次次害怕回故乡。真是近乡心切,近乡亦心怯。

之所以如此,是因为乡亲们的生存状态越来越强烈地牵动着我的心扉——每一次都怀着美好的愿望回乡,盼着此次回乡看到的是故乡化蛹成蝶般的蜕变,可每一次都令我失望地离去,因此才使我面对故土时如此纠结,如此心碎般地痛楚。记不起是哪位作家曾发出过这样的感慨:"故乡啊,你让我怎么爱你……"这话虽然听上去有些不该有的冷血与背叛的意味,缺少应有的同情与怜悯,但那一声恨其不争的慨叹,又包含了多少纠结于心头的百般苦涩,千般酸楚,万般无奈啊,让人产生一种"剪不断,理还乱",欲说还休的复杂心情。

尽管新农村建设使故乡的经济状况与外貌有了很大程度的改观,但故乡人的精神世界依然故我的生存状态仍然不容乐观。因此,始终让我对此无法释怀。故乡稍有些能力有些头脑的中年人越来越少了,更别说年轻人,甚至可以用"稀缺"来形容;勉强能凑数的有知识有文化的人越来越少了,他们都义无反顾地一头扎进城市的怀抱——如我。故乡呈现在我面前的是日渐衰老的失血的写满百年沧桑的苍老面孔,尽管穿了一身有些不伦不类的新衣裳。故乡甚至有时候连选举村社干部都要靠"抓阄",荒唐背后是难言的无奈与苦涩……尤其是我生活了几十年的村外那条破路,晴天黄尘滚滚,雨天泥泞不堪,冬天凹凸如丘陵,春天翻浆似波涛,这么多年"涛声依旧"招摇似的在我面前铺陈开来,令我如鲠在喉,时时产生一种强烈的、不知道该向谁发泄的无言的愤懑……

我知道,我也是逃兵,我应该没有资格对家乡如此的窘况说三道四。正因为我们的"逃离与背叛",才造成农村现状如此的窘境。但认真考究,真的要迁怒于"我们"吗?现实面前,我们又不得不选择"逃离":外面精彩纷呈的世界诱惑着我们,城市的建设与发展召唤着我们,一时难以弥合的城乡鸿沟助推着我们,农村日益贫乏的文化生活驱离着我们……由此,让我产生了越来越深的困惑与忧虑,究竟该如何破解农村的结构性矛盾?土地究竟该如何经营?农村该向何处去?农民该向何处去?农业该向何处去?

　　静下心细细一想,这种状况并非肇始于当前,而在我离开农村之前就开始了,只是我原来置身其间,浑然不觉罢了。如今变换了视角,将城市鲜活的景象与农村衰微的沉沉暮气相比较,这种巨大的反差造成了我的心理落差。这应该就是"不识庐山真面目,只缘身在此山中"的缘故吧。假如我一直蛰居于农村,可能对眼前的景象依然置若罔闻——环境对人的趋同化与惰性对人灵魂的销蚀,很容易让人变得麻木而平庸。生活常常在得过且过中靠着惯性机械被动地踯躅挪行。

　　我无意谴责他们、嘲笑他们,其实他们同我一样,常常受命运摆布,身不由己;他们不但有丰富的七情六欲,同样也有许多想法,甚至有可以称之为"思想"与"理想"的东西,但常常因为无用武之地,羁绊于各种约束,显得苍白而乏力,因为"理想很丰满,现实很骨感"。除了传统文化中根深蒂固的封建思想对他们的束缚,还有环境形成的"画地为牢",还有社会体制对他们的限制,还有城乡意识差别对他们的疏离,还有父母孩子的牵绊……如宋安然,如魏继业等。我不知道该如何帮助他们冲破藩篱,走向他们心目中理想的国度……

　　这可能就是生活的另一面吧——生活很多时候是无奈且残酷的。

　　尽管如此给自己开脱,也难掩心灵深处的愧疚——说来道去是我们抛弃了他们,我们的父老乡亲和曾经养育了我们的这片热土!

　　这就是《一方水土》的创作背景。

　　因为我与农村近半个世纪的情感,不可能因为我的离开就那么轻易地剥离,我不可能看着这一切而熟视无睹。因此,我不可能像个没事人一样置身事外。

　　空巢老人是我们的根基所在,是他们如肥沃的土地,毫不吝啬地滋养了我们,却在被榨尽营养后把贫乏与衰老留给了自己;留守儿童是我们的未来,如今一时难以缩短的城乡差别和日益物化的生活方式,让他们无法跟得上城市儿童成长的脚步,无论是心智还是能力,甚或是文化基因;文化是统领一个民

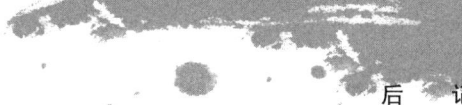

## 后 记

族的灵魂,由于中坚力量的抽离而造成农村文化的渐趋退化,灵魂的日益空心化,是尤其令人痛心的。

我知道,如何改变这种窘况是个重大的社会命题,文学作品未必能承担起如此重大的社会使命;我同时也知道,凭我的一己之力未必能改变些什么,我只是一介布衣;但我更知道,我不能以此为借口而不去做些什么。我深知我有责任为父老乡亲们做点儿什么,因为我是他们的儿子,我的血管里宿命般地流淌着农民的血;我有责任为孩子们做些什么,因为他们的身上维系着祖国的未来。我最好的方式就是用我手中的拙笔,记录他们的喜怒哀乐,抒发他们的七情六欲,把他们的生存状态尽可能真实地还原呈现在读者面前,让读者去感悟,让读者去评价。尽管我这种想法看上去有些幼稚,甚至有些一厢情愿,但我还是义无反顾。

完成初稿,掩卷沉思,我不但没有如释重负,反而更加惶然惚然,父老乡亲们熟悉的面孔依然鲜活地闪现在我的面前,他们疑惑的目光似乎在追问,我们到底该怎么办?

是啊,我依然未能给他们指出一条可行的出路——事实上我也未必有能力做到这一点。在社会转型的大背景下,信息是瞬息万变的,充满了许多不确定性,但同时也预示着存在许多可能性。我只是试着从这些可能性中勾勒出一些导向,或者说是一些朦胧的理想图景,即使无法为他们释疑解惑,或许能为他们的生活提供一些材料,以期带给他们某种思考和启发;即使达不到这一点,能够给读者提供三瓜两枣辛苦劳作后的放松和茶余饭后的有趣谈资,我亦感到欣慰了。

感谢故乡的父老乡亲,故乡的一草一木,赐予我丰厚的生活积累;感谢不同的生活环境激发了我的创作灵感与创作激情;感谢内蒙古自治区著名文艺评论家李悦先生,为我的作品提供了相当宝贵的指导意见和建议,使我的作品更臻于成熟一些,或者说起码不那么幼稚;李老师还热情地为我作序,我相信他的序一定能够帮助读者更好地理解作品的内涵;感谢帮助过我的许许多多的老师和朋友们,这部作品无论写得成功与否,都凝结了我们共同的心血和美好的心愿!

我虔诚地顶礼膜拜这一方养育了我的热土!我虔诚地祝福我的父老乡亲们能够幸福地有尊严地活着!